LE CASE DEL MALCONTENTO
Sacha Naspini

불만의 집

사샤 나스피니
장편소설
최정윤 옮김

민음사

저 밖에는 옳고 그른 것
외에도 탁 트인 벌판이 있다.
우리는 그곳에서 만날 것이다.

잘랄 아드딘 무하마드 루미

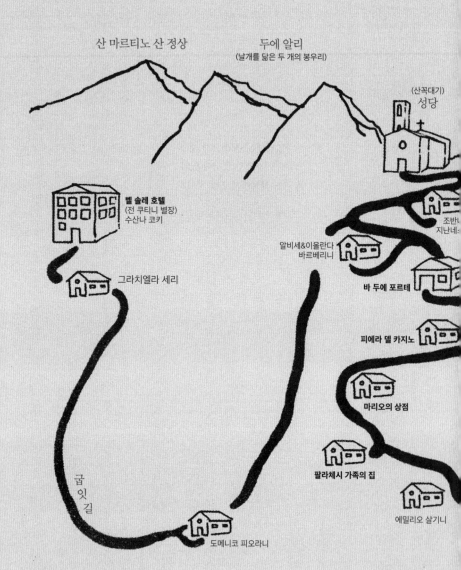

산 마르티노 산 정상

두에 알리
(날개를 닮은 두 개의 봉우리)

(산꼭대기)
성당

벨 솔레 호텔
(전 쿠티니 별장)
수산나 코키

조반니
지난네:

알비세&이올란다
바르베리니

그라치엘라 세리

바 두에 포르테

피에라 델 카지노

마리오의 상점

굽
잇
길

팔라체시 가족의 집

에밀리오 살기니

도메니코 피오라니

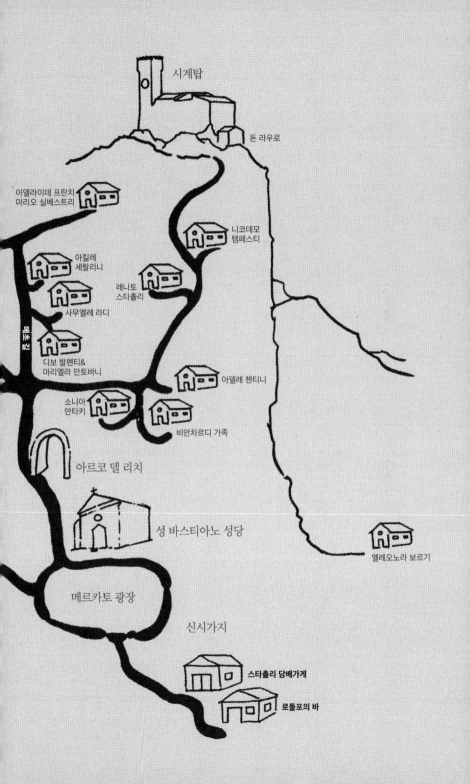

디보 발렌티
은퇴한 광부

그 상점이 위치한 교차로에서 마을로 뻗은 큰 도로를 따라, 위험천만한 속도로 쏜살같이 내달리는 은색 오토바이를 보았다고들 한다. 넨초니 집안의 막내아들 필리포는 L자형 급커브가 있는 바로 그곳을 지나고 있었다. 커브를 돌 때 브레이크를 밟지 않았다가는, 말수가 적은 마르케 사람의 올리브 밭으로 날아가고 만다. 그는 이 마을에 꽤나 오래 살았지만, 어느 누구에게도 좀처럼 마음을 열지 않는다. 필리포는 약간 어리숙하다. 이건 모두 다 아는 사실이고, 악마가 쐰 번개가 그의 몸을 내리친 바로 그날 그는 아스팔트 갓길을 걸어가고 있었다. 그가 두 다리 멀쩡한 젊은 사람이었기에 망정이지 그렇지 않으면 지금쯤 우리는 그의 시체를 수습하고 있을지도 모른다. 1974년 토니넬리 부부에게 일어난 사고와 똑같다. 벌써 삼십 년이 지났지만 아직도 사람들 입에 오르내리는 사건이다. 그들은 바닷가로 신혼여행을 갔다가 돌아오는 길이었다. 신랑은 신부를 데리고 백사장이 펼쳐진 체치나 근처로 여행을 떠났다. 그의 신부란 잡화상을 하는 페라리 부부의 어여쁜 딸 실비아를 말한다. 내 동년배들은 그 당시를 떠올리며 손을 절레절레 흔들지 모른다……. 그들은 멍청하게도 키스를 하고 말았다. 토니넬리 부부는 그길로 곧장 추락했고 지면에는 브레이크 자국 하나 남지 않았다. 풀비아 자동차에 불이 붙었고 신랑 신부는 흔적조차 찾지 못했다. 토니넬리 씨의 아버지는 한 달에 한 번 꽃다발을 들고 아들이 봉변을 당한 바로 그 지점에 간다. 사람들은 종종 이 비극에 대해 이야기한다……. 그 마르케 사람은 올리브 나무 위로 새들이 떨어지는 것을 보았다.

오늘 아침 필리포도 하마터면 살아 돌아오지 못하고 이 이야기도 묻힐 뻔했다. "쐐기풀 쪽으로 조금씩 가고 있었어요." 그는 오늘 오후, 고상한 체하며 수다 떠는 사람들이 드나드는 신시가지의 로돌포의 바에서 말했다. 모두가 친절한 마소의 바와 전혀 다른 곳이다. 매주 수요일이면 스타촐리의 담배 가게가 문을 닫는다는 것을 미처 생각 못하고 어제 그곳에 갔었다. 담배가 떨어지면 나를 가둬 둬야 한다고 마리엘라는 말한다. 그녀의 말이 맞다. 한번은 내가 그녀에게 담배를 사다 달라고 한 적이 있었는데 그녀가 그걸 깜빡했다. 그래서 나는 교대 근무를 마치고 돌아와서 다시는 그런 일이 없도록 호되게 채찍질을 했다. 그녀는 의자에 엉덩이를 반쯤 걸치고 앉아 저녁 식사를 했다. 적어도 일주일은 그랬다.

인크로차타 길의 타락이 시작됐다는 떠도는 소문이 사실이라는 뜻이다. 무슨 낯짝으로 돌아와 이런 소동을 일으키는 건지 모르겠다. 반면에 레 카세 사람들은 소란을 일으키는 데 영 소질이 없다. 그러나 그는 한때 에세드라가 살았던 그 집의 창문을 다시 활짝 열었다. 고인의 명복을 빕니다. 우리는 에세드라와 함께 어린 시절을 보냈다. 전쟁 중에 독일인들은 금발의 곱슬머리인 그녀를 같은 나라 사람으로 착각했다. 마음씨가 착한 그녀는 공짜로 얻은 초콜릿을 아랫동네에 사는 우리에게 와서 조금씩 나눠 주었다. 오늘 넨초니 집안의 막내아들을 죽일 뻔한 그런 사람이 어떻게 에세드라의 손자로 태어났는지는 오직 신만이 안다. 에세드라는 땅속에 묻히기 몇 년 전부터 이렇게 될 걸 직감한 게 틀림없다. 그녀는 우리에게 이렇게 먹음직스러운 먹잇감을 남겨 준 것이다.

필리포 넨초니
게으름뱅이

다들 나를 동네 바보라고 하지만 사실은 바보 행세로 실속을 차리는 것이다. 사람들은 누군가가 어리석다는 말을 쉽게 한다. 그들도 언젠간 바보처럼 살면 얻는 게 많다는 걸 깨닫게 될지도 모르지. 예를 들면, 재단사 나르디니의 집 창가를 기웃거리는 것이다. 여자들이 옷을 입어 보느라 속옷 차림인 경우가 더러 있다. 유리창에 그림자가 비치면 아수라장이 된다. 잠시 후 그게 나라는 걸 알면 나르디니는 이렇게 말한다. "진정들 하세요, 필리포 넨초니예요. 조금 모자란 거 알잖아요. 강아지처럼 관심을 가져 달라고 하는 거예요". 내게 손인사도 건넨다. 그러고는 커튼을 닫는다. 그런데 이미 난 여자들의 알몸을 머릿속에 잘 저장해 두었고 이불 속에서 언제든지 떠올릴 수 있다. 이것이 바로 내가 쓰는 수법 중 하나다.

조금 모자라 보였기 때문에 아빠는 제재소에서 허리가 부서져라 일을 시키는 형들과 달리 나는 그곳에 얼씬도 못 하게 했다.

하루가 저물면 나는 식탁에 앉아서, 피곤에 찌든 형들보다 훨씬 많이 먹었다. 그들은 멍청이처럼 수프를 먹으면서 머리가 떨어져 나갈 정도로 꾸벅꾸벅 졸았다. "맙소사, 칼날에서 떨어지지 못해!" 아빠는 창고에서 나를 보면 이렇게 소리를 질렀다. "팔 잘리고 싶지 않으면 저리 가, 그러다 누구 팔이라도 두 동강 내면 우린 죽을 때까지 그 빚을 갚아야 해!" 그러고는 발길질로 나를 내쫓는다.

그렇게 형들은 아침에 눈을 뜨자마자 제재소에서 톱질을 했다. 그리고 이탈리아어가 서툰 외국인들도 있었다. 그들은 머리가 상당히 컸지만 그에 비해 이마는 좁았다. 서로 돼지처럼 꿀꿀거리면서도 무슨 말인지 알아들었다. 그중에 대장처럼 보이는 사람이 있었다. 인상이 강렬했다. 그는 불평 대신 눈빛을 쏘아 보냈고, 그러면 직원들은 재빠르게 움직였다. 월급을 주는 사람이지만 아빠였다면 씨알도 안 먹힐 일이었다. 그리고 그는 과묵한 외국 조각상처럼 멋있었다. 우두머리 노릇을 자처하는 에도아르도에게조차 고개를 숙이는 법이 없었다. 한번은, 우리 형 에도아르도가 그에게 이것저것을 시켰는데 그는 꿈쩍도 하지 않았다. 휴식 시간이 아직 오 분 남아 있었고 그는 그 시간을 끝까지 채우려 했다. 에도아르도는 가슴을 쭉 내밀고 말했다. "어서! 가!" 그 사람은 움직이지 않았다. 그는 눈을 내리깔고 치즈 껍데기를 쪽쪽 빨아 먹고 있었다. 그러자 에도아르도는 혼자서 열을 내기 시작했다. 그는 그까짓 오 분이 뭐라고 그 불결한 엉덩이를 딱 붙이고 앉아 일을 하지 않느냐고 불평했다. 그러다 드디어 오 분이 지났고 외국인들의 우두머리가 벨트를 잠그며 일어섰다. 그리고 일을 시작했다. 나머지 사람들도 고양이처럼 그의 뒤를 졸졸 따랐다. 그는 형에게 이렇게 말하는 듯했다. "내 월급 줄 걱정이나 하시지." 그 잘생긴 외국인은 작업이 끝나면 사람들을 트럭에 태웠다. 그는 두어 사람을 자신과 함께 앞 좌석에 타게 한다. 다른 사람들은 짐승 떼처럼 화물칸에 탄다. 그리고 그들은 구덩이에 바퀴 자국을 남기며 떠난다.

그러든 말든 나는 아무 관심 없다. 어차피 난 정신 나간 아이이고 아침이면 산책을 다니고 저녁이면 잊지 않고 밥상을 차려 주는 사람이 있다. 나는 창가에 서서 밖을 내다본다. 10월이지만 여전히 태양이 이글거리는 오늘 같은 날에는 특히 그랬다. 교회 터가 있는 굽잇길 너머 맨 끝에 있는 집으로 간다. 그리고 그라치엘라의 집 문을 두드린다.

그녀는 백 살의 나이에도 항상 웃음이 넘친다. 부럽다. 보통 그녀는 부엌에서 우유 한 병을 데워 진짜 손자라도 되는 듯 내게 내어 준다. 가끔 이렇게 말한다. "얘야, 필리포, 내가 오십 년만 젊었어도……." 그래도 어쨌든 그녀는 자기가 원하는 걸 얻는다. 다만 그녀가 틀니를 빼려고 입을 벌릴 때는 역겹기 그지없다. 틀니를 빼고 나면 정말로 늙은이가 되어 버린다. 그녀는 내 바지 앞쪽 단추를 끄른다. 그러고는 무릎을 꿇고 말한다. "이리 오렴, 내가 감침질을 해줄게!" 손가락으로 꼭 집어서 그것을 꺼낸다. "잠들어 있는 이 새를 좀 보렴!"이라고 말한다. "벌써 해가 중천인데……. 이제 내가 먹어 줄게. **냠냠!**"

그렇게, 날씨가 좋을 때는 종종 마지막 집이 있는 곳까지 산책을 나간다. 그곳에 가면 기분 좋게 해 주는 그라치엘라가 있다. 내게 우유를 준다. 그러고 나서 이가 다 빠진 입으로 내 그곳을 애무한다. 그러는 동안 나는 최근에 나르디니의 창가에서 엿본 아름답고 뽀얀 뱃살을 생각한다. 잠시 후, 그라치엘라가 그것을 삼키는 동안 난 흥분해서 뒤꿈치로 바닥을 내리친다. 그녀는 한참 있다가 몸을 일으킨다. 이렇게 말하는 버릇이 있다. "비타민 잘 먹었다!" 그러고는 나를 배웅한다. 난 머리가 어지럽고 심장이 두근거려 오색방울새처럼 거친 호흡을 내뱉는다.

바로 오늘 아침에 있었던 일이다. 대낮에 반쯤 취한 것 같았다. 산타 할머니와 함께 학교를 다니던 사람의 입에 인공 젖꼭지를 물려 줬다는 거북함을 느끼며 흐느적흐느적 걸어서 레 카세로 돌아갔다. 노파 둘이 윗동네 마리오의 식료품 가게에 함께 있는 것을 여러 번 봤고, 그라치엘라가 이렇게 말할 때면 토할 것 같다. "어쩜 이렇게 멋쟁이일까!" 그러고는 내 나이가 몇인지 묻고, 아직도 내 정액이 그 입 주변과 스웨터에 묻어 있을지도 모르는 그 순간 나는 연기를 한다.

술을 진탕 마신 것 같은 느낌이었지만 나는 사실 술은 입에도 대 본 적 없다. 알코올이 뇌로 전달되면 발작을 일으킬 수 있다며 와인을 마시지 말라고 아빠가 신신당부했다. 굽잇길 뒤편의 마지막 집에서 나와 술 취한 척을 해 본다. 혼잣말을 한다. "술은 이렇게 마시는 거지, 아무런 방해도 받지 않고……. 안 그래?"

이런 생각을 하면서 즐거워하던 그때 갑자기 윙윙거리는 소리가 들렸다. 유령이 나타나 이미 십자가로 가득 찬 피오라니의 밭에 나를 내동댕이쳐 버릴 것 같았다. 나는 극적으로 난간을 움켜잡았고 나를 지나쳐 간 오토바이는 일 킬로미터 앞에 있었다. 그리고 나는 혼잣말로 중얼거렸다. "필리포, 성인이 널 살린 거야."

평소 나는 쉽게 놀라는 편이 아닌데 이번에는 혈액 순환을 위해 십 분간 그대로 멈춰 있었다. 그러면서 토요일 밤을 즐기려고 한껏 꾸미고 나가는 형들에게 아빠가 했던 말을 떠올렸다. 아빠는 늘 이렇게 말했다. "술 조심하거라, 토니넬리 식구들처럼 되는 건 순식간이야. 그러면 회사에는 나 혼자 남겠지."

나는 진짜로 술에 진탕 취하는 게 뭔지 모를뿐더러, 내게 차키를 맡기는 사람이 없다 해도 오늘 아침 이후로는 내게도 해당되는 말이다. 아침부터 나는 이렇게 혼잣말을 한다. "사랑하는 필리포, 사람들이 너를 동네 바보라고 하지만 정말 그렇게 되지는 말아 줘. 그라치엘라에게 애무를 받으러 갈 때, 신선한 쾌감으로 만신창이가 된 다리를 이끌고 길을 나서기 전에 오 분만 기다려. 어쩌면 방금 전 같은 미치광이가 나타나서 너를 마르케 사람의 집으로 날려 보낼지도 몰라. 그의 집에는 죽은 사람 수만큼 올리브 나무가 있어. 커브 길을 얕잡아 보거나 바보 같은 짓을 한 사람들이지. 그리고 이제 그들은 지옥의 들끓는 가마솥에 갇힌 새끼 양처럼 구슬프게 울고 있어."

그라치엘라 세리
점쟁이

마리엘라, 이건 내가 아니라 타로 카드가 하는 말이에요. 관이 그려진 카드가 나온다 해도 놀라지 마요. 무덤에 들어갈 사람은 아무도 없으니까. 장담해요……. 반면에 이 카드는 좋은 카드로 "새로운 소식이 오고 있다."는 뜻이에요. 그런데 고양이 카드 옆에 있어서 동시에 이런 암시를 주기도 해요. "친구라고 생각하는 사람을 조심하라. 친한 척 인사하지만 당신을 해코지할 기회를 엿보는 사람이다."

질투하는 사람이 많군요. 나도 그런 경험이 있죠. 가엾은 마르티노가 주님의 은총을 받은 이후로 난 대부호라도 된 듯 그의 연금을 모두 물려받는 행운을 얻었어요. 마을 여자들은 이런 사실을 받아들이기 싫겠죠. 보통 이들은 일기 예보에 집착하고 밤 인사도 할 줄 모르는…… 몽유병자 같은 남자와 살아요. 그래서 화요일이면 나는 탁자에 초와 접시를 올려놓아요. 이제 겨우 즐기며 사는 내 몸에서 불운을 떨쳐 내기 위한 것이죠. 마을에 내려갈 때는 리본이 그려진 빨간색 새틴 브래지어를 해요. 당신도 그래야 해요. 누군가 "마리엘라, 참 좋아 보이네요!"라고 말할지도 몰라요. 그 사람에게 불운을 즉시 넘겨줘야 하니까 먼저 한 손을 주머니에 넣고 뿔을 만드세요.

무엇보다 중요한 카드는 당신이 마지막으로 뽑은 카드예요. 당신의 운명을 나타내는 카드죠. **모자 쓴 사람** 카드. 짐승 사체 주위로 까마귀들이 몰려들듯이 당신이 하는 모든 일의 중심에는 이 카드가 있어요. 예기치 않은 일이 생겨 힘들 거라는 뜻이죠. 나처럼 그런 일에 익숙한 사람에게는 별문제가 되지 않지만요.

인크로차타 길에 사는 어느 방탕아가 한때 에세드라의 성스러운 자태가 보이던 창문을 열었다는 건 누구나 아는 사실이에요. 이 괴물 카드가 나온다면 그건 결코 우연이 아니죠. 그건 마치 강도와 마주 보고 사는 것과 같아요. 그는 추악한 것을 끌어당기고 그 추악한 것이 담 하나를 사이에 두고 있는 당신 집에도 닿게 돼요. 들리는 소문에 아랫마을의 그 악마는 며칠 동안 집 안에서 숨어 지내야 했다던데. 그를 처벌하기 위해 밖에서 기다리고 있던 사람들 때문이죠. 그 생각을 하면 미칠 노릇이에요. 재판은 중지됐죠. 범인이 누굴까요. 어쨌든 언제나 똑같은 이야기일 뿐이에요. 전쟁 같은 삶을 사는 가엾은 사람들이 있어요. 이들은 잠깐의 여유를 위해 사십 년 동안 광산에 얼굴을 파묻고 일하죠. 나의 가엾은 마르티노처럼 말이에요. 고이 잠들게 하소서. 나는 규폐증 (硅肺症)*에도 걸리지 않았죠. 마르티노 같은 사람이 공과금을 깜빡한다면, 등이 휘어져라 일해서 장만한 집을 빼앗기겠죠. 텔레비

---

* 규산이 많이 들어 있는 먼지를 오랫동안 들이마셔서 생기는 만성질환.

전만 봐도 알아요. 온갖 사건 사고가 다 일어난다는 걸요. 사회 부적응자가 범죄를 저질렀어요. 재판은 중지됐죠. 그리고 아무 일 없던 것처럼 그는 우리 곁으로 돌아왔네요. 그래서 불만 가득한 누군가의 머릿속에는 재판과 관련된 사람들을 총으로 쏘아 버리고픈 생각이 스칠지도 몰라요.

그 발코니에서 멀찍이 떨어져 있으라는 뜻이에요. 타로가 의미하는 게 이거예요. 방을 환기해야 하더라도 그 쪽 창문은 닫아 둬야 해요. 바람을 타고 달팽이 점액보다 더한 증오가 들어올 수 있어요. 당신의 사랑하는 남편에게 여자들 좀 적당히 따라다니라고 하세요. 나는 디보의 진짜 모습을 알아요. 누군가 와서 그를 귀찮게 한다면 당연히 가만있지 않겠죠. 그는 뱀이 득실대는, 빠져나갈 구멍 하나 없는 길로 나설지 몰라요. 인크로차타 길에 사는 미치광이를 그냥 내버려 두세요. 우리 마을의 공기를 들이마시면 저주보다 더 끔찍하다는 생각이 들 거예요……. 카드가 이렇게 말하고 있어요. 마리엘라, 지금 내가 하는 말 명심해요.

마리오 실베스트리

상점 주인

　그 아이의 자그마한 손은 마치 펜 끝으로 그린 듯 아름답다. 소설책을 펼치듯이 살라미를 자른다. 그녀의 작은 얼굴에선 앳된 모습이 사라지고 이성에 눈을 뜬 숙녀 티가 나기 시작했다……. 구시가지의 마녀들에게 물건을 팔다 보니 나도 쩍쩍 갈라진 벽처럼 늙었지만 그녀의 재잘거리는 목소리를 들으니 다시 젊어지는 기분이다.

　이른 아침 가게 앞에 서 있는 그 아이를 보자 다시 태어난 것 같았다. "좋은 아침."이라고 그 아이가 말했고 나는 설레다 못해 머리카락이 뒤로 쭈뼛 서는 것 같았다. 나도 모르게 회랑이 이어지는 골목길을 지나다니며 아델라이데와 마주치곤 했던 오십 년 전으로 돌아간 느낌이었다. 아델라이데는 곱슬곱슬한 금발 머리를 올려 묶고 스칼레테 길의 첫 번째 집 창문에서 내게 인사를 건네곤 했다. 그녀의 얼굴 위로 흘러내린 한 가닥 머리카락에 마음을 사로잡혔다. 그리고 손에 땀이 나고 정신이 혼미한 상태로 가게로 돌아오곤 했다. 아빠가 내게 말했다. "가서 포넨티네 식구들을 좀 닦달하고 와라, 못질을 하다 보면 언젠가 철도가 놓일 게야. 영악한 사람들 같으니, 우리도 평범하게 살아야 할 거 아니야." 나는 바보처럼 흡족해하며 자전거에 올라 밀린 빚을 빌미로 포넨티 가족을 괴롭히러 갔다. 포넨티네 식구들은 침대에서 꼼짝 못 하는 할아버지와 기관지염이 좀처럼 나을 기미가 없는 자코미노 핑계를 대며 멍연기를 펼쳤다. 먼저 이가 다 빠지고 고약한 냄새를 풍기는 가엾은 도나텔라가 문을 열었다. 구멍 밖으로 머리를 빼꼼히 내미는 쥐 같았다. 나는 다짜고짜 그녀에게 쏘아붙였다. "아빠가 돈을 갚지 않으면 굶어 죽게 할 거라고 했어요." 그러자 그녀는 흐느껴 울기 시작했다. 하지만 그녀의 그런 모습에는 전혀 아랑곳하지 않았다. 대신 아델라이데의 얼굴에 대롱거리는 금발의 곱슬머리가 떠올랐고 머릿속에는 장미 꽃잎처럼 창문 너머로 "안녕, 마리오."라고 인사하는 그녀의 목소리가 들렸다.

인생에 대해 생각하게 되었다. 아빠는 언제나 이런 말로 열심히 일하도록 나를 자극했다. "걷는 사람이 있는가 하면 산책하는 사람이 있어." 무엇 때문인지 오늘 난 이 말 뜻이 궁금하다. 내가 회랑을 지나다닌 지도 오십 년이 되었다. 비가 와도 새로운 일은 일어나지 않았다. 늘 똑같은 길을 다니면서 레 카세라고 하는 돌에 홈을 팠다. 난 평생토록 불운한 자이고 자코미노 포넨티는 기관지염 말고도 이 지역에 들어선 공장 때문에 이틀 전에도 신문에 실렸다.

아델라이데는 이제 창밖을 내다보지 않는다. 대신 그녀를 신부로 맞아 집으로 데려온 날 들여놓은 침대 위에서 조금씩 미쳐 갈 뿐이다. 난 그녀의 부스스한 머리를 빗겨 주었고 매일 출근 전에 다짐을 한다. '내일은 베개로 당신을 죽여 버릴 거야.' 그녀는 그 생각을 읽었는지 늘 눈물이 그렁그렁한 눈으로 죽여 달라고 애원하는 것 같다. 최근에는 출근하는 내게 그녀가 이렇게 말했다. "머리에 왁스는 왜 발랐어요?"

반면에 엘레오노라는 빛나는 나이였다. 그 아이를 생각하면 가장 먼저 옷을 찢어 그 안을 들여다보고 싶다. 그 아이는 맨발로 인생의 덫 위를 걸어가고 나는 가게 화장실 안에서 심호흡을 한다. 일 년 내내 내 모습을 비춰 본 반쯤 녹이 슨 거울 속의 나를 바라보며 작은 목소리로 말한다. "마리오, 그 집착을 끝내 버려." 그러고는 손으로 얼굴에 물을 끼얹는다. 가게 안으로 돌아오니 그 아이가 벌써 앞치마를 두르고 계산대 안쪽에 있다. 달려가 나 자신에게 총을 쏘고 싶은 심정이다. 전성기의 아델라이데를 보는 것 같았다. 어느새 노처녀로 늙어 가는 지난네스키에게 매일 똑같은 치즈를 포장해 주는 그녀의 자그마한 손을 지긋이 바라본다. 계산이 끝나면 엘레오노라는 모두에게 이렇게 말한다. "또 오세요." 그녀의 인사는 내일을 기다리게 한다. 잠시 후 추악한 슬픔이 마음을 사로잡았지만. "아델라이데를 위해 눈물을 흘리면서 그녀의 뼈를 갉아먹는 병에 감사해야 하는 건가?" 나는 혼잣말을 한다. "병이 나지 않았더라면 늘 싸구려 물건만 찾는 마을의 구두쇠들을 상대해 줄 스무 살짜리 여자아이가 필요 없었겠지." 1시가 되면 평생의 동반자였던 아내의 엉덩이를 닦아 주며 이런 생각을 한다. 나는 아내에게 성인용 기저귀를 채우면서, 버스를 타고 오가는 수고를 덜고자 가게에서 생활하는 엘레오노라를 생각한다. 그리고 아델라이데에게 밥을 먹인다. 그녀는 음식을 질질 흘리고 아무 이유 없이 울음을 터트린다. "우리에겐 자식도 하나 없네요."

어떨 때는 이렇게 중얼거리기도 한다. "우리는 왜 이런 고통을 겪어야 하죠?"

엘레오노라는 마을에 나도는 이야기를 듣는 것을 좋아한다. 자기 고향인 몬테마시의 평지에는 노인들밖에 살지 않는다는 말을 종종 한다. "반면에 레 카세에는 젊음이 폭발하지!" 나의 첫 대답은 이러했다. 그러자 그 아이는 머리를 쓸어 귀 뒤로 넘기면서 말한다. "제 고향에는 늙고 골난 사람들뿐이에요. 서로 인사도 나누지 않아요. 학교도 같이 다니고 전쟁도 함께 겪은 사람들인데 말이에요."

그래서 난 이 지역에 나도는 몇몇 사람들에 대한 이야기를 들려준다. 예를 들면 과부 이사스티아는 대령이 도박으로 땅과 집을 탕진하고 죽기 전부터 부잣집 안주인 행세에 집착했다는 이야기. 소문에는 도박으로 집마저 날려 버렸을 때 대령은 이렇게 말했다고 한다. "오늘 밤 재밌었소." 그길로 온데간데없이 사라져서 시신도 찾지 못했다. 그 후로 과부 이사스티아는 한때 감옥이 있던 빈민가에 살게 되었고, 특별한 일이 없는 날에도 화려한 귀걸이와 가슴에 뾰족한 황금 브로치를 달고 다녔다. 그녀는 가게에 오면 상할 대로 상한 과일을 찾았다. 그러고는 무게를 달고 원래 가격의 반만 지불한다. 이곳에는 무엇 하나 공짜가 없다.

레 카세에 아이들은 몰라도 미치광이들은 넘쳐 났다. 에세드라의 손자도 그중 하나다. 그는 건달처럼 험상궂은 행색으로 마을로 돌아왔다. 도시를 떠나 마렘마의 산등성이에 숨어 지내기로 한 건 잘한 일이다. 삼십 년을 살아도 문에 리본 하나 걸린 꼴을 볼 수 없는 범상치 않은 곳이다. 언젠가 마소가 이렇게 말했다. "아이가 없는 곳은 이미 죽은 곳이나 마찬가지야."

눈을 감으면 이십 년 전 라 베나와 산 마르티노에서 보냈던 어느 화창한 일요일이 떠오른다. 에세드라와 아델라이데는 옥좌 같이 생긴 돌 위에 앉기를 좋아했다. 그사이 공터에서 놀던 그 악령이 씐 아이는 걸음마를 뗐다. 그의 엄마는 프랑스에서 자취를 감춘 지 오래였다. 아빠가 누군지는 모른다. 그래도 에세드라는 변함없이 당당하게 다닌다. 난데없이 이 아이가 그녀 앞에 나타났다. 아델라이데는 밤나무 잎을 뜯어서 인디언들이 쓰는 왕관 같은 것을 만들었고, 아이는 그 왕관을 쓰고 장난치며 뛰어놀기 시작했다. "사무엘레, 계속 그러다가는 넘어져 얼굴을 처박고 말 거야!" 할머니가 소리쳤다. 하지만 아이는 듣지 않았다. 신기한 장면이었다. 할머니가 부르는 소리에도 아이는 어딘가를 멍하니 바라보며 유령의 속삭임을 듣듯이 뭔가에 빠져 있었다. 어쩌면 우리는 그때 그 아이의 작은 머릿속에 뭔가 이상한 일이 일어나고 있다는 걸 눈치챘어야 했는지도 모른다……. 그러고 나서 그는 정신을 놓고 날뛰기 시작했다. 신문과 뉴스에서 떠들어 대는 사회의 돌연변이 이야기와 더불어 그 후에 일어난 일을 생각하면 소름이 끼친다. 도망자처럼 그는 결국 레 카세로 돌아왔다.

어느덧 내 눈도 무뎌졌다 생각했지만, 오늘 아침 엘레오노라는 가게로 들어오는 그 아이를 보자 잠시 숨이 턱 멎은 듯 보였다. 세랄리니에게 거스름돈을 주고 있었는데, 세랄리니 또한 천일야화 같은 사연이 있다. 할아버지는 강도이고 그의 집은 온 지역에 피바람을 일으키고 얻은 것이다. 돈 라우로도 계산대 앞에 줄 서 있었다. 가게의 문이 세차게 열리자 우리 모두 입이 금붕어처럼 떡 벌어졌다. 엘레오노라는 그 누구보다 놀랐다. 그 순간 손에서 동전 두 개가 굴러떨어져 계산대 발판 아래로 들어갔다.

'젊은 남자를 보면 이렇게 되는군.' 나는 속으로 생각했다. 어쩌면 뉴스를 떠올리며 재빨리 그 사람을 사건에 끼워 맞춘 것인지도 모른다. 평지에 사는 나의 아름다운 아가씨는 오로지 땅만 보며 고개를 들지 않았다. 그 험악한 남자의 차례가 되자 나는 분위기를 감지하고 즉시 가공육 코너 쪽으로 갔다. 엘레오노라는 한동안 구석에 있었다. 간신히 인사를 하고 그가 가게 밖으로 나갈 때까지 그렇게 숨어 있었다.

"저 사람 누군지 알아?" 그녀에게 다가가면서 물었다. 엘레오노라는 미소를 지으며 화장실에 다녀오겠다고 말했다.

세상이 발칵 뒤집어질 일은 바로 그날 오후 6시 그 낯선 이가 나타나고 꽃 같은 아이가 그와 함께 사라졌다는 것이다. 그는 동물적으로 움직였고 가게에 가까이 접근하는 법도 없었다. 부츠를 신고 어두운 안색으로 담배를 피우며 멀찍이 떨어져 있었다. 엘레오노라가 내게 말했다. "내일 봬요." 그러고는 훈련된 원숭이처럼 그에게 달려간다. 그는 그 아이에게 인사조차 하지 않는다. 그녀가 옆으로 오기를 기다렸다가 담배를 던져 버리고 메초 길을 함께 걸어간다. 반면에 나는 집으로 향한다. 눈을 말똥말똥 뜨고 도움을 바라며 침대에 누워 있는 병든 아델라이데가 있는 집으로 가자니 발길이 떨어지지 않았다.

비가 온다 해도 회랑으로는 다시는 지나다니고 싶지 않다.

아델레 첸티니
과부 이사스티아

알몸으로 이 소파에 누웠을 때 가장 좋은 건 시작 전의 고요함이다. 칼라마이오는 벨 솔레 호텔 112호실로 들어와 먼저 도착해 있는 나를 발견한다. 그는 먼저 창가로 가서 커튼을 걷는다. 그런 다음 내 피부를 탱탱하게 만들어 줄 차가운 바람이 들어오도록 창문 하나를 열어 둔다. 그리고 지지대로 사용할 책상을 옮긴다. 가방에서 노트를 꺼낸다. 연필과 목탄을 평편한 곳에 놓는다. 재킷도 벗지 않고 자리에 앉는다. 우리는 잠시 동안 가만히 서로 바라본다. 그는 다섯 걸음 떨어진 곳에 앉아 있고 내가 누워 있던 빨간색 벨벳에는 내 몸의 형태가 고스란히 자국으로 남았다. 첫 번째 침묵이 가장 아름답다. 보통 그의 기침으로 그 고요함은 깨진다. 그는 마치 결투에 쓸 무기를 고르듯이 조심스럽게 몸을 숙인다. 항상 마지막으로 사용하고 남은 파스텔 토막을 선택한다. 그리고 나를 그리기 시작한다.

두 번째 침묵은 끝없는 호수와 같다. 그곳에서 나는 종종 길을 잃고 그는 얼굴이 퀭해질 정도로 열성적으로 항해한다. 신경질적으로 종이를 툭툭 때리는 소리가 쥐들이 찍찍거리는 소리처럼 들린다. 으르렁거리는 소리 비슷한 웅얼대는 소리가 섞여 들리는데, 이것이 이 방에서 나는 유일한 소리다. 그는 틈새로 스며들어 오는 바람을 맞으면서도 땀을 흘린다. 그 틈새 바람이 내 온몸을 감싼다. 몸에 액세서리를 걸친 채 몇 분이 흐른다. 벨 솔레 112호실에는 과거의 구멍이 열리고 나는 그 안으로 깊숙이 들어간다.

자주 이런 생각이 든다. 1954년 9월의 어느 날 모든 것이 잘 못되었다. 나는 열세 살이었고 우는 모습을 보이지 않으려고 볼 안쪽을 쇠 맛이 느껴질 만큼 세게 깨물었다. 본능적 욕구를 억누르고 떠나기 삼 일 전까지 아무것도 먹지 못하게 하는 정신적 압박을 진정시키기 위해서였다. 엄마는 무척 화가 났다. 며칠을 굶어 얼굴이 창백해지고 눈 밑이 퍼레졌기 때문이다. "너를 인형처럼 가꿔서 이사스티아 집안에 들여보내려고 굶는 사람은 나라고!" 엄마는 탁자를 두드리며 역정을 냈다. 그러고는 방으로 뛰어가서 파우더를 가져와 내 광대와 눈가에 발라 주었다. "이사스티아 집안에 들어가서 얼굴에 생기가 사라지는 날이면, 이렇게 해야 한다." 그녀는 말끝을 흐리며 중얼거렸다. 그리고 나를 거울 앞으로 데려갔다. "어서 가서 씻고 혼자 해 보렴."

나는 보기 드문 미모를 가졌고 엄마는 내 미모를 그리스 전쟁에서 살아 돌아오지 못한 아빠의 죽음을 포함해 모든 것에 대한 보상이라 여겼다. 아빠를 본 건 사진 두 장이 전부다. 아빠는 멋있는 사람이었다. 젊은 시절의 아빠 사진을 볼 때마다 내 배 속이 요동쳤다. 나의 이런 미모가 어디에서 나왔는지는 이해가 되었지만, 저주라 생각하고 살아야 했다.

반면에 엄마는 못생기고 말랐으며 눈에는 언제나 화가 가득했다. 사진 속 그 잘생긴 청년이 어떻게 엄마와 약혼할 생각을 했는지 도저히 이해가 가지 않았다. 엄마는 절름발이에다 피부는 이마 한가운데 털이 자라는 돼지 껍데기 같았다. 그리고 손은 남자 손처럼 두꺼워서 매니큐어라도 바르면 당나귀 발굽에 색을 칠한 것 같았다.

나는 감자 포대를 뒤집어써도 아름다웠다. 엄마는 항상 내 옆에서 곱슬머리를 다듬어 주고 옷매무새에 신경을 써 주며 걸음걸이를 교정해 주었다. 나를 흘긋 쳐다보는 엄마의 모습에 소스라치게 놀랄 때가 있었다. 보통 엄마가 딸을 대하는 눈빛과 달라서 등이 오싹했다. 그 까만 눈으로 이렇게 말하는 것 같았다. "오, 이 아이는 돈벌이가 될 거야." 그러고는 재봉틀을 돌리기 시작했다. 엄마는 군침을 흘리며 재봉틀 페달을 밟았다.

돌아오지 못한 남편의 빈자리가 느껴졌다. 옷더미를 보고 내가 도와주겠다고 나섰다. 약속한 마감 날짜가 다가올 때면 엄마는 밤을 새워 가며 일해야 했다. "얼른 자거라!" 언성을 높일 때면 콧소리로 변하는 목소리로 엄마가 소리를 질렀다. "넌 열 시간을 자야 해. 잡지에 그렇게 쓰어 있단다. 삼십 분이라도 덜 자는 날에는 하루 종일 욕실에 가둬 둘 테니까 그리 알아."

매주 일요일 미사 전에 우리는 이렇게 했다. 새벽에 엄마는 광장에서 계피를 넣은 아미아타산 약수 두 통을 길어 왔다. 어두컴컴한 겨울이든 우박이 떨어질 때든 건너뛰는 법이 없었다. 아침에 일어나면 침대 옆에 씻을 물이 준비되어 있었다. 사내처럼 힘이 센 두 팔로 주전자를 뒤집어 들고 있는 엄마를 자주 보았다.

어렸을 때 일어나자마자 차가운 물속에 몸을 담그면 숨이 끊어질 것 같고 수천 개의 못이 살에 박히는 것 같아서 울음을 터트렸다. 온몸이 물어뜯기는 것 같았다. 뼈까지 이빨이 닿는 느낌이었다. 엄마가 말했다. "호들갑 떨면 더 힘들어." 그래서 나는 울음을 멈추고 숨이 꽉 막히고 비명조차 지를 수 없는 대야 속에서 모든 걸 체념해 버렸다. "도자기같이 아름다운 이 피부 좀 봐라." 엄마는 마치 설거지를 하듯 중얼거렸다. 내게 숨 쉴 틈조차 주지 않았다. 채석공 같은 팔로 내 머리를 물속으로 밀어 넣었고 머릿속에서는 뇌가 터져 버릴 것만 같았다.

일 분간 물속에 들어갔다 나오기를 반복했고 엄마가 말했다. "아홉 번 남았어." 기관지에 물이 들어가자 몸이 타들어 가는 느낌이었고 이틀 동안 기침이 멈추지 않았다. 일 분간 물속에 들어갔다가 일 분간 물 밖에 나와 있다. 휴식 시간이 끝나 갈 무렵 다시 나를 물속에 밀어 넣으려는 엄마의 손이 내 가슴팍에 와 닿았다.

나는 물속에서 엄마를 바라보았다. 엄마는 큰 소리로 시간을 세고 있었고 그 소리가 심장이 쿵쾅거리는 소리와 함께 밑바닥에서 울려 퍼졌다. 그러면서 엄마는 무지막지한 힘으로 물속에서 내 옷깃을 부여잡고 있었다. 열 번을 그렇게 왔다 갔다 하고 나서 체념하기 시작했다. 물 밖으로 나와서도 공기를 들이마시려고 입을 크게 벌리지 않았다. 마지막 순서가 되고 나니 어느새 난 딴사람이 되어 있었다. 숨도 쉬지 않고 물 밖으로 나왔다. 엄마는 내 머리에 수건을 덮어 주었다. "얼마나 엄살을 피우던지." 그녀가 말했다. "이제 봐라. 조금 전에는 평범한 미모였다면 지금은 한 폭의 그림 같구나. 추위가 피부를 탱탱하게 만든다." 그러고는 내 볼을 꼬집어서 다시 핏기를 돌게 했다. 나는 다시 태어난 비너스처럼 대야에서 나왔다.

엄마는 나를 의자에 앉혔다. 그러고는 알몸으로 덜덜 떨고 있는 내 머리를 빗질하기 시작했다. 엄마가 말했다. "이제 교회로 가보자. 이 시궁창에서 누가 가장 아름다운지 젊은 농부들에게 알려 주자꾸나."

레 카세의 부잣집 신사들이 하녀를 찾는다는 소문이 돌자 엄마는 기도를 하러 산타 바르바라로 갔다. 도시락을 준비해서 토요일 아침 일찍 떠났다. "네게 공들인 이유가 바로 이 때문이란다." 길을 나서기 전에 엄마가 말했다. "이제 들어가서 아무에게도 문을 열어 주지 말아라, 하느님이 오더라도 안 돼."

엄마는 몬테마시로 가는 길을 따라서 멜레타, 프라타, 가벨리노를 지나갔다. 니콜레타를 수호하는 성인의 성상에 입맞춤을 하고 월요일 저녁 집으로 돌아왔다. 스티차노에서부터 가는 데만 무려 사십 킬로를 걸어야 한다. 엄마가 문 앞에서 나를 보자마자 처음으로 내뱉은 말은 이랬다. "오는 길에 늑대를 만났단다. 좋은 징조야." 그러고는 집 안으로 들어와서 밥 한술 뜨지 않고 잠자리에 들었다.

다음 날 아침 내가 엄마를 깨워야 했다. 삼십 분이 넘게 알람 시계가 울려 댔지만 엄마의 방에서는 아무런 기척이 없었다. 내가 깨우자 엄마의 눈이 휘둥그레졌다. 더운 여름날 멍하니 있듯이 생각에 잠긴 듯했다. "잠들었어." 엄마가 말했다. 잠결에 하는 소리는 아니었다. 그녀는 일어나서 앉았다. "자 버렸어!" 또 한 번 말했지만 이번에는 불안한 목소리였다. 그러고는 나를 쳐다보았다. 먼저 내가 어떤 옷을 골라 입었는지 유심히 보았다. 그다음에는 화장한 얼굴을 확인했다. "내가 너한테 제대로 가르쳐주지 않은 모양이구나." 엄마가 투덜거렸다. 그 순간 시간을 확인했다. "버스가 이십 분 뒤에 올 거예요." 내가 작은 목소리로 말했다. 엄마는 어리둥절한 눈으로 잠시 멍하게 있었다. 허둥지둥하고 횡설수설했다. 혼이 쏙 빠져나간 듯했다.

버스에는 정성스레 치장을 한 딸과 엄마들이 가득했다. "주변 마을에서 여자들이 몰려들고 있구나." 엄마가 버스 발판을 디디며 중얼거렸다. 엄마는 로레타에게 인사를 하러 갔다. 그녀 옆에는 딸 라첼레가 고개를 숙이고 말없이 앉아 있었다. "어머나, 이 고운 아이는 누구야?" 엄마가 내 초등학교 동창의 볼을 꼬집으며 큰 소리로 말했다. 라첼레는 뚱뚱하고 돼지 코에다 앞니는 손가락 하나가 들어갈 만큼 듬성듬성 벌어져 있다. 빌려 입은 옷에 몸을 꾸역꾸역 집어넣었는지 오래된 콘페토* 같았고 그녀도 그걸 아는 눈치였다.

우리는 맨 끝 자리에 가서 앉았다. 엄마는 팔꿈치로 툭툭 치며 내 귀에 속삭였다. "여자들 좀 보렴. 다 합쳐 봤자 네 손톱만큼도 못 따라오겠어."

그날 처음으로 이사스티아 집안의 재력을 확인했다. 영주의 저택은 탑으로 향하는 언덕이 시작되는 구시가지의 정면에 성곽처럼 우뚝 솟아 있었다. 산 바스티아노 광장에 도착하자 이미 인산인해를 이루고 있었다.

마렘마의 여자들이 부모와 함께 전부 그곳에 모여 있었다. 엄마는 사람들의 대화를 엿듣고 심지어 폴로니카나 오르베텔로에서 온 사람도 있다고 말해 주었다. 광장 주변 성벽에는 사내들이 몰려들었고 그곳을 빙 둘러싸고 너도나도 구경하려고 서로 밀치

* confetto. 설탕에 졸인 견과류.

며 몸싸움을 벌였다. 사내들은 윙크를 날리고 농담을 던지며 자기들끼리 웃고 떠들었다. 몇몇 여자아이들이 그들의 도발에 반응하기도 했는데 그러면 아버지는 손바닥으로 딸을 철썩 때렸고 어머니는 머리 모양새가 망가진다며 소리를 질렀다. "팔미로." 한 여자가 큰 소리로 말했다. "카테리나를 보여 주려 여기 온 거잖아요. 그러니까 보게 놔두세요!"

엄마는 건물 입구에 서 있는 사람에게 번호표를 받으러 갔다. 내 이름이 적힌 종이를 가져와 내게 보여 주었다. "밤을 새워야겠구나." 엄마가 투덜거렸다.

시간이 지나도 딸을 데리고 나타나는 가족들의 발길이 끊이질 않았다. 발을 절뚝거리는 사람도 보았다. 사람들은 무리를 짓고 친구가 되기도 했다. 그런데 내가 사람들과 인사라도 주고받을라치면 엄마가 득달같이 나타났다. "시선은 아래로." 그러고는 위쪽에 있는 창문들 중 하나를 올려다보았다. "그들이 광장을 지켜보고 있어. 이 아이들 중에 누가 가장 신뢰할 만한지 예리하게 살피고 있겠지. 선택은 이미 시작됐어."

오후가 절반쯤 지났을 때 내 차례가 되었다. 내 이름이 불리자 주변이 갑자기 조용해졌다. 사람들은 쑥덕거리기 시작했고 내가 지나가도록 길을 터 주었다. 나는 저택의 입구를 막고 서 있는 하인 앞에 도착했다. 그는 나를 보자 벌레에 쏘인 것처럼 눈을 여러 번 깜박였다. 그는 확인도 하지 않고 내 번호표를 받아 들었다. 그러고는 내가 지나가도록 옆으로 비켜섰다. 엄마가 나를 따라오려 했지만 그가 가로막았다. "가족은 이곳에서 기다리십시오." 그하인이 말했다. 그러면서 빈 꽃병만 덩그러니 놓인 한쪽 구석을 가리켰다. 어느 순간 나는 앞치마를 하고 황소처럼 숨을 내쉬는 어느 뚱뚱한 여자 앞에 서 있었다. "이쪽이야." 그녀가 말했고 안뜰을 가로질러 갔다.

꿈속을 거니는 느낌이었다. 천장의 벽토는 마을의 예배당을 장식한 것보다 훨씬 더 아름다웠다. 그림들과 촛대, 한쪽 벽면을 가득 채운 큰 거울……. 심장이 쿵쾅거렸고 터벅터벅 걸어가는 그 여자의 발걸음을 따라 계단을 올라갔다. 부자들이 사는 곳의 공기를 들이마셔 보았다. 축축한 나무 냄새와 미모사 향이 났다. 계단을 올라가다 멋진 털북숭이 고양이와 마주쳤다. 고양이는 마치 제가 주인인 양 평온하게 돌아다녔다. 잠시 후 우리는 전체에 카펫이 깔려 있고 셀 수 없이 많은 방이 이어진 복도를 따라 걸어갔다. 어느 방 문 앞에 멈춰 섰는데, 문틈으로 한 줄기 빛이 새어나왔다. 문 앞에 의자가 하나 있었고 그 여자는 의자에 앉아서 앞치마로 얼굴에 부채질을 했다. "저녁이면 몸에서 기름이 뚝뚝 떨어진단 말이야." 그녀는 나를 쳐다보지도 않고 혼자 중얼거렸다. 그러다 발소리와 속삭이는 소리가 들려왔고 갑자기 빛이 확 쏟아졌다. 나는 창백한 얼굴로 벌벌 떨고 있는 어떤 여자아이와 부딪힐 뻔했다. 그녀는 도살장에서 살아 돌아오기라도 한 것 같았다. 나와 함께 있던 여자는 숨을 깊이 들이마시고 허리의 반동으로 몸을 일으켰다. "가자." 그녀가 한숨을 내쉬었다. 그러고는 혐오가 묻어나는 듯한 눈빛으로 나를 한번 쳐다보고는 말했다. "이 아이를 데려다주고 다른 아이를 데려올 테니, 내가 오기 전에 끝나면 여기서 기다려라. 아무것도 만지지 말고."

나는 두 사람의 모습이 점점 멀어져 공작새 동상 뒤로 사라지는 것을 지켜보았다. 복도의 공기는 탁했다. 갑자기 뒤에서 "들어오세요."라는 소리가 들렸고 다리가 후들거렸다. 나는 필요 이상으로 우물쭈물했다. 우렁찬 목소리가 들렸다. "들어오세요!"

끝이 보이지 않는 거대한 방이었다. 우리 집 전체와 연장을 보관하는 헛간이 있는 집 뒤편을 합쳐도 턱없을 만큼 거대했다. 벽에는 하늘색 태피스트리가 걸려 있었지만 그것 말고는 아무 장식이 없었다. 그림 몇 점이 듬성듬성 걸려 있을 뿐이었다. 광장을 향해 나 있는 두 개의 큰 창문은 거대한 빛처럼 보였다. 창문 사이에서 커다란 책상 앞에 앉은 한 남자의 실루엣이 보였다.

"시작이 좋지 않군요."라고 말하는 소리가 들렸다. "이 집에서는 두 번 반복해서 말하지 않아요. 이제 내가 하라는 대로 하세요. 거기 가만히 있으세요." 나는 부서진 타일 위에서 멈추었다. 발을 내려다보았다.

사람 미치게 하는 침묵이 뒤따랐다. 불안한 마음에 힘이 빠지고 낙담하는 순간이 이어졌다. 누군지는 모르겠지만 책상 앞에 앉은 사람은 계속 말이 없었다. 흘긋 보려고 시도했지만 그럴 때마다 빛 때문에 눈이 부셔서 앞이 잘 보이지 않았다. 마침내 그 사람이 헛기침을 했다. 그가 말했다. "이름. 성. 생일." 난 대답했다. 거대한 방 안에 울려 퍼지는 내 목소리가 낯설었다. 그가 메모를 하고 있다는 것을 알아차렸다. 그가 물었다. "집안일을 할 줄 알아요?" 나는 미소를 지어 보이면서 할 줄 안다고, 그게 내 특기라고 설명했다. 실제로 살면서 집안일 외에 다른 일은 해 본 적이 없다. 물론 이런 저택에 발을 들인 것도 처음이었다. "애인들과는 어때요?" 당혹스런 질문이었다. 나는 애인이 없다고 웅얼거렸다. 대신에 지난 몇 년간 고양이를 길렀다고 했다. 나도 모르게 이런 말이 튀어나왔다. "그래서 말인데요, 오는 길에 정말 멋진 고양이 한 마리를 봤어요." 맞은편에 있던 남자가 코웃음을 지었다. "그 고양

이의 이름은 에토레예요. 못 말리는 게으름뱅이지요……." 의자
가 움직이는 소리가 들렸고 내 몸은 더욱더 뻣뻣해졌다. 그림자
가 나를 덮었다. 얼굴을 보려 했지만 보이는 건 여전히 실루엣뿐
이었다. 그의 발소리는 진자가 울리는 소리 같았다. "이름이 예쁘
네요." 내가 작은 목소리로 말했다. 잠시 후, 그는 내 앞에 있었다.
그의 숨소리는 거칠고 깊었다. 담배 냄새가 났다. "치아를 좀 보여
주세요." 숨을 헐떡거리듯이 그가 말했다. 내가 떨고 있는 걸 눈치
채지 못하도록 팔짱을 꼈다. 입을 벌리면서 고개를 뒤로 젖혔다.
그 남자는 살짝 몸을 기울였고 햇살이 내 몸을 감쌌다. 일 분 정도
그러고 있었던 것 같다. 그의 코에서 쉬익 소리가 났고, 그의 시선
이 창자 속까지 파고 들어가는 것 같았다. 그러고 그는 한숨을 내
쉬고 책상으로 돌아갔다. "나가 봐도 좋아요." 퉁명스럽게 그가 말
했다. "그리고 에세드라에게 들어오라고 해 주세요."

결과 발표 때 나는 방에 있었다. 이사스티아 대령은 원하던
하녀를 찾았다. 나는 왼쪽 창문으로 광장을 엿보았다. 딸들을 위
로하는 어머니들이 보였다. 다른 어머니들은 화가 나서 사람들 사
이를 비집고 딸을 끌고 갔다. 하지만 손해가 큰 사람은 아버지들
이다. 그들은 아내의 극성 덕분에 그날 하루 일당을 날렸다. 이 세
상에 꿈에 그리던 이세를 만들었다고 자신하던 엄마들은 결국 다
시 감자 껍질이나 깎는 신세로 돌아갔다.

우리는 대령의 기사가 운전하는 차를 타고 집에 돌아왔다. 난
이따금씩 흥분한 눈빛으로 밖을 바라보는 엄마를 돌아보았다. 먹
잇감을 보고 흥분한 짐승 같았다. 두 손을 무릎에 얹고 차가 흔들
리는데도 눈 하나 깜빡하지 않았다. 집에 도착했을 때 운전기사는
월요일부터 바로 일을 시작해야 하니 일요일 아침 8시에 다시 데

리러 오겠다고 했다.

그날의 혼란스러움이 한꺼번에 밀려왔다. 나는 부엌 의자에 앉았고 그제야 피가 돌기 시작한 듯 얼굴이 따끔거렸다. 그사이 엄마는 옷장을 뒤적거리면서 옷을 끄집어내고 오 일 뒤 저택에 들어갈 때 쓸 여행 가방을 마련해 두었다. 엄마는 불쑥 다가와 차분히 정신을 가다듬고 있는 순간을 방해했다. "그래, 분명해." 마치 시작된 적 없는 대화를 이어 나가듯이 엄마가 말했다. "네 월급이면 형편이 좀 나아지겠지, 그 돈을 집으로 보내렴. 그런데 기억해라, 우리의 목표는 그게 아니라는 걸. 알다시피 대령은 명망 있는 홀아비란다. 노년을 앞둔 그에게 필요한 건 젊고 아름다운 아내야. 알겠니?"

돈 라우로
신부

예수님, 저는 당신을 사랑합니다. 이미 알고 계시겠지요. 당신은 저의 안내자이자, 위안을 주시는 분입니다. 그런데 한 말씀만 올리겠습니다. 당신에 제게 내린 벌은 정말 이해할 수 없습니다.

오늘부로 이 년이 되었어요. 이 년이라는 시간이 **째-깍, 째-깍, 째-깍**······. 아마도 여기 이렇게 반쯤 멍청이가 된 저를 보면 웃음이 나고 흡족하시겠지요. 모세 이후로 전 눈을 감지 못하고 있어요. **째-깍, 째-깍, 째-깍**······. 재밌기도 하시겠죠. 다른 사람이었다면 이미 창밖으로 몸을 던지고 말았을 거예요. 하지만 성직자는 이 같은 행동을 해선 안 되죠.

약국에 가서 잠을 재우는 강한 약물을 달라고 하는 것도 성직자가 해서는 안 될 일이죠. 살기니 선생이 말하는 게 벌써 상상이 돼요. "언제나 믿음을 가져야 한다고 말하는군요, 돈 라우로. 밤이 되면 우울증이 도지는데 누구에게 처방을 해 달라는 거예요? 성모 마리아도 사람의 신경증을 잠재우지는 못해요. 벤조디아제피

네면 모를까." 죽어도 그의 말을 듣지 않을 거예요. 그런데 계속 이런다면 정말로 죽어 버리겠어요. 저는 밤이면 담배 수백 개비를 피워요. **째-깍**은 애교에 불과하고, 당신은 제게 폐기종이라는 커다란 선물도 하셨어요. 그래서 샴페인 마개를 따고 고삐 풀린 사람처럼 달아나려 해요.

쉬운 임무로 선심 쓰듯 당신은 버려진 마을로 저를 부르셨죠……. 저는 선량한 마음을 가진 신부이고 10월 초가 되면 짙은 안개에 덮이는 이런 언덕에 사는 건 두렵지 않아요. 마음속에 당신이 계시고 예전보다 더 열성적으로 당신을 마음에 품고 있어요. 언젠가부터 당신이 짓궂은 짓을 하셨다 하더라도요.

혹시 아직도 십 년 전의 그 바보 같은 짓을 잊지 않으신 건가요? 제가 여러 차례 사죄했잖아요. 그리고 마리엘라가 제게 눈길도 주지 않은 지 꽤 오래됐어요. 그녀도 성적 쾌락을 잊었고 생각만으로도 부끄러워하고 있어요. 이제는 다들 행복하게 잘 살고 있어요. 외람된 말씀이지만 꽁해 있는 건 당신이에요, 맙소사!

아니면 제가 헌금으로 술 한 병을 샀던 그날 기분이 나쁘셨나요? 예수님, 저희 목자들을 황금 밭에서 구르게 해 주시는 것도 아니잖아요. 로마에 가면 샌들을 신고 다니는 사람이 있죠. 그런데 신자는 일 년을 일해도 구경만 할 뿐이에요. 그때 그 일 이후에 저는 용서를 빌었고 다음 날 돈을 다시 채워 놓았어요. 물론, 그 행동이……. 그러면 제게 벼락을 내리세요. 더 이상 어떻게 해야 하나요! 차라리 저를 아무 행성에나 던져 버리고 다시는 그 얘기를 꺼내지 마세요. 하지만 과부들과 일하고 가정을 돌보느라 인생을 허비한 것 같다며 어린애처럼 불평하며 다니는 광부들의 푸념을 들으러 누가 이 암울한 곳까지 올지 두고 볼게요. 성서는 악마의 유혹에 대해 이야기하는데, 권태에 비하면 아무것도 아니라고 말씀 드리고 싶군요.

예수님, 저는 제 할 도리를 다합니다. 그것도 아주 잘하고 있어요. 이를테면 잔네시의 어여쁜 딸 클라라를 생각해 보세요. 그 아이는 몽유병 환자였고, 하느님께서 만드신 본래 모습 그대로인 알몸으로 자신의 몸을 긁적거리며 한밤중에 마을로 내려갔어요. 작년, 이맘때였죠. 잠을 제대로 자지 못해 제 눈은 충혈되어 있었죠. 마음속에서 이런 외침이 들렸어요. "이보게, 돈 라우로, 가서 산책을 좀 하고 와, 그러지 않으면 끊임없는 **째-깍** 소리가 성인의 빛을 빼앗아 가 곤경에 빠뜨릴 걸세."

당신은 마렘마 분지의 절벽이 내려다보이는 작은 길로 이어지는 내리막길에서 제가 그녀를 발견하게 해 주셨지요. 보통 사람이라면 구역질이 날 만한 광경이었어요. 심지어 양동이 하나를 다 채울 만큼. 늑대 개가 나타났어요. 열여덟 살이라는 꽃다운 나이의 잔네시 부부의 딸 클라라는 힘겹게 네발로 기어 다녔어요. 그때 개가 귀를 쭉 늘어뜨리고 뒷발의 발톱으로 땅을 긁으며 근처를 배회하고 있었어요. 그 아이에게 달려들기 직전이었어요.

위에서 잘 보셨습니다. 전 지옥에서나 볼 법한 그 짐승에게 돌을 던져야 했습니다. 그러면서 큰 소리로 주기도문을 외웠습니다. 그러나 그 짐승은 먹잇감을 포기할 리가 없었죠. 작살을 쓴다 해도 흥분한 그 짐승을 마을에서 몰아낼 수 없었을 거예요. 가엾은 아이가 맨가슴을 드러내고 맨발로 나타날 때, 짐승이 먹이를 찾아 레 카세를 배회하는 것을 보게 될 거예요…… 결국 그 짐승의 머리에 널빤지 하나가 날아들었죠. 흐느껴 우는 동시에 짐승은 으르렁거렸어요. 그 까만 눈으로 나를 돌아보았을 때 저는 즉시 이렇게 소리쳤어요. "이 불결한 악마야, 썩 꺼져!" 말귀를 알아듣게 하려고 얼굴에 돌을 하나 더 던졌어요. 그제야 수풀이 우거진 반대편 비탈길로 사라지더군요, 그런데 도망가면서도 계속해서 아랫배를 움직였어요.

잔네시 부부의 딸 클라라는 여전히 알몸으로 거기에 있었어요. 머리카락이 축 늘어져 그녀의 얼굴을 가리고 있었죠. 사실을 말하자면, 악마를 직접 본 것보다 그녀가 훨씬 더 무서웠어요. 잠시 후 그녀에게 다가가서 말했어요. "이리 오렴, 클라라. 집에 데려다주마." 내가 입고 있던 재킷을 그녀에게 덮어 주었어요. 그녀는 꿈에서 깬 듯이 몸을 부르르 떨었어요. "돈 라우로 신부님, 여기에서 뭐 하세요? 추워요." 그녀가 덜덜 떨면서 중얼거렸어요.

예수님, 제 용기를 시험해 보시고 싶은 거였다면 할 만큼 하셨어요. 그래요. 제가 경거망동하여 죄를 지었지만 필요하다면 하느님의 이름을 지키는 검이 되겠어요. 악마의 사악한 침도 저를 물러서게 할 수 없어요. 하지만 계속해서 그러신다면, 확실히 말씀드릴게요. 당분간은, 조금 전 클라라가 갇혀 있었던 그곳에 가서 함께 있어 줄게요.

저는 제게 마련된 산 바스티아노의 작은 방에서 아주 잘 지냈어요. 말하자면 "집이자 성당"이죠. 그곳에서 삼십 년 가까이 살았고 결코 단 한 번도 불평한 적이 없었죠, 사실이에요. 그런데, 어느 화창한 날, 레 카세를 지탱하고 있는 돌들을 흔들어 버리고 싶다는 생각이 번쩍하고 떠오르셨나 봅니다. 처리할 일이 생각나신 모양이죠. 아시다시피 하느님의 계획은 헤아릴…… 헤아릴 수 없…… 다시 말해서, 이해할 수가 없지만 저는 괜찮아요. 아마도 하느님께서 종종 마을을 흔드는 것은 이런 뜻이 아닐까요. "아들들아, 두려워하지 말고, 기억해라. 너희는 범죄의 소굴에 흩어져 살고 있지만 하느님은 너희를 지켜보고 있단다."이렇게 믿는 사람도 있겠지요. 윗마을의 어르신들 말로는 이 마을이 잠자고 있는 거인의 몸뚱이 위에 만들어졌다고 해요. 그래서 우리가 지진이라고 믿는 것은 그 거인이 천 년간 깊은 잠을 자면서 이따금씩 몸을 떠는 것이죠.

사람들은 지진에 익숙해졌어요. 진동이 느껴진다 싶으면 이렇게 말해요. "움직인다. 작년 6월 이후로 처음이네."그러고는 모두 샹들리에를 바라봐요. 지붕의 홈통에서 몇 개의 돌도 쉽사리 굴려 떨어뜨리지 못할 정도로 늘 가벼운 진동이에요. 이 년 전, 새벽 3시에도 그 정도의 진동이 있었죠. 대부분의 사람들은 알아차리지 못했어요. 다음 날 아침 보니, 아득한 옛날부터 진동을 견뎌 온 집에는 금 하나 가지 않았는데…… 저희 집 지붕 전체가 아래로 푹 주저앉았어요. 침대가 놓여 있는 공간만은 봉변을 피했어요. 저는 침대에 누워 있었죠.

"기적이야!"아무 일도 없던 것처럼 멀쩡하게 서 있는 나를 보고 사람들이 소리쳤어요. "기적이야!"예수님, 이제 더는 의심의 여지가 없어요. 물론 처음에는 저도 이렇게 생각했어요. "내게 새 집을 마련해 주려고 천국에 사는 사람들이 이렇게 애를 쓰는구나."

얼마 되지 않는 제 살림살이를 시계탑으로 옮기는 건 좋았어요. 창밖을 바라볼 때면 굽어진 지평선에 시선을 빼앗겼죠……. 이렇게 혼잣말을 해요. "그렇다면, 예수님은 내가 마을의 가장 높은 곳에서 지내기를 바라셨구나. 분명히 이런 속뜻이 있을 거야. 사람들아, 돈 라우로의 시선은 그대들을 향해 있으며 그것이 곧

예수님의 시선이니라." 그러고 나서 **째-깍** 소리가 나는 걸 알았어요. 매시간마다 종 치는 소리를 세지는 않았지만 문제는 톱니바퀴였죠. 스프링과 톱니 모양의 바퀴가 내 머리 위에 있는 거대한 바늘을 움직이게 해요. **째-깍, 째-깍**……. 생각하지 않으려고 할수록 더더욱 머릿속에 울려 퍼지죠. 백 미터 떨어진 곳에 있어도 마찬가지예요. 이 소리가 들리지 않는다 싶으면 가난한 자들의 불평 소리가 저를 괴롭혀요. 시청 사람들이 이 년 전, 산 바스티아노에 장벽을 설치했지만 의회에서 보수 비용을 주지 않아 장벽은 아직도 그대로 있어요.

　　예수님, 제가 술 한 병을 사려고 딱 한 번 헌금에 손을 댔기로서니 그게 그렇게 못마땅하신가요? 하느님께서 말씀하신 대로 카펫에 쓰러져 잠이 들 수 있을 정도로 흠뻑 취하려고 했습니다.

　　과학자 같은 살기니에게 항복하는 편이 나은 것 같아요. 그는 당신의 말씀에 의문을 제기하죠. 방종을 시험하는 사람들 틈에서 신성 모독자로 살아가면서 말이에요.

마리엘라 만토바니
주부

그라치엘라는 돈 많은 유명 인사 행세 하는 걸 좋아하지만 틀니 살 돈이 없어 말할 때 입이 타란텔라*를 춘다. 게다가 전생에 자신이 꽃이었다고 믿는다. 그녀는 작은 키에 뚱뚱하고 백치 같은 데가 있으며, 모든 것을 신기하게 여기고 새로운 것에 빗장을 걸어 두지 않는 열여섯 살의 순진무구한 면도 있다. 우리는 헝겊 조각으로 만든 인형을 들고 밤나무 아래에 가곤 했다. 마차를 타고 온 왕자님들과 차 마시는 놀이를 했다. 인형 놀이로만 그치지 않았고 더운 날에는 치마를 걷어 올리고 개울에 발을 담갔다. 그라치엘라는 치마 속에 손가락을 집어넣었고 나도 그녀의 치마 속에 손가락을 넣었다. 우리는 오후 내내 이렇게 놀았다. 라 베나의 7월은 평온했다. 그리고 난 사랑에 빠졌다. 그때의 기억이 아직도 생생하다. 그녀에게 이렇게 말했다. "그라치엘라, 우리 언제까지나

* 이탈리아 나폴리 지방의 민속춤.

도랑에서 재미있게 놀자, 누가 뭐라 하겠어!" 그리고 우리는 또래의 여자아이들이 알고 있는 방식으로 키스를 했다. 약간 대범했지만, 공짜로 펼쳐진 맛있는 음식을 놓치지 않으려는 돼지 같은 여행객이나 사냥꾼이 수풀에서 불쑥 나타날까 봐 겁났다.

그 밤나무는 여전히 건강하고 아름답게 자라고 있다. 지금처럼 10월이면 밤송이가 열린다. 그에 반해 우리는 늙어가고 있었고 멋진 남자가 나타날 거라는 생각은 단념한 지 오래다. 그래도 난 가끔 기대한다. 해가 쨍쨍할 때 도로를 따라 오래된 빨래터에 나간다. 굽잇길을 지나 마을을 가로질러 가면 십 분 만에 그 작은 집에 도착한다. 그라치엘라는 문을 열기 전에 커튼 사이로 밖을 살핀다. 내가 착각하는 건지도 모르지만 그녀의 쪼글쪼글한 얼굴은 문 앞에 서 있는 나를 보면 약간 밝아진다. 그녀가 문을 열어 주며 말한다. "어머, 마리엘라! 어쩐 일이야!"

벽에서 오래전에 맡아 본 쿠키 냄새가 났다. 집 안으로 들어서자 추억이 폭풍처럼 밀려들었다. 예전에는 잠깐이라도 비밀 이야기를 하며 단둘이 있을 기회를 호시탐탐 노렸다면, 이제는 집으로 전화해 계절이나 다리 통증 이야기만 늘어놓는 사람들의 방해를 받지 않고 함께 시간을 보낼 수 있다. 잠시 후 우리는 탁자로 가서 카드 점을 쳐 본다.

그녀는 할머니에게 카드 점을 배웠다. 어릴 때 그녀는 내게 새의 피로 만든 양초와 성가신 귀신들을 쫓기 위해 밤마다 오줌이 담긴 접시를 문 앞에 놓아두는 이야기를 들려주었다. 벨리아 할머니가 새벽 3시에 거울에서 악마를 불러내는 마녀라는 이야기가 마을에 떠돌았다. 엄마는 종종 이렇게 말했다. "그 여자와 친구로 지내는 편이 좋단다. 그 여자가 눈빛 하나로 베네데티의 밭을 쑥

대밭으로 만들었다고 하더구나. 그래서 베네데티는 시장을 찾아가 무릎을 꿇고 연명할 빵을 구걸한다는구나." 우리는 강가에서 여가를 보냈다. 그라치엘라의 할머니 벨리아는 죽어야 한다는 말을 입에 달고 살았지만 그 전에 먼저 타로 카드의 힘을 그녀에게 전수하고 차를 달이는 방법을 설명해 주기로 마음먹었다. 나는 타로 같은 건 별로 믿지 않았지만 그녀를 사랑하는 마음이 크기 때문에 그녀가 내 옆에 있는 것만으로도 좋았다. 내가 말했다. "우리도 언젠가 얼간이를 만나 결혼하겠지. 그런데 약속해 줘. 그래도 라베나에 와서 몰래 안아 주겠다고." 우리의 인생이 서서히 뒤틀리기 시작했다는 게 문제였다. 그녀는 두꺼비같이 생긴 마르티노와, 그리고 나는 늘 욕을 입에 달고 살지만 결국은 부족함 없이 살게 해 준 디보와 함께 산다. 그라치엘라는 어느 날 밤 내가 어느 젊은 남자와 춤추는 것을 보고 기분이 상했다. 채 스무 살도 안 되었지만 가족들은 내게 마지막 기회라고 하거나 노처녀로 늙어 죽을 거라고 했다. 그래서 제일 먼저 다가오는 사람을 잡았다. 어느 날 아침 문 앞에서 이상한 펜던트가 달린 목걸이 하나를 발견했다. 머리카락이 붙은 두 개의 돌로 만들어진 펜던트였다. 속으로 생각했다. '그라치엘라가 아직도 내 생각을 하고 있다는 걸 알려 주러 왔었구나.' 그리고 사십 년이 지났다.

마을에서 일어나는 사건들은 결혼을 하고 나중에 자식이 태어나면 잊어버리는 것들이다. 남편의 미소는 점점 굳어지고 세월은 하룻밤 사이에 일 년이 휙 지나간 것처럼 빠르게 지나갔다. 이 년 전, 마리오의 상점에서 다시 만난 옛 친구는 이렇게 말했다. "마리엘라, 잘 지내는 것 같아 보기 좋아! 가끔 놀러 오지 않을래? 차 한잔 하면서 잠깐이라도 함께 있자." 이렇게, 뜬금없이.

그날 이후, 한 달에 한 번 도로로 나와 굽잇길을 넘어갔다. 그런데 그라치엘라는 예전과 달리 진지하게 카드 점을 쳐 주었다. 삐쩍 마르고 흑투성이가 아닌 아름다운 다리를 가졌던 예전의 이야기를 꺼내려는 핑계가 아니었다. 그라치엘라가 우리 사이에 아무 일도 없던 척하면서 나를 불편해하는 게 느껴졌다. 당연히 우리는 세월을 못 이기고 늙어 버린 몸뚱이로 옷을 벗고 침대에 함께 누워 있을 수는 없었다. 내가 평생 그랬던 것처럼 머릿속으로 상상만 할 게 아니라 허심탄회하게 털어놓는 게 좋을 텐데, 대신 내 친구는 디보에 대해서 묻는다. 광산을 그만두고 한 달도 채 버틸 수 없는 연금을 받으며 방구석 신세가 된 걸 아직도 못마땅해하는지 물었다. 그리고 제때에 레 카세를 떠나 시에나 근교에 살고 있는 아들 플로리아니에 대해서도 물었다. 나는 아무 말 않고 할머니처럼 가만있었다. 열여섯 살의 내 마음을 사로잡았던 그때의 그라치엘라가 아니라면 당연히 나도 말할 이유가 없다. 어쨌든 살면서 마음의 안정을 찾는 법을 터득했다. 신경질이 나서 면전에 대고 퍼붓고 싶을 때도 있지만.

남자를 보면 내가 왜 그러는지 모르겠다. 1965년, 결혼한 지 막 일 년이 지났을 때부터였다. 못생기건 잘생기건 남자를 보면 아랫도리와 엉덩이에 일종의 끝없는 매질을 당하는 생각부터 떠올랐다. 병적이었다. 이런 식의 욕구 충족은 진정한 사랑을 바탕으로 한 게 아니었기 때문에 어딘가 허한 느낌만을 주었다. 어쩌면 이것은 그라치엘라가 젊었을 때, 내가 광부와 만나는 것을 보고 내린 저주일지도 모른다. 당시 남편은 농담도 곧잘 했다. 말을 하게 만들려면 대포라도 동원해야 하는 지금과는 달랐다. 말은 안 해도 욕 하나는 거침없다.

가엾은 내 남편, 디보. 그는 언제나 화가 나 있고 나는 그를 이해한다. 그 당시에 나는 젊은 사람이든 노인이든 상관없이 남자만 보면 오로지 그 생각뿐이었다. 나와 한 침대를 쓰는 그를 제외하고 말이다. 그는 코를 심하게 골고 꿈속에서 내가 과수원에서 한 짓을 알아내기라도 한 듯이 잠결에 팔을 휘두른다. 가끔씩 그가 휘두른 팔에 맞기도 해서 반대로 누워 잔다. 그래서 그는 사십 년째 내 얼굴이 아니라 발뒤꿈치를 보며 잔다.

손톱이 자그마한 디보의 손은 일하느라 기형적으로 변했다. 서서히 목도 사라졌다. 괴물처럼 험상궂어졌다. 원래 준수한 외모였는데 시간이 갈수록 못난이가 되었다. 겨울철에 침대 위에서 춤추며 내 쪽으로 발을 뻗어 그의 발가락이 몸에 닿으면 소름이 확 끼친다. 그런데 신혼 때는 리볼라 광산에서 이교대 근무를 한 뒤에도 쉴 새 없이 밀어 넣던 그의 그것 없이는 하루도 살 수 없었다. 그의 알몸을 본 지도 까마득하다. 그 대신 평생 나는 그의 속옷을 빨고 번듯한 신사로 만들어서 내보낸다. 그동안 그가 어떤 식으로 욕구를 충족했는지 모르겠고 관심도 없다. 나는 남부럽지 않고 더할 나위 없는 아내로서 품위를 지킬 따름이었다.

그라치엘라는 카드 점을 잘 친다. 모두 인정하는데 내가 아니라고 말할 자격은 없지만, 그녀가 모든 걸 내다보는 건 아니다. 어쩌면 말하고 싶지 않은 것일지도 모른다. 사실, 그녀는 최근 레 카세로 돌아와 마을을 어수선하게 만든 사무엘레를 달갑지 않게 생각했다. "그에게 인사하는 건 악마에게 인사하는 거나 다름없어." 그녀가 당부했다. "아무도 없는 척 창문을 닫고 살아." 쉬운 일이라는 듯 말했다. 나는 사무엘레가 자라는 걸 지켜봤다. 내 나이가 고문처럼 느껴지기 시작하고, 그는 가장 매력적인 나이에 사라졌다. 한때 내게 달려들어 내 그곳을 뭉개 버린 사내들이 있다. 지금은 멜레타에 살고 두 명의 자녀를 둔 잔노네가 그중 한 명이다. 그의 아들 하나는 그를 쏙 빼닮았다. 우리는 악취가 진동하고 뱀이 나올 것만 같은 멧비둘기가 득실거리는 헛간에 함께 있었다. 나는 두 다리를 공중으로 들어 올리고 비명을 질렀다. "잔노네, 하느님 맙소사, 멈춰요! 이러다가 그게 뿜어져 나와 아기가 생기면 어떡해요!" 하지만 그는 반응이 없었고 멍한 눈빛으로 내 아랫배를 하염없이 내리찍었다. 눈물이 날 만큼 절정에 도달한 순간이 있었다. "멈추면 가만두지 않을 거예요." 그에게 말했다. 잔노네는 흥분한 노새처럼 여자들과 거친 관계를 맺기 위해 태어난 사람 같았다. 그리고 나는 후들거리는 다리로 집에 돌아왔다. 디보는 내가 이상하게 걷는 것을 알아차리고는 말했다. "무슨 일이에요, 통증이 재발한 거예요? 텔레비전에서도 그러던데, 환절기라……." 다음 날은 더욱 심했다. 아침에 일어나니 머리끝부터 몸이 부서지는 것 같았다.

한편, 사무엘레는 수염을 길렀고 눈빛이 어두웠던 것으로 기억한다. 옆집 발코니에 누워있는 에세드라와 수다를 떨면서 창 너머로 그를 보곤 했다. 그는 잘생긴 외모에 마르고 얼굴이 창백했다. 나는 빙빙 돌리지 않고 큰 소리로 말했다. "이봐, 내가 삼십 년만 젊었어도 자네 손자를 꾀꼬리처럼 노래 부르게 했을 거야." 그녀는 웃었다. 나는 생각했다. '그 아이가 열네 살이 되면 지하실에 가둘 거야, 그의 수로에서 나오는 물 맛이 어떤지 알고 싶어.' 하지만 그럴 방법은 없었고 그 아이는 고등학교를 다니기 위해 그로세토로 갔다. 그가 떠났다. 그런데 일 년 전 각종 뉴스에서 그를 보았다. 이제 나는 하고 싶어도 빠르게 움직이는 추를 감당할 나이가 지났고 내 몸에 들어왔다 나갔던 사람들의 이름을 적어 놓은 종이를 보며 한숨만 쉴 뿐이다. 그 종이를 부엌, 나만 사용하는 서랍 속 수저통 아래에 숨겨 두었다. 어느 날 또 다른 우승컵을 추가하려고 서랍을 열어 보았지만 종이는 없었다. 몇 주 동안 피가 말랐다.

디보가 그걸 발견했을지 모른다는 생각에 난생처음으로 미안한 마음이 들었다. 그에게는 손톱만큼도 허락하지 않았는데 젊은 남자들의 이름이 적힌 그 메모를 보면……. 잠자리에 누워서 그를 유심히 봤지만 그는 평소와 다름없는 험상궂은 얼굴이었다. 잠시 후 안도하며 속으로 말했다. '내가 실수로 종이를 버렸겠지.' 다음 날 또다시 다른 남자들과 관계를 가졌지만 누군가에게 들킬지도 모른다는 생각에 기록은 남기지 않기로 했다.

사람들 말이 사실이다. 늙어서도 기억하고 싶은 것이 있지만 더러 그 기억이 왜곡된다. 기억을 간직하려면 일기를 쓰면 편할 테고 그러면 후회하는 일이 적다. 지금처럼 황소 같은 사내 한 명을 떠올리는 것도 괜찮다. 그는 몬테밤볼리 출신이고 피스톤이라 불렸다. 이름이 모든 걸 말해 준다. 손에 속옷을 쥐고 밤나무 아래 누워 있는 나를 상상하니 코웃음이 절로 나온다. 텔레비전을 보던 디보가 묻는다. "왜 웃어요? 동맥 경화가 도졌어요?" 저녁상을 차리면서 그를 본다. 그 순간 무릎이 떨린다. "글쎄요." 늘 똑같은 대답을 한다. "계절 탓이겠죠……."

아델라이데 프란치
환자

우리를 위해 기도 드리옵소서, 우리를 위해 기도 드리옵소서……. 돈라우로, 부탁이 있어요. 창문을 조금만 열어 주세요. 이 방은 푹푹 찌네요. 벌써 지옥에 들어선 기분이에요. 그리고 이제 기도도 지긋지긋해요. 과거는 과거일 뿐이에요. 당신은 턱이 빠져라 하느님께 자비를 호소하고 싶으시겠죠. 그런데 뭘 위해서요. 일생 동안 제가 욕설이나 어떤 저속한 생각을 계속해 왔다고 나무라고 싶으신 건가요? 그러면 차라리 태어나질 말았어야 했군요. 제 생각은 이래요. 태어나는 건 쉽죠. 하지만 저는 이렇게 침대에서 꼼짝 못하는 신세이고 금요일을 넘기지 못할 수도 있어요. 하느님께서는 징징거리며 우는 모습이 아니라 엑스레이를 통과한 것처럼 있는 그대로의 제 모습을 판단해서 천국 통행권을 주셔야 해요. 아델라이데 프란치가 어떻게 살았는지 아시잖아요. 저를 세상에 태어나게 하신 분이니 아시겠죠. 만약 신경에 거슬리고 화가 나신다면 그건 그분 문제예요.

돈 라우로, 죽어가는 여자의 말일 수도 있지만 제가 아직 이성의 끈을 놓지 않았다는 것을 알아주세요. 위에서 저를 지켜보고 계신 분께 감사드려요. 제가 차라리 바보였더라면 모든 게 새로울 것이고 이 침대와 이 방이 온통 우울한 새장처럼 느껴지지 않을 테죠. 저는 귀여운 딸처럼 남편의 목을 감싸고 웃을 거예요. 그 가엾은 양반이 내 엉덩이를 닦는 동안 닭똥 같은 눈물은 흘리지 않겠어요. 하느님이 보시기에는 호강에 겨웠다 하시겠죠. 그리고 꽃다운 시절에 만난 사람의 손길 속에서 제가 스스로 깨닫기를 바라시죠. 그는 이제 이불을 내팽개치다시피 하네요. 병을 앓는 것보다 끔찍한 일 같아요.

사실이에요. 그런데 이게 다가 아니에요. 썩은 이를 한 방에 뽑아 버리고 싶은 심정이에요.

그 요망한 계집애를 말하는 거예요. 어쩔 수 없이 병에 걸린 저를 대신해 제가 일생을 바친 가게에서 일하는 여자애 말이에요.

돈 라우로 신부님, 소니아 세랄리니가 수요일마다 꽃을 들고 죽은 남편의 납골당에 다녀오는 길에 가끔 저를 만나러 온다는 걸 아시나요. 집에 돌아가는 길에 장바구니를 들고 제게 들른답니다. 포장 음식과 신선한 모르타델라* 냄새가 제게 어떤 영향을 주는지 아시잖아요……. 소니아는 제 머리를 빗겨 주는 걸 좋아해요. 늘 이렇게 말해요. "아델레, 네게 남은 이 세 가닥의 머리카락은 제자리를 찾아가야 해." 난 그녀가 하는 대로 내버려 둬요. 그녀 앞에서는 부끄러울 게 없어요. 그녀에게 물어봤어요. 마리오에 대해, 그가 가게 계산대에서 어떻게 행동하는지 물어봐요. 소니아는 수

---

* 곱게 다진 돼지고기에 돼지기름, 후추 등 향신료, 피스타치오 등을 섞어 만든 소시지.

다쟁이이고 제 편이 되어 새로운 소식들을 들려주었어요.

예를 들면, 그 엘레오노라는 잔잔한 물 같은 아이지만, 매일 알바니아에서 온 그 괴수 같은 아이들 중 한 명이 그녀를 집으로 데려간다더군요. 레 카세의 아이들은 3학년이 되면 몸에 악마가 씌나 봐요. 사실, 이것도 자식을 낳을 수 있는 사람이 있던 이십 년 전에나 있었던 일이죠. 젊은 사람이라곤 눈을 씻고 찾아봐도 없고, 결국 넨초니는 제재소의 문을 닫는 대신 그 흉측하게 생긴 이들을 불러와야 했죠. 그 문제의 인물도 그들 중 한명이었죠.

"불평꾼." 소니아가 말했어요. 그는 처음 마소의 두에 포르테 바에 가서 할 일 없이 빈둥대던 사람들 중 한 명이죠. 그들은 진흙이 잔뜩 묻은 부츠를 신고 와서 술을 들이붓기 시작했어요. 거친 사람들이라 시비가 붙지 않은 날이 없었죠. 그중 정신 나간 이들은 바닥에 술병을 내던지기까지 했어요. 어느 날은 경찰이 출동해서 그들을 달래 집으로 돌려보내기도 했죠. 마소도 어느덧 나이가 들었고 두에 포르테에는 젊은 시절부터 줄기차게 드나들던 사람들이 1930년산 마지막 캄파리*를 마시러 와요. 주먹깨나 쓴다는 사람만 몸을 보전하죠. 건달들이 어떻게 시간을 때우는지 아시죠. 그들은 벌목을 하거나 감옥에 있을 때만 얌전해요.

그러니까, 마리오가 저 대신 가게에 고용한 그 순진한 척하는 아이는 이들 중 한 명과 연인 관계일 거예요. 소니아 세랄리니 말로는 그는 이마가 좁고 얼간이처럼 생겼대요. 어깨 사이에 꽉 끼어 있는 듯한 황소 같은 목을 제외하면 잘생긴 편이라네요. 게다가 그는 헌 옷을 받아 입는 신학교 고아들처럼 신발은 두 치수나

---

* 붉은색의 쓴맛이 나는 리큐어로 주로 식전에 마신다.

큰 것을 신고 다닌대요. 밤이 되면 그 두 사람이 어느 굴로 사라지는지 아무도 몰라요⋯⋯. 확실한 건 엘레오노라가 아침 7시 버스를 타고 출근한다는 거예요. 철공소에서 밤 근무를 마친 일꾼들도 그 버스를 타고 집으로 돌아가죠. 그리고 저녁이 되면 그 괴물과 함께 사라져요.

우리를 위해 기도 드리옵소서⋯⋯. 기도해 주세요! 신부님, 요점은 단 하나예요. 매 숨결 제 가슴을 아프게 하는 것이죠. 마리오는 아침마다 머리에 왁스를 발라요. 무슨 생각인지 모르겠어요. 괴로워요. 못 견디겠어요. 이런 생각이 들어요. "창가에서 인사를 주고받으며 시작된 우리의 동화 같은 이야기를 끝내려는 건가? 조카뻘 되는 아이가 불을 지핀 욕망 때문에?" 그러면 병이 말끔히 나을 정도로 강렬한 불길에 사로잡혀요. 이 매트리스를 벅벅 긁으면서 발끝을 세워 봐요. 그러고는 이렇게 중얼거리죠. "난 열일곱 살에 마리오를 얻었고 앞으로도 그는 내 거야! 이렇게 늙긴 했지만."

돈 라우로, 아시나요. 결코 쉬운 게 아니에요. 그 바보 천치가 휘파람을 부는 걸 들어 보셔야 해요. 아침에 알람이 울리면 기운 넘치게 벌떡 일어나요. 얼마나 들떠 있던지 이틀 전에는 창문을 살짝 열어 놓고 나가는 걸 깜빡했더라고요. 강아지에게도 그러지는 않을 거예요. 그는 협탁 위의 전화기가 이상이 없는지만 확인했어요. 그러고는 방문을 쾅 닫고 쌩하니 나가 버렸죠.

이제 저는 모든 걸 훤히 들여다봐요. 저녁에 그가 돌아오면 눈빛에서 읽을 수 있어요. 악취를 풍기며 죽어 가는 아내와 이곳에 갇혀 있으니 머리를 박살 내는 게 낫겠다고 생각하는 걸 말이죠. 그는 제게 수프를 가져다줘요. 의자를 가져와서 침대 위에 식사를 차려 줘요. 울지 않겠다고 다짐하면 와인을 조금 주기도 하죠. 저는 울고 싶어서 우는 게 아니에요. 눈물은 제게서 끝없는 괴로움과 같은 온갖 감정을 쓸어 가는 파도예요. 보통은 접시에 뚝뚝 떨어지는 조용한 눈물로 시작돼요. 그러다 비명을 지르고 몇 가닥 안 남은 머리카락을 쥐어뜯기 시작하죠. 그리고 그에게 데리고 나가 달라고 애원해요. 처음 왔을 때는 아름다운 집이었는지 몰라도 이제는 출구 없는 지옥 같아요. 그는 부엌으로 달려가 물한 컵을 떠 오죠. "여보, 단숨에 들이켜요." 그가 말해요. 저는 살기니가 처방해 준 우울증 약을 쭉 들이켜죠. 언제 잠이 드는 줄도 몰라요. 잠시 후, 알람이 울리고 다시 또 하루가 시작돼요.

어쨌든 제가 하고 싶은 말은 이른 아침 몬테마시의 평원을 올라가는 그 엘레오노라에 관한 거예요. 그녀를 저주해요. 엘레오노라가 없었으면 저는 벌써 안정을 되찾고 하느님의 은혜를 받아 제자리로 돌아갔을 거예요. 저는 분노가 치밀고 독기를 불러일으키는 이 게임을 하고 있어요.

결과적으로 이 모든 것은 어제, 수요일이면 묘지에 들렀다가 장을 보고 돌아가는 소니아 세랄리니가 왔었다는 걸 말씀드리기 위한 거예요. "바로 제 앞에 있었어요." 그녀가 말했어요. 그리고는 제 자리를 채 간 그 풋내기가 잔돈을 거슬러 주고 있던 바로 그때 가게에서 벌어진 광경을 설명해 주었어요.

이 방의 텔레비전은 항상 켜져 있어요. 좋은 점은 시청료만 내면 왕년에 인기 있던 프로그램을 모두 볼 수 있다는 거예요. 노년층을 대상으로 만들어진 것들이죠. 그리고 오후에는 흑백 영화가 방영되고 그러면 난 코를 훌쩍이며 울기 시작하는데, 방금 말한 것처럼 추하게 우는 건 아니에요. 향수에 젖어서 운다고 할까. 일흔 살의 내 남편, 방탕한 여자아이와 난잡하게 놀아날 생각을 하는 그 사람과 휴일에 극장에 갔던 때가 떠올라요. '1954년의 그 폭발이 다시 일어났으면 좋겠어.'라고 가끔 속으로 생각해요. 그녀의 집에만.

그래요, 전부 다 보았어요. 에세드라의 손자에 관한 일 말이에요. 사회 흉악범에 관한 이야기예요. 저는 그가 체포되는 것과 신문에 난 소동을 보았어요. 텔레비전에 나와 수다를 떨고 그의 척추를 박살 내겠다며 법원 앞에서 그를 기다리는 군중도 보았죠…… 한동안 잡지도 구독했다고요. 시간이 저를 피 말리게 하는 동안 그렇게 시간을 때우려고 했죠. 그리고 속으로 생각했어요. '여기 레 카세에는 정상인 사람이 없어. 아무 이유 없이 예쁜 처녀를 죽인 미치광이에겐 뉴스에 나오는 일쯤은 별거 아니겠지. 갑자기 정신이 나가 버린 템페스티와 맞먹는구나. 이 마을엔 유명인사가 참 많아.'

그리고 전 어린 사무엘레를 기억해요. 에세드라를 따라 장을 보러 저희 가게에 오곤 했었죠. 하느님, 그녀의 영혼을 축복하시길. 불안해 보이는 깊은 두 눈에는 광기가 번뜩였어요. 이십 년이 지난 지금, 신문에서 그때의 그 눈빛을 다시 보았어요. 그 아이는 말수가 적었어요. 또래 아이들과는 어울리지 않았죠. 또래라고 해 봤자 한 손에 꼽을 정도지만요. 그러다 어느 순간 아이들은 사무엘레처럼 어딘가로 사라졌어요. 겨울철이면 저녁 5시인지 자정인지 구분이 안 가는 마을에서 권태에 시달려 죽지 않으려고요.

돈 라우로, 잘 들어 보세요. 어제 아침에 있었던 일이에요. 달갑지 않은 그 손님이 가게에 또 나타났어요. "그를 봤어. 심장이 멎는 줄 알았어." 세랄리니가 말했어요. 체스 시합에서 우승한 이후로 가족이 살던 곳에서 은신 중이라는 것을 이제 모르는 사람이 없어요. 소니아는 손으로 부채질을 해 가면서 말했어요. "그 엘레오노라. 자네가 봤어야 하는데. 그가 고개를 들자 순식간에 얼굴이 하얗게 질리더군. 동전이 계산대에서 떨어질 정도로 머리에서 발끝까지 바르르 떨었어. 그래서 마리오가 나섰지. 그 아이가 어찌나 놀랐는지 혀가 떨어져 나간 것 같았거든…… 자네 생각에 이런 반응이 정상인 것 같아? 뭔가 의심스러워."

저는, 돈 라우로, 그녀의 행동에 어떤 의도가 있는지 도무지 모르겠어요. 제가 아는 건 제 친구 소니아 세랄리니는 눈치가 빠르다는 거예요. 그녀가 그 모자란 아이의 얼굴에서 폭풍을 봤다고 하면 전 그 말을 믿어요. 정상적인 반응 같아 보이느냐는 질문에 이렇게 대답해요. 전혀 아니야! 침대에서 다 죽어 가는 나를 핑계로 고용한 그 어린것이 무슨 꿍꿍이인 거지? 저녁마다 그 알바니아 촌놈하고 어딜 가는 거야? 기적적으로 유죄를 면하고 홀연히 나타난 에세드라의 손자는 또 어떻고. 한마디만 하자면, 그는 해외로 갈 수도 있었어요. 하지만, 그러지 않았죠. 길은 잃은 악마의 눈처럼 산등성이에 다시 나타났죠. 리볼라에서 온 엘레오노라는 그를 보고 놀라 하마터면 주저앉을 뻔했어요.

발끝에 손이 닿던 시절 내가 선택한 남편이 연관돼 있지 않다면 그 바퀴벌레 같은 놈이 오줌을 싸고 돌아다니건 말건 상관하지 않았을 거예요. 하지만 내 집안일이고, 난데없이 병에 걸린 것도 억울한데 화가 나 죽을 것 같아요. 마리오는 웃음거리를 자처하고 있어요. 하지만 빛나는 곱슬머리를 찰랑거리며 길을 걷다 처음 만난 날처럼 그를 사랑하는 아내가 여기 있어요. 당연히 전 그가 바보 같은 일에 휘말리도록 내버려 두지 않을 거예요. 레 카세 사람들이 쑥덕거리기 시작하면 한 사람의 평판을 망가뜨리는 데는 채

일 분도 걸리지 않아요. 그런데 있잖아요. 그 계집애를 가만두지 않겠다는 생각을 하면 기분이 좋아지기도 해요. 기운이 넘치고 잇몸의 피도 타르처럼 맛있게 삼키죠. 오늘 아침, 여기 있는 이 거울을 봤더니 코 주변의 피부가 부드러워진 것 같았어요. 죽을 때가 됐나 봐요……. 그럴 거예요. 그 멍청한 계집애를 변기에 처넣을 생각에 기운이 생겨요. 뭐지, 한판 붙어 보자는 건가? 그러시든가. 나 아델라이데 프란치는 한 번도 물러선 적 없어요. 하느님이 까다로운 분이시라면 이런 제 분노마저도 죗값에 추가하시겠네요.

토니노 마넨티 (일명 마소)
바리스타

 가엾은 우리 아빠가 젊었을 때는 피렌체에서 사람들이 오기도 했다. 레 카세는 지금과는 완전히 다른 분위기였고 세상의 중심이었다. 나는 까치발을 하고 고사리 같은 손으로 이 스탠딩 테이블을 붙잡고 있었다. 높아서 코만 겨우 내밀 정도였다. 교회를 지탱하는 돌처럼 잘생기고 든든한 아빠가 거기에 있었다. 한쪽 어깨에 컵 닦는 수건을 항상 걸치고 있었다. 나는 아빠의 환한 미소를 하루 종일 보았고 아직도 마음속에 간직하고 있다. 아빠가 내게 말했다. "아이고, 귀여운 내 새끼!" 그러고는 나를 안아서 이리저리 비행기를 태워 주었다.

 봄이 되면 우리는 메초 길에 의자를 놓아두었다. 해가 중천에 떴을 때만 빛이 들던 좁은 길이었지만. 나는 크리스마스가 제일 좋았다. 창밖에 진눈깨비가 세차게 휘날리면 꼼짝 않고 안에 있었다. 바 안은 장식으로 걸어 놓은 귤껍질과 연기 그리고 늦은 시간까지 활기 넘치는 노동자들로 가득했다. 나는 그 사이에서 경기를 보고 이해할 수 없는 대화를 들었다. 아빠는 전쟁으로 남편을 잃고 과부가 된 여자들과 시시덕거렸다. 콧수염이 나고 이마가 넓은 아빠는 장난을 치면서 여자들을 홀리는 데 선수였다. 아빠가 유리 제품이 보관된 플라스틱 상자가 있는 가게 뒤쪽의 천막으로 가면서 내게 윙크를 했다. 아빠 주변에는 늘 여자가 끊이질 않았다. "토니노, 바를 물려받으렴!" 아빠가 말했다. 나는 마을 어딘가에서 바느질을 하며 혼자 지내고 있을 엄마를 떠올리지 않았다. 개구리처럼 가슴을 쫙 펴고 스탠딩 테이블로 갔다. 뻘겋게 달아오른 얼굴로 젊은 사람들에게 술을 따라 줄 때, 내색은 안 했지만 심장이 격렬히 뛰었다.

입이 떡 벌어질 만큼 수십 년간 같은 곳에 있는 나를 생각하면 마음이 쓸쓸하다. 사연은 이렇다. 어느 날 아빠는 나를 바 안쪽으로 데려갔고 그 후로 평생 그 덫에 갇히고 말았다.

러시아 전쟁에 참전했던 아빠는 총상을 입고 집으로 돌아왔다. 그리고 오랜 세월 오른발을 절뚝거리며 걸었다. 나는 그 먼 곳과 폭탄에 대한 이야기를 들려 달라고 고집을 부렸다. 아빠는 마지못해 이야기를 들려주었다. 와인 잔을 앞에 두고 수심 가득한 얼굴로 허공을 멍하니 바라보기를 반복하다가 이내 정신을 차리고 다시 체스 이야기를 해 주었다.

생전 처음 듣는 게임이었다. 아빠는 전쟁이 끝나 갈 무렵 그와 같은 부상자들이 속출하는 막사 안에서 체스를 배웠다. 아빠는 체스를 이렇게 소개했다. "체스에는 인생이 다 들어 있단다." 난 호기심 가득한 눈으로 숨죽여 듣고 있었다. 어느 날 아빠는 그로세토에 가서 체스 한 상자를 사 오셨다.

마을 사람들 사이에서 그런 놀이가 인기를 끄는 걸 보니 재미

있었다. 노인들은 카드 게임에 빠져 체스를 거들떠보지 않았지만 얼마 가지 않아 재미를 붙이기 시작했다. 일요일에는 문을 열자마자 그들 용어로 "체크무늬 판"를 예약하러 오는 젊은이들이 있었다. 삽시간에 소문이 퍼졌고 사소포르티노와 몬티에리에서 사람들이 오기 시작했다. 심지어 마사에서도 왔는데 그곳 출신이라는 죄로 얻어맞을 위험을 감수하면서까지 온 것이다. 두에 포르타에서 열리는 시합은 오후 내내로도 모자라 저녁 식사 후에도 계속되었다. 우승하는 사람은 사람들이 내건 돈을 챙겨서 집으로 돌아갔다. 하루 일당만큼 두둑한 금액이었고 동시에 각 지역의 내로라하는 사람들을 이겼다는 쾌감도 얻었다. 체크메이트를 하는 것은 상대편의 영혼의 일부를 빨아먹는 것이나 다름없다고 자주 아빠가 말했다. 판돈으로 황금이 가득한 가방을 손에 쥐게 되지만 그보다 짜릿한 것은 체크메이트를 당한 패자의 눈빛을 보는 것이다.

승리를 향한 야망은 전쟁으로 인해 가정이 황폐화된 농부와 광부의 삶을 단시간에 파고들었다. 의사도 변호사도 별수 없었다. 옆 마을의 구두 수선공이 와서 열 수 만에 해고 통지서를 안겨 줄지도 모른다. 그러면 거액을 잃은 사람은 화가 치밀고, 머리로 해내지 못한 것을 손으로나마 해결하려 애를 쓰는데, 그게 훨씬 더 굴욕적이다. 영업이 끝나고, 아빠를 도와서 청소를 하면서 바 안에 어질러져 있는 톱밥을 쓸어 담다가 사람의 치아를 발견하는 경우도 있었다.

니코데모 템페스티의 실력은 실로 놀라웠다. 그는 늘 말이 없고 고독한 사내였다. 그는 무일푼에 변변한 직업도 없는 사람 같았다. 그는 전쟁에서 바보가 되어 돌아왔다. 전쟁이 끝나고 정처 없이 떠돌다 몇 주 후에 집으로 돌아와 아내와 딸을 기뻐 날뛰게 만든 사람들과 함께. 괴로운 사람은 니코데모만이 아니었다. 하루 종일 의자에 앉아서 허공만 멍하니 바라보는 남자들이 있었다. 그러다 체스에 반응을 보이기 시작했다. 돈 한 푼 없다고 온종일 송장처럼 지낼 작정은 아니었기 때문이다. 시간이 흐르고 그들은 폭발이나 언제 어떻게 공중분해 될지 모르는 공포가 없는 평범한 생활에 익숙해졌다. 그리고 외출을 하기 시작했다. 외모뿐 아니라 성격도 변한 것 같았다. 예전의 그가 아닌 듯했다. 아침 일찍 일어나 집집마다 돌며 화장실의 오물을 퍼다 나르는 과부 어머니의 삶에 한 줄기 빛이 되어 주었다. 그의 어머니는 얼굴이 절로 일그러지는 고된 일을 했다. 전쟁에 나가지 않고 광산과 공장에서 교대 근무를 하며 남게 된 사람들에게 몸을 팔았다는 소문도 있다.

니코데모는 다른 사람들처럼 한가운데 놓인 탁자 위에서 벌어지는 경기를 보고 있었다. 항상 고요한 적막이 흘렀다. 그러다가 선수 중 한 명이 경솔한 수를 두거나 바보처럼 퀸이 먹히면 평소와 같은 야유가 들려왔다. 조롱받은 사람이 의자를 내동댕이치며 자리를 박차고 일어나는 경우도 더러 있었다. 하지만 가장 흥미진진한 경기는 패배 직전에 기사회생해 어느 순간 불리함을 극복하고 결국 최후의 일격을 날리는 경기였다. 상대방은 룩 두 개를 먹어 치운 뒤, 방심하고 있다가 구석에 놓아둔 폰에게 킹을 잡아먹혔다. 의자 말고도 체스판을 통째로 뒤집어엎어 공중으로 말들을 모두 날려 버리는 사람도 있었다. 그러고는 다신 발을 들여놓지 않겠다고 엄포를 놓으며 두에 포르테에서 도망치듯 나갔다. 아빠가 옆으로 다가왔다. "그 사람은 일주일 내내 생각할 거야." 아빠가 말했다. "숫자 20도 못 세는 토치니에게 졌으니 차라리 죽는 게 낫지."

어느 날 게시판에 니코데모의 이름이 등장했다. 소문에는 그의 어머니가 윗동네에서 노인들의 때를 밀어 주고 번 돈으로 대회에 등록했다고 한다. 그는 아무 말이 없었다. 차례를 기다릴 뿐이었다. 그의 차례가 되었고 토레 마을에서 온 두카라고 불리는 사람을 다섯 수 만에 이겼다. 두카라는 사람에게는 물고기처럼 다리가 없이 태어난 딸이 하나 있었다. 그는 관중들이 중얼대는 소리 때문에 제대로 집중하지 못했다는 핑계를 대며 재경기를 요구했지만 그런 일은 없었다. "그러면 내가 아는 누군가에게 가서 기분 전환을 할 거야!" 그는 이렇게 여자에게 화대로 줄 2리라가 있다고 넌지시 비추었다. 니코데모는 도발에 신경 쓰지 않았다. 오히려, 어느 날 오후 여남은 명의 상대 선수들을 길가로 내몰았다. 그들은 끊임없이 니코데모의 어머니를 모욕하며 협박을 쏟아 냈다. 그들 말대로라면 아들은 한 판의 게임으로 두 배의 돈을 벌어들인 셈이었다. 저녁 7시경 사람들은 초보자를 무시하던 태도를 바꾸고 템페스티의 경기를 지켜보았다. 결국 그가 우승을 차지했고 상금을 두둑이 챙겼다. 그다음 주 일요일 게시판에 또다시 그의 이름이 등장했다.

당시의 사진이 아직도 남아 있다. 신문 스크랩을 해 두었다. 니코데모는 삽시간에 유명 인사가 되었다. 아무도 그에게 대적할 자가 없었다. 그의 나이는 스무 살이었고, 체스로 지하 먼지 구덩이에서 일하는 사람의 월급과 맞먹는 돈을 벌어들였다. 어느 일요일에는 아레초에서 사람들이 왔다. 그들은 흰색 모자를 쓰고 시계가 달린 양복 조끼를 입고 있었다. 그들 중 한 사람이 게시판에 이름을 썼다. 탄크레디였다. 노인들 사이에서 아직도 종종 회자되는 이름이라 기억한다. 그는 자신의 차례가 됐을 때 거만하게 자신을 소개했다. 은으로 된 회중시계를 꺼내서 테이블 위에 올려놓았다. 그리고 풋내기를 보면서 말했다. "얘야, 네가 이기면, 이걸 가져도 좋다." 평소보다 경기가 오 분 더 길어졌지만 결과는 니코데모의 승리였다. 하지만 탄크레디는 화를 내지 않았다. 오히려 호탕하게 웃으며 두 팔을 벌렸다. 그러고는 니코데모를 밖으로 불러내 대화를 나누었다.

가난하게 태어난 사람의 수중에 돈이 들어오면 금방 자제력을 잃는다. 그와 같은 일이 우리 동네 주민에게도 일어났다. 두에 포르타에서 광부들은 신문 기사를 보며 욕설을 퍼부었다. 평생 철광석을 캐며 사는 그들과 달리 어떤 이는 게임으로 손쉽게 돈벌이를 하기 때문이다. 심지어 미국이나 전 세계를 돌아다니는 사치를 부릴 만큼 엄청난 액수를 벌어들였다. 그래서 그들은 체스를 생각하면 더욱 짜증이 났다. 이런 말을 할 만큼. "나도 여기서 살 만큼 살았어. 저 애송이가 했다면……." 그 애송이는 이제 마에스트로라고 불렸다. 들리는 소문에 아름답다는 말로도 부족할 만큼 빼어난 미모의 여배우를 아내로 맞았고 피렌체에 아파트 한 채를 샀다고 한다. 광부들은 아픈 배를 부여잡고 이렇게 말했다. "적어도 난 그놈 엄마 배 위에 올라가 봤어. 말이 나와서 말이지만 그게 뭐 그리 대단한 일은 아니잖아……." 그렇게 한마디씩 거들다 보니 다시 배가 아프기 시작했다.

한 가지 확실한 것은 니코데모 템페스티가 두에 포르테에 진 빚을 갚지 않았다는 것이다. 결과적으로 그는 일요일에 열리는 체스 경기 덕분에 이곳에서 다시 태어났다고 할 수 있다. 가엾은 우리 아빠는 러시아에서 총상을 당해 가며 체스를 배웠다. 하지만 템페스티는 감사 인사 한마디 없었다. 1954년 내가 고아가 됐을 때도 전보 한번 없었다.

　그는 예순 살에 부인에게 재산을 빼앗기고 평생 아껴 써야 할 돈을 들고 술독에 빠져 돌아왔다. 예전의 가난한 신세로 돌아갔다. 문제는 이제 더 이상 상대할 선수들이 없었고 그의 엄마도 치마를 들어 올리며 돈을 벌어들이지 않았다는 것이다. 체스판 앞에서 그와 마주하면 어떻게 되는지 다들 잘 알고 있었다. 사람들은 용광로와 평원의 협곡에서 폐가 부서져라 일할 때 누군가는 점잔 빼며 세계 여행을 했다는 사실에 화가 났다. 니코데모 템페스티는 돈을 모두 탕진하기 전까지 풍족한 삶을 누렸다. 이제 그는 매주 화요일, 돈 라우로가 가난한 사람들을 위해 마을을 돌며 마련한 음식으로 끼니를 때운다.

　디보는 누구보다도 냉정한 사람이다. 테이블에 혼자 앉아 인사도 하지 않는다. 오히려 큰 소리로 이렇게 말한다. "광산 일은 참 고되군. 시커먼 침이 나오지만 먹을 것이나 잠잘 곳은 부족함이 없어. 게다가 돈을 벌러 들어가는 지하에서는 정신이 번쩍 들고 사소한 것 하나 낭비하지 않게 돼. 남을 등쳐 먹고 살려다 굶주림에 오줌을 지리는 사람들과는 전혀 다르다고." 그러다 나를 본다. "마소, 위스키 한잔 가져와, 벌써 손이 근질근질하군. 꼴 보기 싫은 게 둘이나 있어. 공산주의자와 게으름뱅이. 이 둘은 똑같은 말이야."

　니코데모에겐 그의 말이 들리지 않는다. 그는 체스판 앞에 앉아 있다. 예전의 체스판이 아니고 체스 말들도 플라스틱이 아닌 나무뿌리로 만든 것이었다. 내가 알기로는 아랫동네에 새로 생긴 로돌포의 바에서 가져온 것이다. 그들은 벌써 먹고 살 만큼 돈벌이를 하고 있고 담배도 판다. 술을 팔아 내 심기를 거스르고 담배로는 스타촐리의 라이벌이다. 스타촐리가 밀릴 수도 있다.

니코데모는 강렬한 인상의 소유자다. 어느 계절이든 매일 오후 4시가 되면 나타난다. 이십 년째 좌측 텔레비전 아래, 아치에 조금 가려진 테이블에 앉는다. 노년이 된 그의 눈빛에는 불안이 서려 있다. 위스키 한 잔과 체크무늬 판을 그에게 주며 내가 말한다. "안녕하세요, 마에스트로." 그는 지팡이를 벽에 기대어 두고 잔을 들어 냄새만 맡고 마시지는 않는다. "토탄 향이 나는군." 이렇게 여러 번 중얼거린다. 그러고는 상대 선수의 자리에 잔을 내려놓는다. 그리고 가죽 주머니에 들어 있는 자신의 체스 말을 꺼낸다. 흰색 말을 먼저 놓고 그다음에 검은색 말을 정렬한다.

체스판을 돌려서 번갈아 가며 수를 둔다. 그사이 위스키 잔의 얼음이 녹는다. 나는 걱정되어 여러 번 그를 쳐다본다. 그는 몽유병 환자처럼 눈을 크게 뜨고 삼십 분간 가만히 멈춰 있을 때가 있다. 죽은 사람처럼 그렇게 있다가 한 손을 들어 나이트를 움직이고…… 혼자서 중얼거리거나 웃는다. 그럴 때면 난 속으로 생각한다. '나도 두에 포르테에 갇혀 있지만 이 가엾은 사람도 흑백의 성에 갇혀 있구나.' 게임이 끝나면 계산대로 온다. 난 "제가 사는 거예요."라고 말하면서 액체가 불어난 잔을 눈짓으로 가리킨다. 그는 당황한 기색으로 주변을 둘러보며 대답한다. "아……." "그런데 오늘은 누가 이겼나요?" 이번에는 나를 알아보는지, 또는 농담을 받아치는지 보려고 내가 물었다. 그는 눈살을 찌푸리며 나를 쳐다보고는 "나!"라고 소리를 친다. 쇠파이프에 대고 내지른 목소리 같다. "나 아니면 누구겠어!"

밖으로 나갈 때, 니코데모 템페스티는 항상 문 닫는 것을 잊는다. 나는 문을 닫을 겸 계산대에서 나와 테이블을 정리한다. 위스키는 내가 마신다. 얼마 있다가 살기니와 매번 별 표시가 가득한 검사 결과를 확인해야 하기 때문에 술을 마시면 안 되지만 말이다.

체스에는 인생이 다 들어 있다고 아빠가 예전에 말했었는데 그 왜소한 이가 절뚝거리며 출입문으로 걸어가는 깃을 보니 징말 그런 것 같았다. 그는 여기에서 체스를 시작했고 여기에서 가장 큰 경기를 치렀다. 문득 내게 전보 한번을 치지 않은 것이 생각나 화가 나기도 한다. 그러다 바보 같은 생각임을 깨닫는다. 템페스티는 정말로 감사해야 할 이유가 없을지도 모르니까. 복수라도 하듯이 두에 포르테에 나타나서 이렇게 말하고 있는지도 모른다. "당신이 나한테 무슨 짓을 했는지 좀 봐." 만약 우리 아빠가 러시아에서 총에 맞지 않았더라면 그 멍청이는 다른 인생을 살았을 것이다. 나도 그렇고.

템페스티에게 정이 들었고 쓸쓸히 미쳐 가는 걸 보고 있으려니 안타까웠다. 나는 며칠째 속으로 되뇐다. 우연히 거리에서 사무엘레를 만나기라도 하면 어쩌지? 한 방 날릴지도 모르겠다. 그 모든 사건이 벌어진 뒤니까.

에세드라의 손자가 돌아온 지 어느덧 일주일이 지났다. 우리는 두에 포르테에서 그 녀석이 커 가는 걸 보았다. 그 아이는 들판에서 짐승을 사냥하는 데 관심이 없었고 공놀이나 텔레비전의 시시한 것들에 집착하는 또래 친구들과도 어울리지 않았다. 체스를 좋아했다. 어쩌면 아빠가 없는 그는 템페스티에게 부성을 느껴졌을지도 모른다. 반대로, 니코데모는 수를 둘 때 그의 말을 주의 깊게 듣는 아들이 하나 생겼다. 체스는 안내자 없이도 바람이 이끄는 대로 자라는 나무처럼, 그 아이가 쓰러지지 않고 자신의 길을 찾아가도록 인생의 이치를 깨우쳐 주는 그 나름의 방식이었다. 템페스티는 폰을 들고 종종 이렇게 말했다. "이것들로 세상을 만들 수 있어. 그런데 조심해라, 한순간에 너를 무너뜨릴 수도 있으니까." 그에게 가르침을 주려는 건지 아니면 자신의 이야기를 들려주려는 건지는 모르겠다.

　그가 받은 첫 번째 충격은 사무엘레가 마을을 떠난 데서 왔다. 템페스티는 이른 오후부터 늘 같은 테이블에 앉아서 술을 마셨다. 주머니 사정이든 건강이든 좋았을 때다. 그는 술에 취해서 늘 하던 고독한 시합을 펼치고 혼잣말로 불평하기 시작했다. 하지만 진짜 충격은 사무엘레의 여자 문제로부터 왔다. 늘 같은 곳에 앉아 있는데 머리 위, 텔레비전에서 그가 아들같이 아끼던 아이가 처참하게 공격받고 있었다. 그 끔찍한 장면을 보았다. 누군가 침을 뱉은 텔레비전 화면에 사무엘레의 모습이 나오는 동안 니코데모는 인상을 찌푸리며 쉴 새 없이 나이트와 퀸을 움직이고 있었다. 얼간이들은 낄낄대고 웃다가 팔꿈치로 서로 쿡쿡 찌르고 턱을 까딱이며 이렇게 수군댔다. "저기 봐, 대단한 스승이네. 인생을 망치더니 누군가의 광기를 부추기고 말았어. 장난감 병정들을 줄 세우는 데 정신이 팔린 사람에게 뭘 바라겠나? 아직도 그 버릇을 못 고쳤군."

　니코데모 템페스티의 머릿속이 망가지고 눈에 초점이 사라지기 시작한 게 아마도 그때였을 것이다. 안 그래도 언젠가는 그렇게 됐을 테지만 사무엘레 사건이 결정적인 계기가 되었고, 그를 벼랑 끝으로 내몰았다.

　나는 이런 생각이 들었다. 저 사람은 바에서 얻은 아들을 못 알아볼지도 모르겠구나. 내가 오후 내내 그에게 그 아이의 이름을 소리쳐 부를 수도 있겠지, 그러면 템페스티는 지팡이를 부여잡고 한때 우리 아빠를 스쳤던 총검이라도 든 양 나를 위협하겠지. 아니면 깜짝 놀라 그대로 쓰러져 죽을지도.

어쨌든 그건 해방이긴 하겠지.

아델레 첸티니 2
과부 이사스티아

칼라마이오는 책상 위에 노트를 홱 던져 놓는다. 자리에서 일어나서는 마치 맨손으로 난로를 만지기라도 한 듯 손을 떨면서 방으로 걸어간다. 그러다 멈칫한다. 숨을 깊게 들이마신다. 의자로 돌아간다. 방금 전까지 씨름하던 종이를 찢어 버리고 처음으로 돌아가서 아무 말 없이 진지하게 나를 쳐다본다. 짙은 안개를 보고 있는 것 같다……. 그러다 갑자기 몸을 부르르 떤다. 그럴 때면 저녁거리 장만에 성공한 낚시꾼이 떠오른다. 그는 마음을 다잡는다. 그러고는 처음부터 다시 나를 그리기 시작한다.

나는 떠나기 전에 닷새 동안 한 가지 훈련에 집중했다. 입장하기. 엄마는 갑자기 나를 불러서 방으로 가라고 했다. 나는 미소를 지으며 똑바로 걸어서 방으로 들어갔다. "얼빠진 사람 같구나." 엄마는 나를 다시 불렀다. "저기로 가서, 정신을 가다듬어라." 나는 침대로 가서 앉았다. 앉아서 몇 분씩 기다려야 할 때도 있었다.

오후 4시에 빈 접시를 놓고 상상 속 손님들에게 물을 따라 주고 음식을 날랐다. "절대 얼굴을 쳐다봐선 안 돼." 엄마가 투덜거렸다. "총알이 날아오는 한이 있어도 입을 꾹 다물고 미소를 잃지 않도록 주의하렴. 한 가지 명심할 게 있어. 되도록이면 왼쪽 모습이 보이도록 움직이는 게 좋겠어. 다 예쁘지만 옆모습은 그야말로 천사가 노래를 할 정도란다. 대령의 얼굴을 똑바로 쳐다보지 마라. 항상 오른편에 약간 떨어져 있도록 해. 몸에 익혀 두렴."

제식 훈련 같았다. 엄마는 키스를 할 때처럼 흘긋 보는 것과 이브닝 티를 건네면서 닿을락 말락 하는 손가락에 대해 말했다. "점잔 빼기 좋아하는 그런 사람은 너 같은 요정이 옆에 있는 것도 실감하지 못할 거야. 네 미모는 죽은 사람도 살릴 정도인데 대령은 그야말로 식은 죽 먹기지. 그때가 되면 — 어차피 그 순간이 올 테니까, 세상 물정에 밝은 엄마의 말을 명심해라 — 몸을 쉽게 내주지 마라. 간절히 원하게 만들어. 그가 벽을 벅벅 긁게 될 때까지 말이야. 장담하는데 그자는 아침에 일어나면 네 얼굴이 눈앞에 아른거릴 테고, 그날 밤 그 나이의 남자들처럼 흥분해서 너를 침대로 부를 거란다. 네가 그 도톰한 입술을 벌리게 되는 날엔 모든 걸 집어삼키게 될 거다. 저택은 물론이고 마렘마의 온 재산의 절반쯤도."

무리해서인지 몸이 좋지 않았다. 한편으론 집을 떠나야 한다는 생각에 벌써부터 배 속에 구멍이 뚫린 것처럼 휑했기 때문이고, 또 한편으로는 담배 때문에 콧수염이 누레지고 코가 거대한 늙은 야수 같은 그 얼굴을 마주해야 한다는 생각 때문이었다. 그와 잠자리를 갖는 생각을 하면 당장이라도 물에 뛰어들고 싶은 심정이었다. 떠나는 날까지도 그랬다. 문 앞에서 엄마가 이렇게 말했을 때 짐 가방은 이미 차에 실려 있었다. "이게 네 운명이란다, 딸아." 그러고는 내 눈을 보면서 다가왔다. 내 머리칼이 쭈뼛 설 정도로 속삭였다. "명심하렴. 그가 네 위로 올라오면 바보 천치 같은 짓은 하지 말고 씨앗을 받아서 단단히 품어야 한다."

초반에 이사스티아 저택에서의 생활은 그리 녹록지 않았다. 밤마다 눈물로 베개를 적시며 계속 뒤척거렸다. 에세드라는 심술을 부리며 집안일을 전부 가르쳐 주지 않았다. 그녀는 일부러 내가 살얼음판 위를 걸으며 불안에 떨게 했다. 십 분마다 모든 사람 앞에 나를 불러 세워 놓고 거위 같은 목구멍을 활짝 열고는 나를 촌년, 저능아라고 불렀다. "대령님이 저지른 실수를 내가 감당하고 있어." 오 분마다 이렇게 투덜거렸다. 질색하는 작은 동물들이 득실거리는 빈 다락방 구석구석을 내게 청소하라고 시켰다. 어느날 살집이 올라 구멍을 빠져나가기도 힘겨운 토실토실한 거미 한 마리가 내 손에 달라붙었다. 하마터면 기절할 뻔했고 밤새 가려운 느낌이었다. "무슨 일이야!" 하얗게 질려서 부들부들 떨며 달아나는 나를 보고 에세드라가 버럭 화를 냈다. "바퀴벌레들끼리는 서로 통하나 보네."

한 달이 지나고, 일요일에 집에 돌아와 그곳으로 돌려보내지 말아 달라고 엄마의 치맛자락을 붙잡고 애원했다. 고양이마저 심술궂어서 내가 쟁반을 들고 가면 꼭 와서 약을 올리듯 내 다리 사이를 지나갔다. 엄마는 내가 속 시원히 마음을 털어놓을 수 있게 한 다음 손수건을 건넸다. 엄마의 얼굴은 조각상처럼 반질반질했다. "대령은?" 엄마는 말했다. "널 쳐다보기는 하니?"

그에 관해서는 아는 게 거의 없다. 저녁 식사 시간에 음식을 나르면서 보는 게 전부다. 낮에는 역광에 가린 그를 처음 보았던 그 방에 틀어박혀서 나오지 않는다. 이따금씩 그가 밧줄을 당기면 아래층에서 프랑스산 술을 대령한다. 에세드라가 그를 전담했다. 나는 바닥에 무릎을 꿇고 비질을 하는 게 전부다. 금요일 아침에는 정확히 계산된 돈을 들고 시장에 장을 보러 나가곤 했다.

엄마는 잠깐 동안 멍하니 있었다. 그러고는 말했다. "그러면 네 인생을 망치고 있는 그 망할 여편네에게 뭔가 안 좋은 일이 생겨야겠구나. 우리 뜻대로 되려면 한두 달 정도 침대 신세를 지게 하는 게 좋겠어."

10월 말경, 에세드라는 계단에서 굴러떨어졌다. 꼭대기에서 떨어진 건 아니고 마지막 층계참에서 예닐곱 계단을 굴렀다. 오후 휴식을 취하고 난 뒤, 다시 집안일을 시작했을 때 벌어진 일이다. 바닥 청소법에 대해 묻고자 아래층에서 그녀를 불렀다. 그녀는 사이렌처럼 대답했다. "어떻게 된 게 매번 처음부터 설명을 해줘야 해?" 뼛속을 파고들 만큼 쩌렁쩌렁하게 소리쳤다. 보트처럼 흔들거리는 그 큰 엉덩이로 계단을 내려오기 시작했다. 내가 난간에 세 겹으로 묶어 놓은 실이 있는 곳까지 도달했을 때, 소리를 질러 그녀의 걸음을 멈출까도 생각했다. 하지만 입을 꾹 다물었다. 그녀는 몸이 잠시 붕 떠 있을 때 꿩처럼 팔을 휘둘러서 정말로 하늘을 나는 것처럼 보였다. 잠시 후 아래로 굴러떨어졌는데 영락없는 드럼통이었다. 그녀는 바닥에 부딪힌 충격으로 내 발밑에서 기절했다.

나는 바로 달려가서 실을 끊어 앞치마 주머니에 넣었다. 그러고는 잠시 고민하다가 실을 돌돌 말아 공처럼 만들었다. 그리고 입안에 넣고 삼킨 다음 도움을 청했다.

예상했던 것보다 일이 잘 풀렸다. 에세드라의 엉덩이뼈가 부러졌다. 게다가 얼굴을 부딪혀서 앞니 두 개가 빠졌다. 안 그래도 늘 못된 말만 골라서 하던 그 주둥이를 누가 한 대 때려 준 것 같았다. 그녀는 들것에 실려 나갔고 실의에 빠진 물소 같았다. 그날 이후로 대령의 술은 내가 담당하게 되었다.

작은 종소리가 울리면 나는 엄마의 일 년 치 봉급은 족히 되는 금으로 장식한 은색 타원형 쟁반을 들고 계단을 올라갔다. 방문을 두드렸지만 아무런 기척도 없어 우두커니 서서 기다려야 할 때가 더러 있었다. 그러다 곧 대령의 귀가 잘 들리지 않는다는 사실을 알게 되었고 그래서 힘주어 노크하는 습관이 생겼다. "들어와요." 그는 장시간 입을 열지 않아 걸걸해진 목소리로 대답했다. 거대한 창에서 쏟아지는 햇살을 맞으며 방으로 들어갔다.

처음에는 그가 어떤 중요한 공부를 하고 있는지 몰랐다. 나는 그저 책상 옆에 있는 서빙 트레이에 술잔을 놓아두기만 했다. 책상 위에는 항상 황철석과 석영으로 고정해 놓은 종이 몇 장이 있었다. 어느 날 대령이 내게 말했다. "아델레, 내가 왜 술장에 술을 채워 놓지 않고 당신들을 수백 번씩 오르내리게 하는지 궁금할 거요." 나는 고개를 저었다. "궁금하지 않아요, 대령님. 저는 제 일을 할 뿐이에요." 나는 한순간도 미소를 잃지 않았다. 그는 나의 간단한 대답에 감명을 받은 듯했다. 그러고는 목을 가다듬었다. "실은 내가 나 자신을 너무 잘 알고 있기 때문이오. 술병들이 손 닿는 곳에 있으면 당신들은 밤마다 나를 부축해서 침대로 옮기는 수고를 해야 할 거요. 참으로 딱한 장면일 게야. 안 그렇소? 결과적으로 나와 당신들을 위해서 그러는 거요." 나는 조금 더 주의 깊게 들었고 손에 날이 얼음으로 된 칼을 쥔 듯했다. "아니에요, 이 집에서는 대령님이 말하는 그런 측은한 상황은 벌어지지 않을 거예요. 더욱이 대령님의 사람들이라면 그렇게 받아들이는 일은 없을 거예요." 대령은 눈을 여러 번 깜박였다. 콧수염 아래 엷은 미소가 보였고 옆방에서 들리는 음악을 듣기라도 하듯 잠시 동안 미소를 머금었다. 그러고는 고개를 끄덕였다. 고개로 종이를 가리켰다. "저게 뭔지 알아요?" 나는 그가 가리키는 것을 보려고 몸을 쭉 내밀고 한 걸음 다가갔다. "지도 같은데요, 대령님, 재산을 표시한 건가요?" 대령이 나를 쳐다봤다. 그리고 호탕한 웃음을 터트리며 입을 열었다. "그랬으면 좋겠네, 아델레! 유럽 전체가 내 것이면 얼마나 좋겠나!" 그는 심지어 손수건을 꺼내서 눈물을 닦기도 했다. 다시 호흡을 가다듬었다. 그러고는 손가락으로 어느 지점을 가리켰다. "예를 들면, 여기가 파리요."

그렇게 우리의 취미가 시작되었다. 어떤 날에는 의자를 가져와 옆에 앉으라고 했다. 나는 옆모습이 보이게 앉아 관심을 보였다. 대령이 말할 때 종종 그의 입을 바라보았고 그러자 그는 말을 더듬기도 했다. 그러면 나는 그의 온화하고 당황한 눈을 보며 더욱 환하게 웃었다. 그의 눈빛에는 당황함이 역력했다.

그는 자신이 패배한 전쟁을 공부했다. 바로 이 때문에 평원은 물론 심지어 바다에 소유하고 있는 별장 내 공원을 산책하는 것도 마다하고 방 안에만 틀어박혀 있던 것이다. 그는 인내심을 갖고 이탈리아가 패배한 경로를 찾고 있었다. 어린아이가 놀이를 하듯 했지만 언덕에서 자신의 군대가 쓰러지는 것을 지켜보는 사령관의 마음이 섞여 있었다. 사실을 받아들이고 싶지 않아 화가 치밀어 올랐다. "전부 다 저 망할 놈 때문이야!" 어느 날 오후 그는 분노를 터트렸다. "무솔리니를 말하는 거요, 아델레, 그가 누군지 아시오?" 끔찍한 순간이었다. 무지함의 밑바닥이 드러나는 순간이었다. "사람들이 말하는 걸 들은 적 있어요." 나는 자신 없이 대답했다. "제 기억에 엄마가 매일 그를 욕했던 것 같아요." 그러자 대령은 더욱 흥분했다. "그래야지! 거만한 꼭두각시의 변덕으로 한 국가가 무너졌어!" 그러고는 지도를 보고 시간 순으로 군대의 이동 경로를 보여 주었다. "앞서 말한 그 멍청이!" 다시 집착을 보이며 고함을 쳤다. "그는 멍청한 놈들의 총통, 그 미치광이에게 집착했고 똑같은 장난감을 갈구했소. 그건 바로 권력 국가였지. 그는 나들이 가듯이 프랑스와 폴란드를 침략했고, 이탈리아는 지금도 그렇지만 미약한 나라였소. 독일 같은 병력은 꿈조차 꿀 수 없었지. 그러나 그 미치광이는 로마에 발을 들였소. 막무가내로. 결국 아돌포 교황은 그를 이렇게 달랬소. '당신들은 대단한 국가이니, 그리스의 땅을 침략하시오. 여기 북쪽 사람들은 해야 할 일이 있소.' 참사가 벌어진 곳은 이곳이었소. 우리의 위대한 멍청이는 아드리아해를 가로질러 달려들었고 순식간에 굴복시키고 말았소. 심지어 독일군은 병력을 나눠서 수프의 간을 맞추러 자리를 비우기도 할 정도로 여유가 있었지. 아델레, 그런데 그때부터 독일의 몰락이 시작되었소. 이탈리아가 그리스를 침략하자 독일군의 세력이 쇠퇴하기 시작했소. 당연한 결과지. 모든 걸 감안할 때, 독일군의 약점을 잘 파고들었다면 그건 무솔리니 그 망할 놈 덕택이오. 결국 그의 멍청함에 고마워해야 하나? 이런 생각이 드는군. 정말이지, 미칠 노릇이오."

그가 세계사를 들려주는 방식이 좋았다. 지도 앞에서 우리는 개미들의 공연을 관람하는 두 명의 거인 같았다. 내 머릿속에 지도가 끝없이 펼쳐졌고 행군을 하거나 매복해 있고 집으로 편지를 보내는 군인들의 일상이 상상이 되었다……

우리 아버지가 바로 그 그리스 전쟁에서 죽었다고 말하자 이사스티아 대령은 가슴에 총을 맞은 듯 먹먹한 모습을 보였다. 어쩌면 그때였던 것 같다. 평소와는 다른 눈빛으로 나를 바라보기 시작한 게.

해가 짧아졌다. 112호실 안은 벌써 석양의 황금빛으로 물들었다. 다리에 감각이 느껴지지 않을 정도로 공기가 무척 차가웠다. 이런 내 모습을 보니 꿈을 꾸는 듯했다. 너무 늙어 버렸다. 한때는 길을 걸으면 남녀 할 것 없이 내 미모에 쓰러지곤 했었다. 칼라마이오는 파스텔로 그림을 그렸다. 그러면서 단 한 번도 내게 미완성된 그림을 보여 준 적이 없다. "아델레 부인, 인내심을 가지세요." 가끔 포즈를 취하고 나서 가운을 입고 고집을 부릴 때마다 그가 말했다. "어렵군요". 그러고는 서둘러 하던 일에 집중했다. 일이 끝나면 친구에게 한 대 얻어맞은 아이처럼 언제나 시무룩한 얼굴로 방을 나간다.

크리스마스 휴가를 받아 집에 돌아왔고, 대령이 나를 좋게 보는 것 같다고 하자 엄마는 샴페인 병을 땄다. 지도 이야기와 대령의 넓은 서재에서 이따금씩 삼십 분간 함께 시간을 보낸다는 이야기를 했다. 그러자 엄마는 눈을 가늘게 뜨고 허공을 멍하니 바라보았다. "얘야, 아델레, 조심해야 할 시기구나." 엄마가 중얼거렸다. "이사스티아 대령이 살아온 이야기를 터놓는 아빠나 할아버지가 아닌 애인이 되어야 해. 쉰 살의 나이 차는 흠이 아니야. 물론 맞춰 가려면 힘이 들겠지. 조만간 서서 자는 말이 도랑을 뛰어넘게 하려면 어떻게 박차를 가해야 하는지 알려 주마."

주현절(主顯節)*에 이사스티아 저택으로 돌아왔다. 첫 날 레카세의 산등성이로 마지못해 갔던 때와 기분이 달랐다. 가방을 들고 계단을 올랐다. 어서 빨리 작업용 치마를 입고 집안일을 시작하고 싶었다. 고된 일이지만 대리석과 벨벳 커튼이 안락함을 느끼게 해 준다. 종소리에 흠칫 놀라기도 했지만. 대령이 손님을 맞이하는 1층 응접실에 들어서자 긴장되었다. 그곳에 한 여자가 있었다.

그녀는 벽난로 옆 소파에 앉아 책을 읽고 있었다. 난로 불빛이 그녀의 실루엣을 비추었고 바로 알아차렸다. 아름답다는 걸. 나만큼은 아니지만 다른 매력을 가진 여자라는 것을 한눈에 알 수 있었다. 그녀는 무릎에 책을 내려놓았다. 옆 테이블에 놓인 김이 나는 찻잔을 집어 들고 한 모금 마셨다. 모든 동작이 일종의 절차 같았다. 그녀는 다시 책을 읽기 시작했지만 누군가 자신을 엿보는 느낌이 들었는지 돌아보았다.

그 얼음장같이 차가운 눈동자 앞에서 나는 얼굴이 창백해졌다. 나무에 조각한 듯한 그녀의 얼굴은 한껏 틀어 올린 머리 때문에 뒤로 당겨져 있었다. 그녀는 흰색 블라우스와 무릎 아래로 살짝 내려오는 화려한 치마를 입고 있었다. 웃음기 없는 무표정한 얼굴이었다. 미라 같았다. 그녀가 말했다. "뭐야? 가던 길 가." 그래서 나는 정신이 번쩍 들었다. 고개를 숙이고 응접실을 가로질러 다른 방으로 들어갔다. 그녀는 아름다울 뿐 아니라 교양 있어 보이기까지 했다. 그녀가 하이에나라는 것도 바로 알아차릴 수

---

* 1월 6일. 예수가 서른 살 생일에 세례 요한에게 세례를 받고 하나님의 아들로 공증 받았음을 기념하는 날이다.

있었다.

키아라 마리아, 대령의 외동딸이다. 부엌에서 오가는 말에 따르면, 그녀는 보통 남편 팔꿈치에 딱 달라붙어서 피렌체를 벗어나지 않는다고 한다. "그는 로렌* 지역 어느 도시 출신이야." 첫날부터 나를 예뻐해 준 주방장 스텔라가 이야기해 주었다. "대단한 여자야." 대화 중에 그녀의 남편은 가족 문제를 처리하기 위해 북부에 가야 했다는 사실을 알게 되었다. "산타 크로체의 널찍한 방에서 혼자 있으려니 아름다운 키아라 마리아는 버려진 기분이 들 게야." 그들은 개의치 않고 큰 소리로 떠들었다. "독사가 근처에 있어. 딸을 조심해. 집주인도 난폭하게 만드는 재주가 있어."

코디얼**을 가져오라는 요청은 없었다. 이사스티아 대령은 평소처럼 방 안에 틀어박혀 있었지만 오후 4시에 술을 마신다는 사실을 딸이 모르게 하고 싶었다. 그래서 안색이 어두웠던 것이다. 그리고 그가 좋아하는 신문도 읽지 못하고 저녁 식사를 마쳤다. 신문 대신 키아라 마리아와 단 몇 마디를 주고받았다. 보통은 재산에 관한 이야기였다. 그사이 우리는 스무 명은 족히 먹을 정도의 음식으로 계속해서 식탁을 풍성하게 채웠다. 부엌에서 사람들이 말했다. "따님이 오면 우리는 턱에 살이 찔 때까지 남은 음식을 신나게 먹어 치우지." 어느 날 저녁 오렌지 드레싱을 곁들인 오리 요리가 내 앞에 있었다. 보고만 있어도 위장이 거꾸로 뒤집히는 것 같았는데 오 분 뒤에 내가 그걸 싹싹 핥아 먹고 있는 게 아닌가.

대령의 눈빛은 나를 갈망했다. 나는 눈치를 채자마자 마치

---

* 프랑스 북동부에 위치한 지역.

** 향이 있으며 주로 단맛이 나는 음료로, 일반적으로 알코올이 함유되어 있으며, 자양강장의 효능을 지니기도 한다.

우거진 들판을 깡충깡충 뛰어다니는 토끼처럼 조심스러운 미소를 지었다. 그는 와인 한 잔을 마셨고, 절벽 끝에서 밧줄을 잡고 버티듯이 심한 경련을 일으키는 손으로 포크와 나이프를 쥐고 있었다. 긴 오후였다. 종은 울리지 않았고 나는 에세드라가 있을 때처럼 평상시 해 오던 집안일을 하고 있었다. 처음에 계단에서 넘어진 에세드라를 대신해 일할 사람을 새로 구하는 구 일간의 의식이 열릴 거라 생각했다. 광장에 여자들이 넘쳐 나면서 이루어지는 이런저런 절차들 말이다. 하지만 누구도 그것에 대해 말하는 사람이 없었다. 이유는 간단했다. 나 하나로 충분했기 때문이다. 젊은 내 두 다리와 손톱이 떨어져 나갈 정도로 헌신적인 마음가짐. 대령을 복도에서 마주치는 일이 종종 있었다. 그는 멀리서 나를 보자 유령이 어깨를 두드리기라도 한 듯이 발을 헛디뎠다. 그는 의례적인 말을 하곤 했다. "아델레, 오늘 하루 일은 잘돼 가시오?" 꽃이 만발한 내 얼굴을 보자 눈이 커졌다. "가장 즐거운 일은 대령님을 기쁘게 해드리는 것이에요." 내가 가끔은 허리를 숙이면서 대답했다. 나는 성큼성큼 걸어서 그를 지나쳐 갔다. 마지막까지 내 등 뒤에서 이글거리는 그의 눈빛이 느껴졌다. 나는 방향을 틀자마자 두근거리는 심장을 부여잡고 벽에 착 달라붙었다.

2월 말에 집으로 돌아왔다. 돌아와 보니 엄마는 살이 더 쪄 있었다. 내가 보내 준 월급이 보탬이 되고 있다는 증거다. 그녀에게 키아라 마리아에 대해 이야기했다. "그녀가 집 안에 있으면 밖에 있는 것처럼 냉기가 돌아요." 내가 말했다. "몇 주째 수군대는 하인들이 있어요. 작은 소리로 속닥거리다가 아예 목소리가 변해 버렸어요."

그녀는 내내 날카로운 눈초리로 내 이야기를 들었다. 어느 순간 그녀가 말했다. "이 여자가 등장해서 우리 일을 방해하고 있구나." 엄마는 그녀에 대해 모든 걸 알고 싶어 했다. 심지어 그녀가 거실에서 읽는 책과 저녁 식사 때 포크로 찍어 먹는 음식까지도. "그녀는 치즈에 집착해요." 내가 대답했다. "무화과 잼과 꿀을 발라서 일 킬로그램은 족히 먹을걸요. 아침에도요." 그녀의 백만장자 남편에 대해서도 말했다. 저택 내에 떠도는 소문으로는 아이를 가질 수 없다고 한다. 어쩐지 키아라 마리아에겐 수유한 흔적이 보이지 않았다. 그래서 그녀의 성질이 고약한 거라고들 했다. 그리고 그녀가 화요일 아침에 떠날 거라는 이야기가 도는 걸로 봐서 성가신 일이 곧 끝날 거라고 덧붙였다. 엄마는 마치 누군가 자신에게 귓속말을 한 듯이 폴렌타 국자를 손에 들고 멈칫했다. 그리고 반짝거리는 보물을 훔쳐보듯 말했다. "우리 상속녀께서는 라비졸로 치즈를 좋아하시니? 그러면 고사리로 풍미를 더한 치즈를 선물해야겠구나."

키아라 마리아 이사스티아는 오후 3시, 집으로 돌아가던 수레꾼이 보는 앞에서 치비텔라 굽잇길 아래로 떨어졌다. 그 수레꾼의 이름은 넬로인데 시장 가판대에서 고추를 팔고 있는 걸 본 적 있다. 산에서 재배한 고추를 행운의 뿔처럼 묶어서 판다. 그는 그 사고에 대해 경찰에게 상세히 진술했다. 자동차는 누군가 길에 흘린 자갈을 밟았다. 그 자갈은 운전기사와 대령의 딸을 절벽 아래로 날려 버렸다. 순식간에 두 사람 모두 올리브 나무 위로 떨어져 나무를 망가뜨렸다.

저택은 사람들로 북적였고 장례식 이틀 전부터 하인들은 고개 한번 들 시간이 없었다. 몸이 으스러질 것 같은 상태로 잠자리에 들지만 밤에는 숨통이 좀 트이는 것 같았다. 혼이 나가 버릴 듯

피곤했지만, 옆방에 시신이 있고 그 주위에 네 개의 초가 켜져 있다는 생각에 쉽사리 잠들지 못했다. 또 다른 걱정도 있었다. 우리 엄마. 생각하지 않으려고 했지만 눈을 감으면 갑자기 방향을 트는 자동차가 보였다. 검은색 옷을 입고 풀숲에 숨어 있다가 자동차가 추락한 후에 짐승처럼 덤불 사이로 얼굴을 쑥 내미는 엄마의 모습도 떠올랐다.

의심이 들었지만 사고였던 게 분명했다. 그러나 성자가 내 눈을 똑바로 쳐다본다면 의심 어린 눈빛을 읽을 수 있을 것이다. 불안했다. 불현듯 나도 모르게 이런 생각이 들었다. 엄마가 그랬을까?

대령은 기척도 없었다. 그 소식을 접한 후로 말 한마디 없이 누워만 있었다. 창밖을 내다보는 게 다였다. "그는 전쟁에서 패하고 딸도 잃었어." 고된 일을 하는 주방 보조 솔리노가 말했다. 솔리노는 프로슈토*의 지방을 곁들여 빵 한 조각을 먹고 말했다. "회전목마의 끝이 어떨지 알고 싶어? 대령은 스스로 목숨을 끊을 거고 모두 마차에서 내려오게 될 거야. 끝나기 전에 지방을 비축해 둬." 그러고는 털이 붙어 있는 돼지 껍데기를 뜯어냈다.

식사 시간에 대령의 방으로 올라갔지만 항상 누군가 있었다. 수납장 위에 조용히 쟁반을 놓아두고 나왔다. 저녁때 가보면 점심때 놓아두었던 접시가 그대로 있었다. 그 음식들을 부엌으로 다시 가져가면 하인들이 게 눈 감추듯 먹어 버렸다.

대령은 장례식장에도 가지 않았고, 이 사실에 모두 놀랐다. 딸의 장례식에 참석하지 않은 사실이 온 마을을 충격에 빠뜨렸고

---

* 이탈리아 북쪽 파르마 지역에서 생산되는 햄.

갑작스레 세상을 떠난 딸을 모독하는 듯 보였다. 하인들은 훈장이 달린 옷을 준비했지만 그는 몸을 일으키지 않았고 심지어 숟가락으로 떠 준 따뜻한 와인도 거부했다. 저택 사람들 중 나와 스텔라가 장례식에 참석했고 맨 뒷줄에 있었다. 피렌체에서 갑작스럽게 온 수많은 친척들과 레 카세의 사람들을 구분 짓기라도 하듯이 그 사이에서 우리는 고개를 숙이고 마차를 따라갔다. 마을 사람들의 자식이나 사촌 내지 조카가 대령의 집에서 일하고 있었기 때문에 수많은 사람들이 애도의 뜻을 표했다. 가족 예배당에서 키아라 마리아가 그녀의 어머니 옆에서 잠드는 광경을 지켜보았다. 스텔라는 마지막 벽돌을 얹기도 전에 내 팔꿈치를 툭툭 쳤다. 그녀는 성호를 긋고 출입문을 보며 턱을 까딱거렸다. 벌써 날이 어두워지고 있었고 집에 돌아가야 할 시간이었다. 집에 돌아오니 십 년은 늙은 것 같았다. 저택의 무게가 고스란히 느껴지고 적막 속에서 숨이 막힐 지경이었다. 삐걱거리는 소리가 들렸고, 그림자가 내 가슴 위로 내려앉은 것처럼 숨이 턱 막혔다. 그 자리에 딸이 무덤으로 가는 길을 함께하지 못한 아버지가 있었다. 그 생각만 하면 피가 얼어붙는 것 같았다. 갑자기 바닥이 뒤틀리고 그 안으로 모든 것이 말려 들어가는 느낌이었다.

한 주가 지나고 또 한 주가 갔다. 식사를 가져갈 때 솔리노가 동행했다. 그의 황소 같은 팔뚝으로 대령을 일으켜 등 뒤에 쿠션 두 개를 대 주었다. 나는 엄마에게 가서 휴가를 보냈고 벌써 봄기운이 만연했다. 하지만 대령은 이제 혼자서 포크를 잡고 식사를 하긴 했지만 여전히 기운을 차리지 못하고 있었다. 그러다 하룻밤 사이에 우리를 모두 해고하고 자신의 목구멍이라도 찌르는 일이 생길까 봐 걱정되어 잘 지켜봐야 했다. 밤낮으로 감시할 필요가 있었고 이 일은 운전기사 일을 하던 마르첼로에게 돌아갔다. 밤에는 스텔라와 교대했다. "8월 중순까지만 살아도 기적이야." 나와 함께 계단을 내려가면서 솔리노가 말했다. 그러던 어느 날, 나는 용기를 냈다. 일을 계속할 아이디어가 떠올랐다고 부엌 사람들에게 말했다. 내가 말을 하고 나자 산토가 들어왔다. 원칙대로라면 그는 밖에서 마렘마 분지의 암봉을 향해 있는 뒤뜰의 나무를 관리해야 했다. 독일군에 맞서 싸우다 아펜니노산맥에서 팔 한쪽을 잃었지만 그래도 그는 임무를 맡게 되었다. 산토는 늘 말이 없었고 구석에서 홀로 식사를 했다. 그런데 그날은 불쑥 나타나 말했다. "시도해 봅시다. 전쟁이 필요해요. 한번 해 봅시다." 그러고는 저택 뒤쪽 작은 문 옆, 그의 자리로 돌아갔다.

다음 날 우리는 점심 식사를 가져다주었다. 솔리노는 그를 일으켜 앉혔고 나는 환자 식탁을 준비했다. 천천히 식사를 하는 대령을 바라보았다. 벌써 몇 주째 자신만의 공간에 틀어박혀서 나오지 않는, 초점을 잃은 눈빛이 보였다. 이따금씩 냅킨으로 그의 턱을 닦아 주어야 했다. 마지막에 매번 식사 후에 입에 물고 있다가 뱉어 내길 좋아하는 커피 원두를 집었다. 그때 내가 큰 소리로 또박또박 말했다. "대령님, 오늘 좋은 소식이 있어요." 그는 나를 쳐다보지도 않았다.

나는 접시와 가장자리에 수가 놓인 식탁보를 거두었다. 포크와 나이프, 컵은 한쪽으로 치웠다. 침대에 살짝 걸터앉아 대령 앞에 지도를 펼쳐 놓았다. 유럽 지도였지만 북유럽밖에 나와 있지 않았다. 나는 무작위로 한 곳을 가리켰다. "여기가 스위스를 침공하기 위해 독일군이 지나간 곳이에요" 나지막하게 말했다. 손가락을 이동했다. "반면에 여기는 헝가리 국경으로 이탈리아가 손쉽게 승리했던……." 몇 분이 지났고 마침내 이사스티아 대령은 지도를 바라보았다. 솔리노의 눈이 휘둥그레졌고 순간적으로 말이 튀어나올 뻔했다. 나도 너무 놀랐지만 계속 말을 이어 갔다. "프랑스가 이탈리아에 전쟁을 선포했을 때, 이탈리아는 등에 칼을 맞은 느낌이었어요." 내가 말했다. "1941년 4월이었죠."

대령은 버럭 화를 냈다. 격렬히 몸부림을 치는 바람에 나는 바닥으로 떨어질 뻔했다. "허튼소리 마!" 가래 끓는 목소리였다. "프랑스의 등에 칼을 꽂은 건 이탈리아였어! 좋은 시도였어. 프랑스에는 이미 독일군이 침공해 있었어. 1940년 6월의 일이야. 다른 어리석은 사건은 꺼내고 싶지 않아. 이탈리아가 손쉽게 승리한 건 대단히 수치스러운 일이야!" 이때 그는 나를 보았다. 그는 아직도 불안한 모습이었지만 얼마 전까지 생기 없던 눈빛이 달라지기 시작했다. 몇 날 며칠을 어두운 우물에 갇혀 있다가 이제 막 밖으로 나온 사람 같았다. "아델레, 당신은 착하고 친절하오." 그가 중얼거렸다. "집안일에만 신경 쓰고 사령관들의 지도에는 관심 두지 말아요." 그리고 놀라서 쳐다보던 솔리노를 돌아보았다, 순간 그의 얼굴이 굳어졌다. "이런, 주방 보조가 왜 내 방에 있는 거요? 게다가 작업복 차림으로. 무슨 일이야, 세상이 어떻게 된 거야?"

도메니코 피오라니
농부

사람들은 나를 "마르케 사람"이라고 부르고 내가 고개를 푹 숙인 채 인사 없이 시장 한복판을 지나가면 투덜거린다. 차라리 화를 내든가. 그 누구보다도 내 아빠라는 구역질 나는 사람이 더 앞장서서 그런다. 어느 날 그에게 가서 말한다. "밈모, 오늘 날씨 참 좋군요!" 그리고 쓱, 그의 희끄무레한 배를 조각칼로 찌른다.

가끔 이런 꿈을 꾼다. 온몸이 땀에 젖고 심장이 격렬히 뛰며 잠에서 깬다. 하지만 동시에 평소에는 느끼지 못하는 쾌감이 마음속에서 솟구친다. 그래서 잠시 그렇게 있다가 속으로 생각한다. "용기가 생겼어. 감옥에 갈 때가 됐어. 적어도 쓰린 배를 부여잡고 하루를 보내지 않아도 돼." 그리고 그 꿈은 물거품이 되었다. 부엌으로 간다. 새벽 3시에 다시 잠을 청하기 위해 와인을 병째 벌컥벌컥 들이켠다. 날이 밝으면 내 입안에 총을 쏠 거다. 누구 때문인지는 뻔하다. 그는 이른 아침에 제일 먼저 마주치는 사람이고 욕설로 하루를 시작하는 사람이다.

그는 내 이름을 별 생각 없이 지었다. 끊임없이 이런 상상을 한다. 엄마가 누군지는 모르겠지만 누군가의 배 속에서 세상 밖으로 나온 나를 혐오의 눈빛으로 쳐다보고 시청 사람들에게 불평하듯이 "도메니코." 하고 툭 내뱉는다. 그의 이름과 똑같다. "그 아이의 몸에서 그 가엾은 여자의 똥을 씻어 내고 우리 집으로 보내시오. 올리브 나무 가지치기를 해야 하오."라고 말하는 듯하다. 그의 얼굴에 망치질을 해서라도 그 혐오스러운 표정을 없애고 싶다.

게다가 친부인지도 확실치 않다. 집에는 사진도, 편지도, 아무것도 없다. 그래서 드는 생각인데, 나는 신화에서 온 게 아닐까. 흉측한 신화 말이다. 누군가 내게 내 이야기를 해 달라고 한다면 세 마디로 대답할 것이다. 나는 마르케 지방의 페르골라 출신이다. 나는 태어나면서 엄마를 죽였다. 이듬해 아빠라고 하는 그 타르 덩어리가 사람들이 굶어 죽지 않는 마렘마로 나를 데려왔고 그후로 나는 이곳에 살게 되었다. 그게 전부다. 누군가 내게 말하겠지. "거참 운도 없군." 그러면 가지런한 앞니를 박살 내 줄 것이다. 하지만 어차피 내 이야기를 묻는 사람은 아무도 없다.

어릴 적 저녁을 먹다가 내가 물었다. 어느 순간 아빠를 바라보고 말했다. "그런데 엄마는 예뻤어요?" 수다가 내키는 날이면 그는 고개를 들고 이렇게 대답했다. "밥 먹어라." 하지만 대개는 리모컨을 들고 일기 예보를 틀었다.

내가 기억하기로 아빠는 우울증을 앓고 있었고 내가 학교에 입학하자 상태가 더욱 악화되었다. 나는 아침에 혼자 알아서 일어나야 했다. 그가 일하는 동안 계절에 상관없이 계곡에서 마을까지 걸어 다녔다. 길을 가면서 치즈 한 조각을 먹었다. 아이들은 내가 진흙이 잔뜩 묻은 부츠를 신고 걸어오는 것을 보자 입에서 발 냄새가 난다며 놀려 댔다. 세라피니 선생님도 거들었다. "피오라니, 칠판 앞으로 나오렴." 선생님이 수학 문제 앞으로 나를 불러 세웠다. 사람들 앞에서 말하기가 창피했기 때문에 나는 항상 입을 꾹 다물고 있었다. 그러고 나서 내가 책상 사이를 지나갈 때면 아이들은 내 뒤에서 방귀 소리를 냈다. "손으로 분필을 잡았으니 적어도 집으로 갈땐 말끔하겠구나." 잠시 후, 세라피니 선생님이 말했다. 흰색 분필 가루 덕분에 내 손톱에 낀 때가 가려진다는 뜻이었다. 이 년 전 선생님이 집에서 죽은 채로 발견되었을 때, 나는 마소 가게에 술 한 잔을 하러 갔고 아무런 감정도 들지 않았다.

학창 시절 들었던 생각은 지금도 변함없다. 어쩌면 금요일 장에서 아버지라는 그 귀찮은 존재가 1966년 찢어지게 가난한 어느 가족에게서 불법으로 나를 입양했을지도 모른다는 생각 말이다. 그리고 그에게는 마리아라는 이름을 가진 부인은 없었다. 이따금씩 보여 주기 식으로 그 이름을 언급하기는 했지만. 그에게는 저녁상을 차려 줄 사람이 필요했다, 바로 그거다. 10월이면 들판에 천을 덮고, 지하실에 소쿠리를 넣어놓고, 동시에 수입이 쏠쏠한 샐러드용 초록색 올리브를 수확하는 데 필요한 사다리와 괭이를 준비할 사람 말이다.

도통 이해가 되지 않았다. 어렸을 때 양말에 구멍이 나면 그에게 꿰매 달라고 했다. 굽에 박힌 못이 튀어나와 뒤꿈치 생살에 닿을 정도로 낡은 신발을 신고 다녀서 밤이 되면 제대로 걷지 못하고 쩔뚝거렸다. 피부가 까진 날은 눈물이 났고 가죽과 살이 닿아 지독한 냄새도 났다. 그가 말했다. "혼자 하면 더 잘할 수 있을 거다." 이 말은 어떤 상황이든 그가 입버릇처럼 내뱉는 헛소리이다. 한 치수 더 큰 바지를 입어야 할까요? "혼자 하면 더 잘할 수 있을 거다." 내가 숙제를 도와 달라고 하면? "혼자 하면 더 잘할 수 있을 거다." 그렇게 지금까지도, 고열에 시달릴 때도 몸을 일으키려다 의식을 잃었지만 나는 대야 물에 수건을 적셔 나 스스로를 돌봐야 했다. 그다음부터는 아무것도 묻지 않았다.

결과적으로 내가 하고 싶은 말은 피붙이라는 그 악마가 좋은 일을 하나 하긴 했다는 것이다. 내게 아무것도 가르쳐 주지 않았다는 것. 이제 나는 야무진 손으로 수프를 끓이는 것부터 한 방에 통나무를 쪼개는 일까지 모든 혼자서 할 수 있다. 장작 패는 걸 터득하려다 열두 살에 새끼발가락 하나가 잘려 나가는 일이 있긴 했지만.

올해 나무들은 가을이 되자 생기가 넘쳐 나기 시작했다. 근처 밭을 보면 알 수 있었다. 축제를 맞이하듯이 수확할 준비를 하는 사람들의 활기찬 기운이 느껴졌다. 사촌들, 할머니 할아버지, 손자 손녀 할 것 없이 모두가…… 나는 죽을 것 같았다. 우리 집에서는 언제나 곡하는 소리가 나는 것 같았고, 올리브유에서 나온 액운이 그걸 먹는 사람의 입을 통해 옮겨 가는 것 같았다. 그 쓰레기 같은 인간은 늘 갑자기 소리를 질러 나를 깨웠고 순식간에 온몸의 털이 곤두섰다. 그리고 우리는 말 한마디 없이 들판으로 갔다. 그는 경사가 시작되는 지점에 쌓아 놓은 짚을 바라본다. 나는 천을 넓게 펼쳐 놓았다. 그는 긴 사다리를 타고 올라간다. 나는 아래에서부터 갈퀴질을 해서 낮은 가지를 쳐 냈다. 그런데 그는 나를 감시하려 든다. 내가 잠깐이라도 보이지 않으면 이런 소리가 날아온다. "어디 있어." 그에 대한 대답으로 그가 붙어 있는 올리브 나무에 불이라도 붙이고 싶은 심정이다. 몇 년 전까지는 내가 작업하는 것을 감시하려 한다고 생각했다. 얼마 후 깨달았다. 내가 올리브 나무를 어떻게 갈퀴질하든 그는 전혀 상관하지 않는다. 내가 사다리 근처로 다가올까 봐 신경이 쓰이는 것이었다. 내가 사다리를 툭 쳐서 돌에 고꾸라질까 봐 겁을 낸 것이었다. 부자간에 신뢰가 이 정도라니.

레 카세 사람들은 우리를 환상의 듀오로 생각한다. 실상은 서로 못 잡아먹어 안달인데. 저녁상 앞에 앉으면 가장 먼저 나이프가 어디 있는지 확인한다. 등이 부러지는 신세가 되는 일이 없도록 말이다. 우리는 서로 보기만 해도 입맛이 사라진다.

토니넬리 부부가 사고를 당했을 때 나는 여덟 살이었다. 그 일은 잠자리에 들었던 자정에 일어났다. 쿵 하는 소리도 듣지 못했다. 느닷없이 방문이 벌컥 열리는 소리에 자다가 깜짝 놀랐다. 걸쇠로 제대로 잠그지 않으면 강풍에 토끼장이 부서지는 경우가 더러 있다. 눈을 뜨고 작업복 바지에 잠옷 셔츠를 입은 채 그 짐승을 본다. "집으로 떨어졌어." 그가 말한다. 뒤를 따라오라는 신호를 하면서 앞장선다.

나는 죽은 사람을 한 번도 본 적이 없다. 그런데 하룻밤 사이 두 명이나 내 앞에 있었다. 아빠는 손전등을 안쪽 맨 끝 엉겨 붙어 있는 올리브 나무에 비춘다. 커브를 돌다가 아래로 곤두박질친 자동차 한 대가 있었다. 뒷바퀴는 여전히 헛돌고 있었다. 나무가 두 동강이 나 버렸다. 그런데 자세히 보니 나무가 아니었다. 바닥에 놓인 여자의 상체였다. 허리까지 들판에 파묻힌 것 같았다. 두 팔을 벌리고 고개는 아래로 숙인 채 홀로 서 있었다. 머리카락은 얼굴을 가리고 축 늘어졌다. 재채기를 할 때처럼 씰룩대는 그녀의 어깨를 보자 다리가 후들거렸다.

누가 목덜미를 세게 잡아당기는 것 같았다. "신경이 움찔움

찔하는 거야." 부모라는 짐승이 나를 부축하면서 말했다. "하반신은 좌석에 그대로 남아 있어." 내가 잘 볼 수 있게 앞 유리가 깨진 차 안을 불빛으로 비추었다. 구부러진 금속판이 대참사를 일으켰다. 그것은 그 중앙에, 그러니까 여자의 몸통 한가운데 대롱대롱 매달려 있었고 찌그러진 보닛에는 피가 뚝뚝 떨어지고 있었다. "토할 것 같으면 멀리 가서 하고 와라."라고 말하는 소리가 들렸다. 그러고는 나를 남겨 두고 어디론가 가 버렸다. 머리가 어지러워 나도 모르게 주저앉았다. 시선 끝에 반짝거리는 흰색 구슬 같은 것들이 보였다.

칠흑같이 어두운 밤이었다. 구슬을 제외하고 유일하게 보이는 불빛은 계속해서 이 참담한 현장을 비추고 있는 손전등이었다. 주변에는 충돌하던 순간에 풀비아 자동차 밖으로 튕겨 나간 여행 가방이 여러 개 있었다. 아빠는 그것들을 주워서 휘발유 냄새가 진동하는 시체 옆으로 옮겨 두었다. 뭐 다른 게 떨어지지 않았나 바닥을 살피는 아빠를 보고 있었다. 이따금씩 그는 주머니에 뭔가를 집어넣었다. 그러다 내가 있던 곳에서 갑자기 목소리가 들렸다. 나는 비명을 지르며 펄쩍 뛰었다.

두 다리 모두 반대로 꺾인 남자였다. 움직이고 있었다. 새끼 고양이처럼 끙끙거렸다. 얼굴은 피 한 방울 묻지 않아 깨끗했다. 아빠는 아무런 손도 쓰지 않고 그저 불빛으로 그를 비추기만 했고 남자는 눈을 뜨려고 애썼지만 불빛 때문에 다시 감을 수밖에 없었다. 마치 기절을 반복하고 있는 것 같았다.

"살기니 선생님을 불러올게요." 내가 말했고 몸이 뜻대로 움직이지 않았지만 서둘러 뛰어가려 했다. 아빠의 한 손이 내 어깨를 세게 움켜잡았다. "바보 같은 짓 하지 마라." 아빠가 불만스럽다는 듯 말했다. 내게 손전등을 건네주었다. "비춰."

그 가엾은 남자의 옷 주머니를 뒤지는 아빠를 보았다. 결국 작은 지갑 하나를 꺼냈다. 처음에는 연락을 취할 사람을 찾기 위해 신원을 파악할 만한 걸 찾는 줄 알았다. 하지만 그는 돈을 꺼내 챙겼고 그 남자의 목에 걸린 목걸이도 가져갔다. 그러고는 흐느적거리는 그의 팔을 잡았다. 아빠는 잠시 반지를 보고 망설였지만 즉시 마음을 바꾸었다. "아니야, 아니지." 그가 작은 소리로 혼잣말을 했다. "이건 남겨 둬야지." 그리고 몸을 다시 일으켰다.

"실비아……." 그 남자가 딴 세상 사람처럼 흐느껴 울기 시작했다. "실비아……." 아빠는 그의 한쪽 팔을 붙잡고 엉망이 된 올리브 나무가 있는 곳으로 끌고 갔다. 감자 포대 같은 그를 나무 앞에다 내려놓았다. 그러고는 이제 더 이상 움직임이 없는 여자의 상반신이 있는 곳으로 갔다. 마찬가지로 그녀를 끌고 나머지 몸통 반쪽이 있는 풀비아 자동차 앞, 충돌이 일어난 지점으로 갔다. 아빠는 나를 돌아보았다. "가서 휘발유 한 병을 채워 오거라. 헝겊도 하나 가져오고."

나는 여덟 살이었고 내 머릿속은 호박벌 한 마리가 들어간 것처럼 윙윙거렸다. 나는 오두막으로 가서 아빠가 요구한 것을 가지고 왔다. 돌아오니 아빠는 여전히 여행 가방과 옷들을 한데 모으고 있었다. 그런데 그 남자는 이제 말도 했다. 사고로 정신 착란을 일으키는 건 아니었다. 어쨌든 목소리에는 힘이 없었고 말을 할 때마다 발작을 일으켰다. "당신 누구요!" 그가 말했다. "여기가 어디요!"

아빠는 병을 들어서 여자의 상반신이 굴러떨어진 지점에 휘발유를 조금 쏟아부었다. 여자의 몸통 전체에 뿌렸다. 남자를 끌고 오면서 파인 홈에도 뿌렸다. 그러고는 헝겊을 반으로 갈랐다. 헝겊 조각을 축축하게 적신 다음 라이터를 꺼냈다. 나를 돌아보았다. "마을로 뛰어가거라." 그가 말했다. "살기니 집의 문을 두드리면서 풀비아 한 대가 커브를 돌다가 날아갔다고 말해라."

나는 그를 쳐다보았다. 그는 내가 움직이지 않고 짐승을 쫓듯이 몸을 씰룩거리고 있는 걸 보았다. 나는 달리기 시작했다. 등 뒤에서 두 동강 난 실비아의 이름을 애타게 부르는 가엾은 남자의 목소리가 들렸다. 악마가 쫓아오기라도 하는 듯이 혼신을 다해 뛰었다. 분지로 올라갔고 도로에 도착했다. 그제야 잠깐 멈춰서 숨을 돌렸다. 아래쪽 산등성이에서는 이미 불길이 치솟고 있었다. 그리고 잠시 후, 폭발이 일어났다.

경찰이 왔다. 토니넬리 부부의 추락 사건이 신문에 실렸다. 장례식에는 레 카세의 사람들이 모두 참석했고 인근 언덕과 평원에서도 조문객이 왔다. 사람들이 무서울 정도로 홍수처럼 밀려들었다. 나는 신문 기사를 스크랩했다. 기사에 따르면 리볼라 추락 사건 이후로 그렇게 많은 사람들이 모인 건 처음이었고 장관들만 빼고 온 나라 사람들이 다 왔다고 한다. 못마땅해하는 아빠만 장례 행렬에 참여하지 않았고 마을 사람들은 이 사실을 잊지 않을 것이다. 애도를 표하지 않는 것은 짐승만도 못한 짓이다. 나는 그 자리에 있었고 거리를 유지하고 도시 사람들의 옷차림을 엿보았다. 저녁에는 식사 준비를 하러 집으로 돌아갔다. 식탁 앞에 그 비열한 인간이 있었다. 돈을 세고 있었다. 한 손으로는 불을 붙이기 전, 시체와 여행 가방에서 훔친 금의 무게를 재고 있었다. 그 귀금속들을 가리키며 말했다. "이건 건강한 나무를 훼손한 값이야."

1974년 이후 커브 길은 우리 밭에 많은 선물을 뿌려 주었지만 대낮에는 꼼수를 부리기가 쉽지 않았다. 근처 이웃들이 보거나 주변 숲을 돌아다니는 사람이 목격할 위험이 있었다. 밤에는 상황이 다르다. 충돌이 있고 나서 불을 켜지 않고 삼십 분 정도 귀를 쫑긋 세우고 있으면 된다. 침대 소리가 들리면 나도 이불을 걷고 일어난다.

이상한 일이다. 정말 이상하게도 보호 난간을 들이받는 사람들이 너무 많다. 온갖 표지판을 세워 놓아도 사람들은 계속해서 아래로 추락하고 만다. 저녁에 와인을 진탕 마신 젊은 사람들이 특히 그렇다. 그들은 도로를 달리면서도 아랑곳하지 않고 키스해 대기 바쁜 연인들이거나 좁은 급커브 구간에 익숙하지 않은 이방인일 수 있다. 결국 비명만 지르다 인생이 끝나고 만다.

나는 아비라는 미치광이에게 두 손 두 발 다 들었다. 십 분 뒤 그가 죽는다면 심장이 멎을 정도로 웃다가 나도 병원 신세가 될지 모른다. 우리 집에 떨어져 나무를 모조리 망가뜨려도 사과하는 사람은 없었다. 시체를 치우면 그만이었다. 나는 다섯 살 때부터 단 하루도 쉬지 않고 들판에서 피를 토하며 돈 한 푼 못 받고 일하고 있다. 오 년마다 아버지란 인간은 금을 팔러 그로세토에 간다. 1987년 트랙터를 새로 장만했고 지금도 놀라울 정도로 작동이 잘된다.

최근에는 돈벌이가 사라졌다. 아스팔트를 새로 깐 탓일 수 있다. 요즘 자동차는 예전보다 성능이 좋아서 제동이 잘될 수도 있다. 커브 길에서는 더 이상 벗겨 먹을 운 나쁜 사람들이 생기지 않았다. 급브레이크를 밟게 할 작정으로 밤중에 도로에 자갈을 뿌렸다. 하지만 아무 일도 일어나지 않았다.

마지막 희생양은 이 년 전에 있었다. 오토바이가 난간을 들이 받지 않고 붕 날아서 떨어진 탓에 다음 날이 되어서야 알았다. 아무도 본 사람은 없었다. 그래서 우리는 아무것도 건드리지 않고 기다렸다. 본 사람이 없기 때문에 쥐도 새도 모르게 사라지게 하는 건 식은 죽 먹기였다. "그 오토바이 갖고 싶어요." 내가 말했다. "오토바이에 도색을 하고 일 년 뒤에 제 것인 것처럼 타고 다니면 되잖아요." 아빠는 그의 작은 눈으로 영혼 없이 나를 바라보았다. "결혼도 못 하고 감옥살이를 하고 싶은 게로구나." 그가 말했다. 그러고는 다시 시체의 주머니를 뒤졌다.

번쩍번쩍한 오토바이를 갖고 싶었다. 로돌포의 바 앞에서 시간을 허비하는 노인들에게 욕설을 퍼붓듯 우르릉 소리를 내는 빨간색 오토바이를 상상했다. 이 남자의 오토바이만 있으면 여자들의 가랑이에서 물이 뚝뚝 떨어지게 할 수 있고 수산나의 벨 솔레 호텔에 가지 않아도 될 텐데. "도메니코, 나와 결혼해 줘." 그녀가 말한다. 그리고 나를 꼭 껴안고 목덜미에 뽀뽀 세례를 퍼붓는다. 수산나는 젊은 여자처럼 화장을 하지만, 이제는 립스틱이 고르게 펴 발라지지도 않는다. 내가 딴생각을 하는 이유도 이 때문이다. 수산나는 아무 소득 없이 삼십 분간 내 그곳을 만지곤 했다. 침대 위에서 벌거벗은 채로 "예전에는 날 사랑했잖아, 그것도 십 년 넘게."라고 말하는 그녀를 쓸쓸히 남겨 두고 그곳을 나온다. 그녀의 호텔 바에서 마신 커피 값은 늘 지불했다.

사십 대 여자들 중에는 그래도 조반나가 제일 괜찮다. 뚱뚱했고 자기 관리를 잘하는 편은 아니지만 봐 줄 만했다. 나는 매주 금요일 밭에서 수확한 채소를 시장에 내다 판다. 터질 듯이 도톰한 아름다운 입술을 가진 그녀를 만난다는 생각에 설렌다. 가끔 그녀는 계산대에 나타나서 가격을 묻기도 한다. 나는 매니큐어를 바른 그녀의 자그마한 손톱을 바라본다. 흥분해서 속으로 이런 생각을 한다. '저 엉덩이에 생쥐처럼 깔려 죽으라면 죽겠어.' 그리고 그녀를 똑바로 보고 이렇게 말하고 싶다. "아직도 모르겠어? 외국인을 제외하고 레 카세에서 오십 년간 미혼이라곤 우리 둘뿐이라고. 어쩔 수 없이 우리는 짝이 되어야 해." 조반나가 호박 일 킬로의 가격을 물으면서 나를 슬쩍 보는 것만도 어딘지. 나는 그녀에게 줄 아름다운 금목걸이를 생각하며 곧장 구시가지 길로 들어선다. 그녀에게 그 목걸이를 어떻게 전해 주면 좋을지 그 생각뿐이다. 그 목걸이는 어느 일요일 밤 추락한 볼테라 출신의 사업가의 주머니에서 나왔다. 펜던트는 붉은색 돌로 작은 물고기 모양이다.

아, 오토바이 뒷좌석에 튀어나온 조반나의 풍만한 엉덩이는 얼마나 아름다울까. 페롤라로 내려가는 커브 길을 질주할 수 있다면 좋을 텐데. 어디서 브레이크를 밟아야 하는지 잘 아는 나는 미친놈처럼 달릴 것이다…….

십여 일 전에는 약간 기대를 했다. 이 오토바이가 시에나의 경사지에서 매우 빠른 속도로 내려오고 있는 걸 보았다. 멀리서 윙윙거리는 소리가 들리기 시작했을 때 나는 괭이질을 하고 있었다. 이제는 익숙한 듯 고개를 들고 속으로 말했다. '저렇게 밟다간 곧 이 아래로 곤두박질치겠지.' 아무런 성과가 없었던 이 년 전의 마법을 깨기 위해 마침 전날 밤에 자갈을 뿌려 놓았다.

괭이 손잡이에 뾰족한 턱을 괴고 커브를 돌아가는 차를 보고 있었다. 그러면서 주변을 몰래 살폈다. 근처 밭에서는 나뭇잎 한 장 떨리지 않았다. 사냥꾼들의 총소리는 오전이 절반쯤 지났을 무렵 사라졌다. 급커브 한가운데에는 이따금씩 산 마르티노 꼭대기까지 산책을 하는 넨초니 집안의 그 멍청이만 보였다. 훤한 대낮이긴 했지만 '제 발로 굴러 들어온 먹잇감이군.' 하고 속으로 생각했다. 나는 괭이를 내팽개치고 그 바보가 떨어질 자두나무에 재빨리 몸을 숨길 준비를 했다. 그런데 이게 뭐람? 거의 다 와서 브레이크를 밟는다. 그러다가 급커브 구간에서 더욱 속도를 올린다. 마치 내게 이렇게 말하듯이. "조반나 엉덩이는 내가 먹어 치우겠어." 그러고는 사라진다.

몇 미터 더 가서 밤나무에 처박혀 죽었어도 좋았을 텐데. 그러나 하느님은 농부의 기도를 들어주지 않았다.

두에 포르테에 충격에 빠진 템페스티가 와 있을 때면 마소가 우리에게 목소리를 낮추라고 눈치를 주었지만 마을에는 온통 그 얘기뿐이다. 그러자 디보가 의도적으로 이렇게 한마디 한다. "레카세로 돌아왔다는 건 뭔가 큰 사고를 쳤다는 뜻이야. 아니면 반대로 아무 일도 못했다는 뜻이지."

나도 조금은 그의 생각에 동의한다. 그런데 가끔은 이렇게 되묻고 싶다. "당신이 그보다 낫다고 생각해? 평생을 먼지만 들이마시며 살았고 아직도 그 신세를 면하지 못한 주제에. 아내가 다른 남자와 놀아나는 것도 모르고. 신부님은 물론이고 스무 살도 안 된 나와 말이야."

천하의 하느님이라도 디보의 입장이라면 항상 불안할 것이다. 그는 분노에 차 광기 어린 눈빛으로 말하고 사람들은 저녁마다 그에게 수프를 만들어 주는 여자를 언제 탐할지 생각하면서 고개를 끄덕인다. 바람난 아내를 둔 남자들은 서로를 금방 알아본다. 그들은 술을 진탕 마시고 그들의 아내는 머리를 정갈하게 빗었다. 그리고 그들은 파시스트처럼 행동한다. 그러다 언젠가 지하실로 내려가 저 자신에게 총을 겨눌지도 모른다.

"아침에 그를 봤어." 내가 어제 저녁 두에 포르테에서 말했다. "그 사무엘레 말이야. 트랙슈트에 운동화를 신고 조깅을 하고 있더라고. 옛길에서 내려오고 있었어. 그러고는 파리시의 밭을 따라 난 오솔길에서 방향을 틀어서 암벽 쪽으로 올라갔어."

디보는 뭔가 맘에 들지 않는 게 있으면 얼굴이 붉게 달아올랐고 주먹을 휘둘렀다. 그러면 나는 그의 약을 바짝 올린다. "내가 그를 그리로 가게 만들 거야." 그가 투덜거렸다. "탑을 지나 전망대 꼭대기까지 가라고 뒤에서 부추길 거야."

에세드라의 손자에 대해 떠들어 대건 말건 관심 없다. 집 앞에 있는 은색 오토바이라면 모를까. 그 유명 인사가 분지로 내려온 걸 본 지도, 동시에 삽을 들지 않은 지도 사흘째다. 그가 사라지는 게 보이면 나는 즉시 도랑을 지나 오르막길을 가로질러 간다. 어릴 적 하던 것처럼. 그때 만약 그리로 올라갔더라면 구시가지의 성벽 바로 안쪽에 있는 분수대의 벤치에서 지금쯤 오 분간 숨을 돌리고 있겠지. 거기에서 아래로 내려가면 인크로차타 길이 나온다.

그의 오토바이는 멋졌다. 이렇게 말하는 것 같다. "밈모, 어서 뒤에 타, 폼 나게 달려 보자." 가끔 핸들을 만져 보기도 하지만 잠깐 그러다 만다. 혹시라도 마리엘라가 창가에 있다가 나를 여기저기 기웃거리는 사람쯤으로 생각할 수 있으니까. 나를 거지라고 오해한다면 그것보다 최악은 없다. 그러고는 힘이 풀려 제멋대로 움직이는 다리로 왔던 길을 돌아 집으로 향한다. 걸으면서 생각한다. "이봐, 그런 오토바이 하나면 전국의 모든 조반나들을 다 후릴 수 있어."

개만도 못한 아빠는 내가 오토바이 타령을 하는 걸 좋아하지 않는다. 일요일 오후 나는 술에 취해 집에 돌아와 그 얘기를 또 꺼내 보았다. "최근에 번 돈으로 오토바이를 한 대 살까 해요." 거의 오십 년 가까이 땀으로 뒤범벅되어 살아온 내게 선물을 하고 싶었다. 아내를 찾든가. "우리는 돈이 있는 티를 내면 안 돼." 그가 대답했고 손톱으로 그의 목구멍을 찢어 비리고 싶었다. 그는 마치 언젠가 보상을 받으리라 생각하며 평생을 일한 우리에게 국세청이 안테나를 곤두세우고 있다는 듯이 행동했다. "지갑을 보여 주는 건 우리가 한 짓을 훤히 드러내는 거야." 아빠는 나보다는 개미들과 대화가 잘 통했다. 그러면 나는 집을 뛰쳐나가 도랑의 길게 자란 풀을 손으로 철썩철썩 때리면서 숲을 향해 소리를 지른다.

일해서 시장에 물건을 내다 팔고 죽은 사람의 물건을 훔쳐서 번 돈으로 즐길 여유는 없다. 그 은색 오토바이가 아니면, 구시가지를 지나가는 입술이 도톰한 조반나의 풍성한 엉덩이를 차지할 방법이 없다. 그녀는 나보다 딸이 오이에 더 관심을 보인다.

소니아 안티키
과부 세랄리니, 주부

 나의 아킬레, 저는 혼자서 여러 사람 몫을 하며 풍성한 점심 식사를 차렸지만 당신은 따뜻한 말 한마디 없었어요. 페피타를 쓰다듬어 주는 걸 더 좋아했죠. 텔레비전을 볼 때 페피타의 목덜미를 잡아서 다리에 올려놓곤 했어요. 거실의 타일은 늘 얼룩져 있었죠. 유리창에도 얼룩이 묻어 있다고 했었죠……. 내가 남몰래 당신 욕을 한 걸 마리아는 알고 있어요. 어느 날인가 성녀 루치아 축일에 얼음판이 된 비탈길에서 당신이 발을 헛디디기를 바라며 분노에 차서 했던 기도를 마리아가 들어주었어요. 당신은 바르베리니의 집 계단에 쓰러져 세상을 떠났죠. 가엾은 이올란다. 어느 날 아침 문을 열어 보니 당신이 거지처럼 바닥에 쓰러져 있었어요. "그는 눈을 크게 뜨고 있었어요." 그녀는 내게 이렇게 얘기했어요. "이발소에서 차례를 기다리는, 누가 봐도 평범한 사람의 얼굴이었어요. 그러다 퍼레진 관자놀이를 보았죠……." 사람들은 내게 소식을 전하러 왔고 잠깐 동안이지만 난 다시 태어난 것 같앉어요. "정말이에요?" 내가 되물었어요. 잠시 뒤 슬픔에 잠긴 척했어요. "아킬레 없이 어떻게 살아요?" 내가 말했죠. "저는 이제 누구의 바지를 수선해 주죠?" 당신의 잔소리 때문에 매일 밤 신경이 곤두선 채로 잠을 청했어요. 이제 당신의 한숨 가득하고 시무룩한 얼굴을 다시 보게 된다면 내 다리를 잘라 버리겠어요. 당신이 떠난 지도 어느덧 두 해가 지났네요.

밤에 당신은 나를 몰래 껴안곤 했었죠. 가끔 어둠 속에서 한 시간 동안 그래 주길 기다렸고 마침내 당신의 거친 손길이 느껴졌을 때 배가 타들어 가는 것 같았어요. 몸이 떨리기까지 했고 어릴 적 아몬드와 귤이 가득 담긴 주현절 양말을 받았을 때처럼 심장이 마구 뛰었어요. 당신은 아무 말도 하지 않았고, 나는 그런 당신이 좋았어요. 입술과 이마에 당신의 입술이 느껴졌어요. 그러면 가만히 당신의 키스를 느꼈죠. 우리는 서로를 쳐다보지 않고 숨결을 주고받았죠. 그러다 사랑을 느끼고 흥분하기 시작했어요. 예순 살에도 우리는 완벽한 세상처럼 아름다웠어요.

당신에게 무슨 일이 일어났는지 몰라요. 당신은 태어나자마자 마법에 걸렸을지도 모르죠. 내게는 아침 인사를 하는 둥 마는 둥 하며 눈길 한번 주지 않았고, 새끼 고양이가 당신의 관심을 독차지했죠. 몸서리치도록 질투가 났고, 의자에 앉아서 그르렁거리는 고양이를 무릎에 앉혀 놓은 당신을 흘끗 봤어요. 그러다 화장실에 들어가서 미친 사람처럼 거울에 비친 내 모습을 뚫어져라 보았죠. '고양이를 질투하다니?' 속으로 생각했어요. 며칠간은 나도 모르게 웃음이 터져 나왔어요. 하지만 밤이 되면 어둠 속에서 당신은 천사가 되어 저를 비추었지요.

나의 아킬레, 당신이 없는 지금, 하루 중 가장 끔찍한 것은 저녁 어스름이 짙어 올 때예요. 혼자 저녁을 먹어요. 페피타는 먹을 것을 달라고 애걸복걸하며 내 다리 사이를 왔다 갔다 하죠. 손도 대지 않는 접시를 고양이에게 주는 일이 허다해요. 그리고 지금처럼 이곳에 와요. 내 숨을 턱 막히게 하는 어둠과 적막으로 갈기갈기 찢긴 채 우리의 침대로. 평소처럼 내 자리에 누워요. 그리고 갑자기 당신이 거꾸로 누울 때 이불이 스르륵 스치는 느낌을 상상해요. 가끔은 생각이 과했는지 당신이 정말로 옆에 있는 것처럼 느껴지기도 해요. 숨이 막혔어요. 유령이 나를 만지는 것 같은 두려움에 사로잡히는가 하면 사랑에 빠지기도 해요. 그러다 결국 큰 소리로 이렇게 외치죠. "아킬레, 당신이에요?" 하지만 대답은 없죠. 불을 켜고 보니 이불에서 뒤척인 건 고양이였어요. 당신의 발이 놓여 있던 자리에 몸을 동그랗게 웅크리고 있어요. 그러면 내 옆으로 데려와요. 그리고 다음 날 아침까지 그렇게 잠을 자요.

오늘 오후에는 안졸리노가 왔어요. 매번 그에게 이렇게 말했죠. "준비할 수 있게 미리 전화를 좀 주세요." 하지만 그는 들은 척도 하지 않아요. 가끔 산책을 마치고 불시에 나를 만나러 오기도 해요. 문을 열면 놀라서 사방으로 슬리퍼를 내동댕이치며 주저앉는 꼴을 보여 주죠. 언젠가 당신처럼 목덜미를 잡고 쓰러질 거예요.

당신이 내게 준 벌이 바로 이거예요. 붓 끝으로 똑같이 따라 그린 것 같은 당신의 쌍둥이 동생 말이에요. 걸음걸이와 목소리조차 똑같아요. 안졸리노는 날씨 이야기를 하며 집으로 들어와요. 도통 모르겠어요. 들고 있던 물건을 놓치고 압정이 살 속을 파고드는 것같이 심장이 갈비뼈에 쾅쾅 부딪혀요. 집 안을 돌아다니는 그를 보니 어두운 침묵 속에 생각나는 그 질문이 하고 싶어졌어요. "당신이에요?" 그러고는 그가 누군가의 지하실에서 발견한 책들에 대해 떠들어 대는 동안 난 커피를 준비해요. 이것이 당신과 유일한 차이점이죠. 안졸리니는 말을 해요. 그는 입을 다물고 일 분도 채 버티지 못할 거예요. 잠시 후, 스위스에서 지내던 때를 떠올리고 당신과 똑같은 목소리로 말해요. "여기 레 카세 사람들은 신문을 거의 읽지 않죠. 그런데 그런 사람들이 신문을 보고 있다면 그건 별자리 운세나 축구 경기 결과를 확인하는 거예요." 그 사이 페피타는 벌써 그의 품에 안겼네요. 난 더 이상 서 있기도 힘들었어요. 매 순간 이렇게 말하고 싶어요. "이제 우리 방으로 가서 십 분간 불을 끄고 누워요. 그런다고 손해 볼 게 있나요?" 그를 당신으로 착각할 뻔했던 적이 한 번 있었어요. 그 생각만으로도 미칠 것 같았어요. 그런 생각을 한 내가 역겨워서였는지, 불쾌감이 들 정도로 좋아서였는지 모르겠어요.

장례를 치르고 며칠 지나지 않은 어느 날 밤이었어요. 그날 밤은 또 어떻게 지새워야 할지 걱정하고 있었죠. 그 순간 재킷을 걸치고 떨어지는 우박을 맞으며 메초 길을 가로질러 갔어요. 안졸리노가 귀신을 본 줄 알고 문을 열었고 그 앞에 내가 서 있었죠. 그가 말했어요. "소니아, 슬리퍼 바람으로 여기까지 온 거예요? 이 날씨에?"

나의 아킬레, 당신의 쌍둥이 동생의 장점은 야망이 있다는 거예요. 레 카세는 그를 다른 이들처럼 언제나 반복되는 생활 속에 변변한 직업도 없고 감정도 굳어 버린 산송장으로 만들려고 애썼어요. 하지만 그는 버티고 있어요. 지하실에서 꺼내 온 잡동사니와 책의 힘으로 버티고 있다고요. 마을의 촌놈들은 3리라에 오래된 물건들을 팔아넘기고 당신의 쌍둥이 동생은 밤새도록 서재에 간혀서 스탠드 불빛에 눈을 혹사시키고 있어요. 그는 골동품을 좋아해요. 오후 내내 다 해진 짚의자 앞에서 백 년 전에 이 의자에 엉덩이를 걸쳤을 사람들을 상상하면서 시간을 보내요. 까마득한 옛날, 산꼭대기에 사는 사람의 생활을 되짚어 보는 거예요. 최대한 레 카세에서 벗어나기 위한 방법이에요. 하지만 난 그렇지 못해요. 생각조차 쉽지 않아요.

그날 저녁 그는 나를 집 안으로 들였어요. "소니아, 난롯가에서 몸을 좀 녹여요." 그가 말했어요. 내가 대답했죠. "그 안으로 뛰어들고 싶네요." 그러고는 돌아서 그를 보았고 그는 움찔했어요. 내가 자포자기라도 한 듯 보였겠죠. "나를 왜 그렇게 봐요?" 잠시후 그가 말했어요. 대답 대신 그에게 와락 달려들었어요.

그날 저녁 안졸리노는 말 한마디 없었어요. 입술은 물론 얼굴전체에 내가 키스를 하는데도 가만히 있었죠. 난 머리핀에서 삐져나온 머리카락 때문에 짜증이 났어요. 눈물이 흘러내려 그의 얼굴에 범벅이 된 것도 모르고 계속 키스를 했고 어느 순간 짠맛이 느껴졌죠. 그리고 뭔가 내 심장을 움켜잡아 반대편으로 옮겨 놓는것 같았지만 키스를 멈추지 않았어요. 그러다 슬립을 뒤집어 입은채로 바닥에 주저앉았어요. 공포가 느껴질 정도로 울었어요. 더는 멈출 수 없을 것 같았거든요. 눈물이야 멈추겠지만 그 충격이 영영 사라지지 않을까 봐 무서웠어요. 그래서 비명을 질렀죠.

가끔은 당신을 지옥에 보내 버리고 싶은 심정이에요. 쌍둥이를 남겨 둔 것도 모자라 게이라니요. 이곳 레 카세에서는 어느 누구도 안졸리노에게 인사를 하지 않아요. 그가 지나가면 디보는 침을 뱉어요. 당신 쌍둥이 동생이 두에 포르테에 발길을 끊은 지 삼십 년은 됐을 거예요. 바에는 언제나 사냥꾼, 노인, 늙은 사냥꾼 들이 득실거리고 그들은 아이 대하듯 그에게 말을 걸고 술에 취해 그를 자극해요. 한때 그들은 그와 당신을 헷갈려 하곤 했지만 바르베리니의 집 계단에서 당신이 굴러떨어져 죽은 뒤로는 멀리서 그가 오는 게 보이면 망설임 없이 동네방네 떠들어 대죠.

사실은 나도 한때 그렇게 생각했어요. '시동생이 게이라니!' 적어도 여자를 좋아하는 취향이었더라면 당신을 생각하며 남몰래 몇 번 안겼을 거예요. 하지만 안졸리노는 뒤로 관계를 갖는 사람이에요. 이제는 그것마저도 안 해요. 손으로 오 분간 자위를 하는 게 다예요. 곁창의 창살 사이로 에세드라의 집으로 돌아온 그 악마를 몰래 훔쳐보는 그의 모습이 상상이 돼요.

오늘 오후 그는 그 아이, 사무엘레에 대한 이야기도 했어요. "그의 할머니와 취침 인사를 주고받곤 했어요." 그가 말했죠. "그녀는 빗자루를 들고 천장을 두 번 툭툭 쳤어요. 그러면 난 뒤꿈치로 쿵쿵 두드려 대답했어요." 그러고는 눈을 크게 뜨고 나를 쳐다보았어요. "소니아, 한밤중에 난데없이, 그자가 가구를 옮기기 시작했을 때 무슨 생각이 들었는지 알아요? 그가 돌아왔을 거란 생각은 못 했죠. 속으로 생각했어요. '이런, 에세드라가 편히 눈을 감지 못했구나.'"

살아 있는 사무엘레 한 명보다 그 여인의 영혼 백 개가 낫다는 말이에요. 아델라이데를 대신해 내가 맡은 일이 있어서 그나마 생각을 안 할 수 있어요. 그 일이 아니었더라면 생각이 계속 맴돌아서 그 안에 갇혀 버렸을 거예요. 침대에서 꼼짝 못 하고 머리도 거의 벗어졌지만 스무 살짜리 여자아이를 상대로 싸운다는 핑계로 죽지 못하고 살아 있는 그 친구의 썩은 피를 욕조에 담아 두었어요.

나의 아킬레, 그 위에서 나를 보고 있다면, 그리고 내가 아델라이데와 꾸민 일을 봤다면 고개를 절레절레 흔들겠죠. 그런데 에세드라의 손자가 평원의 그 아이의 피를 들끓게 만들었지 뭐예요. 어제 아침, 마리오의 가게에서 목격한 장면은 뭔가 의심스러웠어요. 그래서 낮에 알람 시계를 다시 맞춰 놓기 시작한 거예요.

오후 2시, 다들 점심 설거지를 마치면 낮잠 시간을 알리는 알람이 울려요. 그 시간에 레 카세는 황량한 도시나 다름없어요. 골목은 고양이들 차지가 되죠. 그 시각 저는 프라티 길에서 탑으로 올라가는 번잡한 도로에 있어요. 그 지점에서 가게의 창이 전부 보여요. 날씨가 흐린 날은 햇빛이 유리에 반사되지 않아서 가게 안이 훤히 들여다보여요.

엘레오노라는 겁먹은 사슴 같은 눈을 가진 보석일 테지만 상처를 안고 살아가요. 저 혼자만의 생각은 아니에요.

엊그제 숨어서 지켜보고 있었어요. 그날은 수요일이었고 속으로 이런 생각이 들기 시작했어요. '이봐, 재미가 없는 곳에서 재미를 찾고 있군. 집에 돌아가서 평소처럼 질질 짜기나 해.' 잠시 후 가게 문이 열렸어요. 난 생각했죠. '산책하러 가는구나.' 그녀가 가비에 길로 돌아 들어가기를 기다렸다가 뒤를 쫓았어요.

나는 어렸을 때부터 숨바꼭질을 잘한다는 소리를 들었어요. 몸에 밴 야성과 늘 그렇듯 가엾은 사람들한테는 한없이 가혹한 세월 탓에 도둑질을 하던 할아버지를 닮아서라고 하더군요. 돌출한 암벽과 바위 근처 성 안토니오 성당에서 아이들과 함께 놀았어요. 내 눈에 그 암벽은 거인 같았어요. 우리는 둘로 쪼개진, 멀리서 보면 날개가 달린 것처럼 보이는 꼭대기까지 올라갔어요. 하늘을 휩쓸어 버리는 북풍이 부는 날에는 종종 이렇게 말했죠. "두에 알리*에 가서 바다를 보자." 운이 좋으면 엘바섬 산봉우리도 볼 수 있었어요. 그런데 그런 것에는 관심 없었죠. 아이들은 만을 바라보다가 햇빛에 눈이 부셔 일제히 눈을 가렸어요. 난 반대편으로 몸을 돌렸어요. 발치의 마렘마 평원은 끝없는 녹색 웅덩이 같았어요. 내가 말했어요. "우리 할아버지는 오래전에 이 모든 땅의 왕이었어. 보이는 건 전부 그의 것이었지. 그런데 그를 만나 본 적은 없어. 내가 태어나기도 전, 어느 날 경찰관들이 들이닥쳐 그의 머리에 총을 쏘았거든."

그렇게 엊그제 저는 그 요부를 따라 골목길로 들어갔어요. 따라가는 길에 육지의 해적이라 불리던 할아버지처럼 되길 꿈꾸던 시절이 생각났어요. 총에 맞아 완수하지 못한 그의 임무를 수행하기 위해 빨리 어른이 되고 싶었어요. 내 땅인 마렘마를 되찾았을 거예요. 목에 손수건을 두르고 나의 멋진 도적단과 함께 숲속에서 살았을 테고 부자들에게서 금을 빼앗아 굶주린 사람들에게 나눠 줬을 거예요. 그 비열한 경관의 손자를 밖으로 끌어내서 밤에 산바스티아노 광장에서 갈기갈기 찢어 놓고 내가 누군지 똑똑히 알려 주려고 했어요.

나의 아킬레, 어렸을 때부터 나는 모험을 꿈꾸었고 인생은 당신을 내게 선물했죠. 불만은 없어요. 당신의 퉁명스러운 얼굴을 보니 총을 들고 이 땅을 되찾고자 하는 열정이 사라졌어요. 나는 손수건을 머리에 묶고 도적이 아닌 주부가 되었죠. 당신이 없는 지금 정신을 바짝 차려야 해요. 하루에도 두 번씩 구석구석 방 청소를 해요. 아침에 일어나면 처음부터 다시 시작해요.

* Due Ali. '두 개의 날개'라는 뜻.

당시에는 몰랐지만 우리는 엘레오노라의 뒤를 제대로 캐고 있었어요. 그녀는 인크로차타 길로 들어갔죠. 에세드라의 집이 있는 바로 그곳 말이에요.

엘레오노라는 자신을 뒤쫓는 사람이 있을 줄은 꿈에도 모르고 유유히 마지막 모퉁이를 돌아가고 있었어요. 난 속으로 생각했어요. '멍청한 거야, 아니면 스파이인 거야.' 그러면서 한때 문이 있던 벽에 납작 달라붙었어요. 그 벽 뒤로는 한때 이 지역의 무정부주의자들이 은밀히 집회를 가졌던 공간이 숨겨져 있죠. 회랑의 그늘에서 불안에 떠는 그 아이를 보았어요. 그녀는 겁에 질린 짐승처럼 모습을 드러냈다가 바로 다시 안으로 들어갔어요. 떨고 있었죠. 오줌이 터져 나올 것처럼 발을 동동 굴렀어요. 더 가면, 예전에 학교들이 있던 긴급 대피 구역을 지나 문제의 그 집이 나와요. 겉창이 열려 있는 그 집을 보면 소름이 끼쳐요.

사랑하는 아킬레, 뭐가 그렇게 그 아이의 마음을 아프게 하는지 모르겠어요. 당신이 그녀를 봐야 해요. 어느 순간 그녀의 두 다리가 실수를 하고 말았어요. 밤마다 두에 포르테로 출근하는 술꾼들처럼 골목에서 돌부리에 발이 걸렸죠. 그녀는 혼자 중얼거렸어요. 그러고는 뭔가를 실토하려고 마음의 준비를 하지만 끝내 하지 못하겠는 듯 깊은 숨을 내쉬었어요. 종탑이 4시를 알렸고 그 아이는 깜짝 놀랐어요. 홱 돌아서 왔던 길을 돌아가기 시작했어요. 그때 벽에 딱 달라붙어 있던 나는 들켰구나 싶었죠. 속으로 생각했어요. '그림자처럼 뒤쫓던 걸 알게 되면 뭐라고 해야 하지?' 반면에 그녀는 머리에 왁스를 바른 마리오와 함께 오후 근무를 하러 가게로 돌아가야 한다는 절망에 사로잡혀 울상을 하고 있었어요. 마리오는 젊은 여자를 탐내다가 결국 정신이 나가 버렸어요. 그녀는 쏜살같이 내 앞을 지나갔어요. 벽감 묘소같이 생긴 그곳에 사람이 열 명이 있었다 해도 못 보고 지나갔을 거예요. 그녀는 골목길을 돌아 사라졌어요.

한때 그 티부르치의 성자와 함께 빵과 치즈를 먹던 할아버지가 내 영혼 속에 들어 있어서 그럴 거예요. 달리아 할머니는 이런 말씀을 자주 하셨어요. "코시모는 사라지곤 했어. 잠시 한눈을 팔면 뽕 하고 사라지고 없었어. 염소 냄새 같은 고약한 냄새조차 남기지 않았지. 다음 날 냄비를 꺼내려고 몸을 돌리면 그가 앞에 있었고 갑자기 내게 키스를 퍼부었단다."

레 카세에 타락한 자가 돌아다니는 건 사실이에요. 그는 존재만으로 추억을 욕되게 하고 에세드라의 방을 차지하고 있어요. 그리고 불안에 떠는 여자아이도 있어요. 그녀는 그에게 홀딱 빠졌는지 그를 엿보고, 난 그런 그녀를 엿보죠. 아델라이데를 살리기 위한 거예요.

인크로차타 길 위층의 겉창 사이로 사무엘레의 일거수일투족을 주시하는 눈들이 있어요. 이런 소문이 있더군요. 그 타락한 자가 외모는 훤칠하다고요. 그런데 안졸리노 말이에요. 당신 쌍둥이 동생. 아래층 대문 앞에서 에세드라의 손자가 안뜰의 바닥 타일을 청소하고 있을 때 그가 손으로 무슨 짓을 하는지 생각하고 싶지도 않아요.

슬퍼요, 나의 아켈레. 우리는 왜 짐승들처럼 서로 못 잡아먹어 안달인가요. 여기 레 카세에서는 아무것도 아닌 일에 예민하게 굴며 으르렁대요. 세상은 진작 자신의 길을 떠났는데 우리는 아직 여기 남아 있어요. 이곳은 땅이 잠시나마 흔들려야 감정이 살아나는 곳이에요.

가끔 이런 생각을 해요. 이전 세대 사람들이 모두 죽었으니 이제 우리 차례가 되었다고요. 그러면 고대 도시에는 버려진 집들만 남게 될 테고 벌써 그런 징조가 보여요. 그러면 숨이 턱 막히는 것 같아요. 누구 하나 보살펴 주는 사람 없이 아델라이데처럼 침대에서 꼼짝 못 한 채 쥐도 새도 모르게 죽는다고 생각하면 돌멩이 하나가 배 속에 꽉 끼어 있는 느낌이에요. 작은 마을에 사는 우리 모두는 아닌 척하지만 그런 돌멩이 하나쯤은 다 가지고 있어요. 서로 인사할 때 얼굴을 당겨서 미소를 만들어요. 그런데 그건 미소가 아니라 해골의 냉소 같아요. 정신 병원도 문을 닫을 테지만 그래도 난 훌륭한 의사를 초대해서 이곳을 돌아보도록 할 거예요. 처방을 해 줄지 몰라요. 레 카세에는 적막이 감돌아요. 모든 문 뒤에는 눈물이 흐를 만큼 주체할 수 없는 고독이 넘치는 방들이 있어요. 우리는 가련한 사람들이에요. 아침이면 모두 근심 가득한 표정과 촉촉한 눈빛으로 힘겹게 장을 보러 가요. 살기니의 물약과 마소의 술잔을 찾아가죠. 날 봐요, 아킬레, 오후에 할 일을 찾다가 여자아이들의 뒤를 쫓아다니기 시작했어요. 미치광이에게 정신 팔린 여자아이들이죠. 그들은 이마가 좁은 외국인들과 사귀고 있어요.

내 탓이긴 하지만 당신 탓도 조금은 있어요. 바위산에 올라가곤 하던 어린 소니아는 반짝반짝 빛이 났었죠. 그런데 레 카세는 영혼을 가두어 버리는 장소예요. 레 카세는 마렘마의 불룩한 배 한가운데 자리한 검은 심장이고, 꿈이 가득한 가면 뒤에 추악한 얼굴을 감추고 있어요. 두에 알리에서 환상에 젖지만 결국에는 두에 포르테에서 와인 병을 움켜쥐고 정신줄을 놓아 버리죠.

당신이 내 안에서 소리치는 할아버지를 조금이라도 닮았다면 좋았을 텐데. 아무도 관심 갖지 않는 불행한 결말이에요. 유령처럼 동에 번쩍 서에 번쩍 하던 코시모 할아버지는 어느 날 무화과나무 아래에서 아름다운 여자를 덮쳐 가엾은 우리 엄마를 낳았어요. 할머니는 늘 이런 말씀을 하셨어요. "콧수염이 난 그는 허리에 권총을 차고 집에 나타났단다. 우리 아버지를 보며 말했지. "알체스테, 당신 딸은 제 아이를 가졌어요. 여기 돈이에요……. 웃으세요, 도둑의 씨를 얻은 것은 복권에 당첨된 것과 다름없으니까, 축복받은 거죠." 할머니의 눈이 반짝거렸어요. 이따금씩 눈물을 훔쳐야 했죠. "단 한 번도 끼니거리가 떨어진 적이 없었어." 그녀가 말했어요. "성가신 일도 없었지. 그런데 몹쓸 경찰이 쳐들어와서 우리를 다시 비참한 삶으로 내몰았단다."

반면에 내겐 당신이 있어요, 사랑하는 아킬레. 당신은 큰 교회의 계단을 열 개만 올라가도 거친 숨을 몰아쉬는 사람이었죠. 교대 근무를 하러 가는 당신의 모습은 마치 죽으러 가는 것 같았어요. 당신은 단 한 번도 이렇게 말한 적이 없었어요. "이것 봐, 내 아내가 이렇게 맛있는 요리를 준비했어!" 친절한 행동이나 말 한마디 없었죠……. 오로지 끝도 없이 침울한 표정만 지었죠. 하지만 밤에는 천사가 되었어요. 거친 손으로 내 머리칼을 어루만져 주었어요. 숨이 멎을 정도로 감정이 복받쳤죠. 그러다 결국 당신이 자리로 돌아가고 나면 난 지금처럼 멍하니 어둠을 바라보죠. 당신의 살은 내 위에서 떨리는 가벼운 옷이었어요. 난 행복에 겨워 마음속으로 이렇게 말했어요. "코시모 할아버지는 숲속의 왕이었겠지만 아킬레와 사랑을 나눌 때면 난 마렘마에서 가장 위대한 사람이되지."

에밀리오 살기니
의사

이런 마을의 의사가 할 일은 각 집의 냄새를 구별하는 거야. 내 눈을 가리고 즉석에서 한 집을 골라 들어가 보라고 한다면 나는 들어서자마자 이렇게 말할 거야. "그라치엘라의 집이군요." 혹은 이렇게. "이 집에는 보리에 집착하는 사람이 살고 있군요. 나르디니의 집이에요." 만약 공기 중에서 희석액이나 썩은 양파 냄새가 나면 의심의 여지가 없지. "그림에 집착하는 칼라마이오 선생에게 안부 전해 줘요!" 악취와 꽃향기, 약한 불에서 끓고 있는 음식 냄새를 상세하게 언급하며 밤새도록 정답 행진을 이어 갈 테지. 그러다 사람들의 연락이 오면 채비를 해. 가방을 챙겨서 생사를 오가는 사람의 방에 들어가야 한다면 가장 먼저 빅스 바포럽*의 뚜껑을 열어. 손가락에 묻혀서 콧수염에 문지르지. 적어도 죽은 살에서 나는 악취나 고름이 터지는 가래톳, 발톱 썩은 냄새는

* Vicks Vaporub. 크림 타입의 감기약.

피할 수 있어. 대신 민트와 좀약 냄새가 솔솔 날 거야. 이렇게 하면 식욕이 떨어질 일이 없지.

　어릴 적 수프를 먹기 전에 냄새를 맡는 것을 보고 엄마가 늘 말씀하셨어. "까탈스럽게 굴지 좀 마." 그러면 아빠가 대신 이렇게 말했지. "크면 여자들의 가랑이 사이에서 놀랄 만큼 좋은 대구 냄새를 맡게 될 게야." 열여섯 살이 되었을 때 의사가 되고 싶다고 하자 부모님은 서로 바라보고 웃음을 터뜨렸어. 엄마가 말했어. "네가 뭐가 되고 싶다고? 파스타용 포크로 고기를 집는 것도 질색하잖니! 늙은이의 질질 새는 창자를 만진다고 상상을 해 봐." 그런 엄마가 병에 걸린 지 얼마 안 되었을 때 나를 찾았어. 어느덧 수십 년 전 일이야. 엄마는 침대 헤드에 머리를 대고 나를 바라보았어. 어느 날 아침 내게 이렇게 말하기 시작했지. "에밀리오, 얘야, 내 배를 좀 봐 주렴. 이상하게 꾸르륵 소리가 나는구나……." 석 달 뒤 엄마도 아빠 곁에 묻히셨어.

　너희에게 아무리 큰 소리로 말해도 벽에 대고 이야기하는 것과 마찬가지라는 걸 알아. 그렇게 핏줄끼리 쉴 새 없이 스코파 게임*을 하더니 결국 선천적 농아 난쟁이 형제가 태어나고 말았어. 가까운 친척끼리 결혼을 할 때부터 이미 알아봤어……. 결국 두 명의 괴물이 태어나고 말았지. 일찍 죽을 거라는 예상을 뒤엎었고 다른 혈육들이 저세상으로 떠나는 것을 지켜보았어. 그 후로도 서로가 남편이 되고 아내가 되어 사회 질서를 파괴하면서까지 자연을 거스르는 어리석은 짓을 일삼았지. 어쨌든 너희는 이 세상이 낳은 자식들이야. 그리고 난 수십 년 전에 맹세한 것이 있어.

* 언어 유희로서 'scopa'는 카드 게임 명칭이자 섹스를 의미함.

너희 집에선 수프 냄새와 썩은 나무 냄새가 진동해. 고양이 오줌 냄새 같은 진한 아로마 향도 나. 그런 냄새가 날 만한 게 없는데도 말이야. 그런 냄새가 나지 않았더라면 책이 가득한 멋진 아파트가 되었을 텐데. 책은 두 줄로 쌓여 사방의 벽을 차지하고 있어. 너희가 장애연금을 낭비하러 어딜 가는지 누가 알겠어. 나라가 무능한 건가. 너희 같은 장애를 가진 사람들의 기대 수명은 마흔 정도라고 알고 있는데 너희는 예순을 훌쩍 넘긴 나이에도 여전히 팔팔해. 방송국에 연락이라도 해서 레 카세의 공기가 노인들은 물론 선천적 장애를 가진 사람들도 장수하게 만드는 효과가 있다는 것을 전 세계에 알려야 할 것 같아.

결국 이런 생각까지 하게 되었어. 농아들의 방에는 뭔가 다른 침묵이 흘러. 귀담아들어 주지 않기 때문에 기분이 상할 수 있어. 심통 난 아이처럼 말해 봐야 소용없어. 나 같은 이방인은 바로 알아차리지. 눈을 가리고 당신들의 집 문지방을 넘으면 냄새를 맡을 필요도 없어. 어딘가 쓸쓸한 침묵이 분명하게 말해 주니까.

너희의 멍청이 같은 소리만 들릴 뿐이야. 줄리아노, 딱 너 같은 소리. 너는 쉴 새 없이 낑낑대지만 정작 본인은 그 소릴 듣지 못하지. 여기저기 오줌을 싸 대는 고양이가 네 목구멍에 걸린 듯한 소리야.

반면에 네 여동생은 조용하구나. 그녀를 봐, 줄리아노. 그녀는 솜을 이리저리 쑤셔 넣어 만든 살아 있는 솜 인형 같아. 너희 둘 중에 피에라의 머리가 더 크구나. 목수가 만든 것처럼 다리와 손은 자그마해. 내가 그녀의 등을 두드리면 기침을 하는 게 아니라 메기처럼 눈을 뜨고 나를 돌아보지. 그녀는 항상 물고기처럼 입을 벌려 숨만 쉬어. 까치 울음소리같이 쉬익쉬익 소리도 내. 우리가 이곳, 망각의 세상인 레 카세에서 길을 잃고 지은 죄도 없이 벌을 받도록 가두어 놓은 사람의 계획을 생각하면 정말 놀라울 따름이야. 너희의 가없은 신체를 보건대 너희는 벌을 두 배로 받고 있구나. 그래서 화가 치밀어 오르고 돈 라우로가 생각나. 그는 세상의 고통과는 등을 지고 자신의 이익만 챙기려 들지. "하느님의 뜻이에요." 그가 말하지. 그렇겠지. 흰 수염이 난 하느님이 정말로 존재한다면 이 언덕 꼭대기에 그려진 그림은, 지루한 사람이 페이지 여백에 마구잡이로 휘갈기고 나서 잊어버리는 낙서와 같아.

돈 라우로는 이렇게 말해. "진정한 상은 저승에서 받게 될 거예요." 그는 계속해서 이런 헛소리를 해대지. 그리고 마지막에 헌금함을 돌려. 그러면 모두 주머니를 샅샅이 털어. 이 시궁창에서 고생이란 고생을 다 하고 나서 천국에 적을 만드는 건 어리석은 짓일 테니까. 그 반대가 되어야 해. 언젠가 성 베드로를 만나면 그동안 고생한 것에 대한 보상을 요구해야 해. 종교적 절차에 따라.

그렇게 레 카세의 사람들은 하나같이 고해성사실에서 무릎을 꿇고 죄 없는 신부님에게 넋두리하듯 자신들의 잘못을 늘어놓는 데만 급급하지. 그런 걸 보면 두 귀머거리 난쟁이가 더 나은 것 같다는 생각이 들기도 해. 내 입 모양을 읽으려고 나를 뚫어져라 보는 못난 눈동자를 보며 난 한참 말을 하지.

누군가 속에 품고 있는 말들을 털어놓는 건 백 마리의 암캐가 짖어 대는 우리의 문을 열어 주는 것과 마찬가지야. 잠시일 테지만, 속이 후련해져. 그러고 나면 그 짐승들은 다시 우리를 괴롭히러 오지.

내 아들, 알프레도에 대해 이야기를 하자면, 그 아이는 사십 년 전, 1976년 9월 9일 밤 긴 꿈에 빠져 다음 날 아침 깨어나지 않앉어. 중요한 건 그게 좋은 꿈이었다는 거야. 이제 막 스물세 살이 된 청년의 심장이 멈춰 버릴 정도로 즐겁고 행복한 꿈이었어. 빌마는 아무도 알프레도를 건드리지 못하게 했지. 의자에 앉아서 그를 지켜봤어. 내가 다가가면 갑자기 미소를 띠며 스파이 같은 말투로 말했어. "그 사람들에게 조심하라고 일러요. 알프레도에겐 휴식이 필요하단 거 몰라요?" 그녀는 장례식이 끝나고도 삼 주간은 계속 그랬어. 그녀가 마리오의 가게로 장을 보러 갔을 때 누군가 다가와서 애도를 표하면 즉각 반격했어. 물론 농담조로. "좋아요, 살찐 두꺼비 같은 남편이 살아 있는데. 애도는 조금 과하지 않나요?" 그러고는 가 버렸어. 어느 날 아침 그녀는 목요일 장을 돌아보고 오겠다고 말하면서 그로세토행 버스를 탔어. 그리고 돌아오지 않았지. 옴브로네의 침대를 확인해 봤자 소용없었어. 아들은 꿈속에 빨려 들어갔고 아내는 한순간에 세상에서 종적을 감춰 버렸어.

줄리아노, 그래도 난 멈추지 않아. 난 맹세를 했고 매일 저녁 되뇌지. 돈 라우로는 수천 개의 기도를 전하지만 나는 히포크라테스 선서면 충분해. 아침에 병원 문을 열면 침대에서 헐벗은 채 죽어 가는 사람들이 너도나도 줄지어 있는 걸 보게 돼. 이따금 지독한 병에 걸렸다는 것을 알고도 아무 말 하지 않아. 오히려 어깨를 두드리며 기관지염에 좋은 시럽을 처방해서 집으로 돌려보내지. 신경 안정제를 주든가. 그러다 결국 장례를 치르게 돼. 화내는 사람은 아무도 없어. "그렇게 건강했던 사람인데." 이렇게들 말하지. "일주일 새 쇠약해져서 한순간에 하느님의 은총에 들다니." 난 아무 말 하지 않아. 오히려 반나절 동안은 기분이 무척 좋아. 잠시 동안 마음의 안정을 찾게 돼. 그런 불행한 사람이나 내가 구제해 준

권태에 지친 과부를 생각해. 나는 한잔하러 마소의 바에 올라가서 주변을 둘러봐. 디보를 보게 되면 석 달 전에 그의 배에서 발견한 누에고치가 어떻게 되었을지, 그가 혹시 알아차린 건 아닌지 궁금해져. 그리고 노화가 일찍 찾아와서 충격받은 가엾은 이사스티아를 길에서 마주치고 골다공증 치료를 제대로 받지 않아 그녀가 절뚝거리며 오르막길을 올라가는 것을 보면 기분이 좋아져. 조만간 한계에 도달해 바닥으로 고꾸라지고 말 거야. 그래도 운이 좋으면 이 년 전 겨울 세랄리니가 그랬던 것처럼 즉사를 할 거야. 안 그러면 대퇴골이나 엉덩이를 다쳐 몇 달간 누워 있게 되겠지. 그러면 얼마 뒤 무덤행이지.

소중한 내 난쟁이 친구, 피에라도 마찬가지야. 큰 소리로 말하지만 개미에게 노래를 들려주는 거나 다름없어. 괴물처럼 변한 이 자그마한 아이는 어느덧 기능이 한계에 다다른 심장 때문에 숨이 막히지. 운이 좋으면 이 달 안으로 죽게 될 거야. 당장 내일 아침에 눈을 떴는데 그녀가 입을 벌리고 돌처럼 딱딱하게 굳은 채로 발견될지도 모를 일이지. 예전에 내 젊은 아들이 그랬던 것처럼 말이야. 그러면 너의 심장은 찢어지겠고 한시라도 빨리 죽고 싶은 심정이 되겠지. 장애를 가진 여동생의 죽음이 너를 미치게 만들 거야. 그러면 페코라의 흙탕물에 뛰어들 수밖에 없겠지.

안쓰러운 사람은 바로 나야. 아무도 모르게 남을 돕는 내 사정은 누가 알아주기나 할까? 많은 선물을 하지만 시간이 지나도 감사의 말 한 마디도 듣지 못해. 가끔 위로의 말이라도 해 주면 좋으련만. 하지만 이곳은 아침부터 저녁까지 징징거리는 촌뜨기들로 가득해. 그런데 사소한 통증이라도 느껴지면 너희는 그 보잘것없는 인생에 진드기처럼 집착하지. 그냥 내버려 둬! 낭비일 뿐이니까. 끝내 버려. 이제는 틀렸어. 내게 온다면 모두에게 항생제 대신 소화제를 주겠어. 낭비를 막아야 하니까. 그런 다음 제대로 된 총 한 발을 쏘지. 그러면 적어도 거실 벽을 새 단장 할 기회가 생기잖아.

　이미 말했지만, 내가 공들여 작업한 걸 망치지 못해서 안달이 난 낯짝 두꺼운 인간들이 있어. 일부러 그러는 것 같아. 예를 들어 프란치를 봐. 항상 죽을 것처럼 골골대지만 살아 있잖아. 피골이 상접하고 머리가 산발인 채로 말이야. 그녀를 만나러 가 보니 수다쟁이가 되어 있었어. 그녀의 혈압을 재 보니 죽음이 머지않았더군. 악취가 진동하는 침대에서 지금 죽는다 해도 이상하지 않을 정도로 욕창이 생기고 피부가 썩어 들어간 상태였지. 다시 말해서 사망의 조건들이 모두 갖추어져 있었어. 난 이렇게 말했어. "아델라이데, 당신이 이렇듯 좋아 보이니 기쁘군요." 하지만 그녀는 내 말을 귀담아듣기는커녕, 수다를 멈추지 않았어. 생기 넘치는 눈동자를 봤어야 했는데! 그녀가 아무리 말을 해도 알아들을 수가 없어서 안심이 되었어. '다행히 정신 착란이 시작되었군. 죽을 날이 머지않았어.' 이틀 뒤에 다시 가 보았지만 상태는 똑같았어. 다만, 망상 증세는 더 심각해졌지. 그런데 이상하게도 기운이 살아나고 있었어.

　아델라이데는 평원의 여자아이와 에세드라의 손자 사무엘레의 관계에 대해서만 이야기했어. 거의 알아들을 수가 없었지만. 그녀가 기운을 차리려고 안간힘을 쓰면 나도 두 배로 공을 들였고 다시 진찰을 해 보았지. 진료 기록에 따르면 그녀는 한 달 안에 죽을 거야. 마을을 어지럽히는 젊은이들 얘기를 듣고 있자니 불안이 독처럼 퍼져. 이 시점에 너희에게도 묻고 싶어. 이런 자들이 사회에 필요할까? 속이 뒤집힐 지경이야. 평균 연령을 올리려고 애쓰는 내 노력을 방해하고 있어. 다행히도 오늘 아침 실베스트리의 전화 한 통을 받고 기분을 조금 달랠 수 있었지.

"기절했어요." 마리오가 말했어. 그의 가게에 도착하니 그는 침통한 표정을 짓고 있었어. 여자아이는 가게 안쪽 나무 계산대 위에 눕혀져 있었어. 마리오는 앞치마를 돌돌 말아서 그녀의 머리에 받쳐 두고 있었지. "숨을 쉬어요." 그는 근심 어린 아빠처럼 중얼거렸어. "눈을 뜨기도 해요. 말을 걸어 봐도 저를 보지 못해요. 그러고는 다시 기절해요. 상태가 심각한가요?"

사랑하는 줄리아노, 피에라. 레 카세에서는 살이 통통한 젊은 여자들을 만질 일이 흔치 않아. 그중에 조반나와 지난네스키가 있어. 누군가 그녀들의 블라우스를 벗기다가 돌돌 말린 지방 덩어리를 보면 실망하게 될 거야. 아침에 눈을 뜨자마자 바로 올리브유를 바른 빵 세 조각과 부리스토* 하나를 먹는 것이 건강에 좋다고 여러 번 말했어. "당신의 골격은 참 튼실하군요." 그녀에게 말했어. "그걸 잘 유지해야 해요." 작년 한 해 동안 그녀의 몸무게는 6킬로그램 늘었어. 그녀가 메초 길을 터벅터벅 걸어가는 것을 종종 봐. 가슴에 손을 얹고 힘겹게 걸어가는 것을 보면 기분이 좋아져. 그런 체구의 여자들은 정맥이 막히는 데 시간이 좀 걸린다는 게 문제야. 그렇지만 남는 게 시간이니까 괜찮아.

반면에 엘레오노라는 그야말로 한 떨기 꽃이야. "이제 내가 너를 고쳐 줄게." 핏기 없는 그녀의 얼굴을 살피려고 몸을 숙이면서 이런 생각을 했어. 난 소금을 꺼내서 그녀가 냄새를 맡도록 했

---

* 돼지 피를 주재료로 만든 검은색 소시지.

어. 그녀가 눈을 번쩍 뜨고 주변을 살폈어. 자신이 어디 있는지 알아차리기까지 시간이 조금 걸렸어.

마리오의 상점 뒤쪽, 물건들이 쌓여 있는 계산대 위에 누워 있는 그 아이를 보니 기분이 이상했어. 몇 년 전 있었던 일이 재현되는 것 같았거든. 그날 바닥에 두개골을 부딪힌 사람은 아델라이데였고 그게 그녀가 병에 걸렸다는 첫 번째 신호였지. 퇴직자들에게 모르타델라를 썰어 주다가 기절했을 거야. "출입문을 닫을게요." 그때 그녀의 남편이 이렇게 말했는데 오늘 아침에 "출입문을 닫을게요."라며 똑같은 말을 했어. 그사이 난 그 아이에게 혈압이 안정되어야 하니 가만히 있으라고 반복해서 말했어. 숨을 잘 쉴 수 있도록 옷깃을 열어 주려 하자 아랫입술을 파르르 떨면서 몸을 움츠렸어. 옷소매를 걷어 주려 할 때도 마찬가지였지. "괜찮아요."라는 말만 반복했고 그 아이의 말이 옳았어. 빈혈이었나 봐. 눈꺼풀에 핏기가 없고 창백한 것을 보고 알았어. 철분이 부족해서 계산대 뒤로 쓰러지고 만 거야. 프란치의 자리를 꿰찬 엘레오노라는 건강한 신체의 표본이야. 그런데 그 몸이 시퍼렇게 멍이 들어 있었어.

하얀 피부에 생긴 공작의 꼬리 같은 멍 자국이 눈에 띄었어. 보라색과 검은색, 파란색이 섞인 자국이야. 그녀의 목 아래쪽, 재빨리 채운 블라우스의 위쪽 단추 부근에 제법 큰 멍이 있었지. 팔에도 몇 개 보였는데, 팔을 세게 부여잡아서 생긴 손자국 같았어. 속으로 생각했어. '이 아이에게 손찌검하는 자가 있구나.' 하지만 입 밖에 내지는 않았어. 그저 미소만 지었지. 이런 의미였어. '애야, 건강하거라!' 그리고 큰 소리로도 말했어. "애야, 건강하거라!" 반사 신경을 확인해 보려고 그녀의 무릎을 툭툭 쳐 보았어.

그리고 마리오를 불러 설탕물을 한 잔 가져다 달라고 했어. 그녀는 처방전도 원치 않았어.

이 모든 게 프란치의 수다는 별 의미 없다는 걸 말해 주지. 병때문에 심신이 온전치 못하고 그녀의 자리였던 곳에 아름다운 여자가 있는 게 못마땅해서 한 소리였어. 한편 엘레오노라의 안색은 어두웠어. 저녁에 집에 돌아가면 그녀에게 이별을 선언하는 누군가가 있을 것만 같았어. 그러다 머지않아 범죄가 일어나고, 내 노력을 헛되게 만드는 방해꾼 젊은이들이 순식간에 반으로 줄겠지.

이런 이야기는 돈 라우로에게조차 할 수 없어. 비밀 유지를 대수롭지 않게 여기는 사람이라 순식간에 경찰이 우리 집으로 들이닥치고 말 거야. 지난 이 주간 신부님에 대해 알게 된 사실이 하나 있어. 내가 마리오의 아내를 진찰하고 나면 수면 유도제가 항상 어디론가 사라지고 없어. 어제도 그가 왔다 갔어. 죽어 가는 사람의 말을 들어 주는 우리의 존경하는 신부님 말이야. 내 짐작이 틀릴 수도 있겠지. 어쩌면 신부님도 깊은 잠을 자고 싶은 걸지도 몰라……. 그래서 아델라이데에게 처방할 약병에, 손가락으로 사람들의 죄를 세어 가며 이리저리 소문을 퍼트리는 것도 모자라 늙은 여자의 약까지 훔쳐 가는 그 헛소리꾼의 몸을 마비시키는 성분을 섞어 보기로 결심했어. 그리고 이 모든 건 다 내가 그에게 굴복하지 않기 위해서야. 돈 라우로는 신앙에 집착해. 병원 문을 두드리고 처방전을 내밀며 독약을 마셨는지 묻기도 전에 사람들이 다 보는 앞에서 죽고 말 거야.

줄리아노, 살아 있는 사람 앞에서 이 이야기를 하는 게 어쩌면 이번이 마지막일 거야. 적어도 짐승의 모습을 하고 있는 생명체에겐 말이야. 잘 알겠지만 난 멈추지 않을 거야. 레 카세에는 뿌리 뽑아야 할 악이 있어. 그러기 위해서는 새장에 갇힌 많은 새같이 레 카세에 갇힌 사람들이 자유로워져야 해. 그렇게 되면 각 집의 창문은 굳게 닫히고 길에는 거미들만 득실거리는 황량한 곳이 될 거야.

레 카세는 우리가 숨을 쉴 때마다 거대해지는 괴물이야. 그래서 내가 그 숨을 하나씩 꺼뜨리고 있는 거지. 마지막은 내가 될 거야. 레 카세는 배가 고플 때 땅을 흔들어서 우리의 심장을 마구 뛰게 하고 우리가 식은땀을 흘리게 하지. 그런 레 카세에도 고통이 시작되었어. 매달 죽음을 알리는 교회 종소리가 들려. 장례식에 참석하는 사람의 수는 계속 줄고 있어. 누군가는 이미 땅속에 묻혔고 또 누군가는 집에 틀어박혀 있으니까. 구시가지에는 밤이 되면 겉창으로 새어 나오는 불빛이 하나씩 줄어들지. 괴물의 숨이 잦아들고 있어……. 언젠가 내 입에 총을 쏴서 그 괴물에게 최후의 일격을 날릴 거야.

조반나 지난네스키
노처녀

너 하나, 나 하나, 예쁜 강아지야, 어서 먹으렴, 넌 아무리 먹어도 살이 찌지 않잖니. 그런 네가 샘나서 목이라도 졸라 죽이고 싶구나. 너 하나, 나 하나…… 홀쭉한 네 배에 들어가는 쿠키는 만나*란다. 내가 상자에 손을 넣으면 넌 목이 꽉 조일 정도로 목줄을 당기고 침을 흘리며 발톱으로 바닥을 벅벅 긁어 댈 테지. 어두운 우물 속에 갇힌 아이의 울음소리같이 너의 목구멍 깊숙한 곳에서 낑낑거리는 소리가 들려. 버터와 캐러멜, 헤이즐넛을 바른 바삭바삭한 쿠키로 너를 안달 나게 만드는 건 재미있어. 엄마는 늘 이렇게 말하지. "강아지에게 단것은 주지 마라. 탈이 나서 여기저기 설사를 할 게야." 엄마는 그게 속임수라는 걸 몰라. 그나마 이 작은 방으로 내려오지 않으면 나는 삼십 분 만에 쿠키 한 봉지를 모조

---

* 성서에서 이스라엘 민족이 사십 일 동안 광야에서 방황하고 있을 때 여호와가 내려 주었다고 하는 양식.

리 먹어 치우고 말 거야. 그러면 다리 살이 두 배로 찌고 옷이 터질 정도로 허리가 뚱뚱해지지. 그래서 네게 하나를 주고 나도 하나를 먹는 거야. 이렇게 하면 적어도 식탐은 조절할 수 있어. 지방도 반으로 줄어들 거야.

엄마가 하는 말이 또 하나 있어. 결국은 소용없는 말이지만. 전부 골격에 관한 이야기야. "네 몸은 중요하단다. 그러니 병에 걸려선 안 돼. 살기니도 같은 생각이야. 네가 전문가보다 잘 안다는 거니?" 난 옷을 벗고 거울 앞에 섰고, 정말 볼품없는 몸이 보여. 가끔은 몇 분간 거울 속 나를 뚫어져라 쳐다봐. 심지어 내가 아름다워 보일 때도 있어. 살이 덕지덕지 붙은 조반나가 거울에 비쳐. 조반나가 이렇게 된 건 살이 쪄서가 아니야. 결과적으로 지방은 아무 상관 없어. 100킬로그램의 무게에 짓눌려 망가진 발목으로도 조반나는 잘 살아가지.

너 하나, 나 하나……. 예쁜 강아지야, 스무 살이 되고 나서 몸매가 망가지려 했을 때 바로 관리를 해야 했어. 이렇게 될 기미가 보였거든. 레 카세에서는 귀한 처녀인데도 아무도 나를 거들떠보지 않았어. 그러자 엄마는 내 침실로 와서 손으로 내 허리를 만져 보았어. "얘야." 엄마가 말했어. "어떻게 된 거니? 정말로 보잘것없는 사내에게 시집가고 싶은 게야? 정말 그러고 싶어?" 나이가 오십이 된 지금도 변한 건 전혀 없어. 새로운 게 있다면 갱년기가 시작되었다는 사실뿐.

있잖아, 남자와 잠자리를 갖는 게 어떤 느낌인지 알고 싶어. 열렬히 누군가를 사랑했고 폭풍우에 휩쓸린 배처럼 버려졌어……. 난 키스를 어떻게 하는지도 몰라. 아무것도 몰라, 예쁜 강아지야. 난 이미 돌아올 수 없는 강을 건넜어. 사람들이 내 이름을 바꿔서 부르기 시작했을 때 벌어진 일인지도 몰라. 모든 사람의 머릿속에 나는 한겨울에도 땀으로 범벅이 된 이마에 머리카락이 들러붙은 채로 메초 길을 힘겹게 올라가는 뚱뚱보가 되었어. 내가 당장 50킬로그램을 뺀다 해도 달라질 건 없을 것 같아. "저기 뚱뚱보 조반나가 간다." 수년간 사람들은 나를 이렇게 불렀어.

배 속을 가득 채우지 않고는 못 배기는 이런 초조함이 어디에서 시작됐는지 모르겠어. 오랫동안 아무것도 먹지 못한 사람처럼 극도의 허기가 밀려와 눈이 번쩍 떠지는 오늘 같은 날이 있어. 나는 식사를 거르는 사람이 아니야. 그러면 배고픔에 비명을 지르고 온몸이 부르르 떨리지. 내 배 속은 밑 빠진 독이라서 당장 틀어막지 않으면 금방 소화가 돼 버리고 말아. 그래서 난 잠자리가 되어 슬리퍼도 신지 않은 코끼리 같은 육중한 몸으로 헐떡거리지 않고 그림자처럼 가볍게 집 안을 돌아다녀. 어둠 속에서 냉장고나 찬장을 열 때는 발레리나처럼 까치발을 하지. 간식이나 남은 살루메*를 꺼내. 그런 다음 마음을 졸이며 계단을 내려와. 예쁜 강아지야, 너와 나눠 먹으려고 너의 집에 숨어. 넌 새벽 3시에 내가 먹을거리를 들고 내려오는 소리를 듣고 작은 소리로 낑낑대지. 넌 목소리가 커지면 엄마를 깨울 수 있다는 걸 잘 알아. 잠에서 깬 엄마는 부리나케 달려와 나를 침대로 끌고 갈 거야. 그러면 간식도 없는 거지.

어차피 조심해야 할 건 아무것도 없어. 만약 내가 많이 먹지 않았더라면 될 수 있었던 무언가는 이미 물 건너갔어. 그리고 살

* 이탈리아 가공육을 통칭하는 말로 프로슈토, 판체타, 라드, 살라메 등이 여기에 속한다.

기니는 검사에 대해 아무 말도 하지 않아. "조반나, 그건 네 체질이란다." 매번 이렇게 말해. "먹을까 말까." 그러면 난 먹어. 몸무게를 늘려. 그 외에 혈압은 지극히 정상이고 통증은 하루가 멀다 하고 진행되는 갱년기 탓이야. 석 달 전, 의사는 환하게 웃으며 말했어. "조반나, 세월이 얼마나 흘렀는지 보렴. 어린 너를 진찰했던 게 엊그제 같은데 어느덧 일과성 열감의 원인을 설명을 하고 있잖니. 그건 바로 폐경기에 다다랐다는 증거야. 다시 말하면, 그 귀찮은 월경이 사라지고 있다는 거지. 만족하니? 이제, 표준 체중으로 늘릴 준비를 하렴……." 난 그의 얼굴을 보며 웃음을 터트렸어.

그날 검진 이후, 엄마의 마음이 바뀌었어. 그때까지만 해도 엄마는 내가 남자를 만날 수 있을 거라 생각했던 모양인데, 어느새 목덜미에 뒤룩뒤룩 살이 찌고 하루가 멀다 하고 턱 뼈가 축축 처진 나이 든 내 모습을 본 거야. 파스타의 양이 반으로 줄었어. 빵은 두 조각만 남기고 식탁에서 사라졌어. 찬장에 있던 잼도 없어졌어. 여섯 살 때 거기에서 몰래 잼을 꺼내 먹곤 했었는데. 밤마다 극도의 배고픔에 시달렸어. 먹어야 한다는 강박에 사로잡혀 잠에서 깼어. '냉장고에 남은 살라미 반쪽을 못 먹게 되면 테라스에서 뛰어내릴 거야.' 그래서 네게 온 거야, 강아지야, 네게 내 칼로리를 떼어 주려고.

전쟁이 시작되었어. "몸집이 클수록 칼슘이 더 많이 필요하단다."라는 살기니의 조언에도 불구하고 석 달 동안 아침 식사량은 점점 줄어들었어. 엄마가 늘 입에 달고 살던 말이기도 했는데 이제는 그런 말을 한 게 후회되나 봐. 엄마는 다음 날 먹을 최소한의 반찬을 사서 돌아왔어. 언제부턴가 찬장 아래쪽은 야채로 가득해. 와인은 항상 간당간당하게 남아 있었어. 밤중에 식욕이 솟구칠 때 당근을 세 개 먹지만 그건 그냥 구름을 먹는 것 같았어.

　문제는 나만 굶주리는 게 아니라, 굳이 그럴 필요 없는 엄마도 허기를 달고 살았다는 거야. 나는 아빠의 체격을 물려받았어. 아빠가 돌아가셨을 때 로카스트라다의 운반 차량을 가진 일꾼들을 불렀어야 했대. 관을 어깨에 짊어지고 구시가지 거리를 통과해 영구차까지 옮기는 게 그야말로 골칫거리였어. 식사가 끝나면 엄마는 손끝으로 부스러기를 모아 입으로 쪽쪽 핥아 먹었어. 우유에 적셔 먹을 피뇰라타* 한 조각을 얻기 위해서라면 딸이라도 내다 팔 기세였어. 하지만 꾹 참고 설거지를 시작해. 최근 삼 개월 동안 못해도 두 사이즈는 줄어들었을 거야. 엄마가 종종 꺼내는 이야기가 있어. 엄마는 등 돌린 채 싱크대에 서서 말을 하고 새 모이만큼도 안 되는 식사량에 짜증이 난 나는 다리를 떨며 텔레비전을 봐. "그 밈모 말이야. 괜찮은 사내 같은데." 엄마가 말해. "성실한 일꾼이지! 조금 무뚝뚝하기는 하지만, 그런데 그게 흠은 아니잖아……. 어떻게 생각하니?"

　내가 어떻게 생각하는지 알고 싶니, 예쁜 강아지야? 남편을 찾는 것과 해결책을 찾는 것은 다르다고 생각해. 더군다나 이 나이에 말이지. 만약 그 농부가 십 년 전에 고백을 했더라면 생각이라도 해 봤겠지만, 이제 와서 약혼이라니, 생각만으로도 비참한 기분이 들어. 분명히 그는 겁도 없이 내게 손을 댈 테고 난 뇌막염까지 옮게 될 거야.

　초등학교 시절, 진흙이 잔뜩 묻은 부츠를 신고 분지를 걸어 올라오는 그를 보곤 했어. 물에 젖은 당나귀처럼 고약한 냄새가

---

* 이탈리아 토스카나 주 시에나와 키안티 지역의 전통 후식으로 잣이 들어간 파이.

났고 말 한마디 떼는 것도 힘겨워 보였어. 3학년 때 그는 내게 홀딱 반했어. 어느 날 아침 그가 교문 앞에서 나를 기다렸다가 쪽지 하나를 건네주었지. 난 읽고 싶은 생각도 없었어. 많은 친구들이 웃으며 보고 있는 자리에서 곧바로 종이를 갈기갈기 찢어서 그의 얼굴에 던졌어.

살면서 가끔 그때가 떠올라. 내게 불행이 시작된 순간을 선택하라면 어릴 적 학교 교문 앞에서 그 사건이 있던 날 아침일 거야. 덩치 큰 아이들 어깨에 치이며 조롱거리가 된 밈모는 그 자리에서 도망갔어. 그리고 난 그 누구보다 무자비하고 사악하게 그를 비웃었어. 그리고 고개를 절레절레 흔들었지. 만물을 지배하는 하느님이 정말로 계시고 이런 행동을 패씸하게 생각하신다면 혼쭐이 나겠지. 조금 짓궂은 짓을 했기로서니 아직 한창 크고 있는 아이의 인생에 이런 낙인을 찍다니 정말 억울해. 저주가 늘 따라다녔어. 시간이 갈수록 뚱뚱해졌어. 어느 누구도 나를 거들떠보지 않아. 밈모뿐이야. 어느 날 용기를 내어 세상에서 가장 달콤한 편지를 써 주었던 그 밈모 말이야. 그런데 그걸 읽지도 않았다니.

장날에 지나가는 그를 봤어. 두들겨 맞은 강아지 꼴을 하고 있는 그를 보니 토할 것 같았어. 엄마는 그 농사꾼의 약점을 잘 이용해. 농장에서 반값만 내고 집으로 가져온 봉지에는 항상 야채가 가득했어. 내가 야채라면 환장한다는 듯이 말이야. 혹시 리가티노**가 있으면 한 조각만 줘.

그러다 올여름 난 광장에서 기절하고 말았어. 며칠 전에 살기

** 토스카나 지방에서 생산되는 베이컨의 한 종류로 소금과 마늘로 절인 다음 후추를 뿌려 2개월 동안 숙성시켜 만든다.

니가 검사 결과를 알려 줬어. 철분을 복용하고 있었지만 더운 날이면 지속적으로 현기증을 느꼈어. 레 카세가 괴물의 배와도 같았던 어느 날 아침이었어. 어느 순간 나는 털썩 주저앉고 말았고 들고 있던 봉지는 길가에 나뒹굴었어. 정신을 차려 보니 많은 사람들의 그림자가 보였어. 그중 엄마의 그림자가 내게 소리를 지르고 있었어. 난 아무 말도 알아들을 수 없었어. 내 귀에는 휘파람 소리로만 들렸어. 틈새 바람처럼 소리 없는 외침이었어. 아니, 그보다구멍 난 자전거 바퀴에서 바람 빠지는 소리 같았어. 난 정말로 이런 생각을 했어. '결국 뇌에 구멍이 뚫렸구나. 차라리 살이라도 빠지면 좋을 텐데.'

사람들은 먼저 나를 일으켜 앉혔어. 내게 설탕을 주는 사람도있었어. 바르베리니는 손수건으로 부채질을 해 주었어. 마침내 정신이 돌아왔지만 이렇게 기운 없기는 처음이었어. 심지어 팔을 들어 올릴 힘도 없었어. 갑자기 몸이 떨렸고 아무 이유 없이 심장이덜컹거렸고 숨을 헐떡댔어. 온몸이 땀에 흠뻑 젖었어. 식은땀 때문에 옷이 몸에 달라붙어 많은 사람들 앞에서 지방을 훤히 드러내고 있었지. 모두 보는 앞에서 끔찍한 상황이 벌어진 건 바로 이때였어.

그들은 나를 일으켜 세우려고 했어, 예쁜 강아지야. 두 사람이 나를 잡아 줬지만 난 아스팔트 위에서 움직일 수가 없었어. 그들이 손을 떼면 난 그대로 엉덩방아를 찧었어. 뒤에서 나를 받쳐주지 않았으면 다리를 번쩍 든 채로 바닥에 나뒹굴었을 거야. 난진작부터 울고 있었어. 누군가 권총을 꺼냈더라면 산 바스티아노의 입구에서 조금 떨어진 곳에서 나를 쏴서 죽여 달라고 애원했을거야. 디보는 어마어마한 무게를 들어 옮길 방법이 없으니 공공

지원 센터에 전화해야 한다고 말했어. 그는 와이셔츠를 벗고 티셔츠만 입고 있었어. 나처럼 땀을 뚝뚝 흘렸고 목에는 밧줄로 보일 만큼 굵은 힘줄이 튀어나왔어. 손을 허리에 대고 숨을 헐떡거렸어. 어느 순간 내게 미소를 지으며 위로를 해 주었어. 하지만 그의 눈빛에서 느껴지는 동정심에 숨이 막힐 지경이었어. 내게 이렇게 말하는 것 같았거든. "가엾은 여자. 마지막으로 발작이 일어나 죽어 버리는 게 나을 텐데." 그래서 난 눈을 감고 대체 무슨 일이 일어난 건지 진지하게 생각했어. 실제로 몸이 날아가는 느낌이 들 정도로 생각에 열중했어. 내 몸이 붕 떠올라 구름 사이로 파고들었어.

뒤를 돌아보니 몇 미터 떨어진 아래쪽에 광장이 보이는 것 같았어. 이렇게 말하려던 참이었다. "이 고통도 끝이구나." 그런데 눈앞에 내 말을 가로막는 엄마의 얼굴이 보였다. "내 새끼." 엄마가 말하면서 이마에 맺힌 땀과 얼굴에 흘러내리는 눈물을 닦아 주었어. 어떻게 된 영문인지 알 수가 없었어. 방금 전처럼 몸이 흠뻑 젖은 느낌이었어. 그런데 어느새 내가 두발로 서 있었어. 모두 소리를 질렀어. "살기니 선생에게 전화할까요?" 또는 이렇게. "조반나, 여기 그늘에 잠시 앉아서 열을 좀 식히렴."

밈모가 있었어, 예쁜 강아지야. 오래전 자기 마음이 담긴 쪽지를 줬다가 내게 굴욕을 당했던 그 밈모 말이야. 뒤에서 나를 받쳐 주고 있었는데 난 느끼지 못했어. 광장 한가운데서 버둥대고 있는 이 뚱뚱한 여자를 알아보고 급히 달려와서 사람 셋이 달려들어도 못한 일을 혼자 해낸 거야. 뜨거운 태양 볕이 내리쬐지 않는 교회 계단까지 데리고 가서 아무 말 없이 나를 첫 번째 층계에 앉혔어. 나도 그에게 아무 말 하지 않았어. 대신, 그 사람에게 빛을

졌다는 생각에 마음이 편치 않았어. 엄마는 부채를 받아서 내 얼굴에 쉴 새 없이 부채질을 했어. 고마워서 몸 둘 바를 모르는 사람은 엄마였고 난 내 다리만 쳐다보았어. 그러면서 기운을 차렸어. 광장에 있던 구조대원들과 구경꾼들은 이미 제 갈 길을 갔어. 마지막으로 밈모도 떠났고 그에게 난 어색한 미소를 지었어. 그리고 그가 꽤 멀어졌을 때 작은 목소리로 말했어. "장담하는데, 저 사람은 평생 맨손으로 장작을 패는 데 익숙해서 나를 들어 올리는 것쯤은 식은 죽 먹기였을 거야."

예쁜 강아지야, 며칠 전부터 드는 생각인데. 포기해야 할지도 몰라. 나 같은 여자를 날게 할 수 있는 남자를 찾기란 쉽지 않아. 그 농사꾼과 한 침대에서 잘 생각을 하면 구역질이 나. 여덟 살에 그런 혐오감을 느꼈어. 그때와 똑같은 느낌이야. 그런데 엄마는 나를 달달 볶기 시작했어. 어느 날 저녁 그 얘기를 다시 꺼냈어. "그건 그렇고." 엊그제 평소처럼 먹어도 먹은 것 같지 않은 초라한 식사를 마치고 나서 엄마가 말했어. "피오라니가 올리브유를 새로 만들었다고 하더구나. 내일은 분지로 내려가서 겨울에 먹을 기름 몇 통을 가져오자꾸나, 알았지?" 난 일어나서 아무 대답 없이 방으로 갔어. 책상 서랍을 열고 일기장을 꺼냈어. 가끔 흐느껴 울고 싶은 날 밤에는 일기를 꺼내 읽는 걸 좋아해.

너 하나, 나 하나…… 사라져. 가끔은 이렇게 됐으면 좋겠어. 사라져 버리기. 벌써 일주일째 행방불명이 된 식료품점의 바로 그 여자아이처럼. 사람들이 그 아이의 남자 친구의 집과 부모님 집을 다 뒤져 봤지만 아무런 소득이 없었어. 편지 한 장, 메모 한 장 없었지. 아무 이유 없이 홀연히 사라졌어. 그 아이가 부러워. 어느 화창한 날 마리오는 점심시간이 끝나고 다시 가게 문을 열었지만 엘레오노라는 보이지 않았어. 신문에서 그녀의 사진을 볼 때마다 이런 생각이 들어. '애야, 용기를 낸 거니, 아니면 안 좋은 일이 생긴 거니.' 그러고는 들려오는 모든 소문을 즐겼어. 동시에 사람들이 나에 대해서도 떠들어 대는 상상을 해. 정신 나간 짓일 수 있겠지만, 상당한 쾌감이 들어. 별안간 누군가 사라지면 사람들은 해결책을 찾으려 하지 않고 서로 얼굴만 쳐다봐. 누군가 사라지고 시체를 찾지 못하면 남편과 아내, 아이들을 포함한 모두가 어떤 음모가 있을 거라고 생각하기 시작하지. 일 년이 지나고, 이 년이 지나면 남은 사람들은 별별 이상한 다 생각을 하게 돼.

1976년, 스무 살이 되었을 때 쓴 일기에 이렇게 적혀 있었어. **사라지고 싶어.** 이렇게 적고 여백은 그의 머리글자로 빼곡히 채웠어. 난 키스가 어떤 느낌인지 전혀 모르고 남자에게서 유혹을 받아 본 적이 없어. 하지만 진정한 사랑, 그게 뭔지 알았고 그걸 뜻하는 정확한 이름이 있어. 그 사랑은 내 가슴을 두 번이나 찢어 놓았어.

이제는 너도 잘 아는 이야기이겠구나, 예쁜 강아지야. 네게 항상 알프레도 이야기를 하게 돼. 아물지 않는 상처란다. 살면서 그 감정을 대신할 방법을 찾지 못했어. 어릴 때 저녁 식사가 눈앞에 있는데도 배가 고프지 않았어. 그 당시 내 몸매는 지금 같지 않았어. 그리고 온통 그에 대한 생각뿐이었어. 그것 말고는 아무것도 의미 없었어. 가장 꽃다운 나날을 보냈어, 나이가 주는 자신감으로. 그러다 모든 게 끝나 버렸어. 순식간에 아름다움을 잃고 추한 얼굴로 살아가게 하는 것만큼 최악은 없어.

회전목마가 돌아가던 여름철 거리를 거닐던 알프레도가 요즘 들어 다시 생각나. 그는 항상 담배 한 개비를 귀에 꽂고 다녔고 머리는 눈을 덮을 정도로 길었어. 그런데 무엇보다 나를 사로잡은 건 그의 웃음소리였어. 하얀 이를 한가득 드러내며 웃는 그 웃음 소리에서 이 세상의 모든 정답을 찾았어. 어느 날 저녁, 뻔뻔한 발렌티나 코케티를 보내기로 결심했어. 그녀는 지금 프랑스에 살고 있고 그녀의 두 아들은 영화에서나 보던 것처럼 파리에서 공부를 해. 난 멀리서 상황을 몰래 지켜보았고 그러면서 사브리나 고리의 손을 꼭 쥐었어. 그녀는 치과 의사와 결혼했고 내가 답장 한번 하지 않는데도 크리스마스가 되면 피렌체에서 꼭 안부를 전했어. "죽을 것 같아." 내가 말했고 심장이 쿵쾅거렸어. 그러면서도 한쪽 눈으로 남자들 무리 근처에 있는 발렌티나를 주시했어. 사람들 속에서 알프레도는 불꽃처럼 광채가 났고 누구보다 돋보였어. '왜 돌아오지 않는 거야?' 잠시 후 이런 생각이 들었어.

사라지고 싶어, 1976년 정확히 8월 6일 여름 이렇게 썼어. 눈물이 흘렀어. 믿었던 내 친구가 고개가 뒤로 넘어갈 듯 자지러지게 웃고 있는 광경을 바라볼 수밖에 없었어. 잠시 후 알프레도는 그녀에게 주려고 귀 뒤에 꽂아 둔 담배를 꺼냈어. 아름답고 몸매가 완벽한 조반나는 아마도 바로 그 순간 죽었는지 몰라.

십 년 전 학교 정문 앞에서 내가 코찔찔이 밈모에게 한 짓을 그대로 되돌려 받았어. 처음 며칠간은 서럽게 울기만 했어. 밤에 자다 말고 깨서 베개에 얼굴을 파묻곤 했어. 엄마는 환자를 대하듯 점심 식사를 쟁반에 챙겨 내 방으로 가져왔어. 한 시간 뒤, 빵한 조각도 손대지 않고 도로 가져다주었어. 월말이 되자 말라서 뼈만 앙상하게 남았어. 서서히 나를 갉아먹는 그 비극의 그늘 속에서 천장을 바라보며 하루하루를 보냈어. 엄마가 이렇게 말했어. "애야, 넌 아직도 예쁜 나이란다……." 혹은 이렇게. "바다는 넓고

물고기로 가득하단다. 언젠가 깨닫게 될 거야……." 아빠는 내 방 안을 들여다 볼 수 있도록 문을 살짝 열어 두었어. 아빠는 말로 표현하는 데 서툰 사람이었지. 어느 날 고통이 더 심해진 것 같았는데, 어쨌든 다시 회복되었어. 문제는 내가 사악해졌다는 거지.

벌써 9월 초였어. 어느 날 저녁, 나는 창백한 얼굴에 헝클어진 머리, 무릎까지 내려오는 티셔츠 한 장만 걸친 채 굴 밖으로 나왔어. 앙상한 다리로 몇 걸음 걸어 부모님이 있는 식탁에 다가가 앉았어. 엄마는 미소를 지었지. "우리 아가." 수프를 건네주면서 엄마가 말했어. 아빠는 바로 와인을 반쯤 따라 주었어. "배가 고플 때가 되었구나." 그가 중얼거렸어. 병원에서처럼 텔레비전 소리는 작았어. 난 식탁 위에 차려진 음식들을 살폈어. 그러고는 아무 말 없이 밥을 먹기 시작했어.

몇 주간 고통에 시달리느라 건너뛰었던 식사를 한꺼번에 해치웠어. 음식을 마구 집어삼킬수록 더욱 배가 고팠어. 엄마는 가스레인지로 달려가 달걀을 깨고, 프라이팬에 고기를 넣었어. 아빠는 쉴 새 없이 빵을 잘랐어. 그리고 올리브유에 재어 놓은 아티초크 병과 치즈, 숙성시키려고 따로 놓아둔 프로슈토를 꺼냈어. 잠시 후, 그들의 기쁜 마음은 근심으로 바뀌었어. 두 분이 접시를 채워 주면 내가 눈 깜짝할 사이에 다 먹어 치웠기 때문이야. 계속 먹고 싶었어. 배가 터져 죽기로 결심했던 걸까? 그런데 계속 배가 고팠어. 초콜릿과 배 타르트 반쪽을 먹어 치웠어. 숟가락으로 무화과 잼을 전부 퍼먹었어. 그걸로도 부족해서 식탁 중앙에 있던 복숭아와 자두를 싹쓸이하며 과일도 먹어 치웠어. 몸이 딱딱하게 굳기 시작한 게 이때였어. 갑자기 몸이 굳고 눈이 휘둥그레졌어. 엄마는 최악의 상황을 예상하고 수건을 가지러 달려갔어. 아빠는 벌떡 일어나며 이렇게 말했어. "내가 머리를 잡아 줄게." 그리고 난 밖으로 뭔가를 내보냈어.

트림. 유리창이 떨릴 정도로 무척 길고 우렁찬 사냥꾼의 트림 이었어. 우렁차고 고약한 냄새가 나는 트림. 트림을 하면서 마치 천장이 무너질 정도의 지진이 일어나기라도 한 듯 손으로 식탁을 꽉 붙들었어. 입을 떡 벌리고 나를 쳐다보는 부모님만큼 나도 놀 랐어. 마치 거대한 소용돌이를 빨아들이는 것 같았어. 그러는 동 안 배 속에서 뭔가 말끔히 제거되는 느낌이 들었어. 마치 내 몸에 기생하던 귀신을 토해 낸 듯이 말이야. 그러다 순간 겁이 났어. 계 속해서 숨을 내쉬다 보니 호흡을 고르기 위해 들이마시는 법을 잊 어버린 것 같은 착각이 들었어. 트림을 하다가 죽을지도 모르겠다 는 생각이 들었어. 그래서 멈출 때까지 바닥에 다리를 힘껏 붙이 고 서 있었어. 이어서 내 트림이 위층을 날려 버리기라도 한 듯 침 묵이 뒤따랐어. 심호흡을 했어. 그리고는 마치 내가 살인자라도 된 듯 빤히 쳐다보고 있는 엄마를 보고 말했어. "더 없어요?"

아델레 첸티니 3
과부 이사스티아

칼라마이오는 미소를 지으며 드로잉북을 덮고 파스텔을 상자에 정리해 넣기 시작했다. 항상 이 순간이 되면 그를 위로해야 할 것만 같은 기분에 사로잡히지만 뭘 어떻게 해야 할지 모르겠다. 그는 고개를 푹 숙인 채 가만히 있다. 마치 자기에게 말을 걸지 말아 달라고 애원하는 듯이 풀이 죽은 눈빛으로 나를 흘끗 본다. "오늘은 어땠어요?" 나는 조심스럽게 옆으로 가서 가운을 집어 들며 물었다. 관절이 모두 떨어져 나가는 것 같았고 목을 움직이자 뒤쪽으로 바드득거리는 모래알들이 느껴진다. 그는 애써 미소를 지었지만 그저 시무룩한 인형 같았다. "음…….." 그가 이렇게 말하며 구석에서 오줌을 싸려다 들킨 사람처럼 서둘러 주머니에 도구를 챙겨 넣는다. 나는 가슴을 꼿꼿이 세웠다. "그림을 보여 줄 수 있어요?" 칼라마이오는 고개를 떨군다. 오 분 전까지 땀을 흘리며 앉아 있던 의자에 기댄다. "음." 그는 또 이렇게 말했다. 이번에는 낙심한 숨소리였고, 이제 그의 푸념이 시작되리라는 걸 직감했다.

"아델레, 못 찾겠어요." 그가 기운 없이 말한다. "어딘가에 있을 텐데. 머리로는 이해가 되는데 파스텔을 들면 그게 안 돼요. 내가 미쳐 가고 있나 봐요."

인내심을 갖고 기다린 지 벌써 이 년이 지났지만 나는 고집 부리지 않는다. 칼라마이오는 자신의 물건을 챙겨서 방을 나가기 전에 나를 돌아보며 고개를 숙여 인사한다. "당신만 괜찮다면 화요일 같은 시간에 보죠." 그가 말한다. 보통 나는 대답하지 않는다. 미소를 지을 뿐이다. 그가 조심스럽게 문을 연다. 닫을 때도 뒤돌아 조심스럽게 닫는다. 나는 벨 솔레 호텔 112호실에 혼자 남았다. 혼자 남겨진 뒤 가장 먼저 하는 일은 일주일에 한 번 피우는 담배에 불을 붙이는 것이다. 그리고 창가로 가서 끝없는 호수를 멍하니 바라본다.

딸의 죽음으로 생긴 트라우마에서 깨어난 뒤 대령은 정신이 나가 버렸다. 특히, 나에게. 엄마가 구상한 계획이 단기간에 결실을 맺었다. 그는 눈에 불꽃을 튀기며 나를 바라보았고 난 숨이 막힐 것 같았다. 그야말로 비현실적인 것을 갈망하는 광신도의 눈빛이었다. 처음에는 재밌었다. 대령은 지도 없이 다른 방식으로 시간을 보낼 수 있다는 것을 깨달았다. 이를테면, 나 같은 꽃다운 나이의 여자아이와 함께. 그의 노년을 빛나게 해 줄 정도로 아름답고 반짝이는 아이 말이다.

저택의 사람들을 나를 이상하게 쳐다보기 시작했지만 나는 하던 일을 계속했다. 나는 언제나 평소와 같은 나였고 모두가 생각하는 것처럼 목적은 없다. 그러자 사람들은 고개를 절레절레 흔들고 심지어 생각을 거침없이 내뱉었다. "요점은 일을 계속해야 한다는 거야." 스텔라가 눈을 찡긋거리며 말했다. 그러자 솔리노가 대답했다. "어쨌든 음흉한 누구보다는 자네가 나아." 산토는 에토레처럼 내게 인사조차 하지 않았다.

　대령은 나를 일찍 깨워서 그의 소유지로 데리고 갔다. 농부들은 고개 숙여 인사하며 이미 나를 백작 부인으로 대접했다. 이동하는 동안 거울에 비친 마르첼로의 약삭빠른 눈빛이 보였고 그도 나를 응원하고 있다는 것을 알았다. 목적지에 도착했을 때 심지어 차 문을 열어 주기까지 했다. 그럼에도 이 모든 것을 가진 주인은 정작 내게 신체 접촉 한 번 하는 법이 없었다. 내 얼굴을 보고 몇 번이고 넋을 잃기는 했지만, 그건 확실했지만, 결코 단 한 번도 선을 넘은 적이 없었다. 4월 말에 엄마에게 이러한 사실을 이야기했다. 그녀는 바닥에 무릎을 꿇고 바르바라 성녀에게 감사 기도를 했다. 그런 뒤 몸을 일으키고 이렇게 말했다. "씨앗이 없는 건가, 그의 목에 줄을 매 놓았으니 이제 그 목을 꽉 조일 일만 남았구나. 어서, 서둘러. 몰로수스*들이 몰려와.

　대령과 함께한 날들은 길고 행복했다. 어느 날 아침 그가 말했다. "아델레, 오늘은 멋진 경치를 볼 수 있는 곳으로 가려고 하오." 조금 무섭게 들리기도 했다. 자동차 뒤 창문으로 리볼라의 평원이 보이자 몸이 찢겨 나가는 것 같았다. 언덕을 멀리 벗어나 로카스트라다의 정상이 훤히 보이는 곳에 가고 싶었던 적은 단 한 번도 없었다. 마치 부모님의 품에서 벗어나는 느낌이었다. 그런데 바다가 보였다. 철길이 이어지는 큰 도로를 지나자 어느 순간 탁 트인 전망이 펼쳐졌다. 폴로니카만이 보였다. 날씨가 쾌청할 때 저 멀리 이사스티아 저택 맨 꼭대기에서 어렴풋이 상상했던 것과

* 몰로수스(Molossus)는 고대의 남부 유럽에서 사육되었던 멸종된 개의 품종이다.

똑같았다. 그곳에서 봤을 때는 희미한 그림자에 불과했는데 땅에 떨어진 하늘 조각 위에 엘바섬이 얹혀 있는 것 같았다. 흐릿한 유령처럼. 심지어 한번은 창문에 입김을 불어서 그림을 그려 보기도 했다. 그런데 지금 내 눈앞에 만이 펼쳐져 있다. 마치 꿈속을 떠도는 느낌이다. 나를 흘려보낼 만큼 많은 양의 바닷물이 있었다.

대령은 해변 산책로에 웅장한 별장을 소유하고 있었다. 별장의 명칭은 빌라 마르타이다. "아직 어머니의 이름을 사용하고 있소." 그가 말했다. 갑작스러운 방문으로 그곳을 관리하는 가족들이 몹시 당황했다. 주인이 대문 앞에 나타나자 관리인의 얼굴은 창백해졌다. 바로 문도 열지 않고 벙어리가 되어 그 앞에 얼어붙어 있었다. "내 집에 들어가도 될까?" 대령이 인사도 않고 불편한 심기를 드러내며 하인들에게 말했다.

복도를 바라보고 있기 힘들었다. 나는 밖으로 뛰쳐나가 난간을 뛰어넘었다. 처음으로 모래를 밟았다. 하지만 그 이상 나아갈 수 없었다. 끝없이 펼쳐진 수평선에 머리가 어지러울 지경이었다. 살면서 내가 이렇게 작고 불안하게 느껴진 건 처음이었다. 어쩌면 바다가 나를 집어삼켜 버릴까 봐 두려웠는지 모른다. 그러다 누군가 내 옆에 서 있는 게 느껴졌다. 대령이었다. 그도 저 멀리 수평선을 바라보고 있었다. 섬은 광활함으로부터 우리의 시력을 보호하는 보호 장치 같았다. "당신을 프랑스에 데려갈까 해." 잠시 후 그가 말했다. 다른 설명은 덧붙이지 않았고, 나 역시 아무런 대답을 하지 않았다. 내가 다시 그를 돌아봤을 때 그는 이미 어디론가 가고 없었다.

그런 인생이 꽤나 재미있었다. 난 주어진 일을 할 뿐이고, 별다른 명령이 없으면 아침에 작업복으로 갈아입었다. 하지만 이사스티아 저택에서의 일은 금방 끝났다. 대령에게 아침 식사를 가져가면 그날의 지시 사항을 받는다. 보통은 곧바로 앞치마를 벗어 버리는 일들이다. 하지만 밤에는 머릿속이 새로운 생각들로 뒤엉킨 채 원래 생활하던 하녀 방에서 잠을 잤다. 낮에는 천국에 갔다가 날이 어두워지면 제자리로 돌아왔다.

시간이 갈수록 부엌 사람들의 곱지 않은 시선이 느껴졌다. 그 전까지만 해도 나를 예뻐했고 대령이 정신을 차린 게 모두 내 덕이라 생각했던 사람들이었는데. 그들은 내 몫의 집안일을 나눠서 해야 했다. 그렇게 내가 근교로 나들이를 다니는 동안 그들은 똑같은 월급을 받으며 두 배로 일을 했다. 게다가 대령이 나를 가르치기 시작했다. 우리는 밖으로 나가지 않는 날이면 오후의 대부분을 그의 서재에서 석영과 황철석으로 만들어진 거대한 책상 앞에 앉아서 보냈다. 그는 군대식 말투로 내게 역사와 지리에 대해 설명하면서 이리저리 걸어 다녔다. 그는 문학도 좋아했고, 내 마음을 사로잡은 게 바로 그것이었다. 그렇게 시간을 보내고 나면 그는 응접실로 내려간다. 응접실 안쪽 벽 전체를 뒤덮은 대형 책장에서 신중히 책 한 권을 고른다. "자, 숙제요." 내게 책을 내밀며 말했다.

이사스티아 대령은 어쩌면 격에 맞는 아내를 만들고 있었는지도 모르겠다. 그는 내게서 교육을 받지 못하고 가난하게 자란 티를 벗으려고 노력했다. 며칠 후, 다른 하인들과 저녁 식사를 했다. 내가 부엌에 들어서자마자 쥐 죽은 듯이 조용해졌다. 식사 내내 아무도 입을 열지 않았고 스텔라는 더 이상 내게 음식을 이것저것 챙겨 주지 않았다. 심지어 먹고 남은 음식을 원망 가득한 눈빛으로 벽에 석회를 바르듯이 휙 던져 주었다.

대령이 예절에 관한 책을 꺼냈을 때 진지한 의도라는 것을 알아차렸다. 예절에 관해서는 엄마가 준비를 잘 시켜줬다. 어쨌든 못난이 같은 얼굴이 곱게 피어오르기 시작한 어린 시절에 받았던 교육과는 비교가 되지 않았다. 이사스티아 대령은 죽은 중령을 소환하여 장면을 재현했다. 죽어서도 대령을 괴롭히는 그의 무덤을 파헤쳐 그를 광장에 거꾸로 매달아 둘 기세였다. "내가 아는 사람에게 일어난 일을 재현해보려고 하오." 그가 말했다. 목소리와 걸음걸이까지 바꿔 가며 자신이 중령인 척 연기했다. 뒤로 세 걸음 물러나면서 자신으로 돌아왔다. 다시 앞으로 오면서 말했다. "아가씨, 경의를 표하는 바입니다." 허리를 숙여 손등에 키스를 했다. 어느 날 겁에 질려 펄쩍 뛰는 그를 보았다. "아델레, 대체!" 그가 호통을 쳤다. "당신이 검지로 내 등을 어루만졌는데, 그게 무슨 뜻인지 아시오?" 난 재빨리 고개를 저었다. 그러자 그가 숨을 고르며 말했다. "모르는 게 좋을 거요." 그러고는 코디얼을 한 모금 마셨다.

6월 말, 우리는 이탈리아 국경을 넘었다. 이번에는 몸이 심하게 찢겨 나가는 듯했다. 아예 딴사람이 된 것같이 세상에 잡아먹힌 느낌이었다. 아델레 첸티니의 옷을 입었지만 피부 속에는 심장을 아프게 하는 새로운 피가 흘렀다. 몬테카를로 길을 따라 걷다 보니 마치 달 위를 거니는 기분이었다. 난 대령의 팔을 잡고 있었고 그러다 담배를 산다거나 해서 한 걸음 떨어지기라도 하면 혼비백산했다. 샴페인을 마셨지만 맛이 느껴지지 않았다. 길에는 기괴한 언어가 울려 퍼졌고, 식탁에는 스텔라가 분노를 담아서 나를 위해 벅벅 긁어 대는 냄비 생각이 절실해지는 싱거운 음식들뿐이었다. 저녁에는 최악이었다. 대령에게 취침 인사를 하고 나서 발음조차 할 수 없는 호텔 방에 틀어박혀 있었다. 그 순간 난 정말 혼자였다. 집에서 멀리 떨어져 철저히 혼자였다.

여러 가지 이유로 난 대령에게 필요했지만 가장 중요한 이유가 있었다. 그는 자신이 얼마나 대단한 사람인지 과시하면서 스스로가 고결한 존재라는 걸 느낀다. 끝도 없이 이어진 나의 감탄은 그에겐 결코 끊을 수 없는 음식이나 마찬가지였다. 대령은 딸이 죽은 뒤에 나사가 하나 빠진 사람 같았다. 가끔 그가 흥분할 때면 그게 느껴진다. 그의 눈빛이 반짝이기 시작했다. 난 속으로 말했다. '이제 곧 이 사람은 미쳐 버리고 난 이 세상에서 다시 길을 잃게 되겠지. 물 한 잔도 얻어 마실 줄 모르는 이곳에서.'

유독 카지노 게임 중에 그런 일이 일어났다. 수많은 거울에 비친 금과 크리스털에 정신이 팔려 있었기 때문에 초반에는 나도 몰랐다. 난 부잣집 여자들이 입은 옷을 구경했다. 그들은 입이 떡 벌어질 만큼 기상천외한 헤어스타일로 카지노장을 돌아다녔고, 옷에는 반짝이는 것들이 잔뜩 붙어 있었으며, 긴 담배 파이프를 빨고 있었다. 어느 날 저녁 목줄을 맨 흰색 고양이를 데리고 있는 한 여자를 보고 정신병원에 와 있는 느낌이 들었다. 웨이터들은 내 잔이 비어 있는 꼴을 보지 못했고 마시고 나면 곧바로 잔을 채워 주었다. 그러면 나는 미소를 지으며 감사의 인사를 건넸다. 내가 할 줄 아는 게 그뿐이었으니까.

반면에 대령은 값비싼 술을 주문했고, 보통 그 한 병을 하루 종일 마셨다. 그는 나를 그의 옆, 횃대 같은 곳에 앉혀 놓고 모든 참가자들의 시선을 끄는 걸 즐겼다. 어느 날 저녁 그가 말했다. "사람들이 딸뻘 되는 아리따운 아이를 보고 카드 사이로 눈빛 교환하더군. 이렇게 생각하겠지. '이 노인네 즐길 줄 아는구먼.' 그리고 그들은 나를 강력한 상대로 여긴 거지. 난 이미 반을 이기고 들어간 거요. 이걸 전략이라고 부르지. 전쟁터와 비슷해. 무기를 제대로 갖추고 있다는 것을 보여 주면 적은 바로 꼬리를 내리는 법이오. 그러다 결국 **아차**, 실수했구나 하는 걸 알게 되지." 결국 승자의 손에 플라스틱 블록이 넘어갔고 그는 술을 마셔서 벌겋게 달아오른 얼굴로 돌아보았다. 그는 내게 윙크를 했다. 다음 게임이 끝났고 그는 내게 종이 한 장을 보여 주었다. 우리는 각자의 방으로 돌아가는 길이었다. 그를 부축하며 걷는 동안 그가 말했다. "이건 로레나에 있는 아파트요." 그는 종이를 접어서 주머니에 넣었다. 잠시 후, 무지함을 만회하려고 그의 말에 한마디 덧붙여 보았다. "초등학교 다닐 때 짝꿍 이름이 꼭 그랬어요. 브라카니 출신의 로레나 바탈리니. 그 애는 혀짤배기소리를 냈죠." 이사스티아 대령은 십 분 뒤에 배꼽을 잡고 웃었다. 벽에 몸을 부딪히고 무릎까지 꿇었다. 포복절도를 하다가 한바탕 기침을 해 대며 금방이라도 숨이 넘어갈 것 같았다.

시간이 꽤 지나 어느 일요일 다시 식탁에 엄마와 마주 보고 앉아 있었고 그때가 벌써 7월이었다. 나는 강처럼 말을 마구 쏟아냈다. 프랑스 이야기를 했고 심지어 미술관도 보았다고 했다. 그녀는 입을 떡 벌리고 나를 쳐다보았지만 그녀가 관심을 가진 것은 나도, 나의 이야기도 아니었다. 엄마는 그로세토에서 대령이 내게 맞추어 준 장신구와 옷을 흘긋 보았다. 그러다 갑자기 말했다. "수익이 가장 적은 농장이라도 하나쯤 줄 때가 되지 않았니? 아니면 네게 자주 말하던 바닷가의 집이라든가? 필요하다고 해 봐. 이 어미가 소금기 있는 공기로 기관지를 치료해야 한다고 말해 보렴." 난 숨을 깊이 들이마셨다. 가방을 가져와 종이 한 장을 꺼냈다. 그리고 그걸 식탁 위에 올려 두었다.

대령이 내게 이사스티아 저택에서 얼마 떨어지지 않은 스칼레테 길에 있는 집을 주었다고 엄마에게 이야기했다. 한때 구시가지의 감옥이었던 건물을 몇 년 전에 개조한 아파트다. "버려진 건물이었어요. 대령이 그걸 저를 위해 마련해 주신 거예요." 내가 작은 목소리로 말했다. "우리가 이렇게 대화를 나누는 지금 이 순간, 예전에 쓰던 물건과 새 물건이 든 서랍장이 오고 있어요."

엄마의 눈은 벌써부터 반짝거리고 있었다. 엄마의 양쪽 입가에 침이 흥건히 고여서 혀로 훑어야 할 정도였다. 그녀는 뱀의 숨소리 같은 목소리로 이렇게 말했다. "이제 시작이야." 잠시 후 나는 부엌 조리대 위에 팔꿈치를 기댔다. 난 얼굴을 손으로 감싸고 울음을 터트렸다.

결국 엄마는 소리를 지르며 국자를 집어 들었다. "이거 기억나니?" 하지만 난 계속 시무룩해 있었다. 그 집에는 정말 가고 싶지 않았다. 난 스텔라 방 옆의 내 방이 훨씬 더 좋았다. 종종 이불 위에 에토레를 데려다 놓고 함께 있기도 한다. "그러면 난 네 엉덩이를 걷어차서 카스텔 디 피에트라까지 날아가게 할 거란다. 피아에게 한 것처럼!" 엄마가 쉰 목소리로 말했다. "성녀의 은총에 침을 뱉으면 안 돼! 네게 귀족의 혈통을 선물하기로 마음먹은, 자식 하나 없는 대령의 선량한 마음에 그런 몹쓸 짓을 하면 안 돼. 아니면 뭐라고 할 거니. 가서 '정말 고마워요. 없어도 돼요.'라고 말할 거야? 우리에게 재산이 넘쳐 나기라도 하는 모양이구나. 이 딱한 것아!"

엄마는 새하얗게 질린 내 얼굴을 보자 그제야 진정하기 시작했다. 울어서 목이 잠겼고 거대한 돌이 가슴을 짓누르는 듯이 숨을 거칠게 몰아쉬었다. 현기증이 났고 엄마는 등 뒤에서 의자에 앉아 있는 나를 단단히 붙잡고 있었다. 가슴팍은 눈물로 범벅이 되어 있었다. "얼마나 힘들게 살았니." 엄마가 내 머리를 쓰다듬으며 귓가에 속삭였다. "이제, 침착하게 숨을 쉬어 보렴, 금방 진정될 거야." 그러고는 식초병을 집어서 손바닥에 몇 방울 떨어뜨렸다. 손가락에 묻혀 숨을 쉬는 데 도움이 되도록 내 코에 문질러 주었다. "신경증이 악화됐구나." 그녀가 중얼거렸다. "그런데 집 때문에 그런 건 아니에요. 밤마다 배가 고파서 자다가 깨요. 누군가 맨손으로 배를 열어젖히는 것 같았어요. 엄마를 찾아도 소용없었어요." 잠시 후 혈색이 돌아오는 것을 보자 엄마는 나와 마주 보고 앉았다. 내 손을 잡았다. 모성애가 느껴지는 목소리로 물었다. "내가 정성 들여 만든 네 자그마한 머릿속에는 대체 무슨 생각이 들어 있는지 얘기 좀 해 줄래?"

유령들. 레 카세에서는 모르는 사람이 없었다. 밤이면 스칼레테 길에는 감옥에 갇혀 있던 사람들의 비명 소리가 들렸다. 세 걸음 남짓 되는 묏자리에 갇힌 자신을 보고 미쳐 버린 많은 사람들이 벽에 손목을 긁어 자살했다. 아직도 그들은 다리를 질질 끌면서 이 방 저 방을 돌아다니고 갑자기 사람들의 머리채를 잡아챈다. 대낮에도 사람들은 그 근처 골목을 지나다니기를 꺼려 한다. 전쟁 중에 독일인들이 그곳을 장교 숙소로 사용했다고 한다. "그런데 나치들이 혼비백산해서 도망갔대요." 스텔라가 아직 나를 예뻐했을 때 그녀에게 들은 이야기이다. 심지어 고양이들도 그 근처에는 얼씬도 하지 않았다. 건축업자들이 안을 모두 비우자 건물은 황량함 그 자체였고 타일 하나도 헐값에 넘기질 못했다. 골목을 바라보는 것만으로도 오싹한 기분이 들었다. 크기가 들쑥날쑥한 계단으로 된 가파른 길이 미로 같았다. "차라리 묘지 옆에서 자겠어요." 결국 내가 훌쩍이며 말했다. 그리고 엄마를 쳐다보며 단호하게 이렇게 말했다. "오늘 밤 이사스티아 저택에 돌아가서 대령에게 이 문서를 돌려주겠어요."

엄마는 당장이라도 웃음이 터질 듯 우스꽝스러운 표정을 지었다. 그녀는 일어나서 아무 말 없이 옆방으로 갔다. 시끄러운 소리가 들리기 시작했다. 잠시 후 무슨 일인지 확인하러 가 보니 엄마가 침대에 여행 가방을 펼쳐 놓고 있었다. 나를 흘끗 보더니 말했다. "아무도 네 아파트를 빼앗아 갈 수 없어. 나도 같이 가마. 대령에게 이렇게 얘기하렴. '엄마를 보살펴 드려야 해요.' 그는 결코 반대하지 않을 거야. 그동안 난 안토넬리에게 편지를 쓰마. 십 년째 우리 아파트를 사고 싶어 했어. 딸이 집으로 돌아오게 하려고." 엄마는 겨울용 두꺼운 털 스웨터를 접었다. 그리고 나를 보며 말했다. "그 얼간이의 돈을 쥐어짜 보자꾸나."

해가 저물 무렵 엄마는 산 바스티아노에서 나를 기다리고 있었다. 우리는 함께 길을 걸었다. 그녀는 저녁 찬거리를 천에 싸서 들고 있었다. 냄비 안이 살짝 보였는데 냄새가 코를 찔러 콧구멍이 벌렁거렸다. "오늘 저녁에는 수탉을 먹자!" 엄마는 가끔 화를 버럭 내기도 했지만 이내 무척 흡족해하며 발걸음을 재촉했다.

대령은 내가 살던 집이 팔리도록 도와주었다. 공증인을 소개해 주었고 수수료를 요구하는 사람은 아무도 없었다. 같은 날 아침 우리는 은행에 가서 계좌를 열었다. 서명을 하려는 순간 엄마는 거의 정신을 잃다시피 했다. 집도 절도 없는 사람들이 천지인데 우리에게 저축 통장이 생긴다는 것이 믿기지 않아서였다. 난 모든 일의 중심이었고 이사스티아 대령은 나와 똑같이 엄마를 대해 주었다. 다시 말해, 내가 중요한 사람이라는 걸 보여주었다. 밤 새 바느질을 하며 힘들게 살았던 그녀에게 새로운 세상이 열렸 다. 하지만 엄마와 함께 지내는 일은 쉽지 않았다. 동틀 무렵 엄마 는 나를 일찌감치 깨워서 치장을 해 주었다. 목욕할 때 피부가 벗 겨질 정도로 스펀지로 세게 문질렀다. 그리고 머리를 빗기고 옷을 입히고 화장을 해 주었다. "조금만." 이 사이로 혀를 내밀고 파우 더를 두드려 주면서 항상 하는 말이다. 그림을 완성하고 난 뒤 서 명을 해 넣는 화가 같았다. 그런 "특별한" 날에 엄마의 안색은 어 두웠다. "만약 오늘 그가 다가오거든 거부하지 말거라. 다만 치마 는 잘 지키렴. 이런 불결한 상태에서 처음으로 네 몸을 보여 주고 싶지는 않겠지. 사내의 이런 갑작스러운 욕구를 차단하는 방법에 는 여러 가지가 있단다. 내가 뭣 때문에 네 입술을 그리 아름답게 만들었겠니?" 그러면서 내 입술을 가볍게 톡톡 쳤다.

그런데 그런 일은 일어나지 않았고 엄마는 간이 썩어 문드러 졌다. "손 닿는 곳에 선홍빛 살결이 있는데 꽃잎 하나 건드리지 않 는구나." 엄마는 땅에서 비가 솟아나는 것을 본 듯이 황당한 눈빛 으로 화를 냈다. 이사스티아 대령은 내게 모자와 다이아몬드가 박 힌 귀금속을 선물했다. 그는 나를 교육했고, 계속해서 소유지의 임대료를 어떻게 충당하는지 보여 주었다. 하지만 나를 건드리는 법은 없었다. 손자들에게 하듯 이마에 키스조차 하지 않았다. 어 느 날 아침 그는 이렇게 말하면서 내 손에 많은 돈을 쥐여 주었다. "마르첼로의 차를 타고 그로세토에 가서 겨울옷 몇 벌을 사 입고 와요." 벌써 11월이었고 레 카세에는 다리가 안 보일 정도로 안개 가 짙게 깔렸다. 우리는 라이트를 켜고 멜레타 아래 길가에 멈춰 섰다. 마르첼로는 몹시 화가 나 있었다. 이런 날에는 위험을 무릅

쓰고 계곡으로 향하는 급커브 길을 달리기보다 휴가를 원했기 때문이다. 나는 무릎을 꿇고 바닥을 닦는 것이 훨씬 좋다는 티를 내며 그에게 말을 걸어 보았다. "구름 속에 있는 것 같아요." 내가 말했다. 우유같이 흰 안개가 차창에 달라붙었다. "안개 속에 있으면 내가 존재하지 않는 것 같아요." 내가 계속해서 말했다. "당신이 누군가의 목을 자르더라도 하느님의 눈은 당신을 향하지 않을 거예요……." 마르첼로는 백미러를 쳐다보았다. 나는 말하면서 블라우스의 윗단추를 풀었다.

아킬레 세랄리니
고인

가장 곤욕스러운 것은 아침에 일어나 그의 옷을 입는 것이다. 거울을 보는 건 좋아하지 않는다. 매번 손목이 떨리고 거울에 비친 형상이 제멋대로 움직일 것만 같기 때문이다. 난 항상 그의 추악한 얼굴이 갑자기 웃음을 터트리며 이렇게 말하는 상상을 한다. "쌍둥이 형, 내 스웨터가 잘 어울리네." 그러면 이른 아침부터 숨을 깊게 내쉬며 서둘러 면도를 한다. 안졸리노는 매일 아침 면도를 하고 여성용 오드콜로뉴 향수를 뿌리는 것을 잊지 않았다. 집을 나서면 온 동네에 아침 인사라도 하는 듯 구역질이 목까지 차올라 왔다.

그러고는 원래 내 습관대로 땅을 보고 걷는 게 아니라 고개를 꼿꼿이 들고 구시가지를 가로질러 간다. 뒷짐을 지고 회랑에 앉아 있는 노인들을 그냥 지나치지 않고 인사를 건넨다. 그러면 모두 내게 이렇게 말한다. "안졸리노, 지하실에 널 위한 선물이 있어!" 또는 이렇게. "안졸리노, 다락방에서 이런저런 물건들이 가득한 상자 하나를 찾았는데…… 잠깐 보지 않을래?" 그러면 나는 게이 동생의 부드러운 목소리로 말한다. 도끼가 움직이고 있다는 것을 눈치 챈 송아지처럼 큰 눈망울로 과장된 미소를 짓는다. 시간이 수없이 지나도 조금도 익숙해지지 않았다.

천 일이 넘도록 연기를 했다. 매일 아침 스타촐리의 담배 가게에 신문을 사러 내려간다. 로돌포의 바에서 따뜻한 우유 한 잔을 마신다. 그러고는 굼뜬 신부님의 걸음걸이로 온 동네를 돌아다닌다. 그럴 때면 배 속이 뒤집히는 것 같다. 보통 그 시각 두에 포르테에는 일찌감치 하루를 시작한 사람들이 벌써 나와 있다. 삐딱한 말을 스스럼없이 내뱉는 디보가 그 중 한 명이다. 가끔 내가 앞을 지나가면 으레 하던 대로 바닥에 침을 뱉는다. 속으로는 때려주고 싶은 마음이 굴뚝같지만 난 눈 하나 깜빡하지 않는다. 그의 얼굴을 도랑에 처박고 우스꽝스러운 가성이 아닌 진짜 내 목소리로 얼굴에 이렇게 쏘아붙이고 싶다. "오줌이 진 주제에. 누가 살아 돌아왔나 보라고. 이건 아킬레의 손이야, 알아보겠어?" 그러고는 이가 다 부러질 때까지 패 주고 싶다.

안졸리노의 옷을 입고 다니는 건 결코 쉬운 일이 아니다. 시간이 갈수록 주머니 안에 대포알이 끊임없이 생겨나는 듯 무게만 더해 갔다. 하루가 저물고 거짓을 밖에 벗어던지고 집으로 들어가면 생기를 되찾는다. 그 거짓은 계속될 것이고 침묵하면 오히려 쓸데없는 소문만 무성해진다. 죽은 동생의 빨간색 잠옷을 입고 나지막한 목소리로 이렇게 말한다. "이제 세상에서 사라져야겠구나." 하지만 소니아가 떠오른다.

빙빙 돌려 말할 필요 없다. 가장 안간힘을 쓰는 사람이 그녀다. 그녀에게 "여보, 나야."라고 말하며 이 년간 전쟁터를 떠돌다 돌아온 군인처럼 그녀를 꼭 끌어안을 날이 오겠지. 그리고 설명을 해 주어야겠지. 그러면 욕망이 사그라든다. 난 이렇게 수십 번 반복한다. "아킬레, 이젠 되돌아 갈 수 없어. 예전의 삶이라면 손톱만큼도 다시 가질 수 없을 거야." 소화시킬 건 없지만 산책할 겸 몸을 이끌고 밖으로 나간다. 마렘마의 광산에서 삼십 년간 일해서 장만한 그 집의 문을 두드린다, 그리고 소니아가 문을 열면 갑자기 픽 쓰러질 것 같은 광대가 그녀 앞에 서 있다. 그녀는 창백한 얼굴과 빨갛게 충혈된 눈으로 손잡이를 잡는다. 그리고 먼저 환영을 본 게 아니라고 스스로를 납득시키려는 듯이 작은 목소리로 말한다. "아, 안졸리노, 산책하는 중이군요." 그러면 내 심장은 찢어진다. 동시에 이런 바보 같고 씁쓸한 위로를 받기도 한다. "아직 나를 생각하는군." "날 잊지 않았어."

그녀는 나에 관한 이야기는 전혀 입 밖에 내지 않는다. 내 앞에 찻잔을 내려놓는 그녀의 손이 떨린다. 페피타는 야옹 하고 울고 내 정강이에 몸을 비비적거리기 시작한다. 고양이가 나를 알아본 것이다. 그래서 안졸리노라면 하지 않는 행동이지만 고양이를 무릎 위에 올려놓고 십오 분간 부엌 식탁에 앉아 있다.

소니아가 화장실에 다녀온다며 나를 혼자 두고 나간 그 고요한 순간이 가장 좋다. 하지만 난 그녀가 거울을 보며 마음을 다독인다는 걸 알고 있다……. 아무 일도 일어나지 않은 듯이 잠깐 동안 나는 그렇게 머무른다. 내가 여기 있고 나의 사랑스러운 고양이가 있다. 한때 내 삶이었던 향기가 난다. 단지 지금 나의 존재는 교회에서 부르짖는 신성 모독처럼 모순된다. 내 아내였던 이 사람은 무척 야위었고 외로움에 사무쳐 눈빛이 달라졌다. 이따금씩 그녀를 보러 가는 탓에 그녀가 광기에 한 발짝 더 다가가는 건 아닌가 싫다. 가지 않으려고 해도 쌍둥이 동생이 그랬던 것처럼 지하실을 살피러 가야 한다는 핑계를 만든다. 그녀는 알겠다고 하고 침을 꿀꺽 삼킨다. 어느 여름날 폴로니카의 바다에서 한 달간 시간을 보내며 찍은 사진들이 놓인 복도를 따라 나를 안내한다. 내가 일을 보고 나면 금방이라도 쓰러질 듯이 나를 배웅한다.

난 전화 한 통 미리 해 주지 않는 나쁜 사람일 것이다. 하지만 그렇게 했다간 그녀가 마음의 준비를 할 테고 덜 놀라게 될 것이다. 반면에 기대하지 않고 있을 때 불쑥 나타나면 그녀는 세상이 발칵 뒤집힌 것처럼 놀란다. 그러면 난 마음을 짓눌러야 한다. 매일 아침 챙겨 쓰는 이 얼간이 같은 모자를 바닥에 집어 던지고 이렇게 말할지도 모르니까. "여보, 그 화장터에는 다른 사람이 있어요. 난 건강하게 살아 있다고요. 당신을 보니 감정이 솟구치는군요."

내 쌍둥이 동생이 동성애자가 아니었다면 좋았을걸. 그랬다면 적어도 예전의 나를 그리워하지 않고 소니아에게 사랑을 표현했을 것이다. 몇백 년 된 포플러 나무를 뿌리째 뽑을 기세로 폭풍이 거세게 몰아치던 어느 날 저녁, 소니아가 슬리퍼 바람으로 구시가지를 가로질러 왔던 그날처럼 말이다. 그날 그녀가 키스를 멈추지 않았더라면 난 바로 진실을 말해 버리고 심장이 터져 죽었을지도 모른다. 그래서 두에 포르테에 죽치고 앉은 그 떠버리들을 혼쭐낼 생각일랑 접고 내 집에 가서 손님인 척하면서 끝까지 진실을 숨겨야 한다. 그리고 살아 있는 유령처럼 계속해서 메초 길로 몸을 이끈다.

처음에는 애도의 말을 듣는 게 이상했다. 사람들은 길가에 나를 멈춰 세우고 이렇게 말했다. "안졸리노, 기운 내요. 아, 아킬레 같은 사람은 없을 거예요⋯⋯." 난 그 앞에서 괴로워했지만 모퉁이를 돌자마다 그곳을 만졌다. 그리고 잠시 후 남모를 죄책감이 들었다.

넨초니가 알바니아에서 온 짐승들을 받아 준 후로 레 카세에는 창문에 쇠창살을 설치하느라 돈 낭비를 한 사람들이 있다. 난 소니아에게 분명하게 말했다. "난 감옥에 갇혀 있으려고 대출을 받아 집을 산 게 아니에요. 만약 유리창을 부숴 버리려는 짐승이 있으면 몽둥이로 패서라도 따끔하게 일러 줄 거예요."

자정이 지난 시각이었다. 잠자리에 들려던 차였다. 난데없이 안졸리노의 집 현관문에서 인기척이 들렸다. 마침 그때 나는 난로 근처에서 통나무용 집게를 손에 들고 있었다. 속으로 생각했다. '이 교활한 것들 봐라. 열쇠를 복제했겠다." 난 현관문 옆 옷걸이가 있는 쪽으로 이동했다. 좀도둑처럼 조심스럽게 문을 여는 게 느껴졌다. 실루엣이 내 앞을 지나가자마자 호통을 치며 나타났다. "자 이제 어쩔 거야!" 그리고 쇠 집게로 그의 오금을 내리쳤다.

쓰러진 사람은 헝겊으로 기운 옷을 입은 외국인이 아니라 마소였다. 그는 아파서 몸부림쳤다. 그가 비명을 지를 새도 없이 나는 그의 뼈를 아작 냈다. 그는 잠시 나를 쳐다보더니 기절하고 말았다. 난 그런 그를 그저 뚫어지게 쳐다보았고 속으로 생각했다. '마소가 바닥에 엎드려서 뭐 하는 거지? 안졸리노의 열쇠를 가지고 있다니, 이게 어찌 된 일이야.'

대답은 내 입에서 튀어나왔다. 과학자일 필요는 없다. 어린아이도 알 정도로 답은 간단했다. 잠시 후 페롤라 언덕을 내려가며 그로세토 방향으로 운전해 가는 동안 마소는 사이렌 소리 같은 것을 내며 울부짖었다. "운도 지지리 없군!" 약음기를 장착한 트럼

펫에서 나온 것 같은 목소리로 그가 말했다. "오늘 수요일인 거 알잖아." 마소가 불평을 하면서 자백하고 있었기 때문에 난 아무 말 않고 잠자코 있었다. "하루 이틀도 아니고 벌써 십 년째라고! 그런데 오늘 밤 몽둥이질은 대체 뭐야! 눈감아 줄게, 당신 형이 죽었으니까……. 그런데 나한테 뭐 화난 거라도 있어?"

간단히 말해서, 두에 포르테의 주인이 현재 내 이름으로 땅속에 잠들어 있는 내 동생과 뭔가 은밀한 사이였다는 것을 알게 되었다. 추측하건대, 그들은 매주 수요일 자정에 잠자리를 가졌던 것 같다. 쌍둥이 동생인 척하려니 이런 일도 다 있다. "최소한 사과는 해야 하지 않나!" 콧물 범벅이 된 입으로 그가 계속 말했다. "내가 뭘 어쨌다고? 왜 몽둥이질을 하고 그런 혐오스러운 눈빛으로 쳐다보는 거야?"

그의 아내에게 이야기하는 것으로 간단히 해결되었다. 매일 밤 집에 가지 않으려는 술주정뱅이들을 내쫓으며 가게 문을 닫는 마소에 대해 이야기했다. 그리고 잠이 오지 않아 밤공기를 쐬러 나갔던 날의 이야기도 했다. 나는 평온하게 산책 중이었고 그때 누군가 흐느껴 우는 소리가 들렸고, 분수가 있는 좁은 길로 들어가니 바닥에 드러누워 고통스러워하는 왜소한 몸뚱이 하나가 보였다고 말했다.

"이렇게 젊은이 행세를 해야겠어요?" 며칠 후 가게 문을 열려고 함께 온 클레리아가 뒤에서 호통을 쳤다. "일흔 살이 되도록 매일 밤 이렇게 베르무트* 냄새를 풀풀 풍기며 집에 들어오는 게 말이 돼요?" 한쪽 다리에 깁스를 하고 퀭한 눈으로 그가 거기 있

---

* 포도주에 고미제, 향료, 브랜디, 설탕 등을 섞어 만든 혼성 포도주.

었다. 그 후로 그는 단 하루도 두에 포르테 문을 닫지 않았다.

그런 일이 있었음에도 지나가는 나를 보면 그의 얼굴빛이 밝아졌다. 일주일 뒤 술꾼들은 세랄리니 가족에 대한 애도는 까맣게 잊고 다시 길가에 침을 뱉으며 이런저런 험담을 해 대기 시작했다. 마소는 근심 가득한 애인처럼 목발을 부여잡고 있는데 그 꼴이 꼭 횃대에 앉아 있는 앵무새 같았다. 그는 애인에게 차이기라도 한듯 나를 뚫어져라 보았다. 그제야 그가 단단히 사랑에 빠졌고 내가 그걸 단칼에 거절했다는 걸 알았다. 쌍둥이 형제를 죽이는 거야 그렇다 해도 동성애는 내게 있을 수 없는 일이다.

문득 나 스스로에게 이렇게 물었다. "아킬레, 네 동생의 머리를 박살 낸 것을 후회하니?" 난 잠시 생각하고 바로 대답했다. "이봐, 눈곱만큼도 후회하지 않아. 오히려 자랑스럽다고!"

우리는 체격도 비슷하고 걸음걸이도 똑같았다. 그 외에는 낮과 밤이라 할 정도로 달랐다. 예를 들면 난 고물 하나도 훔친 적 없고 스위스 남자 친구도 없었다. 그의 애인이 크리스마스카드를 보내곤 했었는데 외국 우표도 떼지 않고 곧장 난로 속에 버렸다. 어렸을 때 난 근대를 심으러 다녔고 동생은 탁자에 앉아 온몸을 웅크리고 책을 들여다보았다. 그래서 허리가 좋지 않다. 조금 더 옛날 얘기를 하자면, 나와 무리 지어 다니던 친구들은 그의 병이 옮을까 봐 무서워서 우리 집에 간식 먹으러 오는 것도 꺼렸다. 학교에 가면 그와 멀찍이 떨어져 앉았다. 그 이상한 아이가 내 동생이었지만, 나는 그와 다르다는 것을 모두에게 보여 주고 싶었다.

안졸리노는 나보다 일 분 늦게 태어났고 세상에 나온 첫날부터 속을 썩였다. 엄마를 울리고 아빠를 화나게 했다. 매질을 당해도 정신을 차리지 못했다. 매질을 하면 오히려 반항하듯 더 심하게 여자같이 굴었다. 친구들은 생일날 그를 초대하기 싫어 나까지 초대하지 않았다. 그가 좋아하는 것이 있으면 난 그건 게이나 좋아하는 거라고 말했다. 그가 흰색을 좋아하면? 난 검은색을 선택했고 무엇이든 반대로 했다. 사람들은 어떻게 내가 이렇게 우울하고 매정하게 자랐는지 궁금해한다……. 그리고 세상이 미쳤고, 어느새 그는 이런 세상의 총애를 받았다.

그는 산에 사는 그 못난이와 애인 사이였던 게 틀림없다. 그 못난이는 벽처럼 긴 거울과 반짝이는 것들이 가득한 시에나의 어느 곳에서 알게 된 엄청난 부자였다. 그는 선물을 잔뜩 가져왔고 가족들은 좋아서 어쩔 줄 몰라 했다. 그에게 손도 허락하지 않는 나는 예외였다. 그의 머리는 프랑스인들처럼 붉고 얼굴은 달덩이처럼 둥글었으며 별것 아닌 일에 즐거워했다.

소니아가 귀에 딱지가 앉도록 말했다. "비안차르디 집 지하실이 한 달 전 좋은 가격에 매물로 나왔어요. 바로 옆집이라서 부엌 바닥을 뚫는 걸로 충분해요. 그러면 우리를 백만장자로 만들어줄 술집이 생길 거예요." 나는 그녀에게 단 두 마디로 대답했다. "나는 광부예요." 평범한 사람에게는 이 정도면 충분했다. 그러나 그녀는 또다시 말을 꺼냈다. "노인들은 오래전에 죽었어요. 남아 있는 비안차르디 사람들은 다른 곳에 살고 있고 아파트에는 관심도 없어요……. 정말 좋은 기회잖아요! 재산을 두 배로 불릴 수 있는 기회예요." 마치 술집 하나로 예전과는 다른 삶을 살 것처럼 그녀가 말했다. 그녀를 광산에 데려가 일을 시켜 보고 싶었다. 그래야 돈 버는 게 얼마나 힘든지 알게 될 테니까. 그러던 어느 날 오후, 그녀가 난데없이 말을 꺼냈다. "안졸리노에게 말했어요." 난 그녀를 쳐다보았다. 그녀는 앞치마 주머니에서 종이 한 장을 꺼냈다. "가족을 위한 투자라고 했어요……. 이건 계약서예요."

난 즉시 쌍둥이 동생에게 달려가 말했다. "내가 빚지는 걸 누구보다 싫어한다는 거 알잖아." 그러고는 바닥에 그 종이를 내동댕이쳤다. 그는 울음을 터트리기 직전의 여배우 같은 특유의 몸짓으로 나를 빤히 처다보았다. 그래서 알아듣기 쉽게 다시 말했다. "난 사람들 입에 오르내리고 싶지 않아. 네가 국경 너머에서 데려온 동성애자에게 선물받은 집도 필요 없어. 너희가 마을을 돌아다니는 꼴을 보는 것만으로도 충분히 구역질이 나." 갑자기 안졸리노의 낯빛이 바뀌더니 화가 난 신사가 되었다. 그러고는 내 화를 돋우는 말을 했다. "어차피 지하실은 형 명의로 되어 있어. 원치 않으면 그냥 그렇게 썩히든 말든 마음대로 해." 그 후 십 년간 지하실은 그대로 방치되었다.

소니아는 틈만 나면 그 얘기를 꺼냈다. "그 방 열쇠를 갖고도 그렇게 방치해 두는 건 틀림없는 낭비예요." 게다가 두 형제가 떨어져서 대화도 하지 않는 건 보기에 썩 좋지 않았다. 생일에도 전화 한 통 없었다. 나는 별 상관 없었다. 어차피 지하실 세금은 안졸리노가 냈으니까. 당장 메초 길로 가서 그 지하실을 시청에 기부할 수도 있었다.

그의 스위스인 애인이 교통사고로 죽었을 때 난 부엌으로 가서 샴페인을 땄다. 전 세계를 방랑하던 내 쌍둥이 동생은 레 카세로 돌아와 정착했다. 소니아는 상심한 그를 곁에서 위로해 주었다. 뚜껑이 덮인 냄비를 들고 외출하는 그녀를 봤지만 어디 가는지 묻지 않았다. 그러던 어느 날 디보가 내게 농담을 하면서 추파를 던지는 실수를 했다. 나를 누군가로 착각한 모양이다. 그에게 주먹을 휘둘렀다. 그는 이십 일간 입원을 했고 두 달간 한 쪽 다리를 들어 올린 채 꼼짝 못 하고 누워 있는 신세가 되었다. 갈비뼈가 부서지고 토마토가 으깨지듯 코가 박살이 나면서 호된 값을 치렀다. 그가 폭행을 당했다는 이야기는 내 이름 석 자와 함께 신문에 실렸다. 그리고 난 평생 저축한 돈을 그 작자와 리볼라의 변호사들에게 쏟아붓고 말았다. 하지만 그걸로도 부족해 결국 안졸리노가 가진 것을 탈탈 털어 주었다. 소니아가 안졸리노를 설득했다고 말했을 때 난 이렇게 대답했다. "마땅히 할 일을 한 거예요. 디보가 맞은 건 순전히 그의 탓이니까." 난 아직도 이 생각에 변함없다.

인생에는 우스꽝스러운 일이 돌고 돈다. 벽을 벅벅 긁을 만큼 쌍둥이 동생이 역겨웠고 나의 단점들이 한데 모여 또 다른 육체를 만든 것 같았다. 나는 변했다. 이제 난 그처럼 걷고 말한다. 여자 냄새가 나는 그의 옷을 입고 돌아다닌다. 아무리 시간이 많이 흘렀어도 조심히 행동해야 한다. 지난달 유리가 흔들릴 정도로 기침이 심해서 살기니에게 진찰을 받았다. 두 번 죽는 걸 면하기 위해서였다. 모두가 아는 죽음과, 쥐도 새도 모르는 죽음. 살기니는 다 죽어 가는 얼굴로 진찰 가방을 들고 왔다. 집에 들어오자마자 멈칫했다. 폐 한가득 공기를 들이마시며 두툼한 코를 찡긋거렸다. 그의 첫마디는 이랬다. "뭔가 이상한데요." 그러자 난 쌍둥이 동생이 집 안에서 신던 샌들을 신고 말했다. "좋아 보이시는군요, 선생님. 어서 방으로 와서 제 기관지를 좀 봐 주세요. 제가 뱉은 가래를 다 모으면 잼 공장을 열어도 될 정도예요……."

"가래를 뱉다". 죽어서도 계속해서 내 일상을 망치려 드는 그 인간인 척하려고 어휘 공부도 해야 했다. "투덜거리는", "미숙한" 같은 단어를 사용할 줄은 예전엔 꿈에도 몰랐다. 내 집에 가면 소니아는 내게 차를 내오고 난 새끼손가락만큼 찔끔 마신다. 그러고 는 이렇게 말한다. "맛있군요."

하지만 이건 확실하다. 안졸리노를 생각하면 치가 떨리지만, 돌이켜 보면 놀라운 일이 아닐 수 없다. 난 모두를 속였다. 심지어 수십 년간 잠자리를 한 내 아내까지도. 내 쌍둥이 동생의 얼굴이 똑똑히 기억난다. 나와 똑같이 생겼지만, 디보의 치료비를 대느라 저축한 돈이 바닥을 드러내기 시작했을 때에는 창백하고 수척한 모습이었다. "아킬레, 비안차르디의 방을 되팔아." 그가 말했다. "내 숨통을 좀 틔워 줘." 암 그래야지. 내게 선물을 줄 때는 언제 고 이제 와 그런 요구를 한다. 내 대답은 이랬다. "난 네게 아무것 도 요구한 적이 없어. 이제 너도 그렇게 해." 그러자 그의 두 눈이 불씨가 되어 타올랐다. "난 일주일째 잘 먹지도 못해. 형에게 급한 일이 생기면 난 만사를 제치고 달려왔어. 참 못됐어." 그러고는 울 면서 그 자리를 떠났다. 난 변함없는 자세로 머리를 꼿꼿이 들고 대답했다. "난 너와 달라."

그런데 보물을 발견했다고 내게 와서 말했을 때 그의 얼굴은 완전히 달랐다. 다락방 먼지를 뒤집어쓴 그의 손에는 낡은 책 한 권이 들려 있었다. 책 제목은 '파리의 비밀'*이었다. 난 책을 보고 어깨를 으쓱했다. "그 책이 뭐 어쨌다고?" 그의 눈빛이 더욱 날카 로워졌다. "어떤 책인지는 관심 없어. 내가 관심 있는 건 그 안에 들어 있는 종이야." 그는 책을 펼쳐서 누렇게 바랜 종이들을 꺼냈 다. 그리고 큰 소리로 읽기 시작했다.

1984년 4월 7일에 쓴 글이었다. 포넨티 가족의 포도밭에서

* 1842~1843년에 발표된 프랑스 작가 외젠 수(Eugène Sue)의 소설.

행복에 겨웠던 나와 마리엘라 만토바니에 대한 내용이었다. 결혼 십 년 차에 저지른, 삼십 년 묵은 지난날의 죄가 적혀 있었다. 마리엘라는 악마에 쓴 여자였다. 흥분해서 달려든 뒤에, 지루해하고도 남을 한 시간 동안 열심히 움직였지만 결코 만족하지 못했다. "사랑해." 그녀가 떨리는 눈동자로 내게 말했다. 그러다 잠시 후 이렇게 말했다. "아킬레, 세게 때려 줘. 아파서 비명을 지르더라도 신경 쓰지 마." 몇 주간 계속되었다. 교대 근무를 마치고 집으로 돌아갈 때 메초 길을 지나지 않고 뒤쪽으로 돌아서 구시가지로 올라갔다. 마리엘라가 프레텔라 길 어귀 골목길에서 나타났다. 우리는 아이들처럼 몰래 옛 성벽 밖으로 도망쳤다. "사랑해." 그녀가 또 한 번 말했고 난 이 말이 두려웠다. 어떠한 미사여구도 없이 조용히 우리의 놀이를 즐기는 것으로 충분했다. 가족을 만들 것도 아니었으니까. 잠시 후, 집에 돌아와서 소니아에게 2시 버스를 놓쳤다거나 광장의 산 바스티아노 성당 앞 벤치에 앉아서 수다를 떨다가 늦었다고 말했다. 그러던 어느 날 그녀가 말했다. "평상시에는 쫓기듯이 곧장 집으로 달려오던 사람이 거의 한 달째 버스를 놓치다니. 당신이 광장에서 수다를 떨다니 그것도 이상하군요. 동네에서도 좀 그랬으면 좋겠네요!" 그 후로 그만두었다.

지금 내 앞에는 쌍둥이 동생이 있다. 그는 적어도 이십 년간은 레 카세에 돌고 돌아 어느 책에서 발견한 쪽지를 들고 있다. 언제인지 모르겠지만 마리엘라가 책에 넣어 둔 걸 깜빡한 모양이다. 안졸리노는 쪽지를 읽다 말고 나를 쳐다보았다. 그리고 말했다. "지하실을 되팔 거지? 아니면 내가 아는 누군가에게 이걸 전해 줄까?" 개만도 못한 자식. 소니아를 이용해 나를 협박한다. 내 입에서 한마디가 툭 튀어나올 뻔했지만 그가 종이를 흔들며 말을 가로

막고 이렇게 말했다. "복사해 뒀어. 잘 생각하고 말해야 할 거야."
난 땅을 내려다보았다. 잠시 동안 말을 잇지 못했다. 그리고 다시
그를 쳐다보았다. "그 폐허가 된 방이 어떤지 보러 가자. 얼마나
엉망으로 방치되었는지 보고 나서 금액을 결정하자."

　소니아는 산책하고 돌아오는 나를 보았지만, 난 코트를 벗지
않았다. 그녀는 안졸리노가 같이 있는 걸 알아차리고는 당황한 나
머지 손에 헝겊을 든 채로 굳어 버렸다. 가까이 살면서도 우리 둘
이 함께 있는 걸 본 지가 오래되어서 놀란 모양이었다. 한 번도 들
어가 본 적 없는 지하실의 열쇠를 꺼내는 나를 보았다. "커피를 준
비할까요?" 난 대답 하지 않았다.

　오랫동안 잠겨 있던 잔뜩 녹이 슨 자물쇠를 돌리느라 손이 부
러지는 줄 알았지만 결국 열었다. 처음으로 비안차르디의 지하실
을 보았다. 바깥 불빛에 비쳐 희미하게 보일 뿐이었지만.

　순간 욕이 튀어나올 뻔했다. 그야말로 멋진 지하실이었다!
오래전 가구들이 그대로 남아 있었다. 우리 아버지가 타던 것과
똑같은 경주용 자전거도 한 대 있었다. 그리고 지하실 한가운데에
는 석조 아치가 있었다. 안졸리노는 찬장같이 생긴 것 옆으로 다
가가서 서랍을 열어 보았다. 쇠가 긁히는 소리가 났다. 그리고 이
말이 들렸다. "이곳은 금광이야." 그 말을 듣고 나는 코웃음을 쳤
다. "광산이라면 내가 잘 알지." 내가 말했다. "그에 비하면 여긴
왕궁이야." 하지만 쌍둥이 동생은 내 말을 듣는 둥 마는 둥 했다.
이상한 충동에 사로잡혀서 문이라는 문은 다 열어 보았고 살 오
른 거미와 바퀴벌레가 바닥에 떨어지도록 천을 들어 올렸다. 그리
고 어디선가 레코드판 하나를 가져왔다. 코트 소매로 먼지를 떨었
다. "이럴 수가……." 흐느껴 우는 듯이 그가 말했다. "믿을 수 없

어…… 이것만으로도 비안차르디 방 열 개 값어치는 될 거야." 그러고는 내게 발견한 것을 보여 주려고 몸을 돌리려던 차였다. 그는 관자놀이를 한 대 맞고 바닥으로 고꾸라졌다.

널브러진 도구들에 발이 차이지 않도록 한 줄기 빛을 남겨 두고 문 근처로 갔다. 곰팡이 핀 더러운 쓰레기통에 아까 꺼낸 탁자다리를 다시 넣어 두었고 몸을 숙여 손으로 더듬거리며 동생을 찾았다. 그의 코와 입을 손으로 막고 머릿속으로 숫자를 세었다. "하나, 둘, 셋……."

스물넷까지 셌을 때 안졸리노는 몸부림치기 시작했다. 어둠 속에서 발을 버둥거리고 팔을 허우적댔다. 하지만 그는 몽둥이로 세게 맞아서 기운이 없었다. "서른여덟, 서른아홉……." 그의 손에 얼굴이 긁히지 않게 머리를 뒤로 젖혔다. 지하실 안에는 신발 굽이 부딪히는 소리가 울려 퍼졌다. "마흔여덟, 마흔아홉……"

안졸리노는 그의 나이인 예순넷을 세는 동안 죽어 갔다. 우연이었다. 혹시 몰라 이 분간 그대로 잡고 있었고 무릎에 쌍둥이 동생의 머리를 대고 있으려니 살면서 처음으로 약간의 애틋함이 느껴졌다. 그러고는 몸을 일으켰다. 내 몸 구석구석을 털었다. 그리고 비안차르디 지하실을 나왔다. 내가 코트를 벗어서 옷걸이에 거는 것을 보고 소니아가 투덜거렸다. "결정했다고 말해 줘요." 난 그녀를 바라보았다. 그리고 고개를 끄덕였다.

그날이 그녀와 함께한 마지막 밤이었다. 그녀의 머리카락 속에 얼굴을 묻고 냄새를 깊이 들이마셨다. 그리고 그녀를 꼭 껴안고 이마와 입술에 키스를 했다. 나는 아무 말도 하지 않았고 그녀가 물었다. "왜 떨고 있어요?" 난 그녀의 목덜미와 온몸에 키스하는 것으로 대답을 대신했다.

관계를 가진 후에 소니아는 깊이 잠들었다. 나는 4시가 되기를 기다렸다가 일어났다. 전날 입은 옷을 입었다. 침대 앞에서 눈물을 삼키며 몇 분간 그대로 있었다. 그러다 마지막으로 내 아내였던 사람의 양쪽 눈에 키스했다. 그녀가 약간 움찔했다. 그리고 방을 나왔다. 집을 나서기 전에 부엌에 들렀다. 의자 위에서 자고 있는 페피타를 쓰다듬어 주었다.

비안차르디 지하실에서 안졸리노의 옷을 벗겼다. 그의 몸이 굳기 시작했고 들썩일 때마다 입에서 역한 냄새가 났고, 잠깐이었지만 몽둥이를 다시 잡고 싶을 정도였다. 그에게 내 옷을 전부 입혔다. 속옷까지도. 그리고 난 여자 옷 같은 역겨운 그의 옷을 입었다. 그의 손에 내 결혼반지를 끼워주던 순간 오싹한 기분이 들었다. 그와 결혼하는 기분이었달까.

밖으로 나가기 전에 골목을 살폈다. 시계탑이 4시 반을 알렸다. 나는 속으로 생각했다. "레 카세는 오후 5시면 죽는데 새벽 5시에는 오죽할까." 나는 지하실로 돌아갔다. 안졸리노를 등에 업고 12월의 안개가 낮게 깔린 밖으로 나왔다.

겨울철에는 얼음이 얼어서 위험한 내리막길에 있는 바르베리니의 집 문 앞에 그를 내려놓았다. 안졸리노를 현관 문턱에 약간 구부정하게 앉혔다. 그리고 곧장 다시 오르막길로 올라갔다. 바지 주머니에서는 운명의 장난처럼 그때부터 내가 살게 된 이 집의 열쇠가 딸그락거렸다. 나와 정반대인 쌍둥이 동생의 인생을 이어서 살아야 한다. 다른 건 몰라도 아침에 신문을 사러가는 것은 그대로 유지했다.

이제 막 죽은 사람의 얼굴에 자란 수염 덕에 의심을 사지 않을 수 있었다. 수염이 덥수룩하게 자란 그의 얼굴이 딱 나였다. 손을 보면 우리를 구별할 수 있기 때문에 걱정이었다. 내 손은 일꾼의 손이었고 그의 손은 평생 책장만 넘기고 밤에는 크림을 바르는 처녀의 손 같았다. 모두 한눈에 알아볼 수 있었지만, 눈물을 흘리며 절망에 빠진 소니아가 이렇게 말해서 모든 의심이 사라졌다. "은퇴한 후로 종종 아침 일찍 밖에 나갔어요. 전 그에게 젊은이 행세를 하지 말라고 여러 번 말했었죠. 12월이면 빙판길에 넘어져 머리가 박살 나곤 했어요……. 오, 아킬레! 여보, 이제 전 어떻게 살아가죠?"

피검사를 할 필요도 없었다. 바르베리니의 집 앞에서 발견된 사람은 나였다. 몸에는 내 신분증이 있었고 손가락에는 내가 항상 끼고 다니던 결혼반지가 있었다. 내 약지의 반지 자국을 들키는 날에는 모든 게 헛수고가 된다. 하지만 나는 항상 장갑을 끼고 옷을 두껍게 입고 다녔다. 지금까지도 사람들 앞에서 왼손을 감추는 버릇이 있다. 수십 년간의 결혼 생활의 흔적은 그리 쉽게 지워지지 않았다.

사람들이 사고에 대해 내게 알려 주러 왔을 때 나는 게이나 입는 나이트가운을 걸친 모습으로 그들을 맞이했다. 집에 있을 때면 아직도 그 옷을 입는다. 나는 기절하는 시늉도 했다. 장례식장에서는 힘겹게 고개를 들면서 목소리를 쥐어짜 인사를 했다. 발인 때도 마찬가지였다. 난 소니아를 부축하고 있었다. 손에는 장갑을 끼고 코트 주머니 깊숙이 넣었다. 화장로에 마지막 벽돌이 놓이는 것을 보자 정말로 현기증이 났다. 헛것이 보였고 잠깐이지만 관 속에 있는 사람이 정말로 나인 것 같았다. 내가 사라지는 기분이었다. 어떤 의미에서는 사실이기도 하다. 고통스러움에 어지럼증을 호소했다. 장례식이 끝난 후에 사람들의 도움으로 집에 도착했다.

안졸리노의 삶을 사는 것은 끝없는 발견 같았다. 초반에 들키지 않으려고 그의 책을 모조리 버리기 시작했다. 메모와 일기를 정리했다. 그의 필체와 서명을 익히느라 산더미 같은 종이를 낭비했다. 그러다 놀랄 만한 사실을 하나 알게 되었다. 내 쌍둥이 동생은 예술을 사랑한 골동품 애호가였다는 것이다. 그의 책을 버리다가 골동품에 관심이 생겨 버렸다. 안졸리노는 똑똑했다. 그가 버려진 보물들을 찾으러 다니는 동안 나는 냉장고 값이나 벌려고 탄광에서 시간을 허비했다. 이제 그가 찾은 보석들이 선물처럼 전부 내 것이 되었다. 죄책감도 전혀 들지 않는다. 이 세상의 무엇보다 소니아가 가장 소중하다. 남편이 배신한 걸 알면 가슴이 찢어질 것이다. 바람을 피웠다는 사실을 알게 하느니 차라리 내가 죽었다고 믿게 하는 편이 낫다. 차라리 그녀가 미쳐 버리는 게 낫다. 그래야 그녀를 향한 내 사랑은 성 바스티아노 성당이 자리하고 있는 바위산처럼 영원히 견고하게 남을 테니까.

이 집에는 마법이 일어나는 것 같다. 매일같이 뭔가가 발견된다. 멀리서 온 엽서와 말린 꽃잎이 책에서 나온다. 닥치는 대로 감정을 받으며 골동품을 모은다. 그리고 지난달 이런 우스운 사건이 일어났다. 얼굴에 거미줄 범벅이 되어 잔네스키 가족의 지하실을 샅샅이 뒤지고 있었는데 손에 뭐가 집혔나 하면, 레코드판이었다. 안졸리노의 얼굴을 가격하기 전에 안졸리노가 만졌던 것과 똑같았다. 이 주마다 내가 찾은 물건들을 보러 레 카세를 방문하는 사업가에게 그 레코드판을 보여 주고 싶다고 잔네스키 가족에게 말했다. 내 동생이 살아 있을 때 하던 대로 말이다. 그러고는 내 머리를 스치는 동생의 마지막 말을 따라 하며 곧장 메초 길로 갔다.

"이럴 수가…… 믿을 수 없어……."

아무것도 쓰여 있지 않은 검은색 커버 속 레코드판에는 78곡이 들어 있다. 원래 레코드판에는 금색 라벨이 붙어 있었던 것 같은데 이제는 색이 완전히 바래서 똥색이 되었다. 연도조차 잘 보이지 않는다. 둥근 실선들도 희미해졌고 바늘이 튕겨져 나갈 것 같았다.

내가 죽자 몇 년 전 비안차르디 가족의 소유였던 그 지하실은 소니아에게 넘어갔다. 그녀를 부추긴 건 바로 나였다. "지하실을 팔아서 저축을 해 둬요. 나쁘지 않을 거예요." 두 골목이나 떨어져 있어도 잔네스키 가족에게는 이득이다. 그들은 평생 아무것도 버리지 않고 자질구레한 것들을 모아 쌓아 두는 취미가 있다. 그렇게 그들은 내가 조금만 덜 짐승같이 행동했더라면 멋진 술집이 되었을 그 지하실에 괜찮은 값을 쳐 주었다. 잔네스키 가족은 그들의 유물을 둘 공간을 마련하기 위해 예전 주인의 물건을 마구잡이로 버렸다. 그러나 그 레코드판만은 버리지 않았다. 땅속에 있던 묻혀 있던 암벽을 파서 만든 지하실에 버려 둘 것이었으면서 왜 그걸 따로 챙겼는지는 모를 일이다. 그리고 지난달에 내가 그걸 다시 발견한 것이다.

웃음소리. 레코드판에는 양쪽 다 웃음소리만 녹음되어 있었다. 처음에는 미칠 노릇이었다. 궁금했다. '뭐가 이렇게 즐겁지? 왜 그러는 걸까?' 그러면서 멈출 수 없었다. 안졸리노의 레코드플레이어는 금으로 장식되어 있고 쉬익쉬익 소리가 나긴 하지만 새것처럼 잘 작동했다. 웃음소리. 바다의 파도 소리 같다. 처음에는 거의 들리지 않을 정도로 작은 코웃음 소리였는데 갑자기 기운이 폭발하더니 급기야 누군가는 포복절도를 한다. 누가 시켜서 나오는 것이 아닌 진짜 웃음이다. 가짜 웃음이었다면 티가 났을 것이다. 무릎을 탁 치는 소리도 들리고, 오줌을 쌀 것처럼 발을 동동 구르는 사람도 있다. 다시 웃음을 터트릴 준비를 하면서 모두가 조용해졌다.

잔카를로가 레 카세에 왔을 때 그에게 자질구레한 잡동사니와 벽난로에서 꺼낸 그림을 보여 주었다. 일요일 하루 동안 화가가 되어 보는 이 지역의 농부들이 그린 그림이다. 그리고 마지막으로 레코드판을 보여 주었다. 그는 아무런 기대 없이 처음 보는 잡동사니들을 훑어 보았다. 그리고 내가 78곡이 담긴 레코드판을 꺼내자 그가 뱀처럼 눈을 가늘게 떴다. "이 보물은 뭐죠?" 손부터 가져다 대며 말했다.

나를 위기로 몰아세운 사람은 소니아도 아니고 교대 근무를 하며 함께 자란 사람들도 아닌 잔카를로였다. 아미아타 출신의 그 사업가는 어딘가 달라진 안졸리노와 마주했다. 고전 서적이나 골동품에 관해 갈팡질팡하며 제대로 설명하지 못하는 안졸리노였다. 어느 날 그가 내게 말했다. "아직도 슬픔이 마음을 짓누르는 모양이군요. 머릿속이 정리되지 않았나 봐요. 당신이 더 잘 알겠지만, 이럴 땐 실수도 하고 그런 거죠. 돈 걱정은 잠시 내려놓고 휴식을 좀 취하세요." 루이지 필리포 안락의자는 유명해서 잘 알고 있었고, 레 카세에는 다락방에 그 안락의자가 없는 집이 없었다. 핑크색 대리석으로 만든 세면대는 고장 난 세탁기와 환자들 엉덩이에 짓눌려 망가진 매트리스와 함께 쓰레기장에 갖다 버려야 할 물건이라 생각했다.

난 이 레코드판을 어느 가족에게서 구입했다고 말했다. 누구인지는 말하지 않았다. 매물로 나온 게 아니었기 때문이다. 동생의 마지막 말을 되짚어 보며 말했다. "값어치가 꽤 나간다는 건 알아요. 그런데 이 물건의 의미를 모르겠어요. 어디선가 읽은 기억이 있지만 생각나질 않네요."

잔카를로가 들려 달라고 요청했다. 그는 레코드판을 조심스레 다루는 나를 쳐다보았다. 레코드판이 돌아가기 시작하자 그는 눈을 감았다. 처음에는 웅얼거리는 소리가 나다가 기침 소리가 난다. 이제 다 외우고 있었다. 그러고는 방금 말한 대로 코웃음 소리가 나온다. 첫 번째 폭소가 터지기 직전이다. 그가 말했다. "놀랍군요." 새들이 지저귀는 소리를 듣는 것 같았다.

극장에 사람들을 모아 놓고 만든 것이다. 무대에서 마임 공연을 펼치고 관객들의 목소리를 녹음했다. 식탁에 수프라도 하나 올리려고 허리가 부서져라 밤낮으로 일해도 가난에 시달리는 가엾은 사람들에게 그 레코드판을 팔았다. 자기 전 가난한 사람들은 L자형 손잡이가 달린 축음기를 가지고 난로 앞에 둘러 앉아 그들보다 형편이 나은 사람들의 웃음소리를 들었다.

이런 말을 했을 때 잔카를로는 악령이 씐 것 같았다. "생각해 보세요, 이 사람들은 모두 죽었어요……. 이 음반은 세 개, 기껏해야 다섯 개 정도가 남아 있을 거예요. 전 세계에 말이죠. 섬뜩한 것에 집착하는 수집광들은 알고 있어요. 그들은 이 물건을 구할 수 있다면 부모도 팔 인간들이에요. 솔깃해할 만한 금액을 제안하죠." 그때부터 그는 나의 환심을 사려고 애썼다. 마지막에 그의 눈빛이 이상해졌다. 백 년 전에 누에게게 잡아먹힌 그 부유한 사람들의 웃음소리를 얻기 위해서라면 바지라도 벗을 기세였다.

난 그의 말을 듣기만 했다. 그는 나보다 더 벌벌 떨었다. 가구 뒤에서 코를 쿵쿵대는, 실오라기처럼 가는 다리에 몸통이 투명한 짐승을 보고 머리카락이 곤두설 정도로 소름이 끼치지만 눈을 떼지 못하는 딱 그런 상황이었다. 난 물건 몇 개를 가져왔고 책을 펼쳐 트럭 불빛에 비춰보았다……. 이틀 전 또 뭔가를 발견했다.

방과 거실 사이의 타일이 움직인다. 난 이미 알고 있었다. 그쪽을 지나갈 때 **톡톡** 소리가 들렸다. 엊그제 그곳을 살펴보려고 몸을 숙였다. 그리고 그 도자기 조각을 손에 넣었다.

가장 먼저 생각난 것은 가엾은 우리 아빠의 말이었다. "레 카세의 아파트에는 눈과 귀가 달렸단다. 그냥 하는 말이 아니야." 어렸을 때 난 아빠의 이 말에 상상력을 동원했다. 각 집의 모든 방들이 끊임없이 이어져 있는 마을을 상상했다. 레 카세는 결과적으로 단 하나의 집이었다. 그 안에서는 교회와 탑은 물론이고 모든 집이 돌과 타일로 된 통로로 연결된다. 이게 정말이라면 한밤중에 페라리의 집 옷장에서 나타나 한 시간 정도 털이 없는 그녀의 그곳을 핥고 싶다.

안졸리노는 자식 된 도리를 한 적은 없지만 그래도 부모님은 그를 끔찍이 생각했다. 아빠는 늘 우리에게 이런 말을 하곤 했다. "너희는 나를 두 배로 고생시키려고 둘이 한꺼번에 태어난 거야." 살길을 찾기 위해 부모님에게서 물려받은 멋진 집을 분리해서 아래층을 팔기로 했다. 1950년대의 일이었고 전쟁이 끝난 뒤 도로가 복구되고 마렘마 평야는 새로이 단장되었다. 소박하게 새로운 삶을 시작하려는 사람에게는 비옥한 터전이었다. 예를 들면, 마타피리는 지하실에서 디저트를 만들어 팔기 시작했다. 솜씨가 좋아서 주문량이 많았고 나중에는 집 전체를 점포로 만들게 되었다. 그리고 그는 우리 집 아래층을 사들였다. 그의 아내 에세드라와 함께 살기에 충분한 곳이었다. 아빠는 우리의 눈을 똑바로 쳐다보고 돈 봉투를 흔들며 말했다. "가장 먼저 결혼하는 사람에게 이 돈으로 아파트 한 채를 사 주마." 지금 그 집에는 갈수록 미쳐 가는 소니아가 나 없이 홀로 살고 있다.

나는 타일의 벌어진 틈을 들여다보았다. 벽 중간에 튀어나온 코르크 조각이 있었다. 마개 같았다. 그걸 끄집어냈다.

구멍. 방과 거실 사이에는 아래로 난 구멍이 하나 있다. 언제 생긴 건지 모르겠지만 반대편에 보이는 끄트머리는 흰색으로 칠해져 있었다. 반대편 천장의 색깔과 맞추려 했나 보다.

우리 아빠는 무슨 일을 하더라도 동네방네 소문을 내는 사람이 아니었다. 어렸을 때 잠자기 전 들었던 숨겨진 틈새와 비밀스런 벽장에 관한 이야기가 떠올랐고 늦은 시간까지도 눈을 말똥말똥 뜨고 생각했다. "과거 독일군이 기관총을 들고 갑자기 들이닥치던 시절에 요긴하게 쓰인 대피소였단다." 아빠가 말했다. 난 그 순간 구멍 앞에서 아빠의 말을 되새겨 보았다. "레 카세에는 몇 주간 숲속에서 지내다 치료를 받거나 음식을 구하러 온 파르티잔들이 있었단다." 그림 속의 눈동자들이 움직이고 갑자기 벽의 한 면이 열리는 영화 속의 한 장면 같았다. 그 구멍은 벽 반대편에 사는 사람들의 움직임을 감시하는 데 쓰였다. 도움을 주거나 대피하기 위한 것이기도 했다.

협박하던 동생을 죽이고 나서야 뒤늦게 우리 집에도 비밀의 눈이 있다는 것을 알게 되었다. 당시 누구도 모르타르를 바를 생각을 하지 못했다. 부모님은 계단의 입구를 막고 건물을 두 부분으로 분리해 아래층 열쇠를 에세드라의 남편에게 넘겼다. 어렸을 때 이 사실을 알았더라면 바닥에 얼굴을 파묻고 지냈을 것이다.

나는 그런 생각에 잠겨 있었다. 주위에선 죽은 사람의 웃음소리가 들렸다. 그리고 속으로 생각했다. '사랑하는 동생아, 네가 관음증 환자라는 것도 알게 되었구나…….' 잠시 후 나는 바닥에 드러누웠다.

에세드라의 방을 몰래 훔쳐보면서 쾌감을 느꼈다. 난 아래층에서 태어났지만 여덟 살 때 이후로 가 본 적이 없었다. 마치 그 방도 나를 훔쳐보고 있는 듯이 향수 같은 것이 느껴졌다. "이봐, 아킬레. 난 아직 여기 있고 그때를 기억해……." 적막한 가운데 이런 말이 들리는 듯했다. 난 먼지 구덩이 속으로 얼굴을 들이밀었고 다시 고개를 들었을 때 볼에는 모서리에 찍힌 자국이 남았다.

그렇게 나는 미친 사람처럼 엎드려서 고개를 이리저리 돌려가며 새로 발견한 것을 둘러보았다. 갑자기 쿵 하는 소리가 들렸다. 잠시 후, 내 눈에 키아레타의 아들이 지나가는 것이 보였다. 난 순간 벌떡 일어났고 목을 삐었다.

모두 키아레타를 좋아했다. 페라리만큼은 아니었지만 인기가 있었다. 유리 진열장의 장식품 같은 그녀만의 특별한 눈빛이 있다. 흰 살결에 붉은 입술, 눈동자는 회색이었다. 영혼이 없거나 상대방의 영혼을 빼앗아 가는 회색빛의 눈동자. 키아레타는 밤에 침대보를 흔들며 남자를 흥분시키는 그런 망아지 같은 여자가 아니었다. 그녀 역시 레 카세에서 태어났지만 달랐다. 잘 웃지 않았다. 난 그런 모습 때문에 그녀에게 더욱 빠져들었다. 내게는 이미 소니아가 있었지만 키아레타가 외국인과 교제하는 동안은 마음이 썩 좋지 않았다. 프랑스인인지 독일인인지 그랬다……. 그녀의 배 속에 아이가 생겼고 출산을 했다. 그리고 두 사람은 쥐도 새도 모르게 종적을 감추었다. 노후 선물로 그 아이를 에세드라에게 두고 갔다.

나는 지금 바닥에 뚫린 구멍을 통해 그 아이를 보았다. 요즘 이십 일째 레 카세에서 가장 화제를 불러일으키고 있는 아이이다. 사람들은 그에게 악마가 씌었고, 치료를 위해 마을로 돌아왔다고들 떠들어 댄다. 난 그런 소문 따위에는 일절 관심이 없다. 이런 생각이 든다. 만약 사무엘레가 그에게 엄마이자 동시에 아빠였던 할머니의 집에 돌아오지 않았더라면 타일 구멍 사이로는 버려진 아파트의 어둠만 보였을 테고 내가 어렸을 적 지냈던 방은 볼 수 없었겠지. 모든 사람에게는 자정이 되면 맞서 싸워야 할 유령이 있기 마련이다.

첫날 아래층에서 움직임이 느껴지는 것이 뭔가 신기했다. 스위스인 애인이 죽은 뒤에 안졸리노는 이 집 전체를 소유하게 되었고 종종 이렇게 말했다. "다행히도 제게는 에세드라가 있어요. 그녀는 매일 오후 제 방 문을 두드리고 함께 차를 마시며 삼십 분간 이런저런 이야기를 나눠요. 군밤을 까먹기도 해요. 쿵쿵 두드려서 취침 인사를 해요. 난 바닥을, 그녀는 천장을 두드려서요. 이게 바로 그녀가 제 편이 되어 주는 방식이에요."

어느 날 저녁 그 발소리가 들렸고 나는 그게 내가 지금 살고 있는 위층과 분리되기 전 우리가 함께 살던 어린 시절로 돌아간 쌍둥이 동생의 영혼이라 생각했다. 난 쪼그라든 심장을 부여잡고 밤새 잠을 이룰 수 없었다. 그에게 할 말을 준비해 두었다. 이따금씩 바닥에서 그의 머리가 보였다. "사랑하는 동생아, 죽어서도 날 괴롭히고 싶은 거니? 날 자극해 봐. 그래야 내가 다시 널 죽여 지옥의 지옥으로 처넣어 줄 거 아냐. 지금 내가 받고 있는 벌로는 부족하니? 너를 욕되게 하지도 않잖아. 자, 날 봐, 안졸리노. 날 보고 묻는 말에 대답해. 우리 둘 중 누가 진짜 유령이라고 생각하니?"

타일이 분명하게 말하고 있다. 보고 들었다. 이틀 전 구멍에 눈과 귀를 가져다 대다 하마터면 목이 부러질 뻔했다. 눈과 귀를 번갈아 가며 대어 보았다. 아래층에서 놀라운 광경이 펼쳐지고 있었기 때문이다.

문 앞에 사무엘레의 뒷모습이 보였다. 하반신밖에 보이지 않았고 게다가 역광이었다. 오후 2시에 들어온 누군가와 대화를 하고 있었다. 보통 레 카세 사람들은 낮잠을 자는 시각이었다. 난 고개를 돌렸고 목에서 우두둑 소리가 났다. 구멍에 귀를 대고 그들의 대화를 엿들었다. 여자의 목소리였다. "내가 어떻게 살았는지 넌 몰라." 그리고 움직이는 소리가 들렸다. 구멍에 다시 눈을 가져다 댔다. 빛의 방향이 바뀐 듯했고 방 안에는 다른 사람이 있었다. 엘레오노라였다. 병상에 몸져누운 아델라이데를 대신해 마리오가 고용한 그 여자아이다. 마치 매서운 추위가 자기를 삼키기라도 할 듯 그녀는 자신의 몸을 감싸고 웅크리고 있었다. 그녀는 주위를 둘러본다. 떨고 있다. 자꾸만 알아들을 수 없는 말을 중얼거렸다.

사무엘레는 몇 걸음 떨어져 그녀를 바라보았다. 그는 고개를 저었다. 난 구멍에 귀를 가져다 댔다.

"다시 돌아갈 수 없어." 그녀가 애원했다. "이곳에 있게 해 줘. 나를 본 사람은 아무도 없어."

집중해서 이 광경을 지켜보다 보니 목덜미에서 지끈 금 가는 소리가 들렸다. 내 머릿속에서 소리가 땅 하고 울릴 정도여서 아래층에서도 들렸을지 몰라 불안했다. 하지만 그들의 정신은 딴 데 팔려 있었다. 엘레오노라는 팔을 흔들었고 그는 움찔거렸다. 나는 같은 자세로 계속 있다 보니 혈액 순환이 잘 안 되서 심장이 두

개골 중심으로 이동한 듯 피가 관자놀이에서 고동치기 시작했다. 여자아이의 몸이 뻣뻣하게 굳어졌다. 그가 다가가서 그녀를 꼭 잡았다.

난 등을 대고 돌아누웠다. 혈액 순환이 정상으로 돌아오느라 따끔거리는 통증을 느끼며 숨을 가다듬었다. 웃음소리는 진작 멎었고 레코드 플레이어의 바늘은 78트랙의 한가운데에서 헛돌고 있었다. 난 생각했다. '제대로 알아듣지는 못했지만 마리오의 가게에서 일하는 엘레오노라와 사무엘레가 뭔가 은밀한 관계인 건 분명해.'

내 나이도 그렇고 내 처지도 있어서 이런 생각을 하면 안 되겠지만 에세드라의 그 삐뚤어진 손자를 대신해 내가 어여쁜 아이의 요구를 바로 들어주고 싶었다. "날 이곳에 있게 해 줘." 그에게 말했다. 그리고 또 말했다. "다시 돌아갈 수 없어." 나라면 당연히 눈물 범벅된 까만 눈동자의 엘레오노라를 집에 들였을 것이다. 오랫동안 내 몸속에 잠들어 있는 욕망을 깨우기 위해서라도 말이다. 혼자서 풀지도 못한다. 그러면 뇌가 반으로 쪼개지는 것 같고 죽은 쌍둥이 동생의 몸에 손을 대는 것 같은 느낌이 든다. 구역질이 나고 욕구도 싹 사라진다.

그런데 결과적으로 내게 드는 의문은 두 사람의 말다툼과는 상관없는 다른 것이었다. 안졸리노는 아래층을 보았을까? 그랬다면 에세드라가 살던 시절부터였을 것이다. 그때 사무엘레는 불과 태어난 지 이 주가량 된 갓난아기였다. 생각만 해도 소름이 끼친다. 동성애자를 넘어 변태 성욕자라니. 풀밭에서 놀고 있는 아기를 훔쳐보면서 흥분했겠지……. 그때 정신이 번쩍 들었다. 왜 이런 불결한 것까지 봐야 하는지. 핏줄을 죽인 나를 자책하다가도 갑자기 사진 속에서 내가 사라지는 느낌이 들었다. 나는 애초에 태어나지 않았다면 좋았을 내 동생의 행동과 광적인 병을 일상생활에서 똑같이 따라 한다. 그러는 중에 내 심장과 영혼은 계속해서 다신 안을 수 없는 소니아가 있는 곳으로 향한다. 이따금씩 묘지에 들렀다가 장바구니를 들고 길을 올라오는 그녀를 본다. 젊은 시절 느꼈던 전율과 두근거리는 심장을 달래려 바로 옆 골목으로 몸을 숨긴다. 예전과 다른 게 있다면, 그 시절 나는 바로 집으로 달려가 거울을 보며 그녀를 여름밤 댄스파티에 초대하는 연습을 했으리라는 것이다. 반면에 지금은 담벼락에 숨어 있다. 나를 조롱하는 죽은 자들의 목소리가 담긴 레코드판의 쉬익쉬익 소리가 귓가에 울리는 것 같다.

수산나 코키
호텔 주인

친애하는 원수(元帥)님, 먼저 저는 종탑이 아닌 법을 두려워하는 사람이란 걸 분명히 해 두고 싶어요. 확실히 말해 두죠. 존경의 표시를 해야 한다면 중세 사제의 치마보다는 상병 코르시의 것과 같은 제복을 입은 민병대에게 허리 숙여 키스를 하겠어요.

아차, 돈 라우로 신부님 이야기를 하는 건 아니에요. 그도 훌륭한 사람이에요. 불운의 기운이 감돌면 까악 까악 우는 까마귀처럼 나타나긴 하지만요. 최근 예수 고난 주간에 불 위에 냄비라도 올려놓고 나온 사람처럼 황급히 걸어가는 그를 봤어요. 막사에 볼일이 있었나 봐요. 주기도문으로 괜한 시간 낭비를 하지 않고 문제를 일으킨 망나니들을 직접 찾아다니고 있어요. 레 카세는 그렇게 돌아갔기 때문이죠. 수십 년간 아무 일도 없다가 흥미로운 사건이 한꺼번에 폭발해요…… 무엇보다 넨초니 집안의 막내 필리포에게 일어난 일이 그렇죠.

무슨 얘길 듣고 싶으세요. 누구나 다 아는 얘기잖아요. 그가 명청하다는 소문이 파다해요. 그걸 이용해 사리사욕을 채우는 거라고 하는 사람들도 있지만요. 제재소에서 통나무 반쪽도 옮기지 않고 가족에게 얹혀사는 게 그의 삶의 방식일지 모르는 거잖아요. 그는 착한 아이었어요. 산만하지 않고 반짝이는 눈동자에 순수한 미소를 가진 아이였죠. 길에서 저를 만나면 그는 항상 이런 질문을 했어요. "수산나 부인, 벨 솔레에 손님이 많나요? 관광객들을 구경하러 가도 될까요?" 여름이면 아침 식사는 물론이고 점심, 저녁 식사 때 식당 한켠에 그의 자리가 마련되어 있었어요. 필리포는 새로운 사람들을 관찰하는 걸 좋아했어요. 전 그가 바보 같은 질문으로 손님들을 귀찮게 하지 못하도록 코코아를 가져다주었어요. 이런 이야기를 해도 될지 모르겠지만, 어느 날 아침 그는 그의 아버지가 회사의 회계 담당자인 몬테마시 출신 여자와 호텔 계단을 내려오는 것을 봤어요. 정오쯤이었어요. 필리포는 고개를 들고 아버지의 시선을 끌려고 애쓰며 큰 소리로 뭔가를 말하려 했어요. 그 순간 제가 그의 귀를 잡아당기며 말렸죠. "저 사람도 손님이야." 그에게 말했어요. 그는 총명함이 사라진 눈빛으로 저를 쳐다봤어요. 출입구에서 비서의 치마를 슬쩍 매만지며 문을 닫는 그의 아버지를 보았죠. 잠시 후 그는 다시 지나가는 프랑스인들을 구경하기 시작했어요.

친애하는 원수님, 당연한 거잖아요. 저희의 일은 원하는 사람 누구에게나 방을 내주는 거예요. 그 사람들의 사생활을 지켜주면서 말이죠. 호텔 안에서 벌어지는 일에는 아무도 간섭할 자격이 없어요. 정해진 규칙의 선만 잘 지키기만 하면 돼요. 그리고 손님들은 청소비를 포함한 사용료를 지불하면 되고요. 호텔 뒤쪽에는 출입구가 하나 더 있는데, 불안한 시간대에 벨 솔레에 온, 이를

테면 오후에 사람들 눈에 띄는 게 꺼림칙한 사람들에게 적합하지요. 점심시간 이후에 우리 호텔은 만실이 되고 샹들리에가 떨리기 시작해요. 가끔 지진이 일어나기도 하는데 그게 지진이라 생각 못 할 때가 있답니다.

오, 제가 마음만 먹으면 이 동네의 겁 없는 남편들과 경솔한 부인들의 이름을 알파벳순으로 정리해서 불륜 장부를 만들 수도 있어요. 스키 시즌이든 아니든 벨 솔레로 올라가는 뒤섞인 사람들은 특히 오후 4시가 지난 시각에는 버스 정류장에서 이상한 움직임을 보이죠. 불륜 장부는 끝이 없을 거예요. 평범한 사람들은 호텔 방에서 어떤 일이 일어나는지 상상조차 못 할 거예요. 이를테면? 결혼한 지 오래된 사람들은 사이드 테이블 위에 샴페인 한 병을 놓아 달라고 요청하면서 은밀한 약속을 잡아요. 돈을 쓰지 않고 집에서 욕구를 풀 수도 있잖아요? 어디 가서 이런 얘기를 하면 바보 취급 받아요. 사람들은 돈에 벌벌 떨면서도 돈을 쏟아부어 가며 남자는 그곳을 벌떡 일으켜 세우고 여자는 그걸 게걸스럽게 먹어 대요……. 고추 축제가 있던 날 1층에는 남편이, 그 위층에는 아내가 각자의 애인과 함께 와 있던 적도 있었어요. 그러면 우리는 두 배로 일을 해야 하죠. 손님들의 사생활이 최우선이고 서로가 복도에서 마주치는 것을 원치 않으니까요. 나이가 지긋한 게이 남편들과 레즈비언 부인들도 있어요. 딸들이 치비텔라에서 온 애인과 함께 있을 때 옆방에는 그녀들의 엄마가 화려하게 화장을 하고 삼몬타나에서 온 여행객과 함께 있어요. 이럴 때를 두고 피는 못 속인다고 하나 봐요……. 그래서 달력에 표시를 잘 해 둬야 해요. 속옷을 뒤집어 입은 남자의 전화를 받는다면? 예약 리스트를 확인해야 해요. "죄송합니다만, 예약이 꽉 찼네요." 이 말은 곧 이런 의미예요. '이런, 당신 가족 중 누군가가 이미 이곳에 와서 즐기고 있어.' 그는 속뜻을 이해하고 괴로운 듯 끙끙거려요. 가족 중에 자신만 부정 행각을 벌이는 게 아니라는 생각에 안심이 되어서 그런 건 아니에요. 그러고는 다른 날에 예약을 잡죠.

남녀 가릴 것 없이 끝도 없는 불륜이 피어나는 마렘미에서 호텔을 운영한다는 것은 바로 이런 의미예요. 그리고 그들은 11시에 미사를 가요. 지루할 거예요. 그래서 그들은 흐느적거리는 살을 비벼 대기로 해요. 늙는 것이 걸림돌이 되죠. 가끔 구급차를 부를 일이 생기기도 해요. 얼마 즐기지도 못했는데 심장에 무리가 갈 때가 있거든요.

친애하는 원수님, 제가 하고 싶은 말은 비수기에도 우리는 사방에 눈을 달고 있어야 한다는 거예요. 얼마 전 가엾은 필리포의 말을 무시했어요. 제 탓은 아니에요. 어린 영혼이 영원히 잠들길. 나중에야 그걸 깨달았어요.

맞아요, 그는 가끔 스파이처럼 쓱 다가와서 이런 말을 했어요. "수산나 부인, 제가 땅속에 묻혀 있는 보물을 발견했어요. 보물을 은행에 가져가게 되면 저도 호텔에 방 하나를 예약할 거예요. 일 년 내내 있을지도 모르죠." 그가 안쓰럽게 느껴졌어요……. 그의 머릿속은 "손님" 대접을 받고 싶은 생각으로 가득 찼었죠. "반짝반짝 빛나는 보물이에요." 그가 자신만만한 얼굴로 말을 이어 갔어요. "일요일에 꺼낼 거예요. 벨 솔레에서 조금 떨어진 숲속에 있어요. 어딘지는 묻지 마세요! 저도 바보는 아니거든요."

이틀 전 있었던 폭발로 호텔의 유리창이 떨렸어요. 전 속으로 생각했죠. '신호가 여러 번 있더니 결국 레 카세가 크레바스에 잡아먹히는구나.' 구시가지가 아래로 푹 주저앉는 것을 보려고 창가로 갔어요. 하지만 아무런 이상 조짐이 없었죠. 그러다 숲을 바라 봤어요. 검은 연기 기둥이 보였어요.

내가 신문에서 읽은 바로는 사랑을 나누는 젊은 여자의 뒤태 처럼 부채꼴 모양으로 쓰러진 나무들과 구멍 하나만 발견되었다 고 하더군요. 그리고 지글거리며 타 버린 살과 뒤섞인 쇳조각들도 있었어요. 사람들은 찢어진 옷을 보고 그게 가엾은 필리포라는 것 을 알았어요. 천 조각들은 오후 내내 그 주변을 날아다니다 밤나 무 꼭대기에 가서 걸렸고, 먼지와 함께 벨 솔레의 주차장에 떨어 졌어요. 비질을 하면서 그에게 말했어요. "필리포, 가루가 되었구 나. 그 보물이 1943년에 땅속에 묻어 놓은 폭탄이라는 것을 내게 말했어야지." 그에게 자세히 물어봤어야 했는데 내가 어리석었어 요. 그러면 저는 그 자리에서 체포됐겠지요. 이틀째 온몸이 간지 러워요. 죽은 그 아이의 재가 몸에 붙어서 광기가 옮을까 봐 머리 를 다시 감았어요.

모자란 아들을 떠돌이처럼 내버려 두면 이런 일이 생기는 거 예요. 노인들만 득실거리는 세상에서 필리포는 친구가 없었고 그 래서 조금이라도 관심을 가져 주는 우리에게 의지했어요. 한번은 내게 이렇게 말했어요. "아빠는 내가 공장 주변을 돌아다니는 걸 좋아하지 않았어요. 나 같은 바보는 문제를 일으킬 수 있기 때문 이에요. 그래서 온종일 정처 없이 돌아다니게 놔두었고 그게 나를 보호하는 거라 믿었어요. 어찌 됐든 난 불평하지 않아요." 그 결과 가 이것이에요. 시신이 없는 관. 물론 사진 한 장과 머리카락, 타다 만 신발 한 켤레가 들어 있었죠. 전 더 이상 저녁을 먹지 않아요. 그 사고가 있은 후로 모래를 씹어 먹는 느낌이 들고 더는 배가 고 프지 않아요. 전 아직도 그와 이야기해요. 그에게 이렇게 말해요.

"필리포, 먼지가 되어 호텔 주변을 날아다니는 일은 이제 그만두렴. 여기 이 사람들 모두를 피 말려 죽이고 있어……."

　　친애하는 원수님, 마음이 불편해요. 쉬이 잊히지 않아요. 원래 조금 이상한 아이라고 해도 말이에요. 돈 라우로가 역겹게 느껴진 게 바로 이 시점이었어요. 이런 불행 앞에 노인들은 신도석을 채우고 우렁차게 찬송가를 불렀어요. "이 무고한 영혼을 위해 기도합시다." 그가 말했어요. 그때 모두 고개를 숙였죠. 두 시간 전까지도 사람들은 필리포 넨치오니가 길가에 보이면 창문을 쾅 닫곤 했어요. 사람들의 무관심 속에 죽은 그에게 이제는 불쌍하다고 하네요. 딴 데로 고개 돌리지 말고 단 십 분이라도 원 없이 말하게 해 줄 걸 그랬나 봐요. 말하고 싶어 안달 난 필리포에게 잡혀서 오도 가도 못하는 신세가 되고 싶지 않았어요. 그 애는 수다거리가 목 끝까지 차 있었어요. 그건 그동안 대화 상대가 없었기 때문이죠. 그리고 그 아이가 숲을 샅샅이 뒤지며 보물을 찾으러 다니는 것을 보면 놀라지 않을 수 없었어요. 오늘 아침 장례차를 뒤따라오던 음탕한 노인들을 모두 기관총으로 쏴서 날려 버릴 뻔했어요. 친애하는 원수님, 어쨌든 이 시간에 원수님 앞에 있기는 매한가지였겠네요. 하지만 정말 그랬더라면 감옥에서 생을 마감한다는 생각으로 왔겠죠. 그렇지만 십 분 동안 성 바스티아노 성당의 의자를 뜨끈하게 덥히면서 얼굴색 하나 변하지 않는 그 쓰레기 같은 사람들을 조금이라도 이 세상에서 사라지게 했다는 생각에 마음은 한결 가벼웠을 거예요.

　　레 카세에는 육십 년 뒤에나 드러나는 사실들이 있어요. 우리보다 먼저 태어나서 적당한 순간에 우리 앞에서 폭발하기 위해 오랜 시간을 버티죠. 레 카세는 함정이 가득한 곳이고 가장 큰 함정은 그 속에 살고 있는 사람들의 타락한 뇌예요. 친애하는 원수님, 계속 이야기를 하다 보니 원수님께서 중요하게 생각하는 다른 부분을 짚고 넘어가야 할 것 같네요.

넨치오니 가족이 알바니아 피난민들을 제재소에 고용했을 때 사람들의 가증스럽던 얼굴이 아직도 기억나요. 최근 일이에요. 구역질 나는 동네 사람들은 아드리아해를 건너온 사내들이 지나갈 때 팔꿈치로 옆 사람을 툭툭 치곤 했어요. "우리 일자리를 훔치러 왔어." 그들이 말했어요. 마치 이 동네에 힘든 일을 마다하지 않을 젊은 일꾼들이 넘쳐 나기라도 한다는 듯이 말이에요. 마지막 남은 젊은 사람은 이십 년 전에 물려받은 아파트를 버리고 뒤도 안 돌아보고 이곳을 떠났어요. 그사이 부모님이 돌아가셨어요. 하지만 최악은 쌍안경을 들고 테라스에 앉아 있는 여자들이에요. "전쟁에서 살아남은 사람들이 다시 돌아오고 있어요." 가장 차분한 여자가 말했어요. 적응 기간은 한 달이면 충분했고 언제부터인가, 특히 일요일 아침이면 벨 솔레의 객실은 손님들로 꽉꽉 들어찼어요. 성당 종소리가 신자들의 본분을 일깨워 줄 때면 3층 객실은 초토화돼요. 예순 살가량 된 부인들은 처음에는 테라스에서 험담을 하더니 지금은 회춘을 했고 그림자처럼 뒷문으로 드나들어요. 그러고는 몇몇 청년들이 달려들면 쩍쩍 갈라진 뒤꿈치를 공중으로 치켜올리죠. 그들을 험담한 죗값을 아랫도리를 통해 되돌려받죠. 청년들은 이탈리아어를 전혀 못하지만 몸으로 하는 말은 구두점 하나까지도 기가 막히게 잘 알아들어요.

친애하는 원수님, 스트레스를 푸는 것이기도 할 테지만 최근의 사건들로 저는 독을 품게 됐어요. 이곳 주민들은 낯선 사람이 지나가기를 기다려요. 모욕을 주기 위해서죠. 그들은 지나가는 사람 험담을 하면서 자신이 잘난 줄 착각해요. 처음에는 그들에게 동정심이 느껴졌지만 이제는 혐오감만 들 뿐이에요. 호텔을 포함한 모든 것을 경매에 넘길 날이 올 거예요. 그렇게 돈을 마련한 다음 개만도 못한 행동을 하는 사람들이 없는 곳으로 떠날 거예요. 맛없는 먹이를 먹는 개와 같아요. 그들은 서로를 격려해요. 그들이 원하는 것은 레 카세에 없다고 말하죠.

맞아요, 흔적도 없이 사라진 평원의 그 여자아이를 두고 하는 말이에요. 필리포가 노래를 부르던 게 다시 떠오르는군요. 얼마 전까지만 해도 모두가 그 애를 모른 체했고 심지어 그 아이가 구시가지로 올라가는 것만 봐도 말들이 많았죠. 그런데 지금은 손으로 얼굴을 감싸고 구 일간의 기도를 중얼거리는 회개한 사람들 같아요. 말할 필요도 없이, 돈 라우로도 그들을 비웃었어요. 신도가 늘어나는 게 보였지만 믿기지 않았어요. 사라진 어린양의 이야기와 준비한 설교를 늘어놓죠. 그러다 마지막에 헌금 바구니를 돌려요.

친애하는 원수님, 삼 일 전 사라진 그 엘레오노라가 누군지 저는 잘 몰라요. 하지만 사람들이 그녀에 대해 어떻게 지껄여 댔는지는 원수님의 상상에 맡길게요. 늘 그렇듯이 최악의 이야기는 옛 성벽을 넘나드는 독사들의 입에서 나온 거예요. 그런데 이해가 가는 바예요. 엘레오노라는 젊었고 그들은 그렇지 않았으니까요. 알바니아인들 중 가장 인기 있는 사내의 여자 친구였어요. 하지만 벨 솔레 주변에서 그들을 본 적은 없어요. 그래서 분명히 말하는데, 꽃다운 나이라는 죄밖에 없는 그 아이를 어디에 가서 찾아야 하는지 제게 묻는다면 당연히 뒤져야 할 곳은 가난뱅이 넷의 집이 아니라고 대답할 거예요. 넨치오니 씨가 값싼 임금으로 부려 먹고 해가 지면 돌려보내는 그 사내들의 집이 아닌, 질투에 눈이 먼 몇 몇 사람들의 집이나 지하실을 살펴보라고 하겠어요. 그들은 바로 전날 누군가를 험담하고 다음 날 묘지에서 무릎 꿇고 눈물을 흘리는 사람들이에요. 다들 불에 타 버렸으면 좋겠어요. 당장.

그러나 아무것도 하지 않는 게 좋아요. 레 카세가 가르쳐 주는 게 있다면 바로 이것이죠. 사소한 것에 만족하며 살아야 한다는 것. 레 카세는 사람이 살아가면서 갖게 되는 근사한 기대를 없애 버리고 모조리 망가뜨리죠. 열다섯 살에 늘 같은 자리에서 갑갑한 인생을 살아가는 자신을 보게 되죠. 요새를 떠날 방법이나 용기가 없다면 순응하고 구시가지의 성벽을 바라볼 뿐이에요. 예전에 성벽은 세상으로 나아가기 위해 넘어야 할 문이었죠. 지금은 우리를 가두고, 눈을 반짝반짝 빛나게 하는 대신 숨통을 조여 와요. 그러면 우리는 고개를 숙이기 시작하죠. 그리고 스스로에게 말해요. "나보다 못한 사람이 있어." 이것은 돈 라우로가 모두에게 상기시켜야 할 대죄예요. 왜냐하면 그건 핑계에 불과한데, 결국 정말로 그렇다고 믿게 돼. 이 마을에서도 정말로 행복한 삶을 살 수 있다는 생각이 들게 되죠. 엄마는 성모 마리아처럼 내 귀에 못이 박히게 이렇게 말했어요. "수산나, 바람 좀 쐬러 나가렴! 호텔에 집착하지 마. 재산이 뭐 별거니." 하지만 난 엄마 말을 듣지 않았어요. 지금 엄마의 얼굴을 한 성인이 있다면 아침부터 저녁까지 키스를 할 텐데. 되돌려 받을 수 없는 사랑 때문에 스스로를 망치는 건 얼간이나 하는 짓이지만, 그게 바로 제게 일어난 일이에요. 제가 그걸 깨달았을 때는 이미 기차가 떠나고 난 뒤였어요. 플랫폼에서 난 늙어 버렸고 자식을 낳을 수 있는 나이도 어느덧 저 멀리서 손을 흔들며 작별 인사를 하고 있네요. 가엾은 필리포를 죽음으로 이끈 폭탄과 같아요. 다만, 마음속에서 폭발하는 폭탄이죠. 레 카세와 마렘마 전체를 송두리째 없애 버릴. 정말 그러면 얼마나 좋을까요. 허비한 나날이 끝도 없이 마음속에서 아우성치고 잠시 쉴 틈도 주지 않아요. 커피 한잔을 하러 오겠다는 지키지 못할 약속을 했던 어느 농부가 생각나요. 예전에 그가 이렇게 말했어요. "수산나, 내일 결혼합시다." 그러다 어느 화창한 날 말했죠. "우리가 벌써 이렇게 늙었군요. 마을의 웃음거리가 되지 맙시다."

친애하는 원수님, 이게 바로 제 이야기예요. 결국 이곳의 잘못이에요. 레 카세는 나무예요. 그 안에 살고 있는 사람들의 실상은 썩은 과일이죠. 가엾은 필리포는 산산조각이 났어요. 산 바스티아노의 꼭대기는 무관심과 험담을 상징하기 때문이에요. 평원의 아름다운 여자아이의 실종도 같은 결과예요. 이곳 사람들 성격은 이따금씩 지진을 일으키는 괴물과 비슷해요. 그래서 커튼이 움직이고 장식품이 혼자 걸어 다니는 것처럼 보여요. 잠시 동안 기절을 해야 균형을 맞출 수 있어요. 우리의 주인은 우리가 아니라 레 카세라는 것을 말해 주죠. 제때에 이곳을 떠난 사람은 다행이죠. 이 언덕에 내던져진 사람들은 정신이 반쯤 나가요. 아니면 침묵을 찾는 괴물이거나……. 마지막으로 다른 곳에서 온 사람들도 있어요. 친애하는 원수님, 낙오자들처럼 이곳에 들어온 갈 곳 없는 알바니아 사람들을 거두어 주세요. 아니면 끝없는 가을 안개를 헤치고 비테르보에서 온 코르시 상병과 같은 사람들을 거두어 주세요. 어차피 이렇게 말씀하시겠죠. "레 카세에 있을 자격을 갖추려면 죄를 지어야 한다. 끝도 없는 죄를."

조반나 지난네스키 2
노처녀

이른 아침에 일어난 일이다. 난 아침 식사 중이었다. 아빠가
두에 포르테에서 신문을 읽고 돌아온 기척이 들렸다. 가끔 따끈
한 봄볼로네*를 사 올 때도 있다. 복도 끝에서 들린 첫마디는 이랬
다. "세레나, 잠깐 이리 와 봐요." 엄마는 황급히 현관으로 달려갔
고 두 분은 거기에서 작은 목소리로 수군거렸다. 잠시 후 부엌으
로 들어서는 그들을 보았다. 아빠는 재킷과 모자를 벗지도 않고
있었다. 엄마가 뒤따라 들어왔다. 안색이 어두웠다. 두 분은 의자
에 앉았다. 미소를 지으려 애썼지만 냉소가 나왔다. "얘야……."
엄마가 말했고 그 뒤로 말을 잇지 못했다. 침을 삼켰다. 숨을 내쉬
었다. 그리고 다시 뭔가를 말하려 했다. "얘야, 안 좋은 소식이 있
단다……."

나는 보리차에 적신 쿠키를 씹으면서 엄마를 보았다. 엄마가

* 반죽을 튀겨 바닐라 크림을 채워넣은 이탈리아 도넛.

초조해하며 속삭이는 말투로 뭔가를 말하려고 하는 와중에도 난 멈추지 않고 계속 먹고 있었다. "얘야, 무슨 말인지 이해했니?" 난 쿠키를 하나 더 집었다. 보리차에 푹 적셨다. 내 눈은 텔레비전 프로그램을 향해 있었다. 어느 순간부터 엄마는 알아들을 수 없는 외계어를 하기 시작했다.

알프레도가 간밤에 죽었다. 마치 죽을 걸 알고 숨결로 영혼을 내보내려는 듯 입을 약간 벌린 채 발견되었다. 알프레도는 두 번이나 내 심장을 갈기갈기 찢었다. 나는 출발선에서 꼼짝 못하고 150킬로그램이 되었다.

장례식장에도 가지 않았다. 어쩌면 다녀왔는데 기억을 못하는 걸지도 모른다. 그 뒤로도 몇 달간의 일이 거의 기억나지 않았다. 알프레도는 어느 날 저녁 영원히 잠들었다. 나보다 더 뚱뚱하고 바보 같은 웃음소리와 생기 있는 작은 눈을 가진 코케티를 선택한 것에 대한 복수의 기회마저 나에게서 앗아가 버렸다. 사람은 어떻게든 살아간다. 믿었던 내 친구도 이 년 뒤에 결국 임신을 하면서 홀로 나이를 먹었다. 반면에 난 패배했다.

지금 생각하면 괴롭다고 말하는 것조차 의미가 없을지도 모른다. 잠을 자고 일어난 것 같았다. 멍하니 허공을 바라보고 있으면 가끔 뒤섞이기도 하는 두 세계의 중간 지점을 걸어가고 있었다. 알프레도의 죽음은 충격이었고 보이지 않는 손이 내 안에 버티고 있던 한 줄기 빛을 꺼뜨렸다. 입맛이 사라지지는 않았다. 끝도 없이 먹었다. 그리고 혼자서 골목을 돌아다니며 산책을 했다. 매일 다니던 길이 있다. 산책이 끝나면 집에 돌아왔고 엄마는 냅킨에 핑크색 알약을 싸서 간식 접시 옆에 놓아두었다. 저녁에는 자기 전 마지막으로 우유 한 잔과 흰색 알약을 하나 더 먹었다.

너 하나, 나 하나…… 내가 너를 만났을 때, 예쁜 강아지야, 금방 알아차렸어. 너도 똑같이 버림받았다는 걸. 사랑을 주지 못해 부은 젖가슴과 지친 눈빛. 주인 없는 떠돌이 강아지였지. 그리고 넌 나를 알아봤어. 우린 브리간티노 길에서 우물쭈물하며 서로 인사를 주고받았어. 그리고 내가 말했어. "우리 집에 갈래? 따뜻한 걸 줄게. 도움이 될 거야."

너를 보면 누구라도 알았을 거야. 네가 한 번에 한 걸음씩 내딛고 있다는 것을 말이야. 사람들이 그렇게 하라고 하니까. 한 번에 한 걸음. 하지만 지평선에는 결승선의 그림자조차 보이지 않아. 그저 하늘과 땅이 거대한 검은색 불꽃으로 뒤엉기는 곳에 흐릿한 선 하나가 있을 뿐이지. 너의 눈에서 내 부모님의 근심이 느껴졌어. 너도 노력한 흔적이 보여. 새로 생긴 주름, 강렬한 빨간색 매니큐어를 칠한 손톱. 평소와 다름없는 평일 오후인데도 차려입은 옷.

기억나니? 우린 저녁 식사 시간까지 수다를 떨었잖아, 강아지야. 온 집 안이 우리 차지였지. 아빠는 교대 근무를 하러 나가셨고 엄마는 평소처럼 나르디니의 양복점에 쇄도하는 주문을 받아 일을 하고 있었어. 그날이 화요일이었을 거야. "죽고 싶어." 네가 말했어. 그리고 이렇게 말했지. "알프레도가 죽고 나서 모든 게 끝났어." 하지만 울지 않았어. 단호하고 확고한 눈빛으로 탁자를 쳐다보았어. 아빠가 피옴비노의 용광로에 출근하려고 작은 가방을 어깨에 멜 때의 눈빛이었어. 그 순간 난 차 한 잔을 더 가지러 가려고 일어났어. 불에 올려놓은 차가 부글부글 끓고 있었지. 김이 나는 두 번째 찻잔을 네게 주는 대신 네 머리에 바로 부어버렸지.

넌 부르르 떨기만 했어. 뒤에서 너의 등을 짓이기며 들러붙은 머리카락을 보았어. 그리고 넌 발가락 하나 까딱하지 않았어. 내가 옆쪽으로 가서 보니 너는 입을 떡 벌리고 있었어. 아무런 소리도 내지 않았어. 소리 없는 아우성이었던 거야. 넌 나를 쳐다보았지, 적절한 반응이었어. 얼굴의 피부가 순식간에 보랏빛으로 변했어. 그러다 넌 고통을 이기지 못하고 기절했어.

이제 넌 네 이름도 기억 못 하겠지, 강아지야. 넌 여기 있는 목줄에 묶여서 영원히 어둠 속에 살 거야. 넌 가짜 같은 털을 가지고 있어. 네 몸길이의 두 배가 될 정도로 길지. 넌 사십 년째 일어서지 않아. 어느덧 네 무릎은 그렇게 굳어졌어. 피부가 투명한 메뚜기라고 착각할 정도야. 두 귀는 뜨거운 물을 뒤집어쓴 뒤에 오그라들었고 시간이 지날수록 매듭을 묶어 놓은 풍선 주둥이처럼 변했어. 두 눈도 마찬가지야. 나이 탓이야. 넌 말없이 목구멍소리를 내며 말했어. 밤이면 내가 오는 소리를 들었고 짐승처럼 쉭쉭 소리를 내기 시작했지. 기대하지 않았던 간식을 얻으려고 그렇게.

그날 바닥에 있는 너를 보고 있었어. 난 물이 뚝뚝 떨어지는 주전자를 손에 들고 거기 있었지. 그러다 이런 소리가 들렸어 "무슨 일이야? 뭘 쏟은 거야? 저기 걸레가 있어."

엄마였어. 난 정신이 팔려서 엄마가 들어오는 소리도 듣지 못했어. 엄마가 부엌으로 들어올 때까지 난 대답하지 않았어. "말하지 않기로 작정했니?" 엄마가 농담 섞인 어조로 말했지. 그러고는 의자 위에 핸드백이 있는 것을 보았어. 엄마가 다가왔어. 바닥에 있는 널 보고 얼굴이 하얗게 질렸지. "애야, 무슨 짓을 한 거니?" 손으로 입을 가린 채 엄마가 말했어.

뭘 하고 있긴. 너를 죽이고 있었지. 내가 살면, 너도 나와 함께 살아야 해. 립스틱을 바르고 교회 꼭대기에서 뛰어내리는 건

너무 쉽잖아. 넌 잘 모르겠지만 이 모든 것이 너의 자궁에서 시작되었어. 그때가 내 타락의 시발점이었어. 흥분한 살기니 의사가 너의 배 속에 새끼를 만들어 낸 그날부터. 한순간에 너희는 새 생명을 잉태했어. 다른 사람의 인생을 망가뜨리면서 말이야. 내 인생. 크리스마스가 다가오고 있었고 알프레도가 죽은 지 석 달도 채 지나지 않았었지. 난 벌써 10킬로그램이나 늘었어.

넌 내가 느낀 것을 똑같이 느끼는 유일한 사람이었어. 네 눈을 보면 알아, 강아지야, 말로는 그 눈먼 검은 그림자를 설명할 수 없어. 나만 그런 고통에서 살 순 없었어. 난 두 세계 사이에서 불안하게 살았어. 그러다 어느 순간 깨달았어. 만약 내가 너와 고통을 나누면 적어도 다른 사람들 눈에는 내가 정상인 것처럼 보이리라는 것을. 네가 살아 있어야 했어.

네가 움직이기 시작했을 때 난 무서웠어. 화상으로 한쪽 눈이 반쯤 녹아내렸고 얼굴 살이 부글부글 끓기 시작했어. "이제 전 감옥에 갈 거예요." 내가 말했어. 엄마가 고개를 저었어. "바보 같은 소리 마." 그러고는 쉽지 않은 결단력을 보이며 탁자 주위를 돌아갔어. 내 손에서 주전자를 빼앗아 너의 이마를 한 대 때렸지. 넌 천사처럼 잠들었어.

가끔 몰래 계단을 내려와서 내가 어렸을 때 들은 단테 할아버지 이야기를 네게 해 주었어. 할아버지는 덤불 속에서 전쟁을 버텼지만 어느 날 매복해 있던 독일군의 총에 맞았어. 총알은 그의 무릎 바로 위쪽을 뚫고 들어가 다리뼈를 산산조각 냈어. 단테 할아버지의 온몸에 파편이 박혔어. 그를 부축하려고 하면 고통을 못 이겨 기절했어. 그러던 어느 날 밤 사람들은 바로 이곳 레 카세의 암벽에 파 놓은 은신처로 그를 데려왔어. 이 마을은 비밀의 방으로 가득하다고 엄마가 말했어. 미군이 들어온 후에 대부분 폐쇄되기는 했지만. 노인들은 틈만 나면 아직도 그 얘기를 해. "조심해! 마음만 먹으면 단숨에 벽을 허물 수 있어!" 벽 뒤에 이탈리아 사회 공화국*과 싸울 때 사용했던 권총과 소총이 보관된 벽장이 있어.

레 카세에는 잊힌 보물이 가득하다고 엄마가 말했어. 부상당한 파르티잔들이 지내던 곳에 지금은 어떤 가족이 평생 동안 모은 황금 냄비가 있어. 그런데 그 가족은 몇 년 지나지 않아 사라졌고 유산을 남길 자손도 없었나 봐. 건물들은 아무 쓸모가 없어졌어. 반면에 벽 안쪽에는 시간이 지나면서 돌과 한 몸이 된 한 줌의 보물이 숨겨져 있어.

우리 벽 안쪽에는 네가 있어, 강아지야. 하지만 부엌 바닥의 석판 아래로 연결되는 열두 개의 가파른 계단을 내려가야 하지. 석판 위에는 타일이 깔려 있어서 뚜껑 문이 닫혀 있으면 어느 누구도 거기에 비밀의 구덩이가 숨겨져 있다는 생각을 하지 못해. 바로 여기가 단테 할아버지께서 스물네 살의 나이에 총으로 자살하기 전까지 마지막 전쟁을 치르던 곳이야. 그는 군대가 독일군이 세운 몬테 알토의 관제탑을 폭파했는지 계속해서 물었어. "그들이 안테나를 날려 버렸어?" 그가 말했어. 그러는 동안 상처에서 피가 났고 살은 썩어 들어갔어. 그러던 어느 날 아침, 밀고자가 있었고 여덟 명의 경찰이 집으로 들이닥쳤어. 엄마는 겨우 여섯 살이었지만 아직도 어제 일처럼 생생히 기억해. 파시스트들은 주위를 살펴보지도 않고 바로 은신처가 어디 있는지 물었어. 암브라

---

* 1943년 제2차 세계 대전 중에 이탈리아가 패배하면서 무솔리니가 세운 이탈리아 망명 정부.

할머니는 거센 압박에도 불구하고 눈물을 흘리며 끝까지 부인했어. 파시스트들이 온 집 안을 샅샅이 뒤질 거라는 생각이 들자 할머니는 탁자 옆으로 가서 발꿈치로 바닥을 두 번 툭툭 쳐서 신호를 보냈어. 그러다 한 대 맞고 바닥에 쓰러졌어. 그리고 경찰들은 할머니와 엄마를 데리고 갔어.

강아지야, 개만도 못한 파시스트들이 몰랐던 것은 단테 할아버지가 비상시에 사용하려고 장비를 챙겨왔다는 사실이야. 폭탄 세 개와 15발 권총이었어. 첫 번째 대원이 뚜껑을 열자 즉시 그의 머리에 총알을 한 발을 쐈어. 그리고 비명 소리가 들렸어. "날 생포하지 못할 거야!" 이어서 수류탄이 구멍에서 나와 탁자 아래로 굴러갔어. 수류탄이 터지면서 부엌은 쑥대밭이 되었고 그곳에 남아 있던 악랄한 군인들도 산산조각이 났어.

얼마 후, 단테 할아버지의 저항은 신문에도 실렸어. 엄마는 기사를 오려서 간직했고 가끔 용기가 필요할 때면 다시 꺼내 읽기도 했어. 하루 종일 이 굴 속에서 성치 않은 다리로 독일군을 격파한 아버지의 마지막 투쟁을 읽는 거지. 그를 굴 밖으로 끌어내려는 시도는 불가능했어. 그 가리발디 옹호자는 또 다른 수류탄의 고리를 뽑을 준비를 하고 있었어. 또는 무기가 있다는 걸 보여 주려고 권총을 발사했어. "같이 죽자!" 그가 마지막 총알을 발사하기 전에 소리쳤어. 그리고 끝을 냈어. 경찰들은 그가 자살했다는 걸 잘 알고 있었어. 그들은 마음대로 병력을 소환해서 오랫동안 마을을 포위했어. 시간이 지나고 군인들은 집 안으로 들어가서 사건을 마무리하라는 명령을 이행하지 않았고 체포되었어. 집 안에 들어가느니 탈영병이 되는 게 더 나았으니까. 뒤엉킨 머리카락이 아직도 벽에 붙어서 흘러내리고 있었어. 중대원들은 다른 주둔지를 무방비 상태로 두고 골목으로 몰려들었어. 소문이 퍼져 숲속의 파르티잔들 귀에도 들어갔지. 저녁 6시에 폭발이 한 번 있었고 그 소리가 산 정상까지 울려 퍼졌어. 단테 할아버지는 이미 숨을 거둔 뒤였고 몬테 알토의 안테나에서는 검은 연기가 피어올랐어.

이 마을에는 많은 일이 있었어. 비록 이가 다 빠지고 피부 사이로 두개골을 훤히 드러낸 채 네가 지금 살고 있는 이곳을 포함해서 말이야. 사십 년 전 어느 날 내가 네 머리에 끓는 물을 부었지, 강아지야. 그리고 엄마가 네 이마를 주전자로 세게 때려서 기절시켰어. 그러고는 즉시, 단테 할아버지가 아직 어렸던 1800년대에 만들어진 이 동굴을 열고 탁자를 엉덩이로 밀어서 옮겼어.

처음에 넌 무척 발버둥쳤지. 아빠가 교대 근무를 나갈 때까지 기다려야 했어. 그제야 우리는 네게 물과 남은 음식 한 접시를 가져다주러 내려갔지. "그런데 넌 숨어 있었어." 네게 물릴 것을 감수하고 힘겹게 입마개를 빼면서 내가 말했지. 넌 사이렌 같은 비명을 질렀고, 뚜껑 문을 닫으며 영원히 가둬 둘 거라고 협박을 해도 소용없었어. 넌 밥을 먹으려 하지 않아서 내가 억지로 먹였지. 잠시 후 음식을 모두 토했고 온몸에 다 묻혔어. 굴속은 겨울에는 따뜻하고 여름에는 시원하기 때문에 엄마가 네 털을 다 잘라 내려고 양동이와 솔을 준비했어. 그런데 심술궂게도 넌 대야에서 뛰쳐나왔어. 넌 앙상하게 말라 갔지. "자포자기하기로 작정한 모양이구나." 어느 날 오후, 젖은 천으로 네 몸을 닦아 주면서 엄마가 말했어. 그때 넌 초점 잃은 눈빛으로 평소처럼 한마디도 하지 않고 가만있었지. "진짜로 죽은 척을 해 봐." 내가 네 귀에 속삭였어. "뭐가 그렇게 어려워? 톨로메이 건물에서 뛰어내렸다고 생각해, 지금 이곳은 지옥이야. 어쨌든 응석은 받아 줄게." 넌 그저 나를 처다볼 뿐이었어. 수건을 대야에 놓아두고 계속해서 물이 뚝뚝 떨어지는 얼굴에 묻은 거품들을 닦아 냈어.

넌 원래도 제정신이 아니었지만 매일 어두운 굴에 갇혀 지내다 보니 상태가 훨씬 더 심해졌지. 이런 이상한 행동을 했어. 볼 때마다 아기가 되어 있었지. 말을 다시 찾았지만 한 달이 지나자 넌 네가 아들을 낳은 것도 기억하지 못했어. 끝없이 에밀리오에 대해 말했어. 그는 늘 콧수염을 깔끔하게 정돈했고 넌 그를 무척 좋아했어. 하지만 그에게 말 한마디 붙여 볼 용기가 없었지. 나도 시도해 보려 했지만 젊은 여자와 함께 있는 살기니의 모습이 상상이 되지 않았어. 그렇게 이십 년이 지나 너를 다시 만났어. 넌 발피아나의 어느 벽돌공과의 은밀한 관계에 대해 이야기하곤 했어. 그는 멍청했고 일하다가 다치긴 했지만 매끈한 손을 가진 사람이었다고 했지.

엄마는 널 죽이고 싶어 했어. 너를 갈기갈기 찢어 매번 조금씩 집 밖에 버리려고 했어. "아빠가 알기라도 하는 날에는 어쩌지?" 엄마가 말했어. 난 매번 엄마에게 내 사정을 설명해야 했어. 네가 없으면 나도 금방 잿빛이 되고 말 거야. "그녀가 살아야, 저도 살아요." 난 고집을 부렸어. 그리고 넌 어느새 갓난아기가 되었어. 뚜껑 문이 열리는 소리가 들리면 일찌감치 내게 꼬리를 흔들기 시작해. 넌 말을 잃고 퇴화했어. 말하는 법을 잊어 버렸어. "그런 척하는 거야." 엄마가 말했어. 하지만 전구 불빛에 비친 네 눈을 보았어. 작은 것에 감사하는 헌신적인 강아지의 눈이었어. 바로 지금처럼.

저녁에 식탁에 앉아서 아빠가 하는 소리를 들으니 재밌기도 했어. "가끔 불행은 끝이 없어. 살기니를 봐. 아들이 실종되더니,

이제는 아내마저도 흔적 없이 사라졌잖아……." 사람들은 심지어 옴브로네의 침대까지 들춰 봤어. 신문에는 이십 년 전의 네 사진이 떠돌아다녔어. 마을에는 온통 그 얘기뿐이야.

사십 년이 지났고 오늘은 마치 그때로 돌아간 기분이야. 내가 너를 이곳에 가뒀던 당시의 내 나이의 어떤 여자아이가 사라졌어. 그때도 난 늘 하던 놀이를 하고 있었어. 네가 되어 보는 상상을 했고 그러면 위안이 되었지. 우리는 같은 상처를 가졌잖아. 피를 나눈 쌍둥이처럼 말이야. 넌 고통에서 벗어나면서 사람들 눈에서 사라졌어. 나도 같이 사라졌고. 구덩이에 대한 이야기를 들을 때도 재밌었어. "크레바스에 떨어져 죽었나 봐." 사람들 사이에서 이런 말이 오갔어.

아빠는 1983년 1월 6일, 주현절에 돌아가셨어. 기억나? 그날 아침 엄마와 난 11시에 산 바스티아노에서 미사를 보고 있었어. 집에 돌아오자마자 어딘가 모를 이상한 적막이 느껴졌어. 사람이 죽은 집의 적막은 보통의 적막과 달라. "가스파레, 집에 있어요?" 엄마는 코트를 걸고 말했어. 그녀는 복도 끝을 바라보며 가만히 기다렸어. "가스파레?" 난 어깨를 으쓱했어. "두에 포르테까지 산책을 나갔을 거예요." 내가 말했어. 하지만 정말 그렇게 생각한 건 아니야. 그 순간 부엌에 텔레비전이 켜져 있다는 것을 알았어. 소리를 듣고 안 건 아니야. 소리는 거의 들리지 않았어. 텔레비전 화면의 빛이 바뀌는 게 언뜻 보였어.

엄마가 앞장섰고 이미 낮빛은 어두웠어. "가스파레?" 계속 불렀지만 거의 속삭임이나 다름없었어. 마침내 우린 부엌 입구에 들어섰어. 들어가려는 순간 엄마의 비명 소리에 나는 멈춰 섰어. "가스파레!"

너 바닥에 있었어, 강아지야. 한낮의 햇빛에 비친 네 모습은 꿈속에나 나올 법한 짐승 같았지. 하얗고 믿을 수 없을 정도로 야윈 짐승. 지금처럼 한껏 웅크리고 걸었어. 텔레비전에서는 만화 영화가 나오고 있었고 넌 집중해서 그걸 보고 있었어. 엄마의 비명 소리에도 꿈쩍하지 않고 말이야. 털을 바닥에 늘어뜨리고 개구리 자세로 앉아 있던 너의 눈빛은 몽유병자 같았어. 쇠로 된 목줄은 고리가 망가져 달랑달랑하며 어깨에 걸쳐져 있었지. 넌 심지어 오줌도 쌌어.

방 안에 의자가 뒤집어져 있다는 건 좋지 않은 신호였어. 아빠는 싱크대 문에 등을 대고 맞은편 바닥에 앉아 있었어. 아빠의 얼굴을 보고 난 겁에 질렸어. 동그랗게 뜨고 있는 그의 눈이 정상이 아니었어. 입도 그랬고. 소리를 지르다 턱이 빠진 사람 같았어. 손은 갈고리처럼 반쯤 오므리고 있었어. 아빠도 오줌을 쌌더라고.

심장이 버티지 못했다고 살기니가 말했어. "우선 육중한 체격이 문제였다는 말씀을 드려야겠네요. 그런데 마지막 검사 결과는 괜찮았어요…… 병원에서 제가 그에게 처방해 준 혈압 약은 먹고 있었죠?"

그런데 진실은 오직 나와 엄마만 알고 있었고 그걸 생각하면 온몸에 소름이 끼쳐 머리카락이 다 뽑힐 것 같았어. 허전하지 않게 텔레비전을 작게 틀어 놓고 커피 잔과 신문이 놓인 부엌 식탁에 앉아 있는 아빠를 상상했어. 평소와 다를 바 없었지. 그러다 갑자기 바닥면이 뒤집어지면서 뼈만 앙상하게 남은 벌거숭이 짐승이 보기 흉한 모습으로 나타난 거야. 숨소리와 으르렁거리는 소리로 말하는 짐승이었어. 아빠는 그 몰골을 차마 쳐다보지 못했어. 그 충격에 의자가 벌러덩 넘어갔어. 그리고 심장이 멈췄지. 그날 아침 그는 괴물이 땅에서 솟아날 거란 생각은 꿈에도 하지 못했을 거야.

"가엾은 가스파레." 처음에 엄마는 자신을 탓했어. "아빠는 거기가 지옥 입구라고 생각했을 거야······." 처음에 엄마는 나의 이런 짓을 이해하지 못했지만, 1983년 1월 6일 이후로 단테 할아버지가 숨어 있던 굴속에 너를 가두는 걸 즐기기 시작했어. 늘 전쟁 같았고 내가 집을 비우는 날이면 난 엄마에게 너를 봐달라고 부탁했어. 그런데 계단을 내려가면 네가 구석에서 울면서 떨고 있었어. 겁을 먹고 다가오지 못하는 널 쿠키로 유혹하지. 네가 전구 불빛을 향해 고개를 들면 멍이 든 상처가 보여. 그걸 보면 난 정신 나간 사람처럼 화가 치밀어. 엄마가 나몰래 널 손찌검하는 짓을 그만둬야 할 텐데. 개똥지빠귀 같은 심장을 가진 아빠가 평소에 부리스토를 적게 먹었어야 했어. 부엌 타일이 갑자기 뒤집어져 심장이 터져 버리기 전에 말이야.

너 하나, 나 하나······. 오늘 이 말은 너를 무척 사랑한다는 뜻이야, 강아지야. 처음에는 혼자 고통받는 게 싫어서 너를 가뒀어. 그런데 시간이 갈수록 사람은 무엇이든 견뎌 낼 수 있다는 것을 네가 가르쳐줬어. 넌 영원히 나를 망쳐 버린 알프레도와 가장 친밀한 사람이었어. 그와 관련된 것 중 내가 유일하게 가질 수 있는 게 너였지. 일기장에 모두 신문 스크랩을 해 두었어. 첫 번째는 젊은 나이에 세상을 떠난 내 사랑에 관한 거야. 그다음은 실종된 그의 부모님에 관한 것이지. 생각날 때마다 꺼내 보다 보니 이제는 가족 앨범처럼 느껴질 정도야.

이유는 모르겠지만 얼마 전 실종된 여자아이의 신문 기사도 따로 모아 두기 시작했어. 노스탤지어인가 봐······. 그런데 평원의 엘레오노라를 생각하면 봄이 온 것처럼 피가 돌고 온몸에 기운이 생겨. 한 시간 내내 머릿속으로 잔인한 상상을 하면서 신문 기사를 연구해. 음, 난 늘 공상에 빠져 살았어……. 적어도 심심하지는 않아. 궁금해. "그녀가 어디에 갇혀 있을까?" 엄마는 이 말을 쉴 새 없이 반복했어. "이 마을에는 부숴 버려야 할 벽이 많아." 그래서 다른 구덩이와 동굴, 이중벽으로 된 지하실을 상상해 봤어. 어쩌면 너처럼 그중 한 곳에 엘레오노라가 갇혀 있을지도 몰라. 영문도 모른 채 고통 속에서 괴로워하고 있을 엘레오노라.

그 아이 사건은 나의 환상에 다시 불을 지폈고 벌써 며칠째 내 머릿속은 어떤 생각으로 소용돌이치고 있어. 마을에 떠도는 그라치엘라에 관한 소문을 듣고 떠오른 생각이야. 그라치엘라는 곤두박질 친 불행한 인생을 회복하기 위한 방법을 찾으려고 카드 점을 쳐. 그녀가 과연 내 비밀을 눈치챘는지 시험해 보고 싶어. 오래전부터 내가 애완동물을 키우고 있다는 걸 아는지도 포함해서 말이야. 결국 내가 묻고 싶은 것은 이거야. '사람들의 불운을 그렇게 잘 맞힌다면, 그 아이가 갇혀 있는, 어쩌면 벌써 땅속에 묻혀 있을지도 모르는 그곳을 말해 주지 않고 뭘 망설이는 거지?'

오늘 아침 엄마에게 이렇게 말했을 때 엄마가 쏘아보며 말했어. "그게 무슨 소리야?" 엄마는 버럭 화를 냈어. "다 허튼짓이란 걸 모르니? 누굴 바보로 알아. 그라치엘라는 넉넉한 연금을 받고 있잖니, 우리 돈은 있으나 마나야." 하지만 난 고집을 부렸고, 이미 할 말을 생각해 두었지. "그 밈모에 대해 카드가 뭐라고 말하는지 듣고 싶어요." 자신 없는 목소리로 내가 말했어. "제 머릿속은 온통 그 생각뿐이에요. 저 혼자 갈게요."

난 모두가 알고 있는 그라치엘라에 관한 전설을 하나 알아.

그녀는 마녀야. 그녀는 마르티노가 죽은 뒤 과부 수당을 받아. 마르티노는 늘 일밖에 몰랐고 살아생전에 마을을 잘 돌아다니지 않아서 기억도 가물가물해. 그로세토에 폭격이 일어나 학교의 유리창이 흔들리던 시절, 그라치엘라와 엄마가 초등학교 5학년 때까지 같이 공부했다는 것도 알아.

다시 말해서, 실종된 여자들과 어디선가 쏟아져 나오는 멍청이들 때문에 레 카세는 시끌벅적해. 다들 정신이 번쩍 들었어. 나도 그렇고. 심지어 엄마도. 엄마는 언젠가부터 엄청난 부자가 될 거라고 큰소리를 쳐. 쉴 새 없이 그 얘기만 해. 밈모에게 나를 시집보낼 걱정을 하지 않을 땐 부자가 되는 이야기를 시작해. "엘바섬에 집 한 채를 사고 싶구나." 정말로 쓸데없는 헛소리야. "그러면 바다를 보면서 노년을 보낼 수 있을 텐데." 난 잠자코 듣고만 있어. 그러다 내가 맞장구를 쳐 주지 않으면 역정을 내. "넌 누가 뭐래도 레 카세 사람이구나!"라고 투덜대. "이런 똥구덩이에 사는 모든 사람들처럼 꽉 막혔어. 왜, 하룻밤 사이에 모피를 두른 귀부인이 되는 게 그렇게 역겨워?"

엄마는 쌩하게 방으로 들어갔어. 그렇게 흥분한 모습은 오랜만이었어. "누가 죽기라도 했어요? 아니면 복권 당첨이라도 된 거예요?" 웃어야 할지 비명을 질러야 할지 몰라 이렇게 말했어. 엄마는 대답 대신 날 부엌 탁자로 불러서 종이 한 장을 보여 주었어. "후자야." 엄마가 나직이 말했어. "다른 사람의 복권이지만."

종이를 들여다봐도 도저히 이해가 되지 않았어. 내가 보기엔 그저 농담 같았어. 잠시 후, 난 고개를 들었어. "스트레타 길에 있는 지하실을 샀어요?" 이 분 뒤, 나야말로 거센 폭풍처럼 폭발했어. "정신 나갔어요?" 내가 쉰 소리를 내며 말했어. "방 한 칸 사는

데 그동안 모은 돈을 다 써 버린 거예요? 난 폐경이 온 것 같은데, 엄마의 뇌 속에는 피가 솟구치나 봐요!" 엄마는 내가 울분을 다 토해 낼 때까지 기다렸어. 그러면서 진지하게 나를 지켜보았어. "다 끝났니?" 심장이 쿵쾅거리고 흥분한 상태로 의자에 앉자 이렇게 말했어. 그러고는 이야기 하나를 들려줬어. 이제 자초지종을 설명할게, 예쁜 강아지야. 몇 년 후에 스티치아노까지 이어지는 철도 다리 밑에서 살지 않아도 된다는 사실을 납득시키려 한 것 같아. 아니면 빚 때문에 피오라니와 원치 않는 결혼을 해서 악취가 진동하는 침대 위에서 한평생을 살지 않아도 된다는 걸 알려 주려 했거나.

비안차르디 가족이 있었어. 엄마의 말을 빌리자면, 과묵한 사람들이었어. 그들은 레 카세에서 태어나 살았어. 남편의 이름은 스테파노였는데 사람들은 그를 마놀로라 불렀어. 그가 하는 일 때문에 생긴 별명이야. 손 쓰는 일이라면 못하는 게 거의 없었거든. 전쟁 후에도 그는 공장에 나타나지 않았어. 그는 매번 다른 작업을 할 생각을 하며 아침에 기분 좋게 눈을 떴지. 이를테면 파이프 교체라든가 천장 수리 같은 것 말이야…… "그는 똑같은 기술로 괭이질을 하고 볼트를 풀고 붓질을 해." 엄마가 말했어. "신발과 엔진, 경첩, 크로스바를 수리했어." 언제나 싼 가격에 뒷거래를 했지. 레 카세의 모든 사람들은 전화기 옆에 그의 전화번호를 두었어. 그러다 그 비안차르디 씨가 일을 그만두었어. "1967년 난데없이 일어난 일이지." 엄마는 성모 마리아처럼 아직도 그 일을 기억하고 있어. "복권 당첨 소동이 있고 어느덧 일 년이 지난 시점이었지."

그때 난 어렸지만 그 소동의 전말을 기억하고 있어. 그 소식은 이탈리아 전역의 신문에 실리고 텔레비전에도 나왔어. 레 카세에 33억짜리 열세 자리 숫자를 맞힌 당첨자가 있다고 말이야. 사람들은 눈을 크게 뜨고 샅샅이 훑어보며 아침저녁으로 인사를 나눴어. 그 사이 행운아는 아무 말 없이 자유롭게 돌아다녔어. 그는 몇 달간 아무 일 없는 듯이 살았어. 그러다 얼마 후 사람들이 투덜대기 시작했지. 그가 스타촐리에게 작은 보답이라도 해야 한다는 둥 하면서 말이야. 담배 가게를 하는 스타촐리 덕분에 그가 하루아침에 백만장자가 될 수 있었다고 생각했거든. 하지만 그는 아무런 보답도 하지 않았어. 한 푼도 꺼내지 않았지. 반나절 동안 조심히 행동했어. 어쩌면 당첨금에 서명하러 공증인에게 갔을지도 몰라. "평소처럼 지내는 게 나아." 불만 가득한 사람들이 말했어. "돈이 많으면 생각이 많아지는 법이야." 그리고 그들은 화가 머리 끝까지 났어. 단 한 번의 큰 행운이 마소네 바에서 커피 한 잔 사는 법 없는 누군가의 이마에 키스를 해 주었어. 디보나 살기니 같은 겁쟁이들은 이렇게 주절거리면서 평소처럼 평범한 삶을 살아갔어. "아, 나한테 일어난 일이라면 얼마나 좋을까……." 그러고는 집에 가서 독한 술을 마셨어. 하루하루가 축제 같은 사람의 기분을 따라 느껴 보려고.

일 년 후, 비안차르디 씨는 아침 6시에 더 이상 집 밖으로 나오지 않았어. 순식간에 복권 사건이 재점화되었어. 길에서 마주친 그는 허리와 무릎이 아프다고 했어. "정말이지 햇볕을 좀 쪼여야 할 것 같아, 바다의 햇살 말이야." 모두에게 이렇게 말하곤 했어. "관절과 그동안 일한 세월에 대한 보답을 해야 할 때가 된 것 같아." 그리고 손 관절염 때문에 밤잠을 설쳤어.

하지만 마을 사람들은 많은 것을 기억하고 있어. 그날처럼 선명했어. 행운아는 그였고 그는 더 이상 연장 가방을 어깨에 둘러 메지 않으려고 온갖 핑계를 댔어. 그는 레 카세에서 최대한 집 밖을 나가지 않고 은둔자 같은 삶을 살았어. 자식들은 출가한 지 좀 되었어. 한 아이는 시에나에서 학교를 다니고 또 한 아이는 일찌감치 제 밥벌이를 시작했지. 어려서부터 아이들은 도시의 친척 집에서 지냈기 때문에 이 마을에 대해 잘 몰랐어. 마놀로는 국가에서 연금을 받고 있었지만, 능력껏 알아서 연금을 하나 더 만들었지. 그가 늘 입에 달고 살았던 말이 있다고 엄마가 그랬어. "그 돈은 나중에 늙어서 굶주리지 않도록 따로 모아 둘 거야." 그러고는 황소같이 큰 눈으로 바라보면서 말했어. "잘하고 있는 거지? 사람들은 나중에 돈 걱정 없이 살기 위해 수십 년간 일하지. 약값으로 돈을 날리게 될 때를 대비해서 말이야……." 이제 눈을 가린 여신이 그 대단한 일꾼에게 축복을 담아 또 다른 퇴직금을 선물했어. 레 카세에는 이런 생각을 하는 사람이 꼭 있어. "그럼 나는? 나는 뭐 허리가 휘도록 일 안 했나? 더 하면 더 했지? 게다가 착한 일도 얼마나 많이 했는데……." 그러면서 스트라베키오 술잔을 내려놓지.

강아지야, 들어 봐. 아직도 그 얘기야. 잠시 빛을 보았지만 얼마 안 가 어둠이 다시 빛을 집어삼키고 말았어. 독을 품은 사람들이 있어서 그런지 비안차르디 집안에 안 좋은 일이 일어났어. "아내가 먼저 세상을 떠났어." 엄마가 말했어. 이렇게 말하면서 무척 안타까워했어. "어느 날 갑자기 피가 흥건한 채로 발견되었지 뭐야. 그때가 4월이었고 5월 말에 땅속에 묻혔어." 장례 행렬이 지나가는 동안 마을 사람들은 모자를 벗고 예를 갖췄지만 동시에 이렇게 투덜거렸어. "익숙하지 않은 부유함은 사람을 망가뜨리는 법이지. 마놀로, 벽난로 앞에서 혼자만 그 당첨의 기쁨을 누리도록 해. 아니면 전부 자식들에게 넘기든가. 어리숙해서 한 달 안에 모조리 써 버리고 템페스티처럼 빈털터리가 될 거야."

하지만 비안차르디 씨는 달랐고 부인이 죽은 뒤에 더욱더 자신을 고립시켰어. 일주일 내내 집에만 틀어박혀 있던 적도 있어. 이웃들이 악취를 맡을 때까지. 경찰들이 문을 부수고 들어가 보니 마놀로가 리모컨을 손에 쥐고 파리 떼에 싸여 의자에 앉아 있었어. 적어도 사흘은 지난 것 같다고 말했어. 한여름이었기 때문에 살은 급속도로 부패되고 있었지.

"복권 용지는 벽감 안에 들어 있어." 엄마가 생각났는지 이렇게 말했어. 그리고 치마를 펄럭거리며 집으로 향했지. "비안차르디 가족도 전쟁 중에 파르티잔을 숨겨 주었어. 그래서 그들 집에도 암벽을 파서 만든 비밀 동굴이 있었지." 그러고는 눈빛이 멍해지면서 잠시 말을 잇지 못하다가 나를 보며 말했어. "매매 표지판을 봤을 때 이런 생각이 들었단다. '이건 신의 계시야. 당첨금이 헛되이 방치된 걸 알고 배짱 있는 사람에게 선물한 거야.' 세랄리니 집안 사람들은 그곳에 발걸음 한번 않고 우릴 위해 재산을 고이 보존하고 있던 셈이지."

엄마의 말이 진짜였음 좋겠어, 강아지야. 그렇지 않으면 난 잇몸까지 다 뽑히고 불결함의 극치인 분지 한가운데에 사는 피오라니에게 굴러가게 될 거야. "그의 자식들은 빈 수레를 끌고 마을로 올라올 거야." 보물 생각에 엄마의 눈이 반짝거리기 시작했고 그녀는 이렇게 속삭였어. "그들이 시장에서 와이셔츠를 사는 걸 멀리서 봤어. 이건 돈이 없다는 걸 뜻해. 부모가 횡재를 했다는 사실을 눈치채지 못한 것 같아. 이제 마놀로에게 가서 그 많은 돈을 무덤에 가져가 봤자 소용없다고 말하렴."

지하실을 사들인 후에 그 안에 방치되어 썩고 있는 오래된 물건들을 모두 꺼냈어. 그리고 집을 장식하는 데 쓸 자질구레한 물건을 몇 개 챙겨 두었어. 죽은 사람의 물건을 장식해 놓는 기분이 들긴 했지만 말이야. 그래서 표백제로 세척을 했어. 다른 장식품들은 내리막길에 있는 우리 집 지하실에 두었어. 그냥 버리기에는 아까운 것들이거든. 그리고 안졸리노의 말을 들어 보고 싶기도 했어. 그는 이런 물건들을 감정할 줄 알아. 가끔 박물관에 소장될 정도의 가치가 있는 물건을 찾아서 한 달 생활비를 가뿐하게 벌기도 하지. 그런데 잡동사니들을 훑어보러 왔을 때, 그는 다른 건 보지도 않고 내 손에 20유로짜리 지폐 두 장을 쥐여 주고는 내가 따로 보관해 둔 레코드판만 가지고 돌아갔어. 그 순간 난 속으로 생각했어. '이게 그 보물인가?' 잠시 후 정신 나간 엄마의 낭비벽이 떠올랐어. "차라리 생각 않는 편이 나아." 혼잣말을 했어. 그리고 마리오의 가게에 장을 보러 갔어.

어떻게 한밤중에 이렇게 지독히도 배가 고플 수가 있는지. 정말로 먹을 생각밖에 안 들어! 엄마는 오후 내내 매입한 지하실 벽을 두드려 봐. 이러다 굶어 죽게 될지도 몰라. 벽에 귀를 대고 살살 두드려. 그리고 비어 있는 소리가 나는 곳에 연필로 표시를 해. 비안차르디의 지하실에는 지금 숟가락으로 파 보아야 할 X 표시가 한가득이야. "그렇다고 망치를 쓸 순 없잖아." 내가 물어보면 엄마는 화를 내. "옆에 소니아가 살아, 그녀가 모르게 해야 해. 그리고 생각해 봐, 벽돌을 빼 버리면 그녀의 집 부엌 벽이 뚫리게 되고 아빠에게 일어난 사고가 똑같이 반복될 뿐이야."

정말로 나에 대해 잘 알아맞히는지 보고 싶어서 그라치엘라와 약속을 잡았어. 어쩌면 내가 원하는 답변을 줄지도 몰라. 이 와 중에 밈모 피오라니라는 덫은 엄마가 바라는 대로 내가 떨어졌으 면 하는 곳에서 정확히 두 팔 벌려 나를 기다리고 있어. 정처 없이 떠다니는 보물이 뚝 떨어지기를 기대하는 것 같아. 쿠키 같은 거 지, 나의 강아지야, 굶주린 늑대처럼 으르렁댈 거야. 내가 그 농사 꾼에게 가 버리면 누가 너를 보살피지? 독기 어린 눈으로 너를 쳐 다보고 계단을 내려가 빗자루로 너의 등을 후려치는 엄마가 널 생 각해 줄 것 같아? 엄마는 주체할 수 없이 밀려드는 우울증을 네게 풀려고 할 거야. 그래서 이런 생각이 들었어. 간절히 기도해. 열심 히 기도해, 나의 강아지야. 미치광이가 그토록 바라는 보물이 벽 돌 틈에서 튀어나오게 해 달라고 기도해. 그러지 않으면 내가 분 지로 굴러가는 꼴을 보게 될 거야. 마르케 사람의 밭에서 남 좋은 일이나 하게 될 거야. 넌 자정에 간식도 못 먹게 될 거야. 그 대신 매질만 당하겠지.

아델레 첸티니 4
과부 이사스티아

112호실 서랍장 위에 도자기로 만든 작은 조각상 하나가 있다. 농부 소녀의 형상이다. 자비를 베풀라는 듯이 빈 접시를 내미는 포즈를 취하고 있다. 나는 다이아몬드 귀걸이를 빼서 그 접시 위에 놓는다. 진주 목걸이를 푼다. 그다음엔 가느다란 레이스가 달린 금팔찌를 뺀다. 마지막으로 반지를 뺀다. 모두 조각상 소녀의 접시에 놓아둔다. 화장실로 간다. 욕조에 물을 틀어 놓지만 비누 거품은 넣지 않는다. 엄마는 늘 이렇게 말한다. "비누는 피부를 밀가루 반죽으로 만든단다." 엄마는 부엌에 가서 굵은 소금 한 줌을 가져왔다. 또는 레몬즙 세 컵을 욕조에 넣는다. "……이래야 피부가 금속 조각처럼 단단해져." 엄마가 말했다.

그러나 시간이 세상의 모든 추위를 멈추게 하지는 못했고 나이트가운을 벗자 심장은 뛰는 법을 잊어버린 것 같았다. 거울은 잔인하다. 그래서 쳐다보지 않으려고 재빨리 고개를 숙인다. 아름다웠던 사람은 악랄한 도둑처럼 노년을 살아간다.

이사스티아 대령은 내 몸을 취하지 않았지만 그의 운전기사는 내 몸 구석구석을 탐하기 시작했다. 사랑에 빠진 건 아니었고 그에게 따끔하게 말했다. "마르첼로, 날 유혹하기만 해 봐, 다신 날 못 볼 줄 알아." 그러고는 몸을 허락했고 나의 또 다른 아름다움을 발견했다. 거친 아름다움. 머리를 끄덕이기만 해도 그는 내 발밑에 바짝 엎드렸다. 그는 몸을 쓰기 전에 먼저 손과 눈으로 내 몸을 탐했다. 끝나고 옷을 입고 있을 때, 그는 두 손가락을 내 몸속에 넣었다 뺐다. 그러고는 코와 입가로 가져다 댔다. "대령은 오드 콜로뉴를 사용하던데," 그가 말했다. "난 네 물을 사용해. 성수처럼 하루 종일 지속되거든."

엄마에게는 말하지 않았다. 내 미소에 빠져 헤어 나오지 못하는 이사스티아 대령이 아닌 운전기사와 이런 줄 알면 엄마는 펄쩍 뛸 게 틀림없다. 대령은 날 방으로 데려가는 대신 그리스 이야기를 들려주었다. 그가 아내가 아닌 딸을 키우고 있다는 것을 이제 모르는 사람이 없다. 그는 나의 총명함을 보았고 대부분의 시간을 나를 교육하는 데 할애했다. 그리고 그날이 왔다. 크리스마스가 일주일 앞으로 다가왔다.

그는 나를 서재로 불렀고 난 평소처럼 작업복을 입고 나타났다. "아델레," 그가 말했다. 그가 불안해하고 있다는 걸 금방 알아챘다. 그는 내게 이야기를 꺼내려고 거대한 책상에서 일어났다. 어두운 방 안에 빛이 스며드는 왼쪽 창가로 갔다. 그는 꼿꼿이 서서 뒷짐을 졌다. "내 동생에 대한 소문을 들었을 거요." 그가 말했다. "요구 사항이 있소. 이 안에서 그 이름을 언급하지 말 것. 하인들은 남 말 하는 것을 좋아하오. 그렇게 주인의 고통을 나쁘게 떠들어 대면서 불행의 상처를 치유하잖소."

나는 그의 실루엣을 쳐다보았다. "질문인가요?" 내가 물었다. 벌써부터 심장이 쿵쾅거렸다. "그렇지 않아요. 올해 친척에게서 온 소식은 없었어요……. 이름이 어떻게 되죠?"

그가 숨을 헐떡거렸다. "아델레, 내가 얘기했잖소. 고문을 당하는 한이 있어도 그 이름을 말하는 일은 없을 거요. 차라리 내 그곳을 잘라서 사냥개 밥으로 주는 게 낫소." 그러고는 몸을 홱 돌렸다. "그건 그렇고, 산토에게 듣자 하니 강아지가 태어났다던데, 뭐 아는 게 있소? 건강하오?" 그것 또한 모르는 일이라고 말했다. 그의 시선이 다시 창밖을 향했다. "어찌 됐든, 핏줄이랍시고 돌아다니는 그 훼방꾼을 이용해 신이 나를 벌하려 하는군. 몹쓸 놈. 술집에서 키아라 마리아와 나의 죽음을 위해 축배를 드는 그의 모습이 안 봐도 훤하군. 만약 그 거머리 같은 인간이 마렘마에 한 발짝이라도 넘어오는 날에는 날벼락을 맞을 게야!"

무슨 의도로 이런 말을 하는지 바보도 알 것이다. 하지만 그가 자기 딸의 이름을 입 밖에 냈을 때는 한기가 뼛속까지 뚫고 들어왔다. 단 한 번도 그 이름을 언급한 적이 없었는데 아무렇지 않게 툭 내뱉었다. 그러다 대령이 몸을 홱 돌렸고 나는 놀라 기절할 뻔했다. 그는 창문을 바라보았다. "하녀와 놀아난 아버지 때문에 재산을 날리는 게 말이 되는 소리요?" 난 머리가 떨어져 나갈 정도로 고개를 저으며 아니라고 했다. 이사스티아 대령은 깊은 한숨을 내쉬었다. 피곤한 기색이 역력했다. "기부를 하라면 하겠소, 하지만 그 짐승 같은 인간은 유서에 이의 제기를 할 거요." 그가 투덜거렸다. "뭐든 갈기갈기 찢어 버리고도 남을 인간이야." 그리고 침묵이 흘렀다. 나는 가만히 서 있었다. "방법이 하나 있다고들 해." 그가 말을 이어 갔고 앞으로 걸었다. 그의 발소리가 온 방에 울려 퍼졌다. 마침내 고약한 담배 냄새가 느껴질 만큼 그가 가까이 있었다. 저택에 들어가려는 여자들로 광장이 빼곡했던 첫날로 돌아간 느낌이었다. 나는 긴 꿈에서 깨어나 이런 말을 듣게 되리라 짐작하며 눈을 깜빡였다. "고마워요 아가씨, 결과를 알려 드릴게요." 반면에 대령은 내 손을 잡았다. 그리고 낮은 목소리로 이렇게 말했다. "아델레, 당신과 두 번째 결혼식을 올리는 영광을 내게 주겠소?"

그날 저녁 엄마는 몸이 좋지 않았다. 정신을 놓고 울다가 웃다가를 반복했다. 이번에는 내가 엄마에게 식초를 떠먹였고 몸을 가볍게 두드려 주었다. 엄마가 눈을 떴고 나를 알아보는가 싶더니 또다시 기절했다. 내가 죽었다는 소식을 접한 사람 같았다. 혈색이 돌게 하려고 와인 한 순가락을 떠먹이기도 했다. 여러 번의 기절 끝에 마침내 엄마가 눈을 떴고 다시 기절하는 일은 없었다. 엄마는 나를 뚫어져라 쳐다보았다. 그러고는 입을 열었다. "딸을 낳게 되면 이름은 바르바라로 하자꾸나, 알겠니?"

그 소식은 마지막까지 비밀에 부쳤다. 온 마을에 소문이 퍼지면 대령은 자신의 이복동생이 청부살인업자를 고용해 자신을 죽이려 들까 봐 두려워했다. "주변을 잘 살피시오." 대령이 다시 말을 이어 갔다. 대령은 결혼을 핑계로 감히 나를 건드리지 않았다. "뒤에도 눈을 달고 다녀요. 오늘 당신 주변에 있는 사람들은 앞으로도 함께할 거고, 어느 날 당신 침대로 아침 식사를 가져다 줄 사람들이오. 비렁뱅이들의 피를 타락시키는 데는 어느 날 갑자기 하늘에서 뚝 떨어진 돈만 한 게 없지. 당신이 그들처럼 진흙탕에 빠져 짐승처럼 남이 먹다 남긴 음식을 먹는 꼴을 보려고 그나마 있는 돈까지 잃을 준비가 된 사람들이오."

그래서 난 대령의 소유지로 외출하고 오후에는 책을 보면서 평소와 다름없이 지냈다. 마르첼로가 운전하는 차에 타면 룸 미러에 눈길 한번 주지 않고 가는 길만 뚫어져라 쳐다봤다. 그리고 오후 휴식 시간에는 재빨리 관계를 맺을 수 있도록 최소한의 옷만 벗었다. 마르첼로가 원하는 대로 놔두면 옷을 다 벗어야 한다.

결혼식을 일주일 앞두고 대령이 공식 발표를 했을 때 엄마와 나는 스칼레테 집을 나왔다. 하룻밤 사이에 벌어진 일이다. 우리가 이사스티아 저택에 들어서자 입구에 스텔라와 솔리노를 포함한 하인들이 환영 인사를 하러 나와 있었다. 마르첼로도 있었다. 산토만 보이지 않았다. 가장 먼저 소식을 접한 사람은 집사들이었다. 전날 저녁 부엌방을 정리하고 다음 날 아침 안주인의 방으로 들어갔다. "이 사람의 말이 곧 내 말이오." 온 복도가 쩌렁쩌렁 울리도록 대령이 큰 소리로 말했다. "그녀가 원하는 것이 곧 내가 원하는 것이오. 이상."

이사스티아 대령은 맨 위층, 내 방 옆에 엄마의 방을 마련해 주었지만 벽은 있으나 마나였다. 엄마는 한시도 날 가만 내버려 두지 않았다. 그녀는 내가 대령의 서재에 있는 오후에만 잠잠했다. 대령은 내게 셀 수 없이 많은 재산을 공개했다. 저녁 식사 시간에 엄마는 내 옆자리에 앉았다. 내가 먹을 만큼 덜어 주었다. 엄마가 먼저 조금 집어서 맛을 보았다. 잠시 기다렸다. 자신이 살아 있는 걸 확인한 후에야 내게 접시를 넘겨주었다.

엄마가 항상 내 치맛자락을 붙들고 있어서 마르첼로를 만나는 일은 불가능해졌다. 그리고 대령은 나를 이상적인 아내로 만들려 했다. 나는 고집 부리지 않고 시키는 대로 했다. 오후가 되어 방으로 돌아가면 엄마가 침대에 앉아 있었고 그것은 썩 유쾌한 일은 아니었다. 엄마가 건넨 첫마디는 이랬다. "불쌍한 것." 그러고는 끝까지 말을 잇지 못하고 새 옷을 나풀거리며 내게 다가왔다. 겉모습은 아름답게 꾸밀 수 있을지언정, 없이 자란 티는 버짐처럼 피부에 딱 달라붙어 떨어지지 않는다.

그녀는 소리가 나지 않게 문을 닫았다. 그러고는 내 얼굴에 대고 쪽지 한 장을 흔들었다. "문틈으로 누가 이런 걸 넣어 놨어." 그녀가 이렇게 말하며 내게 읽어 볼 시간도 주지 않았다. 쪽지를 공처럼 둥글게 말아서 입속에 집어넣었다. 거위처럼 그걸 꿀꺽 삼켜 버렸다. "이게 뭐야, 이런 보잘것없는 마구간지기와 놀아나라고 이 모든 일을 꾸민 줄 아니?" 엄마는 독사처럼 쏘아붙였다. "대령이 알기라도 하면 어쩌려고 그래! 널 다시 시궁창으로 돌려보낼지 몰라. 그렇게 되는 날에는 내가 널 가만 안 둬."

엄마는 하얗게 질린 나를 보았다. 그 순간 난 흐느껴 울기 시작했다. 그러자 엄마는 불길한 생각이 들었다. "조심해. 사랑 어쩌고 하는 얘기는 듣고 싶지 않아!" 목소리는 귀에 들어오지 않았고 눈동자가 머리에서 튀어나올 것 같았다. "그런 않는 소리가 들리면 창밖으로 뛰어내릴 거야! 두 번이나 전쟁을 치렀는데, 이번 일은 무사히 넘기기 쉽지 않아."

나는 방 한쪽 구석에 있는 책상으로 갔다. 의자를 꺼내서 앉았다. 엄마는 온통 겁에 질려 나를 쳐다보았다. 난 숨을 깊게 들이마셨다. 그리고 말했다. "마르첼로 그 사람한테는 전혀 관심 없어요." 엄마는 하늘에 감사하다는 눈빛을 보내며 얼른 성호를 그었다. "그런데 문제가 하나 있어요." 내가 말했다. "어차피 조만간 알게 될 테니까 지금 말할게요." 난 고개를 들었다. "월경을 안 한 지 석 달이나 된 거 알아요?"

그녀는 깜짝 놀랐다. "그게 왜! 나중에는 했잖니. 일주일 내내 내가 천을 깨끗이 빨아 주었잖니."

난 다시 고개를 떨어뜨렸다. "그건 제 피가 아니었어요. 몰래 부엌에 들어가서 헝겊에 고기 피를 묻힌 거예요. 대령은 고기에 거의 손을 대지 않지만 저녁 식사용으로 잘라 둔 것이었어요."

엄마는 뒷걸음질 치다 침대에 주저앉았다.

"지난달에도 그랬어요." 계속 말을 이어 갔다. "며칠 후에도 그럴 거예요."

숨 막힐 만큼 침묵이 흘렀다. 엄마의 눈은 오직 내게만 열려 있던 또 다른 세상을 쳐다보는 듯 초점을 잃었다. 그러고는 그 세상에서 나를 찾지 못한 듯 중얼거렸다. "이 나쁜 년……." 몽유병자 같았다. 그러면서 유령과 대화하듯 상황을 더듬어 보았다. "진작 말을 했어야지. 그사이 아기가 제법 커졌겠구나. 머리핀으로는 아기를 꺼내기 힘들 거야. 창자가 따라 나올 위험이 있어……. 내가 이러라고 어릴 때 예절을 가르친 게 아닌데."

나는 잠자코 듣기만 했다. 턱으로 흘러내린 눈물이 치마로 떨어지는 게 느껴졌지만, 숨조차 제대로 쉴 수 없었다. 그러는 동안 엄마는 이 참사를 어떻게 해결할지 머리를 쥐어짜고 있었다. 그러더니 벌떡 일어나 창가로 갔다. 창문을 활짝 열어 차가운 공기로 환기를 시켰다. "엄마!" 소리를 지르다시피 하며 내가 일어섰다. 그녀는 창가에 가만히 서서 얼굴에 밀려드는 바람을 맞는 게 다였고 시선은 밖을 향했다. 저녁 어스름이 내리면 어린 나를 강제로 베란다에 세워 바람을 맞게 했던 그때 같았다. 난 실오라기 하나 걸치지 않은 알몸이었다. 그녀는 불길처럼 홱 돌아서더니 다시 침대에 앉았다. "어리석은 짓으로 낭비할 시간이 없어." 엄마가 말했다. 들쑥날쑥한 특유의 걸음걸이로 내 앞으로 왔다. 내 뺨을 때리려는 줄 알았는데 두 손으로 내 얼굴을 감쌌다. "머릿속에 떠오른 해결책이 있어. 일단 결혼식을 치르고 이곳에 눌러앉자꾸나. 정신을 잃을 만큼 어마어마한 이곳에 말이야. 첫날밤에 그의 것이 네 몸에 잘 들어오게 해. 딸은 무슨 딸이야. 그는 노년기 남성의 달아오른 열정을 달래 줄 아름다운 아내를 얻게 될 거야. 두고 봐, 술기운에 용기가 생길 거야……. 다음 달 말에 넌 그에게 소식을 전하면 돼. 조산아가 태어나더라도 그는 놀라지 않을 거야. 자주 있는 일이니까. 열여섯 살 여자아이가 아기를 낳는다면 충분히 있을 수 있는 일이지. 없이 자란 네 자궁이 튼튼할 리가 없잖아."

꽃과 장식은 내가 골랐다. 토스카나 각지에서 편지와 선물이 도착했다. "대령은 파리에서 결혼식을 하고 싶어 해요." 어느 날 내가 엄마에게 말했다. 생각만으로도 심장이 목구멍으로 튀어나올 것 같았다. 내게 파리는 그저 표현 방식 중 하나이고 실제로 존재하는 장소가 아닌 것 같았다. 옷을 우아하게 잘 차려입은 사람들을 보면 이렇게 말하곤 했다. "저 사람 봐, 꼭 파리 사람처럼 걷네." 또는 이렇게. "말을 참 어렵게 하는군. 파리에서 왔나 봐……." 이제, 봄이 오고 그곳에 발을 들이게 된다니 꿈만 같았다. 엄마는 내 옷깃을 부여잡았다. "허튼짓 하지 마라." 그녀가 말했다. "몸이 떨리면 안에 붙인 살이 떼어질 수 있어. 그러면 대령에게 뭐라고 할 거니? 이제 막 생긴 아이가 소의 머리를 하고 아래로 쑥 내려온다면 말이야. 파리고 뭐고 없을 거야. 의사도 없이 집에서 분만을 하게 될 거야."

마르첼로는 아무것도 몰랐다. 그 소식이 퍼진 이후로 상처를 받기도 했지만 나를 안주인으로 모셔야 했기 때문에 쉽사리 내 눈을 쳐다보지 못하는 건 천만다행이었다. 그의 손에서 재미있는 장난감을 빼앗아 버렸다. 하지만 적어도 셋째 아이에 대한 걱정은 덜어 준 게 아닌가. 특히나 그게 혼외 자식이라면 더더욱 다행인 거지. 엄마가 방에서 삼켜 버린 쪽지는 그가 할 수 있었던 유일한 시도였다. 내게서 아무런 대답도 관심도 받지 못한 채 그는 운전 기사의 직분에 충실했다. 재산 때문에라도 엄마와 대령의 배다른 형제의 눈을 피해 우리 둘이 만나는 건 불가능했다. 얼마 전까지만 해도 멀리 심부름을 나가 관계를 맺곤 했었지만.

어느덧 결혼식이 코앞으로 다가왔다. 어느 날 아침 대령이 나를 응접실로 불러서 축하 선물을 풀어 보라고 했다. 엄마는 항상 한쪽 구석에 장식용으로 놓아둔 오래된 의자에 앉아 있었다. 내가 무대 위의 주인공이 된 것처럼 선물 포장을 뜯는 것을 지켜보았다. 접시가 나올 때면 작게 박수를 치기도 했다. 마지막으로 흰색 리본이 묶인 파란색 상자를 받아 들었다. 카드를 보았다. 에세드라가 보낸 것이었다. "부인," 뒤에서 대령이 말했다. "실질적으로 그녀가 키아라 마리아를 키워 준 것이나 다름없소. 나는 생각 이상으로 그녀에게 큰 빚을 지고 있소……. 그녀는 넘어져서 둔부의 뼈가 으스러지기는 했지만 이제는 회복했다고 들었소. 거동이 불편하고 형편도 좋은 편은 아니지만, 그래도 그녀의 작은 성의요. 그녀에게 와인 열 병을 보내라고 해야겠소. 자, 어서 열어 보시오. 아델레."

난 리본을 풀고 상자 뚜껑을 열었다. 파란색 미니 쿠션 위에 유리로 된 말이 있었다. 대령은 미소를 지었다. "오늘까지 도착한 은 제품을 통틀어 가장 귀중한 물건이오." 그러고는 그것을 집어서 바로 앞에 있는 커다란 진열장 선반에 놓았다. 말은 꼬리와 뒷발에 지지해 꼿꼿이 서 있었다. 응접실의 발레리나 오르골이 무지 갯빛을 발산하면서 말을 환하게 비추었다. 난 잠시 동안 넋을 놓고 그 자그마한 불빛 쇼를 바라보았다. 그러다 어느 순간 간지러운 느낌이 들었다. 아래를 내려다보니 타르처럼 새까맣고 통통한 전갈 하나가 보였다. 바로 내 손등 위에서 집게발을 활짝 펼치고 독이 똑똑 떨어지는 꼬리를 들고 있었다.

난 정신 나간 사람처럼 비명을 지르기 시작했다. 살을 물어 뜯긴 것 같았다. 공포에 사로잡혀 블라우스 단추를 끄르고 머리를 풀었다. "어딨어!" 하고 소리쳤다. 그러는 동안 대령은 무슨 광경인지 의아해하며 깜짝 놀라 나를 쳐다보았다. 어느 순간 쾅 소리가 들렸다. 난 눈을 돌려 엄마를 보았고 그녀는 신발을 들어 올렸다. 전갈은 신발 바닥에 달라붙어 있었고 바닥에는 터져 나온 노란색 창자가 짓이겨져 있었다. 그런데 독침은 여전히 꿈틀대고 있었다. 그제야 비명을 멈추었고 다리에 힘이 풀려 버렸다. 이사스티아 대령이 때마침 뒤에서 나를 잡았다. 나이가 있었지만 나를 부축할 기력은 충분했다.

이런 난리 통에 솔리노가 문 앞에 나타났다. "무슨 일이에요?" 그가 큰 소리로 말했다. 그는 곧장 주인에게 달려가 나를 소파로 옮기는 것을 도왔다. "소금이 필요해!" 하지만 하인은 움직이지 않았다. 오히려 대구처럼 땅바닥을 뚫어져라 보았다. 안개 속에 있는 듯 그가 희미하게 보였다. 그러더니 내게 와서 말했다. "소금으로는 안 되겠는데요." 이 말에 나도 고개를 들어서 타일 위 얼룩을 보았다.

엄마가 재빨리 끼어들었다. "어머나 세상에! 월경이 시작됐나 보구나!" 그녀는 나를 일으켜 세워 재빨리 그곳을 빠져나가려고 했지만 갑자기 배 속이 뜨거워지더니 눈까지 열이 퍼졌다. 잠시 후 누군가 쇠스랑으로 내 몸을 찌른 것 같았다. 나는 그걸 빼내겠다는 듯 있는 힘껏 소리를 질렀다. 나도 처음 듣는 내 목소리였다. 내가 입고 있던 연보라색 치마가 붉은 장밋빛으로 빠르게 물들어 갔다. 마지막으로 다른 하인들과 함께 급히 달려온 스텔라가 보였다. 그녀는 내 치마를 들치고 안을 들여다보았다. 그러고는 바로 치맛자락을 내렸다. "어서 의사를 불러 주세요!" 그녀가 창백한 얼굴로 소리쳤다. "아델레가 피를 흘리고 있어요!"

알비세 바르베리니
은퇴한 노동자

그녀의 목소리는 길고 뒤틀린 못처럼 나의 뇌리를 파고든다.

"……서랍장을 들여다봤어요? 그렇다면 청소 도구함을 확인해 봐요. 어쨌든 분명해요. 이게 마지막이에요! 생각해 봤는데 가볍게 넘길 문제가 아니에요. 나를 시키는 대로 움직이는 팽이로 생각했을지 모르지만, 그랬다면 큰 실수 한 거예요. 조만간 2시 버스에 오를 거예요. 그걸로 끝이에요. 알비세, 이건 내가 원했던 삶이 아니에요. 나는 1969년 가을 파티가 있던 그때로 돌려보내 달라고 매일 기도한다는 걸 알아 둬요. 그땐 당신의 파란 눈동자를 보고 정신이 혼미했어요. 가엾은 우리 엄마는 이렇게 말했죠. '타티와 리볼라의 비탈면을 따라 산등성이에 올라가는 사람을 보렴, 그들은 미쳤거나 미치려고 올라가는 거란다.' 난 바보처럼 그들을 비난했어요. 미국의 유명 스타들처럼 콧수염이 듬성듬성 난 금발의 사람들에게 집착하면서 말이죠……. 그러면서 사소포르티노의 모든 여자들이 침을 질질 흘리는 파리데 데 로렌치같이 인기 있는 구혼자들을 거절했어요. 평원으로 내려가면 멜레타 지역에 그가 세운 저택이 보여요. 매번 속으로 이런 생각을 해요. '이올란다, 네가 어떤 집에서 살 뻔했는지 봐.' 수많은 구혼자들이 있었어요…… 그런데 그 대신! 난 그들이 아닌 고달픈 인생을 타고난 알비세 당신과 결혼했어요. 이봐요, 당신도 잘생겼지만, 만약 신이 나를 수치스러웠던 그날로 돌려보내 준다면, 새 옷을 입고 파티장에 가기 전에 맹세코 당신에게 총을 쏠 거예요…… 그건 그렇고 청소함은 확인해 봤어요?"

그날 저녁 가을 파티에는 가고 싶은 마음이 없었다. 윗마을 여자들에게 빠진 질레라가 나를 설득했다. "일주일간 로카스트라다의 어느 부인의 옷을 벗겼어." 그가 말했다. 그는 살을 비비적대다가 상처가 생겨 속옷 안에 파우더를 발라야 했다. 걷기만 해도 쓰라렸다. "산꼭대기 여자의 그곳은 무척 굶주렸더라고." 그가 이어서 말했다. "마을 표지판 앞에서 우리는 눈이 휘둥그레졌어. 환영의 푯말이라기보다 묘비 같았거든. 우리 모두 땅속에 묻힌 기분이었어."

질레라는 자신이 무척 대단한 사람이라고 착각하는 경향이 있다. 우리는 그날 저녁, 폭풍우가 몰아칠 기미가 보였지만 그를 따라 산꼭대기로 갔다. 그와 나, 그리고 몬티에리노라고 불리는 불쌍한 잔니와 함께 갔다. 9월 하순이었지만 아직도 더위가 가시지 않아 셔츠가 살에 착 달라붙었다. 위를 올려다보니 능선을 삼켜 버린 거대한 구름 모자가 보였다.

마을 사람들이 레 카세로 총출동한 것 같았다. 우리가 도착했을 때 동네 사내들은 이미 만취 상태였다. 질레라는 그들을 일부러 뚫어져라 쳐다보았다. 그는 여자도 좋아했지만 주먹질도 좋아했다. 그가 손을 들면 미치광이가 되어 버리기 때문에 어떻게 해서든 그를 구석진 곳으로 끌고 가야 했다. 파리처럼 도망가 버리는 잔니와 정반대였다.

우리는 와인 병을 들고 광장의 낮은 담 위로 올라가 파티를 몰래 훔쳐보았다. 그곳은 딴 세상 같았다. 주위는 안개로 덮여 있다. 정작 가까이 가면 있는 줄도 모르지만 멀리서 보면 온통 안개에 휩싸여 있었다. 가로등과 조명 빛이 쪼개진 것처럼 보였다. 잔니는 손바닥으로 얼굴을 문지르며 눈을 깜박였다. "내 눈이 이상한 거야, 아니면 자네들도 그런가?" 질레라가 심각하게 그를 쳐다보았다. "왜 그래?" 그가 대답했다. "난 잘 보이는데." 그러자 잔니는 창백한 얼굴로 노인네처럼 눈꺼풀을 찡그리며 초점을 맞추었다.

오케스트라는 광장 뒤쪽에 있었는데 하늘 위에서 연주하는 듯한 인상을 주었다. 스피커 소리가 머리 위에서 울려 퍼졌다. 춤을 추고 있는 커플들은 원을 그리며 빙빙 돌았고 이따금씩 회색빛으로 뒤섞여 보이다가도 원래 색상이 나타나고 실루엣도 제법 선명했다. "토할 것 같아." 잔니가 말했다. 지렐라는 들은 체도 하지 않았다. 그러고는 어깨로 나를 툭툭 쳤다. "어떤 여자가 날 쳐다보고 있어." 와인 냄새를 풍기며 그가 말했다. 그의 흥분한 눈빛이 가리키는 곳을 따라가 보았다. 바로 그때였다. 거대한 구름이 레카세 위에 내려앉아 잠시 동안 전부 눈앞에서 사라졌다.

"……체스에 그만 집착하세요. 봐요, 당신은 투덜이가 되었잖아요. 산책을 좀 하고 오는 건 어때요? 십 분 정도 밖에 나가 바람을 쐬는 게 좋겠어요. 노인들은 모두 마소의 바 테이블에서 떨어질 생각을 않는데 당신은 내 옆에 붙어서 귀찮게 하네요. 당신은 집이 번쩍번쩍 빛나길 바라죠? 그런데 당신이 먼지 한 톨 치우는 걸 본 적이 없어요. 알비세, 당신이 나와 결혼한 건 복권에 당첨된 거나 다름없어요. 내 말을 들으세요. 그건 그렇고, 옷장은 들여다봤어요? 칼라마이오는 벌써 오는 길이고, 잠시 후 3시가 되면 할 일 없는 사람처럼 나타나 초인종을 누르고 사람을 귀찮게 할 거예요. 일요일만 되면! 알비세, 당신은 이런 말도 못 하죠. "루이지노, 시합을 좀 미룹시다. 오늘은 일주일 내내 허리가 휘어져라 일하는 아내를 데리고 산 마르티노에 다녀와야겠어요. 그래야 가엾은 이 사람도 숨을 좀 돌릴게 아니오." 꿈속에서도 이런 일은 절대 일어나지 않을 거예요. 정신 나간 사람처럼 말 한마디 없이 장난감 병정들을 바라보고 있는 게 나아요. 수준에 맞는 친구를 사귀었으면 좋겠어요! 왕자를 만나란 게 아니잖아요. 정말로 그 초등학교 선생님이어야겠어요? 망명자처럼 자식 하나 없이 지하실에서 그림이나 그리며 늙어 가는 사람이라뇨. 혈기 왕성한 아이들에게 무척 시달린 것 같더군요. 당신 친구는 마치 시체가 걸어 다니는 것처럼 늘 음침한 기운을 내뿜어요. 그런 그가 우리 집에 오면 조금이나마 생기가 돌긴 하네요. 내 말 좀 새겨들으세요! 하느님이 벼락을 내리실 거예요! 차라리 그랬으면 좋겠네요! 일요일은 집에서 조용히 지내는 게 나아요. 텔레비전이나 보며 부엌에서 갇혀 지내는 나와 함께 말이에요. 그렇게라도 하지 않으면 얼간이 같은 당신 친구들과 시합이나 하겠죠. 정신 나간 사람처럼 시장에서 산 그 골동품을 찾느라 집 안을 발칵 뒤집어 놓는 게 나아요. 그래도 칼라미아오가 피렌체에 갔다가 생각해서 가져다준 건데 벽난로 위에 놓인 걸 보게 되면 좋아할 거예요. 그런데 못 찾겠네요.

빌어먹을. 옷장은 들여다봤어요? 거기 있어요?"

　우유가 바다를 이룬 것 같았다. 오케스트라의 연주가 멈췄고 몬티에리노는 벌써부터 우는소리를 했다. 그는 질레라를 더듬어 찾았지만 질레라는 남자가 자신의 몸을 만졌다는 불쾌감에 그를 세게 밀치는 걸로 응답했다. 발도 보이지 않을 정도였다. 여기저기에서 벌써 유리병과 잔이 깨지는 소리가 들리기 시작했다. 옆방에서 나는 소리 같았다. 많은 사람들의 웃음소리가 들렸다. 한편에서는 아이들을 애타게 찾는 엄마들의 걱정 섞인 목소리가 들렸다. "미켈레!" 어떤 부인이 목소리가 쉬도록 고함을 질렀다. "미켈레, 거기 그대로 서 있어. 움직이지 말고!" 아이는 울기 시작했다. "사람들이 저를 밟고 지나갔어요!" 소리를 질렀다. 아수라장이 따로 없었다.
　가수는 스피커를 이용해 침착을 당부했지만 잠시 후 광장에 울려 퍼지는 굉음과 함께 욕설이 들렸다. 누군가 접시와 드럼을 바닥에 집어던지며 그 위로 고꾸라졌다. 잔니는 소리를 지르기 시작했다. "오지 말자고 내가 그랬지! 다들 거기 있나?" 그의 목소리가 점점 멀어졌다. 마치 안개가 집어삼키고 있는 듯했다. 나는 반대편으로 팔을 휘저어 보았고 질레라가 없다는 걸 알았다. 팔을 휘두르다 술병을 세게 내리쳤고 그것은 땅에 떨어져 박살이 났다. 나는 본능적으로 몇 걸음 움직였다. 그리고 불과 몇 발자국 못 가서 길을 잃었다. 어디가 앞이고 뒤인지 분간을 할 수가 없었다. 가로등의 어스름한 불빛을 보고 있으려니 속이 울렁거렸다. 잔니가 계속해서 징징거린다고 생각했는데 이제 보니 상자 안에 갇힌 병아리 한 마리가 삐악삐악 우는 소리였다. 앞이 보이지 않는 상태로 한 발 한 발 내딛었고 그러다 사람들 무리 속으로 들어갔다. 실루엣들이 볼링 핀처럼 내 주위로 몰려들었다. 보이는 건 희미하게 빛나는 얼굴뿐이었고 그 뒤로 어깨가 보였다. 그러다 바지 뒷주머니에 손 하나가 쑥 들어온 느낌이 들었다. 난 홱 돌아봤지만 아무도 없었다. 그리고 가방이 없어졌다. 그다음에는 분노에 찬 비명 소리가 들렸다. "누가 내 아내를 만졌어!" 나는 움직이는 사람들 사이에 끼여 있었다. 옆 사람이 넘어지는 게 느껴졌고 누군가 소리를 질렀다. "팔! 팔!" 그 순간 인파가 몰려들기 시작했다. 모두 광장의 출구라고 생각되는 곳을 향해 밀고 나아갔다. 마치 파도 같았다. 나는 손쓸 새도 없이 인파에 휩쓸렸다. 어떤 아이가 내 얼굴을 때렸다. 사람들에게 깔려 죽을까 봐 그의 옷깃을 잡으려 했다. 하지만 손에 잡히는 건 안개뿐이었다. 주변 사람들은 모두 누군가를 찾거나 도움을 부르짖었다. 덩치가 큰 사람들은 술에 취해 몸도 못 가누는 사람들 사이에서 주먹을 휘두르며 힘으로 비집고 들어갔다. 그러다 그림자 하나가 내 쪽으로 오는 게 보였다. 누군가 내 입에 머리를 박았고 난 그대로 바닥으로 고꾸라졌다.

"……응접실에 두었던 그 그림 때문에 망신당한 걸로 충분하지 않은 모양이군요! 일몰이나 분수 근처에서 뛰노는 아이들의 그림이었다면 좋았을 텐데……. 그리 대단한 게 아니잖아요! 언제, 어디서 그렸는지도 모르는 그런, 소파 위에 비스듬히 누운 여자의 누드화. 칼라미아오가 뭘 그리는지 보세요! 그는 파리의 분위기를 표현하는 걸 좋아해요. 이제는 기억이 가물가물해서 책을 보고 따라 그린 거예요. 안방을 더럽히면서까지 말이에요. 찬장!

찬장 안쪽을 보세요……. 오늘은 심장마비가 올 것 같군요. 아, 하지만 죽지 않고 살아서 매일 밤 침대에서 당신에게 발길질을 할 거예요. 멜레타 산등성이의 별장이 내 것이 될 수 있었는데 내 인생은 망했어요. 여보, 그 값은 당신이 호되게 치르세요. 한 달에 한 번 마지못해 눈감아 주는 것까지 더해서 말이에요. 신시가지의 대로에서 데 로렌치를 만났을 때 나를 쳐다보던 그의 눈빛을 당신도 봤어야 했는데. 그는 종종 차를 몰고 지나가며 애틋한 눈빛으로 내게 윙크를 해요. 쉽게 말해 줄게요. 난 아직 그가 좋아요. 언제부턴가 당신은 나를 간병인쯤으로 생각하고 있지만, 내가 치마를 입고 밖에 나가면 남자들은 정신을 못 차린다고요! 잠피에로도 제 밥벌이는 하니, 한때 내 운명이었던 사람에게 돌아간다 해도 앞을 가로막을 건 아무것도 없어요. 그러면 누가 당신을 보살펴 줄까요? 일주일씩 허리가 아플 때면 혼자서 발도 못 씻는 당신인데. 나는 제정신이에요. 멍청이처럼 온 집안을 헤집고 다니며 달걀을 삶을 줄도 모르는 알비세에게서 벗어나 파리데의 재산을 누리며 행복하게 살고 싶어요. 나는 하늘에 대고 이렇게 말해요. '속뜻을 헤아리는 누군가가 저 위에 있다면! 늘 말 없는 이 남자의 고통을 재촉해 준다면 마지막까지 좋은 아내 노릇을 할게요. 안락의자에 딱 달라붙어 사는 사람이 더 이상 뭘 할 수 있겠어요? 세랄리니처럼 죽는 게 다겠죠. 노년에 새 출발을 할 수 있게 사라져 준다면 좋으련만……." 내 말을 들어 봐요. 차라리 욕을 하라고 해도 내 알 바 아니에요. 당신의 그 우울한 얼굴을 보면 그런 생각이 절로 드니까요. 당신한테 칭찬이나 애정 어린 말을 들어 본 적이 없어요……. 칼라마이오와의 체스 경기에만 온통 정신이 팔려 있으니까요. 그는 나를 왕을 모시는 신하쯤으로 생각해요. 나이가 들고 보니 당신이 게이라는 걸 깨달았어요? 동성애라는 병에 걸려 가문을 더럽힌 안졸리노처럼 말이에요. 그런 거예요, 알비세? 커밍아웃이라도 한 거예요? 이렇게라도 자유의 몸이 되면 좋죠. 드디어 벗어날 수 있게 되었네요. 고맙다는 말 한마디 해 주는 이 없는 이곳에서……."

안개가 점점 엷어지다가 이내 자취를 감추었다. 단 오 분이었지만. 사람들은 여기저기 흩어져 있었고 당황한 눈으로 주위를 둘러보았다. 안개가 걷히자 기가 막힌 광경이 펼쳐졌다. 조금 전까지 파티 현장이었던 곳이 이제 전쟁터를 방불케 했다.

혼란 속에서 샌들을 잃어버린 여자들은 맨발로 유리를 밟고 피 범벅이 되어 걸어 다녔다. 울부짖던 어린아이들은 바지에 오줌을 쌌고 어딘가 뼈가 부러진 채로 계속 부딪히며 걷는 사람들 사이에서 두리번거렸다. 성질이 괴팍한 사내에게 맞은 애인은 비명을 질렀다. 그 와중에 신부님은 노인들을 데리고 이 아수라장을 빠져나와 나무 벤치로 안내했다. 만취 상태에서 안개 속을 헤매고 다니다 심지어 토하는 사람들도 있었다. 이제는 몸도 제대로 가누지 못했다. 그런데 더 심각한 문제는 어딘지도 모르고 무작정 출구를 찾아 나선 사람들이었다. 흥분한 사람들은 광장 밖으로 이어지는 길에서 몇 미터 떨어진 어느 집의 담으로 돌진했다. 짐승들처럼 쉴 새 없이 밀어붙였다. 앞사람을 깔아뭉개면서까지. 앞쪽에 있던 사람들은 시퍼렇게 멍이 들거나 기절을 했다.

나는 어딘가에 머리를 박고 구석에 쓰러져 있었고 하얀 별이 보였다. 누군가 말했다. "당신 코피를 흘리고 있어요." 그제야 그녀가 보였다.

그녀는 가슴골 바로 위까지 파인 노란색 데콜테 드레스*를
입고 있었다. 한쪽 어깨는 찢어져서 목덜미에 핏줄이 훤히 보였
다. 어스레한 안개 속 그녀의 그림 같은 초록색 눈에는 다른 세상
이 담겨 있는 듯했다. 그녀에게 말했다. "당신 이마에서 피가 나
요." 그녀가 이마를 만지고 손을 확인했다. 그녀는 어색한 미소를
지었다. 그러고는 눈동자가 뒤집히면서 내게 기대어 기절했다.

얼굴에 천을 감싼 사람이 있었고 혼란 속에서 부모를 찾은 아
이들도 있었지만 난 다른 세상에 와 있었다. 구름이 레 카세를 덮
친 건 지금 내 무릎 위에 있는 이 여자와 부딪히게 하려는 의도였
던 것 같았다. 난 그녀의 머리를 쓰다듬었다. 당장이라도 이 상황
을 못마땅하게 여기는 마을 사람 누군가 내게 주먹을 날려 그녀
를 빼앗아 갈 것 같은 느낌이 들었다. 그런데 질레라가 나타났다.
"내 생각이 틀리지 않았어." 그 자신도 지금 하려는 말이 믿기지
않는다는 듯 어리벙벙한 얼굴로 말했다. "내가 아까 쳐다보고 있
던 여자 말이야. 안개에 싸여 있을 때 그녀와 했어." 그는 꿈을 꾼
게 아니었다는 것을 스스로에게 확신시키려고 혼잣말을 하는 것
같았다. 그러고는 나를 보았다. "미치겠군. 내가 관계를 가진 여자
가 아까 본 그 여자인지 아닌지 확실히 모르겠어. 사실은 내가 누
군가와 그걸 하고 있었는데 그녀의 남편이 옆에서 소리쳤어. '마
리엘라! 마리엘라!' 그리고 그녀는 '조용히 하고 하던 거나 계속
해'……라고 말하는 듯이 내 한쪽 손을 있는 힘껏 잡았어. 다들 내
가 미쳤다고 하겠지." 한참을 말하던 그는 내 옆에 여자가 있는 걸
알아차렸다. 그는 턱을 까딱하며 그녀를 가리켰다. 못마땅한 표정

* 목·어깨·가슴을 드러낸 네크라인 스타일의 드레스.

이었다. "자네 발밑에도 누군가 뚝 떨어졌구먼. 그런데 어린아이 잖아. 열여섯, 열일곱쯤 됐으려나? 내 말을 들어. 우리는 능숙한 여자를 만나야 해. 그러면서 배우는 거야. 그래야 자네한테 맞는 여자를 찾아낼 수 있는 거야. 하고 나면 일주일간 그게 떨어져 나간 것 같을 걸세."

몬티에리노도 코피를 흘리며 나타났다. 그는 손에 코피를 뚝 뚝 흘리며 걸어왔고 손바닥에는 이미 피가 흥건히 고여 있었다. "뭐 하는 거야, 코피를 집에 가져가기라도 하려고?" 갑자기 기분 이 좋아진 질레라가 말했다. 그리고 잔니의 팔꿈치를 툭 쳤고 잔 니는 자신의 팔에 얼굴을 맞아 코피가 났다. "이 멍청아!" 그가 당 황한 얼굴로 소리쳤다. 질레라는 자신이 한 짓을 금방 잊어버렸 다. 그는 사람들이 모여 있는 광장으로 시선을 돌렸다. 담배를 꺼 내서 불을 붙였다. 연기를 내뿜자 주변에 있던 안개와 뒤섞였다. 그러고는 말했다. "이봐, 즐거운 밤이야. 오늘 밤, 끝까지 즐기고 싶어." 그리고 광장 중앙에서 화가 머리끝까지 난 어떤 사내를 뚫 어져라 보기 시작했다.

"여보, 살기니 씨가 준 물약을 가져다줘요. 얼마나 먹으라고 했죠? '이십 방울.' 그러면 삼십 방울을 줘요. 그걸 먹으면 암모니 아 맛이 나고 삼 일 연속 위가 타들어 가는 것 같지만……. 그런 데 불안이 사라지지 않고 더 커지는 것 같아요. 이게 다 칼라마이 오의 그릇 때문이에요. 회랑 근처에서 폭발했으면 좋았을걸. 그 때 아르노강이 범람했더라면 좋았을 걸 그랬어요. 1966년처럼, 집 안을 이상한 그림들로 채우던 한 초등학교 교사를 피사로 떠 내려가게 했을 텐데. 아, 어쩌면 이건 당신들의 게임일지 모르겠

네요. 날 바보로 만든 다음 발뒤꿈치로 뭉개 버리는 그런 게임이
요. 체크무늬 판 위에 아쿠아비트 잔을 아슬아슬하게 올려놓고 난
쟁이처럼 이곳에 틀어박혀서 말이죠. 사랑하는 알비세, 마을에 어
떤 이야기가 떠도는지 알아요. 난 세상일에는 훤하니까요. 소문에
는 칼라마이오가 보잘것없는 행색으로 다니고, 그가 늘 갇혀 사는
지하실에서는 주술사로 둔갑한다고 해요. 병적으로 여자의 살을
신성시하는 주술사로요. 백 년 전의 성도착자들을 모방한 그림들
을 보면 충분히 알 만하잖아요……. 왜요, 우리 주인공이 벨 솔레
로 산책 다니는 걸 전혀 모를까 봐요? 들리는 얘기로는 그 가엾은
이사스티아 여인이 플라스틱 장신구로 치장을 하고 밖으로 나오
는 화요일에 간다죠. 미친 여자의 누드화를 그리려면 꽤나 용기가
필요하겠어요. 당신의 과묵한 그 대단한 친구는 고소를 당할지 몰
라요. 모자란 사람이나 욕구가 없는 사람을 세뇌하는 건 괴물이나
하는 짓이에요. 그 가엾은 여인에게 가족이 살아 있었다면 칼라마
이오는 진즉에 그녀를 경계했을 거예요. 꼭 가족이 아니더라도 신
고할 만한 사람은 많아요. 알비세. 알아 두세요. 레 카세 사람들은
심성이 착해요. 어느 누구에게도 반감을 드러내지 않지만 난폭하
고 길바닥의 짐승만도 못한 짓을 하는 사람에게는 죽자 사자 달
려들죠. 진심으로 하는 말이에요. 그 선생이 신문에 나오면 — 조
만간 신문에 실릴 텐데 — 난 우리 집이 관련되는 건 원치 않아요.
나의 가장 아름다운 시절을 더럽혔던 것처럼 노년을 망치는 무모
한 짓은 하지 말아요. 당신에게 내 젊은 시절을 다 바쳤어요…….
계단에 있는 서랍장을 열어 봤어요? 먼저 내게 살기니가 준 물약
을 가져다줘요. 아, 내가 기절하면 정말로 매일 밤 귀신이 되어 돌
아오게 해 달라고 하느님께 직접 부탁할 거예요!"

이올란다와의 첫 만남에 코가 박살 날 뻔했다. 그런데 구름 마법을 신호로 해석한 사람은 나뿐이 아니었고 이 주가 지난 뒤 그녀와 약혼했다. 무척 감동한 그녀는 내 청혼을 받아 주었다. 그녀의 이마에는 여전히 반창고가 붙어 있었다. 부딪혀서 생긴 상처의 흔적이 아직까지 있다. 이마를 찡그리거나 햇빛에 반사될 때만 겨우 보이는 가벼운 흉터다. 표정을 바꾸면 바로 사라져 버리는 천사의 머리카락 같다. 잠깐이었지만 가난한 시절의 이올란다를 다시 보는 것 같았다. 서로 눈을 바라보고 있으니 마치 선물 같았다. "당신은 정말 멋져요." 그녀는 특별한 날도 아닌데 뜬금없이 이렇게 말했다. 난 예상치 못한 말이라 대꾸 한마디 못 하고 바보처럼 가만히 있었다. "대답하지 않아도 돼요." 쓸데없는 말로 분위기를 망쳐 버리기 전에 그녀가 나직이 말했다. "당신은 멋져요. 그뿐이에요."

나는 지금은 고인이 된 넨초니 가족의 조상이 문을 연 제재소에서 일하고 있었다. 나와 이올란다는 일요일마다 경기를 하러 두에 포르테로 내려갔다. 그녀는 홀몸이 아니었지만 가뿐하게 잘 돌아다녔다. 내 이름이 불리고 모든 사람들의 시선을 한 몸에 받으며, 특히 그녀가 지켜보는 가운데 투지를 불사르며 테이블로 갔다. 수를 두기 전에 그녀에게 이렇게 속삭였다. "오늘 내가 이기면 부자들처럼 이틀 동안 당신에게 바다 구경을 시켜줄게요." 그녀는 내 입술에 키스했다. "당신을 지켜볼게요. 넓은 바다가 보고 싶어요." 그녀가 말했다.

내 실력은 꽤 좋았다. 열 번의 경기 중 아홉 번을 템페스티와 결승전에서 만났다. 반대편 테이블에서 아직도 전쟁 후유증에 시달리며 고개를 푹 숙이고 있는 그를 보았다. 어렸을 적 멀리서 소리만 들었던 나와 달리 그는 두 눈으로 직접 전쟁을 목격했다. 어쨌든 니코데모 템페스티는 평범한 체스 선수가 아니었다. 그 이상이었다. 그럼에도 난 그를 위기로 몰았던 적이 있다. 그 후로 몇 주간 레 카세는 그 이야기로 떠들썩했다.

우리는 누가 머리가 좋은지 판가름하는 것 이상의 진정한 대결을 앞두고 있었다. 나는 게임에 집중했고 그는 평소처럼 지고 있었다. 그러다 ─ 펑 ─ 내 말들이 보였다. 말들이 둥둥 떠 있었고 모든 수가 보였다. 내가 구름 위에서 사람들을 몰래 지켜보는 신이 된 것 같았고 모든 게 명확하게 보였다. 내가 나이트를 움직였고 이를 보자 구경꾼들은 이렇게 말하는 듯이 웅성거렸다. "이런 실수했네." 누군가는 비웃기도 했다. 그들은 하찮은 경기를 끝내 버릴 템페스티의 응수를 예상하고 있었다. 다른 행성에서 온 기차처럼 룩을 내 쪽으로 움직여 단 몇 수 만에 체크메이트를 불러 버리는 상황을 생각했을 것이다. 그러나 현실에서 그는 룩을 잡지 않았다. 체스판을 쳐다보는 대신 값을 매길 수 없는 아주 귀중한 비밀을 도둑맞은 사람의 무표정한 표정으로 고개를 똑바로 들고 나를 쳐다보았다. 그러자 바 안은 다시 조용해졌다. 우리의 체스 챔피언은 폰을 움직였고 두에 포르테 안은 혹한이 찾아온 듯 얼어붙었다. 난 힐끔거리며 비숍을 앞으로 이동시켰다. 신의 눈을 가진 나의 시선 아래 모든 것이 반짝반짝 빛나고 있었다. 템페스티는 함정에 빠졌고 충동적으로 나이트를 집어 들었다. 그는 자신 없이 떨리는 손으로 말을 움직였다. 잠시 후 그의 퀸이 잡아먹히는 광경을 보고야 말았다. 바 안은 충격에 휩싸였다.

나는 바로 이올란다를 찾았지만 그녀는 보이지 않았다. 이런 식으로 무너지고 있는 챔피언을 보려고 혈안이 된 사람들이 테이블 주변에 바짝 붙어 있었기 때문이기도 했다. 그때 이런 소리가 들렸다. "자네 차례야." 나의 라이벌이 말했다. 그는 벌써 자신의 수를 두었다. 나는 체스판을 훑어보았고 이번엔 나에게 혹한이 밀려왔다. 다시 평범한 체스판으로 돌아왔다. 더 이상 그림과 궤도가 보이지 않았다. 난 더 이상 신이 아니었다.

내가 유리한 상황이었음에도 불구하고 순식간에 패배했다. 어느 순간 템페스티의 말이 툭 튀어나와 철저히 계산해 방어하고 있던 나의 킹을 건드렸다. 예상을 벗어났다. 마소가 판돈이 든 가방을 그에게 가져다주었다. 해변에서의 휴가는 물론이고 매일 저녁 레스토랑에서 식사를 하며 사흘은 거뜬히 보낼 수 있는 정도의 큰 금액이었다.

그날 이올란다를 잃은 게 아닐까 종종 생각한다. 잠피에로가 배 속에 생긴 지 육 개월 정도 됐을 무렵에 말이다. 우리는 골목길을 따라 조용히 걸으며 집으로 돌아왔다. 서로를 껴안았지만 패배를 하더라도 힘이 되었던, 한때 느꼈던 그 행복감은 없었다. 마치 영혼이 빠져나가 머리 위에서 나를 내려다보는 것 같았다. 그리고 그 영혼 하나가 이렇게 말하는 것 같았다. "단 한 번의 기회를 이렇게 날렸구나." 그러자 마음속에 균열이 생기는 느낌이 들었다. 수치스러움과 후회로 가슴이 찢어지는 듯했다. 이뿐 아니었다. 아직도 그게 뭔지 모르겠다. 잠깐이었지만 영험한 눈으로 체스판을 보았고 크리스털로 이루어진 다른 세상에 와 있는 기분이었다. 모든 일에는 이유가 있었고 난 그걸 일찍 깨우쳤다. 행복과 비극을 동시에 경험했다.

사십 년째 그 순간이 오기를 기다리고 있다. 단 몇 초에 지나지 않지만 해서는 안 될 경험이었다. 그러고 나면 그 이상을 바라게 되니까. 집착을 하게 된다. 1미터 거리의 종탑이 내 위로 떨어져도 모를 정도로.

　"……이 물약은 축복이에요. 벌써 둥둥 떠다니는 기분이에요. 이 물약을 삼킬 때 몸속에 홈이 파이는 느낌이라 다 토해 버리고 싶을 만큼 구역질이 나지만요. 무엇보다 당신이 집으로 데려온 그 성도착자가 정신 나간 어떤 여자와 함께 있는 어느 호텔 방을 떠올리면 더욱 역겨워요. 침대 위에서 벌어지는 장면은 생각도 하고 싶지 않아요. 악마가 봐도 소름 끼칠 만한 사건이에요. 그런데 그 사람이 우리 집 응접실에 있네요. 그가 없으면 여기 있는 이 신사는 지루해 죽을지도 몰라요. 그를 위해 헌신하고 인내하는 사람이 누구예요? 두말 할 것 없이 저라고요! 잠피에로가 있을 때만 해도 사정은 완전히 달랐어요. 일말의 희망이라도 있었죠. 난 속으로 생각했어요. "아이가 크면 그만 다 내려놓아도 되겠지." 아니었어요. 제가 키워야 할 아이가 아직 둘이나 있고 휴일에도 날 가만두질 않아요. 두 개의 인형처럼 탁자에 앉아 고개를 숙이고 있는 것만 봐도 속이 썩어 들어가요. 세 시간 동안 말 한마디 없어요. 체스를 두며 차례로 화장실을 들락거리느라 쿵쿵대는 발소리만 들릴 뿐이죠. 사랑하는 알비세, 이게 정상인가요? 사람은 막막한 인생을 홀로 살아갈 엄두가 나지 않아 결혼을 하고 함께 늙어 가죠. 당신을 위해서 하는 말이에요. 당신은 1972년 이후로 웃질 않아요. 그런 당신 곁에 있는 건 곤욕이에요. 언제나 숲에서 길을 잃은 아이 같죠. 성모와 요셉, 그 외 성인들도 참을 수 없을 만큼 지독한 침묵을 한결같이 지키고 있군요. 그럼 난 분위기를 전환하려고 밤에도 까마귀처럼 소곤대면서 두 사람 몫으로 떠들어요. 우울증에 걸리지 않으려고 애쓰는 거죠. 여보, 저는 에너지 넘치는 사람이고 죽는 날까지 활력 있게 지내고 싶어요. 당신의 그 머릿속에 무슨 생각이 들어 있는지. 무엇이 당신을 이렇듯 미치광이로 만들었는지 전에 알던 알비세의 모습은 온데간데없고 당신은 쓸모없는 남편이 되었네요. 가엾은 우리 엄마는 이렇게 말하는군요. '왜 이렇게 됐는지 생각해 보렴, 순전히 충동적이었어.' 그때 그런 게 후회가 돼요."

아들이 태어나고 자라는 동안 나는 430권의 노트를 채웠다. 각 페이지마다 메모가 달린 서너 개의 경기가 있다. 각각의 경기마다 시간과 날짜를 표시해 두었다. A3-F8, C1-H6, G3-F5 등으로 끝도 없이 이어지는 목록……. 평생 내가 놓았던 수를 연도별로 나누어서 지하실 벽을 가득 채웠다. 가끔 지하실로 내려가 손에 잡히는 대로 노트 하나를 가지고 온다. 아무것도 모르지만 세상에 대해 글을 쓰고 싶었던 열세 살 때 심취했던 몇 편의 짧은 시를 읽은 느낌이다. 그래서인지 낯 뜨거울 때가 있어 노트를 도로 가져다 놓기도 한다. 완벽한 경지에 올랐던 그때 실력을 되찾기를 간절히 바라면서 연구를 하며 여생을 보내고 있다. 그럴 때면 나 자신이 안쓰럽고 이런 생각이 들었다. '이제는 돌아오려면 죽을 각오를 해야 하는 먼 곳으로 떠나갔나 보구나.' 잠시 후 다시 불을 밝히고 체스라는 광산을 파기 시작했다.

며칠째 이올란다가 흥분해서 이렇게 묻는다. "손가락 하나 까딱하지 않고 한 시간 내내 뭘 하는 건지 알아듣게 설명 좀 해 줄래요? 정신 나간 사람 같아요. 뭘 어쩌려고 그래요, 그러다 템페스티처럼 되면 어쩌려고요?" 하지만 그걸 설명할 길이 없었다. 아니, 있을 수도 있겠지만, 말하자면, 나타났다 금방 사라지는 별똥별의 섬광 같은 연속되는 수들이 미로 속에 숨어 버렸다. 불안이 밀려든다.

1993년 여름 어느 일요일이었다. 잠피에로는 일주일 전에 맹장염 수술을 받고 집에서 요양 중이었다. 골목을 걷다가 만나는 사람들은 모두 하나같이 이렇게 물었다. "아이는 어때요? 수술은 잘 됐나요?" 나는 일관된 대답으로 그들을 안심시켰고 두에 포르테에 들어가서도 마찬가지였다. 사람들에게 둘러싸였다. 막 정오가 지난 시각이었다. 마소의 바에서 그 시간에는 좀처럼 찾지 않는 와인 한 잔을 주문했다. 그가 테이블에 와인을 놓으며 말했다. "제가 사는 거예요."

바 안은 약간 술렁거렸다. 나에게 향했던 주변 사람들의 시선이 사라지고 나서 알아차렸다. 사람들이 출입구 근처 한쪽 구석에 모여 있었다. 난 마소를 돌아보았다. "무슨 일이야? 1966년처럼 복권이라도 긁은 건가?"

그는 캄파리라고 쓰여 있는 기다란 식전주 잔을 닦고 있었다. 그리고 미소를 지었다. "아직 못 들었어요?" 그가 말했다. "레 카세에 오늘 특별한 손님이 왔어요."

니코데모 템페스티는 어느덧 노년에 접어들고 있었고 우여곡절 끝에 야윈 모습으로 마을로 돌아왔다. 그날 아침 이 지역 십여 명의 노동자들의 월급을 긁어모으며 잘나갔던 시절의 바로 그 테이블에 앉아 있는 그를 보았다.

그는 벌써 노인이 다 돼 있었고 얼굴에 살집이 올라 대사(大使) 같은 풍모를 보였다. 영화에서나 보던 정장을 입고 있었다. 무더위에도 목에는 흰색 실크 스카프를 두르고 있었다. 스카프를 둘러 다른 사람 같아 보였지만 그가 이 지역 출신이라는 것은 바로 알 수 있었다. 헝겊으로 이마에 맺힌 땀을 닦았다. 멕시코 사람처럼 콧수염을 짙게 길렀다. 마지막으로 냄새가 지독한 뿌연 연기를 내뿜으며 최고 사령관이 된 것처럼 거만하게 시가를 피우고 있었다. 금방이라도 구역질이 올라올 것 같았다.

난 수년간 신문 기사를 연구하며 그가 경력을 쌓아 가는 걸 지켜보았다. 최근에는 새벽 1시에 텔레비전에 나온 그를 보았다. 예전에 패한 적 있던 어느 중국 선수와 결승에서 만나 설욕전을 펼치고 있었다. 지금 그는 이곳에 있고, 회전목마를 타고 회전하듯이 모두가 그에게 차례로 도전장을 내밀었다. 사람들은 눈 깜짝할 사이에 지는 걸 즐겼다. 기껏해야 이 분 정도였다. 호기심이 소용돌이쳤고 나도 모르게 그 스승에게 다가가고 있을 때, 심장이 격렬히 뛰기 시작했다.

이를 기회로 사람들은 낡은 체스판의 먼지를 떨어냈다. 수십 번째 도전자가 다섯 번째인지 여섯 번째 수에서 멍청한 미소를 지으며 자리에서 일어났다. 뒤에 서 있는 사람들이 계속해서 등을 떠밀었다. 난 치과에 들어선 듯했고 치료대까지 한 걸음 남짓 남겨 두고 있었다. 한 걸음 앞으로 나아갔다. 말들은 다시 정렬되어 있었다. 나는 도전할 준비가 되어 있었고 나에게 이 경기는 어느 천재의 실력을 검증시켜 주는 그런 가벼운 경기가 아니었다. "이제 임무를 완수할 때야." 나는 확신했다. 그런데 오른쪽에 황급히 다가오는 그림자가 보였다. 잠시 후 거침없고 자유분방하기로 소문난 누군가가 의자를 차지했다.

그는 사무엘레였다. 에세드라의 손자. 열세 살쯤 된 외톨이. 이따금씩 그가 동네를 서성이는 것을 보았다. 그는 상대가 누구인지 쳐다보지 않았다. 그는 흰색 폰을 잡아서 E4에 놓았다.

난 와인을 들이켰다. 승부는 시간문제였고 그 의자에는 내가 곧 앉게 될 거라 생각했다. 난 두에 포르테의 한쪽 구석을 차지하고 있는 초보자들과는 다르니까.

그런데 그 아이는 만만치 않았다. 오히려 템페스티가 갈피를 못 잡고 당황하는 게 보였다. 그는 주도권을 잡지 못하고 상대의 모든 공격에 방어만 할 뿐이었다. '이 아이의 재능을 시험하려고 하는군.' 나는 속으로 생각했다. '이러다 늦겠어, 지금쯤 이올란다가 식탁에 메인 요리를 올려놓았을 텐데. 그녀가 대문을 활짝 열어 놓았겠군.' 부분적으로나마 몇 년 전 경험한 영험한 눈을 되찾을 마지막 기회였다. "최고의 결과를 얻으려면 거장과 싸워야 하는 법이지." 이 말을 되풀이했다. "다 식은 토르텔리니*를 먹는 한이 있더라도."

모두 비웃었지만 사무엘레가 비숍으로 포크**를 만들어 내자 주위가 조용해졌다. 템페스티는 셔츠 단추가 떨어질 정도로 팽팽해진 볼록한 배를 꿀렁거리면서 껄껄 웃었다. "별 소득 없이 수를 두고 있군." 누군가 말했다. 주변 사람들도 웅성거리기 시작했다. "이 아이 방어력이 좋아……." 템페스티는 다른 말을 희생하고 나이트를 움직였다. 사무엘레는 신경 쓰지 않고 퀸을 앞으로 이동해 사선에 있는 상대편 킹을 위협했다. 전 세계 챔피언들을 무릎 꿇게 했던 사람은 인상을 찌푸렸다. "안심하기는 아직 일러." 그가 웅얼거렸다. 그리고 폰을 잡았다. 상대의 강력한 말을 후퇴하게

* 돼지고기, 치즈 등으로 속을 채운 뒤 반달 모양으로 접어 양끝을 이어 붙인 만두형의 파스타로, 이탈리아 에밀리아로마냐주에서 기원한 음식이다.
** 하나의 기물로 다수의 기물을 동시에 공격하는 전술.

만드는 수였다. 에세드라의 손자는 그의 반격에 콧방귀도 뀌지 않았고, 후퇴하는 대신 비숍에게 위협받는 나이트를 움직여 먹잇감을 확보하며 위기에서 빠져나왔다. 모두 웃었다. 좋은 기회가 이렇게 어처구니없이 날아가 버렸다. 잠시 후 숨 막히는 상황이 연출됐다. 흰색 룩이 맨 끝으로 돌진해서 캐슬링을 완성했다. 그리고 검은색 킹을 구석에 몰아넣고 꼼짝 못 하게 했다.

모두 체스판을 뚫어져라 쳐다보았다. 사람들은 어떻게든 이 상황을 탈출할 방도를 찾느라 혈안이 되었다. 한순간에 상황을 뒤집을 만한 신의 한 수가 아니라면 빠져나올 방법이 없었고 난 진즉에 눈치채고 있었다. 거장 니코데모 템페스티는 꼼짝없이 체크메이트를 당했다. 난 체스판이 아닌 콧수염 난 그의 얼굴을 바라보았다. 그리고 저기 어딘가, 자만이라는 함정에 빠져 죽어 가는 그가 보였다. 녹은 쇳물이 머리에서 발끝까지 그를 관통하는 것 같았다. 하지만 누가 뭐래도 그는 노련한 선수였고 이내 당황함을 가라앉히고 별일 아닌 듯이 받아쳤다. "어느 누구라도 네 입장이었다면 다른 선택을 했을 게다." 그는 아들을 대하듯 아이를 바라보면서 나직이 말했다. "용기가 대단했어. 이 말은 꼭 해야겠구나. 재능이 있어……. 이 단계에서 너의 유일한 적은 성급하게 이기려는 조바심이란다."

심지어 박수갈채도 쏟아져 나왔다. "템페스티는 대단한 챔피언이야." 모두가 긴장을 풀고 말했다. "그는 잠시 동안 웃음거리가 되는 걸 마다하지 않고 에세드라의 손자를 시험했어." 그런데 난 그의 당황한 눈동자를 똑똑히 보았다. 와인을 마시려고 자리에서 일어난 지금도 그랬다. 사람들은 한때 그를 개보다도 못한 사람 취급을 하더니 이제는 조금이라도 그의 옆에 붙어 있으려고 안달이었다. 그의 이마에 그늘이 드리웠다. 마치 탁자가 있던 자리가 푹 꺼져 구멍이 뚫리기라도 한 듯 이따금씩 그의 시선은 바의 한쪽 구석에 가서 멈추었다. '당신은 장난감을 빼앗긴 거야.' 난 쾌감을 느끼며 생각했다. 나의 적수가 어린아이에게 굴욕적인 패배를 당한 것을 축하했다. 템페스티처럼 가족사가 복잡한 과묵한 아이. 사무엘레는 어디선가 불쑥 나타났고 그의 왕좌를 빼앗아 갔다. 난 알고 있었다. 템페스티의 얼굴에서 내가 느낀 공포를 똑똑히 보았다. 최고의 순간에 느낀 그 공포감 말이다. 난 보물을 오래 쥐고 있지 못하고 돌려줬지만 사무엘레는 그걸 챙겨서 순식간에 자취를 감추었다. 챔피언을 한순간에 평범한 사람으로 추락시키고 말이다.

　"그가 바로 여기 있어! 그는 평소처럼 다리를 질질 끌며 길을 걷다 뒤를 돌아보았어요. 유령 같은 그 사람에겐 그림자도 없어요. 아, 그런데 그 변명은 얼빠진 사람처럼 행동하는 내 사랑 알비세, 바로 당신이 지어낸 거죠. 그걸 숨길 자격도 안 돼요? 칼라마이오는 당신의 친구가 아니던가요? 아니면 그의 면전에 대고 직접 진실을 말하든가요. '이봐, 악의는 없는데, 자네의 그림이 분위기를 망치고 있어. 그리고 자네가 응접실을 나가고 나면 우리는 망신당할 일을 만들지 않으려고 그림을 숨겨 놓는다네. 우리가 여태껏 해 온 수고를 고맙게 생각하게.' 난 당신에게 이런 요구도 하지 않아요. 그건 남 탓만 하는 진지한 남자들의 일이에요. 내가 여러 남자를 만난다 해도 당신은 아무것도 못 하겠군요. 이번에 난 아무것도 안 할 거예요! 칼라마이오는 당신을 만나러 와요. 그에게 차를 대접하는 것만으로도 나는 이미 대단한 노력을 하고 있는 거예요. 당신이 눈치챘는지 모르겠지만 그는 내 정강이를 쳐다봐요. 그리고 욕구 가득 찬 부드러운 목소리로 늘 이렇게 말해요. '이올란다, 날이 갈수록 점점 좋아 보이는군요.' 있잖아요, 그 생각을 하면 소름이 끼쳐요. 하지만 남자들에게 난 삼십 년 전에 한물간 여자가 아니라는 것을 증명하는 칭찬이긴 하네요. 당신만 유일하게 그걸 모르고 내 자존심을 짓밟고 있어요. 남편이 남편다워야죠. 나는 단 한 번도 당신을 힘들게 한 적이 없었어요. 나도 마리엘라처럼 남자를 타고 노는 걸 즐겼어야 했나 봐요! 수많은 남자와 놀아나는 그런 여자였어야 하는데! 성녀로 살면서 얻는 것이라곤 겨우 이런 것뿐이네요. 축구 선수 카드 붙이기에 열을 올리는 아이들처럼 노트에 체스 경기를 기록하는 데 집착하는 남자. 난 친절한 사람이에요. '루이지노, 어서와요!' 내가 말하죠. 그가 내 뺨에 키스를 하면 발끝에서 지옥의 불길이 올라오는 게 느껴져요. 그의 회색 눈에는 생기가 없어요. 진정한 미치광이라는 걸 말해주죠. 하지만 안 좋은 인상을 주고 싶진 않아요. 나는 평생 동안 허드렛일을 도맡아 했어요. 이건 엄연한 사실이에요. 칼라마이오의 선물을 거절하는 건 내가 안목이 없다는 걸 의미해요. 어서 가서 지하실을 확인해 보세요. 당신은 몽유병자에 지나지 않아요! 어느 끔찍한 날 당신의 입에 박치기를 하며 인사한 이 사람을 한 번만이라도 도와줘요. 그러지 않으면 그자가 왔을 때 늘 그 자리에 있던 골동품을 찾지 못할 거예요. 정신 나간 이사스티아에게 가서 직접 말하든가요. 미쳐서 혀를 가만두지 못하기 때문에 단 몇 분이면 소문이 퍼져, 윗마을의 모든 사람들이 바르베리니 부인은 선물을 탐탁지 않게 생각한다고 할 거예요. 절망적이에요. 전부 당신 탓이에요. 두말할 필요도 없이……."

월초였던 것 같다. 나는 10시에 두에 포르테에서 커피를 마시고 있었고 누군가 에세드라의 손자 사무엘레가 레 카세로 들어와 은신하고 있다고 말했다.

나는 1993년의 그때처럼 심부전을 겪을 뻔했다. 순식간에 사람들이 몰려들었고 그 한가운데에는 이탈리안 스타일의 알 카포네* 복장을 한 템페스티가 있었다. 그리고 몇 년 후 그 스승은 처참한 모습으로 다시 산등성이에 나타났다. 그 아이는 아들이라 해도 믿을 만큼 그 옆에 딱 달라붙어 있었다. 오후에 바에 갔고 들어가자마자 속이 쓰렸다. 챔피언 옆에 있어야 할 사람은 저 건방진 애송이가 아니라 나인데. 니코데모 템페스티는 그가 아닌 나를 훈련시키면서 슬럼프를 극복했어야 했다.

나는 가끔 다른 사람들처럼 축구 경기 결과를 보는 척하며 두 테이블 떨어져 앉았다. 그러면서 그들의 움직임을 주시하고 귀를 쫑긋 세웠다. 하지만 그 두 사람은 마치 보물을 묻을 장소를 이야기하듯이 작은 소리로 수군댔다. 이마가 바닥에 닿을 정도로 몸을 숙이고 진지하게 대화를 나눴다. 그 구석으로 폭탄을 던져 버리고 싶었다. 잠시 후 난 집으로 돌아가 토요일이면 집에 다녀가는 잠피에로에게 아버지 노릇을 했다. 하지만 그의 머릿속에는 온통 여자 생각밖에 없었고 언제나 처음부터 다시 설명해 주어야 했다. "템페스티는 자기와 똑같은 살인자에게 깊은 애정을 느끼고 있어." 내가 말했다. "그는 혁명으로 재기를 노리면서 부모 노릇을 하고 있어,"

하지만 그는 성공하지 못했다. 사무엘레가 레 카세를 떠났을

---

* 미국 시카고를 중심으로 조직범죄단을 이끌었던 유명한 갱 두목.

때 위대한 챔피언은 사계절 내내 악천후가 몰아치는 들판에 버려진 쇠붙이처럼 자신을 망가뜨리면서 곤두박질치기 시작했다. 그의 제자는 스승이 평생 동안 간직해온 천재적인 재능을 챙겨 떠났다. 이제 템페스티는 평범한 시각으로 사물을 보았고 많은 사람들이 그렇듯 상처를 잊으려 술을 도피처로 삼았다. 나는 말들이 정렬되어 있는 체스판 앞에 홀로 앉아 있는 그를 보았다. 그의 시선은 하염없이 네모난 칸을 향했다. 어느 날 용기를 내 그의 테이블로 갔다. 그러고는 아무 말 없이 허리를 숙여 중앙의 폰을 앞으로 이동시켰다. 내 모든 영혼을 걸고 한 행동이었다. 이올란다에게 평생 함께하자고 말할 때도 이렇게까지 힘겹게 노력하지는 않았다.

니코데모 템페스티는 고개를 홱 들고 나를 보았다. 하지만 내 눈을 쳐다보지는 않았다. 오히려 뭔가 신호를 받아야 한다는 듯이 내 입을 빤히 보았다. 다른 사람들에게는 관심을 보이지 않았다. 나는 살짝 미소를 지어 보았다. 그러자 그의 얼굴이 더욱 굳어졌다. 그는 무슨 말인가를 중얼거리며 자리에서 일어났다. 이미 만취한 상태였다. 단 한마디도 하지 않았다. 출입문까지 비틀거리며 걸어가서 사라졌다. 나를 거들떠보지도 않고 그렇게. 나는 홀로 남겨져 현관문을 벅벅 긁는 지저분한 강아지가 된 느낌이었다.

가끔 칼라마이오가 골똘히 생각하며 체스를 둘 때, 난 몇 년 전 인사도 받아 주지 않고 나를 무참히 거절했던 그 템페스티라고 상상한다. 나, 알비세 바르베리니는 그 비밀을 밝혀 낼 능력이 되지 않아 결국 술의 힘을 빌렸다. 그러다 결국 루이지노에게 화풀이를 했다. 그에게 죽일 듯이 달려들어 경기를 펼쳤다. 그는 불안에 떨며 고개를 들었다. "기분 좋게 게임을 하러 왔어." 그가 말했다. "그렇게 덤벼들지는 마. 관상 동맥이 놀라잖아." 날이 저물어 갈 무렵 그를 문 앞까지 배웅했고 마치 난 백 미터를 헐떡거리며 뛰어다닌 한 마리 황소 같았다. 어느 날 그가 내게 다가와서 차분하게 말했다. "이보게, 자네가 나와 함께 스트레스를 푸는 것도 좋은데, 가끔은 산 마르티노에 올라가 맑은 공기를 마시며 산책을 할 필요도 있을 것 같네."

나쁠 건 없었다. 그는 로트레크*에 빠져서 그의 그림을 수없이 따라 그렸다. 칼라마이오는 자신이 한 세기 늦게, 그것도 잘못된 장소에 태어났다고 생각했다. 그래서 턴테이블로 그가 살던 파리의 음악을 틀어 놓고 지하실에 박혀서 나오지 않는다. 그는 치비텔라의 아이들을 가르치며 낭비한 지난 세월을 감추려 든다. 그 아이들은 글을 배우고 셈을 할 줄 알게 되면 앞으로 칠십여 년을 마렘마 언덕에서 짐승 같은 짓을 반복하며 살아갈 것이다. 이렇다 할 자극도 없이 먹고 마시고 자고 자식을 낳겠지. 그런데 나도 세상을 잃어 봤고, 그래서 나의 벗이 나를 가르치려 들 때면 감정이 격해진다. "자네나 잘해, 창고에 틀어박혀서 크리스마스를 보내는 주제에." 지난번에는 그에게 이렇게 대답했다. 그러자 그는 두 달 동안 찾아오지 않고 호되게 앙갚음을 했다. 그가 다시 왔을 때 난 순한 양이 되었다. 그에게 무승부를 선물할까도 했지만 생각을 바꿨다.

그를 봤다. 사무엘레. 오늘 본 그는 한때 내 스승을 빼앗아 간 어린아이가 아닌 남자다운 모습이었다. 은밀히 행동하는 사람처럼 보였다. 아니, 어쩌면 이 년 전 뉴스에 오르내리던 사건 이후로 그렇게 변했는지 모르겠다.

* 앙리 드 툴루즈 로트레크(Henri de Toulouse Lautrec, 1864~1901), 프랑스 화가.

나는 단 일 초도 뉴스를 놓치지 않으려고 애썼다. 모든 기사를 집중해서 읽었다. 사람들은 광장에서 에세드라의 손자를 헐뜯었고 나는 얼간이들 틈에서 눈길도 주지 않고 비웃었다. 이올란다는 뉴스를 보고 놀라서 입이 떡 벌어졌다. "그 가엾은 여인의 희생을 생각한다면." 그녀가 말했다. 그리고 받아들일 수 없었다. "우리는 미친 세상에 살고 있어요." 그녀가 텔레비전 앞에서 당황한 눈빛으로 말을 이어갔다. "그 불한당은 아직도 활개를 치고 다녀요. 사람들은 그 이유를 알아냈어요. 체스 병정들을 가지고 머리를 굴리다가 그 괴물의 머릿속에 뭔가 떠올랐나 봐요. 판사와 법원을 완벽하게 설득할 만큼 흠잡을 데 없는 좋은 생각 말이죠. 어쨌든 소름 끼치는 것은 그 사건과 관련해 레 카세가 언급된다는 거예요. 그렇게 레 카세는 '미치광이를 낳은 마을의 사람들'이 되었죠. 익명으로 사는 게 더 낫겠어요. 마치 우리가……."

"……마치 우리가 별 볼 일 없는 사람 같잖아요! 사랑하는 알비세, 다른 건 그렇다 쳐도 우리의 결혼 생활만이라도 정상적으로 보이게 하세요. 화가 나네요. 오, 차라리 감쪽같이 사라져 버렸으면! 마렘마 전역에서 찾고 있는 그 여자아이나, 아들이 죽자 얼마 못 버티고 세상을 떠난 살기니의 아내 빌마처럼 말이에요. 빌마는 쪽지 한 장 남기지 않고 자살했죠. 희망이 없는 사람의 말로인 거죠. 가끔 빌마가 생각나요. 마렘마에 불어닥친 불행과 동떨어져 새로 맞은 남편, 아이와 함께 저 멀리 외딴섬에 살고 있는 그녀를 상상해요. 어쩌면 그녀는 행복을 찾았을지도 모르죠. 그녀가 잘 지내고 있으리라 생각하며 이렇게 혼잣말을 해요. '용기 있었어, 친구. 우리에 갇힌 개처럼 애처롭게 노년을 맞고 있는 내겐 늘 그런 용기가 부족해.' 옴브로네강에 생을 마감하러 갔는지도 모르겠지만 어쨌든 그것도 현명한 선택이에요, 그렇지 않아요? 보다시피 난 아직 이러고 사는데. 나도 그런 생각을 하지 않는 건 아니에요. 그런 생각을 하는 것만으로 기운이 나요. 당신이 보고 있는 이 올란다는 늘 똑같아 보이지만 마음속에는 맷돌이 움직이고 있어요. 매일매일 삶의 감정을 짓누르고 이렇게 되뇌어요. '어느 날 갑자기 내가 사라져 버리면 어떨까?' 그리고 레 카세에서 벌어질 일을 상상하기 시작해요. 레 카세는 변함없는 레 카세이고 잠피에로는 11월 2일 내게 꽃을 가져다주겠지. 두에 포르테에서 내 이름은 십 분간 화두에 오를 거고, 마소는 겨우 파리 한 마리 죽은 것처럼 아무렇지 않게 다시 레모네이드를 만들겠지. 금요일 장에서는 몇 종류의 야채가 덜 팔릴 거고 돈 라우로는 한시름 놓을 거예요. 고해성사를 하러 가면 쉴 새 없이 떠들어 대서 그를 삼십 분씩 괴롭혔거든요. 그러면 그는 가끔 화장실 핑계를 대면서 내 말을 끊고 내 뒤에서 성모 기도를 외죠……. 안도감까지는 아니겠지만 내가 사라진다 해도 사람들의 기억 속에 그리 충격적인 사건으로 남진 않을 것 같아요. 어차피 나도 관심 없어요. 내가 죽은 뒤에 당신의 모습이 어떨지 상상하며 시간을 보내요, 사랑하는 나의 바보 천치 남편. 바닥에는 오물이 쌓일 테고 시금치 한 봉지도 해동할 줄 모르는 사람의 저녁상에 노끈이 오를 걸 생각하면 기분이 좋아져요. 홀아비가 되어 이런 환청이나 듣게 될 당신을 생각하면 즐거워요. '이제 입을 열고 몇 마디를 나눠 보고 싶은가요? 그래요? 그런데 내가 죽어서 어떡해요. 이제 정말 입 다물고 살아야겠네요!' 당신은 체스판에 얼굴을 처박고 있고 적막한 집에서 나 홀로 눈물짓는 건 정말 미칠 노릇이에요. 나 같은 아내가 없으면 당신은 그것이 어디 붙어 있는지도 모르잖아. 유배자 같은 모습으로 장을 보러 다니는 알비세 당신의 모습이 상상이 되지 않는군요. 마리오는 당신에게 할인 행사가 있다는 걸 숨기고 치즈를 비싸게 팔 거예요. 그러면 당신은 바보처럼 그에게 10유로짜리 지폐를 여러 장 내주겠죠. 난 매번 불안에 떨며 상상에서 깨어나요. 그리고 혼잣말을 해요. '알비세가 내 인생을 망쳤어, 내 죽음마저 망치려 든다면 맹세코 가만히 있지 않을 거야!' 감성적이 된 김에 당신이 무척 좋아하는 음식을 만들어 줄게요. 당신은 유혹에 약해서 이올란다가 감시인처럼 당신을 지켜보지 않으면 반나절도 못 버틸 거예요. 삼십 년 전 빌마가 숲속에서 그랬던 것처럼 부엌 대들보에 목을 맬 용기도 없겠죠. 빌마는 그 당시 짐승들에게 잡아먹혔는지 홀연히 사라졌어요. 마지막으로 한마디만 할게요. 혹시라도 칼라마이오와 작당해서 나를 지치게 할 속셈이라면 당신이 먼저 그렇게 될 거예요. 사랑하는 내 남편 당신 말이에요. 난 이제 슬픔이라면 익숙해요. 제법 잘 참는다고요. 결말 없는 드라마를 끝내기 위해 벼랑 끝에 설 용기도 있어요……. 초인종이 울리네요! 그런데 침대 밑은 확인했어요? 시장에서 산 그 그릇을 숨길 만한 적당한 장소가 어디일까. 분명히 밤중에 소변을 보는 요강과 비슷할 텐데……."

사무엘레 연구. 매일 그는 제법 불룩한 장바구니를 들고 지나간다. 높은 언덕의 공기가 식욕을 불러일으키나 보다. 코르시카의 바위에 끼인 채 발견된 클라라에 관해 잡지사와 인터뷰를 해서 돈을 좀 받은 모양이다. 그는 항상 자신을 고립시킨다. 한때 내가 그의 옆 테이블에 앉아서 주위를 맴돌았다면 요즘에는 옛 학교의 회랑에서부터 인크로차타 길을 따라 아침 산책을 나간다. 정오에도 그의 집 겉창은 항상 굳게 닫혀 있다. 사무엘레는 어두컴컴한 곳에서 지낸다. 레 카세에는 벌써 짙은 안개가 깔리기 시작했고 그것은 점심때가 되어도 걷히지 않을 때가 더러 있다. 얼굴을 드러내기를 꺼려 하는 그에게 안개는 완벽하게 딱 맞춘 옷이다. 그와 두어 마디라도 나누는 사람은 마리오의 상점에서 일하는 그 아이뿐이다. 가엾은 마리오, 숨 쉴 틈이 없다. 직원이 사라진 후로 우리의 단골 가게 주인은 아델라이데를 보살피랴 일하랴 눈에 띄게 야위어 갔다. 에세드라의 손자는 그가 첫 걸음마를 뗀 그곳에서 유령처럼 지낸다. 조용히 숨어 지낸다. 길에서 마주치거나 기분 전환이나 할 겸 이런저런 핑계로 게임에 초대하면 좋으련만. 내게는 게임이 더 중요하다.

그 아이에게는 뭔가 특별한 게 있다. 그를 움직이는 뭔가가 있다. 나는 질투심을 억눌러야 한다. 언젠가 템페스티가 두고 있는 체스판의 말을 건드렸을 때 그의 얼굴이 생각난다. "그 술주정뱅이가 원한 게 이거였군." 난 혼자 중얼거렸다. 겉창의 창살 사이로 땅을 보고 걷는 사무엘레가 보였다. 위대한 스승이 내 얼굴이 아닌 입을 쳐다보았던 게 떠올랐다. 어떤 신호이다. 그걸 찾고 있던 것이다. 누구나 가진 흔적, 옷과 나이에 구애받지 않는 그런 흔적 말이다. 흔적은 홀로 존재하기도 하며 바라보는 사람의 눈동자에 깃든 섬광이기도 하다. 이 두 가지가 만나면 불꽃이 일고 그러면 같은 세상 사람이라는 것을 알게 된다. 신호가 들린다. 하지만 그때 난 불꽃이 튀게 할 능력이 없었다.

예전처럼 두에 포르테에서 그 두 사람이 함께 있는 것을 보고 싶다. 그들을 만나면 시실리안 디펜스로 둘 사이를 갈라놓을 것이다. 체스가 하늘이 내려 준 선물인 사람과 수백 장의 노트를 채워 가며 기초부터 차근차근 공부한 사람의 차이를 확인시켜 줄 것이다. 그런 다음 그의 재능이 허풍이었다는 것을 증명하고 마구 비웃어 줄 것이다. 그것도 신이 내린 선물이고 사용만 잘한다면 능력이 될 수 있다. 능력은 종종 살면서 사라지기도 한다. 바로 노년에 몹쓸 술버릇이 생긴 니코데모 템페스티나 어리석은 짓과 질투, 여자 때문에 광기를 분출한 에세드라의 손자 사무엘레에게서 볼 수 있듯이. 반면에 나는 언제나 한결같은 알비세로서 여전히 잘 지내고 있다. 덫처럼 입을 꾹 다문 채로.

그 아이가 마을로 돌아온 후에 내 피가 부글부글 끓기 시작한 건 사실이다. 예전과 달라졌다. 메초 길에 내려갈 때마다 숨통이 꽉꽉 막힌다. 마치 늑대 무리가 레 카세의 구석구석을 차지하고 앉아 있기라도 한 듯이 말이다. 나는 골짜기 언저리에 살고 저녁 식사 때 반이나 남긴 접시를 내밀면 이올란다는 펄쩍 뛴다. 하지만 내 위는 작은 새의 위처럼 작고, 정렬된 체스판만 눈에 들어온다. 아내의 중얼대는 소리가 나의 하루를 가득 채운다. 나를 지치게 하는 이 불안증은 바로 그녀 때문에 생긴 것이다. 가끔은 목소리를 깔고 그녀의 면전에 대고 이렇게 쏘아 대고 싶다. "여보, 한때 허세를 부리던 템페스티를 끝장내려고 했어요. 내 손에는 체스 보물이 들려 있었고 나도 반사되어 빛났어요. 그러다 어느 순간 주변에 보이지 않던 당신의 동의를 구하려 체스판에서 눈을 뗐어요. 그리고 마법이 풀렸죠. 난 모든 걸 잃었어요. 시합은 물론이고 상금도 물 건너갔죠. 해변에서 이틀간 휴가를 보내는 대신 그날 오후 나을 기미가 보이지 않는, 신경이 산산조각 나는 병을 얻었어요. 내가 당신의 인생을 망쳤을지 모르지만 당신의 경거망동 때문에 나는 영험함을 잃었어요. 그런 힘을 손에 쥐었는데 한순간에 산산조각 났어요. 이에 비하면 악마의 할큄은 간질거림에 불과할 거예요."

내가 원한 게 한 가지 있다면 그건 마렘마에서 이올란다가 찾고 있는 영웅이 되는 것이었고, 그 순간만은 내가 가장 멋진 남자라고 느꼈다. 난 거인이고 등대였다. 위대했고 근심 걱정이 없었다. 정상에서 묵묵히 굳건하게 그녀를 바라보았다. 하지만 그녀는 나의 오물이 황금이 되고 별것 아니었던 생각이 다이아몬드 광채가 되는, 눈부신 옷을 입은 나를 알아보지 못한 유일한 사람이었다. '이올란다, 나를 봐!' 성취감에 사로잡힌 내가 마음속으로 소리쳤다. "이올란다, 난 천하무적이 되었어!" 그녀는 없었다. 테이블 주변에 수많은 사람들이 몰려 있었음에도 불구하고 아무 대답도 들리지 않았다. 템페스티의 목소리만 들릴 뿐이었다. "자네 차례야." 그러다 갑자기 땅이 갈라져 나를 집어삼키는 느낌이 들었다. 수많은 짐승들 중 하나가 되어 지하로 추락하는 것 같았다.

1969년의 가을 축제가 끝나고 몇 년이 흘렀다. 질레라는 벨기에에서 반평생을 살았고 그곳에서 생을 마감할 것이다. 반면에 몬티에리노는 얼마 전 세상을 떠났는데, 살아 있을 때 심계 항진을 앓아서 모두 그의 죽음을 어느 정도는 예상하고 있었지만, 입대하지 않으려고 자살한 걸 생각하면 마치 그가 살해당한 것처럼 씁쓸한 기분이 든다. 가끔 그의 무덤에 꽃 한 송이를 놓아두었고 넋을 놓고 한참 동안 그의 사진을 바라보았다. 그가 바로 옆에 있는 듯 불안에 떨며 웃는 소리가 내 머릿속에서 울려 퍼질 정도로 집중해서 보았다. 그러면 눈물이 날 만큼 감정이 격해진다. 그가 보고 싶어서가 아니라 완벽함에 집착하지 않던 예전의 내가 그리워서다. 어쩌면 존재하지 않을지도 모르는 완벽함이지만 이올란다에게 증명해 보이고 싶었다. 마지막 경기에서 그녀는 비테리노* 한 잔을 가지러 바텐더에게 갔었다. 그녀가 돌아왔을 때 난 완전히 다른 알비세였다. 촛농에 묻혀 숨 죽어 가는 초 심지처럼 지친 눈빛의 다른 사내가 되어 있었다.

어찌 됐건 나는 그녀의 왕이 되려고 노력했다. 이 생존 게임에는 늘 위협이 존재했고 수를 읽힌다는 것은 혹독한 대가를 치러야 한다는 것을 의미한다. 그래서 나는 이 성 안에 숨어 있고 어느덧 사십 년째 복수의 칼날을 갈고 있다. 여왕이 가장 강한 말이다. 그녀가 손에 칼라마이오의 질그릇을 들고 발을 질질 끌며 내게 올 때 격해지는 내 심장 박동만큼 강하다. "참 어리석군요," 그녀가 콧방귀를 끼고 미소를 짓는다. "그걸 찬장의 과자 봉지 뒤에 숨겨 놓다니." 한 줄기 빛이 그녀의 얼굴을 비추고 이마의 상처가 잠시 반짝거린다. 천사의 머리카락 같다.

지난 경기와 앞으로 남은 모든 경기를 통틀어도 그녀와 대결하는 것과는 상대도 되지 않는다. 그 대결을 끝내고 싶지 않다고 말하고 싶다. 그러면 그녀는 분명 이렇게 대답할 것이다. "이걸 칭찬이라고 하는 거예요?" 초췌한 칼라마이오는 쉴 새 없이 초인종을 누른다. 이올란다는 화가 치밀어 오른다. 나가기 전에 내 와이셔츠의 깃을 매만져 준다. 자신의 머리카락을 만지고 나서 이렇게 말한다. "가서 그 멍청이에게 문을 열어 주세요."

* 붉은색의 무알콜 칵테일.

비밀 메모에서
피에라 델 카시노
난쟁이

여름이면 우리는 창가로 의자를 가져가 창틀에 팔꿈치를 대고 앉았다. 윗마을에 갔던 아이들은 돌계단을 내려와 메초 길의 마지막 공터에 모여 있다. 그들은 목에 낡은 담요를 두르고 있다. 그걸 망토랍시고 걸치고 나무 검을 휘둘렀다. 아이들은 담을 향해 걷기 시작했다. 판지로 만든 방패를 들어 올렸다. 화살 총을 꺼냈다. 그러자 줄리아노가 조금 뒤쪽으로 오라는 뜻으로 내 팔꿈치를 툭툭 쳤다. 하지만 난 궁금했다. 뭘 하는지 보고 싶었다……. 가끔은 호기심 때문에 이마에 총알을 맞기도 한다.

그들은 말린 올리브를 총알로 사용했다. 질겅질겅 씹은 종이도 사용했는데 침 때문에 유리창에 들러붙었다. 우리는 웅크리고 앉아 방 안으로 빗발치는 그 총알들을 보았다. 줄리아노는 총알을 주워서 내게 나눠 주었다. 그리고 나서 우리도 대응 사격을 하면서 정체를 드러냈다.

전투는 삼십 분간 지속됐다. 아이들은 포위 공격을 하려고 더 높은 계단 위로 올라갔고 우리는 탑 꼭대기에서 총격에 대응했다. 그들은 사격이 끝나길 기다리며 비명을 지르고 종이로 방어했다. 이 모든 게 무성 영화 같았다. 피아노 음악이 나오고 숨소리가 들리는 그런. 놀라서 입이 떡 벌어졌고 소리를 지르느라 목이 부어올랐다. 이 아이들은 심지어 전투곡도 만들었지만 우리에게는 그저 침묵뿐인 노래였다. 바람도 메아리도 아무것도 통과하지 못하는 두터운 침묵이 만든 노래.

요즘도 그 이야기를 할 때면, 우리는 그 당시를 "침묵의 시절"이라 부른다. 향수가 느껴진다. 다른 세상에서 꾼 꿈 같은 것이다. 우리는 항아리 안에 있었다. 갇힌 게 아니라 보호받는 것이었다.

어느 날 신은 집이 불길에 휩싸이는 동안 서랍에 속옷을 넣을 때처럼 우리를 만드는 데 필요한 진흙을 살짝 휘저었다. 그 결과 두 명의 쌍둥이 난쟁이가 태어났다. 선천적 농아였다.

우리는 색을 입히는 걸 좋아했다. 사물을 지칭하는 새로운 신호를 만드는 것을 좋아했다. "연필"을 말하고자 할 때 오른손 검지를 들어 올렸다. "그걸 집어."라고 말하려면 눈으로 그걸 가리키며 주먹을 두 번 꽉 쥐면 됐다. 특별한 사람이라 느끼게 하는 우리만의 언어가 되었다. 무엇보다 그 언어로 우리의 비밀을 지켜 냈다.

끝없는 침묵 속에 산다는 것은 듣지 않는 것을 의미하지 않는다. 레 카세는 우리에게 말을 했다. 지진을 일으켜 말을 걸었다. 가끔 진동이 너무 약해서 샹들리에가 흔들리지 않은 적도 있었다. 하지만 우리는 진동을 느꼈다. 반면에 사람들은 아무 일 없는 것처럼 돌아다녔다.

"흔들리고 있어."라고 말하려면 오른쪽 손바닥을 이마에 대고 머리를 흔들면 된다. 내가 만들었다. 땅이 흔들리면 순간 몸이 얼어붙었다. 총알 세례를 받을 때도 마찬가지였다. 돌아보니 눈에 초점을 잃은 줄리아노가 멍하니 내 말에 **귀를 기울이고** 있었다…… 난 어깨를 두 번 으쓱해서 "느껴져?"라고 물었다. 그는 고개를 뒤로 젖혀서 "응."이라고 대답했다. 목이 저리거나 뼈가 쑤실 때 그러듯이 말이다. 레 카세는 심지어 잠을 자는 동안에도 우리를 놀라게 했다. 난 자다가 벌떡 일어나 앉았고 내 쌍둥이 오빠를 돌아보았다. 그도 자다 깨서 나를 쳐다보고 있었다. 그리고 우리는 이불을 걷어 내고 지하실로 내려갔다.

그건 큰오빠 다니엘레에게 배웠다. 어느 날 그는 집 앞에서 날개가 부러진 제비 한 마리를 발견하고 데리고 들어왔다. 그는 제비를 들고 있던 손을 펼쳐서 보여 주었고, 제비는 바닥에서 이리저리 넘어지며 정신없이 날뛰기 시작했다. 그러다 부엌의 한쪽 구석에 몸을 숨기고서야 멈추었다. 우리가 가까이 다가가는 것을 원치 않았다. 한 걸음 다가가려고 하면 부리를 벌리고 목이 부러질 정도로 머리를 벽에 세게 부딪으며 흥분했다. 결국 다니엘레는 몸을 숙여 새를 다시 집어 들었다. 그리고 어떻게 새를 진정시키는지 보여 주었다.

끌어안듯이 손을 오므렸다. 새는 머리를 손가락 사이에 집어넣었다. 오빠는 새에게 입김을 불기 시작했다. 대화를 시도한 걸지도 모른다.

처음에 제비는 부리로 손가락을 쪼며 달아나려고 했다. 다니엘레는 입술을 물릴 것을 각오하고 입김을 불었다. 그러던 어느 순간 새가 흥분을 가라앉혔다. 눈을 뜨고 잠든 것 같았다. 오빠는 계속해서 입김을 불었다. 동시에 천천히 손을 폈다. 손바닥을 완전히 펼쳤다. 다친 새는 손바닥 위에 그대로 있었다. 다니엘레는 내게 새를 건넸고 계속해서 따뜻한 입김을 불어 주라고 했다.

지진이 일어나도 똑같았다. 그 미세한 떨림을 느끼는 사람은 우리뿐이었다. 우리는 집에 있을 때 아무런 활동을 하지 않았고 지하실로 연결되는 가파른 계단을 내려가곤 했다. 지하실 안쪽 끝에 도달했다. 수천 년 전에 흘러내린 용암의 형태가 그대로 남아 있었고 그 안에 돌이 있었다. 우리는 그 돌을 껴안고 입김을 불었다. 한동안 계속했다. 진동이 멈출 때까지. 레 카세는 진정되었다. 그리고 우리도 다시 잠을 청할 수 있었다.

*

난 고양이를 그려서 줄리아노에게 보여 주었다. 엄지와 새끼 손가락을 펼치고 주먹을 들면서 "고양이"라고 했다. 이건 우리가 고양이를 말하는 방식이었다. 그는 체크무늬 종이에 있는 구름 모양 하나를 가리켰다. 우리가 머리 위에 동그라미를 그리면 구름이 된다. "궂은 날씨"를 말하고 싶으면 동그라미를 빨리 그리면 된다.

"다니엘레"라고 말하고 싶으면 턱을 살짝 두드렸다. 왜냐하면 큰오빠의 턱은 주걱턱이었고 그는 돌출된 턱을 창피해했다. 오빠의 주걱턱은 웃을 때 특히 도드라져서 그는 잘 웃지 않는다. "로베르토"는 꼽추이기 때문에 손가락을 갈고리 모양으로 만들어 코 근처에 갖다 대면 된다. "엄마"라고 말하려면 엄지를 볼에 스치기만 하면 된다. 우리를 볼 때마다 엄마가 볼에 뽀뽀를 해 주기 때문이다. "아빠"를 가리키는 수신호는 없었다. 아빠 얘기는 선뜻 꺼내지 않았다.

아빠는 늘 심각했다. 현관문이 열리고 아빠가 들어서면 모두의 기분은 급격히 가라앉았다. 아빠는 뭔가 못마땅한 사람처럼 일그러진 얼굴을 하고 다녔다. 끝없는 슬픔에 빠져 사는 것 같았지만 무엇 때문인지 알 수 없었다. 말수가 적었고 그의 입술이 움직일 때 보통 엄마는 고개를 끄덕이거나 숙였다. 그 외에 실수로라도 우리와 눈을 마주치는 일은 없었다. 줄리아노와 나는 그의 눈에 투명인간이나 다름없었다. 그에게 우리는 유령이었다. 무시하고 지나쳐야 할 공기 덩어리일 뿐이다. 우리 방에는 절대 들어오지 않았다. 우리가 독감에 걸려 이불을 흠뻑 적실 정도로 식은땀을 흘리며 앓아 누웠을 때도 마찬가지였다. 엄마가 우리의 그림을 보고 놀랐을 때도 눈길 한번 주지 않고 자기 할 일만 했다. 반면에 엄마는 늘 환한 미소를 지으며 박수를 쳐 주었다. 그건 우리에게 "또 그려 보렴."이라는 뜻이었다.

우리는 십여 개의 노트를 가지고 있었다. 때때로 아무 노트나 한 권 꺼내서 낙서를 가리키며 차례로 질문을 하면서 놀았다. 우리가 알고 있는 유일한 문법이었다. 우리는 세상의 것들을 신호로 만들었는데, 침묵으로 된 우리의 세상에 넣고 싶은 것만을 만들었다. 우리는 "눈물"이나 "고통"을 가리키는 수신호는 만들지 않았다. 그런 것들이 아예 존재하지 않는 듯 말이다.

그러던 어느 날, 폭풍이 몰아쳤다.

*

아랫동네에 사는 아이들은 우리에게 친절했다. 우리는 전투

놀이가 끝나면 가끔 거리로 나가 아이들 무리에 섞여 놀았다. 그들은 우리가 뒤처지는 것을 신경 쓰지 않았다. 민첩한 다리로 계단을 두어 개씩 뛰어넘었다.

애써 특별한 배려를 하지 않고 똑같이 대해 주는 것이 좋았다. 그들의 무관심이 우리를 평범한 사람으로 느끼게 해 주었다.

그들은 우리가 절대 이해할 수 없는 놀이에 정신이 팔렸고, 이 때문에 우리는 더더욱 재미를 느꼈다. 소스피리 광장에 도착해서 걸음을 멈추었다. 줄리아노와 나는 노인들을 위해 매어 놓은 밧줄로 된 난간을 잡고 계단 꼭대기까지 올라갔다. 밧줄이 아니었더라면 겨울철 빙판길에 가게로 내려갈 엄두도 못 냈을 것이다.

아이들은 우리를 빙 둘러쌌다. 여자아이들은 등 뒤로 흘러내린 내 머리카락을 쓰다듬었다. 꽃잎을 꺾어서 머리에 꽂아 주었다. 중간 중간 돌과 꽃을 넣고 노끈으로 꼬아 만든 목걸이를 내 목에 걸어 주었다. 그리고 줄리아노의 손목에 가죽 끈을 묶어 주었다. 심지어 자신의 망토를 벗어서 주는 아이도 있었다. 마치 기사 임명식 같았다. 그리고 괴물 같은 우리 두 사람은 의식을 위해 화려하게 차려입은 군주가 되었다. 숭배 받는 신. 그리고 늘 그랬던 것처럼 행렬을 시작했다.

계단이 또 있었다. 시계탑으로 향하는 좁은 길을 따라 올라가는 계단. 하지만 이번에는 아이들이 앞장서지 않았다. 우리 뒤를 따라왔다. 난 엄마 생각이 났다. 엄마가 이 장면을 보면 좋았을 텐데. 그리고 줄리아노를 흘깃 보았다. 그는 정면을 똑바로 바라보며 걸어갔다. 그는 천하무적 같았다. 마지막 언덕은 가장 높은 지점이었다. 돌바닥과 탑 말고는 아무것도 없었다. 바람이 적당히 불었다.

1952년 여름이었다. 그날은 날씨가 좋지 않았다. 하늘은 낮고, 진한 회색빛이었으며 바람 한 점 없고 공기가 습했다. 천둥이 치고 번쩍이는 빛이 보였다. 구름 사이로 폭음이 쏟아졌다. 우리는 그걸 **느꼈다**. 세상이 쪼개진 것 같았고 우리 배 속에 울려 퍼졌다. 레 카세의 떨림과는 달랐다. 다리에서 느껴지지 않는 메마른 웅웅 소리였다.

우리는 손바닥만 한 보라색 구름이 떠 있고 번개 치는 하늘로 솟아 있는 탑의 계단을 올라갔다. 재앙이 시작된 것 같았다. 언덕에 도달했다. 평소처럼 우리가 문 앞까지 앞장섰다. 아이들은 뒤에 있었다. 그러다 그들 중 한 명이 앞으로 나와서 문을 두드렸다. 다른 아이들은 이미 몇 계단을 내려가 있었다. 진즉 달아나고 싶었을 텐데 간신히 버티고 있는 아이도 있었다. 아이들은 문에 한쪽 귀를 대고 잠시 동안 가만히 듣고 있는 친구를 주시했다. 그 친구가 뭐라고 소리를 질렀고 그 순간 도망가기 시작했다.

달려 내려가는 아이들을 보았다. 어떤 아이는 종이 방패나 화살 총을 놓치기도 했는데 되돌아갈 엄두를 내지 못했다. 아이들 무리는 광장 중앙에 도착해서야 달리는 걸 멈추었다. 그들은 불안한 기색으로 바짝 붙어 있었다. 그리고 우리를 쳐다보았다. 윗동네에 사는 난쟁이, 왕자 복장을 한 우리를. 우리도 탑 꼭대기에서 뛰어 내려왔고 날파리 떼 같았다. 우리의 신하들은 겁에 질렸다. 우리는 한동안 아무것도 하지 않고 가만히 있었다. 아이들은 레 카세가 당장에라도 그들을 집어삼키려고 입을 떡 벌린 듯이 흥분해 날뛰었다. 우리는 마을을 진정시킬 수 있는 유일한 열쇠였다.

하지만 시간이 갈수록 아이들은 지루해하기 시작했다. 뭉쳐 있던 아이들이 뿔뿔이 흩어졌다. 누군가는 고개를 절레절레 흔들었다. 뛰어오다 무기를 잃어버린 아이는 무기를 찾으러 애처롭게 계단을 다시 올라갔다. 그리고 아이들은 한 명씩 집으로 돌아갔다. 정신 나간 황제의 복장을 한 우리를 놔두고 떠났다.

1952년 그날도 도망을 쳤다. 1952년 그날도 희열보다는 지루함이 만연했다. 우리는 첫 번째 녀석이 무리를 이탈하는 것을 보았고 뒤이어 또 한 녀석이 달아나더니 그 후로 줄줄이……. 나는 보이지 않는 거대한 볼트를 조이듯이 손을 빙빙 돌리면서 줄리아노에게 가까이 다가갔다. 우리 언어로 "무슨 뜻이야?"라는 의미였다. 그는 늘 그렇듯이 "모르겠어."라는 뜻으로 손바닥을 펴 보였다. 잠시 후, 배 속이 쑤시는 느낌이 들었다. 잠시였지만 누군가 뒤에서 내 머리카락을 잡아당기는 것 같았다. 그리고 정신을 잃었다.

다시 눈을 떴을 때, 나는 비에 홀딱 젖어 땅바닥에 주저앉아 있었다. 결국 폭풍우는 하늘을 두 동강 내고 말았다. 눈을 뜨니 가장 먼저 몇몇 아이들이 보였다. 그들은 조금 떨어져 뭔가를 외치고 있었다. 뒤를 돌아 오빠를 쳐다봤고 그는 귀에 손을 얹고 허공을 멍하니 바라보고 있었다. "무서워."라고 말하는 우리만의 방식이었는지 모르겠지만 두려움이 생길까 봐 단 한 번도 해 본 적 없던 말이다. 어쨌든 그의 머릿속에도 내 머리를 산산조각 내는 그런 혼란이 들어 있는 게 틀림없었다. 콧물 범벅이 된 아이들은 끊임없이 소리를 질렀다. 기운이 많이 빠지기는 했지만 잠시 동안 아이들의 입을 바라보았다. 그리고 알았다. 소리가 들렸다. 언덕의 암벽 위에서 나를 짓누르고 있는 빗소리가 들렸다. 나는 침묵이라는 본성을 잃고 다시 기절했다.

*

　오빠들과 엄마가 우리를 데리러 왔다. 나는 다니엘레의 부축을 받으며 집으로 갔다. 줄리아노는 로베르토의 도움을 받았다. 길을 내려가는 내내 난 쌍둥이 오빠의 눈을 쳐다보았다. 그 또한 손가락 하나 움직일 힘이 없었지만 그의 얼굴을 보니 같은 생각을 하고 있다는 것을 알 수 있었다. 우리에게 변화가 생겼다. 저 위, 탑 입구에서 무슨 일이 있었던 게 틀림없다.

　아빠는 집에 있었다. 우리가 집에 왔지만 뒤도 돌아보지 않았다. 그리고 살기니 의사가 왔을 때는 부엌에 있었다. 살기니는 내 얼굴 앞에 손가락을 대고 숨을 깊게 쉬어 보라는 손짓을 했다. 그러고는 줄리아노에게 갔고 그를 더 오랫동안 진료했다. 그는 그야말로 탈진한 상태였다. 팔을 들어 올릴 힘조차 없었다. 진료가 끝나고 의사가 미소를 지었다. 우리 엄마에게 다가가 이렇게 말하는 듯이 행동했다. "걱정하실 것 없어요." 우리의 언어로는 입술에 두 손가락의 등이 스치기만 하면 된다. 입술을 닦는 것처럼.

　회복 기간은 길었다. 엄마가 와서 손수 밥을 떠먹여 주었다. 나 먼저, 그다음 오빠. 엄마는 항상 미소를 잃지 않았고, 엄마의 라벤더 향기는 방을 환하게 밝혀 주는 것 같았다. 나는 마치 엄마를 처음 보듯이 쳐다보았다. 엄마의 목소리가 들렸기 때문이다. 숨이 멎을 것 같았다. 숟가락을 공중에 들고 자꾸만 멈칫하는 엄마의 얼굴을 빤히 쳐다보았다. 엄마는 불안해하며 내가 이해할 수 없는 몇 마디 말을 했다. 그러고는 활짝 웃으며 다시 평온한 모습으로 돌아갔다. 마지막으로, 정말 놀라지 않을 수 없었던 새로운 소리가 있었다. 내 목소리, 아무 의미 없는 몇 마디를 떼어 보았다. 의문 가득한 한탄 같다.

*

아홉 살에 말을 배우기란 어려웠다. 손동작을 이용해서 밤마다 말을 배웠다. 엄지와 새끼손가락을 펼치고 주먹을 쥐어 "고양이"를 만들었다. 그리고 쉬이 쉬이 소리를 내며 "고양이"라고 말했다. 저녁에 내가 말하는 것을 로베르토가 들었는지도 모른다. 우리는 어스름한 불빛 속에서 침대에 앉아 있었다. 줄리아노는 머리 위로 동그라미를 그렸고 "구름"이라고 발음해 보았다. 난 공포의 몸짓을 하며 "구름"을 반복했다.

우리는 새로운 세상을 만들어야 했다. 우리가 해낼 수 있을까? 실패하진 않을까? 쌍둥이 오빠는 내 눈이 휘둥그레지며 겁에 질린 걸 잘 알았다. 그래서 내 머리를 잡고 그의 이마를 내 이마에 맞댔다. 우리의 언어로 "우리 둘만"이라는 의미였다. 난 그를 바라보았다. 그리고 한 단어로 정확히 표현해 보았다. "비밀".

우리는 집에서 오가는 대화를 엿들으며 일상을 보냈다. 그리고 평소처럼 행동했다. 처음에는 엄마를 "마"라고 부른다고 생각했다. 다니엘레와 로베르토가 그렇게 엄마를 불렀기 때문이다. 그들은 줄리아노를 "개구리"라고 불렀고 나를 "작은 개구리"라고 불렀다. 반면에 엄마는 우리 둘 다 "내 사랑"이라고 불렀다. 아빠에게는 단 한마디도 배우지 못했다.

처음에는 혼란스러웠지만 어느 날 몰래 학교를 다니는 재미를 깨달았다. 사물의 이름을 배우는 것이 좋았다. 물건을 소리로 바꾸는 것. 마법 같았다.

우리는 함께 우리의 오래된 수화 놀이를 계속했다. 모든 사람 앞에서 대화하는 방식이었다. 엄마는 "머리를 빗다"와 같은 수화 몇 단어를 배우기도 했다.

이제 우리는, 화창한 일요일마다 조바심을 내며 아랫동네 아이들을 기다렸다. 사고 이후에 아이들은 우리를 호기심 어린 눈으로 쳐다보았다. 우리는 이제 그들의 전투곡을 들을 수 있게 되었다. 그런데 그들은 우리를 다른 이름으로 불렀다. 잠시 후, 우리는 탑으로 향하는 계단을 올라갔고 그들이 말하는 것을 들었다.

*

전설에 따르면 시계탑은 한때 사악한 마법사가 살던 곳이었다고 한다. 그의 입에서 폭풍이 불어 닥쳐 호기심 많은 아이들을 빨아들였다. 어느 날 홀연히 사라지기 전까지 그랬다고 한다. 몇 주가 지나서야 레 카세 주민들은 밤이 되어도 그 집 창문에서 불빛 한 점 새어 나오지 않는다는 사실을 눈치 챘다. 사람들이 확인하러 갔을 때 피가 잔뜩 묻은 담을 발견했다. 마법사의 옷은 잘 정돈되어 의자 위에 있었지만 몸은 온데간데없었다. 벽은 머리카락으로 범벅이 되어 있었다.

아랫동네 아이들에게 우리가 왕이 아니었다는 사실을 알았을 때 기분이 좋지 않았다. 그들의 놀이는 우리를 떠받드는 게 아니라 전망대가 있는 언덕까지 우리를 데려가는 것이었다. 우리를 미끼로 이용했다. 희생양. 아이들은 탑의 문이 열리고 마법사의 발톱이 우리를 낚아챈 다음 순식간에 다시 닫히는 것을 보고 싶었던 것이다.

우리는 역할을 다했고 다음 희생양을 쳐다보았다. 가위 바위 보로 문을 두드릴 사람을 정했다. 그는 쿵쾅쿵쾅 떨리는 가슴을 안고 철문에 귀를 대고 잠시 동안 가만히 있었다. 그러고는 소리를 질렀다. "온다!" 그러면 모두가 도망쳤다.

우리는 광장 끝에 있었다. 일 년 전에 사고가 있었음에도 불구하고 아이들은 그 심술궂은 놀이를 계속했다. 우리는 저 아래 작고 볼품없는 아이들을 바라보았다. 잠시 후 그들은 지루해하며 각자의 집으로 돌아갔다. 문에 접근한 사람은 우리였다. 우리는 철문에 귀를 가까이 가져갔다. **톡, 톡, 톡**…… 낮고 깊은 울림소리. 계단을 내려오는 마법사의 발걸음. 아니면 오래된 시계의 거대한 톱니바퀴 소리일지도.

*

번개가 쳤다. 한참 지나고서야 알았다. 우리가 태어난 항아리를 부숴 버린 게 번개였다는 것을 말이다. 우리는 종종 남몰래 탑에 올라가서 언덕 암벽의 불에 탄 흔적을 보았다. 바로 거기에서 우리는 다시 태어났다.

난 침묵의 세상이 더 좋았다는 생각을 자주 했다. 지금 우리가 살고 있는 곳에는 귀청이 터질 듯 소음이 요란하다. 또한, 말에는 나름의 숨은 뜻이 있다는 것을 알았다. 불평하듯이 아빠가 툭툭 던지는 몇 마디 말같이. "행복"을 표현하는 것은 심장을 긁는 것으로 충분했는데 말로 하는 것은 완전히 다르다. 입에서 나오는 말은 여러 겹으로 되어 있다.

침묵도 변했다. 더 이상 공허함이 아니었다. 말을 했다. 이를테면 산책하는 수산나를 몰래 훔쳐보는 다니엘레의 한숨 속에도 침묵이 있었다. 또는 리볼라 어귀에서 아빠도 일자리를 찾았다는 소식을 전해 주었던 날, 로베르토의 어두운 눈동자에도 침묵이 있었다. 아빠는 화재가 난 터널에서 인부로 일했다.

우리는 소곤대며 밤을 보냈다. 먼저 새로운 알파벳을 만들었고 그다음에는 서툴지만 제대로 수다를 떨게 될 때까지 연습하는 시간을 가졌다. 도중에 용어가 생각나지 않아 말이 막히기도 했다. 그러면 수화를 사용했지만 그때뿐이었다.

꿈속에서도 말을 했다. 아무도 듣지 않는다고 생각해 혼잣말을 하며 집안일을 하는 엄마처럼. 또는 라디오에서 나오는 노래를 따라 불렀다. 침묵 속에서는 상상도 할 수 없었던 그 소리에 매료되어 정신을 놓아 버렸다. 그러면 이따금씩 줄리아노가 옆에 와서 팔꿈치로 쿡 찔렀고 난 정신을 차리고 귀머거리 난쟁이로 돌아갔다. 하지만 쉽지 않았다. 나도 내 목소리로 노래를 불러 보고 싶었다. 어느 날, 저녁 식사 시간에 로베르토가 잔을 치는 바람에 바닥에 떨어져 산산조각이 났다. 나는 깜짝 놀라서 본능적으로 돌아보았다. 그러자 줄리아노가 즉시 다가와 식탁 아래 내 허벅지를 꼬집었다. 난 다시 앞을 보았다. 그러다 아빠와 눈이 마주쳤다. 그가 나를 빤히 쳐다보고 있었다. 유심히 쳐다보았다. 내 눈을 쳐다본

게 아마 태어나서 처음이었던 것 같다. 나를 뚫어져라 보고 있어서 숨도 제대로 쉴 수 없었다. 눈빛으로 내 목을 조르는 것 같았다. 그러고는 식사를 이어 갔다. 천천히. 닭살이 돋을 정도로 천천히.

*

줄리아노는 나보다 한 수 위였다. 옆에서 폭탄이 폭발한다 해도 그는 눈 하나 깜박하지 않을 것이다. 끝없이 경계하며 살아야 했지만 차츰 익숙해졌다. 그리고 컵 사건 이후로 아빠가 변했다. 그 전까지만 해도 아빠는 우리에게 눈길 한번 주지 않았는데, 이제는 눈으로 우리를 주의 깊게 살폈다. 우리는 그의 놀잇감이 되었다. 아빠는 우리를 함정에 몰아넣었다. 갑자기 숟가락을 바닥에 떨어뜨리고 눈동자의 미세한 움직임과 호흡을 유심이 관찰했다. 하늘에서 천둥이 치고 폭풍우가 불어 닥쳐도 우리는 얼굴색 하나 변해서는 안 된다. 문 두드리는 소리. 개 짖는 소리. 어떤 것에도 현혹돼서는 안 된다.

우리는 한밤중에 자주 대화를 했다. 우리의 변화를 밝힐 때가 온 걸까? 하지만 줄리아노는 키가 크지도 힘이 세지도 않은 우리가 가진 유일한 장점을 간직하고 싶어 했다. 우리는 레 카세의 사람들과는 다른 삶을 살아가야 하는 운명을 타고났다. 탑이 있는 언덕에서 우리를 강타한 벼락은 신이 보낸 것이다. 사람들의 진실을 꿰뚫어 보는 이런 힘을 얻으려고 누군가는 황금을 갖다 바쳤을 것이다. 아랫동네의 아이들은 나를 "두꺼비 여왕"이라 부르면서 행렬하도록 했다. 우리 오빠는 "멍청이 왕"이었다. 우리는 웃었다.

평소처럼 즐거운 척을 했다.

어느 날 저녁 우리는 거래를 했다. 모두의 눈에 우리는 변함 없는 장애인이었다. 우리의 새 방패가 생겼다. 우리의 무기. 난 줄리아노의 눈을 쳐다보고 말했다. "응." 그가 앞으로 나와서 내 입에 뽀뽀를 했다. 우리의 예전 언어에서 그것은 도장과 같은 것이었다. 말로 하면 이런 뜻이 된다. "맹세해."

*

1954년 폭발이 있었을 때 우리는 열한 살이었다. 그날은 화요일이었다. 다니엘레가 공포에 질린 얼굴로 현관문을 열었다. 말하기 전에 숨을 골라야 했다. 그리고 그가 말했다. "사람들이 모두 밖으로 나왔어요. 광산에 무슨 일이 생긴 것 같다고 하네요." 그는 침을 삼켰다. 파랗게 질려서 눈알이 튀어나올 것 같았다. "바다 쪽 평지를 보니 먹구름이 보여요."

엄마는 손에 들고 있던 우유병을 떨어뜨렸다. 우리는 아침 밥상에 시선을 고정하고 미동도 하지 않았다. 입안에 아직 음식이 있는데도 한 숟가락을 더 떠 먹었다. 아빠와 로베르토는 아침 7시에 첫차를 타고 나갔던 터이다.

엄마는 바닥에 앞치마를 던졌다. 그리고 식탁으로 다가와 우리를 쳐다보았다. 어디 가지 말라는 의미로 우리의 어깨를 누르며 엄마가 말했다. "너희는 집에 있어." 그러고는 다니엘레와 함께 나갔다. 신발도 갈아 신지 않았다.

창밖에는 신시가지로 뛰어가는 사람들이 보였다. 밤 근무를 마친 채석공들도 있었다. 그들은 황급히 작업복을 다시 챙겨 입고 헐레벌떡 내리막길을 내려갔다. 회랑에서 목소리가 들리기 시작했다. "카모라! 카모라가 폭발했대요!" 그 순간 한 여자가 지나갔다. 이 말을 듣자마자 고개를 들고 그대로 쓰러져 기절했다.

긴 하루였다. 레 카세는 휑했고 고양이 한 마리 지나다니지 않았다. 우리가 유일한 생존자 같았다. 그 틈을 이용해 우리는 큰 소리로 말을 했다. 줄리아노가 입을 열었을 때 난 놀랐다. 그는 평소와는 달리 무척 큰 소리로 말했다. 시에나에서도 들릴 것 같았다. "로베르토가 깔렸어." 쌍둥이 오빠가 말했다. 난 아무 대답도 하지 않았다. 말로 하는 것은 완전히 달랐다. 못 들은 척하거나 대답하지 않을 수도 있지만 그뿐이고, 말은 더러운 진흙처럼 피부에 와서 착 달라붙었다.

윗동네 사람들, 특히 노인들은 이른 오후가 되어서야 집으로 돌아가기 시작했다. 추방자들의 행렬 같았다. 모두 일렬로 걸어갔다. 여자들은 손수건으로 눈물을 훔치고 흐느껴 울었다. "이런 망할." 사람들이 말했다. "그들은 십 년마다 깨어나서 목숨을 앗아가. 1925년부터 지금까지 계속. 리볼라의 굴에는 괴물이 살아, 그런데 몬테카티니에서는 그 사실을 부인하지. 망할 윗대가리들이 날아갔어야 했는데!"

거리에 사람들이 있어서 우리는 다시 벙어리로 돌아갔다. 어차피 할 말도 없었다. 엄마는 집에 돌아오지 않았고 다니엘레도 마찬가지였다. "경찰을 불렀어." 아래층에서 목소리가 들렸다. 산 바스티아노 광장 벤치에 자주 앉아 있던 노인이었다. "그들은 폭동을 두려워해. 폭동이 일어나면 좋겠어! 가엾은 가족들이 생각나네. 마렘마 중턱의 산등성이를 내려와 카모라 어귀에서 소중한 사람의 시신을 기다리는 부인과 아이들……. 첫 번째 수색 작업에서 나온 시신이 마흔일곱 구라고 해. 그래도 반은 살렸으니 다행이야." 한 노인이 창밖을 보고 있는 우리를 보았다. 그는 우리가 뉘 집 자식인지 잘 알고 옆 친구를 팔꿈치로 쿡쿡 찔렀다. 하지만 그 친구는 어깨를 으쓱하더니 미소를 지었는데 "이봐 오크들, 오늘 밤은 길 거야. 내일은 더할 거고."라고 말하는 듯했다. 그러고는 이렇게 말했다. "저 두 불쌍한 아이들이 말을 알아듣길 바라는 겐가? 브라만테의 머리카락 한 가닥도 발견되지 않았다는 것을 이 아이들에게 이해시킬 필요는 없어. 한 달 후를 생각해 보게. 그림이 딱 이럴 걸세. 가장을 잃은 가족, 그리고 줄줄이 딸린 자식들. 그중에 한 녀석만이 밥벌이를 할 수 있어. 게다가, 근처에서 폭발이 있었다 해도 저 괴물들은 고개도 돌리지 못해."

*

그들은 저녁 식사 전에 돌아왔다. 관계자들은 구조가 원활하게 이루어질 수 있도록 우는소리를 하며 입구를 가로막는 광부의 가족들을 마을로 돌려보냈다. 다니엘레는 얼빠진 얼굴로 돌아왔다. 그는 의자에 앉아 와인 병을 집어 들고 연거푸 들이켰다. 엄마는 우리에게 애써 미소를 지어 보였지만 바들바들 떨고 있었고 서 있기조차 힘들어 보였다. 엄마가 가장 먼저 한 일은 가스레인지 앞으로 가서 우리에게 식사를 준비해 준 것이었다. 몸을 움직여야 했다. 가만히 있다가는 당장이라도 정신을 잃을 것 같았다. 엄마와 다니엘레는 둘 다 말이 없었다. 나는 소리를 지르며 로베르토와 아빠의 소식을 물어보고 싶었다. 큰오빠 옆에 가서 앉았다. 그의 팔을 잡았다. 그는 움직이지 않고 멍하니 허공을 바라보았다. 얼굴을 찡그리지도 않았는데 그의 눈에서 눈물이 또르르 흘러내렸다. 눈물이 그의 긴 턱을 타고 흘러 스웨터에 뚝뚝 떨어졌다.

문 두드리는 소리가 들렸을 때 내 한쪽 팔이 타들어 가는 듯했다. 내가 발을 동동 구르는 것을 보자 내 팔꿈치 살을 꼬집으면서 진정시킨 사람은 줄리아노였다. 집 안에는 불행의 검은 그림자가 드리웠고 아무도 우리를 신경 쓰지 않았다. 엄마는 흥분해서 슬리퍼 한 짝이 벗겨진 줄도 모르고 복도를 달려 현관으로 갔다.

팔라체시가 왔다. 겨울이면 우리 집에 자주 와서 아빠와 그라파*를 마셨기 때문에 잘 안다. 그는 아랫동네 아이들 중 한 명의 아빠이기도 했다. 내가 가장 좋아하는 아이였는데 이름이 마르코라는 것을 최근에 알았다.

"알도, 맙소사……." 엄마가 와락 안기며 말했다. "어서, 들어오라고 하세요." 다니엘레가 엄마에게 다가가 다정하면서도 단호하게 그녀를 잡아당겼다.

그들은 탁자로 가서 앉았다. 큰오빠는 깨끗한 잔을 꺼내서 와인을 채워 팔라체시 앞에 두었다. 팔라체시는 잠시 동안 아무런 행동도 하지 않았다. 마치 연설을 듣고 있는 듯 그저 와인 잔만 바라볼 뿐이었다. 옷과 얼굴은 먼지와 진흙이 묻어 새까맸다. "알도……." 잠시 후 엄마가 용기를 냈다. 그리고 그는 고개를 저었다. 먼저 우리 귀머거리 난쟁이를 뚫어지게 보았다. 그러고는 다

---

* 이탈리아 특산의 포도박 브랜디의 일종. 포도박을 발효시킨 알코올을 증류하여 만든다.

니엘레를 쳐다보며 단념한 듯한 미소를 지었다. 마지막에 엄마를 보고 마음을 먹었는지 힘겹게 말을 꺼내기 시작했다. 꿈을 꾸는 듯이 느릿느릿 말했다. 팔라체시는 울분을 토하다가도 힘겹게 말을 이어 갔다. 그는 어리둥절한 눈빛으로 주변을 바라보았다.

"저는 라포 우물 공사 팀에 있었어요." 그가 말했다. "그런데 갑자기 입술에 시큼한 맛이 느껴졌죠……." 당시의 동작을 재연하며 혀를 내밀었다. "잠시 후, 땅이 흔들렸고 순식간에 연기에 휩싸였어요. 바로 옆에 있는 동료조차 보이지 않았죠. 우리는 서둘러 밖으로 빠져나갔어요. 그 순간 카모라에서 가스가 폭발했다는 소리가 들렸어요."

그는 와인 잔을 들어서 거칠게 들이켰다. 다니엘레가 잔을 다시 채워 주었고 자신의 잔도 채웠다. 그는 몸이 덜덜 떨려 두 손으로 술병을 꼭 쥐었다.

"우리는 순간적으로 엎드렸어요." 눈가가 촉촉해진 팔라체시가 말을 이어 갔다. "파이프를 두드렸지만 모두 파열되어 터널이 물에 잠겼어요. 우리는 40여 미터를 가서 거대한 우물 앞에 도착했어요. 물 위를 둥둥 떠다니는 일곱 구의 시체가 보였어요. 그중에 브라만테는 없었어요……. 가다 보니 산사태로 통로가 막혔더라고요."

그날 저녁, 말에 관해서 배운 게 또 하나 있었다. 말은 거대한 돌이 될 수 있고 칼날이 될 수 있다. 내가 좋아하는 마르코의 아버지는 있는 그대로 말을 전했다. 카모라의 중심부에 일어난 일을 무자비하다 싶을 정도로 적나라하게 묘사했고 동시에 엄마와 다니엘레에게서 희망을 싹을 잘라 버렸다. 우리에게서도 마찬가지였다.

"우리는 틈을 벌려서 무너져 내린 곳 뒤로 밧줄을 보낼 수 있었어요. 틈새로 집어넣었죠. 그러나 반대편으로 나가자마자 맥없이 쓰러졌어요. 일산화탄소 때문이었죠. 밖에 있던 사람들의 도움으로 정신을 차렸어요."

엄마는 심지어 죽은 사람 같았다. 무릎에 손을 얹고 테이블의 한 곳을 바라보았다. 결말이 뻔히 보이는 현실을 그대로 받아들였다. 산사태에 깔리거나 뭔가 끔찍한 것을 막으려는 듯 손을 뻗으며 터널 벽에 기대앉은 채로 발견된 까맣게 타 버린 사람들의 시체가 느껴졌다. 다른 사람들은 손톱이 닳아 없어지고 살이 벗겨질 때까지 흙을 파헤쳤다. 오후 내내 구조대원들은 일산화탄소를 들이마셔 기진맥진해 밖으로 나왔다. 작업을 계속하려면 소방차의 흡인기가 필요했다.

난 갑자기 감정이 격해져 눈물이 쏟아졌다. 줄리아노가 내 옆구리를 찔렀지만, 뭐라 할 마음은 크게 없었다. 울음을 그치려고 애를 써도 소용없었다. 오히려 다니엘레까지 울음을 터뜨리게 만들었다. 그는 손으로 얼굴을 감싸고 울부짖기 시작했다. 팔라체시는 이미 말을 멈춘 지 오래였다. 그는 몸이 떨릴 정도로 흐느껴 울고 있었다. 이렇게 말하는 듯했다. "귀머거리들도 이해했나 봐요. 더 이상 할 말이 없군요." 반면에 엄마는 움직임이 없었다. 예전에 좋았던 추억을 생각하면 미소가 절로 지어지듯이 슬픔에 엄마의 얼굴에는 이상한 찌푸림이 번졌다. 섬뜩했다. 그리고 아빠의 동료를 쳐다보고 차분하게 말했다. "내일 그를 찾게 되면 알려 주세요. 조심히 작업해 주세요. 연장으로 몸을 훼손하지 않게 조심해 주세요."

　다음 날 우리는 시체들을 한데 모아 두었다는 몬테카티니의 어느 차고로 갔다. 그곳에서 엄마가 쓸데없는 걱정을 했다는 것을 알았다. 광부들은 더 이상 보이지 않았다. 줄리아노와 나는 평소와 다름없는 팔라체시의 시선을 받으며 밖에 있었다. 그는 우리가 농아인 걸 알기 때문에 주변에서 무슨 소리가 들려도 크게 신경 쓰지 않았다. 이를테면 힘겹게 버티고 있는 몬테마시의 어떤 여인의 비명 소리가 들렸다. 그녀는 꿰맨 양말을 보고 자신의 남편인 걸 알았다.

　가스 폭발이 화재로 이어졌다. 순식간에 불길이 중심 터널로 이어져 붕괴를 일으켰다. 그 순간 살아남은 노동자들은 마치 석탄 덩어리 같았다. 입안을 검사하고 인레이와 브리지, 아말감 등등을 구별하기 위해 치과의사들이 동원되었다. 입고 있던 옷은 살과 함께 녹아내려 모두 너덜너덜해졌다. 듣기로는 불길이 확 피어오르던 순간 터널 측면에 있던 사람들만이 훼손 정도가 적었다고 한다. 충격파로 즉사하는 위험은 피했지만 질식사하고 말았다.

　아빠와 로베르토는 국가장이 치러지는 동안 아직도 카모라 안쪽에 있었다. 국기로 감싼 서른일곱 개의 관. 각각의 관 위에는 안전모가 하나씩 놓여 있었다. 트럭에 실려 레 카세를 가득 메운 사람들 사이를 행렬했다. 그 무엇보다도 이루 말할 수 없는 고통이었다. 사람들 눈에서 뭔가 다른 감정이 느껴졌다. 어딘가에는 그런 것을 가리키는 말이 있다는 걸 알고 있었다. 말은 모든 걸 다 설명할 수 있으니까. 결국 내가 알아차린 건 모욕이었다. 모든 사람들의 얼굴은 경악과 분노로 가득 차 있었다. 마음속에 역겨운 모욕이 불타오르는 것이 보였다. 죽은 사람들의 살은 산 사람들 곁에서 아직도 불타고 있었다. 그리고 주변에는 처음 경험하는 어마어마한 침묵이 흘렀다. 세상이 멸망하기 전 폭풍우를 준비하는 것 같았다. 이따금씩 천둥소리 대신 관계자들을 향한 찢어질 듯한 목소리가 들려왔다. 경찰들은 쭉 늘어서서 행렬을 통제했다. 사람들이 머리를 쭉 빼고 있으면 우리 난쟁이들은 사람들의 몸밖에 보이지 않는다. 많은 사람들이 있었지만 우리도 그 사이에 섞여서 앞으로 걸어갔다. 하지만 이동이 원활하지 않아 잠시 동안 사람들 사이에 끼여 샌드위치 신세가 되기도 했다. 그러다가 좁은 틈이라도 보이면 성큼성큼 움직여 다시 앞으로 나아가기 시작했다. 단거리 달리기를 하는 것 같았다. 그리고 사람들 속에 뒤섞여 길을 잃었다.

사람들의 다리가 만들어 낸 끝없는 숲이 보였다. 그 아래는 따뜻했고 공기가 갑갑했다. 사람들에게 등을 떠밀려서 걸음을 멈출 수가 없었다. 소리를 지를 수도 없었다. 또 한 번 혼란이 일었다. 난 바지와 치마에 쿵쿵 부딪혔다. 울음이 터져 나오기 시작했다. 어느 순간 뒤에서 누군가 나를 잡는 느낌이 들었다.

잘난 척 잘하는 삐쩍 마른 마소였다. 움직이는 인파 속에서 나를 끄집어냈다. 잠시 후 우리는 길가에 모여 있는 나머지 사람들과 행렬을 갈라 놓는 복도 같은 곳에 도착해 있었다. 중간에는 경찰들이 설치한 저지선이 있었다. 마소는 내 손목을 잡고 강아지처럼 끌고 갔다. 우리는 잠시 동안 길을 올라갔다. 그리고 군복을 입은 군인들과 마주쳤고 그들은 우리가 지나가도록 길을 터 주었다. 그 후로도 많은 사람들이 지나쳐 갔다. 심지어 발이 땅에 닿지도 않았던 것 같은 순간도 있었다. 그러다 작은 공터에 도착했다.

그곳에서 레 카세 사람들의 얼굴을 알아봤다. 목적지에 거의 다와서 마소는 내가 넘어질 걸 알면서도 빠르게 속도를 냈다. 그러고는 갑자기 사냥개가 먹잇감을 전달하듯이 나를 그의 가족 앞에 세웠다. "이 아이를 찾았어." 그가 말했다. "하마터면 사람들이 밟고 지나갈 뻔했지 뭐야."

나는 안전한 곳으로 잡혀 왔다. 그들은 눈으로 나를 훑어봤는데 나를 위해서가 아니라 그들을 위해서였다. 특히 여자들은 내게서 병이라도 옮을까 봐 겁을 내는 것 같았다. 마법에 걸린 크리스털을 대하듯 했다. 깨질까 봐 만져 보지도 않았다. 불운을 쫓으려고 몰래 등 뒤에서 손가락 뿔을 만들었다.

처음에 그들은 내게 친절을 베풀었다. 손수건을 건네주기도 했는데 난 그걸로 뭘 하라는 건지 알 수 없었다. "저녁에 데려다주도록 해요." 누군가 말했다. 그러자 다른 노파가 대답했다. "데려다주지 않는 게 어때요? 이네스, 그 가엾은 여인의 짐을 덜게 말이에요. 광부 브라만테 일로 이미 힘겨워하고 있잖아요. 더 힘들 게 할 뿐이에요. 난쟁이지만 먹고 싸는 건 보통 사람과 다를 바 없어요."

그날 나는 두 가지를 깨달았다. 첫 번째, 시신 없이 장례식을 치른다는 것은 몸이 갈기갈기 찢길 정도로 고통스럽다는 것. 그리움에 몸부림치는 것 이상으로 도둑맞은 심정이기 때문이다. 생전에도 이리 치이고 저리 치였던 몸이었는데 마지막까지 편히 잠들지 못했다. 두 번째, 줄리아노의 말이 모두 옳았다는 것. 우리는 재능을 부여받았다. 레 카세의 쓰레기 같은 사람들 사이에 끼어서 마녀들의 대화를 들었다. 그들은 심지어 관 앞에서도 험담을 입에 올렸다. 누군가 말했다. "신을 화나게 한 건 아마도 사촌끼리 혼인을 해서 신성 모독을 했기 때문일 거야. 브라만테는 카모라의 내부를 걸어가고 있었고 그 순간 폭발이 일어나 벌을 받은 거야. 인사를 주고받던 사람들과 함께." 다른 사람이 말했다. "맞아. 내가 이네스라면 그 아이 둘을 벌써 서커스에 팔아넘겼을 거야. 어딘가에 쓸모가 있겠지. 악의가 있어서 하는 말은 아니야."

나는 쉴 새 없이 검지를 긁었다. 수화로는 이런 의미를 가지고 있다. "계속 그러면 가만두지 않을 거야." 말로 하면 내 안에서 활활 타오르는 감정을 옮길 수 있는 단어가 있다. "복수".

*

오십 년이 지나도 증오심은 가라앉지 않았다. 결국 레 카세가 차츰차츰 버림받는 걸 보니 다행이라는 생각이 들었다. 이제 우리는 구시가지의 거리를 다니면서 마을 사람들과 인사를 나눈다. 그러면서 동시에 이 버림받은 사람들의 피를 들끓게 하는 불만거리를 알게 된다. 그들은 실제로 존재하지 않는 삶의 신기루를 찾다 길 잃은 사람처럼 평소와 다름없이 몸을 질질 끌고 다닐 뿐이다.

우리는 식품점에 들어가서 마리오에게 장 봐야 할 목록을 보여 준다. 그는 우리의 돈을 좋아하기 때문에 미소를 아끼지 않는다. 그리고 그의 이야기를 들려준다. "무슨 이야기를 해 줄까." 최근에는 음식을 느릿느릿 포장하면서 우는소리를 했다. 그는 입술이 보이게 항상 비스듬히 서 있다. "늙기 시작한 것 같아. 그래도 사랑에 빠질 수 있다고 생각했어. 바보같이. 아침에 눈을 뜨면 창백한 얼굴에 눈빛이 어두운 어여쁜 엘레오노라가 가게 앞에 보이지 않으면 어쩌나 불안해. 그 아이는 어디선가 불쑥 나타나서 불과 몇 주 만에 나를 엄청난 고뇌에 빠뜨렸어. 이런 말이 절로 나와. '참 개 같은 인생이야. 오십 년 먼저 태어나게 한 것도 모자라 확인사살까지 시켜 주지.' 정말 스트레스야. 난 한 달 만에 비쩍 말라 버렸어. 가게 일 말고도 증세가 들쑥날쑥하며 죽을 것 같으면서도 죽지 않고 버티는 아델라이데 때문에 스트레스가 두 배야. 그렇다고 그녀가 죽기를 바라는 건 아니야. 인생의 동반자였는데……. 무엇보다 난 운명을 믿고 운명에 집착해. 꼭 이렇게 다 늙어서 평원의 그 꽃 같은 아이를 만나게 했어야 했나? 이런 고뇌에 빠지지. 제정신이 돌아오면 나 자신이 소름 끼치게 역겨워. 병상에 있는 아내에 대한 죄책감으로 괴로워. 하지만 매일 밤 나의 엘레오노라 꿈을 꾸지. 평소에 우리는 가게에 함께 있었어. 그뿐이야. 난 그녀의 머리카락에서 나는 향기를 맡아. 그녀가 선반에 물건을 정리하는 동안 그녀의 실루엣을 바라봐. 그러다 어느 순간, 그녀를 불러. 그러면 그녀가 돌아봐. 매번 심장이 요동치고 '함께 떠나자.'라는 말이 턱 끝까지 차올라. 이 말이 늘 혀끝에 맴돌아. 하지만 그때 누군가 들어와 기분을 망쳐 버리지. 돈을 빌리러 포넨티 집에 갔던 때부터 이 마을이 내 인생을 망치고 있어. 오늘 밤, 꿈속에, 이사스티아의 그 몹쓸 놈이 나왔고 난 또다시 말문이 막혀 버렸어. 잠시 후 눈을 떴더니 내 옆에는 머리털이 반쯤 빠지고 뼈만 앙상하게 남은 아델라이데가 있었어. 중요한 건 자다가 죽을 일은 없다는 거야. 죽은 아내와 몇 시간을 침대에 함께 누워 있다는 생각만으로도 숨이 턱턱 막혀. 그런데 내가 하려는 말은…… 사실 너희가 부럽다는 거야. 알아? 적어도 너희는 아무 이야기도 듣지 못하잖아. 그리고 장애가 있다는 이유로 있는 돈 없는 돈 긁어모아 세금을 내는 우리의 보호를 받잖아. 저녁에 불이 꺼지고 앞이 보이지 않을 때 너희는 그 손으로 뭘 할까. 한편으론 너희도 평범한 사람들을 괴롭히는 욕망을 가진 생명체야. 하지만 이상한 기분이 들어. 외설은 외설을 부르니까. 브라만테가 첫째와 둘째 아들을 낳고 복권을 탄 기분이었다면, 사정이 잘못되는 바람에 너희같이 추한 꼴의 자식을 낳는 벌을 받았지. 온 가족이 그 벌을 받고 있어. 너희는 죽지 않고 먹을 것만 축내고 있으니까. 그리고 1954년 참사가 있었어. 가엾은 로베르토. 지나치리만큼 착한 아이였는데. 그가 동성애자라고 누군가는 말했지, 무슨 뜻인지 알려나……. 어쨌든 우리는 그 사실을 너무 늦게 알아 버렸어. 그리고 신경증에 시달리며 서서히 쇠약해져 가는 아름다운 이네스. 이 와중에 사태 파악을 제대로 한 사람은 다니엘레뿐이야. 하루라도 젊었을 때 레 카세를 벗어나는 게 좋아, 그러지 않으면 후회하게 될 거야. 인생을 허비하고 스트레스만 쌓여 가지. 다니엘레는 아빠와 형을 잃은 아픔을 그렇게 극복했어. 그는 벨기에로 가서 레스토랑을 차렸어. 듣기로는 엄청난 돈을 벌었다는 군. 그에게 남은 유일한 혈육이 너희야. 하지만 너희에게 전화 한 통 할 수가 없지. 그래 봤자 너희에게 장애가 있다는 걸 확인하는 것밖에 안 되거든. 너희가 쓸모가 있기는 하니. 그런데도 너희는 마지막까지 살아남았어. 그 사이 평생 잘못이란 걸 해 본 적 없는 아델라이데는 병에 걸렸어. 평원의 엘레오노라는 쥐도 새도 모르게 사라졌지. 월급을 주던 늙은이의 속을 뒤집고 썩어 문드러지게 하면서 말이야. 잔돈 몇 푼 남기려고 가격을 조금 얹어서 부른다고 내가 죄책감을 느껴야 하니? 이 치욕스러운 세상에 조금이라도 형평성을 맞추기 위한 거야……."

*

레 카세에서 복수는 저절로 이루어진다. 불운은 불운을 부르는 법이고 불행한 삶은 침묵으로 울부짖는다. 수천 년째 계속되는 포효처럼 저속한 침묵이다. 그 포효로 괴물이 깨어난다. 누군가에게 마음을 털어놓으려고 어찌나 안달이 났는지 놀라울 따름이다. 매번 가게를 나올 때면 난 금처럼 반짝반짝 빛나는 것 같다.

지금 시계탑에는 돈 라우로가 산다. 그 집 문을 두드리러 갈 생각을 하는 아이가 있다면 실제로 누군가 걸어 나오는 발걸음 소리를 듣게 될 테고 불면증에 시달리는 신부님을 보게 될 것이다. 우리의 존경하는 신부님이 불법으로 술을 구입하기 위해 헌금에 손을 댔다. 마리오는 술 몇 병을 따로 빼 두고 그 수고에 상응하는 팁을 받아 챙긴다.

반면에 살기니 의사는 증류기로 장난을 치고 사람들을 하늘나라로 보낸다. 마을 사람들의 두 눈 속에 사는 거인에 집착하며 즐거움을 얻는다. 이틀 전 수십 번째 관 뚜껑을 닫았고 신시가지로 통하는 내리막길 교차로로 관을 옮기기 위해 덜컹거리는 수송 차량을 끌고 로카스트라다의 사람들이 왔다. 150킬로그램에 육박하는 조반나 지난네스키는 물론 관을 옮기는 사람들도 한숨 돌릴 수 있었다. 이런 만족스러운 결과를 얻기까지 우리의 주치의는 윗마을의 노처녀에게 매일 조금씩 혈관이 막히도록 하는 식단을 권유하며 정성을 쏟았다. 사람들 말로는 그녀가 굽잇길 너머 마지막 집에 사는 마을 점쟁이에게 카드 점을 보러 다닌다고 한다. 언제부턴가 살시차*와 코테키노** 소시지로 가득 찬 그녀의 폐 속에 산소가 부족해지기 시작했다. 살기니의 작품이다. 애인 하나 없는 슬픔을 달래기 위해 거의 이십 년간 알약을 복용했고 그 후 삼십 년간은 죽을 때까지 매일 독약을 한 방울씩 마셨다. 그런데 조반나가 사십 년 전에 실종된 아내, 빌마에 대한 비밀을 쥐고 있다는 것을 알면 교활한 살기니는 그녀를 어떻게 할까? 그의 아내는 지금 짐승만도 못한 상태로 살아가고 있다. 조반나가 죽은 뒤 그의 아내는 지금 고통과 고독 속에 버려진 조반나의 엄마의 손아귀에 있다. 키스 한번 못 해 보고 죽을 운명이었던 이 아름다운 여인에게 처음으로 반한 사람은 스물세 살의 나이에 고인이 된 알프레도였다.

　이 모든 걸 제 손으로 직접 처리한다. 레 카세는 이렇다. 우리를 세상에 태어나게 하고 또 사라지게도 한다. 레 카세가 임무를 완수하지 못하면 의사가 나선다. 우리가 약을 먹고 저세상으로 간 사람들에 속하지 않는 것은 번개 덕분이다. 이 침묵과 속임수를 즐길 수 있는 것 또한 모두 번개 덕분이듯이. 죽은 자들은 죽은 것 같지 않다. 이를테면 자신의 형을 땅속에 묻고 형 행세를 하는 세랄리니가 그렇다. 그는 종종 지하실의 오래된 가구를 두드려 보고 그 속에 얼굴을 밀어 넣는다. 우리는 그에게 차를 대접하기도 한다. 그는 우리에게 말을 거는 다른 사람들이 그렇듯이 입모양을 제대로 읽지 못하도록 비스듬히 서서 말한다. 그러다가 불쑥 나타나 길 가다가 첫눈에 반한 소니아를 예찬하기 시작한다. "어느 날 그녀가 내게 가슴을 내주었고 난 그녀의 품에 쓰러졌어." 그는 종종 이렇게 말한다. "몇 년 전 인기를 끌었던 연극의 한 장면을 따

* 익히지 않은 생고기를 허브와 소금 등으로 간하여 돼지의 내장에 채워넣어 만든 소시지.
** 돼지고기의 힘줄, 지방, 껍데기 등의 여러가지 부위를 섞어서 만든 소시지.

라한 거야."

*

아침에 십자말풀이를 사려고 스타촐리의 가게에 가면 기분이 날아갈 듯이 좋다. 주문할 새 책의 제목이 적힌 메모를 보여 줄 때도 있다. 여태껏 아무도 내가, 학교에 다니지 않는 청각 장애인이 어떻게 글을 읽고 쓰는지 궁금해하지 않았다. 사람들은 내게 두 눈과 물건을 집을 수 있는 손이 있다는 것만 안다. 거기까지다. 난 돈을 내면서 이런 말을 듣는다. "책은 멍청이나 주부들, 피에라와 같은 기형아들을 위해 만들어진 거야. 이들에겐 제대로 된 삶이 없어, 그래서 꾸며 낸 이야기를 읽으면서 감동을 받지." 그런 다음 그들은 오전 10시에 두에 포르테에 가서 와인을 마신다.

안토니오는 내게 자주 전화한다. 출간된 지도 벌써 한 달이 넘었는데 최근 소설이 계속해서 베스트셀러 자리를 지키고 있다고 말한다. "한 달 뒤면 신간이 나올 텐데 당신은 아직도 정상에 있어요." 그가 말한다. 그러고는 언제나 그랬듯이 슬쩍 물어본다. 그러면 난 똑같이 대답한다. 사진 촬영도 인터뷰도 원치 않는다고. 방송 출연에는 관심 없다. 내 진짜 이름은 알려지지 않아야 한다. 이렇게 말하면 그는 포기한다. "어쨌든, 이십 년 뒤에는 대리인에게 커피 한잔 정도는 사겠죠." 그가 중얼거린다. "언젠가 당신에게 신세 갚을 날이 올 거예요." 그에게 인사를 하고 전화를 끊는다.

이 딱한 사람들의 얼굴을 보는 것도 나쁠 것 같진 않다. '전 세계를 평정한 청각 장애인 난쟁이'. 응접실에 앉아서 노력과 헌신, 열정을 다해 집필에 몰두한 사연을 들려주는 나를 상상해 본다. 이 외에도 오빠들의 낡은 교과서를 시작으로 책을 보며 혹독하게 공부한 이야기. 사물에 소리와 기호를 부여한 것, 착륙하는 로켓처럼 레 카세를 벗어난 것, 상을 받은 것, 여행한 것, 산등성이에서 어렴풋이 말고 제대로 육지와 바다를 본 것에 대해 들려줄 것이다. 오래전, 우리는 산등성이에 가서 몰래 지하실의 돌을 꼭 끌어안곤 했다. 우리에겐 아무도 느끼지 못하는 진동을 진정시킬 수 있는 마법이 있었다. 그리고 어둠의 기적, 번개가 있다. 처음에는 줄리아노에게 직접적으로 물어보곤 했다. "진동이 느껴져?" 그는 땅을 내려다보았다. 그리고 고개를 끄덕였다.

내 정체를 밝히는 것은 모든 것을 잃는다는 의미일 것이다. 이대로 완벽한 레 카세의 공연을 중단시키는 것이다. 균열을 파고들어 균형을 무너뜨릴 것이다. 그러면 나 또한 한 가지 역할을 담당하며 줄에 한데 묶인 꼭두각시들처럼 무의미하고 계산된 동작을 취하는 사기극에 가담하게 되겠지.

레 카세는 오직 우리에게만 펼쳐진 공연 같다.

*

우리는 다니엘레에게 장문의 편지를 썼다. 시력이 예전 같지 않아 대필이 필요했지만 그는 한결같이 애정이 담긴 답장을 보내왔다. 큰오빠만이 책의 비밀을 알고 있었고 그 덕을 본 유일한 사람이기도 하다. 귀여운 조카들을 명문 학교에 보낼 수 있었다. 침묵의 합의가 깨지지 않는 것이 중요하다. 우리가 그 합의를 말로 하다니 조금 우습다.

일 년에 한 번 스타촐리는 황급히 가게에 뛰어 들어오는 나를 본다. 보통은 크리스마스를 즈음해서 일어나는 일이다. "정신 나간 난쟁이네." 늘 그렇듯이 이렇게 말한다. 그러고는 계산대 뒤에서 허리를 숙여 내게 비닐 봉투 하나를 건넨다. 지난번에 갔을 때는 말버러 한 보루를 겨드랑이 사이에 낀 디보 발렌티가 있었다. "드디어 자살할 총을 샀나 본데?" 못마땅한 얼굴로 그가 말했다. 그러자 스타촐리가 말했다. "어디 사는 누군지도 모르는 이 작가에게 집착을 한다네. 한 번도 빠뜨리지 않아. 거친 숨소리를 들어 봐, 발정 난 것 같아. 조금 있으면 낑낑거리는 소리를 낼 거야."

내 책을 사서 행복하게 집으로 돌아간다. 줄리아노가 애타게 나를 기다린다. 내가 집에 들어서자마자 쫓아 나와 흥분한 목소리로 속삭인다. "가져왔어? 보여 줘!" 그에게 책을 보여 준다. 그는 흥분해서 책을 가져간다. 그러고는 거실로 뛰어 들어간다.

내 책 속에는 레 카세의 모든 것이 들어 있다. 성. 이름. 비극. 마렘마의 구릉 지대를 감싸고 있는 불결함, 포기, 신성 모독이 담겨 있다. 배신, 거짓. 어리석음도 있다. 처음에 안토니오는 레 카세를 거대한 환상의 세계라 믿었다. 그러던 어느 날 그가 활기 넘치는 목소리로 내게 전화했다. 두 번째 책이 출간됐다. 세상 사람들의 절반이 내 책을 읽었다. "당신 거짓말을 했군요." 그가 말했다. "지금 저는 바로 레 카세에 와 있어요……. 들어 보세요. 확실하진 않은데, 오 분 전에 길에서 본 어떤 부인이 소름 끼치게도 과부 이사스티아를 닮았어요. 게다가 메초 길도 있어요. 간판에 '두에 포르테'라고 적힌 바가 있어요. 저는 커피 한잔을 마시러 바에 들어

갔는데, 있잖아요, 당신 책에 나오는 마소와 정말 비슷한 왜소한 체구의 남자를 만났어요. 구석에는 혼자서 체스를 두는 사람이 있었고요……." 난 가만히 듣고 있었다. 안토니오는 계속해서 이렇게 말했다. "당신이 뭘 고민하는 건지 모르겠어요. 중요한 건 계속해서 당신의 이야기를 글로 쓰는 거예요. 단지, 전 이곳을 지나가게 되었고 제 말은……." 그날도 평소처럼 그의 모든 요청을 거절했다. 그는 내게 애원했다. "악수만이라도요! 부탁이에요!" 난 콧방귀를 뀌며 전화를 끊었다. 혹시나 해서 사흘 동안 집 밖으로 한 발짝도 나가지 않았다.

매년, 수백만 명의 사람들이 이 책에 나오는 인물들의 인생에 심취한다. 여름이면 벨 솔레의 주차장은 프랑스와 독일 관광객들의 차로 넘쳐 난다. 가족들은 두에 포르테 앞에서 사진을 찍는다. 그들은 순전히 마리오를 한번 보려고 식품점에 들어가 물건을 산다. 마리오가 힘겹게 내뱉는 "텐추"라는 말은 어느새 유명세를 탔다. 뻔뻔스러운 사람들은 행인을 멈춰 세우고 기념사진을 찍어 달라 요구한다. 그러면 사람들은 농담인지 아닌지 반신반의하는 마음과 의미 없는 자부심을 드러낸다. 관광객들은 사진을 찍고 나서 공동묘지를 구경하러 간다. 노인들은 이방인 단체로 꽉 들어찬 길을 보고 말문이 막힌다. 사진 촬영은 계속된다. 이번에는 묘비를 찍어 댔고 이에 경악한 남편들과 아내들은 양동이와 빗자루를 들고 무례한 사람들을 내쫓는다.

그래서 내가 떠나지 않는 것이다. 이야기를 잃게 될 테니까. 마리엘라 만토바니의 음모에 관해 모든 것을 알고 있는 군인 독자들이 생겼다. 템페스티와 마찬가지로 찬란했던 과거가 몰락하는 것을 열광하며 읽는다. 잠든 거인에 맞서는 살기니의 투쟁과 돈 라우로와 시계 톱니바퀴의 잔인한 투쟁의 결과를 알고 싶어 안달이 난다. 호기심 많은 사람은 레 카세로 향하고 이상한 짐승들이 사는 이 공원을 돌아다닌다. 하지만 그들에게 새 먹이를 주지 않으려고 조심한다. 그들은 내가 당부하는 '소통하지 말라. 길 잃은 영혼들이 살아가는 생태계를 바꾸려 하지 말라.'는 "작가의 조언"을 따른다. 그리고 난 매년 4월 안토니오에게 전화를 걸어 이곳 산동네에서 팔린 부수를 정확히 조사해 달라고 부탁한다. 대답은 늘 똑같다. 한 권. 내가 구입한 것이다. 그러면 난 웃고 만다. 레 카세에서는 책을 펼쳐 보기도 전에 죽임을 당할 것이다. 그러면 난 그들을 계속해서 조롱할 수 있다.

*

나는 살기니에게 연고를 처방받은 적은 없지만 심장이 약해졌다는 그의 말은 옳았다. 알고 있다. 느껴진다. 내가 쓰려고 하는 이 소설이 마지막이 될 것이다.

새로운 등장인물이 있다. 그에 관해서라면 몇 년 전 신문을 뜨겁게 달군 사건을 알고 있다. 사무엘레, 에세드라의 손자. 세상이 우리에게 되돌려 준 수많은 잉여 인간들 중 한 명이다. 그는 늙은 마리오의 마음을 아프게 했던 엘레오노라가 실종되기 직전에 돌아왔다. 나는 아침에 상점들을 돌며 사람들의 이야기를 듣지만, 이런 우연의 일치를 눈치 챈 사람은 나뿐인 것 같다. 어느덧 희망을 잃고 정체되어 자신의 궤도를 떠다니는 레 카세에 도사리는 음모를 꿰뚫어 보는 눈을 가지게 되었다는 뜻일 것이다.

하지만 그에게 접근하는 것은 불가능하다. 사무엘레는 장을 볼 때가 아니면 집 밖으로 나오지 않는다. 하지만 그가 입을 열어 소름 끼치는 자백을 하는 것을 보고 싶다. 보니파초 절벽에서 죽은 채 발견된 그 가엾은 여자에 관한 진실도 알고 싶다. 어쩌면 그가 나쁜 버릇을 버리지 못하고 어느덧 잊혀 가는, 스무 살쯤 된 평원의 여자아이를 숨기고 있다는 걸 밝힐 수 있을지 모른다.

어마어마한 쇼가 펼쳐질 것이고 난 그걸 놓치지 않을 것이다. 고백 편지는 이미 준비해 두었다. 줄리아노가 비밀 장소에 보관해 두었다. 가끔 그는 방황하는 아이의 눈빛을 하고 다가온다. 내게 뭔가를 말하려다 다시 생각한다. 그러면 내가 그를 다그친다. "뭔가 굉장히 즐거운 걸 기대하고 있구나." 내가 말한다. 쌍둥이 오빠는 애써 미소를 짓는다. "그런데 나 혼자 볼 거야." 그가 중얼거린다. 보통 난 그를 쓰다듬는다. 그러고는 고개를 흔들고 그를 뚫어져라 쳐다본다. "기억해. 오빠는 아무것도 몰랐다고 말해야 해."

세상에 알릴 사람은 그가 될 것이다. 그는 내가 쓴 편지를 공개할 것이다. 난 편지에 소설 속의 모든 사건은 세세한 내용까지 모두 절대적인 사실이라고 써 놓았다. 한편으로 마을 사람들의 충격받은 얼굴을 못 보고 떠날 테지만, 경찰차로 북적이는 레 카세를 생각하면 한편으로는 위로가 된다. 아직 인생의 대가를 치르지 않은 사람은 차가운 철장 안에서 삶을 마감하게 될 것이다. 나머지는 창문을 꼭 닫고 숨어 버릴 테지. 창문은 묘비처럼 보일 것이다. 거리에는 감시 카메라가 넘쳐 날 테고 신문은 1면에 각 인물들의 가증스러움을 들추어내느라 혈안이 되겠지. 아내가 바람난 남편부터 매춘부, 살인자에서 도둑, 얼간이까지. 레 카세는 전 세계에 전파를 탈 것이고 안토니오는 내 책의 판매 부수가 급증하는 것을 보게 될 것이다. 끝도 없는 외설을 쫓으려고 카메라로 무장한 호기심 많은 사람들이 세계 각지에서 몰려들 것이다. 그때가 되면 구시가지의 아파트에는 버려진 집이 즐비할 것이다. 방 안의 천장에는 밧줄이 여러 개 묶여 있을 것이다. 그 후에는 스칼레테 길에 떠도는 유령의 이야기가 시작될 것이다. 일찌감치 다른 휴양지로 떠난 사람들은 벽돌 하나만큼의 가치도 없는 재산이 걸림돌이 되리라는 걸 알게 된다. 레 카세가 완전히 사라지기 전까지.

"여행을 많이 다니도록 해." 내가 줄리아노에게 말한다. "사람들이 장애인 보조금을 돌려 달라고 할 거야. 하지만 우리가 가진 돈으로 충분히 벌금을 내고 합의도 볼 수 있어. 최대한 먼 곳으로 떠나. 맘에 드는 곳을 골라서 나도 오빠 곁으로 데려가 줘."

쌍둥이 오빠는 그저 상냥하게 웃기만 한다. 그의 미소가 방 안을 환히 비춘다. 그러고는 손을 들어 올린다. 두 번 반복해서 자기 앞에 동그라미를 그린다. 우리의 옛 언어인 수화로는 "계속"라는 의미다. 말로 하면 한 단어다. 그건 바로 "영원히".

아델레 첸티니 5
과부 이사스티아

어릴 적부터 알고 있는 찬물에 들어가는 요령이 하나 있다. 인정사정없이 들어가면 된다. 목구멍이 막히고 공기가 들어가지도 나오지도 못하는 순간이 있다. 나이가 드니 추위가 뼛속까지 파고들고 눈에 초점이 사라진다. 짐승에게 잡아먹힐 때처럼 그냥 몸을 맡기는 게 좋다. 고통이 가장 극에 달할 때는, 한때 마르첼로와 나를 본 모든 남자들이 그토록 열망하던 보드라운 살이 물에 닿을 때다. 어쨌든 잠깐이다. 엄마는 자주 이렇게 말했다. "아플수록 좋은 거야." 그러고는 내 머리를 아래로 밀어 넣었다.

그 일이 있고 석 달도 채 지나지 않아 출산을 했다. 아기는 개구리만 했고 낳는 느낌조차 들지 않았다. 사람들은 내게 아이를 보여 주지도 않고 헝겊에 싸서 양동이에 넣었다. 하지만 이보다 더 충격적이었던 것은 옆에 있던 사람들의 무표정이었다. 엄마는 예전과 달리 손을 떨며 아무 말 않고 하염없이 땅을 내려다보았다.

전문의가 치비텔라에서 왔다. 내 배 속을 닦아 주었고 이불을 갈아줄 것을 지시했다. 흘린 피를 재생시키기 위해 휴식이 필요했기 때문이다. 잠이 쏟아졌지만 의사는 내게 잠을 자지 말라고 했다. "적어도 하루 동안." 의사가 도구를 챙기면서 말했다. "그리고 와인과 붉은 육류를 많이 먹어야 해요." 몇 달 전에 내게 적대적으로 돌변한 스텔라가 이불을 덮어 주었다. 그러다 갑자기 미소를 짓는다. 거의 잊고 있던 미소였다. "어쨌든 네 자궁을 살렸어." 그녀가 중얼거렸다. "이 고비를 넘기고 나면 다시 아이를 가질 수 있을 거야." 그러고는 모두가 떠났다. 엄마만 남아서 나를 간호했다. 그녀는 소파를 화장실 옆으로 끌고 가 등을 돌리고 웅크려 앉았다. 오 분도 채 지나지 않아 코 고는 소리가 들렸다. 난 잠을 잘 수 없었다. 옷을 흥건히 적실 만큼 피를 많이 쏟은 상태라 자다가 기절할 위험이 있었다. 그러다 영원히 잠들 수도 있다.

이사스티아 대령은 나를 내쫓거나 내 물건을 내다 버리라고 명령하지 않았다. 다음 날 아침 그는 사라졌다. 난 방 안에서 창으로 들어오는 한 줄기 햇살을 보며 결혼식이 예정되어 있던 날을 맞이했다. 엄마는 커튼을 닫아 놓았다. 줄곧 구석에 있는 안락의자에 앉아 있었다. 화장실에 갈 때만 몸을 일으키고는 다시 돌아와 앉았다. 마치 벼랑 끝에 서 있는 사람처럼 의자 팔걸이를 꼭 붙들고 있었다. 고개를 숙이고 있었다. 그 전갈 사건 이후 단 한마디도 하지 않았다.

나는 차츰차츰 회복되어 갔다. 이따금씩 위가 따끔거리긴 했지만 통증은 서서히 가라앉았다. 드레스를 벗지 않았고 감옥탑에 갇힌 공주처럼 위층에서 시간을 보냈다. 사람들은 우리를 조심스럽게 대하며 식사를 가져다주었다. 결혼식을 망쳐 버렸지만 대령은 나의 행실에 대해 아무 말도 하지 않았다. 그래서 대령의 마지막 명령은 유효했고 모두가 그걸 따랐다. 흘긋 보는 것만으로도 명령을 어기게 될까 봐 조심했다. 어느 날 저녁 솔리노는 저녁상을 치워 가면서 말했다. "대령님이 소식이 없어요. 종적을 감추셨어요. 불안해서 별 생각이 다 드네요."

시간이 지날수록 그가 생각났다. 그는 연륜 있는 사람이었다. 젊음이 얼마나 변덕스러운지 알고 있었다. 게다가 단 한 번도 핑계를 대 가며 내 몸에 손을 대려고 한 적이 없었다. 난 엄마에게 그런 얘기를 했다. 결혼식의 실패로 충격을 받은 엄마는 이후 서서히 기운을 차리기 시작했다. 하지만 한동안은 귀를 막고 살았다. 내가 말했다. "그가 돌아와서 나를 용서했다고 말할 것 같아요." 마치 말파리 한 마리가 이마에 난 미인 점을 물기라도 한 듯이 엄마는 부르르 떨었다. 그녀는 안쓰러움과 혐오가 섞인 눈빛으로 나를 쳐다보았다. 엄마는 내게 용기를 북돋아 주는 대신 내가 하고 있던 액세서리를 떼어 갔다. 타원형의 지르콘이 달린 목걸이. 팔찌. 성모 마리아의 망토와 같은 색깔의 사파이어 반지. 이것들을 모두 손수건에 싸서 스웨터 소매 속에 넣었다. 다이아몬드 귀걸이만은 그대로 두었다. "때가 되면 그들도 뭐라도 챙길 것이 있어야 할 거 아니냐." 엄마가 중얼거렸다. 옆으로 비켜서면서 덧붙였다. "다이아몬드만으로도 만족할 거야."

건강이 회복되었고 갇혀서 지낼 수밖에 없는 갑갑함에 위가 갉아 먹히는 것 같았다. 그런데 엄마는 위험을 감수하길 원치 않는다. 성 밖으로 나가면 문이 닫힐 것이고 다시 돌아오지 못하고 밖에 남아 개들처럼 문을 벅벅 긁는 신세가 될까 봐 두려웠다. 대령은 여전히 깜깜무소식이었다. 벌써 이 주가 지나갔다. 난 지쳐서 모든 재산을 날려 버리기 직전이었다. 창가에 있기보다 맑은 공기를 마셔야 할 것 같았다. 문 두드리는 소리가 들렸다. 봄이 미모사 향을 풍기며 부르짖는 듯한 어느 날 저녁 일어난 일이었다. 난 책을 보다가 고개를 들었다. 엄마가 들어왔다. 나는 먼저 말을 꺼낼 타이밍을 놓쳤다. 엄마가 말했다. "네 짐 가방은 옷장 끝에 있어. 최고급 옷들이 걸려 있어. 그 옷들 중에 첫 번째 옷을 꺼내렴. 나머지는 그대로 두고, 욕심 내지 말거라. 우리가 돌아갈 집이 있다는 것만으로도 다행이야."

모두 복도에 모였을 때 스텔라는 벌써부터 눈물을 글썽이고 있었다. 그녀는 짐 가방 대신 몇 안 되는 물건이 담긴 캔버스 쇼핑백을 들고 있었다. 내 마음을 찢어지게 한 건 솔리노였다. 그는 손에 사진 한 장을 쥐고 있었다. 그는 아들이 몸이 약해서 잘 먹어야 한다는 말을 자주 했었다. 마르첼로는 올가미가 목을 내리쳐 교수형을 당한 사람처럼 고개를 푹 숙이고 있었다. 산토는 담배를 물고 있었는데 피우는 게 아니라 질겅질겅 물어뜯는 것 같았다. 우리 앞에 경찰이 있었다. 시에나에서 왔다고 했다. 돼지처럼 못생기고 뚱뚱한 사람이었다. 다리는 막대기 같았고 포마드를 바른 콧수염은 반짝반짝 윤기가 흘렀고 양 끝이 위로 솟아 있었다. 그는 두 명의 젊은 경찰의 호위를 받으며 왔다. 오른쪽 경찰은 파시스트처럼 생겼고 손으로 권총집을 잡고 있었다. "……그런데 이것이 얼마나." 이윽고 경찰이 입을 열었다. 그는 차가운 눈빛으로 우리를 훑어보았다. 그러고는 당황하면서도 지친 듯한 표정을 지었다. "자, 이제 갈까요? 얌전히 계세요. 우리를 나쁜 사람으로 만들지 마세요." 이탈리아 사회공화국 당원처럼 생긴 경찰이 칠면조를 우리에 들여보내듯이 손으로 두 번 탁탁 쳤다. 우리는 밖으로 나왔다. 얼마 지나지 않아 피난민 같은 모습으로 산 바스티아노 광장에 도착했다.

내가 이사스티아 저택에서 사는 동안 산토는 내게 말을 건 적이 없었다. 버스도 끊긴 이 늦은 시각에 어디로 가야 할지 몰라 하인들이 두리번거리던 그 순간 그가 말을 걸었다. 산토가 내 귀에 대고 말했다. "난 네게 잘해 줄 거야. 넌 아직 어리니까. 다만 어떤 미친 사람이 쉰 살에 가까운 짐승들에게 너를 밀어 넣었는지 밝혀내고 싶어." 그러고는 대답도 듣지 않고 가 버렸다. 모차 길로 사라졌다. 그 길은 들판으로 가파르게 이어지다 분지의 숲속으로 자취를 감춘다.

엄마는 즉시 윗동네로 걸음을 옮겼다. 고개를 꼿꼿이 들고 시선은 정면을 향했다. 가엾은 노인들에게만이라도 잠자리를 제공해야겠다는 생각은 잠시도 스치지 않았다. 난 내 물건을 가슴에 끌어안고 고개를 숙인 채 엄마를 따라갔고, 등 뒤로 따가운 시선이 느껴졌다. 내 귀가 간지러운 걸 보니 안 좋은 말이 오간 모양이다. "저들이 네 다이아몬드를 그대로 두게 돼서 다행이구나." 어느새 멀찌감치 떨어졌을 때 엄마가 중얼거렸다.

스칼레테 길에 있는 집에 도착해서 문 앞으로 가구 하나를 옮겨 두었다. 그리고 엄마는 내게 잘 자라는 인사는커녕 최근에 큰일을 치른 내게 이부자리 하나 챙겨 주지 않고 자신의 방으로 사라졌다. 난 아직 몸에 익지 않은 새 매트리스 위에 누워서 천장을 바라보았다. 경찰의 말을 되새겨 보았고 그의 말이 마치 영화의 한 장면처럼 상상이 되었다. 그러자 뭔가 따끔거림이 느껴졌다. 피부가 아닌 어딘가 깊숙한 곳에서.

그가 보였다. 이사스티아 대령. 그의 모습이 또렷이 보였다. 그는 자신이 자주 언급하던 프랑스에서 술에 취한 모습으로 비싼 술병이 놓인 카드 테이블에 앉아 있었다. 그런 상상을 하다 보니 왠지 모를 고통이 느껴졌다. 그에게 조금도 내주지 않았던 마음을 자극하고 있었다. 바로 그 속에서 어떤 생각이 울려 퍼지고 종을 치듯이 내 머리를 두드렸다. '그를 좋아하나 봐. 그를 잃고 상상밖에 할 수 없는 지금에야 그걸 깨달은 것 같아.'

경찰은 그에 대해 몇 마디 말을 했다. 저택과 토스카나의 수많은 건물의 소유주인 그는 카지노에서 전 재산을 걸고 도박을 즐기고 있다. 온갖 상상을 하기 시작했던 게 바로 그 시점이었다. 그는 이제 가문을 물려줄 자손이 없었기 때문에 늑대의 밥이 되기를 자처한 모양이었다. 어쨌든 모든 재산을 탕진하는 데 이십여 일이 걸렸다. 불륜으로 태어난 아이에게 가문의 전 재산을 물려주느니 차라리 이게 낫다. 이런 생각을 하고 있자니 실소가 터져 나왔고 발작이 일 것만 같았다. 나의 경솔한 행동으로 그가 받은 상처가 얼마나 잔인한 것인지 이제야 깨달았다. 나 자신에게 말했다. "그는 내게 모든 걸 주려 했어. 그걸 배신한 건 너야. 그의 사랑을 얼마나 더 확인하고 싶었던 거야?" 어쩌면 대령은 가문에 영광스러운 후손을 남기기 위해 정말로 아이를 낳으려 했는지 모른다. 내게 함부로 손을 대지 않던 그의 신념이 이제는 그립다. 그와 지낸 몇 달 동안 내가 받은 유일한 선물은 존중이다. 이 세상의 어떠한 금이나 펜던트보다 값진 선물이었다. 마렘마의 산간벽지에서 태어난 보잘것없는 나 같은 사람은 받아 보기 힘든 것인데. "무지하면 이런 일을 겪는 거야." 혼잣말을 했다. "넌 보물을 받아서 그걸 엉덩이 닦는 데 쓰고 더러운 물과 함께 버렸어." 동시에 나 때문에 가족들이 길바닥으로 쫓겨날 거란 생각은 못 했다. 천장에 그들의 모습이 아른거렸다. 소유지를 둘러보면서 알게 된 사람들의 얼굴이 떠올랐다. 심지어 경찰의 끔찍한 얼굴도. 장황한 말로 이제 대령의 재산은 해외에서 온 부잣집 도련님들 차지라고 내게 설명했다. 그들은 운 좋게도 이 자포자기한 사람과 같은 게임 테이블에 앉게 되었다. 눈물을 펑펑 쏟으며 스텔라가 물었다. "대령님은 어디 계세요? 그분을 뵙고 싶어요." 경찰은 코에서 멧돼지 소리를 내며 웃음을 터뜨렸다. 그러다 은밀한 이야기를 하듯이 파시스트처럼 생긴 경찰을 돌아보며 대답했다. "카지노에는 그런 사람들이 돌아다니죠. 남은 재산을 모두 걸고 나면 결론은 뻔하죠……." 그는 권총으로 관자놀이를 쏘는 시늉을 했다. 경찰은 코웃음을 쳤다.

　엄마는 옷소매에 칼 하나를 숨기고 집을 나갔다. 팔을 흔들면 손잡이가 쑥 빠져나왔다. "너의 음탕한 짓으로 온 동네 사람들이 거리로 나앉았어." 내게 말했다. "네게 계략을 꾸미는 사람이 있어. 대령의 이복동생이 바로 그중 한 명이지." 사실 우리를 신경 쓰는 사람은 아무도 없었다. 인사를 하느라 숨을 낭비하지도 않았다. 실베스트리는 퉁명스럽게 물건을 건넸고 엄마는 아무 말 없이 받았다. 그러던 어느 날 땅이 흔들리는 것을 느꼈는데 평소에 가끔 레 카세에서 일어나던 지진과는 달랐다. 마르첼로의 소식이 신문에 도배가 되었다. 그는 집 앞 공터에 입을 떡 벌리고 죽은 채 발견되었다.

　반면에 대령의 시신은 어디에서도 발견되지 않았다. "폭풍 해일에 몸을 던졌을 거야." 어느 날 엄마가 감자 껍질을 벗기면서 옛날이야기를 하듯이 말했다. 결혼식 소동이 있던 날 이후 엄마는 내 눈을 쳐다보지 않는다. 내가 뭘 하든 신경 쓰지 않았다. 어느 날 나는 광대처럼 화장을 했는데, 엄마는 날아다니는 파리 대하듯 관심을 보이지 않았다. 낮부터 와인을 마시고 식사는 하지 않았다. 나는 매월 1일 생계를 연명할 돈을 받으러 은행에 갔다. 예전에 살던 집에서 월세가 나오기 때문에 앞으로도 생활비 걱정은 없어 보였다. 하지만 난 어려서부터 셈이 빨랐던 터라 엄마에게 말했다. "돈 벌 거리를 찾아야 해요. 그렇지 않으면 이삼 년 뒤에는 굶어 죽고 말 거예요." 엄마는 어깨를 으쓱했다. "이삼 년 뒤면 난 무덤에 있겠지. 돈 벌고 싶니? 네가 방법을 잘 알잖니. 네가 팻말을 붙이면 부온콘벤토까지 줄을 설 거야."

술독에 빠져 죽어 가는 엄마를 지켜보는 건 끔찍한 일이었다. 이런 미모라면 또다시 성공하지 못할 이유가 없다는 생각이 머리를 스쳤다. 이 년간의 경력이 있어서 건물을 번쩍번쩍하게 관리할 줄도 안다. 그 시기에 마렘마 사람들의 특징을 파악했다. 서로 집 안일에는 참견하지 않는 것이 원칙이지만 큰 잘못을 저지른 사람에게 벌을 주는 일에는 무척 적극적이었다. 만약 누군가 나쁜 일을 저지르면 이곳에서는 한 번의 질타로 끝나는 게 아니라 매일같이 비난이 계속된다.

사람들은 나를 문전박대했다. 심지어 문도 열어 주지 않고 창문에서 내치는 경우도 있었다. 누군가 말했다. "당신 때문에 피해를 본 사람들을 도와주는 게 먼저예요." 그리도 누군가는 이렇게 말했다. "이 집에는 주인의 피를 빨아먹는 모기는 필요 없어요." 금요일 장에 나갔다가 에세드라를 보았다. 동네의 여자들이 그녀의 짐을 들어 주고 있었다. 한때 나를 보면 늘 미소 짓던 사람들이었는데 어느 날, 주변에 다 들리도록 큰 소리로 말했다. "내가 애정을 담아 선물한 말은 잘 진열해 두었니?" 옆에 있던 여자가 말했다. "얘는 말 타는 걸 좋아하잖아요. 진열장에 두고 먼지만 쌓이게 할 리가 없죠…….”

엄마는 자신의 죽음도 정확히 예상하고 있었다. 어느 날 아침 침대에 누워 미소를 머금은 채 눈을 크게 뜨고 벽을 올려다보고 있는 엄마를 발견했다. 문 앞에서 이미 그녀의 숨이 끊어진 것을 직감했지만 들어가 보지 않았다. 오히려 입을 벌리고 돌처럼 굳어 가는 엄마를 그대로 두고 집안일을 시작했다. 정오가 되어서야 살 기니 의사를 찾았다. 나는 이제 겨우 열여덟 살이었다.

관을 이송할 때 동네 사람들은 모자를 벗지 않았다. 계속해서 담배를 피우고 대수롭지 않다는 듯이 주머니에 손을 넣고 있었다. 상점들은 문을 닫지 않았다. 영구차 뒤에는 나와 돈 라우로 신부 님 둘뿐이었다. 전보 하나 오지 않았다. 어떻게 장례를 치렀는지 모르겠다. 거울에 비친 내 모습을 보았고 아무런 감정이 느껴지지 않았다. 후회가 되었다. “부모의 죽음에 무관심한 자식은 아무도 없을 거야.” 혼잣말을 했다. 그런데 집 안을 청소하면서 콧노래가 나오기도 했다. 창문을 열고 환기를 했다. 저녁에는 나만의 식사 를 준비하며 즐겁게 컵을 세팅했다. 술에 잔뜩 취해서 먹던 음식 을 다음 날까지 식탁에 그대로 두고 방으로 간 적이 많았다. 숙면 을 취했다. 전날 입은 옷차림 그대로 아침에 일어났다. 이런 상황 이 재미있었고 한바탕 웃으면서 하루를 시작했다.

그런데 방을 나오면 즐거운 기분이 싹 가셨다. 즐거움이 사라 지자 노인처럼 혼자 술을 마시고 있는 내가 처량해 보였다. 실수 로라도 사람들과 말 한마디 섞지 않았다. 내 방에서 고독하게 생 일을 맞았고, 최악의 크리스마스를 보냈다. 엄마가 있을 때는 성 대한 파티를 열었다. 그때는 축하해 주는 사람이 적어도 한 명은 있었다. 밤 껍질을 벗기던 사람. 지금은 감옥의 귀신들에게 간청

했다. 내 머리카락을 곤두세우고 밤에 내 다리를 잡아당기는 귀신들에게…… 하지만 아무 일도 일어나지 않았다. 속삭임도 없었다. 가끔 레 카세를 떠나는 꿈을 꿨다. 엘바섬을 바라보며 해변을 거니는 상상을 했다. 아침에 눈을 떴을 때 첫차를 타야 한다는 흥분에 사로잡혀 새벽 4시에 이 방 저 방을 분주하게 왔다 갔다 했다. 하지만 막상 시간이 되면 용기가 나지 않았다. "토스카나 전역에 소문이 퍼졌을 거야." 난 생각했다. "망가져 가는 나를 보고 즐거워하는 사람들에게서 벗어나 이사를 가야 할지도 몰라." 새로운 인생을 시작하기 위해서는 이곳을 떠나야 했다. 난 팔을 축 늘어뜨리고 의자에 털썩 주저앉았다. 비록 나를 마지막 한 덩이 오물로 취급하더라도 이 땅은 내게 남은 유일한 가족이었다. 나는 많은 가능성이 펼쳐져 있어도 나를 이끌어 주는 사람이 없으면 겁에 질려 한 발자국도 움직이질 못하는 촌뜨기였다. 두려움과 고독의 압박 속에 갇혀 시간을 허비했다. 그사이 내가 현관 앞에 꽂아 놓은 "매매" 팻말은 그 저택에서 살던 때처럼 점점 망가져 갔다. 창 너머로 계절이 바뀌는 게 보였다. 그동안 모은 돈은 점차 바닥을 드러냈고, 쓰는 돈은 늘 똑같았지만 파멸을 재촉하는 듯한 시점이 다가왔다. 얼마 전 나는 스물다섯 살이 되었고 내 미모는 극심하게 사그라들기 시작했다. 그러던 어느 날 이리저리 계산을 해 보다가 지금 있는 돈으로 앞으로 반년간은 먹고 살 수 있다는 결론을 내렸다. 그다음에는 굶어 죽지 않으려면 돈 라우로에게 도움을 청하거나 귀중품을 팔아야 한다.

엄마가 돌아가신 지 칠 년이 지났고 어느덧 나는 나쁜 사람이 되어 있었다. 대령과의 일은 잊었고 그가 재산을 탕진하는 바람에 피해를 보았던 사람들은 모두 안정을 되찾았다. 나만 빼고. 난 배

고파 쓰러지기 일보 직전이지만 다시 몇몇 집의 문을 두드린다 해도 늘 그랬듯 문전박대를 당할 터였다. 그래서 내 가슴 깊은 곳에서 공포가 피어올랐다. 경찰이 해결해 줄 수 있는 건 아무것도 없으니까. 사람들은 보란 듯이 나를 망가뜨리고 있었다. 그들은 산 바스티아노 입구에서 땅에 엎드려 먹을 것을 구걸하는 내 모습을 보고 싶어 했다. 여자들은 훨씬 더 잔인했다. 내 미모는 여자들의 질투를 불러일으켰다. 밤이 되면 떠돌이 고양이 먹이로 놓아둔 음식을 훔쳐 가고 총에 맞을 위험을 감수하면서 밭에 들어가 과일 서리를 하는 내 모습이 눈앞에 선했다. 하루 식사량을 한 끼로 줄이고 적게 먹었더니 아침이면 머리가 지끈거리고 귀가 멍멍했다. 집안일을 조금만 해도 기운이 없어서 몸이 부들부들 떨렸다. 갈비뼈가 보이기 시작했다. 자다가 허기가 밀려와 잠을 깨곤 했다. 하지만 마을로 내려가 도움을 청하지 않고 죽기 직전의 짐승들이 구덩이를 찾듯이 꾹 참았다. 레 카세 사람들은 나를 그림자로 생각했고 어느 누구도 멈춰 세워 말을 걸지 않았다. 마을을 올라가다가 현기증으로 숨을 씨근거리고 무릎이 후들후들 떨려 눈을 감고 벽에 기대 있을 때도 마찬가지였다. 그래서 결심을 했다. 은행에 가서 마지막 남은 저축액을 찾았다. 그러고 나서 곧장 식품점으로 달려가 음식을 싹쓸이해 오기로 마음먹었다. 속으로 생각했다 "……200그램을 담아야지. 아니 300그램. 그리고 와인 1리터. 당연히 빵도 사고. 멸치도 넉넉하게……." 팔이 떨어져 나갈 만큼 무거운 봉지를 들고 집에 도착했다. 테이블 위에 모두 올려놓고 포장지를 뜯기 시작했다.

나는 음식을 먹기 시작했고 콧물 범벅이 된 빵을 입속에 넣으면서 흐느껴 울었다. 그게 제대로 된 마지막 식사였고 나중에는 신부님에게 의지하게 될지도 모를 일이었다. 신부님은 칼라브리아 사람들을 광산에서 일하게 해 주었다. 당시 난 어렸고 엄마는 그들을 손가락으로 가리키며 말했다. "만약 저 지경이 된다면 세상을 하직하는 게 나아." 서서히 밀려드는 굶주림에 시달리는 고통, 시간이 갈수록 조금씩 영혼을 갉아 먹히는 그 고통에서 벗어나려고 난 엄마가 시키는 대로 했다. 아빠가 그리스에서 돌아가시기 전에 내게 선물한 이 고운 얼굴을 지킬 수 없다는 사실에 슬펐다. 이제 내 얼굴은 해골 같아졌다. 하지만 무엇보다 충격적인 것은 손이었다. 죽은 사람의 손이나 다름없었다. 힘겹게 빵을 써는 동안에도 좀처럼 손을 쳐다볼 수가 없었다. 그러면서 맛을 음미할 새도 없이 치즈 조각을 목구멍으로 밀어 넣었다. 앞에 놓인 음식을 보고 생각했다. '그냥 배가 터질 때까지 먹다가 죽을까.' 그리고 닭똥 같은 눈물이 왈칵 쏟아졌다.

방금 전 게 눈 감추듯 먹어 치운 소시지가 역류해서 다시 목구멍으로 올라오고 나서야 먹기를 멈추었다. 나는 이를 악물고 다시 목구멍 아래로 음식을 밀어 넣었다. 죽는 건 몰라도 아까운 음식을 토해내서 돈을 낭비하는 건 있을 수 없는 일이다. 동네 사람들을 다 잡아 먹은 것처럼 배가 부풀어 올랐다. "정말 그랬으면 좋으련만!" 혼잣말을 했다. 못 먹을 때가 나았다. 원 없이 먹고 싶어서 배 속에 온갖 것을 채워 넣었는데 배 한가운데 돌이 박힌 것 같았다. 앉아서 익사당하는 느낌이 들었다. 고개를 꼿꼿이 세우고 하루, 아니 이틀이 지나 마지막 음식이 떨어졌을 때의 나를 상상해 보았다. 침대에 누워 있기로 결심했다. 화장을 예쁘게 하고 이사스티아 저택에서 나올 때 가져온 좋은 옷을 입고서 말이다. 무신경한 사람들에게 통쾌한 복수를 하는 것 같았다. 사람들은 자정에 비명을 지르는 유령 이야기를 하면서 유령이 된 나의 이야기도 지어내겠지……. 얼마 후면 나를 불행한 사람들을 계단 아래로 떠밀어 원기를 보충하는 유령으로 생각할 것이다.

숨이 잘 쉬어지지 않아 밖으로 나갔다. 좁은 골목길이 내 숨통을 더욱 틀어막았다. 나는 방향을 틀어 빠른 걸음으로 마을로 올라가기 시작했다. 얼마 지나지 않아 탑이 있는 언덕에 도착했다. 마렘마 평원이 한눈에 들어왔다. 난간에 기대어 암벽이 보이고 수풀이 우거진 아래쪽을 내려다보았다. 몸을 가누기 힘든 지경이라 중심이 앞으로 쏠렸고 손을 힘껏 밀어 뒷걸음질 쳤다. 떨어진다면 그건 순전히 분노를 주체하지 못해서일 것이다. '만약 내가 죽는다면 사람들이 원한 바가 이뤄지는 거겠지?' 난 멈춰서 생각했다. '다른 건 몰라도 그들이 원하는 건 해 줄 수 없어.'

난 고개를 푹 숙인 채 집으로 향했고 갑자기 두려움이 밀려왔다. 다시 숨통이 막히기 시작했다. 그러던 어느 순간 종이 한 장이 보였다. 메초 길의 마지막 경사로에 놓여 있었다. 올라가는 길에는 분명히 없었다. 난 허리를 숙였다. 종이를 집어 들었다.

사람들은 놀리는 듯이 뒤에서 나를 "과부"라고 불렀다. 혹은 이렇게 말했다. "어느덧 시간이 많이 흘렀어요. 하지만 잊지 말아야 할 일이 있어요." 사람들은 내가 죽기를 원했겠지만 나는 죽지 않았다. 보란 듯이 잘 살아 있었다. 하루도 일하지 않고. 장신구로 치장한 건강한 모습을 보여 주는 즐거움을 누리려면 돈이 꽤나 들었지만 말이다.

십 년 전에 국세청에서 사람들이 찾아왔다. 목소리가 점잖고 건장한 체격의 두 신사였다. 그들에게 커피를 대접했다. 그들은 말을 빙빙 돌렸다. 난 식사를 최소한으로 하지만 그렇다고 빵과 물만 먹고 살지는 않는다. 레 카세 사람들은 매일 아침 장을 보러 식료품점에 가는 나를 목격했다. 누군가 나의 과부 수당을 알아챘다면 그 돈을 다 세어 보는데 한 달은 걸릴 것이다. 국세청 사람들은 은행 서류를 보자 눈이 휘둥그레졌다. 종이에는 거액의 숫자가 적혀 있었고 그들이 몇 가지 질문을 하기 전에 내가 분명하게 말했다. "1966년에 거금을 딴 사람이 바로 저예요." 그러고 나서 그들에게 날인과 정부에 지불한 세금이 적힌 당첨 카드를 보여 주었다. 이 돈으로 여태껏 살아왔어요. 지금도 그렇고요. "저는 혼자 살고 최소한의 생활을 하고 있어요." 내가 말했다. "집은 제 소유예요. 이 집 덕분에 매년 일정한 수입이 생기죠. 그거면 충분해요. 정확히 말씀드리면, 버는 만큼만 쓴다고 보시면 돼요. 국가에 한 푼도 요구하지 않고요." 그 일이 있고 나서 과시용 초커 목걸이를 사러 갔다. 사람들의 말문이 막히도록 말이다.

가끔 아침에 오랫동안 거울을 볼 때가 있다. 어딘가 삐딱하게 꼬이고 저녁까지 불쾌한 기분이 계속되는 그런 날이다. 어쩌면 당첨금 덕분에 정신이 번쩍 들었는지도 모른다. 그래서 생각했다. '사랑하는 아델레, 이곳에 남길 잘한 것 같아? 돈을 챙겨서 리구리아로 떠날 수도 있었잖아. 그곳에서 새로운 가족을 만날지 누가 알아……." 그때는 시기가 좋지 않았다. 평소에 부엌에 앉아서 술병을 딴다. 내 마음과 같이 어두컴컴한 밤에 한 잔씩 음미하며 이리저리 요동치는 작은 배를 타고 거친 파도와 폭풍우에 맞선다. 결국 이렇게 될 운명이었다. 사람들은 나무와 같다. 어느 하나 똑같은 사람이 없고 그곳에 태어난 건 우연이 아니다. 그곳에 뿌리를 내리고 바람을 맞으며 강해진다. 난 이곳에서 놀랄 만큼 아름답게 태어났다. 이곳을 떠난다면 다른 사람이 되어 미치광이처럼 살았을지 모른다. 나는 없는 사람처럼 살았고, 아직 살아 있다. 하지만 결국 내가 살고 싶은 곳은 여기다. 비열한 마을 사람들과 함께. 내 존재가 계속해서 사람들을 자극한다. 나의 신체는 늙었지만 정신은 건강하다. 레 카세가 이렇게 묻는다. 전부가 아니면 아무것도 없다. 마렘마 구석구석은 모두 그렇게 만들어졌다. 추하건 아름답건 우리의 몸속에서 부르짖는다. 이 지역의 사람들은 뻔뻔하다. 특히 짐승의 가죽만큼 낯짝이 두꺼울 때가 더러 있다. 나 역시도 그런 성향이 없지 않다. 사람들은 모두 내가 굶어 죽기를 바라지만 난 버티고 버텨서 그들의 분통을 터트린다. 백 년 된 전설을 이야기하듯 뒤에서 함부로 말하는 건 쉽다. "나 여기 있어 하나도 무섭지 않아." 다섯 번째 혹은 여섯 번째 잔을 비우고는 이렇게 혼잣말을 한다. 보통 밤이 되면 강박이 사라진다. 그렇지 않으면 술 한 병을 모조리 마셔 버리고 저녁도 굶은 채 잔뜩 취해 쓰러져 잠들었을 것이다.

　에세드라의 죽음으로 난 확신을 갖게 되었다. 그녀는 나를 비쩍 마른 대구처럼 만들어 놓고 세상을 떠났다. 난 정말 괴로웠다. 묘지로 천천히 내려가는 슬픈 얼굴들의 행렬에 나도 동참했다. 성녀가 눈을 감았다고 모두가 말했지만 속으로는 얼마나 하찮은 인간으로 생각하고 있을지 알고 있다. 그 당시 나는 복수의 칼날을 갈고 있었다. 진작 착하게 굴었다면 계단 난간에 줄을 세 번이나 매어 놓지 않았을 것이다. 그녀가 유리로 된 말 장식품과 함께 상자에 넣은 전갈이 내 손에 기어오르고 그 충격으로 아이를 낙태하는 일은 더더욱 없었을 것이다. 많은 사람들이 일자리를 잃었다면 그건 에세드라 탓이다. 원인을 찾자면 그건 대령의 실종이다. 밤마다 그 생각을 했다. 레 카세에 어둠이 깔리고 점심 먹은 그릇들이 식탁에 그대로 놓여 있는 겨울이면 특히 그렇다. 서랍장 깊숙이 반짝이는 보물을 숨겨 놓고 보고만 있었다. 조만간 복수를 할 계획이었다…… 그런데 어느 날 갑자기 에세드라가 죽었다. 악착같이 버티고 살았던 이유가 사라졌다.

엄마는 늘 이렇게 말했다. "세상은 둥글단다." 엄마의 말이 맞았다. 이 년 후 이탈리아 전역의 뉴스와 신문에서 잘생긴 사무엘레를 용의자로 지목하는 것을 보고 허탈했다. 과거에 난 그 가족이 무너지는 걸 보면서 즐거워했다. 이방인에게 정신이 팔려 에세드라에게 갓난아이를 맡기고 떠나 버린 가족 말이다. 하지만 금방 싫증이 났다. 에세드라는 손자를 키우면서 혈색이 나날이 좋아졌고 새사람이 되었다. 그녀의 가정 교육이 정신이 건강한 사람들에게 혐오감을 불러일으키는 결과를 낳았다. 나는 즐거운 기분을 만끽하기 위해 마리오의 가게에서 와인 한 병을 사서 발레리나처럼 폴짝폴짝 뛰며 내려왔다. 뉴스를 보며 웃느라 목이 쉬어 버렸다. 술잔을 높이 들고 내가 말했다. "행운을 빌어!" 이탈리아 전역에서 이 아이가 저지른 짓을 격렬히 비난했고 내 마음은 누그러졌다. 귓전에서 이렇게 비웃는 희미한 목소리가 들렸다. "잠깐의 욕망을 못 참고 평생을 힘들게 살아?" 술로 그 목소리를 잠재웠다. 맞받아치기도 했다. "죽을 만큼 힘들었어." 나도 모르게 이런 말이 튀어나왔다. "이제 죽을 때까지 즐길 거야." 그리고 또 한 잔을 마셨다.

법원에서 그의 첫 번째 공판을 준비하는 동안 난 애인이라도 된 것처럼 떨렸다. 사무엘레를 감옥에 보내는 것은 그를 키운 사람에게 해고 통지를 하는 것이나 마찬가지였다. 집에서 그런 생각을 하고 있자니 나비처럼 날아갈 것만 같았다. 그러던 어느 날 그가 도망쳤다. 사람들이 재판장에 세우려 했지만 그는 도주했고 텅 빈 아파트만 발견되었다. 하지만 오래가지는 못했다. 그는 우회도로에서 발각되었다. 추적 상황을 듣다가 웃음이 터져 나왔다. 이탈리아 전 국민이 숨죽여 지켜보았다.

에세드라의 손자의 형량은 순식간에 늘어났다. 거리에서 사람들이 그의 유죄가 어떻게 증명되었는지 이야기할 때 나도 옆에 있었다. 그는 감옥에 갇히는 두려움과 절망에 사로잡혀 오토바이를 몰고 어린 시절을 보냈던 그 산등성이로 도피하려 했다. 하지만 급커브 길에서 모든 계획이 물거품이 되었다. 맞은편에서 트럭이 달려오고 있었다. 트럭을 피하려다가 절벽 아래로 떨어졌다.

현장 중계 화면에 심지어 제재소 주인 소니오 넨치오니가 잡혔다. CCTV를 보면서 마이크에 대고 눈에 핏대를 세우며 소리쳤다. "차량 수리비는 누가 댈 거요? 정면으로 부딪히지 않은 게 기적이야. 질주하는 오토바이를 피하려다 반대 차선 가드레일에 부딪혔어. 그래서 이 모양 이 꼴이 된 거야!" 카메라가 측면이 완전히 박살 난 트럭을 비추었다. 그리고 넨치오니는 여전히 뒤에서 소리를 지르고 있었다. "내 세금 어떡할 거야!"

불이 붙을 정도로 손을 세게 비볐다. 거액의 당첨자를 찾지 못했다는 소리를 듣고 메초 길에서 우연히 발견한 복권의 상금을 찾으러 가야겠다는 생각이 들었던 바로 그날 같았다. 그날보다 훨씬 더 흥분되었고 피가 거꾸로 솟는 것 같았다. 하지만 들리는 소문은 그리 달갑지 않았다. 텔레비전은 병원 앞에 카메라가 모여 있는 장면을 보여 주었다. 호기심 어린 사람들을 저지하는 경찰들을 따라 의사가 나왔다. 환자 상태가 별로 좋지 않다고 말했다. 그는 충돌로 인해 뇌를 다쳤다. 내가 어렸을 때 알던 아이에게도 똑같은 일이 일어났었다. 그 아이는 어느 날 공을 밟고 미끄러져 인도에 이마를 박았다. 이 아이의 이름은 에르네스토였지만 모두가 모스키노*라고 불렀다. 한시도 가만히 있지 못했기 때문이다. 5월 중순, 모스키노는 죽었지만 심장에서 피가 계속해서 흘렀다. 그러다 결국 일주일 만에 피가 완전히 멎었다.

에세드라의 손자 사무엘레가 사경을 헤매고 있다는 사실에 마음이 편치 않았다. "죽기만 해 봐, 내가 가만두지 않을 거야." 난 뉴스에서 눈을 떼지 않고 부르짖었다. 시그널 음악이 나오자 침을 꿀꺽 삼켰다. 하지만 뉴스 내용은 매번 똑같았다. 그는 계속해서 잠만 잤다. 그리고 나는 술의 힘을 빌려 마음을 굳게 먹었다. 공판이 중지되었다. "합법적 사법 방해"라고들 했다. "그 일 덕분에" 내가 큰 소리로 말했다. 모든 사건이 서서히 기억 속에서 잊혀 갔고 많은 사람들은 사무엘레의 상태가, 직접 일을 바로잡고 악령들에게 사탕을 나눠 주는 신의 작품이라고 했다. 나는 불안함에 손톱을 물어뜯었다. 에세드라가 두 번이나 나를 이 지경으로 만들었다. 잠을 이룰 수 없었다.

그 당시 엄청난 지진이 있었고, 갑자기 레 카세가 나를 시작으로 자신의 중심부에 살고 있는 사람의 불만을 자극하기로 결심한 것 같았다. 심하게 흔들렸지만 대부분의 사람들은 깊이 잠이 들어 느끼지 못했다. 갑자기 천장이 무너져 돈 라우로만 십년감수했다. 다행이 천장은 그의 침대가 놓인 귀퉁이를 피해서 무너져

* 모스키노는 모기나 날벌레를 뜻하는데 체구가 작은 사람을 비유하는 말로 자주 쓰인다.

내렸다. 아침에 사람들은 금이 간 부엌 벽과 쓰러진 가구들을 발견했다. 결혼사진이 바닥에 떨어져 그 충격으로 액자가 부서지고 유리가 산산조각 났다. 집 안에 못된 유령이 들어와 허락도 없이 소중한 물건들을 헤집어 놓은 것처럼 보였지만 사람들은 평소처럼 외출을 했다. 마을 사람들은 골목에서 수군댔다. 사고에서 살아남은 듯한 미소를 지으며 인사했다. 그러고는 각자 갈 길을 갔다. 시체처럼 창백한 얼굴로 거리를 나서게 만든 지진은 늘 있는 일인 것처럼 말끔히 잊혔다.

나는 신문을 펼쳤고 사무엘레는 다섯 번째 페이지에서 깊은 잠에 빠져 있었다. 소송 기각이라는 은총을 받았다. 증거 불충분. 도주에 대한 혐의가 남았지만 그걸 처벌할 방법은 없었다. 에세드라의 손자는 병실에서 기계 장치에 의존한 채로 혐의를 벗었다. 또 한 번 복수할 기회가 사라졌다. 하지만 나 말고도 분개한 사람이 많았다. 오후 초대석에서 패널들은 이렇게 말했다. "성령이 도왔나요?" 그리고 밖에서는 이런 얘기가 들렸다. "그는 운 좋게도 야망 있는 변호사를 만났어. 그 바람을 이뤘지. 심지어 이유도 있었어. 이제 그 가없은 여자아이의 부모님이 생각나는구먼……." 그사이, 시내의 우라니오 길에 있는 집 담벼락에는 소름 끼치는 글이 적혔다. 그곳에 인간 괴물이 살았다는 내용이었다. 만약 괴물이 깨어나면 항상 등 뒤를 조심해야 한다.

에세드라의 손자 사무엘레는 6월 말에 유명세를 탔다. 호흡기에 의지한 채. 뜻밖에 정오 뉴스에서 그의 얼굴을 보게 되었다. 얼마 전에 병원 앞에서 봤던 그 의사가 있었다. 환자의 의식이 돌아왔다고 말했다. 생체 기능은 괜찮지만 회복 기간이 필요하다고 했다. 몇 마디 말을 하기도 한다고…….

이 년 전에 내가 칼라마이오에게 이런 말을 했다. "사랑하는 루이지노, 저를 그려 주세요." 그는 잠시 생각에 빠졌다. 그러고는 고개를 끄덕였다. 창피해서 그랬는지 사람을 놀리는 거였는지 모르겠지만 나름대로 표현을 한 것이다. 결국 파스텔을 집어 그림을 그리기 시작했다.

"외면은 내면의 상태를 말해 준단다." 어두운 색의 아이섀도를 만들려고 난로 재 속에 손가락을 넣으면서 엄마는 종종 이런 말을 했다. 엄마는 일요일 아침 교회 계단을 지나가는 나를 보고 침을 질질 흘리는 휴식 중인 노동자들을 보면 흡족해했다. "넌 앞을 똑바로 보렴." 나를 다그쳤다. "저런 쇠똥구리 같은 것들과 눈빛을 마주쳤다가는 가난이 들러붙게 될 거야. 악마도 혀를 내두를 그런 무기력한 사람들과도 마찬가지야. 진열장 안의 빵을 바라보듯 너를 바라보게 하는 게 좋아. 바삭바삭하고 탐스러운 빵. 빵 한 조각 살 돈도 없는 사람의 배를 쓰리게 하는 그런 빵 말이야."

반면 칼라마이오와 있을 때면 축 늘어진 순백의 살을 드러낸다. "아름다움이란 게 정말로 있다면 꺼낸 다음 망치질을 해서 그림에 담아 보세요." 우리 둘이 벨 솔레의 112호실에 함께 있던 첫날 내가 한 말이다. 남자 앞에서 옷을 벗어 본 게 무척 오랜만이었다. 누군가에게 속살을 드러낸 건 마르첼로와 함께 있었을 때가 마지막이었다. 그때까지만 해도 이 집으로 쫓겨 오기 전이라 욕구가 솟구치던 시절이다. 지금은 온몸에서 외로움이 울부짖고 있다. 소파에 누워서 내 발끝을 보니 다른 사람의 발처럼 느껴졌다. 이런 생각이 들었다. '내 몸은 우여곡절을 겪었어요. 가장 고생이 심했던 곳은 바로 거기예요. 루이지노 당신이 그려야 할 게 바로 그거예요.'

그는 여러 번 시도해 보았고 결국 무거운 발걸음으로 방을 나갔다. 그는 그림을 보여 주지 않는다. 적진에서 발각된 병사가 도망가듯 서둘러 파스텔을 챙겨서 가 버린다. 낙담한 기색이 역력한 그의 눈이 내게 남기는 마지막 인상이다. 그래서 포즈를 취하고 있을 때와는 다른 침묵에 빠져든다. 침묵은 포즈가 끝날 때마다 몸을 씻어 내는 망망한 호수다. 그 침묵을 없애려면 차가운 물이 필요하다. 맨살이 추위에 아리도록 해야 한다. "아픈 게 좋은 거야." 엄마는 늘 이렇게 말했다. 잠시 천장을 바라보았다. 그리고 첫 번째 입수를 했다.

한 달 전 그와 마주했을 때 유령에 관한 소문이 진짜라는 생각이 들었다. 나와 주변을 갈라놓는 베일이 덮인 듯한 저녁 안개가 깔려 있었다. 한 손으로 장바구니를 들고 고개를 숙인 채 지나가는 그를 보았다. 에세드라의 손자 사무엘레였다. 정말 그였다.

난 굶주림으로 힘겹게 발걸음을 떼며 레 카세를 돌아다니던 그때처럼 길 어귀에 있었다. '꿈을 꾼 걸 거야.' 난 속으로 생각했고 심장이 뛰었다. '생각이 너무 많아서 머리가 어떻게 됐나 봐. 그림자가 보여.' 저녁부터 이미 소문이 나돌기 시작했다. 인크로차타 길의 몇몇 집의 창문은 활짝 열려 있었다.

사무엘레가 의식이 돌아오지 않은 상태로 무죄 선고를 받았지만 불합리한 판결이라고 생각하는 사람들이 많았다. 사람들은 그를 못 잡아먹어 안달이었다. 그래서 그가 마렘마의 고지 마을에 숨기로 작정했던 것이다. 그는 자신을 애지중지 키워 준 사랑하는 할머니와 함께 살던 집의 문을 다시 열었다.

마치 에세드라가 묘지에서 나와 집으로 돌아온 것 같았다. 나는 뒷길을 통해 마을로 다시 올라갔다. 개울 한쪽으로 가서 자리를 잡은 다음 마리엘라의 집 담벼락에 등을 딱 붙이고 그의 움직임을 몰래 관찰했다. 뉴스와 신문에서 본 그가 스타라도 되는 양 숨어서 지켜보았다. 별다른 움직임이 없었다. 시간 날 때마다 그곳에 갔다. 운이 좋으면 그가 외출하고 오 분 만에 장을 봐서 돌아오는 모습을 볼 수 있었다.

어느 순간 그가 가엾게 느껴지기까지 했다. 이런 충동적인 감정을 억누르려 했지만 그것은 너무나 강렬했다. 이사스티아 저택에서 쫓겨난 뒤, 마을 사람들이 더 이상 내게 호의를 베풀지 않았을 때의 고통이 되살아나는 것 같았다. 에세드라의 손자의 처지가 나와 비슷했다. 그는 정신이 나가 버리지 않고는 못 배길 정도의 고독 속에서 고립되어 하루하루를 살아갔다. '어떻게 결론이 날지 두고 봐.' 내가 속으로 생각했다. '사람들은 내게 했던 것처럼 그를 벌하려 들 거야.' 어떤 고통인지 안다. 나도 몇십 년 동안 거울에 비친 내 모습을 보고 느낀 측은한 심정으로 불 꺼진 창문을 바라보았다. 그렇게 염탐을 한 뒤에 씁쓸한 마음으로 집에 돌아왔다. 어쨌든 이런 감정이 내 화를 가라앉혔고 나는 푹 잘 수 있었다.

시간이 흐르고 다른 움직임도 포착되었다. 생각할수록 웃기지만 인크로차타 길에 금요일 장이 서던 날, 산 바스티아노의 입구에 좀처럼 보기 힘든 사람이 있었다. 마르케세 사람의 아들이었다. 어떤 날 아침에는 골목에 불쑥 나타나 사무엘레의 오토바이를 만져 보았다. 그는 몇 분간 오토바이 근처를 서성이는가 하면 신부의 배를 만지듯이 오토바이를 부드럽게 쓰다듬었다. 안쪽으로 걸어가니 디보가 있었다. 그는 근엄한 표정으로 창문 뒤에 서 있었다. 에세드라의 집을 뚫어져라 처다보고 있었는데 지옥이 침몰하는 것을 감상하는 듯했다.

안졸리노가 지나갈 때 나는 건물 뒤에 숨어서 힐끔 보았다. 그리고 이상한 변화를 감지했다. 예를 들면 현관문을 몇 미터 앞두고 갑자기 그의 걸음걸이가 달라졌다. 다른 사람의 걸음걸이를 흉내 내다 만 사람처럼 말이다. 그는 콧노래를 흥얼거리고 있었던 것 같은데 뒤를 한 번 돌아보고는 멈추었다. 그리고 얼굴을 푹 숙이고 무서울 만큼 어두운 눈빛으로 가던 길을 마저 걸어갔다. 한 번은 열쇠 구멍에 열쇠를 넣으려던 순간 열쇠가 손에서 미끄러지는 일이 있었다. 그러자 갑자기 거친 욕을 내뱉기 시작했고 난 그가 낮술을 한잔한 모양이라고 생각했다. 평소에는 "빌어먹을 마렘마 같으니!" 이상으로는 흥분해서 말하지 않는 사람인데.

가장 충격적인 것은 분지에 사는 그 여자아이를 보았다는 것이다. 이제는 아무도 찾으려 들지 않는 그 아이 말이다. 난 그녀가 낮잠 시간에 고양이처럼 슬그머니 나오는 것을 봤다. 처음에는 발코니에서 힘겹게 몸을 내밀고 창문을 바라보았다. 그러고는 그곳으로 갔다. 그녀는 마리엘라의 유리창을 보고 쏜살같이 길을 가로질렀다. 순식간에 계단을 올라가 에세드라의 집 현관문을 활짝 열고 안으로 들어갔다. 그런데 그 순간 그 장면을 훔쳐보는 또 다른 누군가의 얼굴이 보였다. 누군가가 목을 쭉 빼고 있었고 처음에는 누군지 알아보지 못했다. 어느 날 골목을 돌아다니다가 세랄리니의 뒷모습을 보았다. 그녀가 엘레오노라의 뒤를 밟고 있는 건지 아니면 자신의 남편과 똑 닮은 안졸리노를 몰래 훔쳐보고 있는 건지는 모르겠다. 후자라고 생각하면 가슴이 미어질 만큼 측은했다. '저 절망에 빠진 사람을 봐.' 속으로 생각했다. '그녀는 가엾은 아킬레의 쌍둥이 형제에게서 눈을 떼지 못하고 있어. 어쩌면 그를 정말 남편이라고 믿고 있는지도 몰라. 잠시만이라도 살아 있는 남

편을 보고 싶은 심정에서 말이야.'

평원의 엘레오노라의 수척한 얼굴이 신문에 실리고 나서 나는 염탐을 그만두었다. 얼마 전부터 무엇보다 두 사람의 관계를 보고 농락당하는 기분이 들었다. 에세드라의 손자는 고독과 침묵 속에 갇혀 사는 대신 아침 일찍 리볼라에서 버스를 타고 온 어린 소녀와 함께 즐거운 시간을 보내고 있었다. 난 그런 호사를 누려 본 적이 없다. 평생 그런 눈빛으로 나를 바라봐 준 남자는 없었다. 내가 대령을 모욕한 죄는 열여덟 살 때 내 이마에 낙인으로 찍혀 남아 있다. 이제 사람들은 나를 보면 그 생각부터 했다. 그래서 용기 있게 고백하는 남자들에게도 관심을 주지 않았다. 그런데 그 남자들은 홀로 여생을 보내지 않으려고 못난이 같은 여자들과 결혼했다. 마흔 살의 나이에도 여왕처럼 보였던 나였다. 난 그때부터 망가지기 시작했다.

나는 은근슬쩍 사람들이 하는 소리를 들었다. 그 여자아이의 실종이 범죄와 연루된 것 같다고 하나같이 입을 모았지만, 난 진실을 아는 유일한 사람이었다. 그 진실을 밝히지 않았다. 에세드라를 치욕거리로 만들 좋은 기회라 생각했다. 어쩌면 내가 텔레비전에서 본 것보다 심각한 일인지도 모른다. '그 어린 소녀가 어떤 일에 휘말린 걸까.' 난 곰곰이 생각해 보았고 로돌포의 바 앞으로 벌목꾼들의 트럭이 지나가는 것을 보았다. 그들을 보자 극심한 공포가 밀려왔다. 그들은 눈에 뵈는 것 없는 굶주린 늑대 같았다. 두려운 존재였다. 웃음소리가 기분 나빴다. '에세드라의 손자 사무엘레, 사랑의 도피를 꾀한 값을 톡톡히 치르게 될 거야.' 난 빵을 와인에 적시면서 코웃음을 쳤다. "배신을 당한 그 건장한 체격의 알바니아 사내의 표정을 봤어. 그의 옆에서 숨만 쉬고 있어도 불

호령이 떨어질 것 같아."

그런 일이 생기면 기분이 좋아진다. 난 오후 내내 복수심에 사로잡혀 있기도 했다. 그 순간을 영원히 멈추게 하는 요술 봉이 필요할 것 같다. 이 음모를 해결하고 싶은 마음도 있지만 해결되고 나면 누군가의 목숨 줄을 손에 쥐고 있다는 쾌감은 사라지고 말 것이다. 손가락만 까딱해도 충분히 난장판을 만들 수 있다. 미지의 사건으로 남겨 둔 채 즐기는 것으로 만족하려고 한다. 가끔 유리잔에 비친 내 모습을 보고 생각한다. '신을 흉내 내는 건 재미있군.'

마지막 입수는 더 오래 끈다. 가끔 몸이 한계에 이르러 나도 모르게 발버둥 치는 시점까지 버틴다. 끊어질 듯한 호흡이 심장에 경련을 일으키고, 살을 후벼 팔 듯 피가 흐르는 게 느껴질 때 공포의 순간이 찾아온다. 그러나 공기를 들이마시고 싶은 욕망에 굴복하지 않는다. 목에서 울부짖는 소리가 나고 욕조의 손잡이를 잡으려 팔을 허우적댄다. 하지만 버틴다. 쿵쾅거리는 심장 소리가 울려 퍼지고 물줄기 색이 변한다. 죽기 직전의 눈빛으로 변한다. 입을 벌리고 공기를 들이마시고 싶어 비명을 지르는 또 다른 아델레 첸티니가 배 속에 갇혀 있다. 하지만 난 허락하지 않고 그녀는 이마로 벽을 때리며 미쳐 날뛴다. 그러다가 통제력을 잃고 충동적으로 턱을 벌려 목욕제를 한껏 들이마신다. 그러면 공포에 사로잡혀 허우적거리다 순식간에 물에 잠기겠지. 벨 솔레의 수산나에게 비수기의 지루함을 선물하게 될 거야.

물 밖으로 나오면 먼 우주에서 발사되어 나온 느낌이었다. 내 안에 있는 아델레는 단숨에 공기를 힘껏 빨아들인다. 목마른 사

람이 물을 마시듯 숨을 거칠게 쉰다. 뇌 속까지 떨린다. 하지만 코
웃음이 나왔다. 난 루시페린*이 된다. 호흡을 가다듬기 위해 천천
히 말했다. "그런 거야……. 살게 돼 있어…… 아무리 불평을 해
도……."

　차가운 물에 입수를 하고 나면 내 몸에서 금속이 서로 부딪히
는 것 같은 이상한 소리가 난다. 카펫 위에 서 있는 동안 밖에서 누
가 나를 보는 것 같다. 즉시 샤워 가운을 걸친다. 머리카락을 수건
에 감싸고 거울을 본다. 기분이 좋다. 내게 이런 말을 하는 것 같
다. "그 험난한 일을 겪고도 여전하구나." 가끔 창문에서 뛰어내리
고 싶을 만큼 나 자신이 불쌍하게 느껴지는 날이 있다. 똑같은 말
이지만 악의적으로 들린다.

　난 도자기 같은 피부의 시골뜨기로 돌아온다. 접시에 올려놓
은 액세서리를 하나씩 몸에 걸친다. 112호실은 침묵의 호수이고
그곳에서 나의 몸짓이 살랑거리는 소리를 낸다.

　목욕을 마치면 따뜻한 차를 한 잔 주문한다. 그리고 창가에
서 어둠이 내리는 레 카세를 보면서 차를 마신다. 전화 손잡이도
도자기로 만들어진 것 같다. 수산나와 통화를 하려면 0번을 한 바
퀴 돌리면 되지만 갑자기 손이 떨리기 시작한다. 이 방의 호수와
똑같은 번호를 누르고 있다. 112번. 신호음이 울린다. 수화기에서
말소리가 들린다. "경찰서입니다." 심장이 덜컹 내려앉는다. 그러
다 결국 유혹을 이기지 못하고 "당신들이 찾고 있는 여자아이 말
인데요," 하고 내가 말한다. "어디 있는지 알아요."

---

* 반딧불이와 같은 발광생물들이 빛을 낼 때 관여하는 물질을 통틀어 루시페린이라
　한다.

레나토 스타촐리
담배 가게 주인

아빠가 토스카나 마렘마로 내려가자고 했을 때, 난 문을 쾅 닫고 나와 술집에서 그날 일당을 모두 탕진했다. 발도는 언제 소식을 들었는지 내가 들어서자마자 이렇게 말했다. "일생일대의 실수로 인생을 망치는 사람이 여기 또 있군." 난 테이블에 팔꿈치를 기댔고 모레노가 옆에 나타났다. 누군가 어깨를 툭 쳤다. 돌아보니 그의 얼굴이 코앞에 있었다. "많은 물고기들이 리멘트라의 개울물을 따라 골짜기로 내려간다네." 그가 숨을 헐떡거렸고 그의 까만 치아가 보였다. "위에 누가 사는지 잊지 않는 게 중요해. 6개월 치 월급을 못 받은 사람들이 있다는 것도. 자네 아버지한테 그렇게 말하게." 그러고는 20리라를 내려놓았다. "발도, 한잔 주게. 떠나기 전에 이 친구 영양 보충 좀 시켜 주자고."

열여섯 살 때, 사베리오 마르케시니 때문에 마달레나 칸첼리와 헤어지고 피가 거꾸로 솟는 분노를 느꼈다. 농장 빚은 사랑 타령과는 관계없고 아빠에게도 분명히 말한 바 있다. "마렘마에서도 숯을 만든단다. 오 년 만에 부자가 된 사람이 있어. 그렇게 쳐다봐도 소용없어. 엄마를 두고 가는 내 마음은 편할 것 같니? 월요일에 피스토이아행 첫차를 타고 떠나는 거야."

내가 할 수 있는 건 아무것도 없었다. 마달레나는 나를 똑바로 쳐다보지 못했다. 떠나가는 마당에 근사한 선물이라도 했어야 했는지 모르겠다. 마르케시니 또한 그녀의 금발 곱슬머리와 인형 같은 미모를 애타게 원했다. 나와 달리 그에게는 평생 쫓아다니면서 하는 일마다 훼방 놓을 빚은 없었다.

떠나는 날 아침 나는 창밖을 바라보았다. 전날 밤 아빠가 "드라마 찍을 생각일랑은 하지 마시오."라고 분명히 못 박아 뒀는데도 엄마는 손수건으로 입을 가리고 흐느껴 울고 있었다. 하지만 아빠는 문을 열기 전에 엄마를 꼭 껴안아 주고 거칠게 밀쳤다. 우는 모습을 보이기 싫어서였다. "인생이 진절머리 날 때면……" 버스 정류장으로 향하는 바위산을 내려오면서 아빠가 말했다. "이 아빠를 봐라, 레나토. 사십 년을 살아도 여전히 가난이라는 구멍을 메우려고 객지 생활을 하고 있잖니. 이 비참한 삶은 예전이나 지금이나 변함이 없어."

우리는 날이 어둑해져서야 도착했다. 마렘마에 발을 딛자마자 별 특별한 게 없다는 것을 깨달았다. 숯가마에 장작을 넣고 태운다. 작업반장은 카메라타였다. 모두 그를 이렇게 불렀다. 그는 우리가 살던 피스토이아산에서 십 년 전에 내려왔다. 이동하는 내내 아빠는 귀에 딱지가 앉도록 이렇게 말했다. "그는 가난한 인부로 일을 시작했고 얼마 안 가 유명 인사가 되었단다. 심지어 파바나에서 가족들도 데려왔어. 넌 젊잖니. 그의 마음에 들도록 해 보렴."

숙소는 마을에 있었다. 한 방에서 여덟 명씩 자야 했다. 대부분 시칠리아 사람들이었고 숲속에 남길 원하는 사람들은, 날이 밝기도 전에 6킬로미터씩 산길을 걸어야 하는 수고를 하지 않으려고 농가 주변에 돌로 쌓아 만든 허름한 집에서 지냈다. 나도 그들 중 한 명이었다. 우리와 같은 아펜니노 근교 출신임에도 우리를 롬바르디아 사람이라 부르는 사람들이 사는 마을의 여관으로 내려가는 것이 별로 내키지 않았다. 나는 짐마차꾼처럼 왔다 갔다 하면서 갓 만들어진 숯을 창고로 옮기는 일을 했다. 하루에 세 번이나 왕복했기 때문에 금방 카메라타의 눈에 들었다. 저녁에 그는 내가 기운을 회복할 수 있도록 풍족한 양의 빵과 양파, 대구, 독한 와인을 주었다. "자네는 성공할 거야." 한번은 그가 나를 툭 치면서 이렇게 말했다. 내가 대답했다. "지금은 매일 저녁까지 일을 할 수 있다는 것으로 충분해요." 그러자 그는 배를 긁으며 웃음을 터트렸다.

처음에는 분노가 치밀었다. 시간이 갈수록 마달레나의 얼굴이 생각나기 시작했는데 그녀를 생각하며 석탄 철을 끝까지 버틸 수 있었다. 그리고 늘 숲속에서 지내다 보니 집을 떠나 있다는 생각이 들지 않았다. 늘 보던 밤나무와 떡갈나무가 보였다. 달이 점차 기우는 시기에는 오크나무와 코르크나무를 베었다. 마렘마 언덕에는 내가 처음 일을 배웠던 피스토이아의 험준한 바위산이 없었다. 레 카세 숲에서 일을 배운 사람은 흘리는 땀에 비해 실력이 서툴렀다.

나는 이동할 일이 없으면 장작을 준비하곤 했다. 주로 나뭇가지 치는 일을 했다. 나는 부드러운 가지가 난 곳을 찾아 도끼나 톱을 넣어 얽히고설킨 가지를 풀 줄 아는 몇 안 되는 사람 중 하나였다. 또는 석탄 광장으로 가는 오솔길을 다지기도 했다. 숲은 시커먼 얼굴의 일꾼들로 붐비는 개미집 같았다. 일꾼들의 얼굴은 연기에 그을린 굴뚝처럼 전부 얼룩덜룩했다. 나는 내리막길에 있는 숯창고의 건식벽을 튼튼하게 보강했다. 이 주간 구운 다음 주요 입구를 막아놓고 불 조절을 하는 것이 무척 재미있었다. 불길이 타오르면 다른 틈새를 열어서 불길을 더 아래쪽으로 보내야 했다. 실수할 일은 별로 없었다. 일을 그르치기라도 한다면 카메라타가 그 즉시 집으로 쫓아낼 것이다.

석탄 철은 봄부터 늦가을까지다. 우리는 10월 중순에 아펜니노로 돌아갔고 몰라보게 수척해진 엄마를 보았다. 다행히 병색은 없어 보였다. 우리가 돌아와서 흡족해했다. 너무 기쁜 나머지 제대로 서 있지도 못했고 나는 앉아 있는 엄마 곁으로 가서 볼에 뽀뽀를 했다. 우리가 벌어 온 돈을 보자 엄마의 눈이 반짝거렸다. 한눈팔 시간도 없이 2교대 근무를 하다 보니 제법 많은 돈을 모을 수 있었다. 심지어 씻을 시간도 없었다. 아빠가 말했다. "가서 모레노를 불러오렴. 일단 일 년을 괴롭힌 빚을 덜자꾸나."

같은 날 저녁 술집에 갔다. 발도는 내게 말할 틈도 주지 않았다. 술잔을 앞에 두고 그가 말했다. "눈빛을 보면 알 수 있어. 자네 떠날 때는 어린아이었는데 남자가 돼서 돌아왔어. 토스카나 마렘마의 기운인 건가?" 그 순간 문이 벌컥 열렸다. 한 무리의 청년들이 들어왔다.

포레타의 청년들은 토요일이면 이따금씩 차를 몰고 정상에 올라가 미국인들 흉내를 내곤 했다. 아는 얼굴이 보이자 나는 순간적으로 고개를 숙이고 와인을 마셨다. 단숨에 한 잔을 들이켰다. 그리고 돈을 꺼내며 말했다. "발도, 한 잔 더 주게." 돈을 내려는 순간 위쪽에서 손 하나가 쑥 들어왔다. 동전이 쥐여져 있었다. "이봐 손님, 내가 사지." 누군가 이렇게 말하는 소리가 들렸다. "오늘 밤 파티를 벌일 거야, 삼부카 피스토이에세까지 흥분의 도가니가 될 거야."

그 사람은 바로 마르케시니였다. 마지막으로 그를 본 건 오토바이 부대가 집결해 있던 광장에서였다. 매주 일요일 아침이면 아랫동네에서 탱고 춤꾼들이 몰려왔다. 댄스파티에서 마을 처녀들과 밤을 즐기려고 올라온 이들이었다. "온천 마을에서 온 자들이 우리 여자들을 독차지하고 있어." 가끔 담배를 피우곤 하는 반대편 담벼락에서 누군가 말했다. "우리는 그저 군침이나 흘리고 있지." 그들 동네에도 아리따운 아가씨들이 있을 텐데 옆 동네까지 와서 어떻게 여자들을 홀리는지 궁금해 하는 사람이 많았다. 누군가 내 팔꿈치를 툭툭 쳤다. "난 자네를 알아." 마르케시니가 말했다. "자네, 숯 굽는 일을 하지, 피키오 사람들처럼." 난 고개를 들어 석고상처럼 희고 주름 하나 없는 매끄러운 피부를 가진 그의 얼굴을 쳐다보았다. 그리고 고개를 끄덕여 그렇다고 대답했다. 그는 굳은살이 박이고 시커멓게 물든 내 손을 보았다. 발가벗은 느낌이었다. 그는 발도가 건넨 술잔을 들어 내 잔에 부딪혔다. "건배." 그가 매서운 눈빛으로 말했다. "난 내일 결혼해. 내 말은, 하려고 노력중이라는 거야."

그와 같이 온 사람들도 술을 한잔씩 했고 술집 안은 활기를 띠기 시작했다. 뒤를 돌아보니 노인 두 명이 무뚝뚝한 표정으로 토닉을 마시고 자리를 뜨는 모습이 보였다. 그중 한 명이 발도에게 "달아 둬."라는 의미로 손바닥에 대고 뭔가 쓰는 시늉을 했다. 그러고는 집으로 향했다. 다른 청년들도 체드라타* 잔을 반쯤 비우고 똑같이 행동했다. 마르케시니와 같이 온 이들은 흥청망청 술판을 벌이고 싶은 눈치였다. 타마린도라는 키가 장대 같은 사람은, 홀로 술을 마시고 주문할 때 외에는 말을 잘 하지 않는 바로스와 대화를 시작했다. 그자에게 다가갈 때는 조심해야 한다. 그는 주먹이 세기로 소문난 사람이었다. 작은 키에 목이 긴 그 사람은 어렸을 때 맨손으로 황소를 때려잡았다는 소문이 있다. 반면에 타마린도는 키가 컸고 누가 봐도 의젓한 아들 같아 보였다. 그런데 문제는 그날 저녁 술에 취해 허풍쟁이처럼 행동했다는 것이다. 150킬로그램의 멧돼지를 상대한 사람 앞에서 경솔하게 굴었다.

"내일부터 마달레나에게 더욱 열렬히 구애를 하겠다는 뜻이야."라는 말이 들렸다. 사베리오 마르케시니가 와인을 보며 말했다. 나는 말없이 그를 쳐다보았다. 그는 나를 놀리는 게 통하지 않는다는 걸 깨닫고 헛웃음을 지었다. 그러고는 말을 이어 갔다. "발렌티노의 무도회장에서 자네를 봤어. 매주 일요일 오후 자넨 거기 있었지. 눈을 휘둥그레 뜨고 늘 같은 자리에 있었어. 난 속으로 생각했지. '숯꾼이 성모 마리아를 보듯이 마달레나를 몰래 훔쳐보고 있어.' 어쩌다 그녀와 눈이 마주치기도 했지. 그러면 자넨 바로 기둥 뒤로 숨었어. 여자들이 그걸 보고 무슨 생각을 했을까. 수줍어하는 모습으로 점수를 땄지. 마달레나가 얼굴에 매혹적인 미소를 머금고 자네를 찾는 걸 보고 눈치챘어. 자네는 숨었고 대신 내가 그녀 앞에 나타났지."

나는 잔을 들고 다시 한 번 단숨에 들이켰다. 스탠딩테이블을 손가락 마디로 살짝 두드려 간다고 표시했다. 그러자 마르케시

* 시트론을 베이스로 한 탄산음료.

니가 나를 돌아보았다. 몸을 쑥 내밀었다. "마렘마의 숯가마는 칭찬이 자자하더군." 거북한 냄새가 나는 숨을 내쉬면서 그가 말했다. "인정하고 싶지 않지만 이 말은 해야겠어. 내가 유일하게 경계했던 사람은 자네였어. 마달레나는 내게 눈길 한번 주지 않았어……. 그러다 석탄 철이 다가와 자네는 이 전쟁터를 떠났어. 술보다 더 좋은 걸로 자네에게 보답을 해야 하는데!"

뒤에서 소동이 일어났다. 발도가 소리를 지르며 계산대 위로 뛰어 올라가려 했다. "오!" 타마린도라고 불리는 사람은 이미 얼굴을 얻어맞고 깨진 유리 조각 사이에서 울고 있었다. 코피가 분수처럼 주르륵 쏟아져 나왔다. 바로스는 마치 그 사내를 때려눕히는 건 기껏해야 엉덩이를 긁는 일 정도밖에 안 된다는 듯이 제자리로 돌아가 앉았다. 발도가 말했다. "그만해요! 당신들 무슨 짓을 한 거요!"

술 취한 동료들 중 어느 누구도 그 사냥꾼에 맞설 생각은 하지 못했다. 대신 키다리를 일으켜 데리고 나갔다. 마르케시니는 나가려다 할 말이 남았다는 듯 내게 다가왔다. 그가 윙크를 했다. 우리가 동창이라도 되는 듯 내 등을 두 번 툭툭 쳤다. 그러고는 술값도 내지 않고 나갔다.

그 결혼식의 충격으로 몇 주간 잠을 설쳤다. 가난은, 마치 나를 위해 태어난 것 같았던 마달레나를 포함해 모든 걸 앗아 갔다. 그러다 무엇보다 끔찍한 겨울이 찾아왔다. 아빠는 매일 저녁 저축한 돈을 세어 보았고 엄마는 이따금씩 이렇게 물었다. "돈이 새끼라도 쳤을까 봐요?" 아빠는 창문을 쳐다보며 나무 상자를 닫았다. 그러다 12월이 되자 이런 말을 했다. "숯으로 번 수입으로 5월까지 버티진 못할 것 같아. 밤 가루를 아껴 먹어야 해. 상태가 좋은 가축을 골라서 장에 내다 팔아야겠어."

나는 아침 일찍 일거리를 찾으러 술집으로 내려갔다. 땅 주인들은 일용직 노동자를 찾으러 왔고 난 그들이 가장 선호하는 일꾼에 속했다. 젊은 데다 불평불만도 거의 없었기 때문이다. 해가 뜨기 전에 일어나서 코가 떨어져 나갈 정도로 차디찬 공기를 마시며 집을 나서야 했지만 나쁘지 않았다. 나는 매일 다른 일터로 향하는 트럭에 몸을 실었다. 많은 사람들은 내 나이에 골짜기로 내려가 대학교나 아카데미를 다녔지만 나는 숲이라면 빠삭해서 네 사람 몫을 했다.

첫눈이 내려 도로가 막혔다. 농장 근처 숲속을 힘겹게 돌아다니며 간신히 헛간에 장작을 빽빽하게 채워 놓았다. 궂은 날씨에는 늘 있는 일이었다. 아펜니노산맥 위의 하늘은 땅에 떨어져 깨진 거울 같았다. 하늘은 가끔 우중충해져 꿈쩍도 하지 않았고 주변은 구름 속에 잠겼다. 불현듯 무인도에 살고 있는 느낌이 들었다. 사람들은 두꺼운 양털 옷 속으로 머리를 쏙 집어넣고 움츠린 채 돌아다녔다. 밤낮으로 연기를 내뿜는 굴뚝을 보고 사람이 사는 집이라는 것을 알았다. 귀를 먹먹하게 만드는 적막이 감돌았고 말을 할 때도 기도하듯이 작은 소리로 속삭였다. 오후 4시가 되자 어둑어둑해졌고 세상을 뒤덮은 어둠은 구원 같았다. 적어도 그저 손 놓고 있는 내가 바보같이 느껴지지는 않으니까.

크리스마스에는 칠면조를 잡았다. 아빠가 잡았다. 목덜미를 잡아 집으로 가져왔고 그러니 제법 파티 분위기가 났다. 하지만 형편에 비해 무리한 탓에 아빠의 마음이 편치 않았다는 걸 알았다. 테이블에 먹다 남은 와인병도 올려놓았다. 보통 이 정도 양이면 삼 일은 거뜬하다. 식사를 마치고 나서 아빠는 무릎 위에 손을 얹고 말했다. "어제 모레노의 집에 갔었어. 그는 참 좋은 사람이야. 작년처럼 사정이 어려워지면 도와주겠다고 하더구나. 그러니 우리는 아무 걱정 안 해도 돼."

처음부터 눈치 챘어야 했는지 모른다. 그건 아빠가 늘 입에 달고 살던 별 의미 없는 말이었다. 그러던 그날 저녁, 눈이 번쩍 뜨인 것처럼 처음으로 실감이 되었다. 우리는 결코 가난에서 벗어나지 못하리라는 걸. 며칠 숨통을 틔워주었다 다시 목을 조여 오는 저주였다. 마을의 모든 숯가마에 불을 지필 수 있겠지만 달라질 건 아무것도 없을 것이다. 그런 생각을 하니 구역질이 났다. 엄마가 바닥에 토한 걸 보게 하느니 차라리 내 목을 잘라 버리는 게 나을 듯싶었다.

아빠의 말이 아직 끝나지 않았다. 아빠의 시선이 나를 향했고 나는 의자에 똑바로 앉아 있었다. 아빠는 미소를 짓고 있었다. "말했잖아." 그가 말했다. "알다시피 서두를 필요가 없어. 아무리 죽도록 일해도 수레바퀴는 다시 처음으로 돌아가잖니…… 쉽진 않겠지만, 가끔 적절한 순간에 털고 일어나는 것도 필요해. 그러지 않으면 바퀴 사이에 끼이고 말 거야." 난 아빠를 빤히 쳐다보았고 개미가 한 가득 기어 다니는 듯이 이마가 간질거렸다. 그는 잠시 아래를 보고 나서 다시 내 얼굴을 보았다. "마렘마에 있는 카메라타에게 편지를 썼어." 쇳덩이가 서로 부딪히는 듯한 목소리로 계속 말을 이어 갔다. "그는 네가 얼마나 일을 잘하는지 알아. 네가 그의 작업 팀에서 일하기를 원하고 있어. 넌 잠잘 곳도 생기도 돈도 괜찮게 벌게 될 거야. 아무 희망이 없는 이곳과는 달라."

난 울고 있었다. 나를 보던 엄마가 스웨터 소매에서 손수건을 꺼내 얼굴을 닦았다. 몸을 들썩거렸지만 울음소리는 내지 않았다. 아빠도 방금 한 말 때문에 괴로워했다. 아랫입술이 파르르 떨리기 시작했다. 그걸 숨기려고 더 큰 목소리로 말했다. "우리 생각은 마라. 겨우 그릇 하나 덜 놓는 것일 뿐이야. 혹시라도 네가 월급을 조금 떼서 보내 준다면 우리는 어깨 펴고 살 수 있겠지. 평생 모레노에게 빚을 지는 것보다 나아. 그 이자를 갚으려면 한 철 내내 숯을 만들어야 할 거야……" 갑자기 목이 메었는지 와인을 마셨다. 아펜니노의 적막이 농장으로 밀려드는 것 같았다. "새해가 되면 내려가거라." 아빠가 마지막으로 말했다. "카메라타는 네가 오기만을 기다리고 있어."

술 세 잔 값 정도의 돈을 챙겨 발렌티노의 무도회장에서 새해를 보냈다. 사람들은 춤을 추고 노래를 불렀고, 난 기둥 뒤에서 가난이 내게 떡하니 던져 준 커다란 크리스마스 선물을 생각했다. 그건 바로 고향을 떠나는 것이다. 마달레나는 머리를 예쁘게 올려묶었고 얼굴에 자신감이 넘쳐흘렀다. 그리고 기운 넘치는 새신랑과 춤을 추었다. 단 한 번도 내 쪽을 쳐다보지 않았다. 그녀의 남편은 춤을 추고 있었을 뿐인데 나를 보고 웃는 것 같았다. 그의 행복한 인생에 얼굴을 한 대 얻어맞은 기분이었다. 마음이 찢어지는 듯했다. 나는 두 번째 샴페인을 들이켜고 집으로 향했다. 자정까지는 한 시간이 남은 시각이었다.

내가 어렸을 때 자주 가곤 했던 산타 마리아 광장의 담벼락에 앉아서 종소리를 들었다. 집집마다 새해를 환호하는 소리가 들렸고 심지어 누군가는 창밖으로 접시를 던지기도 했다. 난 실감이 나지 않았다. 그 순간 언제나 고독 속에 있는 내가 보였다. 문득 종탑 앞에서 이런 의문이 들었다. 떠나는 게 그리 어려운가? 뭐가 나를 이 아펜니노에 붙잡아 두는 걸까? 내겐 진정한 친구가 없다. 가난이 이미 오래전, 초등학교 시절부터 볼링이나 공놀이가 아닌 일을 쥐여 주며 친구를 빼앗아 갔다. 일요일에도 일을 했고 그야말로 화성인이었다. 아이들 무리에 어울려 다니지 않아서 이방인 취급을 당했고, 만날 때마다 어색함이 흘렀다. 여름에는 들판에서 돌을 던져 도마뱀을 잡거나 분수에서 놀고 리멘트라 개울에 뛰어드는 대신 석탄고에서 지냈다. 그 후로도 몇 년 동안 줄곧 그렇게 지냈다. 적어도 돈을 모으기는 했다. 사장들은 내게 호의적이었지만 월급은 늘 제자리걸음이었다. 가장 절망적인 것은 말할 것도 없이 마달레나가 마르케시니와 모든 성사를 마치고 결혼을 했다는 것이다.

집이 그리운 건 사실이다. 하지만 아빠의 요구대로 매달 집으로 월급을 보냈다. 부모님이 일주일 내내 안초비 하나에 빵을 문질러 먹으며 허리띠를 졸라매는 걸 보느니 차라리 이불 속에서 뒹굴뒹굴하는 걸 보는 게 낫다 싶었다. 그런데 마렘마에는 열심히 일하는 노동자들은 있었지만 나만큼 고생한 사람은 없었다. 마지막 석탄 철에는 내 또래의 일꾼들이 없었다. 고된 일이었지만 이제까지 해 오던 일과 별반 다르지 않았다. 엄밀히 따지면, 하루가 저물어 갈 때쯤이면 안도의 숨을 내쉴 수 있다는 점이 달랐다. 힘을 덜 들이고 두 배의 월급을 챙기며 하루를 마무리한다.

집으로 돌아왔을 때 식탁에 앉아 귤껍질을 벗기는 부모님을 보았다. 아빠는 특별한 날에 마시는 바질 술병을 꺼냈다. 조금밖에 남지 않았다. 술병 바닥에는 엉겅퀴 잔가지와 설탕이 가라앉아 있었다. "벌써 돌아온 거야?" 닭처럼 머리를 쑥 빼며 아빠가 말했다. 빈 잔 하나를 내게 내밀었다. "받아라, 몸을 좀 녹여라. 이 수프가 얼마나 맛있는지 먹어 보렴." 나는 다리를 동동 구르며 서 있었다. 두 분을 쳐다보면서 두 손을 비볐다. "지루해 죽겠어요." 내가 말했다. "휴가가 끝나는 2일에 첫차를 타고 떠날 거예요. 3일에는 카메라타의 지시에 따라 바로 일을 시작할 거고요. 그게 다예요."

그 당시를 돌이켜 보면 다른 사람의 이야기 같다. 내가 막 마렘마에 도착했을 때 많은 사람들이 내가 일을 하러 왔을 거라는 생각을 하지 못했다. 사정은 잘 모르더라도 당혹스러워하던 내 모습은 기억하고 있을 것이다. 그때 그 사람들은 대부분 오래전에 세상을 떠났다. 신문을 사러 오는 60대 노인들은 내가 처음 레 카세에 왔을 때는 어린아이들이었다.

그 가엾은 이들 중에 디보가 있다. 셔터를 올리고 신문을 들여놓으려는 순간, 내 바짓가랑이를 붙잡고 한발 앞서 아침 뉴스에서 본 날씨며 사건 이야기들을 늘어놓는다. "어떻게 해야 할지 알 것 같아……." 늘 이런 식으로 말을 시작한다. 인생은 내가 얼마나 힘들었는지 알아서 훅 다가와 끌어안으며 이렇게 말하는 것 같았다. "괜찮아, 힘내. 그래도 잘했어." 가끔 그는 석탄 수레를 끌어 보게 해 달라며 어린아이처럼 귀찮게 굴었다. 메뚜기처럼 한시도 가만히 있질 못했다. 그러다 일이 터졌다. 정확히 말하면 마리엘라가 바람을 피웠고 그에게 상처를 주었다. 그런데 그는 시치미를 뚝 떼고 지금까지도 이탈리아 사회공화국 당원의 가면을 쓰고 있다. 어느 누구도 길을 가다 멈춰서 그와 이 분 이상 수다를 떨지 않는다. 10미터 떨어진 곳에서도 그의 오드콜로뉴 냄새가 났고 면도를 하지 않으면 집 밖으로 한 발자국도 나오지 않는다. 담배를 달라고 계산대에 동전을 쏟아 놓는다. 동전 틈에서 항상 무솔리니의 얼굴이 새겨진 금메달이 튀어나온다. 그러면 메달을 집어들고 중얼거린다. "이런 사람이 다시 나타났으면……." 시간이 지나면서 이런 생각이 들었다. 이런저런 규율을 필요로 하는 사람은 뭔가 꿍꿍이가 있다. 아니면 속으로 구원받기를 원하거나.

오늘은 정신없는 하루였다. 디보는 가게 안을 꽉 채운 마을 사람들 사이를 비집고 들어와 내 앞에 나타났다. 나를 보고 이렇게 말했다. "없어도 그만인 아내가 커피를 태워 먹는 바람에 하루 일과에 차질이 생겼어. 뉴스를 마지막 부분밖에 보지 못했다고. 대체 무슨 일인가? 아수라장이 따로 없군. 무슨 일이 벌어진 건지 정리해서 말해 줄 사람 어디 없나."

나는 그 앞에 방금 나온 따끈한 신문을 내려놓았다. 1면을 확인한 디보의 얼굴이 하얗게 질렸다. 그는 얼굴을 찡그렸다. 파시즘 시기에 유행하던 표정이다. "내 그럴 줄 알았어." 그가 중얼거렸다. 포커 기계가 있는 구석으로 가서 신문을 읽는다. 그리고 바로 세랄리니가 나타났다. "나도 하나 주시오." 그가 말했다.

복권 당첨자가 나왔던 1966년 이후로 이런 인파는 본 적이 없다. 레 카세가 큰 인기를 얻는 바람에 다음 날 아침 구시가지로 이어지는 길까지 사람들로 꽉 들어찼다. 사람들은 모두 그로세토에서 온 촬영 카메라와 사진기 화면 속에서 손을 흔들었다. 많은 사람들이 내게 와서 귓속말을 했다. "레나토, 나한테는 말해 줄 수 있지……." 이렇게 속삭이며 당첨자의 이름을 물어보았다. 난 고개를 저었고 동시에 다리가 후들거렸다. 속으로 이렇게 반복했다. "웃자. 웃기만 해." 마음의 소리에 귀를 기울였지만 내 바지 주머니에 들어 있는 복권을 생각하면 눈물이 왈칵 쏟아질 것 같았다. 수많은 사람들을 보니 머리가 어지러웠다. 아펜니노에서 찢어지게 가난했던 시절부터 마렘마로 내려오기까지의 내 모습을 모두 돌이켜 보았다. 하루도 빠짐없이 매일 고되게 일을 했다. 내가 스무 살이 될 때까지 일하던 작업 팀의 반장인 카메라타가 진심으로 이렇게 말하는 것 같았다. "노력의 결과를 봐. 마달레나가 동기 부여가 되었어. 결국 그녀가 네게 선물을 준 셈이지. 이제 결실을 본 거야."

가게 안에는 자신의 복권 용지를 보여 주면서 오해를 바로잡는 사람도 있었다. "봤어?" 사람들이 소리쳤다. "행운의 여신의 키스를 받은 사람은 내가 아니야! 이래도 의심할 텐가?" 그리고 사람들은 씁쓸한 미소를 지었다. 난 아빠를 생각했다. 그리고 엄마를 생각했다. 농장에 있는 그들을 생각했다. 돈은 얼마 없었지만 부족함 없이 살았고 지금은 내가 매달 부치는 돈으로 모레노에게 더 이상 빚을 지지 않고 살아간다. 행운은 오래전부터 기다리고 있었고 그들은 산 바스티아노에서 열리는 아들 결혼식에 참석차 산을 내려왔던 날 그것을 거머쥐었다.

엄마는 고향을 벗어나 본 적이 없어서 머리가 어질어질했다. "여긴 공기가 습하구나." 삼 일 내내 이렇게 말했다. 모아 길에 세를 얻은 아파트를 둘러보는 그들의 모습은 마치 꿈속을 헤매고 다니는 것만 같았다. 냉장고에 머리를 들이박던 아빠의 모습이 아직도 눈에 선하다. "요즘은 집 안에 폭탄을 두는 게 유행이더냐?" 아빠는 쉴 새 없이 투덜거렸다. "참 좋기도 하겠네." 눈여겨보고 있는 가게가 하나 있다고 아빠에게 말했던 게 바로 그때였다. 저절로 굴러들어 온 복 같았다. 은행들은 인심이 후했고 착수금은 마련된 상태였다. 아빠는 잠시 동안 나를 빤히 쳐다보더니 질색하는 표정을 지었다. "신문이라." 그가 투덜댔다. "전쟁으로 전부 까막

눈만 남은 마당에? 담배라면 모를까……. 어쨌든 석탄보다는 백
배 낫구나."

지금 내 주머니 속에는 수백만 리라짜리 종이가 들어 있었고,
나는 배가 불러 온 카테리나의 소식뿐 아니라 평생 일하지 않아도
될 만큼 엄청난 액수의 당첨 소식을 가지고 피스토이아 굽잇길을
올라갔다. 난 조심스럽게 말을 꺼내야 했다. 날이 갈수록 엄마는
심장이 약해져서 약을 먹고 있었고 예고도 없이 내가 농장에 나타
나는 것 자체도 놀랄 일이었기 때문이다.

마소는 샴페인 한 상자를 가져왔다. "이거면 충분할 거야."
그가 말했다. "만약 돈을 싹쓸이한 그 빌어먹을 놈이 여기 있다면
우리를 위해 축배를 들어 주기를!" 소란을 틈타 장식품을 슬쩍하
는 사람이 있었고 난 눈감아 주었다. 사람들은 끊임없이 나를 툭
툭 치며 말했다. "레나토, 기운 내! 장례식장에 온 게 아니잖아!"
하루아침에 백만장자가 된 것을 보고 짐승처럼 배 아파하는 사람
들도 있었다. "어쨌든 대단한 횡재는 아니야." 사람들은 말했다.
"돈이 많아지면 생각도 많아지는 법이지. 난 지금 이대로가 좋아,
만족해." 잠시 동안 가게 입구에 카테리나도 보였다. 나르디니가
축제를 구경하라며 몇 분 허락해 준 모양이었다. 그녀는 안으로
들어오려 했으나 사람들에게 떠밀려 계속 제자리였다. 손으로 배
를 감싸고 조금 떨어져 축제를 즐겼다. 그 순간 난 입고 있던 옷을
찢으며 큰 소리로 외치고 싶은 충동을 느꼈다. "저예요! 처음으로
행운이 내게 고개를 들었어. 아주 제대로 횡재했다고요!" 난 이 말
을 내뱉지 못하고 속으로 삼켰다. 가게를 열기 위해 대출받은 돈
이 있었고, 당연한 사실이지만 동네방네 떠들지 말아야 할 것들이
있기 마련이기 때문이다. 난 이따금씩 바지 주머니를 만졌다. 그

러자 손끝에 달아오른 쇠가 만져지는 것 같았다.

사람들은 카메라를 따라 차츰차츰 자리를 뜨기 시작했다. 어느 순간 가게 안이 텅 비었을 때는 정오도 채 안 된 시각이었다. 사람들의 재잘거리는 소리가 여전히 귓가에 맴도는 듯했다. 바닥을 비질하기 시작했다. 문에서 한 줄기 빛이 들어왔다. 황금빛 먼지에 매료되었고 그 속에서 밝게 빛나는 미래가 보였다. 언제나처럼 카테리나를 생각했다. 그날 저녁, 재봉 학교에서 교대 근무를 마친 뒤에 어두운 얼굴로 부엌에 나타난 나를 보면 그녀는 뭐가 그렇게 힘든지, 혹시 가게에 무슨 문제라도 있는지 다그쳐 묻겠지. 그 순간 난 복권을 꺼낼 것이다. 지불 고지서가 날아왔을 때처럼 짜증을 내며 테이블 위로 복권을 집어던지는 모습을 상상했다. 그러면서 이렇게 투덜거린다. "이런 일이 있었어." 그리고는 쇼를 감상할 것이다.

만약 사람들이 왜 복권을 샀냐고 묻는다면 난 아무 대답도 하지 못했을 것이다. 살면서 그런 식으로 커피 한 잔 값도 낭비해 본 적 없던 나였다. 그런데 삼 일 전 문득 복권을 긁고 싶었던 그 순간을 떠올려 보았다. 평소와 다름없이 가게 문을 닫고 저녁 식사를 하려고 집에 가려던 차였다. 난 복권을 보았고 혼자서 이렇게 중얼거렸다. "한 번쯤은……." 천사의 손이 명령한 듯이 나도 모르게 선반으로 몸을 숙였고 네온 불빛에 비춰 손이 움직이는 대로 무작위로 표시를 했다.

자정을 알리는 종소리에 깜짝 놀랐다. 열쇠를 두 번 돌려 문을 잠그고 메초 길로 올라갔다. 초조한 마음에 점심도 걸렀다. 술두 잔은 잘 넘어갔다. 테이블 위에 복권 용지를 올려놓고 뚫어져라 쳐다보았다. '사랑하는 카테리나.' 난 할 말을 생각해 봤다. '내

일부터 바느질은 그만두세요. 밤마다 졸린 눈으로 집에 돌아오잖아요. 독말풀로 차를 만드는 것도 이제 끝이에요.' 어느 순간 웃는 것도 우는 것도 아니고 거의 발작을 일으키다시피 했다. 정신 나간 사람처럼 그러고 있었다. 혼란스러웠다. 종탑이 두 번 울릴 때까지 이 방 저 방을 돌아다니기 시작했다. 그러다 제자리에 멈춰섰다. 종이를 집어서 주머니에 넣었다. 그리고 문을 닫았다.

난 마리엘라가 무엇을 가지고 있는지 모른다. 오래전부터 그녀와 수차례 잠자리를 가졌지만 그녀는 싫증을 내기는커녕 늘 흥분했다. 이것이야말로 그녀가 존재하는 방식이다. 아무런 감정 교류 없이 육체적 쾌락을 즐기는 것. 세상의 입구인 양 그곳을 활짝 열어 놓고 기둥처럼 희고 단단한 엉덩이 사이에 내 것을 단단히 끼워 둔다. 머리카락이 쭈뼛 설 정도로 희열을 느낀다. 숨이 끊어져도 좋다. 성당 너머 구시가지 끝자락, 덤불 속 초소의 문을 툭툭 치며 이렇게 말하곤 했다. "못된 여자는 석탄을 챙기고 악랄한 여자는 숯꾼을 차지하지."

삼십 분 동안 몸을 흠뻑 적시러 가지 않는다면 그녀를 무시하는 것이나 마찬가지였다. 하지만 질투 걱정은 없었다. 마리엘라는 개인적인 문제로 섹스에 집착하는 것이고, 하고 나면 생기를 얻는다. 매주 월요일 난 채소밭으로 갔고 발뒤꿈치를 공중으로 들어 올렸다. 어쩌다 하루라도 빠지는 날이면 그녀는 화를 내며 나를 몰아붙였고 그곳을 멍들게 했다. 난 간통죄를 저질렀다는 생각조차 들지 않았다. 고된 노동의 스트레스를 풀고자 시작했던 것이지만 어느덧 습관이 되어 버렸다. 마리엘레는 성가신 애착에 얽매이지 않는 자유 지대이다. 그녀는 치마를 벗으면서 종종 이렇게 말했다. "살살 해. 어제부터 잔노네 그 고집쟁이가 들러붙었어. 오늘 아침 침대를 빠져나오느라 애를 먹었지 뭐야."

그날도 나는 그녀의 용광로 속으로 들어갔다. 평소처럼 엄마의 포옹과도 같은 키스로 위안을 받았고 동굴 안은 속옷 안에 가느다란 막대기를 달고 다니는 그 동네 사람이 다녀간 이후라 아직 온기가 남아 있었다. 이십 분 후에 나는 머리를 곱게 빗고 밖으로 나왔고 아직도 후들거리는 다리를 조심스럽게 한 발 한 발 떼었다. 식욕이 돌기도 했다. 가게 문을 열기 전에 집에 들러서 남은 빵을 먹었다.

오후가 되니 더욱 불안했다. 뭔가 캐려 드는 사람들이 또다시 몰려들었다. 그들은 수상쩍은 낌새를 알아차렸는지 현장을 덮치려 했다. 그들은 서로를 제외하고 추리를 시작했다. "우리 여섯 명 중에 행운을 잡은 사람이 있어." 그들이 말했다. 그러다 한 사람이 추가되고 또 새로운 사람이 추가되고…… 그러다 후보가 꽤 많아졌다. 두에 포르테 대신 그들은 내 가게에서 몇 시간을 죽치고 있었다. 난 어서 시간이 가기만을 기다렸다. 가능성의 범위가 눈에 띄게 좁혀졌다. "여기 레 카세에 수만 명이 있는 게 아니잖아." 그 노인네 넨치오니가 말했다. "이보게들, 난 맨 먼저 빠지겠네." "그 다음엔 나." 세랄리니가 말했다. "세상이 어떻게 돌아가는지 잘들 보게." 알비세가 끼어들었다. "돈 라우로가 당첨된 거야. 주교들이 황금 잔에 소변을 본 다음 바로 로마로 떠난 걸 보면 모르나." 모두가 일제히 나를 보며 최근에 신부님이 복권을 긁은 적이 있는지 물었다. 난 없다고 손짓했다. "마놀로는 어때요?" 누군가 말했다.

문 닫을 시간이 됐을 때 그들을 끌어내다시피 했다. 특히 디보가 이 말을 툭 던졌을 때 마음이 덜컹했다. "레나토가 그 행운을 잡지 않았으리란 법은 없잖아?" 그가 큰 소리로 말했다. 그들이 나를 쳐다보았지만 난 콧방귀를 뀌었다. "무슨 말도 안 되는 소리야! 복권에 당첨됐다면 내가 여기에서 이렇게 열을 올리고 있지 않겠지. 그리고 자네들도 잘 알겠지만, 난 브리스콜라 게임*도 제대로 할 줄 몰라. 하물며 축구는 오죽하겠나……." 이렇게 말하면서 그들을 문밖으로 밀어내고 셔터를 내렸다.

나는 디보와 함께 길을 걸어 올라갔다. 그의 아내와 잠자리를 가질 때마다 한 발짝 거리를 두게 되었다. 그가 내가 한 짓을 알아차리기라도 할까 봐. "그러니까," 어느 순간 그가 말했다. "오늘 밤 누군가는 늘 먹던 수프를 달리 보게 될 거야. 솔직히 말하는데, 난 이대로가 좋아. 안정된 직장에 월급도 적당하고. 그런데 내가 백만장자가 되고 싶다면 그건 마리엘라 때문이야. 가장 먼저 그녀에게 멋진 여행을 시켜 줄 거야. 말은 안 하지만 그녀의 일상은 늘 똑같아. 집안일을 하며 보내지. 생각해 봐, 레나토. 지루한 일이 아닐 수 없어……." 난 고개를 숙이고 걸었다.

난 하루 종일 생각했던 대로 시무룩한 얼굴로 부엌에 들어갔다. 저녁 식사가 이미 차려져 있었다. 카테리나가 나를 보자 미소를 지었지만 인사를 주저했다. 내가 의자에 털썩 주저앉아 버렸기 때문이다. 그러자 그녀도 얼굴을 찌푸렸다. "당신 얼굴이 왜 그래요?" 그녀가 물었다. 난 계속 연기를 하면서 주머니를 뒤졌다. 그녀가 손에 들고 있던 국자를 내려놓았다. "레나토, 그렇게 입을 꾹 다물고 있으면 안 좋은 생각이 들잖아요……." 난 불안했고 눈에 눈물을 글썽이며 그녀를 안고 어서 빨리 가면을 벗어 던지고 싶었다. 그녀가 다가왔다. "왜 울어요?" 그녀가 나직이 말했고 목소리

* 이탈리아 카드게임.

가 떨렸다. "레나토, 어서 말해 봐요!"

그 순간 일이 일어났다. 머리칼을 곤두세울 만큼 충격적이었다. 호흡이 콘크리트처럼 무거웠고 입이 바짝 말랐다. 분명 얼굴 표정이 말이 아니었을 것이다. 카테리나가 한 걸음 물러났다. "레나토! 내게 말해 줘요. 무슨 일이……." 난 정신이 나가 버렸다.

나는 바닥에 의자를 내동댕이치며 벌떡 일어났다. 주머니가 뒤집어져 있었고 복권이 사라졌다. "없어." 혼잣말이 튀어나왔고 그 말이 의심을 진실로 만들어 버린 것 같았다. "없어!" 난 소리를 질렀다. 주머니를 샅샅이 뒤져 보았다. "없어졌어!"

허리를 테이블에 부딪쳤고 와인 병이 쓰러져 와인이 접시에 쏟아졌다. 바닥에 있던 물건들을 모두 살폈지만 없었다. 내 발바닥까지 확인했다. 그러고는 현관에서 부엌으로 가는 길을 훑어보았다. "없어, 없어, 없어……." 난 흐느껴 울기 시작했다. 카테리나가 옆에 왔을 때 하마터면 충동적으로 그녀를 밀칠 뻔했다. 그녀는 겁에 질린 모습으로 나를 쳐다보고 있었다. 내 얼굴에도 마찬가지로 공포심이 서려 있었다. "없어." 내가 또 한 번 말했다. 그녀가 속삭이듯 말을 건넸다. "레나토, 부탁이에요……." 난 문을 활짝 열고 길가의 돌에 시선을 고정한 채 밖으로 나와 버렸다. "레나토!" 등 뒤에서 나를 부르는 소리가 들렸고 난 이미 옆길로 들어섰다.

매춘부와 살을 비비는 데 엄청난 돈을 낭비한 것은 평생 목에 가시처럼 남는다. 치료제가 없다. 매일 아침 일어나면 그 생각이 가장 먼저 떠오르고 뇌를 갉아 먹히는 것 같았다. 그때부터 매 순간이 괴로웠다. 잠을 잘 때도 열병으로 바뀌어 계속된다. 예기치 않게 그 종잇조각을 손에 쥐게 되었고 나의 젊고 아름다운 아내에게 그걸 말하려던 참이었다. 그러다 잠시 후 이런 말이 들렸다. "레나토, 일어나요! 신문 왔어요!" 난 눈을 뜨고 잠옷 차림의 카테리나를 보았다. 현관에 불빛이 보였고 커피 향이 날아왔다.

　초반에는 화장실에 들어가 토를 했지만 신물밖에 나오지 않았다. 찬물로 얼굴을 헹구면서 이렇게 반복했다. "긴 꿈이야. 이제 일어나면 아무 일도 없던 거야." 하지만 모든 게 그대로였고 거저 얻다시피 싼값에 인수한 가게도 그대로였다. 난 안개에 둘러싸여 사라지기 바로 직전의 희미한 존재가 된 느낌이었다. 내가 존재하는지 보려고 손을 만져 보았다. "가난은 황금을 보여주는가 싶더니 바로 빼앗아 갔다." 난 혼잣말을 했다. 어느 날 저녁 카테리나는 첫 월급을 받고 흡족해하며 집에 돌아왔다. 몇 푼 되지 않는 돈을 보고 난 새끼 양처럼 울기 시작했다. 그녀는 바로 곁에 와서 내 머리를 쓰다듬어 주었다. "레나토, 난 일하는 게 즐거워요. 레이스 뜨는 법도 배웠어요……." 그 말을 듣고 더욱 슬피 울었다.

　교대 근무만 아니었다면 디보가 와서 반나절 동안 수다를 떨었을 것이다. 그는 기운이 넘쳐 보였다. 오쟁이 진 남편의 눈빛이라 하기엔 생기가 넘쳤다. 복권 사건은 어느덧 마을 사람들의 기억에서 잊혀 갔다. 이따금씩 수면 위로 떠오르긴 했다. 난 마리엘라의 남편을 주시했고 그가 실수하기를 기다렸다. 그리고 몸을 흔들다 행운의 종이를 잃어버렸던 초소로 마리엘라를 만나러 가지 않았고, 그게 그녀에게 주는 벌이라고 생각했다. 그것은 이런 의미가 담긴 분명한 메시지였다. '이봐, 거기에서 선물을 하나 발견한 걸 알고 있어. 당신이 행동을 취하길 기다리고 있어.' 하지만 별다른 움직임이 보이지 않았다. 오히려, 어느 날 디보는 냉동고에 대해 불평을 하러 왔다. "거실에 거추장스럽게 놓아두려고 내가 그렇게 많은 돈을 들인 게 아니야. 오토바이가 고장 나서 돈 들어갈 일이 태산인데. 어디서 돈이 샘솟기라도 하는 줄 알아."

그들은 철두철미했다. 평소보다 프로슈토를 단 50그램도 더 사는 법이 없었다. 그러던 중 저녁에 카테리나가 내게 와서 말했다. "레나토, 이것 좀 보세요. 당신의 관자놀이에 벌써 새치가 자라기 시작했어요." 기껏해야 그 정도였다. 난 더 이상 말하지 않았고 저녁 식사 때는 깨작거리기만 하고 음식을 반이나 남겼다. 그러는 사이 그녀의 배는 제법 부풀어 올랐다. 나는 전혀 신경 쓰지 않았다. 미켈레가 태어났을 때 처음 든 생각은 이랬다. '보물은 어디 가고 지불 고지서만 날아오는구나. 더럽게 비싸네.'

아침에 가끔 욕실 거울을 보며 이렇게 속삭였다. "넌 바닥부터 시작했어. 네가 네 손으로 일군 이 놀라운 것들이 보이지 않아? 복권은 잊어버려. 아무것도 달라지지 않아." 정말로 그렇게 믿게 되었다. 숲속의 오두막에서 잠을 자고, 작업장에서는 저녁이면 폴로니카 레스토랑에서 피자를 주문하는 행락객들을 위한 숯을 만들면서 최고의 여름을 보냈다. 흙냄새를 털어 내는 데 몇 년이 걸렸다. 모레노에게 빚을 갚아야 한다는 강박에서 벗어나 마음 편히 세월을 보냈다. 우리 집 거실에도 냉장고가 있었다. 7월에는 일요일마다 매점에서 슬러시를 사기 위해 산 마르티노까지 올라갔다. 미켈레는 건강하고 기운 넘치는 아이로 자랐다…… 무척 행복한 아이었다. 잠시 후 카테리나가 문을 두드렸다. "변기에 빠졌어요?" 그녀가 큰 소리로 외쳤다. "가게 문은 안 열 건가 봐요." 그러면 나는 즉시 살기니가 처방해 준 물약 스무 방울을 마셨다. 신경 안정에 좋고 속 쓰림을 완화해 주는 약이었다.

완전히 없앨 방법은 없었다. 내가 유일하게 세상을 견딜 수 있는 순간은 끝없이 내 상처를 핥듯이 생각의 굴레에 갇혀 고독과 침묵 속에 빠져 있을 때였다. 이제와 돌이켜 보면 그럴 운명을 타고난 것 같다. 디보에 대한 의심을 멈추지 않았지만 몇 년이 지나도 그는 변함없는 모습이었다. 그의 일상에 어떠한 돌풍도 불어오지 않았다. '어쩌면 마리엘라가 복권을 가지고 있을지도 몰라.' 난 속으로 생각했다. '그리고 저 가엾은 사람이 죽기만을 기다리고 있을지 모르지.' 하지만 그는 계속 살아 있었다. 그것도 아주 기운 넘치게. "당첨을 만끽하는 좋은 방법이지." 가끔 저녁에 번 돈을 계산하면서 생각에 잠길 때면 난 이렇게 중얼거렸다.

나를 위로해 주는 유일한 사람은 귀머거리 난쟁이였다. 그녀는 십자말풀이를 사러 오곤 했고 다른 손님이 없으면 그녀에게 내 이야기를 늘어놓으며 몇 분간 시간을 끈다. 그녀가 내 입 모양을 읽지 못하도록 비스듬히 서서 말했다. 그녀는 계산대 아래에서 반짝반짝 빛나는 가엾은 눈으로 나를 쳐다보았다. "피에라, 내게 어떤 괴로운 일이 있었는지 들어 봐." 진열장에서 십자말풀이를 꺼내며 그녀에게 말했다. 짐승이 아닌 사람 앞에서 그 경험담을 이야기하려니 수정 구슬처럼 속을 훤히 드러내는 것 같아 소름이 돋았다. 여전히 나를 못살게 구는 가난이 이번에는 비열하게도 소중한 것을 하찮아 여기게 만드는 저주를 내렸다. 그 하찮게 생각하는 것은 바로 나였다. 매일 뺨을 철썩 때리며 하루를 시작했다. 누군가 이렇게 소리를 지르는 것 같았다. "뭘 하려는 거야? 엎드려 있어, 숯꾼아. 그리고 기어가." 그러면 난 기었다.

카테리나는 1973년 9월 1일 내게 선물 하나를 주었다. 그녀는 오후 버스를 타고 사소 피사노로 떠났다. 그곳에는 그녀의 여동생이 예전에 고물상을 해 벼락부자가 되었고, 지금은 가구 장사를 하는 남자와 함께 살고 있다. 몇 글자 적히지 않은 편지를 오랫동안 쳐다보았다. 거기에는 이렇게 쓰여 있었다. 불만 가득한 사람과 더 이상 함께 살고 싶지 않고, 그건 아이에게도 좋지 않다. 웃을 일 한번 없다. 잔치가 있을 때에도 집 안에 송장이 있는 것 같았다. 뇌리에 꽂히는 글귀가 있었다. **당신은 그림자처럼 사는 데 익숙해졌어요. 그 그림자가 우리 모두를 갉아먹고 있어요.** 말하자면, 카테리나는 감정을 소비를 하는 데 지쳤다. 그녀는 내게 천사처럼 대해 주며 마음을 낭비했다. 난 그런 그녀를 알아봐 주지 못했다. 미켈레도 마찬가지였다. 그래서인지 미켈레의 안색도 나처럼 어두워지고 말수가 줄었으며 여자 친구를 만날 생각도 하지 않았다. 편지의 끝부분에는 이렇게 쓰여 있었다. **삼 년이 지나도록 당신은 내 털끝 하나 건드리지 않았어요. 월요일마다 외출을 할 만큼 매력이 없어서 미안하군요.** 이 말이 무척 마음에 걸렸다. 하지만 전화를 걸어 집으로 돌아오라고 울고불고 매달리고 싶지는 않았다. 헐레벌떡 뛰어가 첫차에 몸을 싣지도 않았다. 대신 의자를 가져다 앉았다. 가장 먼저 든 생각이라는 것이 이랬다. '참으로 조용하구나.'

디보는 게임기 위에 신문을 두고 내게 와서 이렇게 말했다. "믿을 수 없어."

온몸이 긴장되었다. 내가 서 있는 위치는 바뀌었지만 어떤 순간이 되풀이되고 있는 것 같았다. 촬영차가 커브 길의 정차 구역에 멈추자 사람들이 가게 출입구로 몰려들었다. 누군가 이렇게 말했고 난 속이 쓰렸다. "1966년으로 돌아간 것 같아!" 문제는 지금이 순간 내 주머니에는 이제 아무것도 없다는 것이다. 가족도 없었다.

요즘 카메라는 예전 것과는 달랐고, 사진 기사들은 전투복 같은 것을 입고 있었다. 마을 사람들이 마이크를 들고 부끄러워했고 문법을 틀려 가며 말을 했다.

"자네가 보기에 내가 낌새를 못 챈 것 같나?" 디보가 팔짱을 끼고 가슴을 쭉 내밀며 말했다. "어차피 현실에는 늘 존재하지 않는 신기루가 보이잖아……." 내가 틀릴지도 모르지만, 그가 이렇게 말할 때면 꼭 돌풍이 몰아칠 것만 같다. "자네는 어떻게 생각해." 나를 쳐다보지도 않고 그가 계속해서 말했다. "강제로 엘레오노라를 끌고 간 걸까, 아니면 죽음의 도피였던 걸까?"

여름에 팔고 남은 잡동사니들을 둔 구석에 마리오가 있다는 걸 알아차렸다. 그곳에 놓인 "레 카세에서 전하는 인사" 엽서는 해가 갈수록 색이 바랬다. 난 평상시 보기 힘든 그 사람이 있는 쪽을 눈짓으로 가리키며 팔꿈치로 디보를 툭툭 쳤다. 몸이 너무 앙상하게 말라서 입고 있는 옷이 흘러내릴 것만 같았다. 그는 물건들이 마구잡이로 놓여 있는 진열장 사이로 밖에서 일어난 소동을 몰래 지켜보고 있다. 그러다가 갑자기 어깨를 씰룩거렸고 디보가 내게 귓속말을 했다. "뭐지, 우는 건가?" 난 고개를 저었다. "내가 어찌 알겠어……." 내가 속삭였다. 그가 한숨을 쉬었다. "그는 그 여자 아이를 고용했어. 개가 짖는 것만큼 짧은 시간이었지만 정이 많이 들었나 봐. 모르긴 몰라도 그 아이로 인해 아델라이데는 지옥에서 몇 시간이지만 해방된 기분을 느끼고 젊음을 맛봤을 거야……. 이 소식을 어떻게 받아들이는지 보면 알잖아."

아무에게도 말할 수 없지만 사실 난 사무엘레에게 동정심을 느꼈다. 그에게서 내 아들 미켈레의 어두운 눈빛을 보았다. 아버지 없이 자란 아이들은 대화도 없이 본능적으로 서로 알아본다. 그들에게서는 길들여지지 않은 야성이 느껴진다. 그들이 눈을 바라보는 두 가지 방식이 있다. 하나는 도전을 뜻하고 또 하나는 무관심이다.

레 카세에는 없는 소음을 들으려고 도시로 내려갈 때가 있다. 보통은 가게 문을 닫는 수요일이다. 난 살레 광장을 산책하는 걸 좋아한다. 혹은 화이트 와인을 곁들인 캄파리를 마시러 바에 간다. 그리고 지나가는 사람들을 넋 놓고 바라본다. 마지막으로 카세로 세네세의 벤치에 자리 잡고 앉는다. 거기에서 감옥의 담과 철창이 보인다. 사피 길의 구멍에서 들여다보이는 삶은 어떨지 상상해 본다. 가끔 너무 진지하게 생각한 나머지 심장이 쿵쾅거릴 때가 있다. 나는 단 일 분도 못 견딜 것 같은 기분이 든다. 요새의 문이 열렸을 때 진짜로 심장이 두근거렸다. 늘 있는 일은 아니다. 문이 열리면 갑자기 땅이 사나운 말처럼 요동치기 때문에 잘 붙잡고 있어야 한다. 미켈레가 교대 근무를 마치고 나온다. 고개를 푹 숙이고 걸어가는 그를 보는 것만으로 충분하다. 그는 20미터 정도를 걸어가 미세리코르디아 주차장으로 사라진다.

교도관인 아들. 마치 유령의 입속으로 빨려 들어간 듯이, 주머니에서 복권이 사라진 이후로 한쪽 구석에서 세상을 등지고 살아가는 내 처지와 비슷하다는 생각이 들었다. 그 종이에는 지나온 날들이 전부 들어 있다. 불행한 과거가 있다. 그래서 다른 세상을 상상하는 일이 잦아졌다. 1966년 그날 아침, 연기가 아니라 실제로 목청껏 이렇게 외치는 세상 말이다. "누가 복권에 당첨됐나 보세요!" 그러고는 모든 상황은 다시 반복된다. 단, 내가 당첨금을 잃지 않는 조건에서 말이다. 그 영화 속에서 미켈레의 출생은 가슴을 억누르는 부담이 아니라 끝없는 행복으로 변한다.

만약 누군가 간발의 차이로 그토록 원하던 삶을 놓쳐 버린다면 이런 일이 벌어지는 것이다. 아침에는 숨 쉬는 것조차 힘들고 저녁에는 허기를 잊으려 말라비틀어진 밤을 쪽쪽 빨면서 잠이 드는 아펜니노의 습곡에서 숯꾼으로 태어나 힘겹게 살아간다.

디보를 슬쩍 보고 속으로 생각했다. '이보게, 차라리 정말로 자네가 그 복권을 가지고 있는 거면 좋겠어······.' 내 생각이 들리기라도 한 듯이 그는 나를 홱 돌아보았다. "어쨌든 내 말은," 그가 말했다. "어떨 때 보면 신문 헤드라인이 너무 자극적이라는 거야. 죽음을 연상시키는 것들이 너무 많아······. 내 말은 이거야. 그 두 사람이 죽었다고 확신할 수 있을까?"

이올란다 바르베리니
주부

맹세코, 완전히 끝났어! 로산나, 오늘 아침 텔레비전에도 나왔어. 채널 4번을 돌리면 확실히 알게 될 거야. 그 아수라장 속에서 나를 볼 수 있을지도 몰라. 다행히도 며칠 전에 머리를 염색했어. 혹시나 해서 하는 얘긴데, 나 크림색 코트 입었어. 새해에 입었던 옷 기억하지…… 바로 그 옷이야……. 이상하게도 오늘 아침 예쁘게 꾸미고 싶더라니. 내가 카메라에 찍힐 줄 누가 상상이나 했겠어? 그건 그렇고. 법이 허술하면 이런 일이 벌어지는 거야. 범죄자들은 달아나든 말든 상관 안 하고, 고작 공과금 좀 밀린 사람한테서는 실오라기 하나조차 남기지 않고 모조리 빼앗아 가잖아……. 바로 이런 게 문제야. 그런데, 페오의 아픈 허리는 나았어? 아르칠레에 가면 소금기가 많은 바닷바람을 조심하라고 전해 줘. 자칫하다간 큰일 나.

……오, 저기 얼간이들이 보여, 장난감 병정에게서 눈을 떼지 못하는군. 술독이 빠져서 살만 찌는 남편의 저주가 옮겨 붙었

어. 언제부턴가 나는 아무도 알아보지 못하는 알비세를 먹여 살리고 있어. 그 나이가 되면 그렇듯 그는 나사가 하나 빠진 사람 같아……. 가끔 젊은이 행세를 하려고 드는데. 회춘은 꿈도 꾸지 않는 게 좋아.

    ……맞아, 이곳도 그래, 로산나. 한 시간 전, 정오 즈음 해서 날씨가 안 좋아지기 시작했어. 하늘에는 먹구름이 끼었어. 갑자기 구름이 몰려와서 산등성이를 집어삼켰고 순식간에 어두컴컴해졌어. 창밖의 평원을 바라보면 먼지밖에 안 보여. 그리고 바람이 불어. 여전히 거친 돌풍이 불어와. 바람이 그치면 비가 오기 시작할 거야.

    ……나도 기억나. 우리에겐 멋진 방이 있었어, 소소한 것도 특별하게 느껴졌던 시절이었지. 불평불만 가득한 지금과 달랐어. 폭풍이 몰아칠 때면 난 너와 함께 침대에 누워 있었고 매번 넌 네게 이렇게 말했어. "들려? 하느님이 가구를 옮기고 있어." 난 언제나 감성적이었는데 그런 내가 나이가 들어 이렇게 되어 버렸어. 넌 살면서 별것 아닌 일에 신경을 쓰고 상처를 받지. 그런데 뭐 어쩌겠어. 넌 알비세와 결혼하기로 마음먹었잖아. 착하게 살겠다는 마음가짐이 한 걸음 나아갈 때마다 무너지고 있어. 되돌아갈 수 있다면 좋으련만…….

    ……있잖아, 나도 깜짝 놀랐어. 알잖아, 우리 레 카세 사람들은 단순해. 그래서 아무도 눈치 채지 못했나 봐. 심지어 그쪽으로 안테나를 곤두세우고 있던 경찰들마저도 몰랐어. 리볼라 출신 아가씨가 한때 에세드라가 살던 그 집에 갇혀 있을 줄 누가 상상이나 했겠어? 사실이야. 타의든 자의든, 오로지 하느님만이 답을 알고 계시겠지만, 그 아이가 그 집에 있었어. 그런데 오늘 밤 그자가

그 아이를 오토바이에 태워 달아나려고 했어. 그녀를 기절시킨 걸까? 아니면 함께 사랑의 도피라도 하는 걸까? 다시 제자리야. 아무도 몰라…… 어떻게 된 건지 들어 봐. 오토바이가 신시가지에 있는 로돌포네 바 앞을 조용히 지나가다가 우연히 밤바람을 쏘이며 담배를 피우고 있는 그 사람과 마주친 건 아닐까? 맞아, 바로 그였어. 알바니아 촌놈. 그 여자아이가 실종되고 군대가 그의 집에 들이닥쳐서 그의 집 정원을 파헤쳤던 일이 있었어. 유골이라도 찾길 기대했지. 순식간이었어. 그 외국인은 독이 잔뜩 올라 바로 그의 패거리들을 불러들였어. 적이 되면 골치 아픈 인간들이야. 말이 끝나기가 무섭게 트럭은 방탕자의 뒤를 따랐어.

　……맞아. 커브 길에서 급정거의 흔적이 발견되었다는 이야기를 신문에서 읽었어. 추격 장면이 상상이 돼. 어두컴컴한 덤불에서 갑자기 짐승이 툭 튀어나오는 그런 장면. 결국 어떻게 됐는지 너도 알지. 오토바이는 수없이 급커브를 돌다가 중심을 잃고 토니넬리의 집으로 추락하고 말았어. 위험천만한 상황이었어. 아스팔트에 균열이 있었나 봐. 그 균열 때문에 트럭 사고도 몇 번 있었어. 마을 사람들은 주의해서 도로를 걸어 다녔어. 그런데 표지판과 반사경이 달린 가드레일이 설치되어 있어도 마르케 사람의 집 나무 위로 떨어지는 조심성 없는 사람들이 계속 생겨났어. 에세드라의 손자도 그렇게 끝장이 났어. 문제는 그 사고를 당할 때 혼자가 아니었다는 거야. 스무 살쯤 된 평원의 여자아이도 있었어. 삼가 고인의 명복을 빕니다.

　……뭐라고 말을 해야 할지, 로산나. 가엾은 우리 엄마가 자주 했던 말이 뭔지 알아? "신은 사악한 젖소에겐 짧은 뿔을 주는 법이야."* 다행히도 우리 주변에는 악마가 많지 않아. 그 젊은 아

가씨 일은 유감이야. 너도 그 아이를 봤어야 하는데, 마르고 말수가 적지만 주변 사람을 편안하게 해 줄 만큼 섬세한 아이야. 그 불행한 사건이 연약한 가지를 싹둑 베어 내면서 심술을 부린 것 같았어. 언제나 신의 계획이라고 돈 라우로가 말했어. 그 말을 믿고 싶어. 하지만 때로는 이해가 되지 않아. 수상한 남자 친구를 사귄 엘레오노라의 탓일 수 있겠지만 그녀의 눈을 보면 그녀가 나쁜 짓을 할 거라고 생각하는 사람은 아무도 없을 거야.

……네 말이 맞아. "가슴 아픈 일이야." 날이 어두워지면 장례 종소리가 들려올 것 같아. 창문이 부서질 듯 돌풍이 불어. 하지만 걱정 마. 알비세의 상여는 끄떡없을 테니……. 정말이야! 집이 무너지고 있는 게 느껴지지 않아?

……로산나, 무슨 말인지 알겠어? 그의 머리 위로 지붕이 내려앉을 수 있어, 그래도 장난감 병정에게서 눈을 떼지 않을 거야……. 로산나, 내 말 듣고 있어? 로산나!

넌, 거기 있어! 여긴 난장판이야. 우리 집에는 전화기도 없어. 그에겐 그 장난감을 뚫어져라 쳐다보는 것만 중요하지. 위층에 올라가서 창밖을 봐……. 폭풍이 올 것 같아, 정말이야! 천장을 날려 버릴 정도로 강력한 폭풍이 몰려올 거야. 있잖아, 그러면 난 재빨리 폭풍 속으로 몸을 날릴 거야! 아니, 그렇게 해 달라고 애원할 거야. 하느님, 제 말 듣고 계세요? 폭풍을 보내시어 빌어먹을 마렘마 밖으로 저를 영영 날려 보내 주세요!

저녁에는 커틀릿을 만들어 줄게, 커틀릿이라면 넌 어린애처럼 환장하잖아, 그렇지?

* 악한 사람들이 나쁜 짓을 하지 못하도록 힘을 적게 준다는 뜻.

아미코 프리츠
니코데모 템페스티

돈 라우로의 시신은 이틀 전에 산 바스티아노 성당에 안치되었다. 미사를 집전하고 제대로 된 장례를 치러야 하는데 아무도 마을로 올라가지 못하는 상황이다. 비가 몰아쳐서 바위산이 무너지고 도로가 흙탕물에 잠긴 탓이다. 동료에게 진심을 담아 작별 인사를 하고 싶은 신부님이 있다면 길이 정비될 때까지 기다려야한다. 날씨가 해결해 줄 문제는 아니다.

돈 라우로는 고해성사실에서 발견되었다. 눈을 동그랗게 뜬채로 마치 벼랑 끝에서 떨어지지 않으려고 안간힘을 쓰는 사람처럼 두 손으로 의자를 꽉 붙들고 있었다. 마지막으로 고해성사실을 찾은 사람은 디보의 부인 마리엘라였던 것 같다. 그녀가 무슨 이야기를 했는지 들을 수만 있다면 다리 한 짝이라도 내줄 텐데. 아무래도 마음을 단단히 먹고 들어야 할 이야기인가 보다.

어쨌든 옴짝달싹 못 하는 것도 나쁘지 않았다. 특별한 날도 아닌데 레 카세에 카니발이 열린 듯했다. 창밖에는 평소와 같이 황량한 자갈길이 보였다. 지금 골목길은 마를 새 없이 흙탕물로 가득 차 있다. 이 마을의 기운은 지옥의 용암으로도 씻어 내기가 힘들 것 같다. 곳곳에 악이 스며들어 있고 그 악은 어느덧 절벽의 중심부까지 내려가, 이제는 그 어느 때보다 적나라하게 드러나 있다. 신부님이 죽은 마을, 축복 기도가 사라져 망가져 가는 마을이다. 이게 바로 이 마을의 영혼이다. 이 마을 사람들이 이렇게 만든 거야. 심지어 고양이들도 한몫했어.

종말의 기운이 감돈다. 생각해 보면 이보다 완벽한 옷은 없다. 모든 사람들의 처신의 결과가 한 방에 터진 듯이 하늘에 천둥이 울려 퍼졌다. 한편에서는 두꺼운 구름 떼가 태양을 가려 정오인데도 벌써 밤이 된 듯한 모습이다. 마리오의 가게에 있던 사람들은 이런 날씨는 반세기 만에 처음이라고들 한다. "안 좋은 소식이 날아들었어." 그들이 속삭였고 사람들은 진짜 주먹이 날아들기라도 하듯 눈을 게슴츠레 떴다. 벌써 몇 번째인지 모를 진동이 다시 일자 사람들의 얼굴은 하얗게 질렸고 샹들리에가 흔들리기 시작한다. 사람들은 푸념을 늘어놓기 시작한다. "일주일째 잠을 잘 수가 없어……." 잠잠해질 기미가 없는 세찬 비바람을 뚫고 구시가지로 내려가는 것은 한마디로 모험이나 다름없다. 갈비뼈가 남아나지 않을 것이다. 그래도 시도한다. 수면제를 얻으려고 피난민처럼 살기니의 집으로 몰려간다. 아니면 머리에 석고 가루를 잔뜩 묻히고 식료품점으로 간다. 가게에 들어서자마자 선반에 달려들어 정신없이 통조림과 술병을 바구니에 마구 담는다. 이런 상황을 즐길 수 있는 사람은 그나마 마리오뿐이다. 먹을거리를 구하지는 못했지만 적어도 창고를 비울 방법은 찾았다. 유통 기한이 일년이나 지난 것들이 없어서 못 팔 정도였고 임박한 것들은 제값에 팔렸다.

　엄마에게 이렇게 말했어야 했다. "아우프 비더젠,* 아주머니, 보살펴 주셔서 고마워요. 집으로 돌아갈게요. 비록 돌아갈 집은 없지만. 인생 역전을 꿈꿨어요." 마렘마는 이런 끔찍한 면이 있다. 처음에는 온화한 얼굴로 자비를 베풀 듯하지만 시간이 지나면 짐승 같은 본색을 드러내며 놓아주지 않는다. 그러다 어느 날 뼛속까지 깊숙이 파고들었다는 걸 깨닫고 본능적으로 발버둥을 치지만 이미 꽁꽁 묶여 버려 벗어날 수 없다. 돌아오는 건 교회의 돌에 턱을 얻어맞는 것뿐이다. 그건 시작에 불과하다.

　번쩍이는 총을 메고 멋들어지게 제복을 입은 꿈을 꾼 적이 있었다. '나는 전쟁에 나가고 그 아수라장 속에서 내 길을 찾아가야지.' 열여덟 살의 패기로 이렇게 생각했다. '조금 모자란 사람들이 가진 걸 훔쳐야겠다.' 숲길을 선택한 반역자들을 잡으려고 이곳에 왔을 때 의기양양하게 이런 생각도 들었다. 사람들은 술을 마시거나 여자들에게 치근덕거리며 하루를 보냈다. 여자들은 거부하지 않았고 장교들과 눈이라도 마주치면 기다렸다는 듯이 치마를 들어 올렸다. 그 여인들의 남편들은 광산이나 전쟁터에 나가거나 파르티잔 활동을 하다 지하에서 폭격을 당했다. 여인들은 전쟁이 끝나면 탱크 머리에 손수건을 달고 유명 인사처럼 모두에게 인사하며 그들의 보잘것없는 오두막집을 떠날 수 있을 거라 믿었다. 도시 이름만 듣고도 주저 없이 속옷을 벗어젖혔다. 신선한 고기를 경매 붙이듯 발코니에 젊은 딸들을 세워 두고 유혹을 부추기는 엄마들도 있었다. 계단을 올라가기만 하면 그 신선한 고기를 손쉽게

* 독일어로 "안녕히 계세요."라는 뜻.

맛볼 수 있었다.

결국 나도 젊은 아가씨를 품었다. 우리는 분지 끝자락에 버려진 오두막집 근처에서 사람들의 눈을 피해 몰래 만났다. 관계를 맺을 때 우리의 몸은 완벽한 합을 자랑했다. 모든 것이 은밀히 이루어져야 한다는 상황이 옷을 갈기갈기 찢어 버릴 정도로 미칠 듯 사랑하게 만들었다. 심지어 우리는 서로의 이름을 제대로 부를 줄도 몰랐다. 다음 만남을 기약하는 욕망과 불안을 표출하는 것으로 대화를 나눴다. 잠시 후, 미국인들의 목소리가 들리기 시작했다.

조금씩 다가오는 그림자가 느껴졌다. 천재지변도 군대의 행렬을 막지 못했다. 전쟁으로 인해 우리는 만났고 그로 인해 이제는 영영 헤어질 위기에 처했다. 어느 날 오후 이 말을 해야 했다. "내일 떠나요." 그녀는 대답 대신 내 허리춤으로 손을 뻗었지만, 난 그 손을 뿌리쳤다. 그리고 다시 한 번 말했다. "떠난다고요." 거절을 당했다는 사실에 얼굴빛이 어두워진 그녀는 잠시 동안 나를 쳐다보았다. 나는 느리게 손동작을 취하며 세 번째로 말했다. "집으로 돌아가야 해요. 여기 있으면 죽어요." 그러자 그녀가 알아들은 눈치였다. 그녀의 눈에 눈물이 그렁그렁 맺혔다. 그러면서 고개를 저었다. 물론 내가 해 줄 수 있는 건 없었다. 그러다 갑자기 그녀는 무릎을 꿇고 털썩 주저앉았고 난 조금 더 멀찍이 떨어졌다. 그러자 그녀는 내 바짓가랑이를 붙잡는 대신 축축한 땅에 뭔가를 적었다. 사분원을 그린 다음 시곗바늘을 그렸다. 그러고는 나를 가리켰다. 그다음에는 그녀 자신을. 메시지는 분명했다. "우리 둘. 이 시간에. 여기에서 만나요."

전쟁의 단점은 때때로 폭탄보다 더 지독한, 이루어질 수 없는 사랑을 만들어 낸다는 것이다. 저녁 즈음에 마지막 순찰 업무를 동료에게 부탁하고 마을을 가로질러 오두막집까지 갔다. 나 같은 사람들이 더 있었다. 그들은 철수하기 전에 애인에게 인사를 하러 왔다. 내가 오두막의 기울어진 문을 활짝 열자 촛불 앞에 무릎 꿇고 있는 그녀가 보였다. 그녀는 새 짚으로 침대를 만들어 놓았다. 그리고 그 옆에는 어떻게 구했는지 와인 두 병이 놓여 있었다. 난 어깨에 멘 총을 내려놓고 재빨리 그녀에게 다가갔다.

순간 눈이 번쩍 뜨였다. 고개를 돌려 보니 이마에 머리카락이 엉겨 붙은 채 그녀가 아직도 내 곁에 있었다. 마치 꿈속에서 누군가와 대화를 하는 듯이 입술을 움직이고 있었다.

문틈으로 한낮의 햇살이 스며들었다. 난 간신히 몸을 일으켰고 한숨 자고 일어났는데도 어제 마신 와인의 취기가 여전히 남아 있었다. 먼저 앞뒤로 휘청거리며 여기저기 튀지 않게 한곳에만 토했다. 그러고는 터져 버릴 것 같은 제복을 고쳐 입었다. 문틈으로 밖을 내다보았다. 잠시 후 다시 벽에 착 달라붙었다. 흠칫 놀라서 나도 모르게 우왕좌왕했다.

여자는 정오를 알리는 종소리에 고개를 들었다. 조금 남아 있는 와인을 마셨다. 술기운이 사라질 틈을 주지 않았다. 그녀가 내게 미소를 지었다. 그래서 난 이렇게 말했다. "웃음이 나와요?" 하지만 그녀는 무슨 뜻인지 이해하지 못하고 저만치에서 계속 알짱거렸다. 그녀를 총으로 쏘고 싶었다. "군대는 동이 트자마자 떠났어요." 내가 이를 꽉 깨물고 말했다. "시체가 걸어 다닌다고 생각해 봐요." 그녀는 벌거벗다시피 한 상태였고 내 마음속에는 이런 생각이 계속해서 맴돌았다. '이봐, 이 세상에 넘치고 넘치는 젊은 여자 하나 때문에 인생을 허비했어. 오늘 밤 가장 달콤한 순간에 넌 수갑을 차게 될 거야. 이런 상황에서 하찮은 병사 한 명 없애는 건 일도 아니란 건 굴러다니는 돌멩이도 알아. 그게 핵심이야.'

관심을 받지 못한 그녀는 잠시 후, 골이 나서 몸을 일으키더니 금방이라도 떨어져 나갈 것 같은 창문으로 눈을 돌렸다. 그렇게 잠시 동안 창밖을 바라보다가 마침내 그녀가 고개를 돌렸고 그녀의 얼굴에 내가 느끼는 것과 같은 불행이 드리웠다. 동시에 그녀는 감옥에 갇힌 기분이 된 듯했다. 독일인과 함께 있는 자신을 보니 세상이 무너진다는 듯이. 그녀는 옷을 주섬주섬 챙기기 시작했고 그 모습을 보니 내 마음도 편치 않았다. 난 그녀를 바라보았고 마치 내가 그녀에게 이런 말들을 쏟아 붓는 것 같았다. '내가 해골이 그려진 모자를 쓴 사람들과 한패라는 걸 이제 알았어?' 그러다 결과적으로 그녀는 아무 잘못이 없다는 사실을 깨달았다. 내가 그녀의 입장이라도 당혹스럽긴 마찬가지였을 것이다. 독일군과 함께 발견되는 건 그리 좋은 일이 아니었다. 그녀는 정말 슬펐다. 그녀의 그런 눈빛으로 책도 한 권 쓸 수 있을 것 같았다. 마을에 분명 어머니가 있을 것이고 어린 동생도 있을지 모른다. 우리의 사랑은 저주 같았다. 까딱하다가는 그녀가 위험해지거나 그보다 더 심한 일을 당할지도 모를 일이었다. 결국 난 출구로 가서 무표정한 얼굴로 문을 활짝 열었다. 한 줌의 빛이 오두막 안으로 흘러 들어왔고 빛을 받은 유리병은 반짝반짝 빛났다. 나는 고개를 숙이고 그녀에게 나가라는 손짓을 했다.

나는 쌍안경에 노출될 위험을 무릅쓰고 입구에 서 있었다. 그녀는 겁에 질렸다. 누군가의 한 손이 그녀를 밖으로 끌어당기고 다른 한 손은 안으로 잡아당기기라도 하듯이 제자리에서 발을 동동 굴렀다. 그래서 나는 발로 벽을 걷어찼다. 쿵 소리에 놀란 그녀는 어느새 내 옆에 와 있었다. 그녀가 나를 쳐다보는 게 느껴졌지만 난 아무런 반응도 하지 않았다. 밤새 우리가 이리저리 파헤쳐 놓은 짚에서 눈을 떼지 않았다. 그녀는 뭔가 말을 하려던 것 같았는데 늘 그랬듯 난 알아듣지 못했다. 대신 그녀는 숨을 내쉬었다. 갑자기 내 뺨에 입을 맞추더니 그길로 사라져버렸다.

그 오두막에서 밤이 되기를 기다렸다. 난 이미 발각된 상태였기 때문에 오두막에 정찰대를 보내지 않았을지도 모른다고 생각했다. 나보다 먼저 처리할 일들이 있는 게 분명했다. 어두워지고 나서 움직였다. 나무 뒤에 숨어 있다가 단숨에 튀어나와 뒤 한 번 돌아보지도 않고 숲속으로 들어갔다.

좋은 소식이 하나 있었다. 미국인들이 쳐들어와 덤불에 있던 반란군들을 언덕에서 쫓아냈다. 멧돼지 말고 사람을 마주칠 일은 없었지만 경계를 늦추지 않았다. 레 카세가 내려다보이는 산등성이까지 올라갔고 시에나로 이어지는 산비탈에 이르렀다. 험한 오르막길을 맞닥뜨리고 나서야 잠시 숨을 고르기로 했다. 무기를 바닥에 내려놓고 돌 하나를 골라 그 위에 앉았다.

난 빈털터리였다. 무작정 숲을 가로질러 올라가는 도중 낮은 가지들이 얼굴에 닿아 간지러웠다. 도피 첫날이었고 벌써부터 배가 고파 미칠 지경이었다. 허기를 견딜 수 없어 목구멍이 막혔고 거친 숨을 몰아쉬었다. 나는 파르티잔을 소탕하기 위해 마렘마에 왔지만 나야말로 숨어 지내는 신세가 되고야 말았다. 어떻게 보면 웃음이 나기도 한다. 하지만 배에 구멍이 뺑 뚫린 듯 배가 고파 죽을 것 같았기 때문에 살아 있다는 기쁨도 잠시 뿐이었다.

레 카세의 불빛이 보였다. 손에 잡힐 듯한 반딧불 같았다. 빈 같은 장관을 자랑하는 이 작은 마을에 비해 로젠하임이 얼마나 멀리 떨어져 있을지 가늠해 보았다. 적어도 기차로 이틀은 족히 걸릴 것이다. 그리고 난 짐승처럼 힘겹게 레 카세에 올랐다. 낯선 곳에서 오도 가도 못하게 되었다. 따스한 계절이 돌아왔지만 밤공기는 여전히 서늘했다. 총알의 개수를 세어 보았는데 마치 내게 남은 날을 세는 느낌이었다. 매 순간 이 말을 반복했다. "불평하기 시작하면 그걸로 끝장이야." 그런다고 달라질 건 없을 테니까. 나는 세상에 영원히 혼자였고 특별히 걱정거리도 없었다. 어쩌면 이렇게 숲속을 헤매고 다니는 것이 나을지도 모른다. 내가 자란 고아원에서는 매사 조심해야 했다. 유일하게 내가 가지지 못한 건 정확히 약속된 시간에 학교에 배달되던 형편없는 음식이었다. 이런 신세가 비참하기는 했지만 어쨌든 혼자만의 모험을 즐겼다. 나를 불안하게 만드는 건, 눈살을 찌푸려 나 자신을 보잘것없는 사람으로 느끼게 하는 뷈 아가씨도, 군대도 아니었다. 겁을 먹고 바지에 오줌을 쌌지만 잠시 후 희열을 느꼈다. 밥 대신 오줌을 먹었다. 그러고 나서 할 수 있는 한 몸을 꽁꽁 싸매고 희미한 불빛을 멍하니 바라보며 몸을 숨겼다. 혹시 모를 위험에 대비해 총을 가슴에 꼭 끌어안았다. 온힘을 다해 지켜야 할 또 다른 나를 끌어안고 있다는 생각이 들기 시작했다. 용기를 잃지 않게 할 좋은 생각이었다. 그렇게 잠이 들 수 있었다.

사흘째 되던 날 처음으로 기절을 했다. 눈을 떴을 때 나는 물웅덩이 안에 있었다. 즉시 몸을 일으켜 무릎을 꿇었고 군인 무리가 무기로 나를 겨냥하고 있을 거라 생각했다. 하지만 그곳에는 나 혼자였다. 아무것도 없는, 늘 보아 오던 덤불숲이었다. 무기가 있었지만 지금 내 상황에서는 짐승을 때려눕히는 데 사용할 수 없었다. 풀숲에서 수액이 나오는 나뭇잎을 뜯어서 입에 넣고 빨아 먹었다. 대부분의 시간을 나무 아래에서 쓰린 배를 움켜잡고 웅크려 있었다. 그러다 갑자기 설사가 나올 것 같으면 재빨리 바지를 벗었지만 나오는 거라곤 노란 물뿐이었다. 결국 돌을 핥는 지경에 이르렀다. 구역질을 해 대면서 기어 다니는 생물들을 잡아 배 속에 넣었다. 씹지도 않고 넣은 지렁이와 달팽이는 콧물처럼 목구멍을 타고 쑥 내려갔다. 그사이 갈비뼈 아래 한낱 구멍으로 변해 버린 배 속에서 잠시 동안 지렁이와 달팽이가 꿈틀대는 느낌이 들었다. 그리고 포만감을 얻기 위해 개울에 몸을 숙여 가능한 한 많은 물을 마셨다. 보통은 현기증과 코를 찌르는 시큼한 침을 튀기며 나온 기침 때문에 먹은 걸 다시 토해 내곤 했다.

처음에는 레 카세 외곽의 도로로 나가 보려고 시도했다. 마을 주변을 중심으로 포진해 있는 미군들이 그쪽으로는 통행하지 않을 것 같았다. 하지만 내 생각이 틀렸다. 적들은 사방팔방에 있었다. 밤이 되어서도 도로로 나갈 방법이 없었다. 그렇게만 되면 계곡으로 내려가 철도에는 도달할 수 있을 텐데. 설상가상으로 난 온통 숲뿐인 비탈길에 있었다. 농가 하나 보이지 않았다. 나무가 끝도 없이 이어졌다. 정상에서 내려다보고 있으려니 총을 쏘고 당장 푸른 바다로 몸을 날리고 싶은 충동이 생겼다. 탈출로는 봉쇄되었고 반대편에는 수십 킬로미터의 숲이 끝도 없이 펼쳐져 있었다. 반란군이 고지대에 몸을 숨기고 있던 이유를 이제야 알겠다. 동시에 그들이 안쓰럽게 느껴졌다. 몇 달간 휑하니 아무것도 없는 그곳에서 생활한다는 건 군인으로 사는 것보다 더욱 눈물 나는 일이다. 그런 궁핍한 상황을 견디기 위해서는 굳은 의지가 필요했을 것이다. 그런 의미에서 난 속으로 생각했다. '몇 년이 걸릴지 모르는 일인데, 이성적으로 충분한 확신이 없으면 사랑하는 가족들을 위험에 처하게 두면서까지 이 지옥에 몸을 던지지 않겠지.'

동료 몇몇이 바구니에 이중 바닥을 만들어 약을 숨겨 운반하던 한 여자를 고문하던 것이 기억났다. 먼저 그들은 총으로 그녀의 얼굴을 때렸다. 이가 부러질 정도였다. 그러고는 그녀의 무릎을 부러뜨린 다음 바닥을 기어 다니게 했다. 그녀를 도우려 다가가는 사람은 누구라도 총알받이가 됐을 것이다. 그러다 아이 하나가 나타나 엄마를 부르짖으며 달려가려고 하는 걸 사람들이 겨우 붙잡았다. 그 여인은 오 일 동안 마을 입구에 버려져 있었다. 우리는 그녀를 향한 최소한의 동정도 차단하기 위해 교대로 지키고 서 있었다. 그러다 그녀가 숨을 거두었다. 마지막 남은 힘을 쥐어짜 몸을 일으켜 보려 했지만 결국 다리가 꺾여 일어서지 못하고 바닥으로 고꾸라졌다. 지금 그녀가 내 옆에 있는 것 같았다. 어두운 숲속에서 아래를 내려다보면 그녀의 손이 내 군화를 잡을 것만 같았다.

숲속에서 어느 교회의 폐허를 발견하기도 했다. 잠시 멈춰 잔해만 남은 그곳을 쭉 훑어보았다. 수십 년 전에 버려진 폐허를 보고 있자니 속이 메슥거려 정신 나간 사람처럼 산등성이 주변을 이리저리 돌아다녔다. 도로로 나가려고 시도할 때면 미군들이 보였다. 그들은 마렘마 구석구석을 감시하려고 번식한 것 같았다. 발걸음을 억눌렀다. 그리고 절대 울지 않기로 다짐했는데도 불구하고 십 분간 흐느껴 울었다. 그래야 조금이라도 소금기를 맛볼 수 있다. 그러다가 분지에서 백보 정도 아래에 있는 빈터에서 밤나무 숲을 발견했다. 그곳에는 돌로 만든 오두막집이 있었다. 얼마 전까지 앙상하게 마른 아름다운 여자와 함께 열정적으로 사랑을 나누었던 집과 무척 비슷했다.

　마을로 향하는 옆쪽에는 채소밭이 보였다. 사람 움직임이 감지되기를 기다리면서 나무 틈에서 한동안 그곳을 쳐다보았다. 하지만 아무런 움직임도 없었다. 몸을 가누기도 힘든 상태였고 이대로라면 몇 미터 못 가서 감자 뿌리에 얼굴을 파묻고 쓰러질 것 같았다. 정신이 들었을 때는 이미 한낮이었다. 날이 흐렸고 이따금 돌풍이 불어오며 비가 한두 방울 떨어졌다. 덤불 밖으로 발걸음을 떼었다. 머리에 위장 나무 가지가 없으니 병아리처럼 벌거벗은 느낌이었다. 힘겹게 총을 들고 있었다. 몸이 부들부들 떨리면서 들고 있던 지팡이도 함께 흔들렸다. 그러다 뭔가 느낌이 이상했다. 마치 내가 끌고 가고 있는 영혼이 한계에 도달한 것 같았다. 흐느껴 울면서 이런 상상을 했고, 영혼이 응석받이 어린 여자아이처럼 땅에 털썩 주저앉으며 이렇게 말하는 듯했다. '여기서 그만할게.' 난 채소밭을 바라보았고 어서 그곳으로 달려가고 싶었다. 하지만 몸이 말을 듣지 않았다. 경주는 끝났다. 내겐 더 이상 아무것도 없었다. 이젠 기침도 나오지 않았다. 다리가 종이로 만든 성 같았다. 훅 불면 툭 하고 쓰러질 것 같았다. 뭔가에 얻어맞은 줄도 몰랐다. 얼굴은 진흙 범벅이었다. 귀에서는 출발을 알리는 기차의 기적 같은 호각 소리가 길게 들렸다. 그때 생각했다. '로젠하임, 나 여기 있어. 곧 갈게.'

　엄마는 매일 아침 내게 들렀지만, 할 일이 없거나 시간이 나면 저녁에도 들러 양초를 가져다주었다. 나는 아무것도 요구하지 않았다. 엄마는 심지어 나를 쳐다보지도 않았다. 그녀는 오두막집에 들어와서 반쯤 차 있는 물병과 보통은 딱딱한 빵 한쪽과 치즈

한 조각이 들어있는 헝겊 뭉치를 바닥에 놓아두었다. 어느 날 아침, 엄마는 치마를 들어 올리더니 몸에 빙 둘러 감고 있던 얇은 이불 하나를 꺼냈다. 그녀가 집을 나가기 전에 내가 말했다. "고마워요." 엄마는 땅을 보면서 고개를 살짝 끄덕였다. 그러고는 사라졌다.

그 당시 엄마는 40대였다. 그러나 곤궁한 생활로 인해 나이가 훨씬 들어 보여 70대 노인이라 해도 믿을 정도였다. 그녀는 아침 일찍 오물이 담긴 양동이 두 개를 들고 레 카세를 내려갔다. 난 종종 그 고약한 냄새 때문에 잠에서 깬다. 그러면 오두막집 문에 몸을 살짝 내밀고 채소밭에서 일하는 엄마를 바라보았다. 그녀는 나무 주위의 진흙을 조심스럽게 뒤집었다. 그 일을 마치면 밤나무로 가서 남은 것을 모두 털어 버렸다. 그러고는 다시 마을로 돌아왔다. 한 시간쯤 뒤 엄마는 또 다른 일에 열중해 있었다.

엄마는 마을 구덩이를 청소한 다음 거기에서 나온 진흙을 비료로 사용했다. 온 마을에 좋은 일을 한 셈이다. 이로써 사람들은 냄새 나는 쓰레기 속에 손을 대지 않아도 되었다. 그 대가로 엄마는 푼돈이나 남은 음식을 받았다. 아껴 먹을 정도의 음식들은 아니었다. 채소밭은 더욱 풍성해졌다. 밤나무 철이 되자 부잣집의 크리스마스트리같이 밤송이가 잔뜩 달렸다.

그녀는 무슨 생각으로 오두막에 독일 사람을 숨겨 주었는지 모르겠다. 어느 날은 내게 딱 맞는 옷을 가져다주었다. 아무리 누더기 같은 옷이라 해도 바깥출입도 할 수 없는 군복보다야 나았다. 다 죽어 가는 사람의 모습이 완전히 가시지는 않았지만 어느 정도 기운을 회복한 상태였다. 어느 날 밤, 눈을 떠 보니 누군가의 얼굴이 바로 앞에 있었다. "저는 결백해요!" 순간적으로 손을 들고 소리를 질렀다. 그런데 다시 보니 엄마였다. 그 시간에 그녀가 나타났다는 사실에 전혀 안심할 수가 없었다. 미국인들이 숲을 샅샅이 뒤지고 있다는 사실을 내게 알려 주러 온 걸지 모르니까. 순간 나는 장전된 총을 들고 벌떡 일어났다. 문 앞으로 가서 밖을 내다보았다. 평소와 다름없는 것 같았다. 어둠뿐이었다. 그녀가 내 곁으로 와서 조심스럽게 내 손목을 잡기 전까지는 그랬다. 그녀는 나를 잡아끌었다. 난 꼿꼿이 서서 이렇게 말했다. "저는 아무 데도 안 가요. 그들 눈에 띄기라도 하면 끝장이에요." 하지만 그녀는 계속해서 나를 잡아끌었다. 처음으로 그녀의 얼굴에 미소가 보였다. "적들에게 넘기기만 해 봐요. 가만두지 않을 거예요." 내가 중얼거렸다. 그녀는 진지한 눈빛으로 나를 바라보았다. 따라오라는 신호를 하며 잡고 있던 손을 놓았다. 우리는 불을 끄고 어둠 속으로 들어갔다. 그녀의 발소리가 점점 멀어졌고 결국 난 총을 메고 뒤를 따라갔다.

처음 몇 달간을 돌이켜보면, 향수가 느껴지기까지 한다. 그러나 그 세 칸짜리 방에 갇혀 있으려니 정신이 나가 버릴 것만 같았다. 매일매일 똑같은 하루를 보냈고 내가 할 수 있는 건 기껏해야 몇 분간 겉창 창살 사이로 햇빛이 전혀 들지 않는 골목을 엿보는 것뿐이었다. 그녀는 계속해서 들락날락거렸다. 심지어 열쇠로 현관문을 잠그는 법도 없었다. "모습을 드러내지 않으면 적들은 그냥 지나쳐 갈 거야." 나중에 이렇게 설명했다. 집에 오는 이가 아무도 없었지만 난 얼마간 유령처럼 살았다. 존재하지도 않는 유령을 놀랠 사람은 아무도 없었다. 저녁에는 테이블에 함께 앉아서 엄마가 하는 말을 들었다. 엄마는 물건을 가리키며 이름을 말했다. 난 그걸 따라 했다. 엄마는 글을 모르기 때문에 노트는 없었다. 그러고는 군복을 입은 니코데모의 사진을 내게 보여 주었다. 그녀는 물이 조금 들어있는 우유병을 꺼냈고 그 물에 빗을 적셨다. 그리고 사진에 보이는 사내처럼 내 억센 머리를 빗질했다. 그러면서 노래를 흥얼거렸다.

엄마의 정신이 약간 이상하다는 것은 이미 눈치 채고 있었던 터였다. 하지만 고아원에서 지낼 때 어느 누구도 나를 입양하겠다고 하는 사람은 없었고 난 혼자 자랐다. 그런데 전쟁과 가난으로 피폐해진 마을에서 그런 일이 내게 생겼다. 전쟁에서 돌아오지 않는 아들의 모습을 찾고 싶었는지는 몰라도 나를 자신의 집으로 데려간 한 여인이 있다. 나는 선택의 여지가 없었기 때문에 시키는 대로 했다. 그리고 힘겹게 대화를 시도해 보기도 했다. "억양이 달라." 그녀는 바로 쏘아붙이며 내 억양을 고쳐 주었다. "바깥세상을 다시 보고 싶으면 마렘마의 두꺼비처럼 말을 해야 해. 무엇보다, 말을 질질 끌면서 느릿느릿하게 하렴." 난 엄마와 그렇게 하루하루를 보냈다.

7월이 다가오고 있었다. 언제부턴가 윗동네에 활기가 넘치고 떠들썩한 소리가 들리기 시작했다. 집집마다 이런저런 소식들이 퍼졌고 나도 아는 것들이 있었다. 마을에 군인들이 도착했다는 소식이었다. 전쟁이 끝나고 몇 주 동안 그들은 서쪽 편 일부 수풀에 숨어 있었다. 무슨 일이 일어나고 있는지 모른 채 비좁은 곳에 고립되어 있던 한 무리의 군인들이었다.

처음 몇 주간 그런 놀라운 일이 계속해서 일어났고, 당장이라도 니코데모가 돌아오면 나는 발가벗겨진 채 돌팔매질을 당할지도 모른다는 생각에 불안해서 피가 멈추는 것 같았다. 이제 진짜 적은 미국인이 아닌 주변의 평범한 사람들이었다. 레 카세는 여전히 경계를 늦추지 않는 파르티잔의 은신처였다. 그들이 독일인 냄새를 맡았다 하면 지하실에서 감쪽같이 없애 버리는 건 식은 죽먹기다. 그러다 6월이 되고 난 마음의 안정을 찾았다. 탁자 서랍위에 놓인 사진 속의 그 멋진 아들이 내게 그의 방을 선물해 주었다. 그의 인생을 훔치려고 한 사람은 내가 아니다. 어느 날 오두막에 뚝 떨어진 젊은 군인으로 아들을 잃은 슬픔을 달래기 위해 엄마라는 사람이 그런 일을 저지른 것이다.

창밖에는 사람들이 줄지어 마을로 올라오는 것이 보였다. "동지들이 돌아왔어!" 사람들이 줄줄이 소리쳤다. 어느 여인은 현기증을 느꼈고 사람들은 그녀를 바위에 앉혔다. 남편의 환영을 봤다고 착각했다. 남자는 여인에게 침착하게 말을 걸었지만 그녀는 장난이라 생각해 멍한 눈으로 계속해서 그를 쳐다보기만 할 뿐이었다. 그러다 두 사람은 서로를 부둥켜안았다. 하지만 여인은 여전히 믿기지 않는 눈치였다. 아니, 오히려 불쾌한 듯한 표정을 지었다. 그 순간 문 두드리는 소리가 들렸다.

엄마는 유명했다. 특히 오물을 치우는 일을 하러 다녔기 때문에 더욱 그랬다. 엄마는 레 카세의 사람들의 머리를 쥐어뜯게 만드는 골치 아픈 일에는 전혀 관심이 없었다. 니코데모의 귀환도 이와 마찬가지로 고향으로 돌아온 다른 사람들에게 묻혀 축제나 소란 없이 조용히 지나갔다. 엄마는 조심스럽게 밖으로 나갔고 이따금씩 사람들은 그녀에게 와서 이렇게 물었다. "니코데모는 어때요? 얼마나 고생이 많았겠어요……." 또는 이렇게 말했다. "성인이 보살펴 주신 거예요. 전쟁터에서 레 카세로 들어오기 시작한

다른 사람들처럼 말이죠." 이런 말들이 오간 걸 난 나중에야 알았다. 엄마는 거의 말을 하지 않았다. 아이 같은 눈망울에서 상실감이 느껴졌고 그녀에게는 전쟁이 아직 끝나지 않았음을 알아차릴 수 있었다. 니코데모는 영웅 노릇을 하다 쓰러질지도 모르기 때문에 안정을 취해야 했다.

　마을 사람들은 니코데모가 돌아왔다는 걸 한 치도 의심하지 않았고 우리는 연극을 이어 나갔다. 전쟁으로 정신이 나간 사람들이 많았다. 그들은 날이 갈수록 창가에서 독을 품거나 정원에 앉아 소름이 끼칠 만큼 섬뜩한 눈빛으로 사람들을 보았다. 밤이 되면 온 동네가 떠나가라 소리를 질러 가족들의 잠을 쫓아 버리고 미치게 만든 사람들도 있었다. 사람들 눈에 진짜 전쟁은 일상으로 복귀한 지금 시작된 듯했다. 팔을 걷어붙이고 온 나라와 온 마을이 다시 일어서야 하는 바로 이 순간에 말이다.

　마렘마 사람처럼 보이려고 최대한 말을 아꼈다. 하지만 말을 할 때는 배운 대로 완벽하게 했다. 어느 날 저녁 엄마는 평소처럼 대야를 꺼냈다. 하지만 이번에는 빗이 아니라 검은색 면도날을 가져와서 매끄러운 돌에 쓱쓱 문지르기 시작했다. 물이 똑똑 떨어지는 천으로 내 머리를 적셨다. 그러고는 말했다. "가만히 있으렴." 그리고 면도를 시작했다.

　멋지게 면도를 해 주었다. 그녀의 의도를 알아차렸지만 그걸 알고 울어야 할지 웃어야 할지 난감했다. "사람들이 눈치 채고 우리를 죽이려고 달려들 거예요." 엄마에게 들리지 않게 속삭였다. 그러면서 잔뜩 녹이 슨 거울에 비친 나를 보았다. "면도를 한다고 똑같아지는 것은 아니에요." 내가 말했다. 그리고 등을 건드리는 느낌이 들어서 돌아보니 그녀가 손에 접시를 들고 있었다. 그 접시에는 난로에서 꺼낸 잿더미가 수북하게 쌓여 있었다.

머리 전체에 까만 가루를 뿌렸고 그 가루에 덮여 금발 머리가 뿌리째 사라졌다. 그다음에는 새끼손가락 끝에 가루를 묻혀서 눈썹에 문질렀다. 약간 간질거렸다. 그리고 중간을 톡톡 두드렸다. "비라도 맞으면 어떡해요." 나는 농담을 던져 보았다. 하지만 그녀는 다시 어딘가로 사라졌다. 그러다 잠시 후, 아들의 옷 몇 가지를 챙겨서 나타났다.

난 그나마 냄새가 덜 나는 옷을 골랐다. 너덜너덜한 와이셔츠의 단추를 끝까지 채우고 나서 나도 모르게 거울을 봤고 그 상태로 얼어 버렸다. 숨이 멎는 듯했다. 조금 떨어져서 보니 정말로 니코데모를 그대로 옮겨다 놓은 것 같았다. 그와 같이 마른 체형이었다. 지금 그의 옷을 입고 면도까지 하니 영락없는 그였다. 잿가루를 바른 머리를 제외하고 눈속임이 거의 티가 나지 않았다. 문제는 사진보다 얼굴이 훨씬 야위었다는 것이었고, 나는 내 귀가 부채 모양이라는 것을 알게 되었다. 금발이었을 때는 전혀 몰랐던 사실이다. 그리고 눈동자도 문제였다. 그녀의 아들이 선명한 검은색 눈동자를 가졌다면 내 눈동자는 약간 녹색에 가까운 엷은 갈색이었다.

다시 방에서 나오는 엄마가 보였다. 난 대포알처럼 쏜살같이 그녀에게 달려가야 했다. 그녀의 숨이 금방이라도 멎을 것 같았다. 하지만 엄마는 강한 여자였고 눈물을 모두 닦아 냈다. 한 손에는 망치를, 다른 한 손에는 철도의 선로를 놓을 때 쓰는 못을 들고 있었다.

엄마가 화가 나서 그리스도처럼 나를 벽에 못 박아 두겠다는 생각을 한 건 아닌지 속으로 걱정했다. 하지만 그녀는 도구를 탁자에 올려놓고 사진을 가져왔다. 내게 사진을 보여 주며 손가락으로 아들의 미소 짓는 얼굴을 가리켰다.

나는 사진을 보고 나서 이해가 안 된다는 듯이 그녀를 쳐다보았다. "여기." 그녀는 같은 말을 되풀이했다. "여기." 난 유심히 쳐다보았고 그제야 알았다. 니코데모의 치아 하나가 부러져 있었다. 바로 앞니가 비스듬히 깨져 있었다. 그의 인상을 결정짓는 부분이었다. 하지만 얼핏 봐서는 잘 모른다. 난 얼굴을 들었다. 그러고는 망치와 엄지만 한 못을 눈짓으로 가리켰다. "장난하는 거죠?" 내가 말없이 물었다. 그녀는 이해하지 못했지만 미소를 지었다. 탁자 앞에 놓인 의자를 가져와 내게 손으로 가리켰다. 이발소에 온 듯했다.

나는 짜증을 내며 방 안을 돌아다녔다. "안 돼!" 엄마가 잘 쓰는 말을 반복했다. "안 돼!" 그런데 어느새 엄마는 자책을 하고 있었다. 잠시 후, 내 얼굴이 붉어졌고 석유처럼 까만 땀이 눈물처럼 뺨에 흘러내렸다. 난 마음을 가라앉히고 이런 모험과도 같은 상황에서 치아 하나 잃는 건 아무것도 아니라고 나 자신을 다독였다. 게다가 사람들의 의심을 사지 않으려면 필요한 일이었다. 이를 뽑지 않고는 비밀리에 파시스트를 처단할 꿈을 꾸고 있는 마을의 반란군들 사이로 끼어 들어갈 방법이 없다. 사람들이 믿지 않는다 해도 내가 직접 나서서 실패한 복제품이라고 떠들고 다닐 필요 또한 없었다. 단 한 가지만 생각하기로 했다. 이 와중에도 말투를 완벽하게 연습시키려 드는 정신 나간 엄마를 만족시킬 정도로만 적당히 있다가 로젠하임으로 사라지는 것.

한 시간 내내 헝겊을 물고 소리를 질렀다. 엄마가 망치질을 할 때 손이 미끄러지는 바람에 치아뿐 아니라 윗입술과 잇몸도 다쳤다. 난 피를 토했고 치아가 떨어져 나간 부분에 혀를 대자마자 신경을 건드려 눈앞에 별이 아른거렸다. 대야에는 새빨간 피가 가득했고 엄마는 내게 물고 있을 깨끗한 천을 가져다주느라 바빴다.

천신만고 끝에 거울 앞에 서서 내 모습을 보았다. 재가 여기저기 흘러내렸고 입은 당나귀처럼 부어 있었다. 게다가 죽은 사람의 옷을 입고 있었다. 그런데 다행인지 치아는 의도한 대로 부러져 있었다. 얼굴을 얻어맞은 덕분에 양 볼이 통통해 보였다. 한마디로 조악한 니코데모의 복제품이었다. 그 순간 두에 포르테에 들어간다면 모두 나를 보고 니코데모로 착각하고도 남을 터였다.

다음 날 엄마와 함께 외출을 했다. 긴장된 나머지 헛구역질이 나왔다. 난 고개를 숙이고 땅을 보며 걸었다. 우리는 장을 보러 상점으로 내려갔다. 왕복을 해 봤자 100보 정도밖에 되지 않는 거리지만 난 그동안에도 죽을 것만 같았다. 사람들이 달려들어 죽일 듯한 눈빛으로 나를 뚫어져라 쳐다볼 거라 생각했다. 하지만 그런 일은 없었다. 엄마는 앞으로 계속 걸어갔고, 걸음도 제법 빨랐다. 난 모자란 아이처럼 엄마 치맛자락에 꼭 붙어서 따라갔다. 우리가 지나갈 때 노인들은 옆으로 비켜서서 귓속말을 했다. 총에 맞은 것같이 등 뒤로 따가운 시선이 느껴졌다. 길을 가다가 동네 사람이 앞을 가로막으면 우리는 잠시 멈춰 섰다. 나는 엄마가 알아서 하리라 생각하고 계속해서 땅만 바라보았다. "지금 이 순간 다시 전쟁을 겪는 것 같아요." 엄마가 말했다. 나중에 듣게 되겠지만 그 순간에는 실신 직전이었던 터라 아무 말도 귀에 들어오지 않았다. 사방에서 들리는 소문에는 이렇게 대답하곤 했다. "반병신을 만들어서 돌려보냈지 뭐예요. 그 나이에 겪지 않아도 되는 그런 끔찍한 일을 당했어요. 글쎄 어제는 갑자기 나무처럼 쿵 넘어졌지 뭐예요. 그래서 애가 입을 다치고 말았어요." 그러자 사람들은 무척 안쓰러워하면서도 겁에 질린 눈빛으로 나를 유심히 보았다. 지나칠 정도로 망가진 내 모습을 보고 그들이 엄마에게 말했다. "이보게, 이 아이만 그런 게 아닐세. 우리 자식들을 변하게 만든 재앙들은 상상도 할 수 없을 걸세. 둥지로 돌아왔다는 게 중요한 거야. 우는 것 말고는 할 수 있는 게 없는 사람들도 있잖나."

그리고 처음으로 돌아온 사람들 중 서른 살의 벽돌공이 일으킨 사건이 있었다. 어느 날 아침 그는 자신의 입에 총을 쏘아 자살을 했고, 그 후로 공포가 확산되어 군인이 있는 집에서는 무기를 모조리 숨겨야 했다. 겉으로 잘 적응해가는 것처럼 보이는 군인들의 집에서도 마찬가지였다. 악몽이 시달리더라도 내버려두는 수밖에 없었다.

그사이 나는 니코데모의 모습으로 새로 태어났고 레 카세 사람들은 내 얼굴에 차츰 익숙해졌다. 그들은 내가 그랬던 것처럼 나의 바뀐 모습에 충격을 받았다. 그러나 나중에는 그 모습으로 나를 기억하기 시작했다. 하지만 무엇보다 그들을 놀라게 한 건 멍한 눈으로 입을 꾹 다물고 있는 내 모습이었다. 엄마는 만약 누군가 내게 모욕적인 말을 하면 정신 나간 사람처럼 이렇게 받아치라고 연습시켰다. "악몽 같은 일." 거의 들리지 않게 이렇게 말한다. 지나가던 사람들은 나를 멈춰 세우고 이런 말로 나를 자극했다. "니코데모, 참 보기 좋군!" 그러면 나는 바로 시선을 회피하고 이렇게 말했다. "악몽 같은 일. 악몽 같은 일……." 그 가엾은 이들은 심장이 찢어지는 것 같아 보였다. 가끔은 곁에 다가와서 툭툭 토닥여 주기도 했다. 그리고 중얼거렸다. "이보게, 젊은이 힘내게.""금방 지나갈 걸세. 가증스러운 세상이 못살게 굴지만 자네는 곧 아름다운 아내를 맞게 될 거야."

　얼마 후, 나는 한결 편안하게 집 밖에서 사람들을 만나기 시작했다. 머리는 여전히 까만색이었지만 얼굴은 붓기가 빠졌고 예전만큼 내게 관심을 갖는 사람도 없었다. 난 언제나 그랬듯이 엄마의 치맛자락을 붙잡고 정신 나간 척하는 데 집중했다. 우리가 함께 외출할 때면 엄마는 단 한 번도 나를 쳐다보지 않았다. 마치 혐오와 수치를 동시에 드러내는 듯했다. 그 모든 게 눈속임을 위한 것이었다. 그 사이 레 카세에는 전혀 달갑지 않은 소문이 돌기 시작했다. 그 소문 때문에 방심할 수 없었다. 에밀리아로마냐 등 북부 지방에서 떠도는 소문에, 그곳에 있는 파르티잔들은 여전히 흥분 상태라고 했다. 파시스트들이 마땅히 받아야 할 벌을 피해 갈까 봐 파르티잔들은 그들의 집으로 쳐들어가 대량 학살을 자행했다. 몇 달 동안 숲속 미로에 갇혀서 살던 사람들을 화나게 만든 소식이었다. 그들이 돌아와 임신한 아내를 발견하는 경우도 더러 있었다. 그리고 독일 병사인 나, 나는 그들의 코앞에서 대놓고 정체를 숨기고 있었다. 외출은 거의 일상이 되었지만 최대 십 분을 넘기지 않았다. 마을 사람들이 새로운 니코데모의 야윈 얼굴에 익숙해지게 만드는 시간이었고 그 외에는 집에만 있었다. 오전에 주로 만나는 사람들은 노인이나 장을 보러 나가는 여자들이었다. 나이가 들고 고생을 많이 해서 흐리멍덩해진 사람들이었다. 그들을 속이면 마을 전체를 속이는 것이나 다름없었다. 기가 막힌 솜씨를 발휘한 사람은 엄마였다. 어느 화창한 날 메초 길을 지나 산 바스티아노로 나를 데려갔다. 우리는 시청에 갔다. 창구로 가서 신분증을 분실했다고 말하며 재발급을 신청했다. 엄마는 담당자와 말을 나누면서 늘 그렇듯이 한 걸음 떨어져 있는 나를 향해 고개를 끄덕였다. "고생이 심했고 아직도 끝날 기미가 보이지 않아요, 신분증도 어디에다 뒀는지 기억을 못 해요." 엄마가 말했다. 그리고 오 분 뒤 우리는 내 사진이 붙어 있는 신분증을 찾으러 갔다. '생년월일'을 보니 나보다 네 살이 많았다.

다시 봄이 온 듯했던 10월이 지나고 11월 중순이 되자 날씨가 좋지 않았다. 엄마에게는 나쁜 징조였다. "밤사이에 날씨가 안 좋아졌어." 엄마가 말했고 한 치의 실수도 없었다. 아침에는 엄마를 따라 돌아다니며 오물을 치웠다. 인사를 할 때에도 거리를 두게끔 하는 그런 일이었다. 나를 자세히 본 사람은 없었지만 어느새 나는 그들 눈에 익어 가기 시작했다. 우리는 머리끝까지 따뜻하게 싸매고 모든 일의 시초가 된 밤나무가 있는 곳으로 내려갔다. 이제 제법 대화를 나눌 정도가 되었지만 가능하면 집 밖에서는 입을 열지 않는 게 좋았다. 밤이 되면 치직 소리를 내는 난로 앞에서 말하기 연습을 했다. 엄마는 내 억양을 계속해서 고쳐 주었다. "망가진 트롬본처럼 말해라." 그녀가 한숨을 쉬며 말했다. "오스트리아 사람 티를 벗을 생각이 없는 거야?"

한편, 방해물 없는 평탄한 길이 펼쳐졌는데도 불구하고 로젠하임은 저 멀리 있었다. 이제 국경에서 제시할 서류도 생겼다. 그러나 난 떠나지 않았고, 어디선가 귀신이 툭 튀어나와 "왜 떠나지 않는 거야?"라고 묻는다면 침묵으로 일관했을 것이다. 결과적으로 니코테모의 인생이 그리 나쁘지는 않았다. 레 카세에서 보내는 모든 순간이 한편으로는 즐거움을 주는 보상 같았다. 고아들은 평범한 사람들을 귀찮게 하는 재능을 타고났다. 나도 늘 이런 강박을 가지고 살아왔다. 한때 난 적의 소굴에서 군대를 호령하던 사람이었다. 처음 손에 총을 쥔 그날부터 찾아 헤매던 모험을 즐겼다. 그리고 이제는 그 끝이 궁금하다.

"가까이 지내지 마라." 혼자 외출할 준비가 된 것 같다고 생각했던 2월의 어느 오후 엄마가 말했다. 난 어느새 눈썹에만 남아 있는 검은색 가루를 매만지면서 재킷의 옷깃을 세웠다. 입학 첫날의 아이 같았다. "사람들이 네게 질문을 하면 말하기 전에 생각부터 하렴. 되도록이면 당황한 척을 해. 장 본 걸 들고 집으로 곧장 돌아 오거라."

내가 혼자 가게에 온 걸 보고 사람들은 잠시 당황하나 싶더니 별로 신경 쓰지 않았다. 늘 똑같은 물건 두 개가 담긴 봉투를 움켜잡고 말 잘 듣는 강아지처럼 집으로 돌아가려고 했다. 하지만 날씨가 무척 좋았다. 서늘하긴 했지만 드넓게 펼쳐진 파란 하늘을 보니 나를 세상에 돌려보낸 데에는 좋은 뜻이 있는 것만 같았다. 나도 모르게 가던 길을 돌아 아래로 계속해서 내려갔다.

보통 사람들처럼 산책하는 건 즐거운 일이었다. 땅을 보며 걷지 않았고 어느 난쟁이의 인사에 대답도 했다. 결국 두에 포르테의 작은 골목에 다다랐다. 생각만 해도 흥분되었다. 잠시 후 바로 걸음을 재촉했고 어떤 일이 벌어진다 해도 감수할 생각으로 안으로 들어갔다.

나를 쳐다보는 남자들이 눈빛이 느껴졌다. 딴 곳에 정신이 팔려 있던 사람은 동료가 팔꿈치로 툭 쳐 준 덕에 나를 보았다. '이제 맞아 죽을지도 몰라.' 난 속으로 생각했다. '이런 멍청이, 내가 내 무덤을 팠구나.' 어쨌든 마을을 뒤로하고 앞으로 나아갈 힘을 찾았다. 여기저기에서 웅성거리는 소리가 들렸다. 그러다 모두가 다시 하던 일을 했다. 왼편 구석에 빈 테이블이 보였다. 그곳에 가서 앉았고 어리벙벙한 눈빛으로 주변을 둘러보았다.

사실 그곳에는 구경꾼들의 관심을 사로잡는 뭔가 특별한 것이 있었다. 나는 그들이 잠시 한눈을 팔았던 대상에 불과했다는 것을 깨달았다. 날아가는 파리 같은 존재였다. 대부분 노인들이었고 장례식에라도 와 있는 듯, 기껏해야 눈으로 대화를 주고받으며 숨죽인 채 테이블 주변에 모여 있었다. 이따금씩 욕설이 터져 나왔다, 누군가 저주를 퍼부으면서 벌떡 일어났다. 그러고 나서 계산대 옆에 자리를 잡고 앉아 와인을 주문하고 진정제라도 되는 양 단숨에 들이켰다. 그리고 뒤이어 비명 소리가 또 들렸다. "퀸은 'L'자로 움직일 수 없어! 나이트만 할 수 있다고! 아직도 이해를 못 하다니 머릿속에 구더기만 들었나…….."

그날 오후 나는 사람들이 모여 있던 테이블의 식탁보도 제대로 보지 못했다. 두에 포르테에 있던 술주정뱅이들이 내내 등으로 시야를 가리고 있었다. 그들은 나를 소외시키는 취미에 심취해 있었다. 잠시 후, 나는 일어나서 아무 표정 없이 바를 나왔다. 집 앞에는 엄마가 나와 있었다. 대추를 씹으며 몸을 팔로 감싸고 서 있었다. 내가 가까이 가자 엄마는 손바닥으로 나를 철썩철썩 때리기 시작했다. "곧장 돌아오라고 했더니, 어딜 그렇게 돌아다니다 온 게야!" 엄마가 소리쳤다. "나 혼자 호들갑을 떨었구나, 그렇지? 별생각을 다 했잖니, 멍청한 것아!"

진심이 느껴졌다. 난 매를 몇 대 맞은 것뿐이었지만 엄마의 입장에서는 진정한 부모의 애정 어린 질책이었다. 처음에는 얼떨떨했지만 시간이 지날수록 적응이 되었다. 그리고 속으로 이렇게 생각했다. '나를 보호하려는 거야.' 그녀가 정말로 나를 니코데모

로 생각하는지, 아니면 입양한 아들로 생각하는지 궁금해 할 필요
가 전혀 없다. 중요한 건 엄마가 부를 때 곧바로 대답하지 않으면
그녀의 가슴이 철렁 내려앉는다는 것이다.

두에 포르테로 내려가는 일이 점점 잦아졌다. 얼마 후, 바에
들어가자마자 나를 흘긋 보는 눈빛이 느껴졌다. 그리고 사람들끼
리 몰래 주고받는 말들도 들렸다. "누가 왔나 봐. 박살이 났어야
했는데. 멍청이라면 레 카세에 널리고 널렸어." 그들이 그렇게 생
각한다 해도 난 별로 신경 쓰이지 않았다. 멍청이가 된 것이 강조
될수록 나의 신변은 안전해지니까. 어찌 됐든 늘 게임이 벌어지는
테이블에 가까이 갔다. 난 한쪽 구석을 차지하고 게임 내내 그곳
에 있었다. 담배 연기 때문에 눈이 따가웠다. 나는 한마디도 하지
않았기 때문에 사람들의 기억에서 잊혔다. 그러는 사이 체스 게임
을 관전했다. 체스를 처음 본 그 순간, 고아원과 전쟁터에서 했던
고생, 국적 이탈과 위장 생활 등 지금까지 겪은 일들이 모두 그 하
나를 위해 일어난 것 같은 기분이 들었다. 체스와의 만남.

나는 심지어 체스판도 만들었다. 체스 말 대신 타고 남은 숯
조각으로 흑마를, 돌멩이로 백마를 만들어 사용했다. 말의 머리
모양처럼 생긴 돌을 발견했고 행운을 불러오는 부적이라 생각하
고 주머니에 넣어 다니기 시작했다. 그러면서 두에 포르테의 테이
블에서 게임 방법을 배웠다. 그러다 얼마 후, 어서 시합을 해 보고
싶었다. 그런데 시합은 활기가 없고 매번 똑같았다. 노인들은 손
에 수천 개의 보물을 쥐고 있으면서도 바로 코앞에 있는 것도 보
지 못하고 겨우 두세 개만 사용했다. 그들은 생각 없이 나이트를
움직였고 그걸 지켜보던 나는 얼마 못 가 잡아먹히리라는 것을 알
았다. 반대편에는 매번 같은 방식으로 경기를 속행하는 사람이 있

었다. 무작정 폰을 앞으로 이동시키기만 하는 아무 의미 없는 지지부진한 시합이 이어졌다.

사람들은 진정한 시합으로서가 아니라 재미 삼아 체스를 두었다. 나는 지루해 죽을 지경이었다. 마치 한 번도 읽지 않은 책을 재킷 안에 넣고 다니기만 하는 격이었다. 세상에 필적할 것이 없는 뜨끈뜨끈한 책이지만 주위에는 기껏해야 책장을 씹어 먹을 궁리만 하는 염소들뿐이다. 체스는 내게 힘을 불어넣어 주었고 그렇게 경기가 망가지는 걸 보고 있을 수만은 없었다. 대부분의 게임을 기억해 집에서 나 나름의 방식대로 재현해 보았다. 겨우 이 분정도밖에 걸리지 않았다. 그러던 어느 날 주먹다짐이 벌어졌다.

어느덧 난 체스의 묘미는 모든 위험을 감수한다는 데 있다는 것을 깨달았다. 어느 정신 나간 사람은 총에 맞은 듯 며칠 동안 분이 안 풀려 어쩔 줄 몰라 했다. 패배는 결코 쉽게 받아들이기 힘든 것이다. 술 내기를 시작했기 때문이기도 했다. 일진이 좋지 않은 누군가는 결국 비가 거꾸로 오지 않는 한 이 돼지우리 같은 곳으로 돌아오지 않겠다고 큰소리를 뺑뺑 치며 문을 박차고 나갔다. 늘 그곳에 가면 볼 수 있던 모레스코라 불리는 사람과 관련된 사건이었다. 그는 일어서더니 느닷없이 주먹을 휘둘렀다. 그리고 욕설을 퍼붓고 체스판을 뒤집어엎었다. 상대편은 인사를 하는 것만으로도 반감을 불러일으키는 맷집 좋은 팔리노였다. 그는 또 한번 승리의 기쁨을 맛보며 웃음을 터트렸고, 그사이 사람들은 의자를 밀어 놓고 떨어진 체스 말들을 찾고 있었다. 모레스코의 얼굴빛이 어두워졌고 머리끝까지 화가 난 게 훤히 보였다. 팔리노의 웃음은 그의 체면의 마지막 한 방울까지 쪽쪽 빨아들이는 것 같았다. 모레스코는 일어나서 상대의 따귀를 철썩 때렸다. 그런데 그 모양새가 마치 질투에 눈먼 아가씨처럼 볼품없었다. 그곳에 있던 사람들 모두가 말문이 막혔다. 팔리노의 웃음소리는 더욱 커졌고 많은 사람들은 그의 뒤로 가서 섰다. 그러자 모레스코의 눈빛이 흐려지더니 그는 그의 귓전에서 비웃고 있는 사람에게 화풀이를 했다. 어깨로 그 사람을 툭 쳤고 다리가 공중으로 들리다시피 하며 날아갔다. 난투가 벌어졌지만 주먹이 오가지는 않았다. 잠시 동안 이어졌다. 그러다 모레스코가 그 자리에 있던 사람들에게 욕을 하면서 재킷을 집어 들고 밖으로 나갔다. 잠시 정적이 흐르다가 여기저기에서 걸걸한 웃음이 새어 나왔다. 누군가 말했다. "빚을 회피하는 좋은 방법이군. 하지만 똑똑히 기억해 둘 거야. 내게 세 잔이나 빚졌다는 걸." 그런 소동 속에서도 팔리노의 얼굴에서는 미소가 사라지지 않았다. 상대의 영혼까지 깔아뭉갰다는 생각에 뿌듯했기 때문이다. "다음 차례는 누구죠?" 그가 말했다. 다른 사람들은 앞서 일어난 일을 목격했기 때문에 체스에 나서지도, 신경질을 내지도 않는 게 나을 거라고 생각했다. 잠시 후, 지독한 정적이 흘렀다. 난 빈손으로 모레스코가 앉아 있던 자리에 앉았다. 말들을 정렬하기 시작했다. 팔리노는 방금 전과 같이 입가에 미소를 머금고 나를 쳐다보았다. 그가 유일하게 뱉은 말은 이랬다. "오늘 난 성인의 키스를 받았소. 이렇게 또 술 몇 잔이 굴러 들어오는군." 하지만 그는 연달아 아홉 게임을 졌다.

*

도로는 진흙 뱀 같았다. 흔들리는 샹들리에를 바라보고 있으면 아직 갈 길이 멀다는 생각이 든다. 창밖으로 불을 밝힌 창들을 엿보았다. 창 너머로 파멸을 생각하고 있는 듯한 불안한 영혼의 어두운 실루엣들이 보였다. 어쩌면 그들도 나를 그런 눈으로 보고 있지 않을까. 이따금 양동이에 떨어지는 거센 비가 채찍질을 해 대는 것처럼 폭풍우의 천둥소리가 유리창을 뒤흔들었다. 자고 일어나면 상태가 악화되는 돈 라우로가 있는 방을 생각했고 이것이 바로 영혼이 죽은 마을의 운명의 각본이라는 생각이 들었다.

마리오의 가게가 있는 곳으로는 더 이상 내려갈 수가 없다. 그랬다가는 진흙이 집어 삼킨 메초 길에서 생을 마감할 위험이 있다. 전화도 먹통이다. 그에 비하면 구시가지에 있는 나머지 사람들은 운이 좋았다. 아랫마을은 비만 왔다 하면 늪이 되어 버린다.

평생 동안 엄마가 밤나무로 실어 나른 오물들이 전부 다시 살아나려는 것 같았다. 레 카세는 이런 사악한 면을 가졌다. 어떻게 해서든 이자를 쳐서 다시 우리에게 되돌려 준다. 내가 마을 사람들 누구에게도 낯설지 않고 눈에 익어 가기 시작했던 때 벌어진 일처럼 말이다. 엄마는 더 이상 내게 숯 칠을 하지 않았고 난 니코데모의 성격이 내성적이었던 것에 고마워했다. 그는 평생 동료들과 거리를 두고 숨어 지내는 게 다반사였다.

나는 이미 체스로 온 마을의 경쟁자들을 무릎 꿇게 만들며 유명세를 탔다. 할 일 없는 노인들과의 대결이었다. 그러다 일요일이 되었고, 이날은 가장 멋진 날로 기억에 남았다. 두에 포르테는 근처 마을에서 온 사람들로 붐볐다. 선수 등록을 마치고 토너먼트가 시작되었다.

나는 처음으로 흥분했다. 엄마에게 참가비를 달라고 하자 이렇게 대답했다. "네가 바보가 되었구나." 나는 상금을 타지 못하면

한 달 내내 혼자서 똥을 퍼 나르겠다고 맹세하면서 엄마에게 무릎 꿇고 애원했다. 결국 엄마는 방으로 갔고 돌아와서는 내 손에 돈을 쥐어 주었다. "옜다." 엄마가 말했다. "피 같은 돈을 갖다 버리든지 말든지 마음대로 해. 단, 저녁상에 먹을 게 없다고 징징대지 마라."

토너먼트 초반부터 난 이미 선두를 차지했고 그곳에 있던 모두가 그 사실을 받아들이지 못했다. 나는 시선을 내리깔고 있었다. 중얼대다시피 하며 힘겹게 발음을 했다. 그들은 전쟁에서 돌아온 반쯤 정신 나간, 그렇지만 체스판에서만큼은 완전히 다른 사람이 된 나를 쳐다보았다. 등 뒤에서 누군가 수군댔다. "이 사람 신발 끈 하나도 맬 줄 모르더니 천재가 됐어. 뭔가 하나에 꽂히면 천재가 되는 사람들이 있지. 이 사람을 보니 어딘가 모자라던 타티가 생각나는구먼. 타티는 그림을 그렸지, 그의 그림을 사러 미국에서 사람들이 왔어. 하지만 단 십 분이라도 혼자 내버려 두면 물을 마시다가도 죽을 수 있는 그런 사람이었어. 타티에게 그림이 있다면 니코데모에게는 체스가 분출구인 셈이지. 생각해 봐, 그의 가엾은 엄마는 로또를 맞았을지도 몰라. 그런데 그 사실조차 모르고 있어."

나는 박새 한 마리가 배 속에 들어있는 것처럼 웃었다. 내 앞에 앉은 파시스트 같은 얼굴의 키 작은 사람들을 쳐다보았고, 그들은 나를 날려 버리기라도 할 듯이 먼저 내 얼굴에 담배 연기를 내뿜었다. 삼 분 뒤 그들은 넋이 나간 눈빛으로 의자에서 일어났다. "비숍과 룩만 있는 게 아니야." 흥분한 사람들이 말했다. "게임이 끝나면 이겨서 돌아가는 사람이 있는가 하면 누군가는 비참함을 느끼지."

참가한 선수들은 하나같이 모자란 사람들이었지만 부자들이었다. 함정으로 유인하는 재미가 없었다. 난 나이트를 움직였고 그들은 내가 잡아먹힐 걸 알면서도 거기에 둔 이유를 궁금해 하지 않았다. 잘난 척이나 하며 잡아먹으면 그뿐이었다. 그들의 수준은 그 수 하나로 모두 설명이 되었다. 그리고 나는 아무렇지 않게 그들의 영혼을 잡아먹었다. 미끼 하나를 희생한 다음 세 번의 수로 체크메이트를 불렀다. 하얗게 질리고 굴욕적인 얼굴로 만들어 집에 돌려보내는 재미가 있었다. 나와 겨루는 것은 광장에서 옷을 벗고 지방이 꽉 찬 속살을 보여 주는 것이나 다름없었다. 하지만 사람들은 도전을 멈추지 않았다.

평일에는 게임을 하지 못했다. 노인들은 공을 혼자만 가지고 놀려는 못된 아이들처럼 체스 상자를 꼭 쥐고 놓지 않았다. 나는 보는 것도 좋았다. 이제는 방에 갇혀 하루를 보낸다는 생각을 하면 기운이 빠지는 것 같았다. 체스판 근처에 있으면 신기하게도 집에 있는 것처럼 편안했다. 체스가 내 눈앞에 있는 동안은 그랬다.

처음에는 마법 같았다. 내가 신문에 실렸다. 최근까지도 겉모습까지 바꿔 가면서 다른 사람인 척하며 굴에 들어가 살고자 했던 사람은 바로 나였다. 하지만 토너먼트 스코어보드에 적힌 내 이름에 내기를 걸지 않은 사람들을 후회하게 만들면서 급격하게 순위를 올렸다. 제법 돈을 벌기 시작했고 그 돈은 엄마에게 갖다 드렸다. 엄마가 똥통에서 손을 떼도록 했다. 지금은 다른 누군가가 그 똥을 퍼 나르고 있겠지.

화려한 불빛의 수많은 도시를 다녀 봤지만 내 이름과 전혀 관련 없고 신문에 단 한 줄도 실리지 않는 나만의 장소에서 감시당하는 느낌을 받았다. 셀 수 없이 많은 우승컵을 거머쥐었지만 환하게 웃어 본 적은 없다. 치아에 구멍이 뚫린 탓이기도 했고, 또 한 편으로는 벼룩이 기어 다니는 것처럼 피부가 따끔거리는 느낌이 들었기 때문이다. 손을 꽉 쥐고 기차에 앉아 스쳐 지나가는 풍경을 감상했다. 세상 어디에 있든 언제나 평온을 깨는 쓸쓸함이 느껴졌다. 풀밭에서 몸을 웅크리고 있는 야생 고양이가 나를 뚫어져라 쳐다보는 것 같았다. 잘은 모르지만 그 짐승에게는 이름이 있다. 레 카세.

이십육 년 전, 나는 두에 포르테에서 만난 사람에게 스카우트되어 유명해졌다. 그리고 이십육 년 후, 수없는 패배 끝에 그 사람에게 버림받았다. "왕년의 열정이 사라졌어." 어느 날 탄크레디가 말했다. "재능 있는 아이들이 우후죽순처럼 늘어나고 있어. 자네는 그들이 눈앞에 있어야 눈치를 채지. 매니저 노릇을 하기에 난 너무 늙었어. 세상이 바뀌었어. 모든 게 달라졌다고."

난 16강에도 들지 못했다. 열정이 식었다. 하룻밤 사이에 일어난 일은 아니다. 서서히, 아주 천천히, 어느 순간 빈털터리가 되었다. 난 게임 판에 끼지 못했고, 으스대려고 얻은 수다쟁이 아내도 도망갔다. 빚쟁이들이 시도 때도 없이 집에 찾아왔다. 전 재산을 탕진하고 얼마 못 가 엄마와 살던 예전 그 집으로 돌아갔다. 레카세는 끊임없이 나를 불러들였다.

성공만큼 비싼 대가를 치르는 모욕은 없다. 습관이나 고된 일로 지친 거지들이 바글바글하는 마을에서는 특히 더 그렇다. 그들은 길에서 나를 보면 다가와 꼭 안아 주었다. 그러다 우연히 소매 끝이 약간 해진 것을 발견하면 유심히 쳐다보았다. "퀸을 먹어."라고 말하는 듯이 활짝 미소 지었다. 가장 사악한 사람들은 파시스트 성향이 있는 사람들이다. 그들 중에서도 연금과 동시에 규폐증을 얻게 된 광부보다 최악이라 할 수 있는, 온 마을 사람들과 간통을 일삼는 아내를 둔 이들이 있다. "세상 참 아름답죠?" 한산한 어느 날 오후 두에 포르테에서 누군가 등 뒤에서 속삭였다. "그 더러운 세상을 이곳으로 가져올 생각은 아니겠지."

유일한 친구는 마소뿐이었다. 그는 술 한 잔을 들고 내 옆에 와서 앉았다. 우리는 50대가 되었고 벌써부터 노인네 티가 났다. 모든 대화는 옛날얘기였다. 말을 많이 한 사람은 그였다. 그는 바리스타로 일하면서 여러모로 많이 시달린 느낌이었다. 그래서 세상을 이리저리 돌아다닌 유일한 사람에게 마음의 문을 열었다. 나와 달리 그의 모험심은 오도 가도 못하고 메아리처럼 반복되는 암울한 일상에 갇혀 있을 운명이었던 것 같다.

그가 내게 달려왔을 때 사무엘레를 보았다. 어느 날 아침, 그는 어두운 표정으로 많은 사람들이 모이는 두에 포르테에 나타났다. 한쪽 어깨에 책가방을 메고 있었다. 가방을 테이블 아래 던져놓고 첫 번째 의자에 앉았다. 그의 나이는 열세 살이었다.

우리는 그 아이에게 마음이 갔다. 무엇보다 또래 아이들과 어울리지 않으려고 하는 점이 마음에 들었다. 그는 길 잃은 고양이였고 화가 가득했으며, 입에 담을 수 없는 것들을 연상시키는 아이였다. 학교 복도나 버스에서 그를 못살게 굴던 불량배들에게 당해서 화가 잔뜩 난 상태였다. "코를 박살 내 버릴 거야." 입버릇처럼 이렇게 말하고 다녔지만 실행에 옮긴 적은 없었다. 매번 증오심에 휩싸일 때마다 잔뜩 겁을 먹고 슬그머니 달아나기 일쑤였다. 어린아이들이 돌팔매를 던지듯 욕을 하며 그를 쫓아다녔다.

그를 생각하면 몇 년 전 체스 경기에서 졌던 기억이 떠오른다. 바로 그 당시 두에 포르테에서 난 그를 상대하게 되었다. 한쪽에는 체스 좀 둔다는 사람이 앉아 있었고 반대편에서는 모두 돌아가면서 그에게 도전을 했다. 신참에게 한 방 얻어맞았던 생각이 종종 떠올랐다. 사무엘레가 예상을 뒤엎고 체크메이트를 불렀고 그때부터 천재의 몰락이 시작되었다. 그 아이의 잘못은 아니었지만 어떻게 보면 그 시합이 몰락의 시초가 되었다고 할 수 있다. 그래서 그에게 이토록 정이 가는지 모르겠다.

우리는 가족처럼 한가한 오후를 보냈다. 나, 마소, 그리고 그 아이. 시간이 갈수록 그 아이는 마음의 문을 열고 연로한 할머니와 한 번도 본 적 없는 아버지에 대한 이야기를 털어놓았다. 어머니에 대해서는 전혀 언급하지 않았지만, 밤낮으로 그의 마음을 뒤흔드는 불안의 원인이 무엇인지 금방 알아차릴 수 있었다. 버림받았다는 생각. 사무엘레는 피우다 버린 담배꽁초처럼 버려진 느낌을 받았다. 그를 보고 있으면 적막한 방 안에서 밤마다 창문에 비친 그림자만을 바라보던 학창 시절의 내 모습을 보는 듯했다. 고아였던 나는 그 당시 떠돌이로 살아갈 운명이라는 생각을 떨쳐 버리려고 애썼다. 내가 사라지는 느낌이 들기도 했다. 하수구 바로 옆에 우는 아이를 버리는 사람이 내 엄마라는 사실에 괴로웠다. 내 기억 속에는 엄마의 그런 행동을 정당화할 만한 불행한 사건은 없었다. 사무엘레에게도 똑같은 상처가 있었다. 자신도 모르게 주먹을 불끈 쥐게 만드는 그런 상처 말이다. 나는 새로 태어나기 위해 체스를 두었고 아직도 말 머리처럼 생긴 돌을 가지고 돌아다닌다. 체스가 도피처였다. 그 안에는 무수히 많은 길이 열려 있다. 어느 날 반신반의하며 그 앞에 체스를 꺼내 보았다. 수십 년 전의 내 눈빛을 그에게서 보았을 때 심장이 터질 것만 같았다. 사무엘레가 나처럼 누군가의 도움을 기다리고 있었다는 걸 진작 알아차렸다. 그는 거대한 세상을 만들고 있었다. 그가 살았던 세상은 그가 태어났을 때부터 그를 거부했고 여전히 그랬다. 그래서 룩과 비숍을 움직이고 나이트를 내보내 새로운 세상을 설계했다.

결국 탄크레디가 내 앞에서 썼던 가면을 내가 쓰고 있었다. 나는 사무엘레에게 체크무늬 판 위에서 상대편을 제압하는 최고의 방법을 가르쳐 주었다. 체스의 진정한 묘미를 깨달았을 때 그는 인정사정없이 변했다. 주 대항 토너먼트에서 그는, 천재를 낳았다고 자신하는 가족과 또래 선수들을 싹 쓸어 버렸다. 하지만 으스대지 않았다. 그 정도에 만족하지 않았다. 멀찍이서 수많은 도전자들을 파악한 다음 내게 왔다. "아홉 수." 그는 체스 말에 손도 대지 않고 상대가 이동하고 수를 읽는 방식을 엿보면서 이렇게 말했다. 아홉 수 만에 도전자는 엄마 치맛자락을 붙들고 울었다. 사무엘레는 냉정했다. 그리고 그는 상대가 누가 됐든, 심지어 나조차도 경악할 만큼 혼을 쏙 빼 놓았다. 단 몇 수 만에 우승을 차지하고 상금을 차지했다. 상대의 실수가 곧 그의 승리로 이어졌다. 보통은 다섯 번째나 여섯 번째 수에서 결론이 났다. 잠시 후, 근거리 사격처럼 예측이 정확하게 들어맞았다.

이면에 씁쓸함이 있었지만 전성기를 맞았다. 사무엘레는 체스판 밖에서 차츰 새로운 모습을 드러냈다. 게임에서 발견한 밝은 면을 세상 밖으로 끌어냈다. 게다가 나까지도 새로 태어나게 해 주었다. 난 체스의 어두운 면과 밝은 면을 동시에 알게 되었다. 천재성을 훈련시키는 것. 불행했던 나의 일상이 다시 밝게 빛나기 시작했다. 늘 똑같이 반복되는 진흙탕 같은 생활 속에 남들은 모르는 오직 우리 둘만 아는 언어가 생겼다. 어떤 날 오후에는 서로 단 한마디도 하지 않고 테이블에 앉아 있는 경우도 있었다. 그러고 나서 적을 박살내고 귀환하는 용병들처럼 터덜터덜 함께 집으로 돌아갔다.

그가 나와 멀어지기 시작했을 때 난 다시 독한 술을 가까이했다. 사무엘레는 도시로 갔고 할머니의 희생이 있었기 때문에 학업을 중단하지 않은 것은 다행이었다. 그는 그 나이에 룩을 잡아먹히는 것보다 더 고통스러운 첫사랑을 경험했다. 이따금씩 그와 마주치면 게임 약속을 잡았지만, 두에 포르테의 한쪽 구석에서 나 혼자 체스를 두기 일쑤였다. 그가 모든 걸 가지고 사라지기 전까지.

*

내 손목을 떨리게 만드는 것은 어떻게든 빛을 발산하려는 태양의 후광이었다. 하지만 짙은 구름 때문에 소용이 없었다. 가끔은 지금처럼, 담벼락과 거리를 집어삼키면서 마을을 뒤덮는 낮은 구름도 있었다. 그래서 창밖을 보면 유령 군대가 메초 길을 따라 공중을 떠다니는 것 같다. 안개 사이로 사람의 형상이 보이는 듯하지만, 정신 착란이 올 때처럼 잠시뿐이다. 언제부턴가 이런 생각을 하며 살아가고 있다. 몰아치는 폭풍 속에서 돈 라우로의 얼굴을 본 것 같다.

사무엘레가 떠난 지 사흘이 지났다. 전등의 수명이 다 되었다. 아직은 빛이 완전히 사그라지지는 않았지만 끝도 없는 어둠 속에 있는 것 같다. 전기는 숨통이 끊어지기 직전의 짐승처럼 나갔다 들어왔다를 반복한다. 그리고 이곳에 있는 모든 사람들은 각자의 방에서 죽어 가는 전등을 지켜본다.

마소의 바에서 신문에 난 사무엘레 기사를 읽었지만 어떤 특별 경기에서도 우승을 하지 못했다. 그리고 얼마 전, 두에 포르테에서 그의 소식을 들었을 때는 손에 들고 있던 위스키 잔을 놓칠 뻔했다. 그가 돌아왔다. 눈이 휘둥그레져 머릿속으로 상상을 했다. 그는 몇 년 전 내가 그랬던 것처럼 레 카세로 돌아왔다. 평온함을 찾다 지친 여행객의 몰골로 바 안으로 들어오는 그를 보았다. 늘 그랬듯이 그가 나와 함께 체스판에 세상을 펼쳐 놓으면서 평온함을 찾을 수 있을 거라 생각했다. 사무엘레는 끝이 보이지 않는 골짜기에 떨어져도 살아 돌아올 만큼 실력이 뛰어났다. 그리고 난 체스를 혼자 둔 지 오래되었다.

하지만 그는 단 한 번도 오지 않았다. 기다리는 수밖에 없다고 마소가 말했다. 우리 아이가 레 카세에 몰고 온 사건은 결코 가벼운 일이 아니었고 숨통이 막히고 사람들의 따가운 시선을 받아야 하는 것이었다. 몇 주가 지나고 난 희망을 버렸다. 아침에 눈을 뜨자마자 화가 치밀었다. 분노를 표출하듯 이른 아침부터 두에 포르테에서 술을 마시기 시작했다. "술독에 빠져 죽기라도 할 셈이야?" 마소가 말했지만 그의 말을 귀담아듣지 않았다. 그러자 그는 고개를 떨구었고, 잠시 후 술을 가져다주었다.

그의 집에 찾아가고 싶진 않았다. 그는 무관심으로 일관하며 나를 괴롭게 했다. 어쩌면 나 같은 사람은, 상처를 치유하기 위해 어쩔 수 없이 다시 가파른 길을 올라가야 하는 아픔을 이해하지 못한다고 생각할지 모른다. 그가 말없이 떠났을 때보다 더 지독한 침묵이 흘렀고 살 떨리는 분노가 느껴졌다. 그러다 일주일 전 상점 앞에서 그를 보았다.

나는 망연자실했다. 그는 상점 출입문을 닫고 돌아서던 참이었다. 가슴이 맞닿을 정도로 바로 정면으로 마주쳤다, 우리는 서로를 빤히 쳐다보았다. 하지만 그의 눈빛은 감정이 없고 차가웠다. 난 무슨 말이든 하고 싶었지만 한마디도 꺼내지 못했다. 영혼없이 창백한 그의 모습에 굳어 버렸다. 그러자 그는 마치 낯선 사람을 지나치듯이 고개를 숙이고 옆으로 비켜섰다. 구부정하게 멀어져 가는 그를 보았다. 그는 골목에서 윙윙거리는 소리를 내며 불어오는 바람을 맞으며 고개를 들었다. "사무엘레……." 겨우 말을 내뱉긴 했지만 곧장 바람에 날려 가는 공기일 뿐이었다. 나는 그 상태로 잠시 얼어붙었다. 아무것도 느껴지지 않았다. 내게 남아 있던 마지막 감정은 방금 그가 가져다 버렸다.

그가 나를 알아보지 못한 게 틀림없다. 몇 달간 기사에 언급된 것처럼 정말로 정신이 나가 버렸는지 모른다. 아니면 부끄러웠든가. 하지만 내가 아는 사무엘레 라디는 감정이 메마른 블랙홀과 같은 눈을 가진 아이가 아니다. 우울하게 보일지는 모르겠지만 우리 사무엘레는 한때 체스를 두면서 감정을 표현할 줄 알던 감성이 풍부한 아이다. 그리고 최근 몇 년간 침묵 속에서 게임을 함께한 사람이기도 하다. 그리고 격분한 소용돌이에 레 카세가 산산조각나고 있는 지금도 그와의 게임은 지속되고 있다. 그렇게 나는 테이블로 돌아간다. 꺼질 듯 말 듯 가까스로 다시 살아난 전등불에 체스 말이 반짝인다. 나는 흑마 맞은편에 앉는다. 멍하게 정면을 바라본다. 그리고 말한다. "자네 차례야." 그러고는 체스판을 돌린다.

마르코 팔라체시
외과 과장

눈을 감으면 갑자기 아빠가 탁 소리를 내며 숟가락을 거칠게 내려놓던 6월 초 어느 날 밤이 떠오른다. 식탁에 무거운 정적이 흘렀다. 엄마는 깜짝 놀라 벌떡 일어날 뻔했다. 신경증이 다시 도졌다고 생각했었나 보다. 엄마가 말했다. "알도……." 이 말에는 수백 가지의 질문이 들어있는 듯했다. 아빠는 버텨 냈다. 예전처럼 손으로 얼굴을 감싸며 닭똥 같은 눈물을 흘리지 않았다. 대신 내 곁으로 와 불꽃처럼 떨리는 눈빛으로 나를 쳐다보며 말했다. "9월에는 너도 공부를 해야 할 거야. 지금은 여름을 즐겨라. 그리고 그때가 되면 딴소리하지 마라." 난 알았다고 고개를 끄덕였다. 그리고 우리는 다시 수프를 먹기 시작했다.

집에서는 리볼라 폭발 사고에 관한 이야기를 꺼내지 않았지만, 그 사건으로 아빠가 변했다. 아빠는 닭살이 돋을 만큼 당황한 눈빛으로 이리저리 방황했다. 그의 얼굴에는 아슬아슬하게 서 있는 낭떠러지처럼 주름이 생겼다. 난 더 이상 평소처럼 아빠를 쳐다볼 수 없었다. 그를 보려 했다가도 민망함이 밀려와 딴 데로 고개를 돌리고 만다. 아빠는 카모라에서 들려온 쿵 하는 소리에 벌거벗은 사람처럼 허둥지둥하다 무릎을 꿇고 털썩 주저앉았고, 엄마가 아빠의 머리가 다치지 않도록 재빨리 몸을 던지는 순간 난 내 방으로 도망갔다. 아빠는 지진이 일어난 것처럼 몸을 부르르 떨면서 흐느껴 울었다. 난 그 울음소리를 듣지 않으려고 베개에 얼굴을 파묻었다. 잠시 후, 나가 보니 아빠는 쪼그라든 얼굴로 식탁에 앉아 있었다. "얘야." 아빠는 생기 없는 미소를 지으며 내게 말했다. 표정 변화 없이 멍하니 바라보았다. 엄마는 몽유병자 같은 아빠를 옆에 두고 식사를 준비했다. 그리고 모자란 아이를 대하는 듯한 말투로 이렇게 말했다. "알도, 팔꿈치 좀 치워 줄래요……." 아빠는 얼빠진 모습으로 가만히 있었다. 어쩔 때는 그를 툭툭 건드려야 반응을 했다. 아빠는 눈을 여러 번 깜빡이며 제정신을 차렸다. 그제야 식탁보를 제대로 펼칠 수 있었다.

"인내심을 가져야 해." 어느 날 오후 엄마가 내게 말했다. "일주일이 지나도 잊히지 않는 장면이 있단다." 몇 달이 지났고, 정신적으로 힘들어하는 한 남자를 보았다. 아빠에게 이런 모습이 있을 줄 상상도 못 했다. "실의에 빠진 아빠를 좀 봐." 내가 속으로 생각했다. "더 심각한 건, 아빠도 그걸 알면서 날이 갈수록 도움을 뿌리치고 마음의 골짜기로 깊이 빠져들어 가고 있다는 거야." 매일 밤 삼십 분 정도밖에 잠을 자지 못하는 지경에 이르렀다. 그사이에도 나가야 할 돈은 계속 생겼고 엄마도 걱정이 되어 얼굴이 반쪽이 되었다. 찬장은 텅텅 비었다. 사람들과 게임을 하고 집으로 돌아왔을 때 특히 실감이 났다. 몇 주 전까지만 해도 간식으로 설탕이 뿌려진 빵을 먹었는데 지금은 아무것도 없다. 어느 날, 얼마 남지 않은 잼 통을 발견했는데 열어 보니 바닥에 흰 곰팡이가 피어 있었다. 엄마는 통을 가져가 숟가락으로 휘저어 섞어 버렸다. "먹어도 안 죽어." 엄마가 웃으며 말했지만 마음이 편치 않다는 건 누가 봐도 안다. "페니실린 덩어리야!"

아빠 혼자만 그랬던 건 아니었다. 어쩔 수 없이 상황을 받아들이고, 없는 것보다는 나은 보상금을 받고 다시 일어선 가족들이 있었다. 또한, 한편에는 방망이로 얻어맞은 것처럼 얼빠진 얼굴로 유령처럼 몸을 질질 끌고 다니는 사람들도 있다. 노인들은 생각에 잠겼고 몬테카티니 사람들의 목을 날려 버릴 방법을 고민했다. 어느 날 이런 말이 들렸다. "이곳에서는 어제까지만 해도 사기꾼들이 판을 쳤어. 머리가 나빠서 이런 세세한 것까지 생각하지 못했나 봐. 칼라브리아 사람들이라고 더 나을 게 없어……." 대참사가 있은 지 한 달이 훌쩍 지났지만 충격의 잔상이 남아 있었다. 벌써 폐광된 광산이 몇 곳인지. "파국으로 치닫는구나." 사람들은 입버릇처럼 이렇게 말했다. "폐광과 동시에 정년을 채우고 은퇴한 사람들은 운이 좋았지. 하지만 대다수의 사람들은 당장 길가에 나앉게 될 거야. 그 생각을 하면 허기도 싹 사라져."

우리는 이미 그런 순간을 살고 있었다. 아빠의 속은 썩어 문드러졌고 그런 사람에게 생활비를 벌어 오라며 등 떠밀 수는 없었다. 특히 광산이라는 말을 입에 담아서는 더더욱 안 될 일이었다. 리볼라라는 말만 나와도 이제 다 지나간 일이라고 그를 다독여야 했다. 참사가 일어나자 아빠는 한결같은 성품으로 남을 돕는 데 기운을 다 써 버려 지금은 지칠 대로 지친 상태이고, 그가 목격한 몇몇 장면은 머릿속에서 떠나질 않는다. 아빠는 살았고 집에 가면 볼 수 있었지만, 그 역시도 카모라에 묻힌 것이나 다름없었다. 별

탈 없이 지내던 시절에 아빠는 농담 삼아 이렇게 말하곤 했다. "힘든 전쟁을 겪었으니 이젠 좀 쉬라고 광산에 묶어 뒀나 봐." 오랫동안 곪아 가고 있던 멍울 같은 것이었다. 쌓이고 쌓였던 온갖 추잡한 것들이 악취를 풍기며 한 방에 폭발해 버렸다. 마을의 숨통을 조이고 있다. 그리고 어느 일꾼을 식사 때 자기 입이 어디 있는지 찾지도 못하는 환자로 둔갑시켰다.

9월이 되자 아빠는 기력을 회복하기 시작했다. 엄마가 행복에 겨워 휘둥그레진 눈으로 내게 이 소식을 전했던 때였다. "쿠티니 변호사가 아빠에게 일자리를 주었어. 산 마르티노 정상으로 이어지는 신시가지 입구에 위치한 별장을 관리하는 일이야."

당연히 기뻐해야 할 일이었지만 아무래도 여자들이나 하는 일 같았고 사람들에게 이런 일을 한다고 어떻게 말할까 하는 걱정이 앞섰다. 어쨌든 난 창문이 수없이 많은 그 거대한 저택이 어디 있는지 잘 알고 있었다. 부자들이 오케스트라를 초청하고 언덕에 자동차가 꽉 들어차는 화창한 일요일이면 그곳에 자주 가곤 했다. 울타리를 뒤덮은 덩굴 사이에 제법 큰 구멍을 내고 교대로 망을 보았다. 그 구멍을 통해 늘 불룩한 가방을 들고 다니는 사람의 파티를 몰래 훔쳐보았다. 11월에도 아이스크림이 집으로 배달될 만큼 대단한 부자들이었다.

아빠는 다시 일어섰다. 이게 중요하다. 그는 맨발로 지옥 불을 건넜지만 초여름에 내게 했던 말은 결코 잊지 않았다. 저녁 식사 후에 책에서 눈을 떼지 못하게 하고 숙제 검사를 했다. 처음에 아빠는 글을 읽는 것조차 버거웠지만 시간이 지나면서 차츰 나아졌고, 본격적으로 자잘한 일까지 간섭하기 시작했다. 그래서 나는 자주 투덜거렸고, 엄마를 찾으며 잠 좀 자게 해 달라고 애원했다. 얼마 남지 않은 귤에도 관심 없었다. 그러자 아빠는 언젠가 가난을 벗어나게 해 줄 통로인 학업의 성공을 기원하는 기도를 시작했다. 내가 공부에 흥미를 갖도록 별장에서 본 부자들의 이야기를 해 주었다. 빌라에는 적어도 30여 개의 방이 있고 화장실도 무수히 많았다. 정말로 내 입을 떡 벌어지게 한 것은 거실에 분수가 있다는 사실이었다. 그 이야기를 듣고 난 다시 얌전히 책상에 앉았다. 아빠의 얼굴에 미소가 되살아났고 사람들과 축구를 해도 될 만큼 거대한 다락방과 테라스에 대해 이야기를 해 주었다. 그러다 결국에는 늘 전쟁 이야기로 빠졌다. "독일인들이 그곳을 숙소로 이용했어." 그가 말했다. 그리고 내가 가장 좋아하는 이야기가 시작되었다.

아빠는 아미코 프리츠라고 불리는 어떤 사람의 이야기를 들려주었다. 난 그를 구체적으로 그려 보았다. 동시에 술이 오가는 저녁의 아수라장 속에서 불멸의 존재가 될 수 있었던 그의 모험을 상상했다. "미군들이 빠르게 올라오고 있었어." 아빠가 말했다. "그들은 도로에 있던 나치들을 제압하고 이탈리아를 적들의 손아귀에서 해방시켰어. 마르코, 상상해 보렴. 마을에 들어와 있던 나치 군대도 내쫓길 날이 머지않았지. 동틀 무렵이면 오래전에 마렘마에 유에프오처럼 등장한 나치는 퇴각하기 시작할 거야. 아미코 프란츠는 헛간의 짚 속으로 뛰어들었어. 예전부터 은밀히 만나던 여인에게 그의 방식대로 작별 인사를 했어. 이별의 충격을 덜기 위해 그녀에게 키스를 하고 술을 마시지. 인사불성이 되도록 술에 취했고 그의 연인은 그의 이마를 한 대 때리고는 한밤중에 집으로 돌아가지. 아미코 프리츠가 다시 눈을 떴을 때는 한낮이었어. 그는 몸을 일으켜 밖으로 나갔어. 가장 먼저 바깥 동태를 살폈는

데 겁에 질려 눈빛이 흔들렸어. 오솔길에 독일 트럭이 아닌 못 보던 군대의 대열이 보였던 거야. 미군들이 잔뜩 탄 트럭과 탱크가 있었지. 그때, 그는 나치 군복을 입고 있었어. 군용 행낭도 없이 적의 소굴에 들어와 있었던 거야. 그는 즉시 적들의 쌍안경에 포착됐지. 환호성을 지르며 진군하는 소리가 들렸어. 아미코 프리츠는 그길로 즉시 총을 바닥에 던지고 뒤에서 포위해 오는 미군들을 피해 수풀에 몸을 숨겼어."

나는 이 이야기를 들으며 잠자리에 들곤 했다. 아빠는 항상 가장 흥미진진한 부분에서 이야기를 멈추었고 매일 밤 이야기가 달라지는 것도 나름 재미있었다. 언제부턴가 "아미코 프리츠의 모험"이라는 제목으로 아빠가 들려주는 이야기를 노트에 필기하기 시작했다. 심지어 그가 교황이 되는 날도 있었다. 그러다 갑자기 아빠가 이렇게 말했을 때는 머리카락이 곤두서는 느낌이었다. "그가 아직도 우리 주변에 있다면? 그런 생각 해 봤니? 등잔 밑에 숨는 게 가장 좋은 방법일 수 있어."

아빠는 마치 오랫동안 지하에 갇혀 부르짖다가 돌아온 사람 같았다. 눈빛에 다시 생기가 돌기 시작했다. 그리고 엄마와 처음 만났을 때처럼 사랑에 빠진 것 같았다. 아빠는 종종 뒤에서 엄마를 와락 껴안고 그녀의 머리칼에 얼굴을 묻었다. 저녁에는 식욕이 왕성하고 행복한 사람이 되어 집으로 돌아왔다. 힘든 순간이 어느 정도 지났고 이제는 완전히 활력을 되찾았다. 아빠는 정원을 관리하고 거울을 닦으며 황금빛 가득한 방에서 하루하루를 보냈다. 쿠티니 가족은 여름에만 별장을 찾았고 변호사가 사람들 눈을 피해 여자들을 만나려고 시에나를 벗어나는 특정한 날에만 별장을 이용했다. 그런 때 외에 별장은 온전히 아빠 차지였다. 특별히 할 일이 없는 날이 많았고 그럴 때면 아빠는 널찍한 베란다에서 한 손에는 레모네이드를 들고 책을 읽으며 오후를 보냈다. 걸려 온 전화를 받는 일은 중요했다. 언제 전화가 올지 모르는 일이었다. "문제 없나?" 수화기 너머로 쿠티니 씨의 목소리가 들렸다. 뭔가 문제라도 생기면 다음 날 아침 그로세토에서 기술자들이 왔다. "낮에는 궁궐을 지키고," 아빠가 수다를 떨고 싶은 저녁이면 이렇게 말했다. "밤에는 이곳 똥똥으로 돌아오지." 엄마와 나는 아빠를 흘겨보았다. 그러면 아빠는 내게 윙크를 하며 이렇게 말했다. "나보다 나은 사람 있으면 나와 보라 그래." 그리고 이 소식을 전했다. "변호사 양반은 일요일에 별장이 무방비로 방치되는 걸 원치 않아. 우리만 좋다면 일요일에도 그곳에서 지내도 돼. 물론 월급도 더 나올 거야."

휴가를 떠나는 기분이었다. 언제부턴가 그곳에 갈 날만 애타게 기다려졌다. 동이 틀 무렵에 일어나 가볍게 챙긴 여행용 가방을 들고 산 마르티노로 출발했다. 처음에 엄마는 컵을 건드리는 것만으로도 겁을 먹고 아무것도 하지 않았다. 반면에 아빠는 테두리에 금장식이 된 접시로 점심상을 차리면서 자기 집인 양 행동했다. 난 복도와 공원에서 길을 잃기 일쑤였다. 오후 내내 혼자 떨어져 있는 것도 신경 쓰이지 않았다. 저녁이 되면 우리는 왔던 길을 쓸쓸히 되돌아왔다. 아빠는 거대한 대문을 닫았고 집으로 돌아가기 위해 구시가지로 향하는 길로 들어섰다. 어느 날 엄마가 말했다. "이런 생활이 우리에게 도움이 되는 거 맞아요? 월요일 아침이면 배가 더부룩한 채로 눈을 떠요." 우리 집 전체라고 해 봤자 별장의 방 한 칸 크기밖에 되지 않았다. 나는 어릴 때부터 사용하던 침대에 누웠고 그 순간 갑자기 벽장에서 잠을 자는 듯한 느낌이 들었다.

삶을 윤택하게 하는 월급을 버는 데는 금방 익숙해졌다. 따스한 계절이 오고 휴가철도 시작되었다. 아빠는 시무룩한 얼굴로 소식을 전했다. "이번 주 일요일에는 시에나에서 온 가족이 온대." 아빠의 말의 듣자 배 속의 온갖 창자가 꼬이는 것 같았다. "집사도 데려올 거라네." 그래서 언제부턴가 숨 막히게 느껴지는 우리 집에서 오후를 보냈다. 엄마는 창가에서 바느질을 했다. 나는 공부를 하며 하루를 보냈다. 사람들을 만나러 나갈 마음도 들지 않았다. 덩굴 식물 사이에 구멍을 내서 파티를 훔쳐보는 이유가 뭘까? 아미코 프리츠의 모험담을 듣는 게 낫지.

쿠티니 변호사는 늑대들에게 부드러운 고기를 맛보게 해 주었고 이제 이 늑대들은 보름달이 뜨는 밤이면 조금만 더 달라며 울부짖는다. 어느 날 엄마는 웃으면서 이렇게 말했을 정도로 삶에 회의를 느끼기 시작했다. "내일 저는 안 가요. 더는 못 하겠어요. 내 것이 아닌 걸 탐하게 되고, 풍족하진 않았지만 살아가는 데 부족함 없던 우리의 것을 소홀히 하게 되었어요. 마음이 편치 않아요. 좋을 게 하나도 없어요." 엄마는 정말로 그렇게 말했고 그녀를 설득할 방법은 없었다. 그 주 일요일 나는 아빠와 단둘이 산 마르티노로 향했고 부자들의 집에서 하루를 보냈다. 하지만 엄마가 없어서 즐길 기분이 들지 않았다. 엄마의 부재가 내 뇌리에 와서 꽂히며 이렇게 명령하는 것 같았다. '현실을 직시해. 지금 보이는 것 중에 네 것은 아무것도 없고 앞으로도 꿈도 꾸지 못할 것들이야.' 그날 저녁 우리는 밥상에 손도 대지 않고 집으로 돌아왔다. 옆 사람의 팔꿈치가 닿을 만큼 비좁을지라도 우리 집 식탁에서 식사를 하고 싶었다. 적어도 서로의 눈을 바라보며 식사할 수 있다.

변호사가 아빠에게 온 가족이 별장으로 이사를 하는 것이 어떤지 제안했을 때 며칠간 집에 파리 한 마리 날아다니지 않았다. 내 생각엔 좋은 소식 같았지만 엄마는 발길이 떨어지지 않는 모양이었다. 엄마는 마지못해 외조부모와 함께 살던 집을 떠나기로 했다. "사람은 변해." 어느 날 저녁 엄마가 말했다. "우리도 번듯한 삶을 살아 보자." 아빠는 아무 말 없이 엄마의 말을 듣고 있다가 차분히 상황을 설명했다. 쿠티니 씨는 나이가 들수록 근심이 늘어서 산 마르티노의 별장이 무방비로 방치될까 봐 밤잠을 설친다는 이야기였다. 경비견을 풀어놓고 문과 창문에 자물쇠를 채워 놓았는데도 말이다. 우리는 맨 위층에 있는 방을 차지했고 일 년 가까이 어느 누구의 방해도 받지 않고 독립적으로 생활할 수 있었다. 휴가 기간에도 우리는 그곳을 떠나지 않았다. 집주인은 가는 곳마다 따라다니는 하인의 임무를 엄마에게 요구하지 않았다. 그리고 돈 들어갈 일이 하나도 없었다. 오히려, 우리가 살던 집을 세놓아 돈을 벌 수 있었다. 다시 말해서 아무것도 하지 않고 손쉽게 돈을 벌어들이는 좋은 방법이었다. "아이를 생각해요." 아빠가 나를 언급하며 말했다. "고등학교를 졸업하면 애들을 피렌체에 유학 보내려고 오십 년 동안 제대로 먹지도 못한 사람들과 달리 우리는 빚을 지지 않고 뒷바라지를 할 수 있어요."

엄마의 의심의 눈초리를 없애는 데는 단 몇 주밖에 걸리지 않았고 결국 엄마는 끝없는 복도에 익숙해졌다. 하지만 내게 자주 이렇게 말했다. "뭔가를 만질 때는 우리 집이 아니란 걸 기억하렴." 작은 장식품 하나라도 바닥에 떨어지면 엄마는 마음을 졸였다. 하루 종일 아무것도 먹지 않고 집주인이 오지는 않는지 밖만 내다보았다. 차라리 악마를 만나는 편이 나을 거라 생각했을지 모른다.

첫 파티가 열리는 동안 엄마는 하루 종일 방 안에 있었다. 하지만 내게는 새 옷을 주었고 삼십 분간 엉켜 버린 머리를 손질해 주었다. 집주인을 맞이하러 내려갈 순간이 되었을 때 아빠는 한 번 더 엄마를 설득했고 엄마는 구역질이 났다. 엄마는 잠옷을 입고 이불 속으로 들어갔다.

한편 쿠티니 변호사는 길에서 마주치면 아무도 그가 대단한 재력가라고 생각 못 할 만큼 깡마른 체구의 사람이었다. 나는 그에게서 이런 인상을 받았다. 눈썹뿐 아니라 어디에도 털 한 가닥 나지 않은 사람이었다. 그의 머리는 반짝반짝 윤이 났고 목은 길고 주름투성이었다. 등껍질을 잃어버린 거북이가 떠올랐다. 밝은 회색 눈동자로 모든 걸 유심히 보며 사람들을 긴장시켰다. 뺨이 갈라진 것으로 착각을 일으키는 푸른색 핏줄과 노화로 인해 얼룩덜룩해진 피부 탓에 입술 선이 명확하지 않았다. 곧게 다림질된 옷에서는 바스락 소리가 났다. 그는 손끝이 겨우 보이는 소매가 헐렁한 와이셔츠를 입고 있다. "옷이 피부에 닿으면 가렵다고 하는구나." 어느 날 아빠가 우리에게 털어놓았다. "그의 피부는 휴지 조각 같아……. 바람이라도 불면 훅 날아가 버리고 말 거야. 누가 그를 이 마을을 쥐락펴락하는 권력자라고 생각하겠어?" 이런 면을 빼면 그는 정이 넘치는 노인이었다. 심지어 아무 사이도 아닌 내게도 그랬다. "이 꼬마도 마땅한 일자리를 찾게 해줄게." 종종 아이의 손처럼 손톱이 작고 투명한 자그마한 손으로 내 머리를 쓰다듬으면서 이렇게 말했다. 그러고는 친척들에게 둘러싸여 그들이 돌아가면서 해 대는 불평을 들었다. 그는 눈에 초점을 잃고 이따금씩 고개를 끄덕이며 바보 같은 미소를 지었다. 마지막에 가서는 "내가 알아서 할게."라고 말하는 듯이 손자나 사위의 어깨를 툭툭 두드렸다. 아빠는 여러 번 이렇게 말했다. "로마에는 그를 두려워하고 그를 만나려고 하루 종일 기다리는 저명인사들이 있어." 어느 날, 갑자기 이런 생각이 번쩍 들었다. "그가 아미코 프리츠 아닐까요?" 내가 말했다. 생각만 해도 흥분되었다. "그렇다면 변장을 참 잘했구나!" 잠시 후, 나는 다른 모험담을 쓰는 일에 집중했다.

파티가 열리는 동안 엄마도 정원으로 내려왔다. 처음으로 변호사의 부인이 엄마에게 달려갔다. "드디어 내려왔군요!" 그녀는 상류층 여자들 사이에서 빠져나와 엄마에게 이렇게 말하며 샴페인 한 잔을 건넸다. 하루가 저물어 갈 무렵, 샴페인을 잔뜩 마시고 웃고 있는 엄마를 보았다. 그녀는 구름 위를 걷는 듯이 다시 생기를 되찾은 모습이었다. 반면에 나는 좋은 옷을 입고 피스타치오 아이스크림을 손에 들고 밖으로 나왔다. 덩굴 식물 구멍에서 잘 보이는 곳에 자리를 잡았다.

시에나에는 모든 것이 잘 차려져 있었다. 나는 어느덧 열네 살이 되었고 초심을 잃고 말았다. 어느샌가 파티장의 하인들에게 "꼬마 신사"라고 불리는 데 익숙해졌고 이제 그 지역에 사는 변호사의 가족들을 모두 알게 되었다. 그들은 내 진짜 삼촌들도 보여 준 적 없는 애정으로 나를 대했다. 그렇게 우리에게 든든한 인맥이 생겼다.

특히, 변호사의 손자인 라니에로가 그랬다. 얼마 후면 열일곱 살이 되는 그는 나를 데리고 술집에 가서 독한 술을 마시며 어른인 척 행동하는 걸 좋아했다. 쿠티니 변호사가 장학금을 지원해 준 덕분에 나는 돈을 거의 내지 않고 신학교에서 지낼 수 있었다. 라니에로는 저녁이면 신학교 창문에 자갈을 던지곤 했다. 나는 창문을 열고 마지못해 밖으로 나갔다. 발을 접질리지 않게 조심해야 하긴 했지만 창문에서 뛰어내리는 것은 어렵지 않았다. 그런데 올라갈 때는 도와줄 사람이 필요했다. 뛰어올라 봤자 겨우 창가에 매달려 버둥거릴 뿐이었다. 산 도메니코 성당의 종이 열 번 울렸다. 정확히 그때, 라니엘로가 보였다. 그리고 우리는 밤을 즐기러 나갔다.

그는 울며불며 애원하는 조강지처를 토스카나에 버리고 로마에서 젊은 부인을 새로 얻어 돌아온 아버지 때문에 늘 불만에 가득 차 있었다. 변호사의 후손들이 감당해야 할 눈물이었다. 난 그와의 관계를 돈독히 했다. 어느 순간 그가 정신을 놓아 버린 얼굴로 나를 홱 돌아보았을 때, 놓치지 않고 잡고 있던 네 번째 술잔처럼. "나의 가장 아름다운 시절을 갉아먹고 있어." 그가 말했다. "아들의 좋은 시절을 다 망쳐 버렸어. 나가 놀지도 못하게 하고 몹쓸 예절이나 가르쳤지." 나는 가끔 이런 뜻으로 그를 토닥여 주었다. "내가 있잖아, 네 옆에 내가 있어." 그 정도면 충분해 보였다. 보통 그는 잠시 멍하니 있다가 미소를 지었고 마음이 풀렸다. 그러고는 고개를 끄덕이고 말했다. "자, 넨니에게 가 보자."

외관이 화려하지 않은 평범한 집이었다. 마담 넨니는 현관문의 작은 구멍을 열었다. 그녀는 스투파세카 길 17번지 3층에 살았다. "나리들이 오셨군요." 반대편에서 중얼대는 소리가 들렸고 문이 열렸다.

쿠티니 가문 사람과 다니면 이런 일이 생겼다. 말이 미처 끝나기도 전에 사람들은 문을 활짝 열어 주었다. 그렇게 우리는 현관을 따라 바닥은 물론 사방에 촛불이 반짝이는 그 자그마한 집 안으로 들어갔다. 넨니는 우리 엄마와 나이가 비슷해 보였지만 더 못생겼고 치아까지 립스틱이 번지도록 진하게 화장을 한 모습이었다. 그녀는 무릎까지 내려오는 긴 셔츠를 입고 신발 소리를 내지 않으려고 맨발로 돌아다녔다. 우리도 현관에서 신발을 벗고 맨발로 다녀야 했다. 보통 현관에는 다른 신발도 몇 켤레 보였다. 벗어 놓은 신발을 보고 그날 저녁 손님들의 유형을 파악할 수 있었다.

집주인은 사람을 난감하게 만드는 재주가 있어서 그녀의 눈을 쳐다보기가 꺼려졌다. 그녀는 눈치를 채고는 재미있어했다. 그녀는 내 어깨에 손을 얹고, 엄지손가락을 뒷목에 대고 살결을 만지는 것을 좋아했다. 나는 회피하려고 안간힘을 썼지만 우리가 응접실에 들어서면 이미 그 부위가 딱딱해졌고 아무도 눈치 채지 못했기를 바랄 뿐이었다. 이지 게임*이었다. 온 집 안에 담배 연기가 안개처럼 자욱해서 더듬어 가며 돌아다녀야 했다. 음악은 나오지 않았고 모두가 신학교에 온 것처럼 작은 목소리로 떠들어 댔다. 누군가 재채기라도 하면 넨니가 악마처럼 불쑥 나타났다. "조용히 하세요!" 그녀가 불안해하며 속삭였다. "메를린 수녀원장님께 감사의 인사를 전하세요. 그녀가 섹스를 즐겼더라면, 우리가 이렇게 숨어 있을 필요가 없을 텐데." 방마다 십자가 대신 메를린의 사진이 있었고 집주인은 종종 수녀원장 험담을 했다.

라니에로는 곧장 술 진열대로 가서 술 한 잔을 따랐고 내게도 한 잔 건넸다. 그는 즐거운 자리에서도 늘 교수형을 앞둔 사람의

---

* easy game. 실력 차이가 심하여 한쪽이 일방적으로 이기는 경기.

얼굴이었다. 이따금씩 옆방에서 쿵 소리가 들렸다. 잠시 후, 소름 돋는 넨니의 숨소리가 들렸다. "거기 안에 당신들! 이런 세상에, 살살 하세요! 당장 내가 망하는 꼴을 보고 싶어서 그래요?"

꿈속인 듯한 어스름 속에서 조용히 소파에 앉아 어디선가 들려오는 와글거리는 소리를 들으며 잠시 기다렸다. 늘 그랬듯이 의욕이 넘치는 사람은 넨니뿐이었다. 그녀는 쿠티니의 자손들을 보고 흥분했고 어느 방문 앞에 가서 문을 두드리기 시작했다. 보통은 얼마 후에 바지 앞섶을 풀어 헤치고 헐떡대며 복도를 지나가는 누군가의 실루엣이 보였다. 몇 분 뒤 마담 넨니가 현기증이 날 정도로 웃으며 나타났다. "라니에로, 이쪽이에요." 그녀가 말했다. "아이는 준비됐어요." 그는 바로 일어나지 않았다. 처음에는 마치 안 좋은 소식을 접한 사람처럼 허공을 멍하니 바라보았다. 그러다가 남아 있는 술잔을 바라보았다. "나의 고르고네에게 풍덩 빠지러 갈게." 그가 나를 힐끔 보며 중얼거렸다. 그리고 촛불을 응시하는 나를 뒤로하고 곧장 방으로 향했다.

나도 그처럼 살 수 있었다. 아빠의 월급과 예전에 살던 집에서 나오는 월세 덕분에 제법 돈이 쌓여 가기 시작했다. 매주 돈이 입금됐지만 그 돈에는 거의 손대지 않았다. 상속자 앞에서 돈을 쓰는 게 무례해 보일 것 같았기 때문이다. 많은 방들 중 한 곳에 들어간다는 생각만으로도 몸이 타들어 가는 느낌이었다. 넨니는 더이상 내게 의사를 묻지 않았다. "마지못해 얻은 쾌락은 저주나 매한가지야." 그녀가 나를 자극하며 최근에 이렇게 말했다. 신학교 숙소에 누워 있으면 자주 이 말이 생각났고 문득 무엇이든 할 수 있을 것 같은 용기가 생겼다.

잠시 후, 알비노 소녀 아네세가 도착했다. 복도에는 각 가정의 가장들의 실루엣이 수없이 어렸고, 얼마 지나지 않아 그녀가 들어왔다. 그녀는 유령처럼 자신의 파란색 나이트가운 속에서 툭 튀어나왔다. 몸이 흰 눈으로 빚은 것 같았다. 그녀는 담뱃불을 붙이며 구석에 있는 소파에 앉았다. 맨발이었다. 토끼 꼬리처럼 높이 올려 묶은 머리카락은 대리석처럼 희었다. 이따금씩 이글거리는 촛불에 비친 머리카락은 은빛으로 빛났다. 아네세는 스무 살 소녀의 얼굴을 하고 있었지만 머리색은 영락없는 노인네였다. 게다가 말도 없었다. 고양이 같은 눈빛으로 그렇게 소파에 앉아 있기만 있었다. 내게는 눈길 한번 주지 않았다. 어차피 처음부터 이런 생각이 들긴 했다. '난 유령과 함께 있구나.' 그러고는 애꿎은 손만 뚫어져라 쳐다보며 가만히 있었다.

그녀와 함께 있을 때 흐르는 침묵은 뭔가 달랐다. 나를 짓눌러 버릴 정도로 무겁게 변했다. 단 몇 분이 이십 분처럼 느껴졌다. 방금 잠자리를 하고 온 여자의 얼굴은 어떤지 알고 싶어서 그녀를 힐끔거렸다. 그녀의 얼굴은 방금 빚은 도자기처럼 반짝반짝 빛났다. 넨니가 내게 의사를 물었더라면 난 아무 소리도 들리지 않았던 2번 방을 선택했을 것이다. 아네세는 고상한 척하는 여자가 아니지만 내가 하려고 할 때면 기분 상한 얼굴로 몸을 홱 돌렸을 것이다. 그리고 내 중요 부위는 제 가치를 발휘하지 못했겠지.

라니에로는 매질이라도 당하고 온 것처럼 늘 어두운 안색으로 돌아왔다. 집주인은 그에게 초콜릿을 권하고 착 달라붙어 가족에게 안부를 전해 달라고 했다. 나는 자주 이런 생각을 했다. 이곳이 계속해서 장사가 잘된다면, 날씨도 좌우할 만큼 권력을 가진 어느 특정인에게 그 공을 돌려야 한다. 후다닥 관계를 끝내고 온 라니에로는 말이 없었다. 밖으로 나와서는 술 생각에 성큼성큼 걸었다. 그는 자기 성기도 제대로 찾지 못하는 다른 동창들과 달리 구구절절 설명하는 법은 없었다. 보통 우리는 술집에 처박혀 나오지 않았고, 테이블 위에 의자가 올려져 있어도 아랑곳하지 않았고, 주인들은 술병과 컵을 있는 대로 꺼내 주었다. 그는 그제야 비로소 생기를 되찾았다. 심지어 평생 단 한 번도 말을 해 보지 않은 사람처럼 잠시도 쉬지 않고 말을 이어 갔다. 그리고 난 이런 생각을 했다. '도시가 그의 발아래에서 그를 우러러보는구나.' 그러다 잠시 후 종탑에서 자정을 알리는 종소리가 들렸다. 우리는 술에 취해 비틀거리며 신학교로 올라갔다. 잘 익은 배처럼 굴러떨어지기를 반복하며 담을 기어올랐다. 우리는 서로 어깨를 툭툭 쳤다. 하마터면 웃다가 자고 있던 신부님들을 전부 깨울 뻔했다. 그러다 창문으로 갔고 라니에로가 비틀거리며 손으로 내 발을 받쳐 주었다. 바로 그때, 그날 저녁, 내가 그의 손을 밟고 거의 올라섰을 때 그가 갑자기 내게 키스를 했다.

한동안 그날 있었던 일이 잊히지 않았다. 산 도메니코의 종이 열 번 울렸고 정원에는 아무도 없었다. 라니에로와 함께 있었던 마지막 순간을 돌이켜 보았다. 그는 입술을 떼고 나서 한동안 나를 뚫어져라 쳐다보았다. 그때 내가 어떤 표정을 지었는지는 모르지만 마지막 마신 술이 아직 깨지 않은 상태였다. 그러다 웃음이 터졌다. 아플 정도로 바닥에 털썩 쓰러져 한동안 그대로 있었다. 오줌이 나올 것 같았다. 다시 고개를 들었을 때 그는 어디론가 가고 없었다. 도로로 달려가 보았지만 보이지 않았다. 사라져 버렸다.

차가운 공기를 맞으니 술기운이 이내 사라졌고 다른 시각에서 그 문제를 되새겨 보기 시작했다. 주변에는 창을 올라가는 데

도움이 될 만한 게 아무것도 없었다. 밖에서 그 일을 곱씹으며 밤을 지새울 수밖에 없었다. 한편으로는 정신이 반쯤 나간 것 같은 라니에로 쿠티니에게 화가 났고 또 한편으로는 걱정이 되었다. 그를 잃은 건 아닐까? 방금 내가 유력 가문의 면전에 대고 문을 닫아 버린 건가? 여명이 밝아 오자 알베르티노라고 불리는 자가 밖으로 나오는 걸 보고 출입구로 달려갔다. 그날 아침 서둘러 식사용 빵 바구니를 가지러 갈 사람이 그였다. 그리고 코를 만져 봐도 아무런 감각이 없어서 떨어져 나간 게 틀림없다는 생각이 들 정도로 지독한 추위에 떨며 벽에 바짝 붙어 걸어서 방으로 돌아왔다.

며칠이 지났다. 어느 날 아침 한 시간 정도 외출 허락을 받고 고등학교로 향했고 교문을 나서는 학생들을 기다렸다. 담뱃불을 붙이는 몇몇 아이들 사이에 라니에로가 보였다. 즉시 그에게 향했다. 그 순간 그도 나를 보았고 나는 길 한가운데에 멈춰 섰다. 그에게 손짓을 했다. 그는 잠시 나를 바라보더니 다시 친구들과 대화를 했다. 그러고는 뒤 한번 돌아보지도 않고 방향을 틀어 가 버렸다.

나는 1967년에 졸업을 했다. 학교를 마치고 집으로 돌아갔고 산등성이 쪽으로 자리 잡은 별장 측면의 공원이 있던 자리에 테니스장이 생긴 것을 보았다. "이제 쿠티니 가족은 이런 것도 즐길 셈인가 보구나." 내가 테니스를 쳐 보고 싶어 할 거라 생각한 아빠가 말했다. 하지만 나는 그 변화에 대해 아무것도 몰랐다는 사실에 씁쓸한 기분이 들었다. 내 것이 아니라는 분명한 메시지 같은 것이었다. 집주인들은 지팡이를 까딱하는 것만으로도 당장 내가 살고 있는 그들의 소유물을 뒤바꿀 수 있었다.

가끔 라니엘로도 금요일에 별장에 왔다가 일요일 저녁 떠나곤 했다. 벌써 몇 년째 우리는 어떠한 대화도 나누지 않고 멀찍이 떨어져 적당히 인사만 하며 지냈다. 그는 세상을 손에 쥔 멋진 청년이었다. 주로 호화로운 별장을 무심히 여기는 시에나의 부잣집 도련님들이 그를 만나러 왔다. 보통 저녁 식탁에는 하루 종일 맛있는 음식들이 끊이질 않고 차려져 있었다. 하인들은 시간에 따라 음식을 교체했다. 오후 2시까지 아침 식사가 이어졌고, 저녁 식사 전까지 손님들이 이따금씩 요기를 할 수 있도록 음식을 차려 놓고 그 음식들이 동날 때마다 새로 채워 두었다. 취침 시간에는 우유와 오렌지 주스, 샴페인, 케이크와 과일이 가득 담긴 쟁반을 놓아두었다. 자다가 허기를 느껴 깨는 사람들이 더러 있었기 때문이다.

그 당시 하인들이 계속해서 음식을 나르며 일하는 동안 우리는 부엌에 있는 작은 식탁에서 저녁을 먹었다. 우리는 음식이 샘솟는 만찬장을 지나지 않고 곧장 방으로 올라갔다. 그곳에서는 종종 음악과 떠들썩한 웃음소리가 흘러나왔다. 아빠는 안색이 어두운 나를 안쓰러워하셨다. 이따금씩 손으로 내 어깨를 토닥여 주었다. "가서 전공 이야기나 하자꾸나." 아빠가 말했다. 반면에 엄마는 침묵을 지켰지만 눈빛으로는 이렇게 소리치는 것 같았다. 그녀만의 표현 방식이었다. "애초에 우리 것도 아닌 것들을 빼앗긴 기분이 이런 거야. 결국에는 가짜 삶에 익숙해지지."

꼭대기 층에도 벽난로가 놓인 방이 있었다. 어렸을 때부터 내가 서재로 사용하던 방으로 창 너머로 마렘마 분지가 훤히 보였다. 집주인들이 돌아오는 금요일이면 우리는 그곳에서 하룻밤을 보냈다. 아빠는 소파에 털썩 주저앉아 얼마 전부터 식사 후에 피우기 시작한 담배 파이프에 불을 붙였다. "어쨌든 변호사 양반은 네가 엔지니어가 되길 원해." 다리를 꼰 채 증기선처럼 연기를 내뿜으며 아빠가 말했다. "별로 내키지 않니? 그 자야말로 네게 길을 터 줄 수 있어. 아니면 아직도 의대에 미련이 남은 거니? 정말로 그 길로 가고 싶어? 어서 결단을 내려야겠구나."

아빠는 한없이 같은 말을 반복했고 난 더 이상 받아칠 말이 생각나지 않았지만 심기를 건드리지 않기로 했다. "사람은 태어난 순간부터 조금씩 죽어 가기 시작해요." 평소에 난 이렇게 대답했다. "유행을 타는 게 아니에요. 그러니까 수요가 끊이지 않는 분야라는 거죠······."

아빠는 천장을 바라보며 서서 생각에 잠겼다. 나를 보고 있지는 않았지만 긴장이 될 정도로 내 앞날을 꿰뚫어 보려고 마음속을 후벼 파는 느낌이 들었다. "의사 마르코 팔라체시라······." 그러고는 담배 연기를 뱉으며 이렇게 중얼거렸다. 그러다가 엄마를 돌아보았다. "멋지잖아요, 솔직히 말해 봐요!" 엄마는 얼굴을 치켜들고 입꼬리를 살짝 올린 채 미소를 지었다.

이런 생각을 하게 된 이유는 말하고 싶지 않았다. 솔직히 말하면 쿠티니 변호사의 권력이나 재력은 부럽지 않았다. 다만 그에게 알랑거리는 사람들의 비굴하고 얼빠진 눈빛이 부러웠다. 가까운 친척들도 예외가 아니었다. 그들의 얼굴에서 그 노인에게 목숨줄이 꽉 잡혀 있다는 걸 읽을 수 있다. 그들 모두는 조상이 물려준 부를 누리고 살아가지만 조상들이 일구어 놓은 것의 손톱만큼도 따라가지 못한다. 심지어 해결이 필요한 문젯거리만 만들어 놓을 뿐이었다. 쿠티니는 불평불만밖에 할 줄 모르는 사람들에게 둘러싸였다. 그 사이에서 늘 그렇듯이 고개를 끄덕였고 손으로 어깨를 토닥여 그들을 돌려보냈다. 이처럼 내면이 빈곤한 부자들은 굽실거리며 떠났다. 그런데 변호사의 얼음장같이 차가운 눈은 자신의 아들이건 아니건 누군가 그에게 인사를 하는 순간 반짝반짝 빛났다. 순식간에 상대를 넙죽 엎드리게 만들었고 피를 바짝 말렸다. 몸짓 하나로 충분했고, 분위기는 순식간에 반전되었다.

나는 그 권력이 탐났다. 아빠에게 이런 말은 하지 않았지만 의사가 되겠다고 생각한 게 바로 그때였다. 부자든 가난한 자든 모두 내 도움을 필요로 했다. 머지않아 사람들은 이렇게 말하면서 내 집 문을 두드릴 것이다. "부탁이에요, 저를 구해주세요." 그러면 난 주저 없이 그들이 원하는 대로 해 줄 것이다. 그게 바로 내게 주어진 임무니까. 죽음의 웅덩이에서 빠져나온, 조금은 내 소유이기도 한 그 영혼들을 지배하면서 말이다. 어느 누구도 성전처럼 높이 솟아 있을 내 정원을 털끝만큼도 건드릴 엄두를 내지 못할 것이다. 더 이상 나를 부엌 식탁에서 피난민처럼 식사하게 만들 수도 없을 것이다.

체사레 타데오 쿠티니 변호사는 1977년 4월 12일, 여든아홉의 나이로 세상을 떠났고 많은 사람들에게 충격을 안겨 주었다. 어떤 비밀이 그와 함께 땅속에 묻혔고. 어떤 사업이 중단되어 밥그릇 싸움을 하던 사람들을 파멸로 몰고 갔는지 어느 누구도 상상할 수 없을 것이다. 그 당시 이미 난 의사가 되어 있었고 이탈리아 각지에서 확인된 비극적인 소식을 즐기고 있었다. 그해 여름 시에나 지역에서만 두 명이 자살을 했고 정확한 동기가 무엇인지 밝혀지지 않았다. 로마에서는 왕년에 잘나가던 기업인과 정치인이었던 수많은 사람들이 스스로 목숨을 끊었다. 이 수많은 죽음을 신의 뜻이라고 생각하지 않는 사람이 나뿐은 아닐 것이다.

새해가 되자 그 사람의 비밀들이 그의 가족에게뿐 아니라 온 세상에 알려졌다. 쿠티니가 실제로 무슨 일을 했었는지 밝혀졌다. 그는 다양한 분야의 사람들을 잇는 아교 역할을 했다. 전쟁이 끝날 무렵 상당수 신흥 재벌을 관리하면서 노련하게 이탈리아 재건 사업에 합류했다. "그는 사람들의 파멸과 불행을 발판 삼아 일어섰어." 아빠가 신문을 보며 말했다. "아미코 프리츠 말고도……." 지지자와 반대자의 조직을 쥐락펴락하던 쿠티니의 죽음으로 인해 스캔들의 규모는 점점 커지기 시작했다. 그 후로 부패와 절도로 얼룩진 타락의 실체가 드러나기 시작했다. 먼저 체포된 사람들은 술술 입을 열었고 연루된 사람들의 명부가 끊임없이 쏟아져 나왔다. 그러던 어느 날 경찰이 별장에 들이닥쳤다. 쿠티니 가문의 모든 재산을 압수했다. 계좌는 거래가 중지되었다. 가까운 친족들은 감시를 받으며 살았다. 라니에로를 포함해서.

말하면서도 웃기지만 결국 돈을 벌어들인 유일한 사람들은 우리뿐이었던 것 같다. 아빠는 상당한 연금을 긁어모았고 최근 이십 년간의 월급은 바로 쿠티니가 조언해 준 대로 몬테 데이 파스키 은행 계좌에 넣어 놨다. 이렇게 모아 놓은 저축 외에도 예전에 살던 집에서 나오는 월세도 있었다. 나는 오래전에 안정된 일자리를 찾았다. 학창 시절에 정해 놓았던 지출 상한선을 없앴다. 세무사들이 일주일 동안 모든 서류를 검토하고 재검토했지만 그들은 결국 인정할 수밖에 없었다. 우리 수중에는 불법으로 취득한 검은 돈의 그림자가 전혀 없었고 세금도 소수점 자리까지 정확하게 납입되었다. 시에나의 백만장자는 어린아이의 얼굴처럼 티 없이 깨끗했다.

우리는 법원 경매에도 참석하지 않았고, 아빠는 마사의 어느 가족에게 그 별장이 넘어갔다는 소식을 듣고 아쉬워했다. 엄마는

별장 이야기라면 귀를 틀어막았다. 그 얘기가 튀어나오기만 해도
버럭 화를 냈다. "코키 집안 사람들이 그 집을 거저 얻었건 말건
나랑 상관없어요! 많은 사람들이 쿠티니 가문이 일으킨 스캔들의
후폭풍을 맞았고 그들의 삶을 망쳐 버린 것에 대해 이를 갈고 있
어요. 누군가 폭탄을 던질지도 모르는 집에서 여생을 보내야 해
요? 자기만족 하자고? 우리 할 일은 끝났고 결과가 어찌 됐든 두
둑이 챙겨 나왔잖아요. 그리고 별장은 더러운 돈으로 지어졌다고
요."

그러나 아빠는 포기하지 않았다. 어쩌면 속으로 그 변호사
와 같은 길을 가려고 마음먹었는지도 모른다. 어디선가 나타나 우
리 가족을 가난에서 구제해 주고 부유한 마렘마 주민으로 만들어
준 그 사람 말이다. "들리는 소문이 사실이라면 난 달리는 기차에
몸을 던질 거야." 아빠가 툴툴댔다. "듣기로는, 그 군침 흘리는 마
사 사람들이 별장을 들어내고 호텔을 지을 거라고 하더군. 저 위,
산 마르티노 길에 말이야! 이보다 더 정신 나간 사람들이 어디 있
어?"

벨 솔레 개업식에 마을 사람들이 전부 참석했다. 아는 얼굴들
이 몇몇 보였지만 그들과 마주치지 않으려고 애를 썼다. 스무 살
에 정략결혼을 하고 망가진 삶을 사는 사람들에게는 관심 없었다.
난 샴페인을 들고 새 유리창과 이상한 모양의 샹들리에가 달린 방
의 천장을 멍하니 바라보면서 돌아다녔다. 코키 가족은 입구의 대
형 아치를 없앴다. 분수도 사라졌다. 사람들은 연회장에서 오케
스트라의 선율에 맞춰 머리를 흔들었다. 생살이 저릴 만큼 안타
까운 변화를 보며 손바닥을 철썩 내리쳤다. 대부분의 공원 부지
는 콘크리트를 깔아 주차장으로 만들었다. 그대로인 건 테니스장

뿐이었다.

나는 한 잔 더 하려고 뷔페로 갔다. "여기 있을 줄 알았어." 그 순간 누군가가 말을 걸었고 다른 사람에게 하는 말이거니 생각했다. "아니, 그랬으면 했어." 별생각 없이 돌아보았는데 라니에로가 있었다.

나는 아무 말 하지 않았다. 그는 세상에서 가장 평온한 모습으로 술병 쪽으로 몸을 기울여 잔을 채웠다. 주변을 살피면서 잔을 힘겹게 입술에 가져다 댔다. 그러고는 나를 보며 활짝 웃었다. "어때?" 그가 말했다. "어떻게 생각해?"

그의 소식을 듣지 못한 지 십 년쯤 됐을 것이다. 쿠티니 가문 사건에 관한 기사는 시간이 갈수록 점차 줄어들었다. 마지막으로 내가 들은 소식은 변호사 아들을 필두로 거의 모든 가족들이 철창 신세를 면치 못했다는 것이었다. 라니에로는 단숨에 한 잔을 들이켰다. 그리고 또 한 잔을 들이켰다. "모든 걸 포기하는 것보다 나아." 그가 중얼거렸고 다시 한 번 내 얼굴을 쳐다보았다. "마르코, 네가 잘 지내는 것 같아 보기 좋아……." 시에나의 술집을 다니던 때처럼 나도 한 잔을 벌컥 마셨다.

산 마르티노로 올라가던 사람들이 계속에서 파티장으로 몰려들었고, 사람들은 새로 단장한 별장보다 먹을거리에 더욱 관심을 보였다. 우리는 다른 사람들의 눈에 띄지 않는 구석에 자리를 잡고 황백색으로 갓 페인트칠한 벽에 등을 기대고 서 있었다. 나는 느릿느릿 말했다. 당황해 어찌할 바를 모르는 나와는 달리 그는 마치 어제도 만났던 사람처럼 평온해 보였다. 지금은 리셉션이 되어 버린 예전 응접실을 멍하니 바라보았다.

"이상하게 보일 거야." 어느 순간 그가 말했다. "하지만 무슨 일이 있어도 그 시절로 돌아가지 않을 거야. 난 모든 걸 가졌지만 그늘 속에 살았어. 내게 말을 걸었던 사람들은 모두 환심을 사는 데만 급급했어. 급기야 인사말만 들어도 역겨웠어. 오랜 시간 나를 지치게 하는 것이었어. 집 밖을 나가면 다른 사람들이 만들어 낸 가면을 썼어. 그건 내가 아니었어. 난 '쿠티니 가문 자손'이었고 그렇게 행동해야 했어. 정말이지 돌아 버릴 것 같았어. 아니면 체면을 유지하기 위해 감정을 속으로 삭이는 냉소적인 사람이 되거나. 쿠티니 가문 사람 같아지는 게 두려워. 그걸 상상하면 분노가 치밀어. 그리고 분노 없이는 버틸 수 없다는 것도 알게 돼. 속으로 이런 생각을 하겠지. '분노가 말라 버리면 난 쓰러져 죽을 거야.'" 그는 고개를 내 쪽으로 돌렸다. "넌 달랐어. 우리 가족과의 친분으로 덕을 본 게 사실이지만 적어도 넌 굽실대지 않았어. 머리를 조아리며 내게 인사하는 사람들을 생각하면 아직도 속이 메슥거려. 그리고 결과는 이렇게 될 게 뻔했어."

난 뒤늦게 알아차렸다. 그는 소박한 차림이었지만 어색해 보이지 않았다. 세월이 많이 흘렀는데도 여전히 활기 넘치는 모습이었다. 잠시 제3자의 시선에서 우리의 모습을 보았고 예상치 못한 변화 때문에 현기증이 났다. 얼핏 봐도 부자는 나였다. 그리고 그는 가난한 친구였다. 하지만 카리스마는 여전했다. 오히려 라니에로 쿠티니는 이제야 자신의 이름에 어울리는 사람이 된 것 같았다. 그가 말을 하지 않아도 그런 분위기가 뿜어져 나왔다. "네가 말한 대로일 거야." 나는 파티장을 둘러보며 중얼거렸다. "어느 날 넌 가차 없이 나를 버렸어. 매년 여름 이곳 별장에서 너를 봤지만 내게 인사 한번 건네지 않았지……."

라니에로는 놀람과 기쁨이 섞인 눈빛으로 다시 나를 쳐다보았다. 쓸쓸함도 담겨 있었다. 그의 눈은 이렇게 말하는 듯했다. "옛날얘기를 다시 꺼내려는 거야?" 그러고는 쉴 새 없이 손님들에게 인사를 건네고 있는 코키 가족을 보았다. "벌써 이십 년이 지났어…… 아직도 그때가 생각나. 우리가 넨니의 집에 갔을 때 난 무척 슬펐어. 4번 방에서 먼저 온 손님이 나오기를 기다리면서 넨니의 환영을 받았어. 네게 한 번도 말한 적 없는데, 그녀의 이름은 크리스티나야. 그녀는 아름다웠고 친절했어. 밝은 빨간색의 머리칼…… 내가 방 안으로 들어서자 그녀는 내 목덜미로 달려들었어. 얼굴에 키스를 마구 퍼부었어. 어느덧 우리는 친구가 되었지. 몇 마디를 나누고 나서 관계를 가졌어. 난 침대에 누워서 그녀가 할 일을 다 하도록 내버려 두었어. 다른 남자였다면 흥분해 날뛰었을 거야. 크리스티나의 몸매는 완벽했고 솜씨도 좋았어. 하지만 내 몸은 아무런 반응을 하지 않았지. 잠시 후 애처로운 장면이 연출되었어. 그녀는 바삐 움직였지만 난 천장을 멀뚱히 쳐다보며 미동도 하지 않았어. 도살장에 끌려온 가축의 모습이었지. 보통 그러다 끝났어. 크리스티나는 미소를 잃지 않았어. '내가 문제인가 봐요.' 그녀가 말했어. 그러고는 누나처럼 나를 꼭 껴안으며 내 옆에 누웠어. '괜찮아요.' 그녀가 내 머리에 연신 키스를 하면서 말했지만 조금 전과는 다른 느낌이었어. 그래서 내가 말했어. 내 병은 그녀의 미모와는 전혀 상관없다고. 그리고 제 역할에 충실하지만 언제나 제대로 된 타이밍을 비껴가는 내 물건의 탓도 아니라고 말이야. 최근에 크리스티나에게 새로운 사실을 하나 털어놓은 적이 있었는데 그게 진전이 있는지 그녀가 물었어…… 난 고개를 저었어. '별일 없었어.' 내가 대답했어. 그녀의 품에 당장이라도 울음이 터질 것 같은 분노가 마음속에 자리하고 있었어. 조용한 방

401

안에서 그녀는 나를 쓰다듬고 다정한 말을 해 주었어. 그리고 잠시 후 그 방을 나왔어. 넨니의 눈을 피해 그녀에게 항상 팁을 두둑이 챙겨 주었어. 넨니가 아는 날에는 절반 이상은 넨니의 주머니로 들어가고 말았을 거야. '언젠가 내 마음이 바뀌면 당신과 사랑에 빠지고 싶어.' 그러자 그녀가 미소를 지으며 말했어. '그건 당신이 결정할 수 있는 게 아니에요.' 그래. 그녀의 말이 맞아. 처음에는 내가 정말로 이상한 병에 걸린 건 아닌지 확인해 보려는 마음에 매음굴에 가 보고 싶었던 거야. 아버지는 내가 그런 곳에 드나드는 것을 분명히 아는 눈치였어. 갔다 온 다음 날이면 소름 끼칠 정도로 자랑스럽게 나를 쳐다봤거든. 아버지들은 이런 집착이 있어. 자식이 여러 여자를 만나 씨를 뿌리고 다니는 걸 보면 든든한가 봐……. 난 열여덟 살 때부터 그곳을 드나들면서 아버지를 안심시키기는 했어. 난 실수로라도 여자를 집에 데려간 적이 없어. 관리인의 아들인 너와 함께 있던 적이 훨씬 많았지. 아버지는 아무것도 묻지 않았어. 하지만 내 머릿속은 복잡했어. 너를 보기만 해도 숨이 멎을 것 같았거든. 처음에는 이러다 말겠지라고 생각했어. 예전에도 여러 번 사랑에 빠져 봤지만 늘 별일 없이 지나갔어. 그런데 너에 대한 감정은 쉬이 사그라들지 않았어. 그래서 널 넨니에게 데려갔던 거야. 내가 매춘부와 살결을 맞댔을 때 질투 어린 네 표정을 기대하며 말이야. 크리스티나에게 말했어. '지금 그가 바로 옆방에 있는데, 어떻게 해야 할지 모르겠어.' 여느 때와 다름없던 그 마지막 날 밤 그녀가 내 위로 올라왔어. 눈을 감고 내 입술에 키스를 했어. 처음 있는 일이었어. 일 분 정도 그랬던 것 같아. 난 그녀를 바라보았어. 내 심장에 맞댄 그녀의 심장이 격렬히 뛰는 게 느껴졌어. 그러나 그녀는 몸을 일으키고 말없이 나를 지

굿이 바라봤어. 그러고는 미소를 지었어. 금방이라도 눈물이 쏟아질 것 같은 얼굴로 말이야. '키스는 거짓말을 하지 않아요.' 그녀가 말했어. 그녀는 자신의 감정을 숨기려고 몸을 일으켰어. 그러고는 화장대가 있는 구석으로 갔어. 별다른 말 없이 가만히 있었어. 심지어 어린아이도 그게 무슨 뜻인지 알았을 거야. 자주 만나다 보니 감정이 생겨 버린 거야. 하지만 무의미한 감정이지. '키스는 거짓말을 하지 않아요.' 신학교로 돌아가는 길에 그녀의 말이 머릿속에서 맴돌았어. 술을 마셔서 그랬나 봐. 평소 같으면 내 입에 총을 쏘는 쪽을 택했을 거야. 하지만 용기를 내 봤어. 우리는 네 방 창가에 도착했고 어느 순간 밀착해 있었지…… 그래서 네게 키스했어. 잠시 후 당혹스러워하는 네 눈빛을 보았고 '이제 내게 욕을 퍼붓겠구나.' 싶었어. 그런데 예상과 달리 넌 웃음을 터뜨렸어. 그러고는 최대한 소리를 내지 않으려고 안간힘을 쓰며 무릎을 꿇고 털썩 주저앉았지."

라니에로는 손님들의 시끌벅적한 소리가 뒤섞인 오케스트라의 선율을 따라 끊임없이 마음을 털어놓았다. 쉼 없이 말을 늘어놓았다. 끼어들 틈이 없었다. 어쩌면 내가 무슨 반응이라도 보이길 기다렸는지 모른다. 하지만 난 망부석처럼 가만있었다. 그래서 그가 계속 말을 이어 갔다.

"넌 내 비밀을 아는 유일한 사람이야." 그가 말했다. "논란거리지, 혈통을 이을 자손이라 생각하면 말이야. 무엇보다 재산 상속 때문에라도 곤란한 상황을 만들어서는 안 되거든. 상속자가 게이라는 게 밝혀지면 스캔들에 그치지 않고 유산 상속에 문제가 생길 거야. 게다가 집안에서는 마테이 영사의 조카인 프란체스카 이야기가 계속 오가고 있어. 어느 일요일, 우리 가족은 그녀를 점심 식사에 초대했어. 그녀는 좋은 사람 같았고 남자들에게 매력을 발산할 줄 아는 여자였어. 하지만 내게는 고문과도 같았어. 난 네 생각뿐이었으니까. 가끔 신학교의 창가에 있던 그때를 상상하면서 손가락을 입술에 대 보곤 해. 다 부질없는 짓이지만. 넌 대뜸 웃음을 터뜨렸지만, 난 그 시도를 해 봤다는 것 자체만으로 뿌듯해. 그 키스로 인해 내 비밀이 드러났지만. 발가벗은 느낌이었어. 그날 아침 교문에서 널 봤을 때 슬펐어. 넌 길을 건너지조차 못했고 내 뒤를 따라와 대화를 시도하지도 않았어. 그게 내게는 어떠한 말보다 확실한 대답이 되었지. 넌 내 피를 들끓게 하는 그 감정을 손톱만큼도 느끼지 않는다는 뜻이었어. 그걸로 끝내야 했어. 너를 잊어야 했어. 그렇다고 크리스티나에게 갈 수도 없었어. 그러면 네가 내게 준 그 고통을 그녀에게 똑같이 주게 되는 거니까. 여름이면 별장으로 내려오는 게 고문이었어. 돌아다니다가 너와 마주칠지 모르니까. 너를 모른 척했던 이유는 너를 좋아하는 감정이 남아 있었기 때문이야. 난 셀 수도 없는 엄청난 재산을 가졌지만 넌 내가 결코 가질 수 없는 것이었어. 네가 원한다면 난 이름도 버릴 수 있어. 그런 와중에 부모님이 나를 들들 볶기 시작했어. '프란체스카 마테이는 단 한 번 지나가는 열차야.' 엄마가 말했어. '그리고 그런 계층의 여자를 뜨뜻미지근하게 대하는 건 보기가 좋지 않구나. 어떤 의미에서는 영사에 대한 예의일 수 있어……' 절도 사건이 있었을 때 안드레아 마리아 마테이는 가장 먼저 체포되었어. 우리 할아버지와 함께. 전쟁 중에 만들어진 그 범죄 조직의 우두머리가 할아버지였거든. 그는 오 년 전 감옥에서 돌아가셨어."

우리는 잠시 동안 말없이 가만히 있었다. 또다시 가슴 아픈 순간이었다. 난 그를 쳐다볼 수조차 없었다. 그보다 최악은 내가 말할 차례라는 걸 알았지만 아무런 말도 할 수 없었다는 것이다. 결국 난 꽤 오랫동안 비어 있던 잔을 들어 올렸다. "두 잔 더 가져올게." 이렇게 중얼거리고 다과가 차려진 테이블로 시선을 던졌다.

단숨에 한 잔을 들이켜고 다시 잔을 채웠다. 땀이 나기 시작했다. 보통은 수술 생각을 하며 아침에 잠에서 깼다. 손을 머뭇거린 적이 없었다. 샴페인을 따르는 데 손목이 떨렸다. 그가 있는 곳으로 다시 가야 한다는 생각을 하니 몸을 홱 돌려 창문으로 뛰어내리고 싶은 심정이었다. 하지만 침착함을 유지하고 마음을 다독이며 옛 친구에게 가려고 돌아섰다. 그러다 손님들을 웃으며 반기다가 안면 마비라도 온 것 같은 코키 씨와 부딪힐 뻔했다. "선생님, 여기서 뵙다니 반갑습니다!" 그가 말했다.

나는 그가 폭포처럼 쏟아 내는 말을 들어야 했다. 계속해서 고개를 끄덕이며 가식적인 표정으로 대답했다. 그는 토스카나 전역에 활기를 되찾아 준 듯이 이야기했지만 수 세기에 걸쳐 내려온 궁전을 파괴하고 호텔을 지은 것뿐이다. 나의 가족과 그곳에서 지낸 세월을 암시하면서 정곡을 찌르는 농담을 던졌다. "예전 형태가 거의 남지 않았네요." 그 순간 그가 이렇게 말했다. "하지만 토대는 그대로 보존했어요. 내 평생을 바쳤어요. 재산은 주인들의 것이 아니에요. 전부 피땀 흘려 거울을 반짝반짝 닦아 놓은 충실한 조력자들의 것이죠." 그러다 내 손에 술잔이 두 개 들려 있는 것을 보았다. "아, 일행이 있으시군요……." 눈으로 주변을 살피면서 중얼거렸다. 한때 이곳의 주인이었던 라니에로가 있는 곳을 눈짓으로 가리키며 "친구예요."라고 대답했다. 코키 씨는 고개를 끄덕였고 음흉한 눈으로 나를 유심히 훑었다. "그러면 즐거운 시간 보내세요."라고 말하며 대화를 마무리 지었다. 나는 의례적인 인

사를 했다. 그러고는 그가 다시 파티로 돌아가길 기다렸다. 그제
야 나는 구석으로 돌아가려고 몸을 돌렸다. 그런데 라니에로는 어
디론가 가고 없었다.

눈을 감으면 벨 솔레의 개업식 날, 한때 아미코 프리츠의 모
험에 대해 상상하면서 즐겁게 뛰놀던 넓은 거실의 아수라장 속에
서 길을 잃은 내 모습이 떠오른다. 지금 생각해 보면 그를 실제로
만나기는 했던 건지 의문이 든다. 그는 오 년 전 꾸었던 생생한 꿈
의 한 장면으로 기억된다. 눈 깜짝할 사이에 난 다시 병원에 와 있
었다. 네온 불빛 가득한 차가운 고독 속으로.

문밖에는 어렸을 때 간절히 바랐던 간판이 붙어 있다. "의사
M. 팔라체시 — 외과 과장". 많은 사람들이 문을 두드렸다. 그들
은 모자를 손에 쥐고 생기 없는 눈빛을 하고선 사무실로 들어왔
다. 앉지도 않고 배를 쑥 내밀고는 책상 앞에 서 있었다. 늘 똑같은
말을 반복했다. "간곡히 부탁드려요. 선생님이 마지막 남은 희망
이에요……."

몇 년 전, 누군가의 마지막 희망이 된다는 건 권력을 위임받
은 것이라는 생각이 들었다. 그 당시 난 거만했고 수술 결과가 좋
지 않으면 냉정하게 환자에게 사망 선고를 하고 병원 아래층에 있
는 카페로 내려가 커피 한 잔을 마셨다. 그러다 사건이 터졌다. 하
루아침에 벌어진 것은 아니지만. 조금씩 일어나고 있었던 일이었
다. 그런 조짐을 보이던 초반에는 우울증일 거라고는 상상도 못
했다. 증상이 나타나고서야 알았다. 마음이 아팠다. 고통스러웠고
불안에 떨며 암흑 속에 있는 것 같았다. 들어가면 다시는 돌아올
수 없는 길의 입구에 서 있었다. 이따금씩 뭔가가 찾아왔고 그 맨

앞에 내가 서 있었다. 거대한 입 앞에 있는 것 같았다. 난 괴로워하는 하루살이처럼 보잘것없는 존재가 되어 있었고 세상은 거대한 폭발을 겪은 뒤 망각 속으로 빠져들고 있었다.

어느 날 사만타가 왔다. 이미 우울증이 심해진 상태였지만 그 아이의 눈은 아직 한 줄기 빛이 남아 있는 내 마음 깊숙한 곳을 요동치게 만들었다. 수술 후에 심지어 난 성인으로 칭송받으며 신문에 실렸다. 각지에서 전화가 빗발치기 시작했다. 많은 사람들이 내게 진찰을 받으려고 거짓 서류를 꾸몄다. 심장 조직이 퇴화되면서 사만타가 슬픈 운명을 피해 가지 못할 걸 알고 있었다. 그건 시간문제였다. 그제야 모든 것의 의미를 깨닫게 되었다. 내 일은 생명을 살리는 것이 아니었다. 불가항력을 지연시키는 것이다. 며칠, 몇 시간을 선물했다. 이뿐이었다. 나는 그래도 시도를 해 볼 수 있는 특권을 부여받았지만 죽음의 문턱에 놓인 영혼들의 시간을 조금 더 끌 뿐이었다. 육체가 노화되는 것은 막을 수 없었다. 출생과 죽음. 그런데 왜 이렇게 힘든 걸까? 이 질문에 대한 대답이 내 목을 조였고 어린 사만타가 내게 대답을 해 주었다. 투병 중임에도 불구하고 그녀는 육 주 동안 그녀의 가족과 행복한 시간을 보냈다. 사랑받고 보살핌을 받았다. 응급 수술이 끝나고 그 아이의 얼굴을 흰 천으로 덮어 주었을 때 그녀의 엄마가 팔로 내 목덜미를 감쌌다. "고맙습니다." 그녀가 사원의 돌에 입맞춤을 하듯이 내게 키스하면서 말했다. 그리고 난 빈집으로 돌아갔다. 늘 그렇듯이 1인분 밥상을 차렸다. 적막했다. 관중 하나 없는 대형 콘서트장 같았다. 나의 호흡은 동전처럼 딸그랑 소리를 내면서 바닥으로 곤두박질쳤다. 어느 누구와도 공유할 수 없었으니까.

병실 비상벨이 울렸다. 복도에서 간호사들의 다급한 발소리가 들렸다. 나는 붉은빛을 보며 기다리고 있었다. 일 분이 지났지만 응급 상황은 계속되었다. 그리고 다시 발소리가 들렸다. 문이 덜컥 열렸다. 마르키였다. 불안한 모습이 역력했다. 얼이 빠진 채 문지방에 서 있었다. 숨조차 제대로 쉬지 못했다. "진정해요." 내가 단호한 목소리로 말했고 그녀는 고개를 끄덕였다. "믿을 수 없는 일이 있어났어요." 마침내 그녀가 침을 꿀꺽 삼키고 떨리는 목소리로 말했다. "308호 환자가 방금 깨어났어요……."

엘레오노라 보르기
실종자

눈을 뜨니 난 침대에 누워 있었고 심장이 쿵쾅쿵쾅 뛰었다. 머릿속에서 끼익 하는 급정거 소리가 들렸다. 어둠 속에 자동차 전조등 불빛이 보였다. 그리고 심연에 떨어지는 것처럼 오랫동안 붕 떠 있는 느낌이 들었다. 한동안 사라지지 않는 찝찝한 기분이었다. 그러다 마침내 사라졌다. 눈이 차차 어둠에 익숙해졌다. 이불을 칭칭 감고 있는 내가 보였다. 폭풍으로 겉창이 흔들렸다. 최근 꿈속에서 들었던 그 사고 소리 같았다. 옆으로 손을 뻗었다. 그는 없었다.

옆방에는 불빛은 물론 어떠한 움직임도 없었다. 사무엘레는 매일같이 이 말을 반복한다. "내가 집에 없을 때 집 안에서 인기척이 느껴져서는 안 돼." 내가 가장 싫어하는 순간이다. 유령처럼 살아야 하니까. 적막 속에 숨죽이고 있어야 한다. 기침을 해서도 안 된다. 그런 순간은 끝도 없이 이어졌다.

『오만과 편견』에는 빙리가 떠난다는 소식을 접한 제인의 모습이 나온다. 제인은 마음속으로 삭일 뿐이었다. 많이 웃고 또 괴로워하며 시간을 보낸다. 고통을 안고 꿋꿋이 살아간다. 십 년 전이 부분을 읽고 마음이 찢어지는 줄 알았다. 방 안에 박혀서 그런 용기를 내 보려고 안간힘을 썼다. 베넷은 사랑하는 연인을 잃을지도 모르는 상황에 처해 있었다. 그녀의 사연에 비하면 내 이야기는 별것 아니었다. 슬픔을 견뎌야 하지만 결국 세상을 잃을 정도는 아니었다. 난 그저 탈출구 하나 없는 마렘마 외곽의 어딘가에 버려진 평범한 아이었다. 이 세상에는 어쩔 수 없이 고된 인생을 견뎌야 하는 강인한 여자들이 있다는 생각을 하는 것만으로도 좋았다. 그 여자들은 몇 주 내내 창가에 앉아서 고통을 참으며 자수를 놓는다. 그리고 죽음을 택하지 않았다. '그래 나도 할 수 있을 거야.' 마음속으로 다짐했다.

멈춰 버린 이 집에서 홀로 보내는 시간이 나를 시험에 들게 했다. 적당한 때를 기다렸다가 이곳을 영영 떠나야 한다고 사무엘레가 말했다. 그는 정말로 그럴 생각이었고, 눈빛이 그렇게 말하고 있었다. 나는 그의 눈에 빨려 들어갔다. 그 전날 그의 존재를 소문으로 들었다. 그리고 다음 날 그를 보고 나서 난 새로운 사람이 되었다. 『오만과 편견』에는 엘리자베스가 다시와 사랑에 빠지는 아름다운 장면이 있다. 오랜 고심 끝에 가면을 벗은 그는 엘리자베스에게 여동생 조지아나를 소개한다. 그리고 다시는 그녀에게 돌진한다. 사무엘레가 가게 문을 열고 들어왔던 그날 오후 이와 똑같은 울림이 있었다. 갑자기 피가 거꾸로 솟구치기 시작했다.

마리오는 일찌감치 눈치챘지만 아무 말도 하지 않았다. 그가 가게로 들어오는 게 보이면 자신이 계산대를 차지하고 내게는 다른 일을 시켰다. 그 아이의 얼굴을 보면 심장이 마구 뛰고 말도 제대로 못 하는 그야말로 바보가 되기 때문에 마리오가 고마운 동시에 미웠다. 긴장이 되더라도 그의 시선을 받고 싶었다. 나와 같은 눈빛을 가지고 있다는 걸 직감했다. 그 눈빛은 사무엘레에 관한 모든 것을 말해 주는 것 같았다. 같은 공간에서 서로를 바라보는 것만으로도 감정이 소용돌이쳤다. 서로에게 인사조차 건네지 않았지만 공기 중에는 번쩍번쩍 불꽃이 가득했다.

보리안이 메초 길에 왔던 그날 저녁 폭풍이 몰아쳤다. 나는 그가 변화를 눈치채지 못하기를 바라면서 고개를 푹 숙이고 그를 따라갔다. 제인 베넷이 그랬던 것처럼 아무 일 없다는 듯 그에게 미소를 지었다. 나를 흘끔 보는 그의 시선 때문에 마음이 불편했다. 잠시 후 그는 한쪽에 담배를 던져 버리고는 말없이 고개를 숙인 채 걸어갔다.

이게 다 아빠 탓이다. 마렘마는 나를 소유물로 착각하는 그런 종류의 사람들을 만들어 냈다. "질투하는 거야." 엄마가 이렇게 말했던 기억이 있다. "너를 끔찍이 생각한다는 걸 표현하는 아빠의 방식이야." 이렇게 말할 때 엄마는 마지막 기차를 절실히 기다리는 사람 같다. 잠시 후 엄마의 얼굴이 창백해졌다. 아빠가 방에 들어왔기 때문이다.

아빠는 늘 우울한 표정을 지었고 웃고 있어도 어딘가 심기가 불편해 보였다. 어릴 적 나는 빈혈 때문에 무기력증을 호소한 적이 종종 있었고 아빠는 이를 핑계 삼아 나를 데리러 학교에 오곤 했다. 그는 사방을 경계했고 아빠의 그런 행동은 소총을 발사하는 것과도 같았다. 순식간에 내 주변은 횡해졌다. 남자가 다가와 내게 말을 걸기라도 하면 저녁 먹는 내내 귀를 닫고 침묵을 지키는 아빠의 부루퉁한 얼굴을 감당해야 했다. 마치 시체와 한 집에 사는 것 같다.

시간이 갈수록 더욱 심해졌다. 반 친구들이 이야기하는 텔레비전 프로그램도 볼 수 없었다. 소풍만 하더라도 내 신청서는 백지였다. 어느 날 자물쇠가 달린 비밀 일기장이 필요하다고 말했다. 식사 분위기는 무겁게 가라앉았다. "이 집을 나가게 되면 그때 비밀을 갖든지 해라." 아빠가 냅킨을 구겨서 바닥에 던지며 못마땅하다는 듯 중얼거렸다. 그러고는 의자를 밀치며 일어나 가 버렸다. 의자에서 도살당하는 당나귀 소리가 났다.

아빠를 좋아할 이유는 단 하나도 없었다. 그럴 때면 엄마와 난 살얼음 위를 걷는 것 같은 나날을 보냈다. 엄마도 이루 말할 수 없는 고통을 겪었다. 엄마는 남편이 언제 어떻게 나타나 뒤를 쫓아올지 모른다는 듯이 고개를 푹 숙이고 간신히 소리 내어 사람들에게 인사하며 장을 보러 갔다. "소문나기 마련이야." 얼간이 같은 아빠가 종종 이렇게 투덜거렸다. "리볼라는 물웅덩이야. 그 안에서 움직이는 사람들은 모두 내 손바닥 안이야." 이렇게 말하고는 주먹을 움켜쥐었다. 하지만 걱정할 만한 일은 일어나지 않았다. 집 안에서는 손찌검은커녕 욕 한마디 하지 않았다. 아빠는 스트레스를 분출하지 않았다. 분노로 변한 그 스트레스를 산에 가서 터트렸다. 반면에 나는 베개에 얼굴을 묻고 소리를 지르는 게 다였다.

스페치아에서 외삼촌들이 왔던 의무 축일에도 즐겁지 않았다. 엄마는 동생들을 집에 초대할 생각에 일주일 내내 들뜬 마음을 감추지 못했다. 아빠는 초로 변신했고 연신 담배에 불을 붙이기 바빴다. 아빠는 성 스테파노 축일에도 재고 정리를 해야 한다는 핑계로 철물점 문을 열었다. 예의상 대화를 주고받아야 할 의

무에서 벗어나 자리를 피할 수 있는 좋은 구실이었다. 조반니 삼촌은 건설 회사를 운영하며 많은 돈을 벌었다. 아빠가 병에 걸린 듯 괴로워하는 게 바로 그 때문이었다. 삼촌 집 앞에 세워 놓은 자동차가 이 년마다 바뀌는 걸 바라보는 아빠의 태도를 보면 알 수 있다. 삼촌이 초대에 대한 감사의 의미로 맛있는 것이 가득 담긴 바구니를 선물했을 때 아빠는 어색한 미소를 지었다. 그리고 난 크리스마스 선물로 100유로짜리 지폐가 든 봉투를 받았다. 저녁에 아빠가 내 방에 들어와 그 돈을 가져갔다. "이런 건 저축해야 해." 아빠가 말했다. "대학 등록금이 한두 푼이 아니잖아."

베넷 자매들의 이야기는 이제 지겨울 만큼 훤히 꿰고 있었고 무의미한 것들이 넘쳐 나는 손바닥만 한 곳에서 자유를 느끼게 해 주는 도피처였다. 교실에 진짜 화장품이 나돌기 시작한 고등학교 2학년 때는 매일이 고난의 연속이었다. 화장실에서 반 친구들의 데이트 이야기를 엿들었다. 처음 사귄 남자 친구와 어떻게 손을 잡는지에 관한 이야기였다. 할머니 스웨터 같은 옷을 입고 쥐도 쫓아 버릴 가냘픈 목소리로 인사하는 나와는 완전히 동떨어진 이야기였다. 지구가 나를 버리고 멀어져 가는 느낌이었다. 집 밖을 나가면 엘리자베스에게 캐서린 부인이 마련한 식사 자리에 어울리는 옷차림을 하고 가라고 에둘러서 말하던 콜린스 씨의 거만한 목소리가 귓전에 들리는 것만 같았다.

하지만 내 미모는 뛰어났다. 가끔 샤워를 마치고 전신 거울에 비친 몸을 어루만질 때가 있다. 열쇠 구멍을 가리려고 늘 손잡이에 수건을 걸어 두었다. 한 손으로 세면대 가장자리를 짚고 서서 거울을 보면서 하는 걸 좋아했다. 눈 밑에는 다크서클이 생기고 입이 자연스레 벌어졌다. 두 손가락을 밀어 넣었다. 한편으로는 쾌감이 들고, 다른 한편으로는 뭔가 다칠까 봐 조심스러워 심장이 격렬히 뛰었다. 그때 노크 소리가 들렸고, 그럴 때면 가위질을 하다 놀란 듯 손가락을 잘못 밀어 넣는다. "아직이니?" 문밖에서 아빠가 소리를 쳤다. "이 집에서 씻으려면 순번을 정해야 하니?"

나는 나와 비슷하게 불행하지만, 못생기고 뚱뚱한 발레리아와 함께 학교생활을 했다. 그녀는 멋진 성(姓)을 가졌다. 아모레.* 어렸을 때 레비아 할머니의 상자에서 발견한 책이 내 비밀이라면 그녀의 비밀은 말이 있다는 것이다. 그녀는 말과 함께 자랐고 늘 앵클부츠를 신고 다녔다. 부츠의 굽을 보면 이른 아침에 진흙을 밟았는지 아닌지 알 수 있었다. 발레리아는 그 정신 나간 말 셰리포 이야기를 자주 했다. 하지만 그녀가 가장 좋아하는 말은 자신과 나이가 같은 카모밀라였다. 아무나 가족 마구간에 들어와 올라타도 가만히 있는 온순한 말이었다. 이런 생각에 절로 미소가 지어졌다. "아모레 마구간".** 그녀에게 이렇게 말할 때도 있었다. "마법 같아. 사랑을 다스리다!" 그러면 그녀의 신기한 눈이 반짝반짝 빛났다. 한쪽 눈은 초록색이고 다른 한쪽 눈은 파란색이다. 게다가 오른쪽 눈은 이의 요정처럼 약간 사시였다. 사람들마다 각기 다른 매력이 있지만 발레리아는 특히나 그랬다.

우리는 관객일 뿐이었다. 우리는 고학년 사내아이들이 오토바이와 스쿠터로 기괴한 짓을 하고 있는 교문 앞에 있었다. 5학년 아이들 중에는 차를 가진 애들도 있었다. 그들은 음악을 크게 틀고 메다 골목을 지나갔다. 다른 아이들이 애인을 사귀는 걸 보았

* '사랑'이라는 뜻.
** 이탈리아어 마구간(maneggio)은 '다루다, 다스리다'라는 뜻의 동사 meneggiare의 1인칭 단수 형태와 동일하다.

다. 우리는 레크리에이션 시간에 화장실에 가서 담배를 피우는 부류의 학생이 아니었다. 사람들이 잘 다니지 않는 체육관 계단에 앉아서 대화를 나누었다. 리볼라와 알비니아에서의 삶은 똑같아 보였다. 그런데 나와는 달리 그녀의 가족은 깨끗한 공기를 마시며 살았다. 반면에 나는 5시를 알리는 종소리가 들리면 가슴이 콱 막히는 것 같았다.

수업 마지막 날에는 둘만의 시간을 보냈다. 여름이 오면 편지나 전화 통화로 연락을 주고받았을 테지만, 이번 시험만 끝나면 다른 아이들이 차지하고 남은 책상에 함께 앉아야 하는 새 학기는 더 이상 없었다. 우리는 몇 마디 말을 주고받으며 걷기만 했다. 그 시간에 한 번도 나와 본 적 없는 시내에서 상점들을 구경했다. 처음으로 늘 똑같은 일상에서 벗어나 온전히 우리의 삶을 즐기는 황홀함을 느끼며 서로에게 조금 슬픈 선물을 했다. 우리도 지극히 평범한 사람이라는 것을 깨닫게 되었다. 하지만 웃어넘겼다.

난 눈이 빨갛게 충혈되어 집에 돌아왔다. 엄마는 걱정이 되어 내 이마를 짚어 보고 열이 있는지 확인했다. 반면에 아빠는 식탁을 두 번 툭툭 쳤다. "애송이들끼리의 시간은 끝났니?" 아빠가 투덜거렸다. 난 그저 쳐다보기만 했다. 그 순간 아빠가 고개를 들었고 무슨 일이 일어났다는 것을 금방 알아차렸다. 인생에 대한 분노가 그 눈빛에 가득 들어 있었다. 아빠는 심지어 고개를 홱 돌렸다. 처음으로 나한테 단단히 화가 난 모양이었다. 그러다 몇 마디를 중얼거리고는 다시 고개를 숙이고 수프를 먹기 시작했다.

악천후 속 어스름한 불빛 속에서 교수형 당한 사람처럼 내 머리 위에서 흔들리는 샹들리에가 보였다. 레 카세는 매번 1센티씩 가라앉는 것 같았고 사무엘레는 아직 돌아오지 않았다. 보통은 몇 분 뒤면, 몇 주 전 내가 가게에서 숨넘어갈 듯이 건네주었던 물건이 담긴 봉지를 들고 집에 들어오는 소리가 들린다. 골목의 어느 건물 난간 아래서 비가 그치기를 기다리고 있는지도 모른다는 생각이 들었다. 번개가 쉴 새 없이 번쩍였다. 그리고 창문 틈으로 스며들어 와 이따금씩 방 안을 환하게 비추었다. 그럴 때마다 방 안에 드리운 그림자의 모양이 바뀌었다. 나는 협탁으로 손을 뻗어 전등 스위치를 눌렀다. 마지막 번개 소리에 몸이 움츠러들며 그대로 얼어붙었다.

대학에 입학하기 전, 며칠간 지속됐던 그때의 폭풍우와 거의 비슷했다. 시에나에 거처를 구하는 것은 꿈도 못 꾸면서 괴로웠던 여름이 지났고, 낮 동안만이라도 집에서 떨어져 있게 해 주는 버스에 오르면 다시 태어난 기분이었다. 엄마는 큰 소리까지 내 가며 내게 휴대폰을 사 주겠다고 고집을 피우셨고 처음에는 평범한 여자아이가 된 것 같아 기분이 좋았다. 하지만 얼마 못 가 그게 또 다른 고문의 시작이라는 것을 깨달았다. 아빠는 틈만 나면 전화해서 필요한 게 없는지 물었다. 차분한 목소리로 경찰이 심문하듯 질문을 던졌다. "말소리가 들리는구나." 그가 말했다. "수업 중에 이런 잡담을 하는 게냐?" 또는 이렇게. "날씨가 어떠니, 비가 오니, 해가 쨍쨍하니?" 짜증이 났다. 그 의도가 무엇인지 잘 알았고 일기 예보를 보고 있을 아빠의 모습이 그려졌기 때문이다. 아빠는 파니노 하나가 3000리라라도 되는 거냐며 경악하면서 내 용돈을 세 보았다. 아빠의 눈빛이 달라졌고, 뭐 하나 그냥 넘어가는 일이 없었다. 결국 농담처럼 한마디를 던졌다. "영수증을 확인해야겠구나?" 난 이미 지칠 대로 지쳐 집에 돌아왔기 때문에 대답조차 하지 않았다. 버스가 삼십 분이나 늦게 도착해서 아빠는 골이 난 상태였다. 사실은 늘 그런 모습이지만.

참으로 지독한 인생이다. 아빠는 불빛 한 점 없는 이른 아침에 일어난다. 나는 겨울철이면 날이 어둑어둑할 때 집으로 돌아왔다. 순식간에 저녁 식사를 해치우고 잠자리에 들었다. 가끔은 잠깐 눈을 감았다 뜬 것 같은데 어느새 내 방 문을 두드리며 나를 깨우는 엄마의 잔소리가 다시 시작되었다. 나는 시에나에서 팔랑개비처럼 돌아다녔고 학생들을 유혹하는 사소한 놀거리에는 관심이 없었다. 이동하는 두 시간 동안 굽잇길을 돌 때 멀미가 나는 것을 감수하고 노트 필기를 옮겨 적었다. 수업이 끝나면 집에 돌아와 내 방에서 잠을 잤기 때문에 아빠는 그나마 안심할 수 있었다. 나는 정신적으로 힘들었지만.

하마터면 정말로 정신 건강에 문제가 생길 뻔했다. 모든 의욕이 사라져 버릴 정도로 심각했다. 아빠는 세상을 두려워했고 소중한 사람들에게 심한 집착을 보였다. 지역 뉴스를 시청했고 강도 사건을 보고 나면 곧바로 공포에 휩싸여 술을 마셨다. 밤에는 독한 술 반병 정도를 마시지 않고는 쉽사리 잠을 이루지 못했다. 엄마의 걱정이 이만저만이 아니었다. 시간이 갈수록 피폐해져가는 남편의 눈을 보았다. 의미 없는 경계심이 그를 지치게 했고 시도 때도 없이 심장이 뛰다가 얼마 지나면 안정을 찾았다. 아빠는 진이 다 빠질 때까지 끔찍한 순간을 보냈다. 마음속에서는 자신이 모든 것을 통제해야 한다는 고문이 시작되었다. 이제는 꼬리에 꼬리를 물고 다른 불안증이 생겨났다. 내가 장을 보러 나갔을 때, 마을의 중심 도로에 구급차가 지나가기라도 하면 아빠는 곧장 차를 몰고 뒤쫓아 간다. 그 구급차가 나와는 상관없다는 것을 직접 눈으로 확인해야 직성이 풀렸다.

"아빠에게 말대꾸하지 마라." 엄마가 말했다. "아빠는 연세가 있어서 화가 쌓이면 심장에 그것이 온단다." '그것'. 아빠를 늘 바짝 경계하게 만드는 심계항진을 그것이라 표현했다. 나는 엄마의 얼굴을 쳐다보았고 냉정하게 말했다. "아빠가 정상적인 사람이 되고 싶으면 견뎌 내야 해요." 당연한 소리라는 듯이 엄마는 미소를 지었다. 그러고는 고개를 끄덕였다.

공포는 그를 더욱 증오에 불타게 만들었고 우리를 막다른 골목으로 내몰았다. 통화하면서 아빠를 안심시키려고 하는 내 모습이 지독히도 역겨웠다. 절절하고 애처롭게 관심을 애원하는 모습을 뿌리칠 수 없어 내가 아닌 내가 되었다. 말투도 특이했다. 옷도 스무 살 때까지 아빠의 취향에 맞춰 입었다. 예전에는 과묵하게 비난만 하던 아빠가 가엾은 사람이 되었다. 미칠 노릇이었다. 나는 그런 아빠를 감싸기 공격하곤 했다. 그래도 상처받은 건 나였다.

금요일에 일이 터지고 말았다. 보통 금요일은 수업이 있는 날이고 내 머리칼을 곤두세우는 전화 통화나 버스에서 쓸데없는 시간 낭비 없이 평온하게 오후를 보내곤 했다. 엄마는 텔레비전을 보다가 소파에서 곯아떨어졌다. 아빠는 만사태평한 여자들이 나오는 그런 채널을 탐탁지 않게 여겼다. 동네 사람들에게 볼트와 코펄*을

* 천연수지의 하나로 칠감, 종이의 풀 먹이는 재료, 인쇄 잉크를 만드는 데 쓴다.

팔며 살아가는 자신이 낫다고 생각하나 보다⋯⋯. 난 침대에 누웠다. 눕자마자 약간 산만하지만 본능적인 동작을 취했다. 팔을 들어 올려 위쪽 선반을 훑었다. 잠시 후 아무것도 찾지 못하고 헛되이 손만 휘젓고 있다는 것을 깨달았다. 한숨을 내쉬고 몸을 일으켰다.

저녁 식사 삼십 분쯤 전에 내가 종종 하는 행동이다. 『오만과 편견』을 집어 들고 무작위로 페이지를 펼쳤다. 가장 먼저 눈에 띄는 단락에 멈추고 빠져든다. 그런 다음 책을 내려놓고 눈을 감은 다음 머릿속으로 장면을 상상한다. 책을 덮고도 이야기를 이어 나갈 수 있다. 막히지 않고 술술 이어지면 잠에 취해, 한편에선 내 목소리와 생각의 소리가 들리고 한편에선 주인공들, 빛, 심지어 냄새까지도 느껴지는 장면이 펼쳐진다. 이야기를 이어 가다 막히면 책을 들고 살짝 엿본다. 오래전부터 밤마다 온 힘을 다해 마렘마에서 도망쳐 베넷이 있는 하트퍼드셔로 날아가 잠을 청하는 좋은 방법이었다.

책이 없어졌다. 옷장까지 구석구석을 다 찾아보았다. 어린 시절을 함께한 책이었다. 숨이 막혔다. 허둥지둥 거실로 뛰쳐나갔고 엄마가 놀라서 슬리퍼 한쪽을 내동댕이치며 벌떡 일어났다. "누구야!" 엄마는 충동적으로 이렇게 말했고 눈앞에 있는 나를 발견했다. 당연히 안색이 말이 아니었다.

머리 위로 이상한 그림자가 느껴졌지만 그 순간 온 힘을 다해 떨쳐 내려 했다. 순간적으로 끔찍한 의심을 품었던 엄마의 눈에도 당황한 기색이 역력했다. 그러다 엄마는 나와 함께 닥치는 대로 서랍을 샅샅이 뒤지기 시작했다.

아빠는 평소와 같은 시간에 돌아왔다. 소파에 앉아 있는 우리를 보았다. 나는 넋이 나가 멍하니 앉아 있었다. 내 무릎 위에는 구겨진 휴지 조각이 여러 개 있었다. 아빠는 등 뒤로 문을 닫았지만 앞으로 다가오지 않았다. 작업 가방을 현관에 두고 서서 우리를 유심히 바라보았다. "누가 죽기라도 했어." 그러다 이렇게 내뱉었다. 나는 꺼진 텔레비전 화면에 비친 아빠를 뚫어져라 쳐다보았다.

엄마는 입을 열지 않았다. 손이 떨렸지만 계속해서 내 머리를 쓰다듬어 주었다. 나는 코를 풀었다. 그리고 돌아보지 않고 말했다. "내 책 어디 있어요?" 숨소리와 까마귀 소리같이 허스키한 소리의 중간 정도 되는 이상한 목소리가 튀어나왔다.

아빠는 콧방귀를 뀌었다. 심지어 능글맞게 웃기까지 했다. "뭐라고?" "내 책." 그제야 난 아빠 쪽으로 고개를 돌렸다. 아빠는 한 발짝 뒤로 물러나는 것 같았지만 일관된 태도를 유지했고 발걸음을 옮겨 다가왔다. "오늘은 날이 아니야. 말할 기분이 아니야……."

나는 발을 동동 굴렀다. 그리고 오랫동안 속에 품고 있던 분노를 아빠의 면전에 대고 쏟아 냈다. 한마디 한마디를 내뱉을 때마다 목청이 찢어질 듯했다. "내! 책! 어디! 있냐고요!"

엄마는 진즉에 울음을 터트렸다. 비명 소리에 얇은 유리 진열장이 떨렸다. 아빠는 눈이 휘둥그레져서 몇 걸음 떨어졌다. 이런 내 모습을 처음 보았고 나도 어쩔 수 없었다. 몇 년간 막아 놓은 댐을 허물고 말았다. 이제 분노가 강이 되어 흘러넘쳤다.

분노가 폭발하는 와중에도 아빠는 침착한 태도를 유지하려 애썼다. 심지어 화가 나 보였다. "아, 그거." 아빠는 대충 말을 얼버무렸다. "며칠 전에 내가 가져갔어. 궁금해서 한번 읽어 봤어. 남편감을 찾는 여자들 이야기……. 벌써 몇 년째 그 책에 빠져 사는 거니." 아빠가 언성을 높였다. "어쨌든 다시는 그런 말투로 대들지 마라."

아빠의 말이 들리지 않을 정도로 주먹을 꽉 쥐었다. "어디 있어요." 내가 말했다. 증오에 찬 눈빛으로 아빠를 쳐다보았다.

아빠는 아랑곳하지 않았지만 시간이 갈수록 움츠러드는 모습이었다. 도움을 청하듯이 엄마를 흘끗 보았다. 그러고는 마른침을 삼키고 미소를 지었다. "내 얘기 좀 들어 보렴……."

"어디 있냐고요." 내가 다시 한 번 말했다. 그리고 차분하게 심호흡을 하고 말했다. "부탁이에요."

갈 곳을 잃은 아빠의 눈을 보자 돌풍에 휩쓸려 갈 것만 같았다. 인정하는 것보다 더 잔인한 대답이었다. 난 손으로 입을 가렸다. "버렸군요." 손가락 사이로 천천히 말을 뱉었다.

대답은 필요 없었다. 별안간 뭔가가 완전히 박살 나 버린 것 같았다. 나는 팔을 아래로 떨구었다. 아빠가 다가와 어색하게 안아 주었다. "미안하다." 아빠가 울먹거렸다. "난 병이 들었어. 의사들도 그렇다고 하더구나. 너를 사랑해서 그랬단다……." 아빠는 잠시 동안 나를 안고 있었고 난 가만있었다. 바짝 붙어 있었지만 다른 행성에 있는 것 같았다. "가끔 발작이 온단다." 아빠가 이렇게 말했다. "정말 괴로워. 뭔가가 나를……."

"제가 나빴어요." 그의 말을 끊고 내가 말했다. 어느 순간 평온을 되찾았다.

아빠가 고개를 들었다. 서로의 얼굴이 닿을 정도로 가까이 있었다. 아빠를 빤히 쳐다보았다. 그리고 말했다. "이런 빌어먹을 개같은."

아빠는 당황한 눈빛으로 나를 보았다. "얘야, 무슨 말을 하거니⋯⋯." 아빠가 중얼거렸고 변화가 느껴졌다. 공황이 시작됐다는 걸 즉각 알아차렸다.

나는 기계처럼 이름을 줄줄이 말하기 시작했다. 예를 들면, 야채 가게를 하는 알피오. 그와 오랫동안 관계를 가졌다고 말했다. 또는 초등학교 때부터 나를 쫓아다니던 루티의 아들 알레산드로. 막사 쓰레기장 뒤에서 주기적으로 만남을 가졌다. 그리고 몬테마시로 향하는 길목에 살던 살바토레. 그는 면허증을 따고 난 뒤 나와 교제를 했고 그의 나이는 스물다섯이었다. 그가 나이 들어 가는 동안 나는 고등학교를 졸업했다. 많은 남자들과 닥치는 대로 관계를 맺었다. 오르베텔로의 다리오. 그로세토의 산드로. 그리고 팔미, 피에랄리지⋯ 사르데냐 남부에서 온 쿠카. 나보다 키는 작았지만 그곳은 상당히 컸다. 심지어 보기만 해도 지루한 체리의 이름도 언급했다.

아빠는 숨을 거칠게 쉬며 주저앉다시피 했다. "마달레나, 약 좀 줘요." 아빠가 엄마를 향해 손을 뻗으며 쉭쉭 소리를 냈다. 하지만 엄마는 앉아서 창밖을 쳐다보았다. "마달레나, 도와줘요, 몸이 안 좋아요⋯⋯." 나는 아빠를 지나쳐 내 방으로 갔다.

거실에서 아빠가 소리를 지르는 동안 급히 가방을 챙겼다. 다시 거실에 나와서도 아빠에게 눈길 한번 주지 않았다. 문을 홱 열고 밖으로 나갔다.

며칠 동안은 거뜬히 걸을 수 있을 것 같았다. 물 한 모금 마시지 않아도 온 동네를 돌아다닐 만큼 기운이 넘쳤다. 집에서 멀어질수록 새로 태어나는 기분이었다. 내 안에 분노와 희열이 느껴졌고 무엇이든 할 수 있을 것 같았다. 내 안의 다른 세상으로 들어가기 위해 안개 속을 지나듯이 성큼성큼 걸음을 내딛었다. 그곳은 바로, 선반 위 거미줄 사이에서 수천 년 동안 잠자고 있는 나의 책 속이었다. 방금 백지의 상단 정중앙에 두 글자를 적었다. '1장'.

　　나는 남자들과의 잠자리를 즐긴다고 티 내고 다니길 좋아했다. 가엾은 아버지의 강박에 갇혀서 스무 살이 되었어도 첫 키스조차 못 해 봤다. 정확히 말하면, 괜한 집안 문제를 만들지 않으려고 사춘기의 아름다운 욕구를 억눌렀다. 일기장에 사랑 이야기 한 줄 쓰지 않았고 사랑에 빠지는 것을 저주로 여기며 시들어 버리게 두었다. 내 허풍 중에 산드로는 정말로 존재했지만 그의 이름을 언급한 적은 단 한 번도 없다. 심지어 발레리아에게도 말한 적 없었다. 발레리아는 매주 다른 남자와 사랑에 빠져서 우니 포스카 사인펜으로 수백만 개의 핑크색 하트를 그려 댔다. 가끔 내게 이렇게 묻기도 했다. "넌 좋아하는 사람 없어?" 나는 고개를 숙였다. 그리고 말했다. "그런다고 달라질 건 없어."

　　아빠를 주저앉게 만든 건 좋았다. 조용히 삼켰던 사람들의 이름을 언급하면서 상스러운 말들을 내뱉었다. 그 이름들은 내게 거절당한 남자들이고 마음 깊숙이 가둬 둔 사랑이었다. 활활 타오르는 불꽃을 억지로 꺼뜨린 것과 마찬가지였다. 내 안에는 죽은 사람들이 가득했다. 아빠의 심기를 건드리지 않으려고 첫 키스와 고백은 애초에 그 싹을 잘라 버렸다. 내 마음속 어딘가에는 사랑이 결핍된 유령들로 들끓는 유령의 집이 존재한다. 체리는 아니었다. 어쩌다 그 안에 끼어 들어갔는데 거들떠보고 싶지도 않은 아이다.

　　나는 지금 주머니에 돈 한 푼 없이 뼛속까지 아리는 추위에 몸을 움츠리고 비오는 광산 길을 걷고 있다. 리볼라는 이미 등 뒤로 멀어졌다. 좋은 출발인 것 같았다. 옆을 지나치는 자동차가 일으킨 물보라로 몸이 흠뻑 젖었다. 자동차 한 대가 옆에 멈춰 선 것이 느껴졌지만 무시하고 계속 걸었다. 그러다 경적 소리가 들려서 돌아보았고 막다른 길에 몰린 짐승이 할 수 있는 일이라곤 으르렁대는 것뿐이었다.

아빠는 아니었다. 측면의 반 정도가 진흙에 덮인 흰색 승합차였다. 그 차에는 처음 보는 남자가 있었다. 창문을 내리려고 손잡이를 분주하게 돌리며 내 쪽으로 차를 바짝 붙였다. 그러고는 몸을 쭉 내밀고 말했다. "비가 많이 오네요. 집까지 태워 줄까요?"

짙게 깔린 안개에 가려 산등성이 일부가 보이지 않았다. 금방 밤이 되었다. 나는 도로 이쪽저쪽을 살폈다. 정말로 모험이 시작되었다는 걸 깨달았다. 차창으로 다가가 말했다. "그쪽 집으로 갈게요. 내일까지만 있을게요."

그는 흐리멍덩한 눈빛으로 나를 쳐다보았다. "매춘부예요?"

난 미소를 지었다. "그럴지도."라고 중얼거렸지만 그는 알아듣지 못했다. 나는 아니라는 의미로 고개를 저었고 차문을 열었다.

*

깜박이는 가로등이 아니었다면 나는 이미 암흑 속에 갇혔을 것이다. 추웠고 옆방에서 천장의 널빤지가 떨어지는 것 같은 소리가 들렸다. 어스름한 불빛 속에서는 무엇이든 과장되게 느껴지기 마련이다. 마음속 그림자가 쏟아져 나와 어둠이 짙어졌다. 사무엘레는 내게 설명을 해 주어야 했다. 현관문을 부숴 버릴 정도로 점점 커져 가는 죄책감이 내 목을 조여 오건 말건 나를 홀로 내버려둔 몹쓸 인간이었다.

보리안은 내게 잘해 주었다. 우리는 인적이 드문 풀숲에 둘러싸인 작은 집에서 지냈다. 멀리서 오토바이 소리가 들렸다. 나는 위컴과 브라이튼을 도망쳐 한바탕 소동을 일으킨 리디아 베넷이 되었다. 그보다 시골의 백설공주라고 하는 게 맞겠다. 집안일을 하면서 저녁에 제재소 일을 마치고 돌아오는 늑대처럼 굶주린 사내아이들을 기다린다.

승합차 바퀴 소리가 들리면 기뻤다. 궂은 날씨에도 문을 박차고 나갔다. 화물칸에 탄 아이들은 종종 어딘가 모자란 듯이 곡예사를 흉내 내며 차가 미처 멈추기도 전에 뛰어내렸다. 그들의 얼굴에는 거의 항상 얼룩이 묻어 있었다. 보리안은 차에서 마지막으로 내렸다.

이곳은 하나의 마을이었다. 제재소 사장은 재산을 포기한 거나 다름없었고 젊은 나이가 아니었기 때문에 알바니아 청년들을 고용해서 두 가지 이득을 취했다. 그들은 덤불이 제재소를 집어삼키지 않도록 관리했다. "월급은 대장이 관리해." 어느 날 저녁 하리스가 우리 전체를 가리키며 말했다. 나도 그들의 일원이라 느껴져서 미소가 떠올랐다. "마렘마에는 아무것도 없어." 내가 씁쓸하게 말했다.

일요일 아침마다 우리는 인원을 나눠서 집 주변을 청소했다. 뒤편에서 집을 집어삼키려 드는 숲과 경계를 표시하는 방법이었다. 아이들은 내게 꽃을 가져다주었다. 오렌지 빛깔로 보이는 붉은색의 뻣뻣한 머리칼을 가진 크리스티가 자주 그랬다. 그는 가장 어리고 수줍음도 많아서 내 눈도 제대로 쳐다보지 못했다. 그는 줄기를 엮어서 팔찌나 목걸이를 잘 만들었고 완성한 것들은 내 침대 곁에 놓아 두었다.

반면에 비단은 예민했고 술을 잘 마셨으며 유독 내게 따가운 시선을 보냈다. 그래서 보리안이 내 옆에 있었다. 어느새 보면 그가 그림자처럼 내 옆에 와 있었다. 아무것도 하지 않았지만, 그가 옆에 있는 것만으로 비단은 내게서 시선을 거두거나 술병을 들고 일어나서 옆방으로 갔다.

　자주 이런 생각이 들었다. 지금과 같은 처지가 아니었다면 웃는 일이 적었을 것이고 엄마 행세를 하지도 않았을 것이다. 아이들은 나를 좋아해 주었지만 가끔 술로 인해 그들 사이가 틀어졌고, 그들의 얼굴에는 내 가슴을 철렁하게 만드는 불안함이 드리웠다. 평소 피쉬타는 굶주린 사람처럼 나를 쳐다보았다. 그는 다른 친구의 등 뒤에서 귓속말로 속삭이기 시작했다. 가끔 말하다 말고 웃음을 터트리는 경우도 있었다. 들릴락 말락 하는 목소리로 웅얼웅얼하다가 이상한 눈빛으로 나를 흘끗거렸다. 그러면 보리안이 바로 다가왔다. "어서 가서 자." 그가 중얼거렸다. 그리고 나도 자리에서 일어났다.

　우리는 암묵적인 규칙에 따라 생활했다. 나는 어느 누구의 사람도 아니었지만 대장보다 높은 위치에 있었다. 나머지 아이들은 감히 대장의 행동에 반기를 들지 못했다. 가장 힘이 세고 건장한 플라토도 마찬가지였다. 그러나 술을 마시지 않으면 그들은 내가 평생 가져 보지 못한 친구들이 되어 주었다. 이런 생각이 들었다. '내가 여섯 명의 거친 사내들과 같이 사는 걸 아빠가 알면 그 자리에 쓰러져 죽을지도 몰라.' 그날 저녁 나는 제일 먼저 방에 들어갔고 보리안이 한참 뒤에 문을 열고 들어왔다. 우리는 서로 한마디도 하지 않았다. 그가 이불을 치우고 베개 아래 칼을 놓아두는 것을 보았다. 서랍장에 집 열쇠를 올려 두듯이. 그때 나는 그것이 나를 위한 것이 아니라 특유의 습관이라는 것을 알아차렸다. 아주 어렸을 때 그런 걸 배웠을지 모른다. 그러고는 침대에 누워서 큰 전등의 불을 껐다. 하지만 지구본처럼 생긴 유아용 스탠드 불은 그대로 두었다. 보리안은 잘생기고 말수가 적었다. 모두 그를 두려워했다. 하지만 그런 그가 무서워한 건 어둠이었다.

가끔 그는 잠꼬대를 했다. 우렁찬 목소리로 한동안 혼잣말을 해서 처음에는 오싹한 기분이 들었다. 그러다 일주일이 지나고, 어떤 꿈을 꾸더라도 그가 처음 세상에 눈을 떴던 그곳이 나온다는 것을 알았다. 항상 마지막에는 흐느껴 울었다. 그러다 흠칫 놀라 눈을 뜨고 베개 아래로 손을 넣고 주위를 둘러보다 한참 동안 나를 바라본다. 보통은 한숨을 내쉬는 것으로 끝난다. 그러고는 다시 등을 돌리고 눕는다.

같은 날 오후 나는 엄마에게 전화했다. 휴대폰의 전원을 켜는 유일한 순간이었다. "잘 지내고 있어요." 엄마에게 말했다. "시간을 갖고 있어요." 생각을 정리해야 했다. 처음에는 엄마의 목소리를 들으면 우리 집, 예전 삶의 냄새가 느껴져 불결한 물속에 다시 뛰어드는 것 같았다. 며칠이 지나고서야 겨우 안정이 되었다. 중요한 건 내가 있는 곳이 어디인지 묻는 것으로 통화가 끝났다는 것이다. 나는 스무 살이었고 부족한 게 없었다. 그리고 나는 도망치고 있는 게 아니었다. 관계를 끊으려는 것도 아니었다. 내 인생을 살고 싶었고 잠시 동안 숨어 있을 적당한 곳을 발견했을 뿐이다. 보통 엄마는 한참 동안 말이 없다가 늘 "네가 부럽구나."라고 말했다. 하지만 전화를 끊을 때면 엄마다운 말을 전했다. "잘 지내렴. 엄마가 언제나 곁에 있는 거 알지." 그러던 어느 날 엄마의 기분이 무척 좋은 듯했다. 내가 이유를 묻자 웃음을 터트렸다. "아빠

가 경찰서에 잡혀갔단다. 장담하는데 내일이면 신문에 대문짝만
하게 날 거야." 그러고는 폭소를 터트리며 전화를 끊었다.

　이튿날 아침 보리안은 일찌감치 마을로 내려갔다. 나는 교대
근무를 하러 언덕으로 올라가기 전, 신문 한 부를 샀다. 지역 소식
페이지를 펼쳤고 짧은 기사 하나를 발견했다. 그리고 십오 분가량
얼빠진 듯 조용히 기사를 읽었다. 처음에는 나도 코웃음을 치다가
눈물을 글썽이고 주먹으로 테이블을 두드리며 목이 쉴 정도로 웃
었다.

　아빠가 성당 앞에서 야채와 과일을 파는 알피오 칼촐라리의
얼굴을 박살 낸 것이다. 아빠가 그에게 다짜고짜 주먹질을 했고
쉴 새 없이 이어졌다. 발길질로 그를 광장까지 끌고 갔다. 아빠를
말리려고 네 명이 달려들었다. 말리던 사람 몇몇도 병원 치료를
받았다. 턱이 부러지고 광대뼈에 금이 갔다는 내용이 눈에 띄었
다. 나는 숨이 끊어져라 웃었다. 그 순간 크리스티가 아침 식사를
하러 내려왔다. 그날 그는 걸리지도 않은 감기를 핑계로 집에 있
었다. 그는 잠시 동안 문 앞에서 고개를 치켜들고 나를 쳐다보았
다. 그리고 관자놀이를 가리키면서 이렇게 말했다. "머리가 어떻
게 됐구나."

　음식 레시피를 물어보려고 엄마와 통화하는 게 무척 즐거웠
다. "저를 포함해서 7인분이에요." 내가 말했다. 그러면 엄마는 주
님의 기도를 중얼중얼 외웠다. 하지만 이내 내게 요리하는 법을
가르쳐 주는 재미를 느꼈고, 나는 종종 보리안에게 휴대폰 요금을
충전해 달라고 부탁해야 했다. 부엌에서 삼십 분간 수다를 떨면서
남은 요금을 다 써 버렸기 때문이다. 보리안은 알겠다고 하고 충
전해 주었다. 내가 조만간 돈을 모두 갚겠다고 이야기하면 그는

장난으로 시무룩한 표정을 지었다. "이곳에 모인 우린 모두 가족이야." 그가 작은 소리로 말했다. 그러고는 그 특유의 미소를 지었다.

그게 가장 어려운 부분이었다. 보리안은 집착을 보였고 맹인도 눈치챌 정도로 심했다. 어쨌든 난 그와 관계된 유일한 여자였다. 나는 그의 과도한 관심을 고된 노동과 마을 사람들의 곱지 않은 시선으로 인해 생긴 동정심으로 이해하려고 했다. 그는 보호자처럼 굴었다. 길에서 나를 발견하고 데려온 사람이 그였기 때문일 수 있다. 어쩌면 동부 지방 어딘가에서는 내가 그에게 속한 사람이라는 뜻일지도 모른다. 이런 생각을 하면 소름이 끼쳤다. 이제야 어렵사리 나 자신으로 살아가기 시작했는데.

그와 눈이 마주치면 그의 얼굴은 창백해졌다. 그에게 말을 걸면 그는 숨을 헐떡대면서 가쁜 숨을 몰아쉬었다. 내가 다른 아이들과 농담이라도 주고받으면 그의 안색은 어두워졌다. 그날 저녁, 잠자리에 들기 전에 그는 내게 다음 날 장 볼 거리들을 적어 놓으라고 했다. 내가 이 안에서 중요한 사람이고 나를 믿고 있다고 말하는 그의 방식이었다.

그런데 하루하루가 무척 길었다. 처음에는 오두막을 정돈하는 일이 신선하게 느껴졌었는데 채 이 주도 지나지 않아서 생각이 달라졌다. 아이들의 빨래를 널고 있으려니 내가 부엌데기가 된 것 같았다. 마렘마의 신데렐라가 되었다는 생각에 괴로웠다. '수렁을 피하려다 다른 수렁에 빠진 걸 몰랐어.' 속으로 생각했다. 텔레비전도 없었다. 얼마 전까지만 해도 축복인 줄 알았는데 이제는 그것마저 나를 힘들게 한다. 그래서 다 해지고 음식 부스러기가 널린 거실 소파에 누웠다. 숲속이라 그런지 9월 말이 되니 벌써 해가 짧아졌다. 아빠의 사건이 실린 신문을 손에 들고 소파에서 뒹굴뒹굴했다. 그러다 신문 마지막 장에서 구인 광고를 보았다. 꽤 시간이 지난 뒤였지만 그래도 한번 물어나 보기로 했다. 휴대폰을 켜고 번호를 눌렀다.

"내일 나도 같이 나갈게." 그날 저녁 내가 말했다. 식탁에는 정적이 흘렀다. 보리안을 제외한 아이들의 눈이 모두 내게 향했다. 보리안은 그대로 멈춰 서 접시만 바라보았다.

나도 월세를 내는 데 보탬이 되고 싶다고 말했다. 그리고 평생 집안일만 하면서 살 수 없다고 했다. 피쉬타는 놀라서 눈이 휘둥그레졌다. "왜?" 그가 말을 툭 던지고 '내가 모르는 일이 있었어?'라는 뜻으로 다른 아이들을 쳐다보았다. 나는 웃음이 났다. 우선 그 일이 적성에 맞는지 확인할 필요가 있다며 그들을 안심시켰다. 나긋나긋한 목소리의 남자가 전화를 받았다. "신의 축복이 있기를!" 내 용건을 들은 뒤에 그가 이렇게 말했다. 어떻게 해서든 나를 고용하고 싶어 말을 주저리주저리 쏟아 냈다. 나중에는 사기일지도 모른다는 의심이 들었다.

*

어두운 방 안에서도 이제 분명히 보인다. 모든 것이 여기, 이 순간으로 향하도록 정해져 있던 것이다. 책 사건과 충동적인 가출. 도로에서 만난 나를 데려온 보리안. 멀리 보면 무거운 짐처럼 느껴졌던 내 인생. 피어오를 새도 없이 망각 속으로 내팽개쳐진 사랑과 겉돌기만 하는 내 행동. 우연히 상자에서 발견한 『오만과 편견』. 오랫동안 이 책을 손에 쥐고 평범한 삶을 살았다면 나도 느껴 봤을 감정들을 알게 되었다. 동시에 가엾은 사람처럼 두려움의 늪에 빠져 자신의 그늘에 우리의 존재를 가둬 버린 아빠의 광적인 질투를 보았다. 매 순간 치료가 필요한 아픈 상처 같았던 고등학교 시절. 통학을 하느라 정신없던 대학 시절. 일어날 게 일어나고야 말았다. 정확히 그날 난 그곳, 마렘마의 외딴 마을 중심에 있는 어느 상점의 계산대 앞에 있었다. 출입문에 달린 종이 울리며 손님이 온 것을 알렸다. 머리 그물망에서 머리카락을 빼면서 고개를 들었다. 안으로 들어오는 그가 보였다. 그리고 마법에 걸린 것처럼 처음으로 혼잣말을 했다. "모든 게 완벽해."

보리안은 내가 일을 시작한 첫날 달라졌다. 아침에 나는 멜레타 교차로까지 그들의 승합차를 얻어 탔다. 그들은 좌측으로 쭉 달려 페롤라 근처 숲속으로 들어갔다. 나를 레 카세에 데려다주고 다시 왔던 길을 돌아가다 보니 시간이 지체되었고 제재소 관리자들에게 꾸지람을 들었다. 나는 비 오는 날에도 대로변에 나와 있는 게 싫지 않았다. 버스 정류장에 서서 광활한 골짜기를 바라보았다. 손을 뻗으면 손바닥 안에 분지가 쏙 들어왔다. 그러면 나 자신도 움켜잡는 것 같은 느낌이 들었다.

마리오는 쉽게 사랑에 빠졌다. 내가 잃어버린 조카라도 되는 양 직원 이상으로 대해 주었다. 그는 왁스와 오드콜로뉴 냄새를 풍겼고 내게 마을 이야기를 들려주며 시간 보내는 것을 좋아했다. 그 소문을 진짜라고 믿었다. 신이 망각한 곳에 살고 있다 하더라도 사람들의 삶은 망가지지 않았다는 교훈을 주려 했다. "사막의 돌." 끊임없이 반복했다. 그는 동그란 돌을 가지고 있었다. "어딘가에 분명 하나가 있어. 어딘가에서 돌의 소임을 다하고 있어.

눈길 하나 주는 이 없지만 존재해. 그리고 존재한다는 것은 누군가 어떠한 이유로 그곳에 놓아두었다는 것을 의미해." 이 시점에서 늘 의도적으로 잠시 뜸을 들였다. 그러고는 이를 훤히 드러내고 미소를 지으며 말했다. "레 카세 사람들은 모두 똑같아."

괴롭기도 했지만 하루 종일 들어오는 정신 나간 사람들을 보는 게 재밌었다. 대부분의 여자들은 뱀이었다. 생기 넘치는 스무 살의 나를 곱게 보지 않았다. 한편 남자들은 내 존재로 인해 활력을 되찾아 그들만의 상상의 세계를 떠돌아다니는 듯했다. 그날 저녁 보리안은 일이 끝나고 승합차 근처 성 바스티아노 성당에 있던 아이들과 함께 곧장 메초 길로 올랐다. 그는 내게 다가오지 않고 인사도 하는 둥 마는 둥 했다. 그의 이런 행동을 보면 그가 내 일을 어떻게 생각하는지 알 수 있다. 그는 골목을 따라 걸으면서 만나는 사람들을 곁눈질로 흘끔거렸다. 내가 그의 소유라는 것을 알리려는 의도였다. 소변을 보게 한 뒤 집으로 데려가는 강아지가 된 느낌이었다.

아이들의 못마땅한 표정을 보며 며칠을 보냈다. 퇴근 후 집에 돌아오면 그들을 위한 밥상을 차려 놓거나 방을 따뜻하게 데워 두는 사람이 없었다. 빨랫감은 내가 처음 이곳에 왔을 때처럼 쌓여만 갔다. 이제는 내 옷가지가 더해져 산더미처럼 쌓여 있었다. 화장실을 써야 하는 사람이 늘어났기 때문에 아침이면 알람이 이십 분씩 일찍 울렸다. 그들은 내 근처에 얼씬도 하지 않았다. 그랬다간 대장이 펄쩍 뛸 게 분명했기 때문이다.

보리안은 내가 일하는 것을 기분 나쁘게 받아들였다. 내가 거리를 유지하려는 것을 좋아하지 않았고 시간이 지나도 풀리지 않았다. 아무것도 아닌 일에 민감하게 반응했다. 수군대는 아이들을 쏘아보았다. 그가 툴툴대는 것만으로도 모두 화를 삼키고 꼬리를 내렸다.

평상시 증오를 자주 표출한 사람은 비단이었다. 가끔 그는 까만 눈으로 나를 뚫어져라 쳐다보았고 그러면 불덩어리가 날아오는 기분이 들었다. 하지만 가장 참기 힘든 것은 탈출구 하나 없이 이곳에 갇혀 버릴지도 모른다는 생각이었다. 속으로 생각했다. '네가 무슨 짓을 한 건지 봐.' 그리고 겁에 질린 채 침대에 누웠다. 보리안에게 떠나겠다고 말을 하는 생각만으로도 끔찍한 장면이 펼쳐졌고 상상력이 폭주하기 시작해서 생각을 멈춰야 했다. 그런데 어디로 가야 하지? 물론 아이들의 분노를 사면서까지 집으로 돌아갈 수는 없었다. 얼마 전 집행 유예를 선고받은 아슬아슬한 공황 상태의 아빠가 있는 그 집은 안 된다. 그렇게 줄타기를 하듯이 이런 생활을 계속할 수밖에 없었다. 하루하루가 빠르게 지나갔지만 동시에 숨이 막힐 정도로 스트레스도 쌓여 갔다. 날이 갈수록 식욕을 잃었고 이 또한 보리안의 심기를 건드렸다. "끝까지 다 먹어." 침울한 표정으로 샐러드를 뒤적이고 있는 나를 보면 이렇게 말했다. "버리면 안 돼." 그러면 난 바로 미소를 지으며 피곤하다고 받아쳤다. 그리고 하품을 하면서 식탁에서 일어났다.

엄마와 대화를 할 때는 휴가 중인 딸의 말투가 나왔다. 전화를 끊기 전에 엄마는 늘 이렇게 말했다. "고기를 먹으렴. 철분이 필요하단다." 빈혈은 계속해서 나를 괴롭혔다. 신경성으로 속이 울렁거리면 다시 빈혈이 도졌다. 아침에는 몸을 일으키기 전에 침대에 몇 분간 앉아 있어야 했다. 몸이 약해진 탓에 뿌연 방울이 눈앞에 아른거렸고 마치 조개껍질 두 개가 귀에 달라붙은 듯 뭔가 빨아들이는 느낌이 들었다. 이런 느낌이 사라지기까지 꽤 시간이 걸렸다. 그리고 내 몸을 지탱하고 있는 무릎에도 문제가 생긴 것 같았다. 마리오의 가게 뒤편에 쌓여 있는 여러 개의 상자에서 설탕 몇 봉지를 훔쳤다. 주머니에 종이를 숨겼고 죽은 사람처럼 생기 없이 돌아다녔다. 그러던 어느 날 저녁 정말로 쓰러질 것 같아 계단에 주저앉았다.

조금 전까지 평온하게 내 방으로 올라가고 있었는데 어느 순간 바닥에 앉아 아이들에게 둘러싸여 있었고 하리스는 나를 손바닥으로 두드리고 있었다. 그들이 나를 들어 옮기려 하자 가슴에 타는 듯한 통증이 느껴졌다. 넘어지면서 계단에 가슴을 부딪친 것이다. 아이들 중 몇몇은 나를 술 취한 사람 취급 하면서 비웃었다. 그러고는 시멘트 자루 잡듯이 움켜잡고 나를 일으켜 세웠다. 머리에서는 아직도 뭔가 낟알들이 반대편으로 옮겨 가는 듯이 슥슥 소리가 났다. "괜찮아." 나를 잡고 있는 손을 뿌리치려 애쓰며 말했다. 지금이 기회라 생각했는지 아이들은 내게 덤벼들기 시작했다. 간절히 원하던 파티를 시작할 때의 모습이었다.

그들은 보리안이 나타나자 뒤로 물러났다. 보리안은 갑자기 소리를 지르며 그들을 제압했다. 나는 벽에 붙어 있었다. 그들은 발을 내려다보며 가만히 서 있었다. 그러다 한 명씩 차례로 앉았다. 바로 그때 비단은 진작부터 식탁에 있었다는 것을 알았다. 빵한 조각으로 프라이팬 바닥을 쓱쓱 긁어 먹고 있었다.

마리오는 물어보지는 않았지만, 어느덧 1마일이나 떨어져 있어도 내가 괴로워하는 걸 훤히 아는 눈치였다. 그는 나를 명랑한 아이로 알고 있는데, 지금 나는 허공을 멍하니 바라보며 입을 꾹 다물고 있었다. 그가 내 옆에 있었고, 길이 내려다보이는 창문으로 그를 던져 버리고 싶은 충동이 느껴졌다. 다른 사람들 사이에 있으면 긴장이 풀려 이렇게 말할 뻔한 적도 있었다. "그들이 나를 꼼짝 못 하게 묶어 뒀어요. 저는 평생 이런 벌을 받아야 하나 봐요. 숨 쉴 때마다 실감이 들어요. 아저씨가 좋아하는 그 돌이 있는 사막에 가더라도 벌이 쫓아올 것 같아요." 그리고 입을 앙다물었다.

나는 귀머거리 난쟁이에게 속마음을 털어놨지만 마리오가 전화를 받고 부인에게 달려가 가게에 아무도 없을 때나 가능했다. 고기 써는 기계 앞에 마음 편히 자리 잡고 높은 벽에 둘러싸인 내가 살고 있는 감옥에 대해 이야기를 털어놓았다. 그녀는 나를 거북이 같은 눈으로 쳐다보았다. 그보다 내 이야기를 들으며 생각에 잠긴 듯했다. 가끔 나는 가격을 깎아 달라거나 수프용 돼지 껍데기를 따로 챙겨 달라고 고집을 피우는 이사스티아 부인과 옥신각신하기도 했다. 부인은 병든 사람을 떠올리게 하는 앙상한 지갑을 열었다…… 돈 라우로도 있었다. 난쟁이와 반대로 그는 내가 혼자 있는 걸 보면 마리오가 돌아오기를 기다렸다가 복도 끝에서 필요한 것을 이야기했다. 그 두 사람은 도둑처럼 가방에 몰래 물건들을 넣었다. 그러고 나서 사장님은 계산대로 돌아와 금전등록기에 돈을 넣었다. 반면에 신부님은 활짝 웃으며 샌드위치 속을 포장하는 데 쓰는 노란 봉투로 병을 돌돌 말아 봉투에 넣어 들고 나갔다.

그러다 나는 치즈 진열대에 머리를 부딪히고 말았다. 기절하지는 않았고 엉거주춤 주저앉았다. 의식을 잃을 뻔했다가 정신이 들었다. 마리오는 즉시 내게 달려왔고 나를 창고로 데리고 가서 나무 테이블 위에 눕혔다. 그러고는 의사를 불렀다.

알 수 없는 피로와 싸우다 잠든 것도 아니고 그렇다고 깨어 있는 것도 아닌 의식이 혼미한 상태로 다 죽어 가는 사람처럼 누워 있는 것도 오랜만이었다. 어렸을 적 어떤 면에서는 좋아하던 것이다. 토할 때 귀 안쪽에서 윙윙거리는 소리가 들리는 그 느낌을 제외하고 말이다. 내가 쓰러질 때면 이성을 잃은 엄마와 약병을 찾으려고 옷장을 뒤지던 아빠가 내 곁에서 웅성거리는 소리가 들렸다. 완전히 깨어났을 때는 코에서 항상 식초 냄새가 났다.

반면에 마리오는 나를 쳐다보고만 있었다. 나는 몸이 축 늘어진 채 눈을 감고 있었지만 무거운 숨을 내쉬고 있는 그가 옆에서 분명히 느껴졌다. 그러다 이마에 손 하나가 올라왔다. 잠시 후 그 손은 한쪽 뺨으로 내려왔다. 손녀를 대하는 듯한 그 손길이 도움이 되었다. 약을 먹은 것처럼 내게 기운을 불어넣었다. 하지만 이상했다. 갑자기 손가락 하나가 입술을 스친다. 마치 내 입을 따라 그리려는 듯. 신선한 카초타 치즈 냄새가 났다. 기운이 살아나고 있었고 마음만 먹으면 언제든지 눈을 뜰 수 있었다. 그런데 나를 움직일 수 없게 만든 것이 하나 있었다. 마리오가 혼잣말을 중얼거렸다. "이 어여쁜 아이를 봐……." 그의 시선을 딴 데로 돌리려고 기침을 했다. 그 순간 가게 문에 달린 종이 울렸다.

살기니는 소아과 의사처럼 내게 이상한 진찰을 해 주었다. 평상시 그는 좋은 사람이었다. 타박상만 보면 낯빛이 어두워졌다. 나는 이런저런 소문을 만들지 않으려고 멍든 곳을 바로 가렸다.

기절한 틈을 타서 마리오가 뭘 하려고 했는지 모르겠지만 그걸 생각하면 구역질이 났고 표정 관리가 쉽지 않았다. 그가 중요한 업무를 설명하려고 나를 불렀을 때처럼 그와 멀찍이 거리를 유지했다. 그때까지만 해도 그러려니 했는데 이제는 어떻게 하면 내 옆에 붙어서 내 냄새를 맡을 수 있을지 궁리하는 얕은 수가 보였다. 그가 내 어깨에 손을 올리면 온몸이 굳어졌고 곧바로 한 발짝 물러섰다. 미소를 잃지는 않았지만 그는 내가 거리를 두고 있다는 걸 바로 눈치챘다. 그의 눈빛을 보면 분리불안증을 보이는 강아지 같았다. 그러면 종종 내게 복수를 했다. 예를 들면 가게 뒤편에 쌓여 있는 서류 뭉치에서 특정 서류를 찾아오라고 시켰다. 하지만 보통은 내게 말을 걸지 않았다. 나도 그 침묵이 쌓아 올린 벽 때문에 괴로워하고 있는지 확인하려는듯 그의 한쪽 눈은 나를 향해 있었다.

사무엘레의 등장과 함께 사태는 더욱 악화되었다. 여느 때와 다름없던 어느 날 아침 그가 어디선가 나타났다. 물건 몇 가지를 요구했고 그렇게 가 버리면 개미가 내 속을 갉아먹는 듯이 혼란스러웠다. 이런 적이 처음이었고 한동안은 그 혼란에서 헤어나지 못했다. 그러면 마리오가 나서서 정신을 차리게 해 주었다. "바르베리니 씨가 혼자서 햄을 썰어야겠니?" 손님이 보는 앞에서 큰 소리로 말했고 바르베리니 씨는 대화가 자신에게 집중되자 기분이 좋아졌다.

나는 사람들의 대화를 들었다. 가게에 누가 들어오든 간에 어김없이 인크로차타 길 1번지에 겉창을 다시 연 그 아이에 대한 이야기로 이어졌다. 사람들은 구제 불능인 짐승에 대해 말하듯이 그 아이 이야기를 꺼냈다. 나도 기억하는 사건이 몇 있다. 무엇보다 아빠가 사냥거리를 기다리면서 손에 총을 들고 앉아 있는 사람처럼 신문을 보며 내뱉은 말이 기억난다. "마렘마의 쓰레기 같으니……." 그가 투덜거렸다. "텔레비전에 미치광이들과 얼간이들만 나오는구나, 이게 말이 돼?"

사무엘레가 주변에 존재하는 것만으로도 세상이 아름답게 보였다. 그가 가게에 들어오면 그를 훔쳐보고 싶으면서도 흘긋거리는 내 시선을 들킬까 봐 불안했다. 마리오가 주변에 없을 때는 더욱 심각했다. 출입문이 열리는 소리에 피가 멈추는 것 같았고 난쟁이의 모습이 보이면 입에서 욕이 툭 튀어나왔다. 난쟁이는 들을 수 없으니까 다행이었지만. 그러다 그가 들어오면 욕한 것을 후회했고 진짜로 현기증이 났다. 목은 잠기고 손은 얼음장처럼 차가워졌다. 구름으로 된 단상 위를 걷는 것 같았다. "뭘 드릴까요." 마음 깊숙한 곳에서 우러나오는 목소리로 말했다. 그는 시선을 드는 법이 없었고 그래서 다행이었다. 그렇지 않았으면 난 그가 보는 앞에서 폭발하고 말았을 것이다. 침묵은 우렁찬 비행기 소리 같았고 내가 하는 모든 행동이 서툴게 느껴졌다. 그러다 우리는 계산대 앞에 마주 섰다. 손가락으로 금액을 입력하고 있었지만 심장이 쿵쾅거려서 자판이 한꺼번에 두세 개씩 눌렸다. 그래서 삭제하고 처음부터 다시 입력했다. 사무엘레는 미동도 없었다. 결국 봉투를 받고 나서야 고개를 들었다. 찰나였지만 사랑에 빠지는 데는 충분한 시간이었다.

그가 가 버리면 그의 모습이 잘 기억나지 않는다. 그의 모습은 뚜렷하게 떠오르지 않는 실루엣에 불과했다. 이런 사실이 비명을 지를 정도로 분노를 치밀어 오르게 하거나 그를 간절히 원하게 만들었다. 그의 모습이 기억나지 않았다. 잠시 동안 해를 뚫어져라 보고 있다가 고개를 돌리면 생기는 잔상 같았다. 흐려지다 결국 사라지는 그런 잔상. 하지만 피부로 느낀 감정은 기억에 남는다.

나는 주변을 서성이는 마리오와 거리를 두고 있거나 내가 자른 살라미의 무게를 눈빛으로 재 보는 손님을 상대하곤 했다. 평소에 유리창에 비친 사무엘의 모습을 몰래 훔쳐보았다. 그의 그림자는 어느 순간 나타났다가 순식간에 다시 사라지고 만다. 하지만 뇌리에 달라붙어 잊히지 않았고, 나는 이미 예전의 내가 아니었다. 마리오는 그런 나를 못 본 척 넘어가 주지 않았다. 그는 창백한 얼굴로 멍하니 허공을 바라보았다. 저녁까지도 마냥 그러고 있을 기세였다. 아빠와 함께 살던 때의 비극이 재현되는 것 같았다. 다만 지금은 베개에 파묻혀 분노를 표출할 수 없었다. 저녁이면 나를 다시 메초 길로 데려가는 알바니아 아이들의 의심을 살 위험이 있었다.

나는 점심시간에 외출하기 시작했다. 어떤 날은 궂은 날씨에도 아랑곳하지 않고 나갔다. 첫째 날에는 집집마다 음식 냄새와 텔레비전 소리가 새어 나오는 인적 없는 거리를 무작정 서성였다. 그러다 다시 인크로차타 길을 마주했다. 그 길은 어느 오르막길의 끝에서 시작된다.

귀퉁이에 서서 그 집의 창문을 바라보았고 별다른 행동은 하지 않았다. 창 너머로 사람의 실루엣이 보이면 바로 몸을 숨겼다. 그러다 간혹가다 나타나 분수 옆 길 한가운데를 차지하고 나를 뚫어져라 쳐다보는 빨간 털 고양이에게 욕설을 퍼부었다.

사무엘레에 관한 생각은 떠나질 않았다. 내가 한때 억누르려 했던 감정과는 확연히 다른 것이었다. 그에 대해 안 좋은 이야기를 들으면 들을수록 그는 더욱 빛났다. 나는 계속해서 음식을 깨작거렸고 이제 보리안은 자신을 아랑곳하지 않고 딴 데 정신이 팔려 있는 내가 거슬리기 시작했다. 내 몸은 아이들과 함께 식탁에 있지만 정신은 먼 곳을 여행하고 있었다. 어느 순간 난 모든 사건을 빛이 가득한 출구라고 생각하게 되었고 한결 편안한 마음으로 잠자리에 들 수 있었다. 조만간 뭔가 중대한 일이 벌어질 것 같았다. 이러한 사실은 나를 새롭고 강하게 만들었다. 심지어 부족한 철분도 극복하게 해 주었다.

나는 바보처럼 그에게 발각되었다. 그날도 평소처럼 그를 훔쳐보러 나갔다. 길 끝에 도착해 어두운 창문을 보았다. 지하실 천막 아래에는 오토바이가 주차되어 있었다. 그 광경에 시선을 빼앗겼고 잠시 후 그와 가까이 있다는 사실과 그를 볼지도 모른다는 두려움 때문에 살결에 전율을 느끼며 모퉁이로 가서 몸을 숨겼다. 계속해서 느끼고 싶은 기분 좋은 떨림이었다. 떨리는 마음을 진정시켰다. 몸을 앞으로 조금 내밀려던 찰나에 말소리가 들렸다. "뭘 찾아?"

나는 가만히 주위를 둘러보았다. 잠시 동안 내가 꿈을 꾼 게 아닌가 생각했다. 그런데 사무엘레가 모퉁이에 나타나 내 앞에 서 있었다.

그는 처음부터 거기 있었던 것이었다. 나의 일부는 줄행랑을 치려 했지만 죽은 척하는 동물처럼 꼼짝 않고 있는 또 다른 나의 일부와 충돌을 일으켰다. 그가 나를 바라보고 있었다. "매일 같은 시간에 오네. 뭐 할 말이라도 있어?"

내가 보리안처럼 칼을 가졌다면 두 번 생각할 것도 없이 내 목에 칼을 꽂고 그의 발밑에 쓰러져 죽었을 것이다. 하지만 현실의 나는 그를 쳐다보기만 했다. 하지만 그가 나를 단지 취미로 유명인을 몰래 훔쳐보는 데 정신 팔린 참견하기 좋아하는 사람쯤으로 생각하게 하고 싶지 않았다. "실례했어." 내가 중얼거렸다. 내가 할 수 있는 최선이었다. 뭔가에 찔린 듯한 고통이 사라지지 않았다. 그래서 꾸지람을 듣고 교실에서 쫓겨난 아이처럼 고개를 푹 숙이고 천천히 몸을 돌렸다. 그리고 부끄러움에 몸부림치며 걷기 시작했다.

"난 불쾌하다고 말한 적 없는데." 그가 말했다.

나는 빠르게 발걸음을 옮겼다. "왜 그런 짓을 한 거야." 혼잣말을 반복했다. 등 뒤로 나를 꿰뚫어 보는 그의 눈빛이 느껴졌고, 나는 유일한 탈출구인 골목 끝을 쳐다보았다. 뛰다시피 해 골목 끝에 도달했다.

*

첫 만남을 돌이켜 보면 폭풍우 속, 이곳 어두운 방 안에 있는 지금도 침이 바짝 마른다. 다음 날 의심 많은 야생 동물이 조심스레 길가에 고개를 내밀듯이 다시 모습을 비쳤던 게 생각난다. 사무엘레는 마지막 통로 아래, 계단에 있었다.

우리는 특별한 것을 하지는 않았다. 만나면 앉아서 대화를 나눴다. 레 카세가 얼마나 정체되어 있고 무의미한 곳인지 말하면서 대화를 시작한 사람은 보통 그였다. "이 비극이 네게도 다가가고 있어." 그가 종종 이렇게 말했다. 명확하게 말로 표현하지 않아도 알았다. 그는 어딘가에 갇혀서 고통에 시달리고 있다고 그의 얼굴에 쓰여 있었으니까. 어느 날은 그가 나를 쳐다보며 뜬금없이 이렇게 말했다. "넌 내가 무섭지 않아?" 난 고개를 저었다. 그 계단 위에서 평생 살라고 하면 살 수도 있을 것 같았다. 그 순간 유일한 공포는 그를 다시는 볼 수 없을지도 모른다는 것이었다. 나를 위해 그를 붙잡고 있었지만, 속으로는 그를 마을로 내팽개친 그 모든 끔찍한 사건이 고마웠다.

그는 그 사건에 대해 말하지 않았고 나도 묻지 않았다. 사무엘레와 함께 있는 건 완벽한 세상의 중심에서 몸을 웅크리고 있는 것과 같았다. 우리를 그곳에 데려다 놓기 위해 세상이 어떤 짓을 했는지는 전혀 관심 없다. 한순간에 과거의 안개를 모두 걷어 내 버린 첫 키스를 했을 때도 마찬가지였다. 심지어 아빠가 고맙기까지 했다. 아빠의 집착이 내 마음을 온전히 그 아이에게 향하게 해 주었다. 지금 난 합체가 될 듯이 그와 바짝 붙어 있었다. 우리는 과거의 아픔과 현재의 고통을 지워 가면서 서로를 껴안았다. 당혹감과 행복, 혼란스러운 감정이 뒤섞인 채 오랫동안 서로를 바라보았다. 나는 그를 어루만졌고 그에게 키스했다. 이제는 그가 없으면 숨도 못 쉴 것 같았다. 가게 문을 열 때가 되면 나는 주먹을 꾹 쥐고 달려갔다. 반 정도 가다 말고 다시 집으로 돌아와 그에게 키스를 했다. 다음 날 아침까지 해도 모자랄 정도였다. "십 년 전에도 널 좋아했어." 가끔 이렇게 중얼거렸다. "그땐 깨닫지 못했어."

나는 바로 이 방에서 옷을 벗었다. 그날은 토요일이었고 여느 때처럼 휴일이 다가오고 있다는 괴로움에 더욱 떨어지고 싶지 않았다. 최대한 사무엘레와 꼭 붙어 있었다. 우리의 몸은 금속처럼 희미하고 푸르스름한 빛을 띠었다. 살을 깨무는 것도 좋았다. 사무엘레니까. 특히, 온몸 곳곳에서 소리치고 있는 강렬한 삶의 소리가 들렸다. 버려진 두 그림자가 파도에 휩쓸려 가지 않았고 이제야 세상이 조금은 제대로 돌아가는 것 같았다. 심지어 레 카세가 우리에게 감사의 인사를 했다. 갑작스레 사람들이 죽어 나가는 슬픈 마을에서 사랑을 나누는 일은 곳곳으로 날아가 아픈 마음을 다독여 주는 노래 같았다.

주말 내내, 보리안의 표정은 어두웠다. 그는 내 행동을 유심히 살폈고 난 그의 그늘에서 갑갑해 미칠 지경이었다. "다 먹어."

그날도 팔꿈치로 나를 툭툭 치면서 고집을 피웠다. 난 정말 밥을 먹을 기분이 아니었다. 갑자기 화가 치밀어 올라 충동적인 행동을 했다. 그릇을 집어서 그의 앞에 내려놓았다. "너나 먹어." 내가 퉁명스럽게 말했다. 순간 식탁 주위에 침묵이 흘렀다. 모두 숟가락을 내려놓았다. 식사를 멈추었다. 그들은 전쟁 선포를 암시하는, 첫 번째 미사일 발사를 앞두고 있는 사람들처럼 진지했다. 나는 그들이 시키는 대로 하는 것에도 싫증이 났다. 냅킨을 식탁 위에 올려 두고 자리에서 일어났다.

보리안은 한 시간 뒤 방에 들어왔다. 나는 자는 척을 했지만 한동안 나를 쳐다보는 그의 시선이 느껴졌다. 그러다 칼을 숨기고 야영용 그물 침대에 눕는 움직임이 느껴졌다. 잠시 후 불빛이 번뜩이고 지구본의 형체가 보일 거라 예상했다. 하지만 그렇지 않았다. 처음으로 그가 암흑 속에서 자기로 마음을 먹은 모양이었다. 잘 모르겠지만 그때 나의 벌이 시작되었던 것 같다.

난 대낮에 눈을 떴다. 나를 깨운 건 점점 멀어지는 승합자의 엔진 소리였다. 고개를 들어 보니 그의 자리에는 이불만 쌓여 있고 그는 없었다. 집 안에는 파리 한 마리 날아다니지 않았다. 난 몸을 일으켜 바로 시간 계산을 시작했다. 인크로차타 길로 다시 돌아가기까지 30시간이 남았다. 난 매주 일요일이면 시간이 빨리 가기를 바라면서 빨래를 했다. 옷을 입고 방을 가로질러 문으로 갔다. 하지만 문은 밖에서 잠겨 있었다.

문을 쿵쿵 두드리기 시작했다. "이봐!" 아직 잠이 덜 깬 허스키한 목소리로 소리쳤다. 아무런 응답이 없었다. 그래서 다시 반대편으로 가서 창문을 활짝 열었다. 순식간에 냉기가 얼굴에 와 닿았다. 주변을 살펴보았다. 그림자도 없었다. 아래를 내려다보았고 잠시 동안은 정말로 뛰어 내릴 수 있을 것 같은 생각이 들었다. 하지만 천장이 무척 높은 오래된 건물이었다. 최소한 무릎이 박살 나고 말 것이다. "이봐!" 누군가 남아 있길 바라며 다시 한 번 소리쳤다. 멀리서 국도를 달리는 오토바이의 윙윙거리는 소리만 들렸다.

심장이 격렬히 뛰었고 머릿속에 떠오른 생각을 떨쳐 버릴 수 없었다. "나를 가뒀어." 이 말만 계속했다. 배낭을 열고 바닥을 뒤졌다. 불안한 마음에 배낭에 든 것을 침대 위에 탈탈 털어 보았다. 휴대폰은 없었다.

손을 머리에 얹고 자그마한 타일 위에서 우왕좌왕하기 시작했다. 이미 짐승처럼 발가벗겨져 쇠사슬에 묶인 내 모습이 보였다. 울다가 이따금씩 문 쪽으로 갔다. 공포가 밀려왔고 뭔가에 세게 얻어맞은 것처럼 어지러웠다. 호흡을 가다듬어야 했다. 눈을 감았다. 보리안이 천재는 아니었지만 이런다고 효과가 있을 거라 믿는 바보도 아니었다. 마리오는 무단결근을 가볍게 생각하지 않을 것이다. 레 카세의 모든 사람들은 저녁에 메초 길로 나를 데리러 오는 사람이 누구인지 알고 있었다. 사무엘레. 무슨 일이 있어도 난 그를 만나러 갔을 것이다. 그는 농담 삼아 혹은 나를 떠볼 겸 이렇게 말하곤 했지만. "언젠가 내가 누군지 알게 될 거고 넌 그럼 주저 없이 날 떠나겠지."

그를 생각하는 게 도움이 되었다. 처음 본 날부터 그는 내가 살아가는 이유였다. 지금 이 순간에도 그렇다. 인내심을 갖고 기다려야 했다. 그리고 보리안 일행에게 정말로 나를 없애 버리려는 계획이 없기를 바랄 뿐이었다.

저녁 무렵 승합차가 자갈을 우지직 밟으며 돌아왔다. 나는 창가로 가서 장난치며 서로 몸을 밀치고 차에서 내리는 아이들을 보았다. 그들이 우당탕거리는 소리가 이내 집 안에 울려 퍼졌다. 큰 소리로 떠들고 의자를 옮겼다……. 그러다 계단을 올라오는 누군가의 발소리가 들렸다. 계단을 다 올라온 몇몇 발걸음은 옆방으로 향했다. 내 방의 자물쇠가 딸깍하는 소리를 내자 숨이 멎는 듯했다. 마침내 문이 열렸고 문 앞에 보리안이 있었다. 그는 침대에 앉아 있는 나를 보았다.

그는 말 한마디 없이 나를 흘끔 쳐다보고는 말았다. 주변에 이상이 없는지 확인하듯 주위를 훑었다. 그러고는 재킷을 침대에 던지고 아주 살짝 문을 열어 두고 나갔다.

그런 평범한 행동이 소름 끼치는 연극 같다는 생각이 들었다. 나는 갇혀서 먹지도 마시지도 못하고 하루를 보냈다. 무엇보다 화장실에 가고 싶었다. 그렇지만 계단을 내려가는 발소리가 끊길 때까지 기다렸다. 그리고 나는 몸을 움직였다.

아래층으로 내려갔을 때 고문은 딱 거기까지, 다시 말하면 먹을 것을 주지 않고 하루 동안 방 안에 가둬 두는 게 전부였다는 확신이 들었다. 강아지를 벌주는 정도에서 끝이었다. 그들은 저녁을 차렸고 내 자리에도 접시가 있었다. 와인은 이미 철철 넘쳤다. 크리스티는 내 앞으로 와서 가득 채운 잔을 내밀었다. 나는 망설임 없이 잔을 받아 들고 숨을 참고 단번에 들이켰다.

전날 저녁 음식에 거의 손을 대지 않아 싸웠고 그걸로 벌을 받았다. 하루 종일 아무것도 못 먹어서 집히는 족족 고기를 물어 뜯었다. 입천장을 긁혀 가며 딱딱한 빵을 깨물어 먹었다. 보리안은 흐뭇한 미소를 지으며 내 옆에 앉아 입술 끝으로 와인을 홀짝홀짝 마셨다. 그의 눈빛은 아이들에게 이렇게 말하는 듯했다. "짐승을 어떻게 다뤄야 하는지 봤지?" 내가 쉼 없이 먹는 것만 빼면 평소 저녁 식사 풍경과 다름없었다. 대장은 내 모습을 보고 자신 감을 찾았다. 처벌은 강력한 효과가 있었고 명확했다. 이제 난 과하다 싶을 정도로 순종하는 모습을 보여 주었다. 나에게도 계획이 있을 거라는 생각은 전혀 하지 못한 모양이었다.

나는 진심으로 반성하는 하녀 역할을 연기했다. 식탁을 치우고 나서 정리를 하며 한 시간 동안 싱크대 앞에 있었다. 아이들의 발을 들어올리고 마지막 한 톨까지 먼지를 쓸어 담으면서 구석구석을 비질하는 것으로 연극은 끝이 났다. 보리안은 흡족한 왕처럼 맨 끝에서 나를 쳐다보았다.

이제 같은 시간에 지구본의 불이 다시 켜졌다. 잠을 자는 것은 쉽지 않았다. 온몸의 힘이 소진될 정도로 끔찍한 시간을 보냈기 때문이다. 얼마간은 늘 하던 대로 행동하고 아이들의 의심을 사지 말아야 한다.

기상 시간은 빨랐다. 하나뿐인 화장실 앞에서 소변이 급한 사람과 씻느라 반나절이 걸린 사람들끼리 의례적인 인사를 주고받았다. 그러고 나서 전날 마신 삼부카* 냄새가 진동하는 승합차로 달려갔다. 그들이 나를 교차로에 내려 주자 기분이 날아갈 것만 같았다. '거의 해냈어.' 속으로 말했다. 밤 근무를 마치고 산등성이로 가는 루키니의 노동자들이 탄 버스에 오르면서 이 말을 되뇌었다.

가게에 있는 시간은 머리가 희어질 정도로 느릿하게 흘러갔다. 근심 가득한 마리오와 함께 있었다. 그는 휴일이 지나 냉장고

* 아니스로 향을 낸 이탈리아의 리큐어.

에 찬거리를 채워 두려고 온 마을 여자들 때문에 기분이 언짢았다. 우리는 평소보다 조금 늦게 문을 닫았다. 나는 혼자 남아 길거리에 사람이 보이지 않을 때까지 기다렸다가 가게 밖으로 나와서 황급히 오르막길을 올랐다. 폐가 타들어 갈 듯이 숨을 헐떡거리며 인크로차타 길을 빠져나와 담벼락 근처에 있는 마을로 올라갔다. 재빨리 문을 열고 들어갔다. 순식간에 고요한 현관에 들어섰다. 사무엘레는 걱정스러운 기색으로 부스스하게 방에서 나왔다. 그는 뭔가 말을 하려던 차였는데 나는 그의 말문을 막아 버렸다. 울먹거리며 그에게 달려갔다. 내가 와락 달려들자 그가 휘청거렸다. "날 여기 있게 해 줘." 난 온 힘을 다해 그를 꼭 붙잡고 말했다.

*

　지금은 그렇지 않지만 지옥 같았던 그 일요일, 어느 농가의 방에 갇혀서 내가 얼마나 괴로웠는지 안다. 그때와 똑같이 난 여기, 나를 진정한 여자로 만들어 준 사무엘레가 있는 이 침대 위에 꼼짝 않고 있다. 이제 걸핏하면 어두워지고 폭풍이 분다. 이 이상은 악화되지 않을 거라고 이따금씩 혼잣말을 한다. 그랬다간 종말이 올 테니까. 하지만 멈출 기미가 보이지 않는다.

　나는 사라졌고 처음에는 자유를 찾은 느낌이었다. 사무엘레는 장을 보러 가느라 잠시 외출을 하곤 했다. 바깥 분위기를 살피고 집으로 돌아왔다. "사람들이 할 얘기가 많나 봐." 그는 항상 이렇게 툴툴거렸고 얼굴에 깊은 주름이 생겼다. 이제야 알겠다. 내가 이곳에 있는 게 그를 위험에 빠뜨릴 수 있다는 것을. 마렘마의 벽보는 내 사진으로 도배가 되어 있었고 그 옆에는 정자체로 "실종"이라는 단어가 쓰여 있었다. 경찰들은 벌써 제재소의 아이들을 차례로 심문하고 농가를 샅샅이 뒤졌다. 다른 소식들은 들리지 않았다. 신문을 보면 알 수 있었겠지만 말이다. "평소처럼 행동해야 돼." 사무엘레가 멍한 눈빛으로 중얼거렸다. 그러고는 나를 보고 환한 미소를 지었다. "네가 여기 있다는 걸 사람들이 알면 난 끝장이야." 그가 말했다. 잠시 후 그가 내 옆에 있었다.

부모님 생각이 났다. 특히, 수화기를 들고 정신 나간 사람처럼 내 전화번호를 누르고 전화를 받을 수 없다는 메시지만을 듣는 엄마의 모습이 그려졌다. 숨어 지내는 것이야말로 모두를 안전하게 지키는 유일한 방법이다. 진실이다. 나를 찾았다는 뉴스는 신문에 날 테고 그러면 사무엘레가 다시 집중을 받게 될 것이며 내게서 그를 빼앗아 가 버릴 것이다. 벌목꾼들도 어둠을 헤치고 수색 작업을 시작했다. 마음속에서는 보리안이 절대로 사랑의 도피를 용서하지 않으리라는 걸 알고 있었다. 그래서 난 늘 그랬듯이 아무것도 할 수 없었다.

사무엘레는 둘이 함께 차근차근 정리해 나갈 수 있고 시간이 지나면 괜찮아질 거라 말했다. 지금으로서는 전화 한 통이면 충분했다. "엄마, 저는 잘 지내요." 이거면 된다. 엄마를 피 말리게 하고 있다는 생각으로 침대에서 뒤척이며 괴로워하는 대신 말이다. 엄마는 내가 죽었다고 믿고 있다.

내가 실종된 지 어느덧 오 주가 지났고 많은 사람들에게 어느새 난 유령이 되었다. 어쩌면 그들 생각이 맞을지도 모른다. 난 어둠 속에 살며 속삭이듯 말하니까. 사무엘레가 집에 없으면 화장실 물조차 내리지 못한다. 그래서 진실의 윤곽이 흐릿해지는 그런 순간들이 생긴다. 문득 의아해진다. '꿈을 꾸고 있는 걸까?' 어쩌면 눈을 뜨는 것만으로 충분할지 모른다. 그러면 예전처럼 농가에 있겠지. 또는 잠에서 깨어나면 예전 내 방으로 돌아와 다시와 춤을 추고 있을지도 모른다. 그리고 엄마가 숨을 헐떡거리며 내 방으로 달려와 저녁 식사를 하라고 한다. "얼굴이 왜 그러니?" 졸린 듯한 내 얼굴을 보며 엄마가 큰 소리로 말한다. "지금 자면 밤잠을 설치게 될 거야. 내일 아침엔 널 깨우려면 대포가 필요하겠구나."

*

문이 쿵쿵대는 소리에 눈 깜짝할 사이 집을 쓸어가 버릴 것만 같았던 거센 돌풍이 생각났다. 차가운 공기가 이곳 방 안까지 들어왔다. 그리고 날카로운 자물쇠 소리가 들렸다. 사무엘레가 돌아왔다.

나는 벌떡 일어났다. 조금 전처럼 침묵은 계속됐다. 그러다 복도를 비추는 빛이 보이자 언제 그랬냐는 듯이 불안이 눈 녹듯 사라졌다. 희미한 불빛이었다. 그의 이름을 부르지 않으려고 입술을 꽉 깨물어야 했다. 마침내 발소리가 들리기 시작했고 바닥에 비친 그의 그림자가 보였다.

상들리에에 불이 켜진다. 나는 손으로 방패처럼 눈을 가려야 한다. "오래 걸렸네." 내가 작은 소리로 말한다. 사무엘레는 대답이 없다. 앞으로 가서 침대에 걸터앉는다. "이거 봐, 온몸이 젖었어. 밖에 종말이 오고 있어……."

그는 벽을 멍하니 쳐다보며 그렇게 있었다. 그의 얼굴은 창백

449

했고 이마에 머리카락이 엉겨 붙어 있었다.

"무슨 일 있었어?" 가냘픈 목소리로 내가 물었다.

내 말이 들리지도 않는 모양이었다. 잠시 후 그의 시선이 벽 위를 타고 올라가, 천장에…… 급기야 고개를 젖히고, 멈출 줄 모르고 천천히 흔들리는 샹들리에에 도달한다. 그의 얼굴에는 비 맞은 흔적이 있지만 눈물도 섞여 있을지 모른다.

"사무엘레, 말 좀 해 줘." 내가 말했다. "네가 그러고 있으니까 무섭잖아."

그는 온몸을 부르르 떨었다. 닭살이 솟을 만큼 천천히 고개를 돌렸다. 마침내 우리는 서로 얼굴을 마주 보았다. 그의 얼굴은 야위었고 한쪽 콧구멍에서 콧물이 약간 흘렀다. 얼굴이 온통 떨릴 정도로 그의 입술이 떨리기 시작했을 때 가슴이 덜컹했다. 딸꾹질 때문에 숨을 잘 쉬지 못했고 이번에는 굵은 눈물이 떨어져 광대뼈 아래로 흘러내리는 게 정확히 보였다. "나 왔어." 그가 갈라지는 목소리로 힘겹게 말했다. "나 왔어……."

그가 한 손을 들었다. 그의 손이 다가왔고 내 몸에서 영혼이 빠져나와 이 모든 장면을 지켜보듯 얼어붙었다. 내 뺨에 그의 손길이 느껴졌다. 숨이 멎을 듯한 차가운 촉감. 그사이에도 눈물이 계속 뚝뚝 떨어졌다. 난 무슨 말을 해야 할지 몰랐다.

그가 앞으로 다가왔다. 우리의 입술이 닿자 짠맛이 느껴졌다. 딸꾹질 때문에 그가 고개를 떨꺽거렸지만 깨끗한 공기를 들이마시듯이 계속 내게 키스를 했다. 서서히 긴장이 풀리며 그에게 완전히 몸을 맡겼다. 그가 내 목에 키스했고 잠시 동안 나는 샹들리에를 바라보았다. 여전히 흔들리고 있다. 페인트 조각이 황동 받침대에서 떨어져 나와 눈송이처럼 빙빙 돌면서 우리 머리 위로 떨어지는 게 보였다. 그는 흥분한 몸짓으로 순식간에 재킷을 벗어서 바닥에 집어던졌다. 갑자기 분노에 사로잡혀 거세게 숨을 몰아쉬었다. 그러고는 와락 달려들었다.

바깥의 폭풍우가 우리의 몸과 합치되는 것 같은 순간이었다. 천둥이 치자 창이 흔들렸다. 그는 내 위에서 그의 폭풍을 내 몸 안으로 밀어 넣듯이 끊임없이 움직였다. 난 소리가 나지 않도록 이를 악물고 참아야 했다. 죽는 날까지, 아니 그 후에도 영원히 간직하고 싶은 기분 좋은 고통이었다. 천장의 시트가 떨어져 나갔고 여전히 꿈을 꾸고 있는 듯했다. 그에게 이렇게 묻고 싶었다. "무슨 일이 일어나고 있는 거야?" 하지만 그가 격렬히 키스했다. 사무엘레의 눈물이 내 몸을 적셨다. 그는 멈출 생각을 하지 않았고 나는 감당하기 힘든 수준에 이르렀다.

결국 나는 입을 벌리고 소리를 지르기 시작했다.

사무엘레 라디
짐승

사랑을 나눈 뒤 그녀는 지쳐 쓰러졌다. 보통은 지금처럼 잠시 동안 곯아떨어진다. 엘레오노라의 외모는 칼날처럼 가녀리다. 하지만 어둠 속에서는 가장 먼저 나를 불태우는 불의 검이 되었다. 힘겹게 그녀의 몸을 쟁취했다. "오늘 밤 떠나자." 내가 집에 돌아오면 언제나 그녀는 이렇게 말한다. 내 손을 잡으며 이렇게 말한다. "널 찾은 사람은 나야. 이제 다신 널 놓지 않을 거야." 잠시 동안 절벽과도 같이 깊은 눈이 감기는 것을 보려고 그녀의 얼굴을 간지럽혔다. 힘든 것인 줄 알면서도 몇 날 며칠을 계속해서 그녀의 눈에 빠져들었다. 용기를 내 보려던 것이기도 하다. 그녀에게 이 말을 전할 용기를…….

……여배우들처럼 클라라의 광대 아래에는 애교점이 있다. 그녀는 자신이 만든 사인을 종이에 그려 보는 걸 좋아했다. 한 시간이고 두 시간이고 종이를 뚫어져라 쳐다보며 시간을 보냈다.

"마음이 편안해져." 자신의 이름을 반복해서 쓰면 어떤 기분이 드는지 묻자 이렇게 대답했다. 그녀는 중심으로 가면서 점이 될 정도로 글자가 점점 작아지는 소용돌이 따위를 그리는 것을 유독 좋아했다. 그런 다음 만족스러운 듯 고개를 들었다. 마치 공기가 정체되고 모든 것이 고요한 태풍의 눈에 들어간 듯했다. 클라라가 원하는 건 단 하나였다. 그곳에 사는 것.

초반에 클라라는 나를 거들떠보지도 않았다. 그녀는 레스토랑의 테이블 매트 위에서 반복적으로 움직이는 손을 따라 찰랑거리는 자신의 까만 머리칼을 좋아했다. 소용돌이. 반짝이는 소용돌이를 둥글고 납작한 빵 모양으로 말아 올렸다. 고르곤*의 뱀을 연상시켰다. 손님들이 계산을 하려고 그녀가 있는 계산대로 향하면 나는 테이블 사이를 분주히 돌아다녔다. 그리고 기름 묻은 냅킨과 반쯤 먹다 만 디저트가 들러붙어 떨어지지 않는 포크를 정리했다. 그리고 콧물 범벅이 된 채로 발견되곤 하는 인색한 팁을 포함해 전부 코카콜라 쟁반에 쓸어 담았다. 그러면서 새하얀 치아와 놀라운 손을 가진 마렘마의 혼혈 여인을 몰래 쳐다보았다. 그녀의 아버지는 딸을 사람들 앞에 내세우기를 좋아했다. 그녀의 존재 자체가 폴로니카로 휴가 온 것을 후회하는 밀라노 사람의 불평불만을 쏙 들어가게 만들었기 때문이다. 폴로니카로 휴가를 왔다는 것은 실패한 인생이라는 뜻이었다.

우리는 근무가 끝나면 캠프장 가는 길에 있는 낮은 담벼락에서 담배를 피웠다. 반대편 베란다에서 멍하니 바다를 바라보며 쓸데없이 시간을 낭비하는 얼간이들과 선을 긋는 것이었다. 우리 둘

* 그리스 신화에 등장하는 흉측한 모습의 세 자매로 머리카락이 뱀이다.

사이에는 많은 대화가 오가지 않았다. 야생을 떠돌다 세상에 다시 적응하는 것처럼 그저 멍하니 앉아 있을 뿐이었다. 가끔 그녀가 고개를 들고 이렇게 말했다. "네 월급이 얼마나 되든 간에 결코 충분하지 않다는 걸 알아 둬." 도시 생활에 지쳐 우는 아이들을 데리고 이곳으로 몰려든 사람들에게 시달려야 한다는 사실을 암시하는 말이었다. 난 이렇게 말하고 싶었다. 다 쓰러져 가는 천막 아래서, 부엌에서 날아오는 쓰레기 악취를 맡더라도 그녀와 함께 있는 것으로 값진 보상을 받았다고.

바이아 데이 부테리는 속이 썩은 사람들을 끌어모으는 썩은 장소다. 몇 킬로미터 떨어진 곳에서도 악취가 진동한다. 밤낮으로 흰 연기를 내뿜는 그 뭉툭한 막대를 들고 솔미네로 향하는 국도로 들어가면 고약한 냄새가 난다. 동시에 뜨거운 햇볕을 고스란히 맞고 있는 스카를리노 평원이 펼쳐지고 바다가 나온다. 하지만 정신을 똑바로 차려야 한다. 부두를 보고 나면 빈민가로 돌아가 자랑할 사진을 찍으려 달려들던 관광객들은 손에 들고 있던 엽서를 찢어 버리게 된다. 그들은 정화 장치 배수관 때문에 따뜻하고 기름이 둥둥 떠 있는 유황 섞인 물에 떠 있는 부두를 발견한다. 때때로 산소를 찾아 날뛰다 도랑 밖으로 튀어나와 둑 위에서 폐사한 물고기들도 상당했다. 해일이 일어 다시 물속으로 빨려 들어가기도 하지만 물가에 죽은 물고기가 쌓이면 단 몇 시간 만에 공기가 오염된다. 그러면 구역질을 하지 않고는 도저히 해변에 가까이 가기가 힘들어진다. 캠핑장 입구 아치에 "환영합니다"라고 크게 쓰여 있는 글을 본 게 바로 그때였다. 모래사장으로 시선을 옮기자 작은 삽으로 발꿈치에 붙은 타르 덩어리를 긁어 내고 있는 아이들이 보였다. 아이 부모들은 더위를 못 견디고 몇 걸음 못가서 털썩 주저앉았다. 하지만 사진기만 꺼내면 고개를 들어 환호성을 지를 만큼 환한 미소를 지었다.

이렇게 황폐한 곳에서 클라라는 유일하게 청정한 곳이었다. 저녁 영업을 준비하는 동안 레스토랑 베란다에서 그녀와 마주치면 나는 거리를 두었다. 나는 고개를 숙이고 의자를 줄 맞춰 세우고 식기 세척기의 물방울 흔적이 보이지 않게 유리컵을 다시 한번 행주로 닦아야 한다는 핑계를 대면서 분주하게 돌아다녔다. 하지만 그녀를 피해 다니는 것은 쉽지 않았고 애피타이저 뷔페나 접시가 놓인 선반 근처에서 마주치곤 했다. 8월에 휴가를 보내며 괴로워하는 불행하고 추한 사람들에 대한 일상적인 농담을 주고받았다. 클라라는 별 볼 일 없는 곳으로 휴가를 오기로 결정한 정신 이상자들을 분석하는 걸 즐겼다. 그리고 1970년대에 소나무 숲 끝자락에 오두막을 지을 생각을 한 아버지의 뛰어난 통찰력을 동경했다. 시간이 흘러 첫 번째 노대가 생겼다. 그다음에는 벽이 하나둘씩 생기더니…… 불법 라 바이아 데이 부테리가 탄생했다. 이십 년 뒤에 합법화가 되면서 한 가정이 돈방석에 앉았다.

그녀는 이곳에 어울리지 않았다. 클라라의 존재는 이곳의 분위기를 바꿔 놓았고 정말로 카리브 해의 색으로 물들이는 것 같았다. 그녀가 있는 곳은 그렇게 변한다.

휴가철 막바지에 그녀의 아버지가 근처에 없으면 우리는 손을 잡고 다녔다. 베란다는 골이 단단히 난 얼간이들의 차지가 되어 버렸다. 페라고스토*에도 못마땅한 얼굴이 풀리기는커녕 오히려 더 일그러졌다. 이 장소가 그들이 어떤 사람들인지 정확하게

---

* 페라고스토(Ferragosto)는 성모승천 대축일로 8월 15일이다.

보여 주었고 그들은 그런 대우를 받아 마땅했다. 힘들게 흘린 땀 방울이 맺은 결실은 겨우 이 정도였다. 심지어 웨이터는 셔츠도 걸치지 않고 일했다.

클라라는 전기 스파크 같은 눈으로 나를 곁눈질했다. 당황스러울 정도로 매서웠다. 그래서 난 주문 실수를 하고 말았고, 화가 난 베페는 욕을 해 대며 주방으로 갔다. 그리고 까다로운 손님들의 신경을 거슬렀다. 하루가 멀다 하고 오늘의 메뉴와 주문이 불가한 메뉴를 잊어버렸기 때문이다. 그녀는 내 행동 하나하나에 미소를 지어 주었다. 마치 눈빛으로 "당신 멋져요, 내 사랑."이라고 말하는 듯한 달콤한 미소였다. 멋지다는 말에는 어떻게 반응해야 할지 몰랐고, 내 사랑이라는 말에는 우주를 이루는 별에 사랑을 맹세하라면 할 준비가 되어 있었다.

불행한 관광객들이 코끼리 같은 엉덩이를 흔들어 대는 휴가철이 끝나면 우리는 사랑을 나누었다. 오후에 베페가 바닥에 통을 놓고 만들던 상그리아에 취해서 말이다. 어느 순간 베페는 샌들을 벗고 그 통 안으로 들어갔다. "대체 왜 그러는지 모르겠어." 그가 중얼거렸다. 그러고 나서 다시 복숭아와 수박을 잘게 잘라 방금 전 럼주를 탄 더러운 와인에 담갔다. 이제 피서객들은 파티에 섭외된 풀리아 사람의 음악에 맞춰 긴장을 풀고 몸을 흔들면서 불결한 술을 닥치는 대로 들이켰다. 뚱뚱하고 가느다란 콧수염이 난 그 풀리아 사람은 자동 피아노를 연주하는 척하면서 라마조티*의 노래를 불렀다.

클라라와 나는 레스토랑 뒤쪽으로 이어지는 울타리와 베란

---

* 1985년 데뷔한 이탈리아의 싱어송라이터.

다를 분리하는 대나무 발 뒤에 있었다. 서서히 흥분이 극에 달했고 내 두 다리는 간신히 버티고 있었다. 그녀는 가장 황홀한 순간에 고개를 뒤로 젖혔다. 예닐곱 살쯤 되어 보이는 아이가 대나무 발을 가르고 쑥 튀어나온 손가락을 보고 놀랐다. 나는 틈 사이로 아이를 지켜보면서 하던 일을 계속했다. 그 아이에게는 아무것도 보이지 않으리라는 걸 알면서도 시선이 진짜로 마주친 것 같은 느낌이 들었다. 삐죽삐죽한 머리에 바르셀로나 축구복을 입은 어린 아이의 파란 눈을 쳐다보면서 하던 일을 마무리했다.

10월 말, 우리는 우라니오 길로 이사를 했다. 난 이미 새 사람이 되어 있었다. 예전에는 지루하게 여겼을 좋은 생각들을 하게 되었다. 예를 들면, 어느 날 문득 살면서 겪은 모든 어려움에 감사하는 마음이 들었다. 어떻게 보면 그때, 내 곁을 지켜 주는 클라라와 함께 그 집의 문을 열었던 그 순간으로 나를 이끈 게 바로 그 불행들이었으니까. 한동안 환기가 되지 않아 나는 쾨쾨한 냄새 때문에 숨을 제대로 쉴 수 없었지만 그 와중에도 이런 생각이 들었다. 우리 둘에게 새로운 인생의 서막이 오른 거야. 그러고 나서 오후 내내 계단을 오르내리며 우리의 과거가 담긴 물건이 든 상자를 옮겼다. 착하게 살아도 과거는 늘 쫓아다니기 마련이다.

그녀에 대해 이야기하자면, 그녀는 일을 시작한 지 막 사 개월이 지났을 때 아무리 훌륭한 벽돌공이라도 일 년 안에 벌기 힘든 수입을 벌어들였다. 그녀의 아버지는 수입의 3분의 1을 그녀에게 주었고, 정산이 끝나면 그녀는 0이 끝없이 붙은 금액을 챙겼다. 반면에 나는 불법으로 급여를 주는 레스토랑에서 주말도 없이 일하면서 비수기 때 쓸 생활비를 마련하기 위해 동전 한 푼까지 아껴야 했다. "언젠가 대학에 복학할 거야." 난 종종 이렇게 말했고 정말로 그렇게 되리라고 믿을 때도 있었다. 그러면 그녀는 내겐 고고학자의 자질이 없다며 놀려 댔다. "일요일에 너를 집 밖으로 끌어내리려면 폭탄을 던져도 모자란데." 그녀가 말했다. "정글에서 마체테*를 들고 천 년의 역사를 지닌 신전을 발굴하는 네가 상상이 안 가……."

그녀는 말을 잘했다. 매주 토요일이면 친구들을 만났고, 그녀가 그렇게 시간을 보내는 동안 나는 산 로렌초나, 운이 나쁘면 매번 갈 때마다 내가 오는 것만 봐도 코를 찡긋거리며 못마땅해하는 사장이 있는 바바레세까지 수 킬로미터를 걸었다. 그 노동 착취자에게 폭력을 휘두르지 않기 위해 마음속으로 분노를 삭여야 했다.

이런 걸 제외하면 우리는 열렬히 사랑하며 지냈다. 시도 때도 없이 녹초가 되었지만 이내 다시 활활 타올랐다. 소소한 것들로 가득한 나날을 보냈고, 우리 눈에는 이런 것들이야말로 세상의 본질인 것 같았다. 보통 선뜻 나서는 사람이 없는 그로세토로에서의 무의미한 산책과 대성당 계단에 잠시 앉아 생각 없이 내뱉는 이상한 계획 같은 것들 말이다. 다음 날 아침잠에서 깬 집 안을 돌아다니는 그녀를 보는 것만으로 누구나 겪을 수 없는 신의 입맞춤을 받는 느낌이었다. 나는 마음을 단련해야 했다. 많은 노력이 필요했다. 몰래 그녀를 감시하던 잔인한 순간들이었다. 문득 내가 그녀에 비해 부족한 사람이라는 생각이 들었다. 클라라는 나의 애간장을 태웠다. 그녀는 내가 항상 꿈꿔 왔던 크리스털 인형이었지만 한 점의 바람에도 쉽사리 산산조각 날 수 있었다. 무엇보다 내 마음을 깔아뭉개면서. 어느 때보다 더.

* 날이 넓고 무거운 칼로 '정글도'라고 불린다.

세리에 A경기를 보느라 집에 틀어박혀 나오지 않는 얼간이들 때문에 레스토랑이 한산한 틈을 타서 일찌감치 바바레세를 나왔던 날 밤에 질투가 시작되었다. 예전 같았으면 남아서 악착같이 월급을 챙기려 들었을 텐데. 손님이 없으니 한두 시간 일찍 퇴근을 해도 되는지 물어보았다. 잔카를로는 다크서클이 내려온 흐늘흐늘한 살 속에 파묻힌 눈으로 나를 쳐다보았다. 그는 레스토랑에 사람이 없을 때면 괴로워했고 모두가 조용히 그 비극을 겪으며 자리를 지키길 원했다. "일하고 싶어 죽겠어." 그가 걸걸한 목소리로 말했다. 나는 허락한다는 의미로 받아들였다.

나는 트레디치 고비에 도착했다. 잉글리시 펍이 위치한 수백 년 된 지하로 이어지는 계단 끝에서 헬멧을 벗었다. 누군가 나를 보면 강도로 착각할지도 모른다. 혹은 마피아 보스의 명령을 받고 행동하는 킬러로 오인할지도. 어느 순간 시끌벅적한 소리가 들려왔고 이미 시선은 클라라를 찾느라 분주했다. 그녀가 놀란 얼굴로 벌떡 일어나 내 이름을 부르며 달려와서 키스를 퍼부을 거라 기대했다.

그런데 그녀는 번지르르한 어떤 남자와 함께 있었다. 아치 아래, 구석에 각이 진 긴 의자가 딸린 테이블에 앉아 있었다. 빈 잔들이 놓여 있었고 그 남자는 이따금 조심스럽게 몸을 숙여 들키지 않게 담배를 빨아들였다. 연기가 피어올랐지만 아무도 신경 쓰지 않는 것 같았다. 오히려 큰 웃음소리가 끊임없이 터져 나왔다. 어느 순간 그의 어깨에 머리를 기대는 그녀가 보였다. 그녀는 즐거워 보였다. 잠시 후 그들은 눈물이 날 정도로 웃어 댔다.

일 분 정도 지속된 것 같았다. 백 년이 걸린 것 같기도 했다. 나는 한쪽 팔에 헬멧을 걸고 웨이터 복장을 한 채로 계산대에 기대어 있었다. 그때 심한 공포를 느꼈다. 이제 숨 쉬는 것도 잊어버리릴 정도로 괴로움이 목까지 차올랐다. 나는 존재했지만 내가 아니었다. 더 이상 사람이 아니었다. 갈기갈기 찢겼다. 다른 남자 곁에 있는 나의 아름다운 고르곤을 바라보았다. 그 남자가 그녀의 입술을 쳐다보는 눈빛을 보았다. 그리고 그 옆에 있는 클라라. 몇 시간 전까지만 해도 우리만의 것이라고 믿었던 그 친밀감을 송두리째 빼앗겼다. 우연히 그녀가 내가 있는 쪽을 돌아보았고 나는 몸을 제대로 움직일 수조차 없었다. 둥근 창문을 통해 다른 세상에 있는 듯한 그녀를 바라볼 뿐이었다. 사실, 안색이 어두워진 그녀를 본 그 순간에도 내 표정에는 전혀 변화가 없었다. 몇 광년 떨어진 곳에서 초점을 맞추고 있는 것 같았고 그게 사실이었다. 그녀의 눈이 휘둥그레질 때까지 그랬다. "사무엘레!" 그녀가 나를 향해 달려오며 소리쳤다.

그 장면을 목격했을 때 그 무리의 다른 사람들이 계산대에, 그것도 바로 내 옆에 있다는 사실을 알았지만 신경 쓰이지 않았다. 마렘마 출신의 체격이 다부진 필리포라는 사내의 성적 취향이 어떻든 상관없었다. 그는 트레디치 고비에 홀로 남아 디자이너가 되겠다는 연인을 영국으로 떠나보낸 슬픔을 맥주로 달래고 있었다. 클라라의 웃음이 마리화나 때문이든 아니든 상관없었다. 그는 그녀의 얼굴에 자욱한 연기를 내뿜으며 마리화나 한 대를 피웠다. 클라라는 그런 것에 익숙하지 않아 그라파를 처음 마신 열두 살의 아이처럼 바로 반응을 보였다.

나 자신이 중요했다. 별안간 뼛속까지, 아니 그 이상으로 파고드는 끝도 없는 고통이 느껴졌다. 눈 깜짝할 사이에 모든 걸 잃을지도 모른다는 생각에 슬펐다. 알 수 없는 어둠에 잡아먹히는 것 같았다. 클라라는 이런 곳에서 나를 보게 되어 기뻤고 우리는 웃으며 농담을 주고받았다. 하지만 파멸에서 겨우 살아 나온 것처럼 속에서는 아직도 상처가 아물지 않았다. 무자비한 질문이 계속해서 공중을 떠다녔다. 정말로 이렇게 살기를 원해? 꼼짝없이. 그 감정에 순응하며.

그랬다. 그렇게 살고 싶었다. 그걸 문제 삼은 적도 없었다. 다른 대안이 없었다. 클라라가 내 인생에 들어온 지금, 두 가지 가능성뿐이었다. 그녀 아니면 그녀. 언제든 걷어차 버릴 수 있었지만 그녀의 눈에서 나에 대한 확신을 발견했다. 예전에 나는 수많은 사람들 중 하나인, 특별할 것 없는 평범한 사무엘레 라디였다. 이제 난 눈빛 하나로 길에서 마주치는 모든 사람들을 제압할 수 있다.

그녀는 굉장히 아름다웠다. 위협이나 마찬가지였다. 딴 곳에 정신이 팔린 그녀를 보면 핏속에서 용암이 용솟음치기 시작했다. "무슨 생각해?" 독수리처럼 즉각 달려들어 물었다. 클라라는 평상시처럼 미소를 지으며 고개를 저었다. "네 생각." 늘 이렇게 대답했다. 내 마음은 갈기갈기 찢어졌다.

이제 주말이 되면 고통스러웠다. 세상에는 먹이를 찾는 상어들이 많았다. 우리 둘은 욕실 거울 앞에 함께 서 있는 경우가 자주 있었다. 나는 교대 근무를, 그녀는 파세르 투어라고 농담 삼아 부르는 저녁 외출을 준비 중이었다. "오늘 저녁 파세르 투어가 있어." 그녀가 말했고 나는 보이지 않는 계단에서 굴러떨어지는 기분이었다.

거의 매번 카밀라의 집에서 저녁 식사를 하는 것으로 시작했다. 카밀라는 우울한 음악과 검은색 립스틱에 집착하는 120킬로에 달하는 육중한 몸매의 여자였다. 옷과 신발뿐 아니라 모든 게 검은색이다. 교묘하게 사람을 조종하길 좋아하는 그녀의 눈빛은 역겹기 그지없었다. 나와 시선이 마주치면 클라라가 하는 모든 말에 이상한 눈짓을 보냈다. 내가 모르는 비밀 이야기를 몰래 읽고 있다는 듯이. 밖에서 남자를 만나도록 클라라를 부추기고 있다는 확신이 들었다. 카밀라는 클라라의 미모를 탐탁지 않게 생각했다. 산등성이에서 내려온 나와 행복하게 지내는 것도 못마땅하게 여겼다. 친한 친구의 마음을 상하게 할 수 없으니 대신 나를 괴롭히는 것이다. 그녀는 마음에 들지 않는 것이 있으면 입을 삐죽댔다. 내가 불편해하는 것을 느끼면 즐거워했다. 그리고 멈추지 않았다.

퇴근 후 집에 돌아왔을 때 클라라가 없던 적이 종종 있었다. 그럴 때면 새벽 1시까지 와인에 의지해 힘겹게 버텼다. 문을 더듬거리는 소리가 나고 평소와 같이 "자기야……."라고 부르는 그녀의 목소리가 들리기 전까지 힘겨운 시간이었다. 그녀가 작은 부엌이 딸린 거실로 나타나기까지 일곱 번의 구두 굽 소리가 났다. 볼륨을 최대로 줄인 텔레비전 앞에 널브러져 있는 나를 보고 전등을 켰다. 불빛에 눈이 부셨지만, 더욱 눈부신 건 그녀였다. 묻지도 않았는데 저녁 외출이 어땠는지 상세히 설명해 주었다. 아주 상세하게. 뭔가를 숨기려고 하는 사람처럼 급하게 말을 늘어놓았다.

나는 우리가 집 안에서 한 이불을 덮고 있을 때만 안전하다고 착각했다. 창문을 세차게 두드리는 비가 쏟아지는 겨울철 비수기는 그렇게 보냈다. 나는 한 떨기의 꽃처럼 생기를 되찾았고 그녀는 차츰 기운을 잃어 갔다. 그녀는 한시도 가만있지 못하는 성격이지만 내게 그건 누가 뭐래도 위험을 뜻했다. 심지어 나는 그녀 몰래 레스토랑에 전화해 아프다는 거짓말을 했다. 잔카를로가 소리를 지르는 통에 전화를 뚝 끊어 버릴 뻔했다. 그러고 나서 방으로 가서 이렇게 얘기했다. "여전히 일이 별로 없어." 받았다면 요긴했을 보수에 대해 푸념을 늘어놓았다. 초반에 클라라는 나와 함께 지낼 수 있어 행복했고 내 심장은 터질 것 같았다. 그녀는 저녁에 만날 사람들과 장소를 열거하기 시작했다. 내가 그녀를 붙잡아두기 시작한 게 바로 이때부터였다. "그러지 말고 우리 비디오 빌려 볼까?" 그녀가 나를 쳐다보았다. 싫은 내색없이 고개를 끄덕였다. 그리고 다음 주 토요일까지 온종일 그녀와 관계를 가졌다.

심심할 때 그녀는 종종 내게 질투심을 불러일으키는 화제를 꺼내려 들었다. 예를 들면 어떤 연인들을 만났는지, 어렸을 때 꿈은 뭐였는지…… 하는 것들 말이다. 전부 다 말하고 싶지 않은 것들이었다. 대단한 이야깃거리가 없는 것도 사실이었고 그녀가 선을 넘지 않도록 하기 위해서였다. 나는 그녀의 첫 경험 상대가 누구였고 학창 시절 어떤 집착을 경험했는지 알고 싶지도 않았다. 그녀가 엉겁결에 어떤 남자 배우를 칭찬하면 내 안색은 어두워졌고 그 배우가 나오는 영화는 보지 않았다. 그녀가 고등학교 3학년 때 리스본으로 수학여행을 다녀온 이야기를 할 때는 괴로웠다. 키스나 애무, 멍청한 약속이 가득 적힌 편지 이야기가 이어졌기 때문이다. 그런 이야기를 들으면 마치 귓속의 비상문을 닫아 버리듯이 입을 다물었다. 그녀가 마르코, 산드로, 라파엘레 같은 이름을 말했지만 귀에 들어오지 않았다. 날아가는 무의미한 공기에 불과했다. 결국 클라라는 내가 다음 날까지 입을 꾹 다문 이유를 알아차렸다. 그녀가 방에서 뚱뚱한 카밀라나 모임의 다른 누군가와 통화를 하느라 한 시간씩 방에 있을 경우, 나도 그들 수다의 소재가 되어 버렸다.

어느 날 저녁 그녀는 내게 이렇게 말했다. "언제까지 이럴 거야. 내 과거를 모욕하면서 현재의 나에게 상처를 주고 있잖아, 모르겠어?" 우리는 처음으로 진지하게 대화했고 그녀는 주저 없이 할 말을 다 했다. 그녀가 말할 때 목과 이마에 불거진 혈관이 선명하게 보였다. "난 너에 대해 아무것도 몰라. 그게 정상이라고 생각하니?" 갑자기 그녀가 물었다. "넌 아무런 사연도 없이 세상에 뚝 떨어진 사람 같아. 누구든 자신의 이야기가 있어, 심지어 추악한 사람도……."

나도 모르게 마음을 터놓기 시작했다. 그녀가 쉴 새 없이 쏟아 내는 말을 가로막고 말이다. 그 순간 그녀는 마치 손바닥으로 찰싹 맞은 듯이, 고개가 뒤로 젖혀질 정도로 깜짝 놀랐다.

나는 고향 이야기를 시작했다. 평생 나무와 구름을 껴안고 사는 어머니의 아들이 어떤 침묵을 안고 살았는지 말했다. 결국 나 또한 몸의 윤곽이 사라져 구름이 된 것처럼 느끼게 된다. 그러나 다른 사람들이 하는 걸 따라 하고 사람들 틈에 끼어 살다 보면 어떻게든 살아진다. 비록 자신을 구석으로 밀어 넣고 백 년 동안 땅만 쳐다보고 있다 하더라고 계속 살아간다. 그렇게 기차의 창 너머로 풍경을 바라보는 지루한 여행자처럼 몸을 내맡기는 것이다. 아니면, 멀리 떨어지는 걸 좋아하니까 우주선을 타든가. 비밀은 바로 이것이다.

그렇다. 나도 여자 가슴만 보면 심장이 뛰고 숨이 가빠 오던 어린 시절에 소소한 행복을 느낀 적이 있었다. 단칼에 거절당한 적도 있었다. 일방적인 고백, 바닷가 데이트……. 늘 진실에서 한 걸음 떨어져 있는 느낌이었지만 어쨌든 내가 가야 할 곳에 도달할 수 있었다. 현실을 그림이라고 한다면 난 액자 속에서 움직이고 있었다. "그러다 너를 만났어." 손을 쳐다보며 내가 말했다.

낙인이 찍히듯이 그녀의 시선이 피부에 느껴졌다. 하지만 어느덧 난 질주하고 있었고 강물처럼 마구 말이 쏟아졌다. 그녀가 나에 대해 알고 싶다고 했고, 난 그에 대한 대답을 했다.

마렘마의 산등성이 마을로 던져 버린, 상상조차 하기 싫은 상처들을 들추었다. 기쁨인 동시에 고통이었다. 눈부신 불빛 같은 에세드라 할머니를 만났고 그런 할머니의 죽음은 모든 것을 뒤집어 놓은 가장 충격적인 기억이다. 학업을 중단했다. 화, 목, 토요일 저녁 6시에 더 이상 전화가 오지 않았고 이 세상에 정말로 홀로 남겨졌다는 생각이 들었다. 레 카세로 돌아갔다. 얼마 되지 않는 유산을 챙겨서 로마 길에 있는 차고 같은 작은 아파트에 몸을 숨겼다. 불법으로 일하던 레스토랑의 죽음의 무도는 그때 시작되었고, 오랫동안 계속되었다.

클라라는 나를 바라보는 것만으로 행복해했다. 나는 그녀 덕분에 십 년간의 떠돌이 생활을 청산하고 마음을 다잡고 사회로 뛰어들었다. 그녀에게 사랑을 표현하려고 안간힘을 썼지만 잘되지 않았다. 하지만 마음속에는 커다란 기계가 움직이는 것처럼 사랑이 가득했다. 그러다 단 세 단어로 표현할 수 있다는 걸 깨달았다. 나도 모르게 그 말을 내뱉으면 그만이었다. "널 많이 사랑해."

난 너무 놀란 나머지 의자로 뛰어 올라갈 뻔했다. 클라라의 눈에는 눈물이 고였다. 그녀가 와락 안겼을 때 숨도 잘 쉬어지지 않았다. 황홀한 기분이었다. 그 감정에 의미를 부여하자 새로운 경계가 보였다. 사각형 새장에 갇힌 느낌이었다. 결국 작은 점이 되어 버리고 마는 회전목마의 모든 기둥에 그녀의 이름이 새겨져 있는 것 같았다. 그 점은 바로 나였다.

*

엘레오노라의 얼굴에도 미인 점이 있었지만 작아서 잘 눈에 띄지 않는다. 오른쪽 눈 바로 아래 눈물처럼 달려 있다. 가장 먼저 눈에 띈 것 중 하나였다. 번개가 번쩍하며 방 안을 비추는 지금 이 순간에도 그걸 보고 있다. 생각이 멈추고 모든 걸 포기한 채 그녀에게 다시 기대려는 순간이다. 내 입술이 그녀의 귀에 닿을락 말락 할 정도로 순간 몸을 숙였다. "우린 서로에게 부족한 사람이야." 막 이렇게 운을 뗐다. 그녀가 멈칫했다. 그녀는 떨고 있었다. 어쩌면 땅이 흔들린 걸지도. 레 카세는 숨을 쉰다. 헐떡거린다. 상처 입은 짐승이다. 성난 폭풍 속에서 간헐적으로 방 안이 환해지고 하늘의 천둥소리가 땅으로 퍼지고 급기야 우리의 몸속에서도 울려 퍼진다. 엘레오노라는 잠을 자고 있다. 꿈을 꾸고 있을지도.

봄이 문을 두드리자 바이아 데이 부테리의 문은 다시 활짝 열렸다. 울타리 손질, 사방에 페인트칠, 말뚝 울타리 세우기. 클라라의 아버지는 외국인 벽돌공들을 불렀다. 그들은 해야 할 일을 듣고 하루 종일 잡담 한마디 없이 열심히 일했다.

그녀가 운전하는 노란색 르노 자동차를 타고 캠프장에 도착했을 때 조금 당황스러웠다. 실려 다녀야 하는 환자가 된 기분이었다. "난, 차가 없어."라고 외치는 가련한 사람이 된 것 같기도 했다. 특히 나와는 반대로 남성성을 중요하게 여기고 상남자의 면모를 타고난 알라리코의 사고방식을 완전히 깨 버리는 장면이었다. 그는 계속해서 바닥에 침을 뱉었다. 회계 사무실에 있는 무솔리니의 두상이 시선을 사로잡았다. 오는 사람들마다 대성당에서 성인의 발을 만지듯 청동으로 된 그의 대머리를 만졌다.

작년 휴가철 초반에 그가 임시방편으로 내게 전화를 했다. 전화 통화에서 하필이면 관광객들이 몰려오기 시작하는 5월 중순에 웨이터가 다리를 다쳤다고 말했다. 첫 번째 면접에서 질문은 직설적이었다. "열두 시간 쉬지 않고 일할 수 있습니까?" 난 그 이해할 수 없는 사실에 아직도 어안이 벙벙하다. 십 년 뒤, 나는 고용사무소에서 계약을 맺는 진짜 일을 제안받았다. 일거리가 없는 9월에는 지난해에 전단지를 돌려 번 돈으로 걱정 없이 생활할 수 있었다.

가끔 그건 우연이 아니었다는 생각이 들었다. 내 전화번호는 몇 년 동안 먼지만 쌓여 가는 서랍 속 장부에 적혀 있었다. 어느 날 오후 기적이 일어났다. **따르릉**……. 전화를 받고 나서 내 삶은 클라라에게로 이동하기 시작했다.

그녀는 반짝였다. 우라니오 길에서 내 품에 안겨 겨울을 보낸 뒤 활기찬 바깥세상으로 돌아갔다. 그리고 좀처럼 나를 쳐다보지 않던 그녀 아버지와의 관계에도 변화가 생겼다. 그는 내가 다가가면 이리저리 핑계를 대며 자리를 피했다. 인사 대신 땅을 보며 "어이……"라고 말했다. 그렇게 그는 마지못해 또 한 번의 여름을 나와 함께 보내야 했다. 딸 때문에라도 나를 받아들일 수밖에 없다는 게 뻔한 사실이었다.

막노동을 해 본 경험은 없지만 보수 공사를 하는 동안 최선을 다해 일하는 모습을 보여 주었다. 나는 주로 박스를 날랐다. 유리와 바닥을 청소했다. 엄청난 양의 소나무 잎을 쓸어 한데 모았다. 클라라는 쉬지 않고 분주하게 돌아다녔다. 그녀는 바이아 데이 부테리를 경영하면서 지난 몇 개월 동안 내가 쥐고 있던 고삐를 풀어 버린 듯했다. 생기 넘치는 그녀를 보고 있으려니 괴로웠다. 내가 그녀에게 부족한 사람이라 나를 떠날 것만 같은 느낌이 들었다. 하지만 이번에는 의기소침한 모습을 보이지 않으려고 애써 꾹 참았다. 우리는 녹초가 되어 집에 도착했고, 가는 내내 거의 말도 없었다. 그때 어떤 벽돌공의 모습이 떠올랐다. 그는 클라라의 동료들과는 사뭇 다른 뻔뻔한 사내였고 다부진 근육질 몸을 과시하면서 정오가 되면 습관적으로 티셔츠를 벗어 던지곤 했다. 내리쬐는 햇볕을 받으며 모르타르를 반죽했는데 마치 포즈를 취하는 모델 같았다. 트레디치 고비에서 알게 된 필리포라는 사람과는 성향이 달랐지만, 남자들까지도 그의 몸놀림에 반해 버렸다. 람보 같았다. 조금 마른 람보. 목에는 해병대 메달 비슷한 반짝이는 작은 메달을 걸고 있었다. 그럴 때면 난 즉시 클라라에게 눈을 돌렸고, 잠시지만 넋이 나간 채로 아직 공사 중인 베란다 어딘가에 서 있는 그녀를 자주 목격했다. 어떻게든 미소를 되찾기 위해 그렇게 씁쓸함을 삼키는 고통이 시작되었다. 그렇게 해도 어느 날은 미친 사람처럼 날뛰었다.

여느 때와 다름없는 오후가 끝나 갈 무렵 우연한 일이 일어났다. 나는 공구를 쌓아 올리고 있는 알바니아의 유명 인사를 보고 있었다. 늘 그렇듯이 그는 공구를 한데 모아 레스토랑 뒤쪽, 냉동고 옆에 있는 작은 창고로 운반했다. 널빤지가 뜯겨 땅에 떨어지는 순간 뭔가 반짝이는 게 보였고 그걸 눈치 챈 사람은 나뿐이었다. 또 다른 내게 이끌린 듯이 즉각적으로 움직였다. 공터 중앙으로 가서 신발 끈을 매는 척했다. 돌아오는 길에 그 물건을 주머니에 쓱 넣었다. 그리고 그 자리를 벗어났다.

집에 가는 내내 그 생각을 했다. 내가 뭘 주웠는지 몰랐고 중요하지도 않았다. 이마가 좁고 아킬레우스 같은 풍채를 지닌 그 젊은 사내를 향하는 클라라의 시선을 계속 주시했다. 믿기지 않는 장면을 목격했고 질투가 났다. 모두가 정신없이 일하는 틈에 그와 그녀는 숨어서 몰래 사랑을 나누었다. 그 장면을 목격하고 머리끝까지 화가 나서 참을 수 없었다. 굴에 숨어 들어가 관계를 맺는 중에도 그들의 시선은 나를 향했다. 수개월 전 내가 금발의 남자아이를 쳐다봤던 것처럼.

나는 군대 훈장을 서랍 깊숙이 숨겨 두었다. 그사이 내 사랑 고르곤이 우연히 그 훈장을 발견했는지 보려고 이따금씩 기웃거릴 생각이었다. 그걸 발견했다고 말을 할지, 아니면 어떻게 그 물건이 우리 집 서랍 속에 있는 건지 영문을 모른 채 혼자 끙끙 앓을지. 그녀를 시험해 봤다. 바람피운 사실을 밝혀낸다는 생각에 이상한 쾌감이 들었다. 배신을 목격하지 않았다면 캠핑장 굴착 공사장에 떨어져 있던 훈장을 보고 막연히 불평불만만 하고 말았겠지. 어쩌다 거기 떨어졌는지 알게 뭐람. 사랑의 열병을 앓는 사람들은 함정에 빠졌다. 그것도 최악의 함정에…….

모르는 사람들은 나를 젊은 신부라 생각할지 모른다. 그 정도로 차분하고 조용한 사무엘레와 클라라는 전혀 어울리지 않았다. 마음속에서는 수천 번도 넘게 전쟁이 일어났다. 거리를 두려는 그녀의 무의식적인 행동을 알아채는 것으로 충분했고 나는 그것을 그녀가 나를 떠나려 한다는 뜻으로 해석했다. 그녀가 책에 빠져 있는 것만 봐도 그랬다. 어둠 속에 사는 또 다른 나는 칼을 갈고 있었다. "보이지?" 내 귀에 속삭임이 들렸다. "그녀는 다른 걸 찾고 있어." 슬펐다.

하지만 표정 관리를 잘했고 겉으로 보기에 어쨌든 우리는 첫 예약을 받기 시작한 바이아 데이 부테리에서 행복한 시간을 보내고 있었다. 벽돌공들이 잠시 자리를 비웠을 때 난 바보가 되었다. 잠시 후 다시 불꽃이 이글거리기 시작했다. 캠프장은 주말이면 해변을 배회하는 산간벽지의 가난한 사람들로 가득했다. 만에 나타난 사내들은 하나같이 클라라에게서 눈을 떼지 못했다. 내게 주어진 허드렛일을 하면서 모르타르가 담긴 잔을 삼키듯이 수시로 그들의 바보 같은 농담을 참아 내야 했다. 교대 근무가 끝날 무렵 사람들의 추함을 떨쳐 내기 위해 조용히 담배를 피우러 뒤편으로 갔다. 작년과 다르게 클라라가 환한 표정으로 문득 이렇게 말했다. "레 카세에 대해 이야기해 줘." 그녀가 말했다.

나는 일종의 게임이 되었다. 그녀는 얼마 전 내가 털어놓은 장황한 이야기 속에 등장한 이상한 장소를 기억하고 있었다. 그래서 예전에 에세드라 할머니에게서 들었거나 윗동네를 돌아다니며 듣게 된 옛날이야기와 인물들을 기억에서 끄집어냈다. 잠시 가만히 있다가 내가 이렇게 말했다. "내가 어렸을 때 과부 이사스티아에 관한 소문이 나돌았어……." 그녀는 입을 떡 벌리고 내 얘기를 들었다. 어떤 경우에는 기억의 깊숙한 곳까지 들어가 생각지도 못한 세세한 사항까지 소환했다. 클라라가 빠져들 만한 이상한 이야기를 해 주었다. "지어낸 거지?" 못 믿겠다는 듯한 눈빛을 보내며 이렇게 말했다. 나는 고개를 저었다. 거짓말을 약간 섞긴 섞었다. 급조한 몇몇 내용을 제외하고 레 카세의 불결한 뿌리는 그대로였다. 그녀는 넋을 잃고 이야기에 빠져들었다.

우리는 약간 각색된 추억이 물결치는 방으로 들어갔다. 숫자 퍼즐을 조합하듯이 많은 사람들의 삶을 연결해 보았다. 그러자 모든 것이 수천 년 전 생긴 안개 속에 멈춰 있는 특이한 형태가 완성

되었다. 나는 그곳 출신이다.

난쟁이들과 살인자, 강도, 미치광이 들이 있었다. 가장 중요한 순간 깨져 버린 사랑, 고독으로 점철된 괴물…… 클라라는 재밌어했고 급기야 모든 인물들을 이름으로 불렀다. 내가 어렸을 때 그 소름 끼치는 세상에 섞여 있어서 다행이었다. 내 눈은 상세하게 세상을 기록할 준비가 되어 있었다. 심지어 그런 아수라장에서 벗어난 나에 대한 대견함을 느낀 재미난 순간도 있었다. 인정하기 싫어도 아름다운 것에서부터 피부를 갈기갈기 찢는 추악함에 이르기까지 나에 관한 모든 것이 그곳에 뿌리를 내리고 있는 게 사실이다.

가끔 오후에 레 카세로 데려다 달라고 요구하는 그녀와 사소하게 다투기도 했다. 그러면 난 싫은 티를 내지 않고 마지못해 고개를 끄덕였다. 어느새 마리오는 전설 속 인물이 되어 있었다. 그리고 아주 잠깐이라도 마리엘라나 돈 라우로를 직접 볼 수 있다면 그녀는 금이라도 팔 기세였다. 게다가 귀머거리 난쟁이를 시험하거나 나의 오랜 체스 스승 앞에 앉아 마구잡이로 폰을 움직이는 꿈을 꿨다.

레 카세의 삶의 방식에 푹 빠진 그녀를 보니 행복했다. 마치 나에 대한 감정을 확인하는 것 같았다. 하지만 사실 난 아직도 두에 포르테 밖으로 나가 구시가지의 골목을 누비고 다닐 엄두가 나지 않았다. 인크로차타 길 계단에 앉아 있는 에세드라 할머니를 볼 수 없다는 사실에 가슴이 미어졌다.

클라라가 난데없이 내뱉는 말에 숨이 턱 막힌 적이 있었다. "생각해 봤어." 그녀가 말했다. "레 카세는 여자야, 잊지 않아." 또는, 갑자기 문 앞에 나타나서 이렇게 말했다. "알겠어. 누가 복권을 찾았는지 알았어…….” 그러고는 흥분한 눈빛으로 그녀를 사로잡은 터무니없는 연결 고리들을 이야기하며 나를 당황시켰다. 결국 그녀는 미스터리와 이중생활이라는 틀을 바탕으로 진실에 자신의 추측을 덧붙였다. “맹세하는데,” 그녀가 멍한 얼굴로 말했다. “그런 곳이라면 내일이라도 당장 가서 살 수 있을 것 같아.” 그러던 어느 날 저녁, 그녀는 뭔가 직감했다. 몽유병자처럼 이런 말을 속삭였다. “기록해 둬야겠어.”

레 카세 이야기는 이번 휴가철의 화젯거리였다. 나는 매주 월요일이면 북부에서 온 배가 불룩하고 발뒤꿈치가 깨끗한 사람들의 관능적인 눈빛을 진정시켜야 했다. 그녀는 쉴 새 없이 반복하던 사인 대신 수십 개의 도표를 그리며 메모하기 바빴다. 베란다에서 평소와 다름없이 분주히 저녁 영업을 하고 있을 때 알라리코는 종종 멍한 눈빛으로 그녀를 놀라게 했다. “생각은 집에 가서 해.” 이렇게 말하며 그녀를 깜짝 놀라게 했다. 각종 튀김과 감자를 곁들인 낙지 요리를 7인 테이블로 가져가면서 시선이 마주친 우리는 동시에 미소를 지었다.

그 기이한 계획이, 레스토랑에서 2교대 근무를 하며 수십 킬로미터를 걷는데도 불구하고 잠도 잊게 할 만큼 한 사람을 매료할 거라곤 상상도 못 했다. 그렇게 종이는 쌓여 갔다. 그것들은 대개 별표와 샤프 표시가 가득한 앞뒤가 맞지 않는 메모이거나 생각나는 대로 흘려 쓴 문장들이었다. 이방인들이 바에 몰려들어 카푸치노를 주문하기 전에 직원들은 미리 점심 식사를 하곤 했는데 가끔 클라라는 식사 중에 멈칫할 때가 있었다. 그녀는 노트를 꺼내서 확신에 찬 듯 몇몇 단어에 동그라미를 쳤다. “이게 가장 중요해.” 그녀가 말했다. 그러고는 다시 식사를 이어 갔다. 먼 곳을 응시하는 사람처럼 천천히 먹었다.

　우리는 다른 이야기는 거의 하지 않았고 난 슬슬 지겨워지기 시작했다. 메모를 하다 보니 노트가 세 권이나 되었고, 이야기가 꼬리에 꼬리를 물었다. 그녀는 숨은 뜻을 밝히고 싶어 했다. 또는 만들어 냈다. 비가 오는 여름철 백 일 동안 꼬박 그랬다. 슬로모션으로 움직이는 것 같은 긴긴 오후였지만 레 카세의 불꽃은 사그라들지 않았다. 오히려 커져만 갔다. 쓰레기 같은 피서객들을 겨우 한철 상대했을 뿐인데 진이 빠져 버린 휴가철 막바지까지 계속됐다.

　음악을 담당하는 사람은 두 명이었다. 쿠바인 여성은 춤을 유도하며 사람들의 호응을 이끌었다. 남자는 머리가 목에 반쯤 묻힌 것처럼 보일 정도로 뚱뚱했다. 지난해 풀리아 사람과 마찬가지로 건반을 치는 척만 했다. 그사이 사람들은 여느 때처럼 상그리아가 담긴 통으로 가서 베페가 함박웃음을 지으며 나눠 주는 플라스틱 컵에 담긴 술을 마셨다.

　9월 15일, 그날 우리는 대나무 발의 그늘 뒤에 숨어 있는 대신 모래사장 위에 설치한 테이블에 앉아서 저녁 시간을 보냈다. 오후에 스페인 선박이 수없이 드나드는 선착장의 방파제는 유황을 흘려보내는 대규모 작업을 하느라 대낮처럼 훤했다. 조명 탑들은 마을 전체를 밝게 비추었고 알라리코가 행사를 위해 준비한 불꽃놀이의 불꽃은 처량하기 그지없었다. 클라라는 정신 나간 사람처럼 노트를 이리저리 뒤적여 보았다. "여기 뭔가 부족해." 그녀가 정확히 한곳을 가리키며 말했다. 또는 "이 사람은 이쪽으로 보내야 할 것 같아. 그 사람 이야기가 다른 사람들 입에서 튀어나오게 하자. 어떻게 생각해?"

난 하품을 했다. 단 하루도 쉬지 못하고 영업이 한 달 남은 레스토랑의 여름을 책임지고 있었다. 오로지 다음 날 늦잠 잘 궁리만 하고 있었고 이런 상황이 믿기지 않았다. 클라라가 팔꿈치로 나를 툭툭 쳤다. "레 카세가 일종의 괴물이라는 생각이 마음에 드네." 그녀가 생각에 몰두한 채 중얼거렸다. 그러다가 생기를 되찾으며 고개를 끄덕였다. "그런데 레 카세가 마을 사람들을 잡아먹는 걸까? 아니면 사람들이 그곳을 서서히 갉아먹는 걸까?"

*

바람이 거세게 불었고 그 바람에 낡은 겉창이 확 열렸다. 충격이 컸다. 잡아 뜯듯이 소용돌이치는 바람에 오른쪽 창문은 맥없이 툭하고 떨어져 나갔다. 나머지 한쪽은 계속해서 벽에 쿵쿵 부딪히며 간신히 경첩에 매달려 있었다. 덫에 걸려서 몸부림치는 상처 입은 가엾은 짐승이 떠올랐다. 엘레오노라는 아무것도 눈치 채지 못했다. 베개에 얼굴을 파묻고 잠들어 있었다. 그녀의 잠을 깨울 만한 파괴는 없다. 나는 마법을 깨뜨리지 않으려고 아주 조심스럽게 숨을 쉬었다. 그녀의 잠은 크리스털로 만들어진 마법과 같다. 눈을 뜨면 모든 게 떨어져 산산조각 나 버릴지도 모른다. 그래서 주위의 모든 조각들이 조금씩 부스러지는 동안에 난 멈춰 있는 그녀를 지켜보며 움직이지 않고 가만히 있었다. 상들리에가 끊임없이 흔들렸다. 삐걱거리는 소리가 유령 같았고 그러는 중에 피부를 간지럽히는 미세한 모르타르 먼지가 우리 몸을 덮었다. 이제 번개가 방 안을 훤히 밝혔다. 카메라 플래시가 절망에 사로잡힌 우리의 은밀한 모습을 들추는 것 같았다. 순간이었지만 벌거벗겨진 느낌이었다. 동시에 우리를 영원히 이곳에 새겨 놓았다.

우리는 코르시카에 가기로 했다. 일기 예보에 따르면 적어도 십 일간은 궂은 날씨가 이어질 거라고 했기 때문이다. "슈퍼컴퓨터도 이렇게 미리 알아맞히기는 힘들 거야." 내가 말했다. 여행을 하다가 뜨거운 태양 볕에 몸이 타들어 갈 뻔했다. 클라라는 어깨를 으쓱했다. "목요일까지 비가 온다고 하더니. 어쨌든 잘됐네."

리보르노의 바다는 낮게 깔린 구름과 보랏빛으로 물든 수평선에도 불구하고 연못처럼 잔잔했다. 살랑살랑 스치는 바람을 맞으며 멍하니 있는 것이 좋았다. 여행객들이 우둔한 두더지처럼 안에만 갇혀 있었던 반면 우리는 가을의 정취를 피부로 느꼈다. 한껏 땀으로 샤워를 한 지 얼마 지나지 않아 귀까지 재킷을 여미고 있자니 꿈을 꾸는 듯했다. 바람이 불지만 적어도 웅얼거리지 않고 말할 수 있는 마지막 다리의 모퉁이로 가서 몸을 숨겼다. 그 순간 아무 이유 없이 이런 말이 튀어나왔다. "처음 갖는 휴가야." 이렇게 말한 것을 바로 후회했다. 당혹스러움과 측은함이 드러나는 클라라의 시선이 내게 와 닿았기 때문이다. 어쩌면 두려움도 있었는지 모른다. 그녀는 내 팔을 끌어당겨 요동치는 배에 등을 붙이고 앉게 했다. "가져온 게 있어." 처음 보는 표정을 지으며 그녀가 말했다. "그런데 놀리지 마."

그녀가 첫 페이지를 읽자 기분이 이상했다. 그러다 괜찮아지는가 싶더니 다시 안 좋아졌다…… 늘 예기치 않은 순간에 나타나 멀미를 일으키는 높은 파도 때문이었는지 모른다. 그사이 그녀는 나를 샅샅이 들추었다. 그 이상이었다. 마지막 다리 위에서 내

속을 까서 들여다보았다. 레 카세에 대해 읽는 것이 마치 나를 읽고 있는 것 같았다.

디보와 모자란 아이에 대한 이야기를 들었고, 그들은 내가 태어날 때부터 갖고 있던 입자처럼 느껴졌다. 묻혀 있던 진실들이 여자 친구라는 잉크로 인해 다시 태어났다. 상상력이 발휘된 장면들이 있었지만 대부분 어떤 특정한 성향에 치우치는 경향이 있었다. 난 그게 뭔지 알았다.

한 시간 정도 읽은 것 같다. 그러다 멈추고 하염없이 바다를 가로질러 가는 배에서 잠시 멍하니 시간을 보냈다. "맘에 들어?" 그녀가 가냘픈 목소리로 물었다. 난 질문으로 대답을 대신하고 싶었다. "언제 이렇게 쓴 거야?" 근래에 우리는 계속 붙어 있었고 메모하는 것 말고는 그녀가 펜을 쥐고 있는 모습을 본 적이 없었기 때문이다. 게다가 네 개 챕터는 굉장히 잘 썼다. 이것은 그녀가 마음만 먹으면 내가 모르는 사이에 무엇이든 할 수 있다는 걸 의미했다. 그녀를 쳐다보았다. 클라라는 얼굴을 찡긋거리며 바로 표정을 바꾸었다. 그때 난 말없이 그녀의 품속에 얼굴을 묻었다. 우리는 한동안 달가닥거리는 소리에 몸을 맡기고 가만히 있었다.

햇살이 눈부신 마치 11월 같은 코르시카가 우리를 맞았다. 여행과 고독에 목마른 우리는 노란색 르노 자동차를 타고 도로에 들어섰다. 풍랑이 이는 해변이나 전망대에서 물속에 우뚝 서 있는 거대한 바위를 감상하며 잠시 멈춰 있으니 행복했다. 마을의 작은 레스토랑에서 저녁을 먹었다. 인적이 드문 여관에서 잠을 청했다. 아침에는 평범한 마을의 소소한 일상에 어우러지며 거리를 거닐었는데 정말로 다른 세상에 살고 있는 것만 같았다. 우리의 목표는 바다로 이어지는 고지대와 산등성이를 지나서 도시 전체를 돌아보는 것이다. 나는 서쪽 비탈길에 매료되었다. 여태껏 단 한 번도 멀리 벗어난 적 없는 마렘마의 눈을 피해 나를 보호하려는 듯한 느낌을 받았기 때문이다. 여행 삼 일 차에 그로세토프루냐로 향하는 우회로를 보자 피가 얼어붙는 것 같았다. '벗어날 수 없구나.' 순간 공포에 휩싸여 이런 생각이 들었다. 그리고 그녀가 잠깐 들렀다 가고 싶은 마음이 들기 전에 큰 소리로 말했다. "부탁인데 계속 가."

레 카세는 우리와 함께 여행했다. 그녀가 초반부에 적어 놓은 내용이 흥미롭기는 했다. 실제로 뭔가가 일어나고 있었다. 클라라는 이야기를 완성할 수 있게 세부적인 사항들을 들려 달라고 고집을 피웠다. 어떻게 보면 나를 알아 가는 기회가 될 수 있기 때문에 좋은 일이기도 했다. 결국 끝없이 먼 과거로 돌아가 슬픔 가득한 그 이야기보따리를 풀어놓았다.

마을 몇 군데를 돌다가 길을 잃지 않으면 어김없이 그 이야기를 꺼냈다. 우리는 선술집의 테이블에 앉아서 먼저 와인을 주문했다. 그러다 그녀가 여행용 수첩을 꺼냈다. 이로 볼펜 뚜껑을 열었다. "그 칼라마이오에 대해 이야기해 줘." 그녀가 말했다. "어떤 사람이야?" 혹은 술집 계산대에 있는 키 작은 남자를 쳐다보며 이렇게 말했다. "우리 마소는 저 사람과 비슷하게 생겼어?" **우리** 마소라고 했다.

나 때문에 그녀가 그런 말을 한다고 생각했다. 내가 오래전부터 쳐 놓은 두꺼운 벽을 느꼈는지도 모른다. 종이에 이야기로 묘사된 그 바위를 보는 것이 도움이 되었다. 내가 회피하지 않은 이유도 이 때문이다. 말이 아니라 함께 여행을 하는 것으로 고마움을 표현하는 이유도 바로 이 때문이다.

보니파치오의 성벽을 발견한 날, 하늘도 그녀가 하고 싶은 대로 내버려 두기로 마음먹은 모양이었다. 언덕도 황량했다. 마치 신이 오직 우리를 위해 준비해 놓은 장소 같았다. 골짜기 끝에 매달려 있는 집들이 보였다. 갈매기도 있었다. 갈매기들은 돌풍에 휩쓸려 해안으로 내동댕이쳐져 소리를 지르는 미친 영혼들 같았다. 우리는 온몸이 흠뻑 젖었다. 으슬으슬 추웠다. 하지만 절벽에 바람이 부딪히고 파도가 부서지는 풍경에서 눈을 뗄 수 없었다. 거대한 돌기둥에 시선을 빼앗겨 무아지경에 빠지기도 했다. 돌기둥들은 폭풍우에 맞서 수천 년 된 튜닉을 부여잡고 행렬을 하는 듯했다. 거센 바람에 놀라 뒷걸음질을 치고 나서야 주변을 둘러보았다. 그런데 클라라가 어디론가 가고 없었다.

*

침대가 한 뼘 정도 옆으로 이동할 만큼 진동이 심했다. 레 카세가 위치한 바위산은 골골 소리를 낸다. 마치 땅속에서 용암이 뱀처럼 꿈틀대는 것 같다. 두 번째 겉창이 바람의 손에 찢겨 날아간 것도 순식간이었다. 소리 없이 소용돌이에 빨려 들어가 사라져 버렸다. 천재지변과의 거리는 얇은 유리 한 장 두께에 불과했다.

클라라는 이틀 뒤 바위틈에 낀 채로 발견되었다.
사람들은 내게 말을 걸긴 했지만 마치 그들 모두가 두꺼운 렌즈를 끼고 있는 듯했다. 얼굴이 눈도 입도 없는 창백한 윤곽으로만 보이게 하는 렌즈 말이다. 유일하게 내 마음속에 남은 것은 그녀가 골목길을 걸어가면서 했던 마지막 말이었다. 어느 순간 그녀는 낡은 문에 시선을 고정한 채 멍하니 보고 있었다. "이건 용납할수 없는 큰 실수야." 그녀가 노트를 꺼내며 말했다. 그러고는 이렇게 글을 쓰기 시작했다. "아미코 프리츠의 여자. 전쟁과 오두막집시절, 초반의 애인. 그 여인은 어떻게 됐을까? 그 당시 그녀는 다른 사람의 모습을 한 옛 사랑을 못 알아봤을까? 심지어 템페스티는 매스컴을 타며 유명 인사가 되었는데……." 우리는 둘 다 숨을헐떡거리며 언덕으로 나오는 길에 이 사람에 대해 이야기하고 있었다. 클라라는 즉시 사진기를 꺼내 들고 난간으로 달려갔다.

질문을 쏟아 내는 사람들의 얼굴이 겹쳐 보였다. 잠에 취해서망상이 보였다. 내가 죽었다는 생각이 들 정도로 암흑 속에 갇혔던 순간이 있었다. 위험한 반응을 보이기도 하며 악마처럼 혼잣말을 했다. "클라라는 이제 없어. 난 자유야." 끊임없이 이렇게 되뇔뿐이었다, 힘든 순간이기도 했다. 난간에서 그녀를 밀어 버린 사람이 나였던가? 이런 생각이 들 때마다 머리에 총을 맞은 것 같았다. "난 돌기둥을 보고 있었어." 이렇게 내뱉는 내 목소리가 들렸고 그것은 옆방에서 나는 소리 같았다.

그러는 사이 우라니오 길은 아수라장으로 변했고 난 망연자실한 채 소파에 앉아 있었다. 사람들은 증거를 찾으려 했다. 범행동기. 그런 끔찍한 짓을 설명할 만한 것 말이다. 클라라는 정신적으로나 육체적으로나 매우 건강한 여자였다. 군대 훈장이 서랍 안쪽에서 불쑥 튀어나오고 나서는 자살의 가능성은 배제되었다. 가장 먼저 나에게 훈장을 보여 주었다. "이 사람 알아요?" 그들이 말했다.

거기에는 발음하기도 버거운 이름과 성이 쓰여 있었다. 평범한 물건이 아니라는 것이 내 얼굴에 훤히 드러났다. 웃음이 터질 뻔했다. 결국 이렇게 말하고 말았다. "제가 넣어 둔 거예요." 그리고 그건 사실이었다.

그들은 즉시 전화를 돌리기 시작했다. 단지 충동적으로 질투심 때문에 넣어 둔 거라고 해도 소용없었다. 사람들은 없는 이야기를 만들어 내고 있었다……. 이미 추측 엔진이 가동되기 시작했다. 모든 사람들은 한시라도 빨리 결론이 나기를 바랄 뿐이었다. 그러는 동안 난 함정에 빠지는 기분이었다.

벽돌공은 즉시 시인했다. 휴가철 초반에 자신이 성벽에서 뛰어내린 여자와 특별한 사이었다는 것을 말이다. 두 사람은 감정이 개입되지 않은 육체적 관계만 맺었다. 세 번은 넘지 않았을 것이다. 기껏해야 네 번 정도. 다섯 번일 수도 있고. 확실치 않다. 그는 클라라에게 그 훈장을 선물한 사람이 자신이라고 털어놓았다.

"저자는 거짓말을 하고 있어요." 내가 말했다. 하지만 매번 어색한 침묵이 흘렀다. 심지어 내 변호사마저도 나를 이상하게 쳐다보았다. 왜냐하면 모두의 눈에는 이미 범인이 정해져 있었기 때문이다. 몇 개월 전부터 내가 음모를 꾸민 것이라고 생각했다. 사람들의 시선을 피해 일을 꾸미기 적당한 기회를 엿보며 9월 말이 되기를 기다렸다가 전망대에서 배신자를 떠밀어 복수심을 충족시켰다고 말이다. 심지어 클라라 친구들의 증언도 있었다. 그들은 나를 동료들과 전혀 어울리지 않는 우울하고 집착이 강한 사람이라고 말했다. 가장 열성적인 사람은 클라라가 힘들어하기를 누구보다 원했던 카밀라였다.

그 모든 사건들이 일어났고 그뿐이었다. 어느덧 나는 사람들의 세상과 떨어져 멀리서 무관심하게 그것들을 바라보고 있었다.

1면을 굵직한 헤드라인으로 장식해 야단법석을 떠는 신문과 달리 나는 거의 입을 열지 않았다. 평소 신문이라고는 몇 부 팔리지 않는 마을에 사는 사람들은 지루함을 달랠 먹잇감을 찾았다. 사람들은 재판을 열리길 기다리며 일제히 내게 앞으로 삼십 년 동안 살아가야 할 곳을 미리 체험하려고 문을 굳게 걸어 잠그고 샛피 길에 콕 틀어박혀 나오지 않는 거냐고 큰 소리로 물었다. 많은 사람들이 창가 아래 모여서 저주를 퍼부었다. 그러던 어느 날 텔레비전에 나온 벽돌공을 보았다. 그는 독설을 쏟아 내지만 눈물 많은 여자들이 가득한 오후의 초대석에 게스트로 나왔다. 나는 심장이 찢겨 나가는 그 끔찍한 거짓말을 듣고 있어야 했다. 사회자의 도움으로 용기를 얻은 그 괴물은 클라라 이야기를 꺼냈고, 이야기를 지어 내며 스튜디오에 있는 부인들을 흥분시켰다. 연기가 뛰어나지도 않았다. 어느 순간 그가 말했다. 이렇게 끝날 줄 알았다면 그 아름다운 여인 곁에 가까이 가지도 않았을 거라고. 그는 카메라를 똑바로 쳐다보며 말했다. 나와 눈이 마주쳤다. 한편으로 그는 죄책감을 느꼈다. 심지어 화난 표정을 짓기도 했다. 그리고 박수가 쏟아졌다. 며칠 뒤에 어떤 청바지 브랜드 광고에서 상의를 탈의한 그를 보았다. 광고 슬로건은 "열정의 결실을 잡아라"였다. 그 순간 난 돌아 버릴 것 같았다. 가택 구금 명령을 받았음에도 얼마 안 되지만 그동안 모아 둔 돈을 들고 우라니오 길에서 도망쳐 나왔다.

처음에 레 카세로 갈 생각은 전혀 없었다. 무엇보다 그 함정에서 벗어나는 것이 중요했다. 오토바이는 물불 가리지 않고 거리와 교차로를 지나 아스팔트를 맹렬히 달렸다. 어떻게 왔는지도 모르게 우회 도로에 들어섰다. 그제야 한때 오염된 물이 흐르던 평지를 지나 저 멀리 솟은 산등성이가 보였다. 그곳을 올라갔다. 손목이 부러질 정도로 가속 레버를 힘껏 돌렸다.

*

　잠시 후 바람이 멈추었다. 길을 잃은 겁먹은 고아처럼 그렇게 가만히 있었다. 숨 막히는 침묵이 흘렀다. 비가 세차게 내려 앞이 보이지 않았다. 동시에 우지직거리는 뭔가 쪼개지는 소리와 끙끙대는 신음 소리가 주변에 울려 퍼진다. 갤리언선이 거센 폭풍에 산산조각이 난 듯했다. 그러다 저 멀리서 창문을 뒤흔드는 땅의 포효가 시작된다. 엘레오노라는 오도 가도 못하는 상황에서 숨을 거칠게 몰아쉬었다. 반면에 수십 킬로미터 떨어진 곳에서는 세상의 일부가 어디론가 곤두박질치는 듯이 떨어져 나가는 것 같았다.

　레 카세는 황량했다. 나는 오랫동안 길 어귀의 마지막 회랑에 있었다. 피가 들끓는 느낌이 들었다. 얼마나 정신없이 달렸던지 마을에 들어서기 전 마지막 급커브 구간에서 하마터면 한 아이를 칠 뻔했다. 그 아이는 작은 교회가 위치한 커브 길을 지나면 바로 나오는 도로 한가운데를 걸어가고 있었다. 아찔했다. 제대로 서 있기나 한 건지도 모를 지경이었다.

　오토바이 열쇠 말고도 손에 쥐고 있던 열쇠고리에는 로마 길의 집 열쇠가 끼워져 있었다. 웬일인지 그 열쇠를 버려야겠다고 생각한 적은 없었다. 인크로차타 길에 있는 집의 납작한 최신식 열쇠는 물론 오랜 세월에 걸쳐 일종의 부적이 되어 버린 옛날 열쇠도 있었다. 내 인생에서 중대한 행보는 그 앙상한 열쇠 꾸러미로 요약된다.

드디어 결심했다. 로봇 쇳덩이같이 무거운 발걸음을 내딛었다. 자그마한 안뜰을 지나서 검게 때가 탄 열쇠 구멍에 열쇠를 꽂았다. 거인의 가슴에 검을 꽂듯이 열쇠를 집어넣었다. 그러고 나서 힘을 주었다. 첫 번째 **딱** 하는 소리가 날 때까지 열쇠를 돌렸다. 그 소리가 밖에서보다는 안쪽에서 더 크게 울려 퍼졌다.

문을 활짝 열자 집은 잠든 용의 숨결과 같은 고요한 공기를 내 얼굴에 내뿜으며 반긴다. 돌아서서 곧장 산등성이를 내려가 우라니오 길로 돌아가서 숨고 싶은 마음이었다. 하지만 난 용기를 내서 문지방을 넘었다.

모든 것이 먼지에 한 꺼풀 덮여 있었다. 나를 멀찍이 떨어져 있게 하려는 보호용 망토 같았다. 나야말로 쓸모없는 작은 입자였다. 냄새. 불꽃처럼 선명한 이미지로 다시 살아나는 잊힌 이야기. 숨이 제대로 쉬어지지 않았다. 테이블의 의자 하나는 마치 방금 전에 누군가 그쪽으로 끌어다 놓은 것처럼 옆으로 튀어나와 있었다.

나는 그들이 곧 도착하리라는 것을 잘 알고 있었다. 평생을 그래 왔던 것처럼 저항하지 않을 것이다. 그저 잠시 동안 예전에 살던 마을의 적막 속에서 숨을 고르고 싶었던 것뿐이다. 적막. 어쩌면 어딘가로 달려가면서 내가 찾고자 했던 게 이것일지 모른다는 걸 깨달았다. 스위치를 누르자 낡은 샹들리에에 불이 켜졌다. 처음에는 안 켜질 듯하더니 십 년간 전선 속에 갇혀 있던 마지막으로 비축된 전기의 숨통이 트인 듯 불이 켜졌다. 밝게 불을 밝혔다. 인크로차타 길의 공과금은 끼니를 제대로 못 먹는 한이 있어도 몇 년간 내가 지켜 왔던 임무였다. 어쩌면 이렇게 될 걸 직감하고 있었는지 모른다. 돌아올 운명.

큰방의 그 어스름한 불빛 속으로 들어갔다. 에세드라 할머니를 밤새 잠 못들 게 했던 바로 그곳이었다. 꽃무늬 이불이 그대로 있었다. 그리고 거울은 여전히 해져서 누더기가 되어 버린 흰색 시트에 여전히 덮여 있었다. 침대 끝에 걸터앉았고 당장이라도 "사무엘레, 어서 저녁 먹으렴." 하고 말하는 할머니 목소리가 들려올 것 같아 벽을 쳐다보았다. 그러고 나서 먼지구름을 날리며 뒤로 돌아 나왔다. 그리고 어두운 천장을 바라보며 경찰들이 오기를 기다렸다.

하지만 경찰들은 들이닥치지 않았다. 오후 내내 재킷을 입은 채 그림자가 변하는 것을 보며 테이블에 앉아서 기다렸다. 레 카세에 어둠이 내려앉고 나서야 움직였다. 그리고 상점으로 내려갔다.

엘레오노라. 그 오랜 식품점의 계산대에 있는 그녀와 마주하는 것은 신의 장난 같았다. 그녀는 가까이 다가가기도 힘든 돌출 절벽에 핀 귀한 꽃 같았다……. 우리는 어렵사리 눈빛을 교환했다.

셋째 날에는 경찰들이 도로를 점거했을 거라는 생각이 들기 시작했다. 당연히 내가 이곳에 와서 숨어 있을 만큼 멍청하지 않을 거라 믿으면서. 어쨌든 그건 시간문제였다. 밖에 나가면 나를 따라다니는 눈이 많았다. 나는 텔레비전에 목매는 사람들이 사는 곳에 들어와 있었다. 그들은 늘 똑같은 세월에 몸부림치며 있는 대로 우는소리를 해 대는 사람들이었다. 전화기를 들고 한 번이라도 주인공이 된 기분을 느끼기 위해서 부모를 살해할 수도 있는 인간들이다. 그러고 나면 손목에는 수갑의 쇳덩이가 반짝거리겠지만.

또 다른 추측도 있었다. 어쩌면 형사는 내가 있는 곳을 이미 파악해 놓았고 소란을 일으키지 않고 체포할 생각인지도 모른다. 하지만 사실상 이 산등성이 마을에 숨어 지내는 건 가택 구금 명령을 따르고 있는 거나 마찬가지 아닌가.

　나는 늘 같은 시간에 유령처럼 밖으로 나갔다. 벽에 바짝 붙어서 빠른 걸음으로 삼 분 만에 장을 조금 봐서 돌아왔다. 도주 사건 이후로 얼마나 시간이 흘렀는지 감이 오지 않았다. 그사이 내가 할 수 있는 한 집을 정리하면서 하루하루를 보냈다. 엄청난 양의 먼지를 떨어내고 낡은 액자가 반짝이도록 닦았다. 유리창과 거울을 뒤덮은 푸른 녹을 제거했다. 바닥에 광을 내고 이불을 털었다. 정신을 놓아 버리지 않으려고 애썼다. 먼지를 떨어내면서 내 피부 속에 오랫동안 쌓여 있던 불결함도 긁어냈다. 언젠가부터 새로운 관점에서 바라보기 시작한 힘겨운 순간들이 있었다. 어쩌면 나도 모르게 산등성이에 잡아먹힐 준비를 하고 있었는지 모른다. 최근 몇 달 동안 클라라와 함께 위험한 게임을 했다. 우리는 도시에서 멀리 떨어진 곳에 사는 몇몇 사람들의 불행한 삶을 들춰 보는 것을 즐겼다. '그건 신호였어.' 난 생각했고 그러자 바로 피가 얼음장같이 차가워졌다. 마침내 레 카세가 대답을 했기 때문이다.

　인생에서 많은 것을 얻지는 못했고 그나마도 나처럼 이런 연옥에서 살고 있는 어느 창백한 소녀의 순수하고 그늘진 얼굴에서 비롯된 것이다. 그녀는 유일한 빛이 되어 주었다. 4시면 벌써 골목을 점령하고 정오가 되면 희미해지는 짙은 안개 속에서 앞을 밝혀 주는 유일한 불빛이었다. 아무 이유 없이 시시때때로 생각났다. 그러다 갑자기 슬픔이 사라지고 죄책감마저 들 정도였다. 그게 정상이라고 혼잣말을 했다. 젊은 사람은 우리 둘뿐이었다. 어쩌면 나와 같은 세계에서 온 사람과 몇 마디 말을 주고받는 것으로 충분했을지 모른다. 비록 비슷한 것이 나이뿐일지라도. 아직 윗동네의 바위 아래를 지나가 보지 않은 누군가와……. 막연한 바람이었다. 그 아이는 일주일 전부터 오후 5시가 되면 가게 문에 달린 종소리를 딸랑거리는 남자가 누구인지 확실히 알고 있었다. 어디에서 왔는지. 왜 왔는지. 실제로 그녀는 내가 계산대에 나타나면 긴장한 기색이 역력했다. 그녀는 절대 고개를 들지 않았다. 손에서 물건을 놓칠 정도로 바짝 긴장한 모습이었다.

그러던 어느 날, 길 입구에서 누군가의 실루엣을 보았다.

*

끝없이 이어지는 진동에 그림 하나가 바닥에 떨어진다. 액자는 낡아서 1.5미터 위에서 떨어져도 산산조각이 나고 만다. 별로 아쉽지는 않았다. 오히려 잠깐 동안이었지만 웃음이 새어 나왔다……. 어릴 적 잠시 멈춰 서서 색 바랜 그 그림을 감상하곤 했다. 밀짚모자를 쓰고 이삭 다발을 어깨에 이고 있는 농부 그림이다. "너와 많이 닮았구나." 잠시 동안 넋을 잃고 그림을 보던 내게 에세드라 할머니가 이렇게 말하곤 했다. 나를 놀리려고 하신 말씀이었는지 모른다. "무슨 말씀이세요." 내가 퉁명스럽게 대답했다. 그림 속 아이를 뚫어져라 쳐다봤지만 거울에 비친 내 모습과 비슷한 점이라곤 전혀 없었다. 무엇보다 나를 미치게 만드는 것이 하나 있었다. 바로 그의 미소. 생기 넘치고 아무 걱정 없는 미소였다. 그런 바보 같은 표정을 짓는다는 생각만으로도 나는 얼굴이 화끈거렸다. 걱정이 되었다. 정말로 내가 그런 얼굴을 하고 돌아다녔을까? 그렇다면 언제나 바보 같은 농담으로 나를 겨냥하는 윗동네 아이들이 옳았다. 평소에 아이들은 그들 부모님을 통해서나 어디선가 소문으로 들은 우리 엄마 탓을 했다. 그들은 엄마 이야기를 꺼내면 내가 더욱 상처받을 거라 생각했다. 하지만 난 전혀 신경 쓰지 않았다. 가끔 손에 사진 한 장을 들고 있는 에세드라 할머니를 보았다. 내가 근처에 있는 걸 알아차리고 슬픈 표정을 지었다. "엄마가 돌아오면 해 줄 이야기가 있어." 애써 웃게 하려 해도 할머니는 슬픈 목소리로 이렇게 말했다. "엄마가 어디에 있든 저는 괜찮아요." 나는 늘 똑같은 대답을 하고 아무렇지 않은 척 우유한 잔을 마시러 갔다.

엘레오노라는 내 인생을 두 부분으로 나누었다. 그녀를 만나기 전과 후로. 힘든 역경에도 불구하고 우리는 다시 만났다. 그리고 과거를 용서받았다. 그리고 서로에게 중요한 사람이 되었다. 멀리 떨어진 두 점은 서로를 찾아 헤매다가 인크로차타 길에서 만났다. 여러 가지 사건을 겪고. 또 맞서면서.

이따금 그녀에게 이렇게 말했다. "지금, 이곳에서 우리가 만나려고 비극이 일어났던 거야." 그녀는 바로 화제를 돌리거나 키스로 내 입을 막았다. 그녀는 나의 과거가 어떻든 상관없이 지금 이대로의 나를 받아들일 정도로 마음이 넓었다.

시간이 갈수록 그녀를 잃을지도 모른다는 공포는 병이 되었다. 간신히 버티기는 했지만 주체할 수 없는 공포가 밀려왔다. 공포와 싸우면 싸울수록 더욱 심해졌다. 세상에 무슨 일이 벌어지고 있는지 몰랐다. 알 길이 없었다. 언제까지 그 덫이 입을 벌리고 있을지. 레 카세에서 전화기는 아무짝에도 쓸모없는 물건이었고, 아직도 무자비하게 나를 짓뭉개고 있을지 모르는 신문을 사러 구시가지의 입구를 지날 때 느껴지는 시선을 신경 쓰지 않았다.

우리는 사랑의 힘으로 살아갔다. 엘레오노라는 가게를 나와 교차로를 가로질러 내게 달려왔다. 눈앞에 그녀밖에 보이지 않던 순간 내 삶은 완벽하다는 생각을 했다. 그녀가 곁에 있는 그곳이야말로 내가 있어야 할 유일한 장소였기 때문이다.

토요일은 가장 괴로운 날이었다. 거의 이틀 동안 서로를 보지 못한다는 생각을 하면 말을 잇지 못할 정도로 절망에 빠져 죽을 것만 같았다. 당장이라도 나를 찾아내 피고인석에 앉히고 차디찬 감옥에 보낼 수 있는 경찰이라는 변수를 고려하지 않고도 말이다. 그래도 버텼다. 매 순간 온 힘을 다해 버텼다. 값진 노력의 결실을 보게 될 것이다. 암울한 시간을 버틸 수 있게 해 줄 눈부신 순간이 올 것이다.

엘레오노라가 집으로 돌아가지 않겠다고 했던 날, 끝장이 났다고 생각했다. 잠시 동안 또 다른 도망자와 함께 예전에 살던 집에 숨어 지내는 내 모습을 상상했다. 신문에 어떤 기사가 날 지 안 봐도 뻔했다. 어두운 색을 좋아하는 하마 같은 카밀라를 생각하는 것만으로 충분했다. "그는 곧 자신을 다독였어요." 그녀의 목소리가 들리는 것 같았다. 그러는 동안 엘레오노라는 덫이 놓인 농장으로 돌려보내지 말아 달라고 애원했다. 그녀는 그곳에서 일 분도 채 견디지 못했을 것이다. 난 이미 알고 있었다.

우리의 머릿속에서 완성되어 가는 완벽한 계획이 있었다. 대부분의 사람들의 눈에 우리의 사랑은 죽은 사람의 기억마저 부정하는 터무니없는 것으로 비춰질 것이다. 혐오스러운 두 사람은 어느 작은 마을의 미로 속에서 우연히 만났다. 서로가 괴물이라는 것을 알아차렸다. 세상은 우리가 하나가 되어 가는 동안 우리를 축복하는 대신 제거하려 했다. 우리의 키스는 나무와 새들에게 이로웠다. 우리는 주변에 많은 빛을 뿌렸다. 심지어 배신당한 디보 발렌티의 부루퉁한 얼굴도 알게 모르게 좋은 영향을 받았다. 하지만 우리는 싸워야 했다.

빈틈없이 무장한 채 전쟁터로 갔다. 침묵. 인내. 내가 없을 때 엘레오노라는 어둠 속에서 지냈다. 미동도 않고. "오늘 밤 떠나자." 그녀는 매일같이 이렇게 말했다. 난 그녀의 손을 잡았다. "이 파도가 지나가기를 기다려야 해." 나는 중얼거렸다. "사방팔방에서 너를 찾고 있어." 그러고 나서 난 우라니오 길을 생각했다. 경찰이 클라라 사건을 조사하러 아직까지 레 카세에 들이닥치지 않은 것이 믿기지 않았다. 언젠가부터 모든 집 창문의 커튼이 내가 지나는 길을 따라 움직였다. 소문이 돌기 시작한 지는 꽤 됐다. 길 가는 사람 아무나 붙잡고 말해도 기자들이 당장 달려왔을 것이다. 하지만 내 존재를 잊어버린 듯이 아무 일도 일어나지 않았다. "이틀 더 기다려 보자." 내가 말했다.

그러는 동안 난 여느 때와 같이 행동했다. 좀처럼 외출을 하지 않았고 나가더라도 고개를 푹 숙이고 재빨리 다녀왔다. 말은 거의 안 했다. 어느 날 저녁 상점을 나오면서 당황한 모습의 노인과 부딪힐 뻔했다. 반사적으로 통로 쪽으로 몸을 피했다. 집에 돌아가자마자, 엘레오노라는 못 알아들을 말을 했다. "템페스티를 봤어."

한참 길을 가다가 그가 누군지 알아차렸다. 그의 행색은 내가 기억하고 있는 두에 포르테 시절의 모습과 너무 달랐다. 세월이 그를 산산조각 냈고 그의 눈빛에는 불안한 기색이 역력했다. "누구, 그 주정뱅이?" 그녀가 대수롭지 않게 말했다. 그러다 내가 당황한 모습을 보이자 농담할 때가 아니란 걸 깨달았다. 그 남자는 나의 유일한 아버지였는데 이렇게 망가졌을 줄은 꿈에도 생각 못했다. 아무것도 남은 게 없었다. 레 카세는 그를 걸어 다니는 시체로 전락시키며 피를 말려 버렸다. 그러다 회랑 끝, 인크로차타 길로 들어서는 오르막길 전, 마지막 모퉁이에서 또 누군가와 마주쳤다. 귀머거리 난쟁이가 불쑥 나타났다. 평소처럼 나는 시선을 마주치지 않고 땅을 보고 계속 걸었다. 그런데 그녀가 내 앞을 가로막았다. 고개를 들어 기이한 생명체의 눈을 쳐다보지 않을 수 없었다. 우리는 잠시 동안 그대로 멈춰 있었다. "사람들이 경찰을 불렀어요." 병든 아이의 목소리 같은 이상한 소리를 내며 그녀의 말이 어둠 속에 울려 퍼졌다. 레 카세의 벽 때문이라고 생각했다. 그리고 난쟁이는 더 이상 나를 개의치 않고 홀연히 사라졌다. 꿈을 꿨다고 생각하고 다시 길을 걸어갔다.

엘레오노라가 진지하게 나를 쳐다보았다. 지금은 볼품없이 변해 버린 옛 스승과의 만남을 가볍게 여겨서 미안했던 모양이다. 난쟁이를 만났다는 얘기는 하지 않았다. 그런데 갑자기 뭔지 모를 충동에 사로잡혔다. "레 카세에는 한 가지 목적만 존재해. 가능한 한 빨리 이곳을 떠나는 것." 난 그녀의 손을 잡고 덧붙였다. "어서 떠나자."

*

그리고 비도 그쳤다. 갑자기 모든 게 멈추었다. 물방울이 뚝뚝 떨어지고 도랑에 물 흐르는 소리만 들릴 뿐이다. 뭔가가 제자리를 찾느라 끽끽거리는 소리가 났다. 멀리서 콸콸 흘러나오는 소리도 들리지 않는다. 오직 하늘만 살아 움직인다. 소리 없는 번개가 끊임없이 내리치는 바다. 차츰차츰 낮은 구름을 밝히는 붉은빛이 감돌기 시작했다. 방 안을 비추는 빛은 세상에서 가장 긴 밤을 가두고 있는 일출인 동시에 일몰 같았다.

처음에 팔라체시 의사는 짧게 설명하려고 했다. "추격하는 도중에 자네는 급커브 길에서 날아갔어. 자넬 구하려고 헬리콥터가 동원됐어."

어느새 난 병실에 누워 있었다. 몇 주간 움직이지 않은 내 몸은 화강암 같았다. 그리고 전속력으로 달리는 오토바이처럼 멀리서 다가오는 것 같은, 하지만 가까이 오지 않는 윙윙 소리가 끝없이 들렸다.

다음 날 나는 이렇게 말했다. "엘레오노라. 어디 있어요?"

"자네는 안정을 취해야 해." 의사가 말했다. 그러고는 간호사에게 손짓을 하자, 간호사는 미리 준비해 둔 주사기를 꺼냈다.

나는 시시때때로 잠이 들었지만 다시 눈을 뜰 때마다 여전히 같은 곳이었다. "뒤를 쫓아오고 있었어요." 즉시 누군가 가서 그 짐승들을 잡아 왔으면 하는 바람에서 힘겹게 중얼거렸다. 그러나 아무 일도 일어나지 않았다. 오히려 내 코 아래 물이 조금 들어 있는 컵을 들이밀었다. "이걸 마셔요." 그들이 말했다.

완전히 정지된 이상한 날이었다. 모든 것이 불명확했고 생각도 마찬가지였다. 궤도를 벗어난 것 같았다. 아니, 길을 잃고 사라져 가는 것 같았다. 의식을 되찾은 뒤 트라우마로 인해 정신이 혼미하고 약 기운에 취해 몽롱한 기분이었다.

몸도 마음도 내 마음대로 움직이지 않았지만 차츰 기력을 회복했고 정신도 조금 돌아왔다. 검사 후에, 팔라체시 의사는 병실에 있는 사람들을 모두 내보냈다. 대화를 하려고 의자 하나를 끌고 와서 침대 옆에 앉았다. 그리고 무릎 주머니에 넣어 둔 노트에 글씨를 휘갈겨 썼다. 일반 환자를 상대하는 외과 과장이 아닌 정신과 전문의나 하는 이상한 행동이었다. 내게 특별한 관심을 쏟는 것 같았다. 그 병동 책임자는 나를 다른 사람 손에 맡기지 않았다. "밖에 왜 경찰 두 명이 있는 거죠?" 내가 몇 번 물었다. "당신들이 찾아야 하는 사람은 내가 아니에요." 의사는 내가 말을 하도록 유도하면서 질문에 대답하지 않았다. 그는 나도 모르게 자꾸만 저절로 입이 벌어지는 멍한 상태를 이용했다. 생각이 쌓이고 쌓여서 가장 먼저 떠오르는 생각의 흐름을 따라갔다. 하지만 다시 뒤죽박죽이 되었다. 막다른 골목에 다다른 것처럼 문장들이 사라졌다. "제가 왜 이런 이야기를 하고 있죠?" 내가 어리둥절해하며 물었고 바로 이어서 엄청난 피로가 밀려왔다. 동시에 끔찍한 공포에 맞서 싸워야 했다. 당장 멈추지 않고서는 이성을 잃고 말리라는 걸 깨달았다. 팔라체시 의사는 계속해서 나를 유도했다. "자네처럼 이렇게 자고 일어나면 뇌를 조금 이완시킬 필요가 있어."

그중에서도 가장 선명하게 떠오르는 것은 엘레오노라의 모습이었다. 그녀도 나처럼 추락 사고를 면하지 못했을지 모른다는 걱정 섞인 그리움으로 고통이 극에 달했다. 그런데 그들은 계속해서 중요한 질문에는 묵묵부답이었다. 어쩌면 대답을 했는데 잠에 취해 잊어버렸는지도 모르지……. 그녀에 대해 말할 때는 횡설수설하지 않았다. 단지 그녀는 어디에 있을까 하는 걱정이 밀려왔다. 사람들이 내게 뭔가를 숨기고 있는 걸까? 평소처럼 한순간에 분노가 쏟아져 나오는 위기에 달했다. 그래서 이해할 수 없는 이미지들이 순간 오버랩 되는 이상한 잠에 빠져들었다. 고열을 앓을 때 꾸는 꿈 같은. 어느 날 평소처럼 팔라체시가 침대 옆으로 다가왔다. 어색한 분위기를 깨려고 의례적인 말을 건네는 대신 잠시 동안 강렬한 눈빛으로 나를 뚫어져라 쳐다보았다. 그러고는 말했다. "자네가 준비가 되어 있는지 모르겠네. 이 시점에서 할 수 있는 유일한 방법은 시도해 보는 거지."

난 리볼라 평원에서 자동차 사고를 당했다는 이상한 이야기를 들었다. 추격은 산등성이의 커브 길까지 이어졌다. 오토바이를 타고 흙먼지를 일으키며 빠른 속도로 자갈 위를 미끄러져 급커브 길에서 추락했다고 한다.

"이게 바로 자네가 당한 사고야." 이야기 끝에 의사가 이렇게 말했다. "자넨 운이 좋았어."

나는 잠시 그를 바라보았다. 웃음이 터졌다. "저를 다른 사람과 착각하시는 것 같네요." 내가 말했다. 그리고 그 길은 원래 험한 길이라서 이해가 되긴 했다.

팔라체시는 차트를 내려다보았다. 다시 나를 쳐다보았을 때 그의 안색이 어두웠다. "알아, 실제로 어떤 일을 경험했다는 확신이 들 때가 있어. 그럴 수 있어. 뇌가 스스로를 보호하려는 거야."

나도 진지해졌다. 이제 별로 재미가 없었다. 그는 숨을 깊게 내쉬더니 계속 말을 이어 갔다. "두 달 전쯤에 자네는 가택 구금 명령을 어기고 우라니오 길에 있는 자네의 아파트를 나왔어. 그리고 얼마 가지 않아 도로에서 발각되었고 추격전이 벌어졌지. 아마 충돌한 것도 못 느꼈을 거야…… 그때 **의식이 끊겼지**. 실제로 자넨 절벽 아래로 떨어졌어. 자네의 상상 속에서는 레 카세에 간 걸로 되어 있지만."

정말로 겁이 나기 시작했다. "뭔가 잘못 알고 계신 거예요. 저는 우라니오 길이 어딘지도 몰라요……."

팔라체시 의사는 엷은 미소를 지었다. "그걸 역행성 기억 상실이라 부르지. 자네 말에 따르면 자네는 인생의 최근 십 년 치를 삭제해 버린 것 같아. 인내심을 갖고 기다리면 알게 되겠지……."

난 진즉에 말도 안 되는 소리라 생각해 말을 끊어 버렸다. "엘레오노라, 어디 있어요?"

병실에 침묵이 흘렀다. 그는 차가운 눈빛으로 나를 쳐다보았다. 얼마 뒤 이런 말이 들렸다. "사무엘레, 네가 말하는 그 여자아이는 존재하지 않아. 그건 가짜 기억이야."

그 말을 듣고 난 흥분해 날뛰었다. 의사가 간호사들을 불러 결박해 두어야 할 정도였다.

*

몸을 움직이려고 안간힘을 썼다. 팔꿈치에 체중을 싣자 경보음처럼 침대 프레임에서 따닥따닥 소리가 났다. 레 카세에는 이상한 침묵이 내려앉았고 그 소리는 조율 안 된 바이올린의 낑낑거리는 소리 같았다. 엘레오노라는 평온했다. 알몸으로 버려진 채 거기에 있었다. 방 안을 밝히는 어렴풋한 붉은빛이 그녀를 완벽하게 그려 냈다. 어스름한 불빛 속에 붓 끝으로 그려 낸 그녀의 몸이 눈에 확연히 들어왔다. 결국 나는 몸을 일으켜 세웠다. 뒤꿈치가 땅에 닿자 그 즉시 냉기가 뼛속까지 파고들었다. 허리를 한 번 들썩이며 침대에서 일어났고 순식간에 벌거벗은 채 그 재앙의 불빛에 휩싸여 서 있었다. 그리고 한 발을 떼어 보았다. 마치 공기 위를 걷는 것처럼 차가운 바닥이 나를 힘겹게 받치고 있었다. 불안한 영혼은 분명 그렇게 움직일 것이다.

그 당시 나는 몰랐지만 모두 사실이었다. 혼수상태에서 깨어난 뒤에 겪게 되는 트라우마는 우라니오 길과 바이아 데이 부테리, 코르시카의 기억을 지워 버렸다. 클라라와 그녀의 고르곤 같은 머리카락을 지웠다. 내가 유일하게 기억하는 사고는 어느 날 밤 언덕의 커브 길에서 내 뒤를 바짝 쫓아오던 벌목꾼들의 트럭과 부딪힌 것이었는데…… 장담할 수는 없지만 마지막 순간의 희미한 기억을 더듬어 보면, 길가의 덤불에서 늑대의 머리가 툭 튀어나온 걸 본 것 같았다.

사람들은 병실로 들어왔고 극도로 긴장한 나를 보았다. "개자식들 같으니." 내가 말했다. "당신들은 나를 깨웠어야 해."

경찰들은 여덟 시간마다 두 사람씩 짝을 이뤄 교대로 나를 감시했다. 북부 말투를 쓰는 젊은 사람이 있었다. 그는 방 안으로 몸을 쭉 내밀고 혐오감 가득한 눈빛을 보냈다. 주변에 아무도 없을 때는 내게 이런 말도 했다. "꿈에 창녀가 찾아와서 재미 좀 봤어." 몸짓도 흉내 냈다.

이제 엘레오노라가 참을 수 없이 그리웠다. 나는 의미 없는 꿈속에 갇혀 갈기갈기 찢긴 채 살아가고 있었다. 다시 눈을 떴을 때는 꽃 같은 아이와 함께 하는 진짜 삶이 펼쳐지기를 바라며 잠이 들기를 기다렸다. "자네는 지금 이 현실을 부정하고 있어." 긴장감이 흐르는 면담 시간에 팔라체시 의사가 여러 번 이렇게 말했다. "이해해. 이해하고말고. 이제는 별수가 없어…… 우선 부딪혀 봐야 해. 견뎌야 해. 시간문제야." 그러고는 이어서 말했다. "레 카세에 어떻게 왔는지 기억해?"

그는 마치 그것이 모든 것을 푸는 열쇠라도 되는 듯 계속해서 물었다. "제가 태어난 곳이에요." 내가 중얼거렸다. 곳곳에 내 흔적을 증명하는 서류들이 넘쳐 났다. 월세 계약서. 이삼 년 전의 계약직. 에세드라 할머니가 바로 얼마 전 돌아가셨다는 것이 명백한 사실이었다. 바로 이 때문에 내가 산등성이에 다시 나타난 것이다. 나는 집을 정리하며 조용히 지냈다. 여느 때처럼 상점에 내려가서 그녀, 엘레오노라를 만나기 전까지. 이에 대한 응답으로 또 다른 기록이 날아들었다. 심지어 내가 질투심에 눈이 멀어 한 여자를 죽인 용의자로 지목을 받고 있다는 것이다. 나는 눈을 껌벅거리며 병실 안을 둘러보았다. "만약 당신들이 이 모든 일을 꾸미고 거짓 기사를 낸대도 그건 분명 얼마 가지 못할 거예요." 내가 그들을 도발했다.

팔라체시 의사는 인내심이 많았다. 내가 받고 있는 특별한 관심에도 불구하고 내 사건을 마음에 두고 있는 것 같았다. 그리고 고문과도 같은 대화에서 빠져나오는 것은 불가능했다. "담당자와 이야기를 해 봤어." 그가 말했다. "이미 결론이 나왔어. 무의식의 문제야."

레 카세를 의미했다. 나의 바위투성이 요람도 그걸 잘 알고 있다. "마렘마로 돌아오는 게 어떤 의미 인지 알아." 그가 몇 번을 중얼거렸다. 그에게 사로잡힌 게 바로 그 순간이었다. 정말인 것 같아서 두려웠다. 카모라 광산의 폭발로 충격을 받은 어느 아버지의 이야기를 하면서 촉촉해진 그의 눈을 보며 숨이 멎는 것 같았고 심장 박동기가 심하게 요동쳤다. 어느 날 그는 심지어 어렸을 때 윗동네의 짓궂은 아이들과 함께 놀려 대곤 했던 귀머거리 난쟁이들에 대한 이야기도 했다.

그가 가장 확신하는 추측은 언제나 똑같았고 나를 미치게 만드는 증거였다. "그 사고가 자넬 구시가지 골목으로 날려 버렸어. 레 카세에 돌아온 거지. 단 새롭게 설계한 자네만의 레 카세로. 두 달 동안 자넨 무의식 상태에서 상징, 기억, 위대함과 결점을 불어넣은 마을을 만든 거야. 현실에서 경험했거나 열망했던 것들이지. 심지어 도움이 필요한 애인도 만들었어."

힘든 시간이었지만 시간이 갈수록 주사나 결박끈에 의지하지 않고 버텨 나가기 시작했다. 유명해지고 싶어 안달난 의사의 거짓말에 현혹되지 않고 천장만 바라보았다. 그가 이렇게 말해도 난 눈 하나 깜박하지 않았다. "벌목꾼들 차량과 추격전이 벌어지는 동안 충돌이 있었던 것은 분명해. 우린 지금 혼수상태에서 깨어난 뒤 겪게 되는 트라우마에 대해 이야기하고 있는 거야. 넌 너의 레 카세에서 죽었어. 그리고 얼마 후, 이 병실에서 눈을 뜬 거지."

그가 너무 완강했고 확신에 차 있었기 때문에 오히려 나는 내가 한때 알고 지냈던 사람들에 대해 기억을 다시 끼워 맞추려 하고 있었다. 예를 들면, 아버지와 다름없던 템페스티를 비롯해 수천 년 된 전설 속 인물처럼 어렴풋이 생각나는 사람들에 관한 기억 말이다.

그러나 엘레오노라에 대한 그리움은 가시지가 않았다. 팔라체시 의사가 날마다 내게 새로운 의식을 주입하려고 시도하는 것 같았다. 침대에서 꼼짝 못 하도록 쏟아 내는 말들과 지독하게 자다 깨다를 반복해도 꽃 같았던 가녀린 아이에 대한 사랑에는 아무런 흠집을 내지 못했다. 어느 날 난 몇 번이고 이렇게 말했다. "이게 정말 현실이라면, 살고 싶지 않아요."

최악의 순간은 아침이었다. 자고 일어나면 재활치료사들이 와 있었다. 경찰은 입구를 지키고 있었다. 그들은 몇 걸음이면 가는 화장실까지 따라왔다. 문지방에 서서 계속해서 내게 이래라저래라 명령했다. 내가 변기에서 일어나면 그들은 이렇게 말했다. "구멍을 들여다봐. 네 얼굴을 보라고." 어느 날 잘난 체하는 북부 출신 경찰이 한 말 덕분에 방법이 떠올랐다. "내가 그를 재활시킬게." 그가 동료에게 속삭였다. "창문으로 뛰어내리게 하면 돼."

결과적으로 나를 죽이려는 게 아니었다. 집으로 돌려보내려는 것이었다. 나는 내가 저지르지 않은 일로 평생 죄책감을 감수하며 갇혀 살아야 할지도 모르는 지독한 세상에 살고 있다. 무엇보다 엘레오노라가 없는 세상이었고 절대 내가 원하는 세상이 아니었다. "날 기다리고 있어." 나는 남들이 듣건 말건 이렇게 속삭였다. 그러나 아무리 잠을 자도 그녀의 품에 다시 안길 수 없었다. 초인적인 변화가 필요했고 어쩌면 이 모든 것이 날 시험하고 있는 걸지도 모른다. 새로운 세상으로 가기 위해 현재를 지울 준비가 되었나?

건강을 제법 회복한 죄수들이 사용하는 병실이 있는 위층으로 이동하는 동안 이 질문에 대한 답을 찾았다. 순식간에 경찰들의 감시를 벗어나 복도로 달렸고 6층 창문을 향해 몸을 던졌다.

*

두 걸음이면 충분했지만 걸어갈 힘이 없어서 호흡을 가다듬어야 했다. 방금 전 정신이 온전치 않은 두루뭉술한 실루엣의 남자로 돌아간 기분이 들었을 만큼 잠시 동안 연기에 휩싸인 듯했다. 현기증이 났다. 당혹스러웠지만 이내 진정이 되었다. 습관적인 공포였는지도 모른다. 얼마간 어릴 적 살던 내 방의 어둠 속에 와 있었고 바닥이 물로 변하는 것 같았다……. 창문은 소리 없이 번쩍이는 사각형의 희미한 불빛이다. 지옥으로 통하는 입구 같다. 타일 몇 개만 지나면 이윽고 안을 들여다볼 수 있다. 진실이 밝혀진다.

죽는 것은 눈을 깜박이는 것과 같다. 6층에서 뛰어내린 뒤, 나는 폭풍우가 사납게 몰아치는 메초 길에 있었다. 하늘은 어두컴컴했다. 길에는 발이 잠길 정도로 물이 불어나 있었다. 가장 먼저 든 생각은 '내가 돌아왔어.'였다. 레 카세에서는 매우 신중을 기해야 하는 말이었다.

내 손을 계속 쳐다보며 얼굴을 만졌다. 아마도 집에 돌아오는 길에 빌어먹을 매끈한 돌을 밟고 미끄러져 땅에 머리를 부딪히고 삼십 분간 기절해 있던 모양이다. 겨울이면 에세드라 할머니가 늘 당부했다. "자갈 조심하렴, 이렇게 추운 날이면 널빤지로 변하거든. 윗동네로 올라가다가 하루아침에 침대 신세를 면치 못하고 그러다 무덤까지 간 사람들이 많단다."

며칠간 이어진 듯한 끔찍한 꿈을 꿨다. 그러다 용기를 내서 그 꿈을 떨쳐 버렸다. 저주에서 벗어났다는 생각만으로 행복이 요동쳤다. 인크로차타 길로 달려가 엘레오노라를 어둠에서 구해 내고 그녀의 품으로 뛰어드는 일만 남았다. 그녀에게 키스를 퍼붓고, 기절해 있던 동안 꿈꿨던 도피를 시작하며 내가 겪은 모든 일을 이야기하고 싶었다. 마지막에 이렇게 덧붙이면서 말이다. "오늘 밤 떠나자." 폭풍이 불어닥칠지라도 떠날 준비가 되어 있었다. 그러다 일이 터지고 말았다.

번개가 쳤다. 길이 흔들릴 정도의 굉장한 소리였다. 다시 어두워지자 열정이 사그라들었다. 기억이 돌아오기 시작한 것이다.

신이 내 안의 또 다른 의식을 끄집어낸 것 같았다. 어느 순간 내 영혼의 눈이 번쩍 뜨였고 순식간에 모든 이야기가 보였다. 십 년간의 과거, 아니, 지금까지 지나온 인생이었다. 팔라체시 의사가 며칠 동안 병실 침대 곁에서 내게 보여 주려고 애썼던 것이었다.

뛰어내리는 내 모습을 생각하다가 무릎을 꿇고 주저앉을 뻔했다. 신앙심에서 나온 행동은 아니었다. 어느 날 성벽에서 밀어 버린 클라라의 마지막 순간을 똑같이 경험하며 벌을 받는 것 같았다. 조금 전까지 그녀는 폭풍우가 몰아치는 풍경을 바라보며 내 옆에 있었다. 바위에 부서지는 파도를 향해 사진기를 들고 있을 때 발이 땅에서 거의 떨어져 있다시피 했다. 그녀의 뒤로 가서 몸을 숙여 다리를 잡았다 놓는 것으로 충분했다. 그녀는 소리를 지를 겨를도 없었다. 비명을 질렀지만 회오리바람이 바로 집어삼키고 말았을지 모른다. 거친 돌풍에 밀려 뒤로 나가떨어져 벌벌 떨면서 폭풍에 휩싸인 거인들을 보았다. 나는 다시 혼자가 되었다.

어릴 적, 에세드라 할머니는 내가 몸을 웅크리고 체스판을 쳐다보는 모습을 좋아하지 않았다. 할머니의 눈에는 내가 한 시간 내내 손 놓고 앉아서 체스만 쳐다보는 것처럼 보였다. 체스 말에는 손도 대지 않고 말이다. 그녀는 내가 토너먼트 우승컵이나 메달을 가져오든 말든 관심이 없었다. "이 네모난 판에 대체 뭐가 보이는지 모르겠구나." 할머니는 자주 이렇게 중얼거렸다. 대답을 바라고 한 말은 아니었다. 그리고 템페스티의 그늘 아래 있는 것을 탐탁지 않게 생각했다. 할머니는 그가 내 머릿속에 터무니없는 것들을 심어 주고 있다고 생각했다. "절망에 빠진 사람이 아버지의 빈자리를 대신할 수는 없단다." 한번은 할머니가 역정을 내셨고 그런 말을 하는 할머니의 마음도 편치 않았다는 걸 알 수 있었다. 애써 눈물을 참는 모습을 봤다. 그러다 할머니의 태도가 달라졌다. 할머니는 내게 은색 접시를 가져다주었는데 그 위에 4등분으로 잘 접은 흰색 냅킨을 깔고 해바라기 씨 모양의 조그마한 하늘색 알약을 올려 두었다. 그리고 물이 반쯤 담긴 컵을 내밀면서 말했다. "살기니 씨가 네 불면증의 원인을 찾았단다. 이거면 내일까지 푹 잘 수 있을 거야."

할머니는 불면증이 정신병의 원인이라고 굳게 믿었다. 불현듯 나는 어떤 생각에 사로잡혀 이상한 짓을 하고 이상한 말을 했다. 그리고 얼마 지나면 아무것도 기억하지 못했다. 괴로운 사건이 일어나는 날에는 더 자주 기억을 잃었다. 힘겨운 학창 시절을 보냈다. 그 나이 때 아이들은 짐승이었고 나는 정학 아니면 징계를 받고 집으로 돌아오는 일이 비일비재했다. 훨씬 고통스러웠다. 기억나지 않는 행동과 했는지 안 했는지도 모르는 말로 인해 비난을 받았으니……. 그래서 비아냥거리는 소리가 들리면 아이들의 코를 박살냈고 기분이 좋지 않을 때 길에서 친구나 선생님을 만나면 고래고래 욕을 해 댔다. 에세드라 할머니는 비장한 얼굴로 교장실에 나타났다. 그리고 내가 보는 앞에서 이렇게 말했다. "사무엘레는 잘못 없어요." "같은 반 사내 녀석들과 독사 같은 사람들이 그의 화를 돋운 거예요."

알약은 도움이 되었지만 모든 재능을 앗아 갔다. 내 눈에서 베일을 벗겼다. 나는 안정을 찾았고 온몸에서 그렇게 느껴졌다.

그리고 잠을 푹 잤다. 체스판 앞에 있어도 평범한 사람들과 다를 게 없었다. 마법은 없었다. 해가 저물어 갈 무렵에야 약간의 생기를 되찾았다. 뜨거운 전율 같은 것이었다. 세상이 움직여 예전의 나로 돌려놓았다. 방 안에 갇혀서 체스에만 집중했다. 하지만 에세드라 할머니가 소리를 지르는 바람에 삼십 분을 넘기지 못했다. "어서 와서 저녁 먹으렴." 마지막으로 은색 접시에 디저트가 있었다.

약을 먹는다고 달라질 것은 없었다. 아침이면 버스 뒷좌석에서 코를 비비적거리는 상급생들도 그대로였다. 하지만 적어도 내가 기억하지 못하는 뭔가로 인해 매 맞는 일은 없었다. 심지어 모두가 나를 기억하지 못하는 것 같은 평온한 시간도 있었다. 사람들은 내게 거리를 두었고 어느새 나는 시도 때도 없이 폭주하는 이상한 사람이 되어 있었다. 심지어 선생님들도 채점한 숙제를 돌려주면서 평소와는 다른 어조로 나를 강단으로 불렀다.

나는 체스판에서 새로운 세상을 만들었다. 경기 초반은 늘 똑같았다. 그러다 네다섯 번째 수에서 일이 터졌다. 인생처럼. 멋진 대결이었다. 흑마와 백마를 둘 다 쥐고 경기에 집중했다. 기회와 항복, 사력을 다하는 전략과 숨넘어가기 직전의 기사회생이 존재하는 미로 속에 깊이 빠져들었다. 기술은 전혀 필요하지 않았고 걷는 것과 비슷했다. 기술이 있다면 바로 그것이다. 내 안에 있는 동시에 앞에 앉아 있는 사무엘레 라디에게 대적해 놀라운 대결을 펼칠 수 있다는 것이 이 게임의 미학이다. 내가 이기는 경기이기 때문이다. 동시에 매번 대책 없이 패배하고 만다. 나는 그저, 적어도 그 네모난 나무 판 위에서라도 되돌리고 싶었다. 무승부를 보는 것은 산 채로 불 속에 뛰어드는 것만 못한 그곳에서만이라도.

인생처럼.

에세드라 할머니가 준 알약이 내게서 소중한 것을 빼앗아 갔다. 할머니를 속이는 일은 쉬웠고 약은 화장실에 가서 뱉으면 그만이었다. 하지만 내가 일으키는 발작 때문에 할머니가 속상해하는 모습을 더는 보고 싶지 않았다. 내가 평온하면 나를 부족함 없이 키워 준 사람의 기분을 좋게 했다. 에세드라 할머니의 행복이 중요했다. 할머니도 세월을 이기지 못했고 심적으로 안정을 취하는 것이 칼슘 주사를 맞는 것보다 효과적이었기 때문이다. 살기니 의사는 내 병이 곧 나을 거라고 계속해서 말했다.

하지만 병은 낫지 않았고 나는 어느덧 스무 살이 되었다. 대학 때, 수업이 끝나면 들어가 나오지 않고 지내던 방에서 트라우마를 실감했다. 거실에서 한껏 볼륨을 높인 텔레비전 소리가 들렸다. 볼필레오니는 귀가 둔해서 소리가 크다는 생각을 하지 못했다. 종종 그녀가 방문을 두드렸고 문을 열면 작은 나무 쟁반을 들고 서 있었다. 김이 모락모락 나는 찻잔과 버터 쿠키가 담긴 상자를 눈짓으로 가리켰다. "뇌에 에너지를 보충해야지." 그녀는 늘 이렇게 말했다. 그리고 화, 목, 토요일 정각 6시에 전화가 걸려 왔다. "먹었니?" 수화기 너머로 에세드라 할머니가 인사도 생략하고 이렇게 말했다. "네." 난 이렇게 대답했고, 거짓말한 적은 없었다. 혹시라도 약 먹는 걸 깜박했을 때는 얼른 달려가 해바라기 씨 하나를 꺼내서 포장지를 벗겼다. 그러다 나도 모르게 먼지만 쌓이고 있던 차 한 모금을 쭉 들이켰을지도 모른다. 볼필레오니가 가져다 준 차를 책상에 올려 두기만 하고 마신 적은 없었기 때문이다. 해가 지면 3층의 창문을 열고 인적이 없을 때 길에 쏟아버리곤 했다.

한편, 공부나 밀려오는 잠에 취해 하루 치 복용량을 까먹는 일도 있었다. 어느 날은 수업 중에 전 학생들의 이목이 내게 집중되었고 교수님이 호통을 치기도 했다. "뭐가 그리 재밌나?" 난 무슨 영문인지도 모른 채 가방을 챙겨 밖으로 나왔다. 그리고 결국 무슨 일이 있었던 것인지 알아내지 못했다.

어느 날 저녁 볼필레오니가 늘 들리던 전화벨 소리가 난 뒤, 내 방 문을 두드렸다. 방문을 열자 그녀의 못생긴 얼굴이 눈앞에 나타났다. 그녀는 잠시 동안 나를 쳐다보았다. 그러다 힘겹게 입을 떼기 시작했다. "사무엘레, 잠깐 앉아 봐……."

사람들은 산 바스티아노 성당 계단에서 에세드라 할머니를 발견했다. 벤치 높이 정도 되는 계단이었다. 장이 서는 금요일마다 여자들이 윗길로 올라가기 전에 숨을 고르느라 그곳에 앉아 있곤 했는데 할머니도 그런 줄 알았다.

"생각에 잠긴 줄 알았어." 디보가 다음 날 아침 상기된 얼굴로 말했다. "눈을 뜨고 있었어……. '날이 참 좋죠, 에세드라.' 내가 말했어. 그런데 대답이 없었지. 그래서 다시 한번 말했어. '에세드라, 내 말 안 들려요. 땅을 왜 그리 뚫어져라 보고 있는 거예요?' 그때 원치 않는 걸 알게 됐지……. 생각에 잠겨 있는 줄만 알았는데, 가엾은 사람. 그게 아니더군."

갈기갈기 찢겨 죽을 것 같았다. 정말로 그렇게 마음먹었던 때였다. 그래서 약을 끊었다. 하지만 일에 열중하고 텔레비전 소리가 건물의 안뜰을 지나 고막을 찢을 듯이 시끄러운 볼필레오니의 집을 떠나기로 했다. 이제 형사 처분이 가능한 나이가 되었기 때문에 체포되든 말든 병이 도지는 것을 신경 쓰지 않고 레스토랑에 갔다. 그런데 아무 일도 일어나지 않았다. 지쳐서 로마 길에 있는 굴로 돌아왔다. 하지만 적어도 한 줄기 빛은 살렸다. 그래서 체스를 꺼내 나와의 끝없는 투쟁을 벌이는 세상을 다시 만들었다. 나는 제정신이 아니었기 때문에 내가 나를 이겼다면 틀림없이 비밀이 밝혀졌을 것이다. 사람을 죽일 수도 있다는 그런 비밀 말이다.

*

한참을 어둠 속에 있다가 창가로 가서 눈을 질끈 감았다. 유리창에 불빛이 반사되고 칼날 같은 흰빛에 눈이 멀 뻔했다. 적막함이 계속해서 고막을 괴롭혔다. 동시에, 지속적으로 메스꺼움을 느끼게 하는 적막 속을 떠돌고 있었다. 그러다 종탑에서 종소리가 났다. 지진이 일어나듯이 머릿속에서 울려 퍼졌다.

어쩌면 에세드라 할머니의 죽음은 시도 때도 없이 징징대는 내 투정을 없애 버린 최후의 약이었는지 모른다. 누워 쉬면서 맥없이 하루하루를 보냈다. 아니면 억지로 산책을 했다. 그로세토는 아름다웠다. 나처럼 울부짖는 것 같았다. 주머니에 손을 깊숙이 찔러 넣은 채 몸을 푹 숙이고 돌아다니는 나처럼 말이다. 마음의 안정을 찾는 방법이었다. 그러면서 사람들을 쳐다보았다. 원거리 우주선에서 유리창 너머를 훔쳐보았다. 고독이 집착으로 변하는 크리스마스 시즌에 쇼핑센터에 들어간 적도 종종 있었다. 내가 꼭 그렇다는 건 아닌데 무리에서는 고독한 개 한 마리가 늘 관심을 끄는 법이다. 그래서 사람들과 어울렸고 가끔 정말로 내가 독약처럼 느껴졌다. 그 독약이 어린 나의 몸에 퍼지는 상상을 했다. 멋진 장식품에 사로잡힌 어느 가족들에게 접근했다. 어쩔 때는 아기가 울기라도 하면 얼굴이 새하얗게 질리는 젊은 아빠와 엄마의 등을 살짝 스치기도 했다. 그리고 그들과 같은 부류의 사람인 척했다. 얼마 동안 특정 이름과 냄새를 기억하면서 그곳의 공기를 들이마셨다. 아내의 미소 짓는 모습은 마치 도움을 요청하는 것 같았다. 카트 제한 구역에서 패닉바가 있는 비상구를 향해 전속력으로 돌진하는 그의 손이 떨렸다. 그사이 잠깐 동안 사람들의 눈에 내가 정상인으로 보이는 것 같았다. 그래서 속으로 생각했다. '이제 어떻게 해야 정상으로 보이는지 알았어.' 별것 아닌 듯 보였다. 오히려, 사람들 무리에서 떨어지는 것은 타일이 가득 담긴 가방을 벗어서 내려놓는 것과 같았다.

어느 날, 이런저런 실험을 하고 있는데 누군가 내 소매를 잡아당기는 느낌이 들었다. 아래를 내려다보니 아이 한 명이 있었다. 독특한 대형 쇼핑센터 한가운데 나처럼 서 있었다. 주위를 둘러보았다. 그리고 아이에게 물었다. "길을 잃었니?" 아이가 고개를 끄덕였다. 아이는 너무 놀라서 말도 제대로 하지 못했다. 잠깐 동안 아이를 쳐다보았다. "이름이 뭐니?" 내가 차분하게 물었다. "미켈레." 아이가 겨우 대답했다. 난 미소를 지었다. "안녕, 미켈레." 그리고 손을 내밀었다. 아이가 내 손을 잡았다.

한쪽 팔에 매달린 미켈레와 함께 걸으니 기분이 이상했다. 아이의 심장이 이상할 정도로 뛰었고 장갑을 끼었는데도 그 두근거림이 느껴졌다. 그런데 내 가슴 한가운데도 아무 이유 없이 쿵쾅거렸다. 우리는 사람들 사이를 걸어갔고 나이 지긋한 사람들로부터 친절한 시선을 받기도 했다. 나는 젊은 아빠처럼 보였을 것이다. 마음씨 좋은 큰형이나. 우리는 어느 옷가게의 레이저 불빛 가득한 진열창 앞을 지나갔다. 바로 그때 귀가 찢겨 나갈 듯 엄청난 비명 소리가 들렸다. "미켈레!" 뒤를 돌아서자 얼굴에 화장이 번진 서른 살쯤의 여자가 보였다. 그녀는 달려들어 아들을 와락 껴안았다. 그리고 나를 껴안았다. 그녀는 내가 안내 방송을 하려고 아이를 계산대로 데려가고 있다고 확신한 모양이었다. 반대로 내가 그 아이를 데리고 나가려고 출구를 향해 걸어가고 있었다는 생각은 하지 못했다.

내게는 나 자신도 놀라고 마는 설명할 수 없는 점들이 있었다. 대부분이 뻔뻔스러운 행동으로 생각에만 그치는 것들이다. 스트라칼리 부인의 눈처럼 흰 고양이 미누를 바라보고 있을 때처럼 말이다. 스트라칼리 부인은 두 집 건너 볼차노 길 모퉁이에 있는 집에 홀로 살았다. 그녀는 종종 거리로 달아나 버리는 장난꾸러기 같은 자그마한 동물을 키우고 있다. 어느 날 내가 숨어 지내는 차고 앞에 위치한 작은 매점에서 고양이를 보았다. 그길로 고양이를 데려왔다. 이 주 동안 데리고 있으면서 돌보았다. 아침에 카페라테 한 잔을 마시러 바에 가면 스트라칼리 부인이 근심에 찬 얼굴로 그곳에 있었다. 동네 사람들 모두에게 혹시 길에서 고양이를 본 적이 있는지 물었다. 나는 커피 값을 지불하고 내 동굴로 돌아왔다. 내가 먹이 상자를 집어 들면 미누는 그르렁거리며 재빨리 플라스틱 접시에 달려들었다. 고양이는 나와 함께 지내는 것을 좋아했다. 그리고 새벽녘에 창가에서 인도를 쳐다보는 어느 노파의 일상을 손에 쥐고 있는 것이 좋았다. 가끔 고양이 모래가 든 봉지를 들고 그녀 앞을 지나가기도 했다. 어느 날 고양이를 시험해 보았다. 원룸의 문을 활짝 열어 놓았다. 하지만 고양이는 소파에 웅크리고 가만히 있었다. 그래서 목덜미를 잡고 부인에게 데려다주었다. 스트라칼리 부인은 내가 고양이와 함께 있는 걸 보고 심장이 멎을 뻔했다. 그녀가 내게 집 안으로 들어오라고 했다. 십오 분간 그녀와 옥신각신해야 했다. 그녀가 보답으로 100유로를 주려 했기 때문이다. "수백만 유로가 있다면 전부 다 네게 줬을 거야!" 그녀는 행복에 겨워 소리를 질렀다. 결국 난 그 돈을 받아 주머니에 넣었다.

나는 사람들의 즐거움을 훔쳤다. 문제가 될 만한 것을 제외하고 무엇이든 훔쳤다. 예를 들어 바바레세에서 직장 동료들 간에 불화를 일으켰다. 내가 관심 있는 크리스티나가 신경 써서 차려 놓은 식탁을 보면 아무도 모르게 나이프 자리에 포크를 놓아두곤 했다. 크리스티나는 늘 지배인의 감독을 받았다. 이러는 게 정상이 아니란 걸 알지만, 꾸지람을 들으면서 평소대로 세팅했다고 맹세하는 그 여자를 보고 있으면 왠지 모르게 기분이 좋아졌다……. 또는 성미가 까다로운 동료들에게 싸움을 붙였다. 슈퍼마켓에서는 노인들의 가방에 물건을 슬쩍 넣고 계산대에서 경고음이 울리게 만들었다.

주머니와 가방에 쪽지를 넣어서 러브 스토리를 만들어 냈다. 공중전화 전화번호부에서 아무 번호나 골라 모르는 사람에게 전화를 했다. 시간과 장소에 상관없이 전화를 걸었다. 상대방이 응답을 하면 아무 말도 하지 않고 가만히 있었다. 한 달 뒤, 상대방이 죽은 듯이 기어 들어가는 목소리로 여보세요라고 말하는 첫마디만 들어도 나는 내 마음속에 광기가 있다는 걸 느낄 수 있었다. 이 세상 누구든 유령을 품고 살아간다. 당장이라도 튀어나올 수 있다. 지칠 대로 지쳐 결국 이렇게 말하는 사람들도 있었다. "엄마예요?" 혹은 "카를로타, 부탁인데, 말 좀 해……."

바에 가서 단골손님들이 커피 잔 옆에 잠깐 놓아둔 열쇠 꾸러미를 슬쩍하곤 했다. 내 동굴에는 온갖 종류의 물건들이 있었고 그것들을 낡은 가구 위에 진열해 놓았다. 먼지를 자주 떨어냈다. 그리고 계속해서 물건을 훔쳤다. 그게 다였다.

언제든지 일어날 수 있는 일이었다. 조금 전 나는 어떤 길을 따라 걷고 있었다. 잠시 후 손바닥을 펼쳤고 그 안에 귀걸이 한 짝이 있었다. 지갑 하나. 내 옆에서 총총거리며 조용히 따라오는 회색 푸들의 목줄을 잡고 있는 경우도 있었다. 모퉁이로 재빠르게 돌아 들어가며 즉시 놓아주었다.

발작이 다시 시작되었다. 보통 얼마 가지 않았지만 더 이상 과거의 영향을 받지 않았다. 도벽. 이뿐이었다. 붙잡히는 일은 절대 없었다. 병적이긴 하지만 기지가 있다는 뜻이다. 그리고 냉정함. 어느 날, 시내를 걸어가다가 별안간 뒤에서 뭔가가 누르는 느낌이 들었다. 나는 바지 주머니에서 은색 액자를 꺼냈다. 군복을 입은 잘생긴 청년의 오래된 사진이 들어 있었다. 내 동굴로 돌아와 한동안 사진을 유심히 보았다. 사진 하단의 가장자리, 톱니 모양 윤곽선의 흰 바탕에 희미하게 작은 글씨로 뭔가가 쓰여 있었다. "카를로, 1943년". 분명히 중요한 유품이고 가족에게 커다란 의미가 있을 것이다. 그러나 무엇보다 내가 길이나 상점에서 슬쩍한 그런 물건 같아 보이지 않았다. 누군가의 집에 들어갔던 모양이다.

내 마음 깊은 곳에는 끝없는 폭풍우가 일었다. 생각이 거기에 미치지 않도록 애를 썼다. 그랬다가는 나보다 큰 질문 속에 갇혀 버리고 말 테니까. 그러면 나 자신이 안쓰럽게 느껴지겠지. 평생 나를 따라다닌 꿈쩍도 하지 않는 나의 폭풍 속으로 사람들을 끌어들이려고 했다. 아니, 어쩌면 내가 궁지에 몰리거나 찢겨 버리기를 바랐는지 모른다. 나는 계속해서 완전 무장을 하고 체스판 앞에 앉아 의욕에 찬 나 자신과 맞섰다. 체크메이트를 부르려던 순간에 죽고 말았다. 내게 정해진 유일한 길은 패배인 것 같았다.

그래서 도둑질을 했다. 다른 사람들의 인생에 흠집을 냈다. 그건 일상의 감옥을 튼튼하게 만드는 방법이다. 그렇게 하지 않으면 병이 도지고 말 테니까. 그 감옥을 견딜 수 없었다. 내가 세상에 태어난 날부터 이마의 얇은 살 위에 낙인이 찍힌 것 같았다. 내가 버려진 날, 어딘가에서 불쑥 나타나 힘든 인생의 상자에 갇힌 날부터 말이다. 누군가를 딱 정해 놓고 복수를 하려고 한 적은 없다. 모두에게 하고 싶었다. 예기치 않게 폭발하고 만 그날이 오기 전까지는 말이다. 클라라. 그녀의 거대한 빛 때문이었다. 그녀의 완벽한 삶은 나를 더욱더 단단히 가두었고 어딘가로 던져 버렸다.

나는 자유를 찾아야만 했다. 아름답지만 눈빛 하나로 나를 돌로 변신시킬 수 있는 고르곤을 어떻게 해야 했을까. 목을 벨 수밖에 없었다.

＊

메아리치는 종소리가 점차 사라졌다. 그리고 적막이 찾아왔고 여느 때처럼 나는 아무 소리도 나지 않는 곳에 고아처럼 남겨졌다. 그래서 결심했다. 눈을 떴다. 인크로차타 길에 있는 이 창문을 통해 모든 진실을 보았다. 원치 않던 진실이지만 마음이 편안해진다. 대기 중인 듯이 마렘마 계곡은 고요했지만 귓가에는 멀리서 부르짖는 소리가 들렸다. 6층 창문. 추락. 중간지대, 삶과 죽음

사이의 파편. 내가 사랑을 만난 곳. 이곳에 오기 위해서였다.

뒤에서 부스럭거리는 소리가 났다. 그녀의 목소리가 들렸다. "벌써 일어났어?" 그 순간 땅이 흔들린다. 붉은 하늘 저 멀리서 들리는 천둥소리가 이 밤의 폭풍에 끝없는 생명을 불어넣는다. 이제 끝이다.

레 카세
메초 길

디보 발렌티는 아내와 함께 부엌 식탁에 앉아 종말을 기다렸다. 몇 년 전 우연히 발견한 메모에 관한 이야기를 꺼내려던 차였다. 그 메모에는 그녀가 잠자리를 가졌던 수많은 남자들의 이름이 적혀 있었다. "마리엘라, 당신이 참으로 안쓰럽군요." 그는 이렇게 말하고 싶었다. "당신은 평생을 굶주린 사람처럼 섹스에 집착했죠……." 그러다 강렬한 진동이 있었고 그녀에게 뭔가 심경의 변화가 일어났다. "손 이리 줘 봐요." 그녀가 말했다. 그는 극단적인 복수의 유혹을 받은 듯이 멈칫했다. 그리고 천천히 손을 내밀었고 그들은 서로의 손을 꼭 잡았다. 무슨 일이 있었든 간에 디보는 눈물이 그렁그렁한 얼굴로 환하게 미소를 지었다. 마리엘라는 감정이 벅차올랐다. 그 순간 굉음과 함께 천장이 무너져 내려 무슨 말인가를 할 타이밍을 놓치고 말았다.

마을을 막 벗어나, 굽잇길 맨 끝 집에서는 그라치엘라 세리가 타로 카드를 돌리며 여생을 보내고 있다. 카드를 넘길 때마다 행성의 중심으로 소환된 것처럼 매번 똑같은 카드가 나왔다. 겉창이 바람의 충격으로 흔들린다. 도로에서 걸쭉한 진흙이 괄괄 흐르는 소리가 들린다. 어느덧 며칠째, 진흙은 끝이 보이지 않는 뱀처럼 성당의 마지막 잔해마저 집어삼키고 있다. 그라치엘라는 타로를 배우던 시절 벨리아 할머니가 하신 말씀을 되뇌어 보았다. "이건 오만함에 대한 응징이야." 할머니는 **시계탑**을 가리키며 늘 이렇게 말씀하셨다. "겸손을 모르는 오만한 자는 엄한 벌을 감수해야 할 거야." 어린 그라치엘라의 손에서 그 카드가 맴돌았다. "그건 바벨탑을 상징해." 그녀의 손에서 카드를 조심스럽게 가져가며 할머니가 말했다. "신에게 맞서 인간이 만들려고 했던 것이란다. 신은 그걸 순식간에 무너뜨렸지."

어린 그라치엘라가 못마땅한 얼굴을 하는 날이면 벨리아 할머니는 이렇게 덧붙였다. "신이 손가락만 까딱하면 그 불경스러운 건축물을 무너뜨릴 수 있어. 폭풍을 일으킬 수도 있지."

마리오 실베스트리의 마음은 콩밭에 가 있었지만 그래도 끝까지 아내를 보살폈다. 그는 어느 아가씨의 미소를 알게 되었다. "어서, 한 숟가락 더 먹어요." 뼈가 앙상한 아델라이데에게 숟가락을 가져가며 그가 말했다. 갑자기 그녀가 손을 들어 올렸다. 차가운 손바닥을 남편의 볼에 가져다 댔다. 그리고 측은한 눈으로 미소를 지었다.

*

스칼레테 길에는 발 디딜 틈 없이 진흙이 들어차 있었다. 진흙은 소용돌이를 이뤘고 더 이상 흘러 내려갈 곳이 없어 나뭇가지와 널려 있는 짐승 사체들을 끌고 조금씩 골목길로 올라갔다. 아델레 첸티니는 배가 고픈 나머지 벽을 벅벅 긁고 있었다. 거울에 자신을 비춰 볼 수도 없었다. 당나귀의 얼굴을 보는 것 같았다. 모아 둔 돈이 있었지만 찬장에 먹을 것을 채우는 데는 단 한 푼도 쓰지 않았다. 그리고 이제 방 안에 갇혀 절망에 빠져 있다. 찬장 문을 열고 손끝으로 부스러기를 끌어모았다. 남은 잼을 숟가락으로 벅벅 긁어 먹었다. 그때, 죽은 죄수들의 웃음소리가 들리는 것 같았다. 엄마가 까마귀 같은 목소리로 방에서 이렇게 말하는 것 같기도 했다. "그 많던 돈이 다 어디 간 거야!"

탁자에는 칼라마이오의 노트가 있었는데, 그녀를 산 채로 집 안에 가둬 버린 진흙 더미에서 발견되었다. '사랑하는 루이지노, 진흙이 당신을 땅속에 묻어 버렸군요.' 아델레는 생각했고, 산산조각 난 산등성이의 쓰레기와 함께 분지로 굴러 떨어져 시신도 찾을 수 없게 된 그 남자를 생각하니 심장이 둘로 쪼개지는 느낌이었다. 그의 노트를 손에 넣자 근심이 더욱 깊어졌다. 노트를 펼쳐 보려니 죽은 사람의 무덤을 파헤치는 기분이 들었다. 칼라마이오는 그녀에게 단 한 번도 그림을 보여 준 적이 없었고 아델레는 그의 뜻을 존중해야 했다……. 그리고 끝까지 지켰다.

레 카세. 각 페이지에는 과부 이사스티아의 모습은 온데간데 없고 대신 112호실에서 보이는 구시가지의 풍경이 그려져 있었다. 그녀가 매번 알몸으로 누워서 포즈를 취했던 소파 뒤쪽의 창문을 통해 바라본 풍경이었다. 아델레는 소름이 끼쳤고 웃음이 터져 나왔다. '칼라마이오에게 화가의 눈에 비친 내 모습을 그려 달라고 부탁했어.' 그녀는 속으로 이렇게 생각했다. '그런데 그는 나를 배경에 넣지도 않고 바깥 풍경만을 그렸어.'

침을 흘릴 정도로 배고픔이 강렬하게 밀려오는 순간이 오면 그녀는 완전 다른 사람이 되었다. 허기를 가라앉히기 위해 종잇조각을 뜯어서 입에 쑤셔 넣었다. 종이가 걸쭉해질 때까지 씹다가 뱉었다. 갈기갈기 찢겨 너덜너덜해진 노트는 탁자 위에 놓여 있었다.

*

두에 포르테의 좁은 통로도 진흙에 막혀 있었다. 급기야 창문을 깨고 쏟아져 나왔다. 마소는 베르무트를 조금 따라 한 모금 마셨다. 그리고 나서 고개를 숙이고 평소 하던 일을 했다. 잔을 씻었다. "오늘은 장사가 안 되는군." 진흙이 계산대 발판에 닿을락 말락 하는 순간 그가 말했다. "그게 나아. 일찍 문 닫아야지……."

*

첫 번째 바위산이 능선에서 떨어져 나갔고, 도시의 울부짖는 소리와 함께 천천히 무너지던 산의 일부분이 분지로 굴러떨어졌다. 도메니코 피오라니는 부엌 창문을 통해 마을을 덮어 버릴 정도로 많은 흙과 나무가 휩쓸리며 언덕이 무너져 내리는 걸 보았다. 아버지는 탁자에 앉아 멍하게 허공을 바라보고 있다. 그러다 우르르 울리는 산사태 소리가 가까워지자 고개를 들었다. "이제 누가 우리 나무를 보상해 주지?" 그가 말했다. 아들은 웃었다. 그리고 천천히 아버지의 등 뒤로 갔다. 주머니에서 늘 가지고 다니던 칼을 꺼내 돌연 아버지의 목을 찔렀다. 그리고 아버지가 넘어지지 않게 잡았다. 도메니코 피오라니는 아버지의 숨이 끊어질 때까지 꼭 잡고 있었다. "적어도 난 해냈어." 아버지가 팔을 버둥거리는 동안 그가 중얼거렸다. "적어도 난 해냈어……." 순식간에 흙더미가 유리창을 박살 내고 집을 집어삼켰다.

*

폭풍이 시작되자 형수의 집에 있던 안졸리노는 깜짝 놀랐다. 그의 의도는 오랜 세월 동안 형수가 죽은 남편과 꼭 닮은 그 사람을 마주했던 그곳을 잠시 방문하려던 것이었다. 페피타는 예전 주인이 앞에 있다고 착각하고 일주일째 그에게서 떨어질 생각을 하지 않고 있다. 그리고 소니아 안티키는 아킬레와 똑같이 생긴 사람과 집에 함께 있다는 생각에 미칠 지경이었다. 그녀는 속을 태우다 지친 밤이면 그 동성애자 시동생과 한 이불 속에 있는 것이 좋았다. 밖은 소란이 끊이질 않는데 그들은 어두운 방 안에서 아무것도 하지 않고 가만히 있었다. 발밑에서는 고양이가 가르랑거리고 있다.

*

　레 카세가 정말로 침몰하기 시작하자 살기니 의사는 손에 코디얼을 들고 창가로 다가갔다. 시계탑이 벼랑으로 기울어지다가 두 동강이 나고 산등성이 너머로 사라지는 것을 보았다. 그 광경을 보고 웃었다. 죽어가는 환자를 바라볼 때와 똑같은 눈빛으로.

*

　수산나 코키는 거울을 보며 화장을 하고 있었다. 창밖에 완전히 덮여 버린 분지가 보였다. 여전히 바위가 굴러 내려와 배처럼 소용돌이에 빨려 들어가고 있었다. 동쪽 산등성이는 두 동강 난 뿔 모양이 되었고 산 마르티노 산등성이에는 뿌리를 훤히 드러낸 몇 그루의 나무가 겨우 매달려 있었다. 그녀는 아이라인을 그렸다. 립스틱을 바른 뒤에 입술을 비벼 골고루 펴 발랐다. 그러고는 옷장으로 가서 아직도 나일론에 싸여 있는 웨딩드레스를 꺼냈다. 뒤쪽 지퍼를 잠가 줄 사람이 없어서 그냥 열어 둔 채 입었다. 그리고 침대에 앉았다. 그사이 벨 솔레도 예외 없이 절벽 끝에서 쓰러져 가고 있었다.

*

끝날 줄 모르는 지진으로 체스판이 테이블에서 떨어져 흐트러졌다. 알비세 바르베리니는 욕설을 퍼부었다. 고개를 드니 이올란다가 거실 한쪽 구석에 의자를 놓고 앉아 있는 모습이 보였다. 샹들리에는 정신 나간 진자처럼 머리 위에서 흔들리고 있었다. "세상이 끝나는 날조차도 당신은 장난감 병정을 꺼내는군요?" 그녀는 불안한 마음에 인상을 찌푸리며 그를 쳐다보고 말했다. 남편은 잠시 동안 아내를 바라보았다. 그러고는 깊은 숨을 내쉬더니 체스 말을 끌어모았다.

*

피에라 델 카지노는 이틀째, 좋은 옷을 준비해 두고 방 안에 틀어박혀서 동생에게 편지 한 통을 쓰기로 결심했다. **사랑하는 줄리아노, 오빠가 먼저 세상을 떠났구나. 레 카세는 여기에서 도망칠 수 없어……라고 말하듯이 멋대로 하늘을 무너뜨리고 있어.** 호기심 많은 사람들을 마렘마로 불러들인 그녀의 책을 포함해 많은 책들이 책장에서 우두두 떨어졌다. **마을은 이런 식으로 무너지면서 복수를 한다. 어쨌든 그건 좋은 소식이고 내일이 되면 신문이 떠들썩할 것이다. 스스로가 가증스러워 견디지 못하는 괴물처럼 자신을 파괴한다. 그리고 아무런 희망이 없는 것**

처럼 사라진다…… 갑자기 그녀가 고개를 들었다. 그리고 큰 소리로 노래 한 곡을 부르기 시작했다. 어릴 적 엄마가 자주 부르던 노래였다. 그녀는 그렇게 마지막을 맞이했다. 아무것도 느껴지지 않았다. 갑자기 어두워졌다.

*

시에나를 향해 있던 바위산이 통째로 떨어져 나와 골짜기에 충돌한다. 레나토 스타촐리는 발아래 땅이 무너지는 걸 느꼈지만 다행히 창가로 달려가 힘껏 창턱을 붙잡았다. 가라앉으면서 분지 저편에 아직 버티고 있는 옆 마을을 보았다. 검고 불그스름한 하늘에 번개가 거미줄을 수놓고 있었다. 그는 어느 토요일 파티장에서 찍은 마달레나 칸첼리의 사진을 간직하고 있다. 마치 어제 일인 것처럼 그날을 선명하게 기억한다. 순식간에 다시 사랑에 빠질 정도로 생생한 기억이었다. 죽는 순간에도 그 사진을 꼭 쥐고 있었다. 살면서 바보 같은 짓을 많이 했지만 가슴에 불꽃을 품고 죽을 수 있는 귀중한 행운을 놓치고 싶지 않았다.

*

캐스파 후버는 희미한 전등불 아래에서 체스판을 뚫어져라 쳐다보고 있었다. 체스 말들은 잉글리시 오프닝으로 배치되어 있었고 C4에서 흰색 폰으로 첫수를 두었다. 나이트들은 서로 마주

보고 있었다. 체스 칸과 선수 머리에는 어느새 금이 간 천장에서 먼지가 떨어져 내려앉았다. 그는 흑마 쪽에 있었지만 아무것도 움직이지 않았다. 그렇게 이틀 동안 가만히 있었다.

수백 번의 지진으로 집 정면에 균열이 생겼다. 그리고 쿵 하고 무너지는 소리가 났고 온 방이 소용돌이에 휩싸였다. 캐스파 후버는 말들이 날아갔는데도 체스판에서 눈을 떼지 않았다. 주변에는 카드와 오래된 신문 스크랩이 소용돌이치고 있었다. 벽에 걸린 그림이 뜯기고 떨어졌다. 가구는 뒤집어져 뒤틀리고 있었다. 그는 두 손으로 꽉 붙잡은 체스판을 바라보고 있었다. 난데없는 천재지변으로 순간 체스 두는 법을 잊어버린 것 같았다. 총명함이 사라지고 거대한 수학 공식을 마주한 어린아이처럼 굳어 버렸다. 평생을 체스만 두며 살았는데도 말이다. 메달과 트로피가 넘쳐나는 아파트가 그 증거이다. 이제 모든 것이 진흙과 망각의 소용돌이 속으로 빨려 들어갔다. 산사태가 일어났다. 캐스파 후버는 순식간에 파편 사이로 사라졌다. 자신이 누구인지 모른 채.

*

몬테 알토의 숲속 끝에 위치한 농가는 가장 먼저 붕괴되었다. 아이들은 창밖에서 나무들이 지푸라기처럼 맥없이 구부러지며 산사태가 일어나는 광경을 목격했다. 유일하게 크리스타만 숨죽여 울었다. 보리안은 탁자에서 사과를 깎고 있었다. 그는 껍질을 리본처럼 한 줄로 깎는 걸 좋아했다. 사과 껍질이 흔들리는 접시에 소용돌이처럼 살포시 내려앉았다. 하지만 아수라장이 되고 어두워져서 끝까지 깎지 못했다.

*

폭풍으로 병동의 창문에 비가 주룩주룩 내린다. 마르코 팔라체시는 방에 들어갔다. 등 뒤로 방문을 닫은 뒤, 잠시 가만히 서 있었다. 기자들의 웅성거리는 소리가 아직도 귓가에 맴돌았다. 사무엘레 라디의 자살 소식은 이미 전국에 퍼졌지만 그들은 여전히 뭔가 새로운 사실들을 집요하게 요구하고 있다. 팔라체시 의사는 책상으로 갔다. 의자에 앉아서 불완전한 세상의 복잡성에 대해 생각했다. 그 안에서 인간은 성장하기도 하고 추하게 변하기도 한다. 또는 모든 것을 명령하는 신이 되기도 한다. 어쩌면 추방당한 사람의 옷을 입고 병든 지역 어딘가에서, 혹은 꿈속에서 사람들과 섞여 있을지도 모른다.

*

엘레오노라의 눈이 휘둥그레졌다. 자기가 어디 있는지 기억이 돌아올 때까지 잠시 기다려야 했다. 최근 잠자리를 가진 뒤, 잠이 들었다 깨면서 자주 겪는 일이었다.

희미하게 사무엘레의 실루엣이 보였다. 그는 창가에 있었다. 보라색 빛이 그 주위를 비추고 있었다.

어색한 침묵이 흘렀다. "벌써 일어났어?" 마침내 그가 입을 열었다. 그는 하얀 시트를 위로 당겨서 자신의 몸에 둘렀다.

사무엘레는 밖에서 그녀를 볼 수 없도록 조심스레 그녀에게 다가갔다. 방 안에서 샹들리에가 삐걱거리며 움직이는 소리가 들렸다. 엘레오노라는 벽 쪽으로 등을 가져다 댔다. 잠시 후, "떨고 있구나." 하고 그를 바라보며 속삭였다.

그는 알몸이었다. 그는 마렘마 협곡을 멍하니 바라보고 있었다. 엘레오노라는 그의 눈동자에서 반짝거리는 불빛을 보고 있었다. 잠시 후, 사무엘레는 돌아서서 잠깐 동안 멈춘 듯이 그대로 있었다. 그는 힘겹게 입술을 당겨 미소를 지었다.

그들은 손깍지를 끼었다. 처음에는 장난치듯 가볍게 끼었다가 꼭 움켜잡는다. "잠시 지나가는 폭풍일 뿐이야." 그녀가 밖을 보지 않고 말했다.

사무엘레는 부드럽게 그녀를 잡아당겼다. 그러고는 끌어안았다. 엘레오노라는 숨듯이 그의 가슴 위로 머리를 떨구었다. 그러다 결국 결심한다. 그녀의 시선이 분지로 향한다.

그녀는 파멸을 보았다. 그리고 계속해서 떠오르는 어둠을 보았다. 아직 그들을 지탱하고 있는 절벽의 일부분을 제외하고 레카세에 남은 거라곤 아무것도 없었다. 나머지는 흐릿한 수평선 위에서 번쩍거리는 불꽃과 잔해였다. 마렘마 계곡은 깊은 수렁으로 떨어지는 진흙과 안개 더미로 변했다. 그 순간 꼭대기에 마지막까지 버티고 있던 것이 맥없이 무너졌다. 그녀의 기억이 떠오른 것도 그 순간이었다.

불빛이 반짝이던 순간 아버지와의 말다툼이 떠올랐다. 오랜 세월 가시지 않았던 그 분노의 폭발은 어느 날 오후 그녀의 방 선반에서 사라진 낡은 책 한 권이 발단이 되었다. 나약한 부모의 집착을 충족시키며 살던 자신의 삶은 잊고, 며칠이 됐든 걷고 싶다는 생각에 사로잡혀 무작정 거리로 나왔다. 하지만 그녀는 상상놀이마저도 지워 버리는 최대의 실수를 저질렀다. 엘레오노라는 아무것도 없는 평원에서 자란 동시에 다른 시대 하트퍼드셔의 거대한 공간에서도 자랐다. 그 공간 속에서 그녀는 베넷이 되어 소녀에서 숙녀가 되었다. 그녀는 그 나이대의 소녀들이 경험하는 불안과 의문을 없애고 싶을 때 책을 읽었고 소설 속에서도 어렵기는 마찬가지라는 사실을 알고 마음의 위안을 얻었다. 그러나 적어도 그곳에는 출구가 되어 준 다시가 존재했다. 그런 세상을 지운다는 것은 그녀를 죽음으로 몰아넣는 것과 다름없었다. 그래서 그녀는 하나뿐인 결정을 내렸다. 주머니에 돈 한 푼 없이 옛 광산 길로 가서 새로 태어나기로 했다. 이미 마을을 등졌고, 차가 지나갈 때 차가운 물보라를 일으키며 시야를 가리는 가느다란 비가 느껴지지 않을 정도로 분노에 차서 걸어갔다. 클랙슨 소리가 났다. 잠시 후, 엘레오노라는 도랑에 쓰러져 있었다.

그녀는 남자를 꼭 껴안고 울었다. 그칠 줄 모르는 진동으로 그녀의 손톱은 그의 살을 파고들었다. 흐느껴 울며 몸을 부르르 떨었다. 잠시 후, 옆방에서 쿵쾅거리는 소리가 들렸다.

"잠시 지나가는 것일 뿐이야." 눈물을 글썽거리며 그녀가 다시 한 번 말했다.

*

추격하는 동안 흰색 승합차를 운전한 남자는 맞은편에서 전

속력으로 달려오는 오토바이를 보고 놀랐다. 푸르스름한 불빛을 내뿜으며 빗속을 뚫고 나오는 것을 보았다. 뒤따라 핸들을 급하게 돌리는 소리가 들렸다. 본능적으로 오른쪽으로 피했다. 뭔가에 열중한 채 갓길을 걸어가고 있던 한 소녀를 치었다. 사무엘레는 이런 사실을 전혀 몰랐다.

그는 엘레오노라가 그 자리에서 죽지 않았다는 걸 몰랐다. 그녀는 다행히 목숨은 건졌지만 호전될 기미를 보이지 않고 여전히 병실에 누워 있었다. 그녀의 아버지는 한시도 딸을 가만히 내버려 두지 않았다. 그녀가 즐겨 읽던 책을 큰 소리로 읽어 깨워 보려는 동시에 딸의 맥박을 측정하는 기계의 들쑥날쑥한 표시에서 눈을 떼지 못했다. 그러다 복도로 달려가 의사에게 병실로 와 달라고 요청하는 일이 종종 있었다. 미동이 느껴진 것 같았기 때문이다…….

지난 몇 주 동안 그녀의 아버지는 옆 병실에 입원한 사람이 혼수상태에서 깨어났다는 소식을 듣고 참을 수가 없었다. 자신의 하나밖에 없는 딸을 다치게 한 바로 그 사람이었기 때문이다. 끔찍한 나날이었다. 병실의 벽은 정신 나간 사람의 비명 소리를 막아 내기에 너무나 얇았다. 게다가 세상에 존재하는 그 많은 이름 중에 바로 딸의 이름을 부르짖고 있었다. 엘레오노라. 팔라체시 의사는 사실을 설명하려고 여러 번 병실에 들렀다. 그 환자가 간호사들이 하는 이야기를 들었거나 복도에서 누군가 말하는 소리를 들었을지 모른다…….“식물 상태에 있는 사람들은 정보 수집 능력을 보존할 수 있고 그 정보들은 나중에 머릿속에서 재가공됩니다.”외과 과장이 말했다. 하지만 그 사내가 겪은 드라마틱한 일에 대해서는 언급조차 하지 않았다. 다행히 지금은 모든 게 끝났다. 창문에서 뛰어내리는 걸로 마무리되었다. 사람들은 그 일이 떠올라 흠칫 놀랄 때면 종종 이렇게 말했다. "신의 심판이야."

오랫동안 두 남녀는 벽 하나를 사이에 두고 가까이 있었다. 지금 그들은 끝이 보이지 않는 파멸로 향하는 창문 앞에서 죽음을 앞두고 서로 부둥켜안고 있다. 그녀는 자의식과 이곳까지 오게 한 사건들로 인해 마음의 안정을 찾을 수가 없었다.

사무엘레는 그녀를 꼭 껴안았다. 세상을 잘 모르지만 이 말만은 자신 있게 할 수 있었다. 엘레오노라는 그가 아는 것 중 가장 진짜 같은 것이었다. 그가 그녀를 보고 웃으며 이렇게 말했다. "꿈에 나타나 줘서 고마워."

병실에서 엘레오노라의 아빠는 많은 사람들의 감탄을 자아내며 파티장에 나타난 다시가 잠시 후 거만한 태도로 인해 반감을 사게 되는 장면을 소리 내어 읽고 있었다.

깜박거리던 기계 표시등이 아무런 예고 없이 멈추었다.

옮긴이 최정윤

한국외국어대학교에서 이탈리아어를 전공하고 이탈리아 피사 대학교에서 문학박사 학위를 받았다. 현재 한국외국어대학교 이탈리아어 통번역학과에서 강의를 하고 있다. 지은 책으로 『나 혼자 간다! 여행 이탈리아어』가 있으며, 옮긴 책으로는 『원더풀 이시도로, 원더풀 라이프』, 『여덟 개의 산』, 『노벤첸토』, 『물이 깊은 바다』가 있다.

불만의 집

1판 1쇄 찍음 2021년 2월 10일
1판 1쇄 펴냄 2021년 2월 29일

지은이 사샤 나스피니
옮긴이 최정윤
발행인 박근섭·박상준
펴낸곳 (주)민음사

출판등록 1966. 5. 19. 제16-490호
주소   (우편번호 06027) 서울특별시 강남구 도산대로1길 62(신사동)
          강남출판문화센터 5층
대표전화 02-515-2000 | 팩시밀리 02-515-2007
홈페이지 www.minumsa.com

한국어판 ⓒ민음사, 2021. Printed in Seoul, Korea

ISBN 978-89-374-1352-0 (03880)